GOLDMANN

Buch

Als die schöne Deena Vogler aus Los Angeles dahinterkommt, daß ihr unsensibler und zynischer Mann Jake sie betrügt, hat sie endgültig genug von ihm. Sie läßt sich kurzerhand scheiden. Doch Jake hat noch ein Trumpfas in der Hand, das er bis zur letzten Konsequenz auszuspielen gedenkt: Deena ist fest in der jüdisch-orthodoxen Glaubensgemeinschaft verwurzelt und damit ihre Scheidung dort anerkannt werden kann, braucht sie den sogenannten *get*, eine Art Freigabe durch ihren Mann. Andernfalls wäre sie auf ewig exkommuniziert und könnte nie wieder heiraten. Und Jake stellt sich stur, denn für ihn gibt es noch einen anderen Grund, nicht in die Scheidung einzuwilligen. Als Teilhaberin an seiner Immobilienfirma müßte er Deena umgehend ausbezahlen. Ihr Bitten und Drängen stößt auf taube Ohren – bis Jake schließlich erschossen aufgefunden wird.

Deena ist endlich frei, aber nach Lage der Dinge ist sie auch die Hauptverdächtige. Ein neuer Alptraum beginnt. Denn es taucht auch noch ein Killer auf, der anscheinend gewillt ist, Deena und Jake wieder zu vereinen – im Tod.

Autor

Rochelle Majer Krich wurde für ihren Roman *Und nur der Mond schaut zu* mit dem Anthony Award ausgezeichnet. Sie lebt mit ihrem Mann und ihren Kindern in Los Angeles, Kalifornien.

Außerdem im Goldmann Verlag erschienen:
Und nur der Mond schaut zu. Roman (42650)

Rochelle Majer Krich

BIS DASS DER TOD UNS SCHEIDET

Roman

Deutsch von Janka Panskus

GOLDMANN VERLAG

Die amerikanische Originalausgabe erschien 1992
unter dem Titel »Till Death do us part«
bei Avon Books, New York.

Umwelthinweis:
Alle bedruckten Materialien dieses Taschenbuches
sind chlorfrei und umweltschonend.
Das Papier enthält Recycling-Anteile.

Der Goldmann Verlag
ist ein Unternehmen der Verlagsgruppe Bertelsmann

Deutsche Erstausgabe Februar 1996

Umschlaggestaltung: Design Team München
Umschlagmotiv: Giorgio Balmelli, Zürich
Satz: deutsch-türkischer fotosatz, Berlin
Druck: Elsnerdruck, Berlin
Verlagsnummer: 42793
Redaktion: Ursula Buchheister
T. T. · Herstellung: Ludwig Weidenbeck
Made in Germany
ISBN 3-442-42793-2

1 3 5 7 9 10 8 6 4 2

In liebendem Andenken an meine Mutter,
Sabine Tadanier Majer,
die mir mit ihrer Lebensfreude,
Güte, Klugheit
und ihrem Mut immer ein leuchtendes
Vorbild war.

Rabbi Akiba Eger, ein angesehener Talmudgelehrter des 18. Jahrhunderts, empfing den Mann in seinem Haus.

»Nehmen Sie bitte Platz«, bot Rabbi Eger dem Mann an. Er suchte aus den vielen Bänden, die seine Regale füllten, ein Buch heraus, setzte sich an den Schreibtisch und schlug eine Seite auf. »Die folgende Stelle stammt aus dem ersten Traktat der Ehegesetze.«

Der Mann saß reglos wie ein Stein auf seinem Stuhl und sagte nichts.

Rabbi Eger las laut vor: »›Eine Frau wird einem Mann durch drei Arten verbunden … und wird frei durch zwei Arten: durch Scheidung oder durch den Tod ihres Ehemannes.‹« Rabbi Eger klappte das Buch zu und blickte den Mann an. »Sie haben zwei Möglichkeiten, mein Freund«, sagte er sanft.

Der Mann erhob sich. »Ich weigere mich, meiner Frau die Scheidung zu gewähren.« Er nickte dem hochgeschätzten Gelehrten steif zu und ging aus dem Raum, ohne sich noch einmal umzudrehen.

Als er aus dem Haus trat, zog er die Tür fest hinter sich zu und lief ein paar Schritte, bevor er umfiel – tot.

1

Für einen Abend im Juli war es überraschend kühl. Deena Vogler schlang ihre Arme wärmend um den Oberkörper, als sie eilig aus dem Auto stieg und nach der Adresse in der Alcott Street suchte. Da war es ja. An der Haustür griff Deena zur Klingel, doch dann hielt sie plötzlich inne.

Das Treffen heute abend würde wahrscheinlich nichts bringen. Auch dieser Rabbiner würde ihr vermutlich nicht helfen können, und sie würde nur eine weitere Enttäuschung hinnehmen müssen. Er würde ihr in einem getäfelten Raum zuhören, der mit den maßgebenden Schriften der Bibel, des Talmuds und den ihnen zugehörigen Anmerkungsbänden gefüllt war. Sie hatte schon mehrere solcher Gespräche in anderen getäfelten Räumen mit anderen wohlmeinenden Rabbinern hinter sich, doch bis jetzt hatte der reiche Wissensschatz, den die kostbar gebundenen, dicken Bücher enthielten, die die Luft mit ihrem Ledergeruch erfüllten, ihr keinerlei Antworten oder Lösungen bieten können.

Dennoch hatte Alan Krantz, ihr Ferienarbeitgeber und der Mann ihrer besten Freundin, sie dazu gedrängt, es noch einmal zu versuchen. »Dieser Rabbiner ist anders«, hatte er mit Nachdruck gesagt. »Er ist sehr tatkräftig, und ich habe gehört, daß er neue Ideen und Ansätze für Frauen in deiner Situation hat. Was hast du außerdem schon zu verlieren?«

Sie klingelte. Erwarte dir aber lieber nichts davon, sagte sie zu sich selbst, doch dann lächelte sie schief, denn natürlich erwartete sie sich etwas von dem Treffen, sonst wäre sie gar nicht erst gekommen.

Einige Augenblicke später stand Deena in einem kleinen

Raum. Wider Erwarten war er nicht getäfelt, aber unzählige Bücher füllten die Regale an den Wänden.

»Ich freue mich, daß Sie gekommen sind, Mrs. Vogler«, sagte Reuben Markowitz. Er hatte eine warme Stimme, und er blickte sie aus seinen braunen Augen freundlich an. »Bitte setzen Sie sich doch.« Er deutete auf einen Klappstuhl, der vor einem holzfarbenen Schreibtisch stand, dann bemerkte er die Flickenpuppe, die darauf saß. »Meine beste Zuhörerin«, erklärte er Deena, während er die Puppe auf seinen ohnehin schon überquellenden Schreibtisch setzte und selbst Platz nahm. »Sie kritisiert nie meine Predigten. Aber leider muß ich sie mir mit Tamar teilen, unserer dreijährigen Tochter.« Er lächelte. »Lassen Sie mich nur schnell Stift und Papier zur Hand nehmen, dann können wir anfangen.«

Sie schaute skeptisch zu, wie er unter den pagodenähnlichen Stapeln von Büchern und Blättern auf seinem Schreibtisch wühlte, die jeden Moment auf den Teppichboden herunterzufallen drohten. Deena mußte an Rabbi Brodins Schreibtisch aus Palisanderholz denken, der immer tadellos sauber und auf dem immer alles weggeräumt war, bis auf einen in Leder eingebundenen Terminkalender, einen Messingständer, der einen goldenen Mont-Blanc-Füllfederhalter enthielt, und einen Schreibblock aus cremefarbenem Leinenpapier, auf dem in dunkelgrauer, reliefartig erhobener Schönschrift stand: »Vom Schreibtisch des Rabbi Morton Brodin.« *Mir hat er nie ein Blatt seines persönlichen Notizblocks gegeben,* wurde Deena sich plötzlich bewußt. *Auf der anderen Seite hatte er mir aber trotz seiner ganzen Tüchtigkeit und guten Organisation auch nichts zu sagen.*

Rabbi Markowitz war wesentlich jünger als Rabbi Brodin; sie schätzte ihn auf Anfang Dreißig. Kein graues Haar versteckte sich in seinem gepflegten Bart oder im lockigen braunen Haar, das mit einer schwarzen Wildlederjarmulke bedeckt war. Er war auch lässiger gekleidet, und zwar mit einer weiten Hose und einem gestrickten Polohemd statt einem dreiteiligen Anzug. Rabbi Brodin hätte das sicher mißbilligt.

»Gefunden!« Rabbi Markowitz hielt einen gelben, linierten Schreibblock und einen Filzschreiber in die Höhe. »Sie erwähnten am Telefon, daß Sie Schwierigkeiten mit Ihrem Mann haben. Wenn ich Ihnen helfen soll, ist es am besten –«

»Meinem Exmann«, unterbrach ihn Deena schnell. »Nun, da genau liegt auch das Problem. Wir sind zwar schon seit ein paar Monaten standesamtlich geschieden, auch wenn wir uns noch auf keine Güterverteilung geeinigt haben. Aber Jake verweigert mir die religiöse Scheidung.«

Den *Get*. Ohne den Scheidebrief würde sie sich niemals wiederverheiraten können. Rabbi Brodin hatte leicht in seinem beigen, gepolsterten Lehnstuhl gewippt und sie mit behutsam gedämpftem Tonfall daran erinnert, daß der *Get* nicht von ihr ausgehen konnte, sondern daß Jake ihn unterschreiben und ihr aus freien Stücken in Anwesenheit von Zeugen übergeben mußte; kein Rabbi konnte darauf Einfluß nehmen.

Eigenartigerweise hatte sie ihm ungläubig und mit wachsendem Entsetzen zugehört, so als hätte sie noch nie von Frauen gehört, deren Männer sich weigerten, ihnen den *Get* auszuhändigen. Von diesen Frauen zu hören hatte sie zwar immer beunruhigt, aber doch in einer recht distanzierten Art und Weise, so als hätte sie erfahren, daß jemand Fremdes von einer schweren Krankheit heimgesucht worden war. »Wie schrecklich«, hatte sie immer erwidert. »Was für ein Bastard!« Und das hatte sie auch so gemeint. Aber jetzt war sie selbst die Frau in der Geschichte, und auf einmal kam ihr alles schockierend neu vor.

»Ich bin also Jacks Besitz, sein Eigentum und all seinen Launen willenlos ausgeliefert?« hatte sie von Rabbi Brodin wissen wollen, doch sie kannte bereits die Antwort. »Nun ja, so würde ich es nun nicht ausdrücken«, hatte er gemurmelt. Aber dabei hatte er ihr nicht in die Augen gesehen; statt dessen hatte er gedankenlos auf dem Leinenpapier herumgekritzelt.

Aber was hieß es schon anderes?

Rabbi Markowitz kniff die Lippen zusammen. »Hängt es mit der Güterverteilung zusammen? Benutzt er den *Get* als Druckmittel?«

»Meine Rechtsanwältin, Brenda DiSalvo, sieht das so. Für sie erklärt das Jakes Forderungen.« Achtzig Prozent des Wertes ihres 5-Zimmer-Hauses in Beverlywood, einem wohlhabenden Wohnviertel in L.A., das an Beverly Hills angrenzt. Sicher, als Immobilienmakler hatte Jake das Haus aufgetan, aber ohne die Anzahlung von Deenas Eltern wären Jake und Deena niemals in der Lage gewesen, es zu kaufen. Jake wollte zudem die Eßzimmergarnitur, die Hi-Fi-Anlage, den Fernseher und den Videorecorder. Und das Kobaltgeschirr. »Aber jedesmal, wenn ich mich – entgegen des Rates meiner Anwältin – auf einen Kompromiß eingelassen habe, hat Jake seine Forderungen erhöht. Und, um ehrlich zu sein, macht es mich ziemlich wütend, daß ich auf etwas verzichten soll, was mir rechtmäßig zusteht. Es geht mir dabei gar nicht um die Gegenstände selbst«, fügte sie schnell hinzu. »Die sind ersetzbar. Aber ich habe keine Lust, mich erpressen zu lassen.«

»Das sollten Sie auch nicht«, sagte Markowitz bestimmt. »Das sollte niemand. Hat Ihr Mann Ihnen gesagt, worum es ihm eigentlich geht?«

»Jake hat die verrückte Idee, daß wir wieder heiraten sollen. Er behauptet, er liebt mich noch immer, aber das stimmt nicht, es ist –« Sie brach ab und suchte nach Worten. Wie konnte sie ihm erklären, was ihr selbst nicht immer ganz klar war? »Jake ist kein sehr guter Verlierer, Rabbi Markowitz. Er ist Immobilienmakler, sehr dynamisch und äußerst erfolgreich. Er würde sich nie ein gutes Geschäft durch die Lappen gehen lassen, wenn er es irgendwie verhindern kann. Und in diesem Licht sieht er, glaube ich, auch die Scheidung. Ich stelle für ihn wieder eine Herausforderung dar.«

»Wieder?« Rabbi Markowitz sah verwirrt aus.

Sie strich sich das Haar aus der Stirn, als wollte sie auf diese Weise ihre Gedanken sammeln. »Ich dachte, er würde mich wirklich lieben, wenigstens zu Anfang. Jetzt bin ich mir da nicht mehr so sicher.« Sie klang nachdenklich. »Wissen Sie, ich glaube, ich habe eine besondere Anziehung auf ihn ausgeübt, weil ich so anders war als die Frauen, die er sonst kannte. Jake ist zehn Jahre älter als ich, habe ich das schon erwähnt? Er hat also wesentlich mehr Erfahrung.«

Und äußerst gutaussehend, fügte sie innerlich hinzu, mit seinem vollen schwarzen Haar, seinen wachen grauen Augen und seinem ungezwungenen, sinnlichen Lächeln, das schon bei ihrer ersten Begegnung Vertrautheit hergestellt hatte. Deena hatte immer viele Verehrer gehabt – sie wußte, daß Männer sie mehr als nur hübsch fanden; das hatten sie ihr immer zu verstehen gegeben. Sie hatten ihr Komplimente zu ihrer guten Figur gemacht, zu ihren langen, vollen, kupferfarbenen Haaren und ihren grünen Augen. Doch sie hatten Deena nicht auf Jake vorbereiten können. Die gegenseitige körperliche Anziehung war unmittelbar und sehr heftig gewesen. Und er war ungemein witzig, anregend, kultiviert und spontan gewesen, hatte sie mit Geschenken und Blumen überhäuft. Und er konnte so unglaublich charmant sein, wenn er wollte – was während der Zeit ihres Kennenlernens und ihrer Verlobung immer der Fall gewesen war. Sie hatte sich in romantischen Illusionen gewogen und Strohfeuer fälschlicherweise für tiefe Gefühle gehalten.

»Aber wir hatten viel gemeinsam – gleiche Herkunft und Interessen. Wir sind beide Kinder von Überlebenden des Holocaust; und unsere Familien sind beide orthodox.« Erklärte sie das Rabbi Markowitz, fragte sie sich, oder versuchte sie gerade, sich selbst zu rechtfertigen?

»Wo haben Sie und Jake sich kennengelernt?«

»In seiner Immobilienfirma. Bevor ich vor zwei Jahren begann, Jura zu studieren, verschaffte mir mein Vater dort einen

Job über die Sommerferien. Mein Vater ist mit dem Seniorchef befreundet, Ben Kasden.« Max Novick hatte die Abmachung jedoch sofort bitterlich bereut, als Deena ihm erzählte, daß sie sich mit Jake verabredet hätte. *»Nur einmal«, hatte sie ihrem Vater gesagt. »Was ist schon dabei?«*

»Wie lange waren Sie verheiratet?«

»Ein gutes Jahr.« Sie sah, wie er die Information auf seinen gelben Block notierte.

»Haben Sie Kinder?« Sein Stift war gezückt, in Bereitschaft.

»Nein, ich – nein.« Sie wich seinem Blick aus und fühlte, wie sie errötete, obwohl sie wußte, daß er keine Gedanken lesen konnte. Sie hatte Schuldgefühle, weil sie Verhütungsmittel genommen hatte; als fromme orthodoxe Jüdin war ihr das eigentlich untersagt. Und sie wäre damals auch gern schwanger geworden, hätte gern von Jake ein Kind bekommen. Aber Jake hatte darauf bestanden, daß sie verhütete, und sie hatte sich seinem Willen gefügt. Selbst am Anfang ihrer Ehe war er merkwürdig besorgt gewesen, sie könnte schwanger werden. Sie hatte ihm, bevor sie miteinander schliefen, oft versichern müssen, daß sie auch wirklich ihr Diaphragma eingelegt hatte.

Damals hatte sie das verletzt. Sie war traurig gewesen und bestürzt wegen seines Widerwillens gegen ein Kind. Jetzt war sie ihm dankbar dafür. Ein Kind hätte alles nur um so vieles komplizierter gemacht.

»Mrs. Vogler, warum wollten Sie die Scheidung?«

Unüberbrückbare Differenzen, hatte Brenda DiSalvo dem Richter gesagt. Das war ein gebräuchlicher, unbestimmter und sehr dehnbarer Ausdruck; in ihrem Fall traf er jedoch absolut zu. »Ich bin sehr gläubig und orthodox. Die Religion bedeutet mir mehr als nur etwas, womit ich aufgewachsen bin. Sie ist ein wesentlicher Teil von mir. Jake hingegen wollte nicht mehr nach dem Glauben leben.«

»Das ist hart«, bestätigte Markowitz. Er tippte sich mit dem Stift gegen die Handfläche. »Kam die Änderung plötzlich?«

»Nein, eigentlich nicht. Jake hatte dem Glauben schon als Jugendlicher abgeschworen. Als wir uns kennenlernten, hielt er sich jedoch wieder an die Regeln, aber nach unserer Heirat nahm er es dann wieder nicht mehr so genau – mit den täglichen Gebeten, mit dem koscheren Essen, mit dem *Shabbas*. Mit allem. Er mischte fleischige und milchige Speisen und brachte Essen mit nach Hause, von dem er wußte, daß es nicht koscher zubereitet war. Am *Shabbas* ging er nicht mehr in die *Shul* und tat auch sonst Dinge, von denen er wußte, daß sie mich verstimmen würden. Er machte Licht an, sah fern und fuhr Auto.« Was am Sabbat alles verboten war.

»Haben Sie mit ihm darüber gesprochen?«

Sie nickte. »Wir stritten andauernd.«

»Und was hat er gesagt?«

»Ich bin diese ganzen gottverdammten Regeln leid und überhaupt diesen ganzen veralteten Quatsch! Wir leben schließlich im 20. Jahrhundert, oder ist dir das noch nicht aufgefallen? Und ich hab's satt, daß du mir ständig über die Schultern guckst. Die heilige Deena.«

»Jake, du wußtest von Anfang an, wie wichtig mir das ist. Wir hatten ein Abkommen. Du hast mir versprochen –«

»Nun, dann ist es jetzt eben an der Zeit, das Abkommen zu ändern, Süße. Wenn's dir nicht paßt, kannst du ja gegen mich klagen.«

»Im wesentlichen, daß er in der modernen Welt leben will«, erzählte Deena Rabbi Markowitz. »Er sagte, ich könnte gern so leben, wie ich wollte, aber ich hätte nicht das Recht, ihm meine Lebensweise aufzuzwingen.« Sie zögerte. »Manchmal hatte ich das merkwürdige Gefühl, daß er das alles nur tat, um mich zu ärgern, um es mir heimzuzahlen.«

»Wie meinen Sie das?« Markowitz runzelte die Stirn.

Sie fühlte, wie ihre Wangen brannten. Es fiel ihr nicht leicht, das Thema vor einem Fremden anzusprechen. »Er ... äh ... war sehr unzufrieden mit unserem ... Geschlechtsleben. Er haßte die Beschränkungen.« Gemäß den Bestimmungen der *Taharat Hamishpacha,* der Reinigungsvorschriften für die Familie, muß sich die Ehefrau jeden Monat von Beginn ihrer Periode an vom Ehemann absondern. Nach ihrer Periode zählt die Frau sieben reine Tage, dann reinigt sie sich in der *Mikvah,* einem rituellen Bad.

Deena erinnerte sich noch genau an das erste Mal, als sie in die *Mikvah* gegangen war, es war am Vorabend ihrer Hochzeit gewesen. Pearl hatte sie begleitet. Deena war nervös und aufgeregt gewesen.

Die Aufseherin hatte Deena in einen abgeschiedenen Raum geführt, der mit einer großen Badewanne und einem abgetrennten, gefliesten Duschbereich ausgestattet war sowie mit einer Kommode und einer Wasch- und Frisierecke vor einer Spiegelwand. Sauber gefaltete, dicke weiße Handtücher und zur Verfügung gestellte Schlappen lagen auf der Kommode neben einem großen Tablett, auf dem Shampoo, Nagellackentferner, Babyöl und Plastikbehälter mit Wattebäuschchen und Ohrstäbchen standen. Eine der Schubladen enthielt Scheren, Nagelfeilen und Bimssteine; in einer anderen befanden sich Bürsten, Kämme und ein Haarfön.

Die *Mikvah* selbst befand sich in einem separaten gefliesten Bereich. Deena lief die Stufen zur Mitte des Warmwasserbeckens hinab und tauchte einige Sekunden lang vollkommen unter Wasser, dann kam sie wieder hoch. Die Aufseherin nickte zustimmend. Deena sagte auf Hebräisch den Segensspruch auf. Dabei kam es ihr so vor, als hallte ihre Stimme in mystischem Echo wider. Sie tauchte ein zweites Mal unter und sprach dann eine andere, längere Benediktion. Sie stotterte ein wenig dabei, aber die Aufseherin lächelte ihr aufmunternd zu. Anschließend tauchte Deena ein letztes Mal unter Wasser. Als sie aus dem Becken stieg, stand die Aufseherin mit sittsam abgewendetem Gesicht neben ihr und reichte ihr einen Bademantel.

Deena hatte sich ausgezeichnet gefühlt. Rein, irgendwie. Sie war davon überzeugt, daß das ein guter Anfang für ihre Ehe wäre.

Rabbi Markowitz sagte: »Er kannte doch aber die Bestimmungen, bevor er Sie geheiratet hat?«

»Natürlich! Und ich habe ihm auch gesagt, daß ich auf dem Gebiet keine Kompromisse eingehen würde.« Hatte sie sich etwa deshalb damit einverstanden erklärt, Verhütungsmittel zu nehmen? Wahrscheinlich. »In den ersten Monaten verhielt sich Jake auch tadellos. Aber dann wurde es zunehmend schwieriger mit ihm.« Er hatte abwechselnd gefordert, es mit Schmeicheleien versucht, sie beschimpft oder wie ein verwöhntes Kind genörgelt, das seinen Willen nicht bekam. Zweimal hatte sie ihn gewaltsam abwehren müssen und die Nacht auf der Couch im kleinen Wohnzimmer verbracht.

»Orthodox zu sein erfordert unablässiges Bekennen zur Religion und aufrichtigen Glauben«, bemerkte Rabbi Markowitz. »Und enorme Selbstbeherrschung. Aber selbst dann ist es nicht immer einfach. Wir müssen Regeln befolgen, die unseren Alltag bestimmen und uns vorgeben, wie wir uns anziehen müssen, was wir essen und wann wir Geschlechtsverkehr haben dürfen. Einige Menschen können damit nicht umgehen.«

»Aber Jake hat es ja nicht einmal versucht, Rabbi Markowitz! Und ich hätte eigentlich wissen müssen, daß es nicht funktionieren würde. Das ärgert mich am meisten. Alle haben mich vor ihm gewarnt – meine Eltern und meine Freunde.« Sie machte eine Pause. »Und ich selbst hatte auch Bedenken. Ich erklärte Jake, es könnte nicht funktionieren, wenn er es nur für mich täte, aber er sagte, er wäre wirklich gläubig, und ich glaubte ihm.« Sie betrachtete ihre Hände. »Ich weiß, was Sie jetzt denken: daß ich ihm geglaubt habe, weil ich es wollte. Das sehe ich jetzt auch.«

»Hören Sie, ich kenne niemanden, dem das nicht mindestens einmal passiert wäre. Mich eingeschlossen. Sie glauben also, Ihr Mann hätte Ihnen etwas vorgemacht? Vielleicht haben Sie recht. Aber wahrscheinlich hat er auch sich selbst etwas vorgemacht, sonst hätte er Sie nicht geheiratet. Sie haben ihm Ihre Bedingungen schließlich klargemacht, oder?«

Sie nickte.

»Und, wissen Sie, es ist eine schrecklich verführerische und romantische Vorstellung, jemandes Seele zu retten. Das sollte ich schließlich selbst am besten wissen.« Markowitz grinste.

Ein schwaches Lächeln huschte über ihr Gesicht. »Mag sein.« Der Gedanke war ihr auch schon gekommen. »Aber trotzdem komme ich mir ziemlich dumm vor.«

»Das sollten Sie aber nicht«, sagte er mit fester Stimme. »Nun denn. Es entwickelte sich zwischen ihnen also nicht wie erhofft, und Sie trennten sich?«

»Nein.« Sie schüttelte den Kopf. »Nein, ich suchte zuerst Rabbi Brodin auf und bat ihn um Hilfe. Er unterwies Jake, als er wieder orthodox wurde. Und er hat uns auch getraut.«

»Und?«

»Er sagte mir, ich solle Geduld haben. Es wäre wahrscheinlich nur eine Phase, und alles würde wieder in Ordnung kommen. Ich wollte ihm glauben. Mehr als alles in der Welt wollte ich diese Ehe retten. Aber dann … aber dann …« Ihre Brust schnürte sich zusammen – ein nur allzu vertrautes Gefühl. »Dann fand ich heraus, daß Jake eine Affäre hatte.«

»Das tut mir leid«, sagte Markowitz sanft. »Das muß sehr schmerzhaft für Sie gewesen sein.«

»Ich war am Boden zerstört«, sagte sie leise. Selbst jetzt konnte sie noch den Schmerz und die Demütigung spüren, und auch das Gefühl, versagt zu haben. Denn natürlich hatte sie sich unzählige Male gefragt, was ihn zu Annie getrieben hatte.

Sie änderte ihre Sitzhaltung. »Aber das war das Beste, was mir passieren konnte. Auf diese Weise wurden mir endlich die Augen geöffnet, und ich erkannte, welch schrecklicher Fehler es gewesen war, Jake zu heiraten. Damals ging ich natürlich noch davon aus, daß es kein Problem wäre, mich von ihm scheiden zu lassen, denn er war ja offensichtlich auch nicht glücklich mit mir, nicht? Aber er verweigert mir den *Get.*«

»Was ist mit Ihren Schwiegereltern? Wie stehen sie dazu?«

»Die Vogelanters sind nette Leute, aber –«

»Vogelanter?« unterbrach sie Rabbi Markowitz.

»Jake ließ seinen Nachnamen kürzen.« Er hatte sich von den letzten beiden Silben seines Namens mit derselben Nonchalance getrennt, mit der er seine Tradition aufgegeben hatte. »Um auf Ihre Frage zurückzukommen: Sie haben sich herausgehalten. Ich glaube, Joe, Jakes Vater, leidet sehr unter dem Ganzen. Aber Ida, nun, sie liebt Jake abgöttisch.« Mein Jackie, nannte Ida ihn immer.

»Haben Sie mit noch jemand darüber gesprochen?«

»Mit Rabbi Brodin.« Ein zweites Mal. »Zunächst sagte er mir, ich solle warten, bis wir die Güterverteilung festgelegt hätten. Ich bin seinem Rat gefolgt, aber das war leider ein Fehler. Ich habe weder den *Get* noch ist die Güterverteilung geregelt. Jetzt sagt er, ich solle mich gedulden, Jake werde schon wieder zur Vernunft kommen.« Sie lächelte grimmig. »Aber ich kenne Jake, Rabbi.« Sie sah wieder Jakes Grinsen vor sich und erinnerte sich an ihr letztes Zusammentreffen.

»Nach jüdischem Gesetz bist du noch immer meine Frau. Daran ändert auch das Gerichtsurteil nichts. Du darfst dich nicht einmal mit einem anderen Mann verabreden, geschweige denn ihn heiraten.« Triumph schwang in seiner Stimme mit.

»Warum tust du das, Jake? Was gewinnst du dabei, wenn du mir den Get *verweigerst, außer, daß du mich damit unglücklich machst?«*

»Das sagte ich dir doch bereits. Ich möchte, daß du mich wieder zurücknimmst. Das ist das einzige, was ich will! Nicht das Haus und nicht das Geld.«

»Das wird aber nicht passieren! Du lebst in einer Fantasiewelt!«

»Mag sein. Aber ich hab's nicht eilig.« Er machte eine Pause. »Du etwa?«

»Wie bitte?«

»Was ist los, Deena? Hast du etwa einen Freund, von dem ich nichts weiß? Irgendeinen süßen Jurastudenten, der dir die Bücher trägt?«

»Sei nicht albern!«

Er stand auf und ging zur Haustür.

Sie folgte ihm. »Was ist mit der Güterverteilung?

»Mach mir ein Angebot, Lady Dee.« Und mit einem übermütigen Lächeln auf den Lippen verließ er das Haus.

Deena lehnte sich vor. »Rabbi Markowitz, ich kann Ihnen gar nicht sagen, wie hilflos ich mich fühle und wie ... gefangen. Von morgens nach dem Aufwachen bis zum Schlafengehen kann ich an nichts anderes denken als an den *Get*. Manchmal –« Sie hielt inne. »Manchmal bin ich so zornig, daß ich am liebsten vor dem Ganzen wegrennen würde. Ich sage mir dann, daß ich ja auch ohne *Get* wieder heiraten kann und daß mir Gott schon vergeben wird.«

»Aber das können Sie nicht.« Das war keine Frage, sondern eine Feststellung.

»Nein. Aber ich wünschte, ich könnte es.« Doch damit würde sie ihr innerstes Wesen verleugnen. Sie holte tief Luft. »Können Sie mir helfen?«

Reuben Markowitz verschloß den Stift mit der Kappe und legte ihn auf den gelben Block. Deena kam es wie eine Ewigkeit vor, bis er endlich sprach.

»Ich kann leider nichts übers Knie brechen. Sie befinden sich in einer äußerst schwierigen Lage«, sagte er ruhig. »Ich hoffe, Sie haben keine schnelle Lösung erwartet.«

»Nein, natürlich nicht«, log sie. War der Abend am Ende doch vergeudet? Eine Zeitlang hatte sie gedacht, es gäbe vielleicht doch ... Sie blinzelte, um ihre Tränen zurückzuhalten.

»Aber es ist nicht aussichtslos.« Er stand auf, lief um den

Tisch herum und setzte sich auf die Kante. »Nach dem zu urteilen, was Sie mir über Ihren Mann erzählt haben, wird es allerdings wahrscheinlich nicht ganz einfach werden. Und ich kann Ihnen leider auch nicht sagen, wie lange es dauern wird. Aber ich werde alles versuchen, Ihnen zu helfen.«

»Danke.« Ihre Stimme zitterte.

»Danken Sie mir lieber noch nicht.« Er lächelte. »Im Moment sind Sie, was der Talmud eine *Agunah* nennt – wörtlich übersetzt, eine ›Gebundene‹. Es gibt spezielle Vorgehensweisen, ein festgelegtes Schema, an das wir uns halten müssen, wenn wir solch eine Bindung lösen wollen.«

»Aber ich werde meinen *Get* bekommen?«

Er blickte ihr in die Augen. »Das kann ich Ihnen leider nicht garantieren. Ich habe zwar schon einigen Frauen in Ihrer Situation helfen können, aber ich habe leider keine durchgängige Erfolgsrate vorzuweisen. Keineswegs. Auch ein paar Männern habe ich schon geholfen.«

»Männern?« Deena runzelte die Stirn.

»Der *Get* muß zwar vom Ehemann ausgehen, aber die Ehefrau muß ihn annehmen. Und es gibt Frauen, die das nicht tun, aber das ist weit seltener. Doch zurück zu Ihnen. Zunächst werde ich Ihren Fall dem örtlichen *Beth Din* vortragen, dem jüdischen religiösen Gerichtshof. Der *Beth Din* wird Ihren Mann dann vorladen.«

Sie schüttelte den Kopf. »Jake wird aber nicht erscheinen. Warum sollte er?«

»Davon bin ich auch nicht ausgegangen. Selbst gläubige Männer ignorieren häufig die Vorladung. Aber wir müssen den vorgeschriebenen Ablauf befolgen. Der *Beth Din* wird Jake bei Nichterscheinen noch zweimal auffordern. Wenn Jake auch die dritte Vorladung ignoriert, wird der *Beth Din* eine Vorladung wegen Mißachtung des Gerichts ausschreiben, eine *Seruv*, die verlautbart, daß er vorsätzlich nicht vor Gericht erschienen ist. Das Dokument wird veröffentlicht.«

»Aber wie hilft mir das weiter?«

»Damit wird der Weg für Gemeindeaktionen geebnet. Die Rabbiner können von der Kanzel herab über den Mann sprechen, rituelle Ehrenerweisungen beschränken und ihn vom Gottesdienst ausschließen. Jüdische Händler können jegliche Zusammenarbeit mit ihm verweigern. Die Gemeinde kann ihn sozial ächten. Und so weiter.«

»Jake geht aber nicht in die *Shul,* Rabbi Markowitz. Er ist nicht –«

Er lächelte. »Ich weiß. Koscheres Essen ist nicht gerade lebenswichtig für ihn, nicht wahr? Es ist wirklich zu dumm, daß er nicht am Leben der jüdischen Gemeinde teilnimmt. Aber es gibt noch andere Wege, ihn zu überzeugen. Wir können Ihren Mann mit Telefonanrufen und Vorposten belästigen, sowohl bei seiner Arbeit als auch zu Hause. Überall.«

»Warum hat mir Rabbi Brodin von all dem nichts erzählt?« Sie fühlte, wie Zorn in ihr aufstieg, daß sie wegen Brodin so viel Zeit hatte unnütz verstreichen lassen.

»Er hofft wahrscheinlich, daß sich das Problem irgendwann von selbst lösen wird. Es ist nicht immer einfach, mit einem aufgebrachten, zum Teil rachsüchtigen Ehemann umzugehen, mit Familienmitgliedern und Freunden – von denen einige zudem auch noch recht einflußreich sein können. Es kann sehr häßlich werden. Und gerechtigkeitshalber muß ich hinzufügen, daß viele Rabbiner die Situation sehr bekümmert und daß die Frauen ihnen leid tun. Und weil sie wirklich keine andere Lösung sehen, raten sie den Frauen, auf alle Forderungen ihres Mannes einzugehen, um dafür den *Get* zu erhalten.« Rabbi Markowitz schüttelte den Kopf. »In meinen Augen begünstigen sie damit Erpressung. Und das führt meiner Meinung nach dazu, daß das Problem immer weiter fortbesteht. Darum versuchen wir, etwas dagegen zu unternehmen.«

Wir? »Das klingt, als existiere eine Organisation, die sich darum kümmert.«

»Das stimmt, und zwar in New York. Sie beziehen dort tatsächlich die Gemeinde mit ein, und in vielen Fällen waren sie schon sehr erfolgreich. Wir bemühen uns gerade, in Los Angeles etwas Ähnliches aufzuziehen. Ideal wäre natürlich, wenn die nationalen jüdischen Organisationen Erlasse herausgäben, die diesen Ehemännern jegliche Beteiligung am jüdischen Leben untersagten. Das würde den einzelnen Rabbiner entlasten. Bis jetzt ist das aber leider noch nicht geschehen.«

»Und Sie werden sich persönlich in einer Vorpostenkette vor Jakes Büro aufstellen?« Deena blickte ihn fragend an.

»Wenn das erforderlich sein sollte, ja. Und ich kenne eine Menge Leute, die mitmachen würden. Männer *und* Frauen. Dieses Problem betrifft nämlich nicht nur Sie. Das Thema ist eine Bloßstellung für das Judentum, es ist gegen das Gesetz. Der *Get* war ursprünglich als Schutz für die Ehefrau gedacht. Man wollte dafür sorgen, daß der Ehemann, der sich von ihr scheiden ließ, die *Ketubah*, die Bestimmungen des Ehevertrags, einlöst.«

»Ich kann nicht gerade behaupten, daß ich mich im Moment beschützt fühle.« Sie zögerte. »Um ehrlich zu sein, habe ich mit dem Ganzen auf der philosophischen Ebene Schwierigkeiten. Ich meine, ich bin dem Judentum seit jeher tief verbunden, weil es sich so für die Menschenrechte einsetzt, für Gerechtigkeit und Güte. Wie kann aber dieselbe Thora, die besonderen Schutz und besonderes Mitgefühl für Witwen, Waisen und Fremde einfordert, die uns sogar verbietet, Vögel aus ihrem Nest zu entfernen, solange der Muttervogel darin sitzt, die –«, Sie brach kopfschüttelnd ab. »Es ergibt einfach keinen Sinn für mich.«

»Nicht das Gesetz an sich ist schuld an der Misere«, sagte Markowitz sanft. »Sondern so skrupellose Männer wie Ihr Ehemann, die die eigentliche Absicht des Gesetzes vereiteln und den *Get* dazu benutzen, um sich an ihrer Ehefrau zu rächen oder sie zu erpressen. Manchmal sogar beides. Dem müssen wir

Einhalt gebieten. Doch dabei müssen wir uns an den gesetzlich vorgegebenen Rahmen halten.«

»Aber Sie kennen Jake nicht. Er ist sehr stur, Rabbi Markowitz. Was ist, wenn er dem Druck standhält?«

»Es gibt noch andere Wege«, antwortete er ruhig. »Unter gewissen Umständen kann ein *Beth Din* so jemandem wie Jake eine körperliche Strafe auferlegen – Auspeitschen. In Israel würde er heutzutage eingesperrt werden, bis er Ihnen den *Get* gibt.«

»Aber –«

»Aber wir sind nicht in Israel. Das ist richtig. Und ein *Beth Din* hat hier keinerlei Amtsgewalt. Zudem gebietet uns die Thora, die Gesetze des Landes zu befolgen, in dem wir leben.« Er machte eine Pause. »Nichtsdestoweniger ...«

»Oh.« Sie flüsterte es halb, halb war es ein Ausruf. Sie stellte sich Jake gewaltsam in die Knie gezwungen vor, die Hände auf den Rücken gebunden, sein einst hübsches Gesicht zerschlagen, die Lippen aufgesprungen und blutig. Die Vorstellung verursachte ihr Übelkeit, aber auch eine gewisse freudige Erregung. »Aber ist das denn nicht gefährlich?« brachte sie schließlich heraus.

»Ich bezweifle, daß es überhaupt dazu kommen wird. Aber ja, es wäre sehr gefährlich. Belästigung ist aber ebenfalls sehr riskant. Ich habe bereits Drohanrufe von Ehemännern und anderen Rabbinern erhalten. Und ich hatte auch schon des öfteren mit der Polizei zu tun.« Er zuckte die Achseln.

»Waren Sie schon mal ...?«

»Ob ich schon mal im Gefängnis war? Nein, aber ich war schon einige Male knapp davor, und vermutlich wird es mir auch eines Tages blühen. Meine Frau ist natürlich nicht gerade begeistert davon, aber sie versteht, daß ich nicht anders handeln kann.« Seine Augen waren dunkel und nachdenklich.

»Aber lassen Sie uns nicht zu weit in die Zukunft denken«, sagte er plötzlich in munterem Tonfall. »Wenn Ihr Mann klug ist, wird er einsehen, daß es für ihn von Vorteil ist, wenn er Ihnen den *Get* gibt. Wir können ihm die Freude am Leben ganz schön vermiesen, ohne dabei gleich zu radikalen Maßnahmen greifen zu müssen. Lassen Sie mich jedoch zuerst zum *Beth Din* gehen. Leider dauert es eine ganze Weile, bis er tätig wird. Überdies werde ich Ihnen den Kontakt zu einer Selbsthilfegruppe von *Agunot* vermitteln. Es wird Ihnen bestimmt guttun, sich mit Frauen zu unterhalten, die aus eigener Erfahrung heraus verstehen, was Sie gerade durchmachen.«

»Ich weiß nicht recht.« Bei dem Gedanken, ihr Intimleben Fremden anzuvertrauen, war ihr etwas unbehaglich zumute.

»Ich bestehe darauf; Sie werden es mir bestimmt danken. Die Gruppe leitet Faye Rudman. Ich gebe Ihnen ihre Telefonnummer.« Er kehrte zu seinem Stuhl zurück, kritzelte eine Nummer unten auf die Blockseite, die er mit Notizen vollgeschrieben hatte, riß dann den Teil des Zettels mit der Nummer ab und reichte ihn Deena.

Sie warf einen flüchtigen Blick auf die Nummer und steckte den Zettel in ihre Tasche. »Wie lange hat Mrs. Rudman denn auf ihren *Get* gewartet?«

Er zögerte. »Ihr Fall ist ungewöhnlich. Ihr Mann befindet sich nämlich in einer Nervenheilanstalt. Da er nicht mündig ist, kann er ihr den *Get* nicht geben. Sie ist seit elf Jahren eine *Agunah*.« Seine Stimme war gedrückt vor Bekümmerung.

Elf Jahre! »Was können Sie denn dann überhaupt für sie tun?«

»Sehr wenig, leider. Sie wird warten müssen, bis er wieder so weit gesund ist, daß er für mündig erklärt wird, und sei es auch nur für eine kurze Zeitspanne. Für einen Tag oder eine Stunde. Oder bis er stirbt.« Markowitz schüttelte den Kopf.

»Das ist ja schrecklich!« flüsterte sie.

»Ja, das ist es wirklich. Aber Faye ist eine ganz erstaunliche Frau. Das werden Sie sofort merken, wenn Sie sie kennenlernen. Und tun Sie sich bitte selbst einen Gefallen: Vergleichen

Sie nicht Ihre mit Fayes Situation. Jake ist nicht geisteskrank, und Sie werden nicht warten müssen, bis er tot ist, um wieder heiraten zu können.«

»Wer weiß?« Der Gedanke ließ sie frösteln. Aber zum ersten Mal seit mehreren Monaten hatte sie wieder einen schwachen Hoffnungsschimmer.

Es war zweiundzwanzig Uhr dreißig, als Deena in ihre Einfahrt auf der Guthrie Avenue bog. Das hellgraue Stuckhaus war, bis auf das Lichtdreieck an der Haustür, in Dunkelheit gehüllt. Es wirkte verlassen und wenig einladend, und es schien viel zu groß für eine einzige Bewohnerin. Unser Traumhaus, dachte sie.

Sie stellte den Motor ab, dann saß sie in der plötzlichen Stille da und dachte an das Gespräch mit Rabbi Markowitz. Als sie ein paar Minuten später aus ihrem Wagen stieg, bemerkte sie weder den roten Porsche, der ein wenig weiter unten in der Straße stand, noch die Person, die darin saß und die nun beobachtete, wie sie den gepflasterten Weg zur Vordertür lief.

2

»Tu mir bitte einen Gefallen«, bat Max Novick seine Tochter schon beim Eintreten, als sie im Haus ihrer Eltern eintraf, um mit ihnen den Sabbat zu verbringen. Max und Pearl lebten auf der anderen Seite der Stadt in der Fuller Avenue, im Herzen der dichtbesiedelten jüdischen Gemeinde, in einem weißen, zweistöckigen Haus, das ein spanisches Ziegeldach hatte und schwarze schmiedeeiserne Balkons. »Erwähne bitte weder Jake noch den *Get* vor deiner Mutter. Es regt sie zu sehr auf.«

»Ich werde es nicht ansprechen.« Deena stellte sich auf Zehenspitzen, um ihren Vater auf den kahlen rötlichgrauen Kopf zu küssen. »Aber was ist, wenn sie mich danach fragt?«

»Dann sag ihr, daß alles gut vorangeht. Sag ihr, daß dieser

Rabbi Markowitz wahre Wunder bewirkt. Oder irgendwas in der Art; mir ist egal, was genau du antwortest.« Er musterte sie kritisch. »Du siehst blaß und dünn aus. Du mußt unbedingt etwas essen. Magst du vielleicht ein Ei? Oder einen Toast?«

»Ich habe gerade zu Mittag gegessen.«

»Dann Saft. Ich habe gerade welchen für deine Mutter frisch ausgepreßt.« Er verließ die achteckige, sandfarbene Eingangshalle mit dem Marmorboden und eilte in die Küche.

Deena lächelte. Solange sie sich erinnern konnte, war ihr Vater immer wie eine jüdische Mutter gewesen. Sie stellte ihren kleinen Reisekoffer am Fuß der Treppe ab und folgte ihm. Die Küche – weißlackierte Schränke und weiße Keramikkacheln auf den Ablagen und am Boden – war sauber und durchzogen von dem vertrauten Duft all ihrer Lieblingsgerichte. »Wo ist Mom?«

»Sie ruht sich aus. Sie hat heute vormittag für *Shabbas* gekocht, und danach hat sie sich hingelegt.« Er reichte Deena ein Glas Saft. »Sie legt sich jeden Vormittag und jeden Nachmittag hin, aber sie ist trotzdem immer noch müde.« Er seufzte. »Sie hat schon wieder zu hohen Blutdruck, habe ich dir das schon erzählt? Die neuen Tabletten helfen leider auch nicht viel besser.« Sein Blick hinter der goldfarbenen Zweistärkenbrille war müde.

»Ist noch irgendwas? Du klingst so besorgt.«

»Hast du das letzte Mal bemerkt, wie ihre Hand gezittert hat? Jetzt ist noch ein nervöses Zucken am linken Auge dazugekommen, wie bei Mrs. Sobel, und es ist halb geschlossen.« Mrs. Sobel war eine Patientin im Genesungsheim, das Max besaß.

Deena runzelte die Stirn. »Was sagt denn Dr. Melner dazu? Könnte es nicht eine Allergie sein?«

»Melner!« Max schüttelte verärgert den Kopf. »Er sagt, es seien nur die Nerven.«

»Kann er ihr denn kein Beruhigungsmittel verschreiben?«

»Doch, das hat er auch. Valium. Große Sache.« Er nahm Deena das leere Glas aus der Hand, spülte es aus und stellte es zum Trocknen auf den Abtropfständer. »Jetzt schleppt sie immer ein Tablettenröllchen mit sich herum, ›für den Notfall‹, wie sie sagt. Aber sie nimmt nie eine. Sie hat Angst, sie könnte abhängig werden.«

»Und was sollen wir deiner Meinung nach tun?« fragte Deena.

»Tun?« Max zuckte mit den Schultern. »Was können wir schon tun? Melner spricht von einem kompletten Aufbauprogramm. Weißt du, was ihr wirklich helfen würde? Bring du endlich deine Scheidung durch, und sie wird ein ganz neuer Mensch sein.«

Deena zuckte zusammen, als hätte er sie geschlagen. »Das habe ich nur leider nicht in der Hand, Daddy. Mach mich bitte nicht noch unglücklicher, als ich sowieso schon bin.«

»Entschuldige, es tut mir leid.« Max legte seine Hände auf ihre Wangen, zog Deena zu sich heran und küßte sie auf die Stirn. »Glaub mir, ich weiß, daß es nicht deine Schuld ist, Deena. Ich mache mir nur solche Sorgen.«

Aber es *war* ihre Schuld, hielt sie sich selbst vor, als sie in ihrem früheren, rosa- und malvenfarben eingerichteten Kinderzimmer ihr Köfferchen auspackte. Sie hatten sie schließlich alle gewarnt, oder nicht? Sandy, Alan, ihre Eltern – ihr Vater sogar mehr als ihre Mutter; Pearl hielt sich immer sehr zurück mit Kritik, sie wollte Deena nicht unglücklich machen. Doch Deena hatte Jakes widersprüchliche Seiten mit romantischer Glasur überpinselt. Sie hatte sämtliche Einsprüche ihrer Freunde und Eltern mit einem Achselzucken abgetan und Jakes Flirt mit ihr und der Orthodoxie für aufrichtig gehalten. Für jedes Argument hatte sie eine passende Antwort parat gehabt.

Jake sei zu alt für Deena, hatten Sandy und Alan ihr gesagt, er wäre sich seines guten Aussehens zu bewußt, und er sei zu glatt und erfahren für sie. Zudem hätte er mit einer anderen

Frau zusammengelebt, bevor er sich mit Deena verabredet hatte. Merkte sie denn gar nicht, wie unterschiedlich sie waren und daß sie aus ganz verschiedenen Kreisen stammten?

Er sei aber ein ganz anderer Mensch geworden, hatte Deena ihnen geantwortet. Und Ann Douglas wäre aus seinem Leben getreten. Sie gehöre seiner Vergangenheit an.

Jake sei unbeständig, flatterhaft und schnell gelangweilt, versuchte Alan ihr klarzumachen – Jake hatte angefangen, Jura zu studieren, war aber bereits nach einem Jahr in einen Business-Administration-Studiengang übergewechselt, dann hatte er auch den abgebrochen, um ins Immobiliengeschäft einzusteigen. Gäbe ihr das denn gar nicht in bezug auf ihre Beziehung zu denken?

Manche Menschen brauchen eben etwas länger, um sich selbst zu finden, hatte Deena ihm entgegengehalten. Und Jake arbeite jetzt schon seit mehreren Jahren erfolgreich bei derselben Firma. Sein Partner Ben schwöre auf ihn.

Und was sei mit dem Glauben? hatten sie vereint wie ein griechischer Klagechor wissen wollen. Wie konnte Deena bloß erwägen, jemanden zu heiraten, der ihr Bekenntnis zur Orthodoxie nicht teilte und damit auch nicht die Lebensweise, die der Glaube mit sich bringt?

Aber er sei wieder fromm geworden, hatte sie beharrt und triumphierend die Beweise dafür aufgezählt: Jake wolle koscher bleiben. Jake habe sich eine Jarmulke gekauft. Und dann – ein Meilenstein: Jake war in die *Shul* gegangen.

Ihre Eltern hatten sich im Wohnzimmer aufgehalten, als sie ihnen das stolz berichtet hatte. Ihre Mutter hatte auf der braunen und goldenen Tweedcouch gesessen und lächelnd von ihrem Strickzeug aufgeblickt; ihr Vater hingegen, der mit übereinandergeschlagenen Beinen auf der schwarzen Lederliege lag, hatte seinen Blick nicht vom Fernseher abgewendet.

»Daddy, hast du gehört, was ich gerade gesagt habe?«

»Ja, ich hab's vernommen.«

»Ich dachte, es könnte dich vielleicht interessieren.«

»Ich bin überwältigt. Jake Vogler ist also in die *Shul* gegangen. Ich werde sofort die *L.A. Times* verständigen und den *B'nai Brith Messenger.*«

»Max.« Die Stricknadeln klapperten leise protestierend.

»Nein, noch besser: ich werde ›Eyewitness News‹ anrufen: ›Jude geht in Synagoge – eine Sendung um elf.‹«

»Er hat mir gesagt, daß ihm der Gottesdienst wirklich gefallen hat. Er will nächste Woche vielleicht wieder hingehen.«

»Und nächste Woche erzählst du mir dann, daß er gefilte Fisch aß und daß er ihm geschmeckt hat. Das macht ihn nur leider noch lange nicht fromm.«

»Er versucht es, Daddy. Siehst du das denn nicht?«

»Einen Anzug probiert man an. Und wenn er nicht richtig sitzt, gibt man ihn wieder zurück. Eine Religion aber probiert man nicht aus – einen Tag ja und am nächsten nein. Gläubig ist man, oder man ist es nicht.«

»Aber das dauert seine Zeit, Daddy. Das kommt schließlich nicht einfach so über Nacht. Er muß wieder dazu zurückfinden. Viele Leute heutzutage müssen erst wieder zum Glauben zurückfinden, und sie bekennen sich aufrichtig dazu.«

»Wer sagt denn etwas dagegen? Ich kenne viele Leute, bei denen das so ist, und ich kann von ihnen sogar noch einiges über das Jüdischsein lernen. Ich achte sie von ganzem Herzen. Ich finde es wunderbar. Aber ich habe mich mehr als einmal mit Jake unterhalten, Deena.« Er schüttelte den Kopf. »Glaub mir, er will nicht wieder fromm werden – er will ein frommes Mädchen beeindrucken. Das ist das Falsche für dich. Und das Falsche für ihn.«

»Du kennst ihn aber doch gar nicht. Warum gibst du ihm denn keine Chance?« Sie blickte zu ihrer Mutter.

»Sprich mit ihr, Max«, sagte Pearl leise.

Max seufzte. Er schaltete den Fernseher aus, setzte sich neben Deena auf die Couch und nahm ihre Hände in seine.

»Deine Mutter und ich sind 1952 in dieses Land gekommen. Wir waren damals in unseren Zwanzigern. Wir hatten Hitlers Konzentrationslager überlebt – ein Wunder.« Er machte eine Pause, um sich wieder alles zu vergegenwärtigen. »Wir kamen ohne Geld hier an, ohne Hoffnung und ohne Zukunft. Aber wir haben gekämpft, und mit Gottes Hilfe haben wir es geschafft.«

»Ich weiß, Daddy.«

Er legte ihr einen Finger auf die Lippen. »Laß mich bitte ausreden. Jahrelang, viele, viele Jahre lang haben wir versucht, Kinder zu bekommen. Doch es klappte nicht.« Er warf Pearl einen zärtlichen Blick zu. »Aber dann, nachdem wir schon längst alle Hoffnung aufgegeben hatten, kamst du zur Welt. Wieder ein Wunder. Und wir danken Gott jeden Tag dafür, daß er dich uns gegeben hat. Wir haben dich religiös erzogen, denn das ist, woran wir glauben. Ich hoffe, du glaubst auch daran?« Er musterte sie.

»Natürlich, Daddy. Das weißt du doch.«

»Und deshalb brichst du uns, wenn du uns erzählst, daß du mit einem Mann zusammen bist, der nicht an Gott glaubt, beinahe das Herz. Und dann sprichst du auch noch von Chancen.« Er schüttelte den Kopf. »Wir hatten bereits so viele Chancen; ich weiß nicht, ob wir noch welche übrig haben. Jake Vogler mag ja ein netter Mann sein –«

»Das ist er!«

»Das glaube ich dir ja. Er mag ein wunderbarer Mann sein. Aber Jake Vogler ist nicht der Richtige für Deena Novick. Das fühle ich tief in meinem Herzen.«

Doch natürlich hatte Deena es besser gewußt. Und einige Monate später war sie, unter einem lavendelfarbenen Himmel und mit raschelnden Blättern im Hintergrund, mit ihren Eltern zu beiden Seiten untergehakt den Läufer entlanggeschritten und neben Jake unter die blumengeschmückte *Chuppah*, den Hochzeitsbaldachin, getreten. Geführt von Pearl und Ida, Jakes Mutter, hatte Deena Jake siebenmal umkreist, war dann neben ihm stehengeblieben, um vor Rabbi Brodin zu treten.

Deena war es so vorgekommen, als sei die Zeremonie ähnlich einer Belichtungszeit vorübergegangen, in einer Aufeinanderfolge von Aufnahmen: das Psalmodieren der Segenssprüche; Pearls Hochheben von Deenas Schleier, damit sie einen Schluck vom Weinkelch hatte nehmen können. Jakes Hochzeitsschwur auf Hebräisch – »Siehe, du bist mir mit diesem Ring nach der Religion Moses und Israels geheiligt« – und das Anstecken des schlichten, polierten Goldringes über den rechten Zeigefinger; Das Verlesen und die anschließende Aushändigung der *Ketubah*, des Ehevertrages; Das Singen der sieben Benediktionen der Eheschließung, gefolgt von einem weiteren Schluck Wein; und schließlich das gedämpfte Klirren, als Jake über das eingewickelte Kelchglas gestolpert war, das jemand ihm schnell unter den Fuß geschoben hatte.

»*Mazel tov!*« hatten alle freudig ausgerufen. Viel Glück!

Doch das Glück war ihnen nicht hold gewesen. Jake Vogler hatte sich weder als der Richtige herausgestellt noch als wundervoll. Und Deena, das einzige Kind ihrer Eltern, Quell all ihrer Liebe, Hoffnung und Zuversicht, hatte sich schmerzlich eingestehen müssen, daß sie ihre Eltern enttäuscht hatte. Ihr Vater hatte die Worte »Das habe ich dir doch gleich gesagt!« zwar nie ausgesprochen, aber sie hingen in der Luft wie regenschwere Wolken.

Oder vielleicht auch nicht. Vielleicht existierten sie bloß in ihrem Kopf, gar nicht in dem ihres Vaters. Als sie ihren Eltern verkündet hatte, sie würde sich von Jake scheiden lassen, hatte Max wie versteinert dagesessen und stumm zugehört.

»Aber weshalb nur, Deena?« hatte Pearl entsetzt ausgerufen. »Du warst doch so glücklich mit ihm!«

Deena hatte ihren Eltern nichts von ihren Schwierigkeiten mit Jake erzählt; sie hatte sie nicht beunruhigen wollen. Doch das war zu der Zeit gewesen, als sie noch Hoffnung gehabt und noch nichts von Annie gewußt hatte. »Er weigert sich, nach dem Glauben zu leben.« Dann war sie darauf gefaßt gewesen, nun jene besagten Worte von ihrem Vater zu hören – Worte, die zu äußern er das gute Recht hatte.

Aber er hatte sie nicht gesagt. »Das tut mir leid«, hatte Max nur schlicht erwidert. »Brauchst du Hilfe?«

»Ich habe eine Rechtsanwältin, Brenda DiSalvo. Alan hat sie mir empfohlen.«

Max hatte genickt. »Aber kümmer dich gleich als erstes um den *Get*, bevor er noch auf den Gedanken kommen kann, dir Scherereien zu machen. Das soll nämlich des öfteren vorkommen. Erst trennen sie sich friedlich in gegenseitigem Einvernehmen, und dann, bums, erpreßt der Mann die Frau und verlangt, sie solle auf alles verzichten.«

»Aber so ist Jake nicht, Daddy; es wird keine Probleme geben.«

»Genau«, sagte Deena jetzt laut, während sie die Schlösser ihres kleinen Stadtkoffers zuschnappen ließ. Überhaupt keine Probleme. Sie seufzte. Trotz allem, was ihr Rabbi Markowitz gesagt hatte, würde sie wahrscheinlich für immer und alle Zeiten verheiratet bleiben.

Plötzlich fiel ihr wieder ein, wie sie mit Jake in der Hochzeitssuite gesessen und die *Ketubah* durchgelesen hatte. Vor der Zeremonie hatten Jake und zwei Zeugen den Ehevertrag unterschrieben, den ein Kalligraph mit der Hand auf Aramäisch auf ein farbenprächtig verziertes Blatt Papier geschrieben hatte.

»Weißt du, was heute abend gefehlt hat?« hatte Jake unvermittelt zu ihr gesagt. »Der Abschnitt, wo wir uns beide schwören, einander zu lieben, bis daß der Tod uns scheidet.«

Deena schüttelte den Kopf. »Das gehört aber nicht zur jüdischen Zeremonie.«

»Ich weiß, aber etwas Derartiges gefällt mir irgendwie. Komm, laß es uns schwören.«

»Jake, ich glaube nicht, daß das in Ordnung ist.« Sie runzelte die Stirn.

»Spricht denn irgendein Gesetz dagegen?«

»Nicht daß ich wüßte, aber es klingt irgendwie so unheilverkündend, findest du nicht?«

»Ach komm schon, Deena, mir zuliebe. Ich mach' auch den Anfang.« Er räusperte sich. »Ich, Jake, nehme dich, Deena, zu meiner rechtmäßigen Ehefrau und verspreche, dir Treue zu halten in guten und in bösen Tagen – wie mache ich mich?«

»Ganz gut, glaube ich.« Ihr war unbehaglich zumute.

»Gut. In guten und in bösen Tagen, in Gesundheit und in Krankheit. Ich will dich lieben und achten, bis daß der Tod uns scheidet. Und jetzt bist du dran.«

»... bis daß der Tod uns scheidet«, wiederholte Deena düster.

Trotz Max' Vorwarnung war Deena schockiert, als sie ihre Mutter sah. Pearl sah bleich und apathisch aus. In ihrem königsblauen Morgenrock wirkte sie unnatürlich dürr – sie sah sogar noch schlechter aus als die Woche davor. Auch ihr Haar schien matter und bleicher, so als sei die mittelbraune Farbe nicht mehr imstande, das sich langsam einschleichende Grau zu überdecken. Deena fiel es schwer, sich an die fröhliche, kräftige, energiegeladene und leicht untersetzte Frau zu erinnern, die ihre Mutter noch vor einem Jahr gewesen war.

Mutter und Tochter zündeten die Sabbatkerzen an, die Max auf einem rechteckigen Silbertablett auf dem Eßzimmertisch angeordnet hatte. Für Deena erzeugte das Anzünden der Kerzen immer eine besondere, fast heilige Ruhe, aber an diesem Freitag abend war ihre Magie schwächer als sonst. Das ganze Abendessen hindurch bemühte sich Deena, Pearls Zucken am Auge und ihre nun deutlich zitternde linke Hand zu ignorieren.

Am Samstag sprach Pearl dann den *Get* an. Sie hatten über Deenas Sommerjob in Alans Anwaltskanzlei gesprochen, und Pearl hatte ein wenig Tratsch aus der Nachbarschaft zum besten gegeben. Ethel Pollison sei nach Arizona gefahren, um bei ihrer Tochter sein zu können, wenn diese ihr Baby bekam; Selma Lewitt spare auf eine Poggenpohl-Küche, weil Harriet Kantor mit ihrer so prahlte. Natalie Brookman lasse sich scheiden, sagte Pearl, doch dann brach sie mitten im Satz ab. Sie erbleichte, schaute schnell zu Deena, dann wandte sie ihren Blick ab.

Max furchte die Stirn. Er versuchte, Deena mit seinen Augenbrauen Zeichen zu geben, aber sie konnte ihre Mutter mit unbestimmten Halbantworten und unverbindlichen »Balds« zufriedenstellen – vielleicht, weil das auch das war, was ihre Mutter hören wollte. Wenige Minuten später entschuldigte sich Pearl und ging nach oben, um ein wenig zu schlafen. Max schaute zu Deena und schüttelte den Kopf. *Verstehst du nun, was ich meine?* sagte er ohne Worte.

Am Samstag nachmittag lief Deena zu Fuß die zwei Blocks von der Fuller Avenue zur Vista Avenue, in der Alan und Sandy wohnten. Deena und Sandy Krantz (geborene Rosenberg) waren seit Kindertagen eng befreundet. Sie hatten ähnliche Erfahrungen gemacht und hatten auch ähnliche Zukunftserwartungen. Sie hatten dieselbe jüdische Konfessionsschule besucht, denselben sadistischen Kieferorthopäden in der Bedford Drive gehabt und mit der Zeit eine Vertrautheit entwickelt, die sich selbst dann nicht mehr verlor, als Sandy Alan geheiratet hatte.

Als Deena und Jake sich verlobten, hatten Sandy und Alan ihn akzeptiert und sich bemüht, Jake in ihren Freundeskreis aufzunehmen. Sie waren einige Male zu viert ausgegangen, einmal mit noch einem weiteren Paar, aber Jake hatte die Beziehung nicht gepflegt.

»Ich bin lieber allein mit dir«, hatte er Deena immer gesagt.

Zuerst hatte ihr das geschmeichelt, aber nach einer Weile hatte ihr seine besitzergreifende Art zu schaffen gemacht. Und als sie und Jake sich voneinander trennten und sie die meiste Zeit allein zu Haus war, war ihr plötzlich bewußt geworden, daß sie mit Ausnahme von Sandy und Alan und ein oder zwei Kommilitonen aus dem Jurastudium nur wenige Gleichaltrige kannte, die sie anrufen konnte. Indem sie ihre eigenen Bedürfnisse Jakes Bedürfnissen untergeordnet hatte, hatte sie sich allmählich von den meisten ihrer Freunde entfremdet, und sie scheute sich jetzt davor, den ersten Schritt zu machen. Bestimmt würden sie ihr – ausgesprochen oder unausgesprochen – Fragen zu Jake stellen.

Sie hätte gern Jake für ihre Einsamkeit verantwortlich gemacht, aber sie wußte, daß das nicht gerecht gewesen wäre. Schließlich hätte sie ja darauf bestehen können, daß sie gemeinsam etwas mit Freunden unternahmen. Sie hätte die Freundschaften auch allein aufrechterhalten können; sie könnte doch jetzt den Hörer abheben und die Anrufe tätigen, die die Freundschaften wieder aufleben lassen würden. Es war so einfach, in Selbstmitleid zu versinken, und weit schwieriger, wieder herauszufinden.

Sie war schon eine ganze Weile in Selbstmitleid versunken, was dann auch noch von dem Mitgefühl, das ihr allerorten entgegenschlug, unterstützt worden war. In der Arbeit hatte Alan mehr als nur einen Fehler von ihr übersehen, da er wußte, daß ihr momentan anderes im Kopf herumging und daß sie unter großer seelischer Belastung stand. Doch sie haßte es, von seiner Großzügigkeit abhängig zu sein. Und sie gefiel sich auch selbst nicht mehr: sie war bedrückt, kraftlos und zerstreut. Sie haßte auch, daß die anderen sich heimlich Zeichen machten, wenn Deena das Zimmer betrat. »Die arme Deena. Ihr Mann hat sie betrogen. Er verweigert ihr den *Get.*«

Nun, in einem Monat würde das zweite Jahr ihres Jurastudiums beginnen, und ihre Professoren wären sicher nicht so verständnisvoll und nachsichtig wie alle anderen. Im letzten Semester hatte sie sich in keinem Kurs besonders hervorgetan, und im Seminar über Vertragsrecht wäre sie beinahe durchgefallen. Eine Zeitlang hatte sie, obwohl sie seit der zehnten Klasse fest entschlossen war, Anwältin zu werden, sogar mit dem Gedanken gespielt, sich vorübergehend vom Studium beurlauben zu lassen, bis alles geregelt und wieder in die Normalität übergegangen war. Doch sie konnte förmlich schon die Verzweiflung und Enttäuschung ihrer Eltern hören: »Aber was ist dann mit deinen ganzen Plänen, Deena? Was wird bloß aus deinen Träumen?«

Das verstärkte ihre Schuldgefühle nur noch mehr.

Und sie *wollte* ja auch Anwältin werden, verdammt noch mal! Sie wußte selbst, daß es keine gute Idee war, ihr Studium zu unterbrechen und ihr Leben vorübergehend auf die Warteliste zu setzen. Damit würde sie nur Jake in die Hände spielen, zulassen, daß er noch mehr Einfluß auf ihr Leben bekam. Sie hatte Rabbi Markowitz nicht gefragt, aber sie war sicher, er würde mit ihr in diesem Punkt übereinstimmen. Führen Sie Ihr Leben weiter, hatte er ihr zum Abschied geraten. Suchen Sie sich eine Beschäftigung. Sitzen Sie bloß nicht untätig und wartend herum.

Dasselbe hatte ihr Michael auch gesagt. Sie fragte sich, ob sie Rabbi Markowitz von Michael hätte erzählen sollen. Nein, es war besser, daß sie es nicht getan hatte. Er hätte es sicher mißbilligt. Nach jüdischem Gesetz war sie schließlich noch verheiratet und hatte daher kein Recht, einen anderen Mann zu treffen. Aus diesem Grund hatte sie auch ihren Eltern noch nichts von Michael erzählt. Nur Sandy und Alan wußten Bescheid.

Deena hatte Michael vor zwei Jahren kennengelernt, als sie schon mit Jake zusammengewesen war. Als Sandy sie einmal zum Abendessen eingeladen hatte, war Michael auch dort gewesen – ein guter Freund von Alan, Psychologe. Groß, attraktiv, lockige braune Haare und haselnußbraune Augen. Und er hatte eine gehäkelte Jarmulke getragen. Zuerst hatte Deena sich über Sandys und Alans offensichtliches Bemühen, Jake und sie auseinanderzubringen, geärgert. Doch dann hatte sie den Abend sehr genossen. Michaels leiser Humor und seine intelligenten, geistreichen Gespräche hatten sie begeistert. Als er sie jedoch nach ein paar Tagen angerufen und gefragt hatte, ob sie mit ihm ausgehen wolle, hatte sie ihm gesagt, daß sie bereits verabredet sei.

Anderthalb Jahre später hatte Michael sie im Supermarkt wiedererkannt – im dritten Gang, bei der Eiscremetruhe, wie sie sich oft lachend erinnerten. (Deena war geradezu süchtig nach Eiscreme.) Als Michael von ihrer Scheidung erfuhr, hatte er sie erneut gefragt, ob sie nicht Lust hätte, sich mal mit ihm zu treffen. Doch sie hatte wieder abgelehnt. Ich habe meinen *Get* noch nicht, hatte sie ihm erklärt, aber er hatte nicht lockergelassen. Und schließlich hatte sie doch eingewilligt. Sie hatte die Einsamkeit endgültig satt.

Das war nun bereits etliche Monate her. Jetzt konnte sie sich ihr Leben nicht mehr ohne Michael vorstellen. Sie genoß das Beisammensein mit ihm, liebte es, etwas unbeholfen mit ihm auf Rollerskates auf den überfüllten Bürgersteigen von Venice entlangzulaufen, sich unter die gebildete und unübersehbar reiche Klientel der relativ neuen Kunstgalerien auf der La Brea Avenue zu mischen, mit ihm essen zu gehen oder in einen Kinofilm, oder einfach in ihrem gemütlichen, kleinen Wohnzimmer zu entspannen.

Man mußte nicht lange bohren, um Michael dazu zu bewegen, über seine Arbeit zu sprechen. Er sprach lebhaft über seine Patienten, und das mit einer Mischung aus Humor und Mitgefühl, die Deena anzog. Und anders als Jake hing er sehr an seiner Familie. Er sprach oft von seinem Vater, einem Buchhalter, der russisch-jüdischen Immigranten beim Ansiedeln in Los Angeles half; und von seiner Mutter, die erst kürzlich geehrt wurde, weil sie seit zwanzig Jahren eine Vorschule in einer Privatschule in der Nähe ihres Zuhauses in Nord-Hollywood leitete. Michael hatte Deena Fotos von den Eltern und seinen

Schwestern Rachel und Naomi gezeigt, hatte mit brüderlichem Stolz auf die sommersprossigen, jugendlichen Gesichter gedeutet, die sie der Kamera dargeboten hatten. Deena konnte nicht umhin, Michaels Einstellung zur Familie mit Jakes zu vergleichen. »Ich bin gern Einzelkind«, hatte Jake ihr mehr als einmal anvertraut. »Ich teile nämlich ungern.«

Sie hätte seinen Worten mehr Beachtung schenken sollen.

Als Deena bei Sandy und Alan eintraf, hatte sich Alan gerade für ein kleines Nickerchen hingelegt. Sandy, eine kleine Blondine mit kurzem krausen Haar und großen blauen Augen, war mit dem zwanzig Monate alten Jonathan beschäftigt. Die zwei Freundinnen setzten sich ins Wohnzimmer, wo Jonathan mit kindlichem Eifer abwechselnd eine Pyramide aus Buchstabenklötzen baute und sie dann zum Einstürzen brachte.

»Du bist so dünn«, bemerkte Sandy.

Deena stöhnte. »Komm du mir bitte nicht auch noch damit! Mein Vater hat mir diese Woche bereits drei Vorträge gehalten! Mir geht es gut, wirklich.«

»Ich bin doch nur neidisch. Dir ist vermutlich nicht entgangen, daß ich etwas zugenommen habe.«

»Nein, das ist mir gar nicht aufgefallen.« Aber sie *hatte* es bemerkt. Sandy sah auch im Gesicht voller aus.

»Hast du schon irgendwas Neues von Rabbi Markowitz gehört?« fragte Sandy.

»Nein, noch nicht. Dazu ist es wohl noch zu früh.« Zehn Tage waren vergangen, seit Deena bei ihm zu Hause gewesen war. Jedesmal, wenn sie bei ihm anrief, sagte er ihr, daß der *Beth Din* ihren Fall noch immer prüfte. »Ich versuche, optimistisch zu bleiben. Und Geduld zu bewahren.«

»Wie geht's Michael?«

»Michael? Gut, nehme ich an.«

»Nur gut?« Sandy lächelte. »Du grinst dabei aber so komisch. Du grinst übrigens immer, wenn du von ihm redest, wußtest du das?«

»Wirklich?« Deenas Lächeln wurde breiter.

»Ja.«

»Na ja, also, Michael geht's besser als nur gut«, sagte Deena lachend. »Sogar eine ganze Menge besser. Zu blöd, daß ich nicht schon vor zwei Jahren auf euch gehört habe. Aber wie steht's bei dir? Gibt's bei dir was Neues?«

»Nein, nichts. Ich bin mit Jonathan und dem Haushalt immer noch voll ausgelastet. Daran hat sich nichts geändert.« Sie beugte sich vor und reichte Jonathan einen Klotz, der zu ihr gepurzelt war.

»Er ist wirklich süß. Ich wette, du hättest nichts dagegen, noch so einen süßen Hosenmatz zu bekommen.« Deena warf ihr einen Blick zu, dann schaute sie schnell weg.

»Was ist?« fragte Sandy abrupt.

»Nichts. Ich dachte nur gerade ... Ach, nichts, vergiß es.« Deena lehnte sich vor und nahm sich einen Keks vom Couchtisch.

»Man sieht es schon, nicht wahr?« Sandy klang verlegen. »Ich bin tatsächlich bereits im vierten Monat. Ich schätze, ich werde schon bald Umstandskleider anziehen müssen.«

»Du und Alan freut euch sicher sehr. Das sind wundervolle Neuigkeiten, Sandy.« Deena lächelte. Es waren wirklich wundervolle Neuigkeiten, aber ihr Lächeln war starr. Sie hoffte, daß man aus ihrer Stimme nicht den Neid heraushörte, der sie wie ein Stich durchbohrte.

»Alan hat es dir nur deshalb noch nicht erzählt, weil ich ihn darum gebeten habe. Ich wollte es dir selbst sagen. Ich wollte auf den richtigen Zeitpunkt warten.« Sie vermied es, Deena anzuschauen.

Wie der Kreißsaal? »Du mußt dich nicht rechtfertigen.«

»Nein, aber ich möchte es. Es war mir irgendwie unangenehm. Du hast im Moment doch so viele Probleme. Ich weiß nicht ...« Sie wandte sich Jonathan zu, der zu ihr gewatschelt war, und rückte die Träger seiner Latzhose wieder zurecht.

»Ich freue mich sehr für dich, Sandy.«

»Das weiß ich.« Sandy beugte sich zu ihr und umarmte sie. »Es war dumm und gedankenlos von mir. Entschuldige bitte, Deena. Ich sollte wirklich mehr Zutrauen zu dir haben.«

»Arme Deena.«

Es machte Deena traurig, daß Sandy sich Gedanken gemacht hatte, wie sie auf ihre Schwangerschaft reagieren würde, so als wäre sie zu zerbrechlich, mit guten Neuigkeiten von jemand anders fertig werden zu können. Es machte sie aber auch wütend. Deena war es allmählich leid, jeden davon überzeugen zu müssen, daß es ihr gut ging. Sie war es auch leid, immer behutsam auf Zehenspitzen um das Minenfeld der Gefühle ihrer Eltern herumschleichen zu müssen. Plötzlich fiel ihr die Selbsthilfegruppe ein, die Rabbi Markowitz erwähnt hatte. Frauen wie sie. Ebenfalls im Schwebezustand. Frauen, die verstehen würden, wie ihr zumute war, und mit denen sie deshalb mehr sie selbst sein konnte: wütend, durcheinander, deprimiert und böse. Der Zettel mit der Telefonnummer der Gruppenleiterin befand sich noch immer in Deenas Handtasche. Vielleicht würde sie ja tatsächlich mal bei ihr anrufen.

Eine Stunde nach Sonnenuntergang zeigten drei Sterne das Ende des Sabbats an. Kurz darauf kehrte Max aus der *Shul* heim. Deena hielt eine speziell geflochtene Kerze in der Hand, während Max über einem weingefüllten Silberbecher die *Havdalah* rezitierte, das Gebet, das den Sabbat zeremoniell von der übrigen Woche trennt.

»Gut Voch«, begann Max mit seinem tiefen Bariton und stimmte dann ein jiddisches Lied an, das der *Havdalah* folgt. Es war ein Lied, das Deena schon immer sehr gemocht hatte. *»Gut Voch, a mazeldicke Voch.«* Möge es eine gute Woche werden, eine Woche, die *mazel* bringt – Glück. Pearls Stimme hatte beim Singen zwar gezittert, aber sie hatte den ganzen Text mitgesungen.

Anschließend packte Deena ihre Sachen und verabschiedete sich mit einem Kuß von ihren Eltern. »Paß auf dich auf, Mom«, sagte sie mit einer Leichtigkeit, die sie nicht fühlte, und umarmte ihre Mutter fester als sonst.

Zurück zu Hause wählte Deena Michaels Nummer, aber er hob nicht ab. Sie war enttäuscht, aber sie hatten sich auch nicht verabredet. Sie war unentschlossen gewesen, ob sie auch den Samstag abend mit ihren Eltern verbringen sollte. Sie packte ihr Köfferchen aus und sah die Post durch. Es war jedoch nichts Interessantes dabei, bis auf eine Abrechnung aus der Kanzlei von Brenda DiSalvo. Deena zuckte zusammen, als sie die Summe sah, die sie der Rechtsanwältin schuldete. Und es war kein Ende der Verhandlungen in Sicht.

Als Deena sich gerade anschickte, sich auszuziehen, läutete es an der Tür. Sie lief in die Eingangshalle und schaltete die Außenbeleuchtung an.

»Pizzalieferung für Deena Vogler.«

Sie spähte durch den Spion, dann öffnete sie lachend die Tür. »Woher wußtest du, daß ich zu Hause bin, Michael?« Schon sein bloßer Anblick reichte, um sie augenblicklich aufzumuntern.

»Wir Psychologen haben da so unsere Mittel und Wege.« Er folgte ihr in die Küche und legte die Pizzaschachtel und eine Videokassette auf den Frühstückstisch aus Eichenholz. »Nein, in Wirklichkeit wußte ich es gar nicht. Aber ich dachte mir, wenn du nicht zu Hause bist, esse ich ein Stück und friere den Rest ein. Ich habe übrigens eine mit Pilzen und Oliven geholt. Deine Lieblingssorte.«

»Ich hole nur schnell Teller.« Auf dem Weg zum Küchenschrank streifte sie ihn. Versehentlich? Dann lag sie auch schon in seinen Armen, und er küßte sie, erst ganz zärtlich, dann immer leidenschaftlicher und inniger.

»Du hast mir gefehlt«, sagte er heiser.

»Das merke ich.« Sie lachten beide verlegen. Deena fühlte

eine angenehme Sehnsucht und Wärme in sich. Sie strich mit ihrem Finger seine Nase entlang, über sein Kinn, rieb ihre Lippen an den seinen. »Du hast mir auch gefehlt«, sagte sie leise. »Schön, daß du da bist.«

Sie küßten sich wieder, dann ließ er sie mit einem Seufzer los. »Das ist vielleicht keine so gute Idee, wo wir allein sind.«

»Wahrscheinlich nicht«, stimmte sie ihm zu. Widerstrebend löste sie sich aus seinen Armen. Sie hatten diese Unterhaltung nun schon einige Male geführt und würden sie vermutlich immer wieder führen. Sie waren gefangen in einem Kreislauf des Verlangens, der Frustration und der Schuldgefühle.

Nach ihrer dritten Verabredung hatte sie Michael auf einen Kaffee zu sich eingeladen. Er hatte auf der schwarzen Ledercouch im kleinen Wohnzimmer neben ihr gesessen und eine wunderbar amüsante und alberne Geschichte zum besten gegeben. Und in der seidigen Stille, die ihrem Gelächter gefolgt war, erschien es ihnen zu natürlich, als sie zueinandergerückt waren und sich geküßt hatten. Es war merkwürdig gewesen, nach so langer Zeit mit Jake den Mund eines anderen auf ihrem zu spüren, zu spüren, wie die Hand eines anderen sie erregte, als würde sie aus einem langen Schlaf erwachen. Es war merkwürdig, aber sehr schön gewesen. Sie hatte es vermißt, jemanden zu berühren und berührt zu werden.

»Entschuldige«, hatte Michael jäh gesagt und war zurückgewichen. »Wir sollten das nicht tun. Rein formal bist du ja noch verheiratet.«

»Ich weiß.« Einen kurzen, wundervollen Augenblick lang hatte sie das vergessen.

Seitdem war jedesmal, wenn sie sich sahen, eine prickelnde Spannung zwischen ihnen spürbar, die zugleich aufregend und aufwühlend war. Und jedesmal, wenn sie sich küßten – und es fiel ihnen zunehmend schwerer, es nicht zu tun –, wuchs das beunruhigende Bewußtsein, daß sie sich auf einem verbotenen und gefährlichen Terrain befanden.

»Wir sollten essen, bevor die Pizza kalt wird«, sagte Deena jetzt und holte Teller und Gläser aus dem Eichenschrank.

»Hoffentlich kennst du den noch nicht.« Michael nahm die Videokassette in die Hand. »*No Way Out?* Mit Kevin Costner?«

»Was für ein passender Titel.« Sie zog eine Grimasse. »Die Geschichte meines Lebens.«

»Fang bloß nicht wieder damit an«, sagte Michael mit gespielter Barschheit. »Ich möchte schließlich einen harmonischen Abend mit dir verleben. Wir erwähnen also besser Jake und den *Get* nicht. Wir werden einfach nur unser Verlangen sublimieren und einer schönen Freßorgie frönen, ja?«

»In Ordnung.« Deena mußte lachen. Von neuem dachte sie, wie glücklich sie doch war, daß es Michael gab. Doch dann trübte sich, wie immer, ihre gute Laune bei dem Gedanken, daß sie ihre Eltern hinterging, indem sie sich mit Michael traf. Es war nicht in Ordnung, ihn zu sehen, aber war es auf der anderen Seite wirklich so schlimm?

Sie hatten die halbe Pizza aufgegessen und löffelten gerade zusammen einen Eisbecher, als es an der Tür klingelte.

»Es ist schon spät«, sagte Deena. »Wer kann das um diese Uhrzeit noch sein?« Sie schaltete den Videorekorder mit der Fernbedienung aus und stand auf.

»Du hast Eis auf dem Kinn.« Michael wischte es mit einer Serviette weg, dann begleitete er sie zur Haustür.

Die Klingel wurde jetzt ungeduldig mehrmals hintereinander betätigt.

»Wer ist da?« fragte Deena.

»Was glaubst du wohl, wer das sein kann? Ich bin's, dein Vater! Wie lange soll ich denn noch hier draußen stehen bleiben, bis du dich endlich bequemst, mir aufzumachen?«

Deena warf Michael einen besorgten Blick zu. Er kehrte ins kleine Wohnzimmer zurück.

»Die Tür klemmt. Warte einen Moment.« Sie zerrte an ihrem Rock und bemühte sich, ihr zerzaustes Haar zu glätten, dann schob sie Riegel und Kette zurück und öffnete die Tür nur halb.

»Na endlich«, brummte Max.

Plötzlich durchfuhr sie ein furchtbarer Gedanke. »Ist irgendwas mit Mom?«

»Nein. Läßt du mich jetzt endlich hinein, oder soll die ganze Nachbarschaft mithören?«

»Entschuldige. Ich bin nur so überrascht, dich zu sehen.« Sie trat aus der Tür, blieb aber in der Eingangshalle stehen.

»Du hast deine Brieftasche auf der Kommode in deinem Zimmer liegenlassen. Ich wollte nicht, daß du dich beunruhigst, wenn du sie irgendwann suchst und nicht findest. Du kannst schließlich nicht ohne fahren.« Er legte ihr die dunkelbraune Brieftasche in die ausgestreckte Hand.

»Danke.« Und was jetzt?

»Keine Ursache.« Er lächelte, machte aber keine Anstalten zu gehen.

»Ich meine, du fährst besser gleich wieder zu Mom zurück. Sie ist sonst ganz allein.«

»Deine Mutter kommt schon klar. Es hat sie ungeheuer aufgemuntert, dich zu sehen. Sie schaut sich gerade einen alten Film an. Irgend so eine Schnulze. Wie wär's mit einer Tasse Kaffee für deinen alten Vater?«

»Klar«, antwortete sie schnell. »Wir gehen am besten ins Frühstückszimmer. Ich habe auch noch ein wenig Kuchen in der Tiefkühle.«

»Ah, ich sehe gerade, daß es schon fast elf ist. Ich werde die Nachrichten einschalten, um zu sehen, was in der Welt passiert ist, während ich in der *Shul* war.« Er steuerte auf das kleine Wohnzimmer zu.

»Es steht auch ein Fernseher in der Küche«, rief sie ihm hinterher, aber es war schon zu spät. Sie folgte ihm in das Wohnzimmer. Michael stand unbeholfen mit nur einem angezogenen Schuh da, der andere baumelte wie ein Schuldbekenntnis von seiner rechten Hand herunter.

»Ich bin Michael Benton.« Er nahm den Schuh in die linke Hand und streckte seine rechte Hand aus.

»Max Novick.« Er betrachtete Michaels Jarmulke, ignorierte seine Hand und sah dann Deena mit zusammengezogenen Augenbrauen an.

»Michael ist ein Freund von mir, Daddy. Alan hat ihn in der UCLA kennengelernt.«

»Sehr angenehm«, sagte Max.

Michael zog seinen Schuh an. »Ich gehe dann jetzt wohl besser. Gute Nacht, Mr. Novick. Es war mir ein Vergnügen, Sie kennenzulernen.«

Max nickte schroff. Deena begleitete Michael bis zur Haustür.

»Ruf mich an, wenn dein Vater gegangen ist«, flüsterte er ihr zu.

»Ja, falls ich dann noch lebe.« Sie schloß die Tür hinter ihm und kehrte ins kleine Wohnzimmer zurück. »Es ist nicht so, wie du denkst, Daddy.«

»Du bist eine verheiratete Frau und allein mit einem Mann zu Haus. Das ist, was ich denke.« Max saß mit gekrümmtem Oberkörper auf der Couchkante, die Ellbogen auf die Knie gestützt.

Deena setzte sich neben ihn. »Wir sind nur Freunde, gute Freunde.«

Er schüttelte den Kopf. »Es gehört sich aber nicht, Deena. Selbst wenn ihr ›nur Freunde‹ seid.« Die letzten Worte betonte er sarkastisch.

»Ich bin aber doch bereits geschieden.«

Max richtete sich wieder auf. »Aber nur standesamtlich, das zählt nicht. Es ist nur ein Stück Papier von einem Richter. Nicht mehr. Vor dem Antlitz Gottes bist du noch immer verheiratet.«

»Ich fühle mich aber nicht so.«

Max blickte sie an. »Gefühle sind hier nebensächlich. Wenn wir alles nur aus Lust und Laune heraus täten, was hätte der Glaube dann noch für einen Stellenwert? Du hast den *Get* noch nicht erhalten, und damit bist du noch immer Jakes Frau. Schluß.«

»Und wie lange muß ich diesen Zustand noch aushalten?«

Max legte seine Hand auf ihre. »Nichts dauert ewig. Du mußt nur ein wenig warten. Rabbi Markowitz hat schließlich gesagt, er würde dir helfen.«

»Aber vielleicht ist er dazu ja gar nicht in der Lage. Er hat mir von einer Frau erzählt, die bereits seit elf Jahren auf den *Get* wartet. Das würde ich niemals durchstehen, Daddy. Und ich glaube auch nicht, daß das im Sinne der Thora wäre!«

»Glaubst du etwa, *ich* bin glücklich darüber, was du gerade durchmachst? Jeden Tag verfluche ich diesen *Mamzer* aufs neue, der dir dein Leben ruiniert! Wenn ich ihn töten könnte, würde ich es tun!« Seine Augen funkelten wütend.

»Daddy! So was darfst du nicht sagen!« Ihr Protest kam unwillkürlich. Sein unverhüllter Haß und die Gewaltbereitschaft erschreckten sie. Doch ihr Einwand war nur halb ehrlich. Einen flüchtigen Augenblick lang stellte sie sich vor, Jake wäre tot und aus ihrem Leben getreten. Der Gedanke heiterte sie auf, er war verlockend, aber leider war es unmöglich. Jake war kein Problem, das sie einfach beiseite wischen konnte, keine Kakerlake, die man vernichten konnte.

»Was soll ich denn tun?« fragte Max mit ausgestreckten Händen. »Sag mir bitte, was ich tun soll, und ich tue es! Ich habe dir bereits geraten, das Haus und deinen Firmenanteil an ihn abzutreten.« Nach der Hochzeit hatte Jake sich, in einer großspurigen Geste, nicht davon abbringen lassen, ihr die Hälfte seines Anteils an der Immobilienfirma zu überschreiben. »Gib ihm alles. Ich werde dir helfen. Es bringt deine Mutter sonst noch um. Du hast sie ja heute selbst gesehen.«

Zuerst hatte Max Deena geraten, nicht auf Jakes Forderungen einzugehen. »Ich würde ihm keine zehn Cent mehr geben, als ihm zustehen!« hatte er ausgerufen. »In die *Shul* geht er nicht, aber wenn es um den *Get* geht, kennt er sich mit dem jüdischen Gesetz plötzlich aus.« Die Zeit und Pearls schwindende Gesundheit hatten seinen Standpunkt jedoch gemildert.

»Ich weiß nicht«, sagte Deena jetzt. »Meine Anwältin möchte, daß ich wieder zu meiner ursprünglichen Position zurückkehre und ihm fifty-fifty anbiete.«

»Deine Anwältin braucht auch keinen *Get*.«

»Aber warum soll ich ihm alles geben, Daddy? Das ist nicht gerecht! Das hat auch Rabbi Markowitz gesagt.«

»Wir reden hier nicht von *Gerechtigkeit*. Das hat nichts mit *Gerechtigkeit* zu tun! Jake sitzt nun einmal am längeren Hebel, und das weiß er leider auch.«

»Ich denke, wir sollten noch warten. Wir können schließlich immer noch nachgeben.«

»Du willst noch warten? Na schön. Aber dann lade deinen Freund nicht mehr zu dir nach Haus ein, bis du den *Get* hast. Versprich mir das.«

»Das kann ich nicht, Daddy. Ich müßte lügen. Im Moment ist er das einzige, was mich am Leben hält. Versuch bitte, das zu verstehen.«

»Es ist aber nicht recht, Deena. Es ist absolut nicht recht! Warum siehst du das denn nicht ein?« Er saß einen Moment lang brütend da. »Ist er denn gläubig?«

Sie nickte. »Und seine Familie auch.«

»Und er weiß, daß du den *Get* noch nicht hast? Und es macht ihm nichts aus? Wie gläubig ist er denn dann? Vielleicht nutzt er dich nur aus. Vielleicht denkt er sich, du bist ja ... bereits verheiratet, da macht es ohnehin nichts aus.« Er wirkte fassungslos.

»Nein, Daddy, so ist Michael nicht. Er würde niemals so etwas ... wie das ... in Betracht ziehen.« Wenn sie miteinander schliefen, würde das als Ehebruch gewertet, was schreckliche Folgen hätte: Sie würden beide für immer aus dem Judentum ausgeschlossen werden. Sie zögerte. »Michael will mich heiraten.«

»So schnell?« Max hob die Augenbrauen.

»Ich weiß. Aber er sagt, er ist sich sicher.« Deena lächelte. »Er ist Psychologe, habe ich dir das schon erzählt? Von daher sollte man annehmen, daß er seine Gefühle gut kennt. Alan hält große Stücke auf ihn. Und Sandy auch.«

»Und was ist mit dir?« Max musterte seine Tochter. »Willst du ihn denn heiraten?«

»Ich mag ihn sehr, sehr gern. Er ist sehr klug, und ich bin gern mit ihm zusammen. Er gibt mir das Gefühl, etwas Besonderes zu sein. Und wir haben in vielen Punkten dieselben Ansichten. Aber so, wie die Dinge momentan liegen ...«

»Und dieser Mensch –«

»Michael.«

»Dieser Michael – ist er auch bereit zu warten?«

»Das sagt er jedenfalls.«

»Aber wie lange?« überlegte Max laut. »Wie lange?«

3

»Kommen Sie herein«, begrüßte die dunkelhaarige Frau Deena lächelnd. »Ich bin Miriam Kalinsky. Faye hat mir schon erzählt, daß Sie kommen würden.«

Deena hatte noch eine Weile gezögert, ob sie die Selbsthilfegruppe wirklich kontaktieren sollte, aber Michael hatte ihr gut zugeredet. Und als Deena zuletzt tatsächlich bei Faye Rudman angerufen hatte, hatte diese sie ebenfalls gedrängt, zum nächsten Treffen zu kommen.

»Wir treffen uns jeden zweiten Dienstag um halb neun, es sei denn, eine von uns beruft zwischendurch eine Krisensitzung ein. Diese Woche treffen wir uns bei Miriam.« Sie hatte Deena die Adresse des Vierparteienhauses durchgegeben, das sich im Orange Grove im Beverly-Fairfax-Viertel befand, in Fußnähe von Deenas Eltern.

Deena folgte Miriam einen schmalen Gang entlang in ein kleines Wohnzimmer und lächelte die Frauen, die auf dem goldfarbenen Brokatsofa und den dazu passenden Sesseln saßen, befangen an. Eine schlanke, blonde Frau, die ein graues Leinenkleid anhatte, stand auf und kam auf Deena zu.

»Ich bin Faye.« Sie hatte eine tiefe, leicht rauhe Stimme. »Und Sie müssen Deena sein. Ich freue mich, daß Sie sich tatsächlich dazu entschließen konnten zu kommen.«

Sie stellte Deena die übrigen Frauen vor: Elaine Presser, eine äußerst attraktive Brünette, die nervös mit ihrem linken Bein wippte, Susan Bergman, eine Blondine mit Pferdeschwanz und schlehenfarbenen Augen, die aussah, als sei sie noch nicht einmal zwanzig, und Magda Feroukhim, eine untersetzte Frau mit durchschnittlichem Aussehen, die sich aber in ihrer Haut nicht wohl zu fühlen schien.

»Es gibt noch ein paar andere, die nur ab und zu erscheinen«, erzählte Faye Deena. »Leider wächst die Mitgliederzahl, und wer weiß, wie viele *Agunot* es darüber hinaus noch in Los Angeles gibt, die nicht von uns wissen?«

»Schlimmer noch«, fügte Miriam hinzu, »wie viele jüdische Frauen verheiraten sich ohne den *Get* wieder und ahnen nicht oder scheren sich nicht darum, daß sie damit Ehebruch begehen? Und was ist mit den Kindern, die später unter Umständen aus solch einer Verbindung hervorgehen?« Sie schüttelte den Kopf.

»Ja, es ist schrecklich«, bestätigte Susan. »Sie sind laut Rabbi Markowitz alle Bastards. Und später können sie nie einen Juden heiraten. Stellt euch bloß vor, das vor euch und eurem Gewissen verantworten zu müssen.«

»Wir hören jetzt besser mit dem Thema auf, sonst deprimieren wir Deena schon gleich zu Beginn«, sagte Faye lächelnd. »Sie bereut sonst noch, daß sie gekommen ist.«

»Was genau machen Sie denn auf diesen Treffen?« fragte Deena.

»Im wesentlichen –«

»Wir vergleichen unsere Horrorgeschichten«, unterbrach sie Elaine. Sie kramte in ihrer Handtasche nach Zigaretten und einem Feuerzeug. »Ehrlich gesagt, würde es wahrscheinlich weitaus mehr bringen, wenn wir eine Zielscheibe aufhängen würden und uns vorstellten, wir würden auf unsere Männer schießen. Ich würde mitten in Kennys Herz zielen, wenn er eins hätte.« Sie zündete sich eine Zigarette an, bemerkte aber Deenas Bestürzung. »Stört es Sie?«

Sie zögerte. »Ja, schon ein wenig.«

»Kein Problem.« Elaine nahm sich einen Aschenbecher vom Couchtisch und ging damit zum Bogendurchgang des Wohnzimmers.

Faye lächelte entschuldigend. »Wir haben es aufgegeben, Elaine dazu zu bekehren, mit dem Rauchen aufzuhören.«

»Nein, nein, ich versuche gerade, damit aufzuhören. Das ist meine letzte Packung.« Elaine bemerkte Fayes Gesichtsausdruck. »Nein, wirklich. Das ist allerdings etwas dumm, weil Rauchen nämlich das einzige ist, was meine Nerven beruhigt. Und der Gedanke, Kenny umzubringen.«

»Sind Sie schon lange bei der Gruppe?« fragte Deena sie.

»Zu lange. Siebzehn Monate. Susan ist jetzt seit zehn Monaten bei uns – stimmt doch, Susan, oder? –, und Miriam war bereits ein Jahr vor mir da. Für Magda ist das erst das dritte Treffen. Faye ist unsere Veteranin. Sie hat die Gruppe vor vier Jahren mit Rabbi Markowitz' Hilfe ins Leben gerufen.«

»Er ist ein wunderbarer Mensch, nicht?« sagte Susan zu Deena. »So tatkräftig und engagiert. Er bemüht sich wirklich, uns zu helfen.«

»Gehören Sie alle seiner Gemeinde an?«

»Faye ja«, sagte Susan. »Ich gehöre einer konservativen Synagoge an, aber ein Freund hat mich auf ihn aufmerksam gemacht.«

»Bei mir war es das gleiche«, sagte Miriam.

»Miriam ist unsere *Rebezzin*«, sagte Elaine. »Sie ist die Frommste von uns. Sie trägt ihr Haar niemals offen – wahrscheinlich, weil sie eine Perücke trägt!« Sie lachte.

»Hör auf«, sagte Faye scharf.

Viele verheiratete orthodoxe Frauen gehorchen dem Gebot der Bibel, ihr Haar zu bedecken. Deena war sofort aufgefallen, daß Miriam, obwohl es ein warmer Abend war, ein sittsam hochgeschlossenes Kleid trug, dessen Ärmel bis weit über die Ellbogen reichten.

»Meine Eltern gehören einer modernen orthodoxen Synagoge an«, fuhr Elaine ungerührt fort, »aber ich gehe nur selten in den Gottesdienst. Ich muß sogar zugeben, daß eigentlich sie mich drängen, den *Get* zu fordern. Mir wäre das nicht so wichtig, aber sie verstehen es sehr gut, einem ein schlechtes Gewissen einzureden. Im Grunde genommen bin ich nur an drei Tagen im Jahr Jüdin: zwei Tage an Rosch Ha-Schana und an Jom Kippur. Obwohl ich nicht recht erkennen kann, daß das Beten auch nur einer von uns geholfen hätte.«

»Sag so was nicht«, sagte Miriam. »Gott hört unsere Gebete.«

»Ach was, Miriam! Deine hat er ja schließlich auch noch nicht erhört, oder?« Elaine wandte sich an Deena. »Ihr Mann hat sie jahrelang mißhandelt, wann immer ihm nach einer kleinen, netten Unterhaltung zu Hause zumute war; er hat sie in der Öffentlichkeit beschimpft und ihr hin und wieder einen kleinen, harmlosen Klaps verpaßt. Wenn man aber ihn darüber reden hört, ist er der eigentlich Geschädigte.«

»Und er will Ihnen den *Get* nicht geben?« fragte Deena Miriam.

»Er will ihn mir nur geben, wenn ich ihm das Sorgerecht für

die Kinder überlasse. Aber das werde ich nie tun. Nie.« Sie biß sich auf die Lippe. Ihre Augen glänzten feucht.

Elaine lachte. »Überlaß sie ihm doch mal ein paar Wochen, Miriam, dann wird er seine Meinung bestimmt schnell ändern. Kenny hat wie ein Löwe um ein gemeinsames Sorgerecht gekämpft, das ihm schließlich auch zugestanden wurde. Aber jetzt sieht er die Kinder trotzdem kaum, vor allem seit er seine neue Frau hat. Und dabei tut er mir immer einen großen Gefallen, wenn er sie mal für einen Tag nimmt.«

»Er ist wieder verheiratet?« Deena war schockiert.

»Klar. Warum zum Teufel auch nicht? Wir sind standesamtlich geschieden.«

»Aber warum gibt er Ihnen denn dann den *Get* nicht?«

»Warum sollte er? Er hat doch alles, was er will. Er streckt die Hand nach jedem Cent aus, den ich nicht habe!« Sie drückte verächtlich ihre Zigarette im Aschenbecher aus, dann kehrte sie zum Sofa zurück.

»Genau wie mein Mann«, sagte Magda. Ihre Stimme war kaum hörbar. »Er möchte Geld für den *Get* haben.« Sie seufzte.

»Wie bei mir«, bemerkte Susan. »Barry verlangt 150 000 Dollar.«

»Nur daß deine Familie es sich leisten kann, Süße«, sagte Elaine zu Susan. »Magdas Eltern müßten alles verpfänden, um die Summe zusammenzukratzen, die ihr Mann verlangt.«

Susan errötete. »Es ist nicht meine Schuld, daß meine Familie reich ist. Und mein Vater bringt sich auch nicht gerade um vor Begeisterung, Barrys Forderungen zu erfüllen.«

»Ja, aber er hat die Wahl. Magda hat keine.«

»Das ist nicht der springende Punkt«, sagte Susan. »Jetzt klingst du schon genauso wie Rabbi Otterman. ›Geben Sie Barry das Geld‹, hat er mir geraten. ›Tun Sie einfach so, als hätten Sie es für wohltätige Zwecke gespendet. Das ist den Seelenfrieden wert.‹ Aber das ist kein wohltätiger Zweck. Das ist schlicht und ergreifend Erpressung!«

»Das sehe ich auch so«, sagte Faye.

Elaine zuckte die Achseln.

»Wie lange waren Sie denn verheiratet?« fragte Deena Susan.

»Nur sechs Monate. Barry wollte … äh … sexuell mehr herumexperimentieren. Ich nicht. Und wie steht es bei Ihnen?«

»Sie müssen nicht gleich heute alles erzählen, wenn Sie sich nicht danach fühlen«, sagte Faye schnell. »Es besteht keine Eile.«

Deena zögerte. »Nein, es ist schon okay.« Ohne eine der Frauen im besonderen anzusehen, fing sie leise und leicht unsicher zu reden an. Zuerst bemühte sie sich noch, die Reaktionen der anderen im Blick zu behalten, doch mit der Zeit schwand ihre anfängliche Befangenheit. Es war, wie sie staunend bemerkte, sogar leichter, vor diesen Frauen darüber zu sprechen, die sie erst vor knapp einer Stunde kennengelernt hatte, als vor manchen Freunden, die sie schon seit vielen Jahren kannte.

Die vier Frauen hörten ihr gebannt zu. Sie machten keine Anstalten, die Sprechpausen in Deenas Erzählung zu füllen. Miriam und Magda seufzten nur gelegentlich; Faye nickte verständnisvoll; und Elaine hielt mit ihrem rhythmischen Beinschwingen den Takt, sie unterbrach es erst, als Deena auf Jakes Affäre zu sprechen kam.

»Kenny hat mich ebenfalls betrogen«, sagte Elaine ruhig. »Und das auch noch mit meiner besten Freundin.«

»Ist das die Frau, die er auch geheiratet hat?« fragte Deena.

»Genau, Sie haben's erraten. Nett, nicht?« Elaine lächelte schmerzerfüllt. »Klingt ganz so, als sei Jake ebenso ein Charmeur wie Kenny. Sieht wahrscheinlich auch gut aus, hm? Und sexy?«

Deena nickte. »Aber wir hatten auch viel gemeinsam.« Warum verteidigte sie sich jetzt bloß schon wieder?

Elaine zog eine Augenbraue hoch. »Ja, natürlich.« Sie grinste. »Hören Sie, Süße, ich kenne das alles. Auch ich habe mich vom guten Aussehen täuschen lassen, und jetzt schauen Sie, wo mich das hingebracht hat. Das sind doch alles Scheißkerle, wenn Sie mich fragen. Um meines Geldes wegen können sie ruhig alle zur Hölle fahren.«

»Elaine, beruhige dich doch«, sagte Miriam.

»Wieso? Dazu sind wir doch schließlich hier, oder?! Um unsere Gefühle auszudrücken. Ich bin jedenfalls wütend, verdammt noch mal! Und das bist du auch, aber du willst es bloß nicht zugeben.«

»Erzähl du mir bitte nicht, wie ich mich fühle.«

»Ich habe auch Wut in mir«, gab Faye zu. »Ich weiß nur nicht, wohin mit ihr. Mein Mann kann mir den *Get* nicht geben, selbst wenn er wollte«, sagte sie zu Deena.

»Rabbi Markowitz hat mir davon erzählt. Aber Sie wirken trotzdem recht ruhig.«

»Vor elf Jahren war ich das aber ganz und gar nicht.« Sie lächelte schief. »Ich habe regelrecht gegeifert, gegen meine Schwiegereltern, meinen Rabbi, meine Eltern und Freunde. Ich habe allen Vorwürfe gemacht, wahrscheinlich deshalb, weil ich nicht wußte, wem ich die Schuld geben sollte.«

»Was genau ist denn eigentlich passiert?«

»Alex erlitt einen Zusammenbruch, er verlor jeglichen Realitätsbezug. Ach, ich wußte schon nach dem ersten Jahr, daß er professionelle Hilfe brauchte. Er war immer so mißtrauisch – ständig beschuldigte er mich, ihn zu betrügen. Und er behauptete, ich würde sein Selbstvertrauen untergraben, damit er keinen Erfolg habe. Irgendwann habe ich es dann geschafft, daß er einen Psychiater aufsuchte, indem ich ihm drohte, ihn andernfalls zu verlassen.«

»Und was hat der Psychiater gesagt?«

»Daß Alex seelisch gestört sei und daß sich sein Zustand vermutlich verschlechtern würde. Und er behielt recht. Alex beschuldigte mich schließlich irgendwann sogar, ich würde sein

Essen vergiften, damit ich mit meinem angeblichen ›Geliebten‹ zusammensein könnte. Er rührte nichts mehr an, was ich gekocht hatte, außer ich kostete es vor. Er öffnete meine Post. Er ließ das Telefon abhören. Und er schlief irgendwann nur noch im Gästezimmer, wo er immer die Tür verschloß, damit ich nachts nicht hineinkommen könnte. Er war furchtbar.«

»Aber warum sind Sie überhaupt noch bei ihm geblieben? Entschuldigen Sie«, sagte Deena schnell. »Ich wollte nicht –«

»Ja, im nachhinein sieht alles so klar aus, nicht wahr?« Faye schüttelte den Kopf. »Aber meine Schwiegereltern haben mich damals davon überzeugt, daß Alex sich unter ärztlicher Behandlung bessern würde. Sie haben mir eingeredet, nur eine herzlose Frau würde ihren kranken Mann verlassen. Ich hatte Gewissensbisse – schließlich machte er es ja nicht mit Absicht. Also blieb ich. Und als ich mich endlich doch dazu entschloß, es nicht mehr länger zu ertragen und zu gehen, da war es schon zu spät. Alex machte einen Selbstmordversuch, worauf seine Eltern ihn einliefern mußten. Zu diesem Zeitpunkt erfuhr ich dann, daß er rechtlich gar nicht mehr dazu befähigt war, mir den *Get* zu geben.«

Niemand sagte etwas.

»Du bist eine wunderbare Frau«, sagte Miriam und brach damit das Schweigen. »Du gibst uns allen Kraft. Und ich bewundere deine Tapferkeit.«

»Ich bin aber keine Heilige, Miriam. Mein Glaube ist nicht so ungebrochen wie deiner. Und die meiste Zeit bin ich resigniert.«

»Also, ich habe jedenfalls nicht die Absicht, elf Jahre zu warten«, sagte Elaine. »Und ich werde auch nicht auf Kennys Forderungen eingehen. Verdammt, das kann ich mir auch gar nicht leisten. So wie die Dinge liegen, kann ich nicht einmal mehr meine Rechnungen bezahlen.«

»Du hast aber keine Wahl«, sagte Miriam. »Die hat keine von uns.«

»Du vielleicht nicht, Miriam, aber ich gebe der Angelegenheit nur noch zwei Monate und damit basta. Ich bereue es jetzt schon, überhaupt so lange gewartet zu haben. Wenn die Rabbiner Kenny nicht dazu bewegen können, mir entgegenzukommen, und ich zufällig jemandem begegne, der mich heiraten möchte – na, dann zur Hölle mit dem *Get*.«

»Das ist nicht dein Ernst!« rief Miriam entrüstet. »Du würdest für immer aus dem Judentum ausgeschlossen werden.«

»Doch, das ist mein absoluter Ernst! Ich habe nur so lange gewartet, weil der *Get* meinen Eltern so wichtig ist. Aber hier geht es schließlich um *mein* Leben, verdammt noch mal, und ich bin nicht willens, es sinnlos zu vertun, bloß wegen irgend so einem blödsinnigen religiösen Gesetz! Wenn die Rabbiner wirklich wollen, daß ich rein bleibe, warum zum Teufel unternehmen sie dann nichts, um mir zu helfen?«

»Sie versuchen es doch, Elaine«, sagte Miriam.

»Und warum ändern sie dann dieses verdammte Gesetz nicht?«

»Du weißt, daß das nicht möglich ist«, sagte Faye. »Das haben wir doch schon oft durchdiskutiert. Nur ein *Beth Din*, der in der Anzahl größer ist und in der Bedeutung höher steht als der *Sanhedrin* des Zweiten Tempels – der Oberste Jüdische Gerichtshof – wäre dazu bemächtigt.«

Elaine brummte. »Die Vergangenheit ist mir egal, Faye. Was mich interessiert, ist meine Zukunft. Zwei Monate noch, und dann –«

»Aber haben Sie denn gar keine Angst vor den Konsequenzen, die das nach sich ziehen wird?« fragte Deena. »Davor hätte ich nämlich Angst.«

»Sie haben mit der Warterei auch gerade erst begonnen, Süße. Warten Sie erst mal ein Jahr ab, dann sprechen wir uns noch mal.«

Deena wurde rot. »Tut mir leid. Es geht mich wirklich nichts an.«

»Sie brauchen sich nicht zu entschuldigen«, sagte Faye. »Wir müssen ehrlich zueinander sein, sonst brauchen wir uns erst gar nicht zu treffen. Stimmt's, Elaine?«

»Doch, doch. Vergessen Sie bitte, was ich gerade gesagt habe, Deena. Aber wer weiß, was auf einen noch so alles zukommt? Vielleicht ändert Ihr Mann ja plötzlich seine Meinung.«

»Ja, es besteht immer Hoffnung«, sagte Miriam mit Nachdruck. »Es ist vielleicht manchmal nicht einfach, Gottes Wege zu verstehen, aber wir müssen es versuchen.«

Elaine rollte theatralisch mit den Augen. »Warum sagst du das nicht zu Faye, Miriam? Vielleicht ist sie ja in weiteren elf Jahren endlich in der glücklichen Lage, wieder heiraten zu dürfen. Mit dem Glück, das sie bis jetzt hatte, wird Alex allerdings bestimmt hundertzwanzig Jahre alt werden. Es sei denn, sie hilft ein bißchen nach.«

»Hör auf, so zu reden!« sagte Miriam. »Faye ist vielleicht aufgebracht, aber sie will Alex bestimmt nicht tot sehen.«

»Ach, hör schon auf, Miriam!« sagte Elaine. »Willst du uns etwa allen Ernstes weismachen, du hättest Mordechai noch nie den Tod gewünscht? Nicht einmal eine Sekunde lang?«

»Das gehört sich nicht.« Sie schüttelte den Kopf. »Das ist eine Sünde.«

»Das ist nur allzu menschlich. Ich für meinen Teil muß jedenfalls dauernd daran denken. Und ich benutze dazu kein Wurfspiel. Ich benutze eine Pistole.« Elaine zielte mit ihrer Hand auf die Wand. »Peng! Peng! Peng! Und hin ist er!«

»Ich erledige ihn immer mit einem einzigen Schuß«, sagte Susan. »Direkt in seine Brust.«

Elaine sah nachdenklich aus. »Ich könnte es auch in einem Schuß schaffen, aber drei gefallen mir irgendwie besser. Einer ist von mir und je einer von den Kindern.«

»Das ist jetzt die Märchenstunde«, wandte sich Faye erklärend an Deena. Sie klang verlegen. »Tja, wir sind wirklich sehr zivilisiert.«

»Ein wenig zu phantasieren ist sehr gesund, Faye«, sagte Elaine. »Jeder Psychologe kann dir das bestätigen. Magda, jetzt bist du dran.«

Magda lächelte, schüttelte aber verneinend den Kopf.

»Ach, komm schon, Magda. Laß deinen Aggressionen freien Lauf. Du tust damit keinem weh. Versuch es wenigstens.«

»Manchmal ... manchmal mache ich es mit den Händen ... ich lege sie um Yossifs Hals herum.« Sie begleitete ihre nüchtern gesprochenen Worte mit pantomimischen Gesten. »Dann stelle ich mir wieder vor, daß ich ihn erhänge.«

»Das ist gut!« rief Elaine aus. »Ich glaube –«

»Ein Autounfall.« Die Worte waren ein Flüstern.

Alle drehten sich zu Miriam um und starrten sie verblüfft an.

»Mordechai sitzt im Wagen – natürlich allein. Es ist spät in der Nacht, und kein anderes Auto ist auf der Straße. Er fährt einen Berg hinunter, aber plötzlich versagen die Bremsen, und er stürzt eine Klippe hinab.« Ihr Blick hatte sich irgendwo in der Ferne verloren.

Elaine wollte etwas sagen, hielt sich aber zurück.

Susan fragte: »Faye, hast du dir schon jemals Alex' Tod vorgestellt?«

»Dauernd«, gab sie zu. »In den ersten Jahren waren meine Phantasien ziemlich makaber.« Sie lächelte. »Mittlerweile stelle ich mir einfach vor, daß ich einen Anruf aus dem Krankenhaus erhalte, Alex sei friedlich eingeschlafen. Aber das wird leider nicht passieren.«

»Nun, wenn du Hilfe brauchst, Faye, dann sag Bescheid«, sagte Elaine. »Ich meine, wozu ist eine Selbsthilfegruppe schließlich da?« Sie grinste.

»Klingt ja ziemlich deprimierend«, sagte Michael später am selben Abend zu Deena. Er war nach dem Treffen der Selbsthilfegruppe zu ihr gekommen. »Vielleicht hätte ich dich doch nicht dazu überreden sollen hinzugehen.«

»Ja, das war es auch, aber andererseits auch wieder nicht. Jede von ihnen hat eine schlimme Geschichte, aber sie *überleben*. Und es gab immerhin schon einige Erfolge. Rabbi Markowitz hatte wirklich recht. Es hilft einem tatsächlich, mit Menschen zu reden, die verstehen, was man gerade durchmacht.«

»Das heißt also, ich tue das nicht?« Er sah sie verwirrt an.

»Doch, natürlich tust du das, Michael. Du bist wundervoll.« Sie küßte ihn. »Aber du kannst einfach nicht wissen, wie es ist, wenn man so manipuliert wird, wenn jemand einen so in der Gewalt hat. Es ist entwürdigend, und es macht einen wütend. Und manchmal, wenn ich kein Ende absehe, ängstigt es mich auch.«

»Gut, ich stecke nicht in deiner Haut, das ist mir durchaus bewußt. Aber ich bin ebenso ungeduldig wie du. Wenn du deinen *Get* hättest, könnten wir endlich über eine gemeinsame Zukunft sprechen. Momentan ist das sinnlos.«

»Michael, du weißt, daß ich noch nicht dazu bereit bin, mich wieder zu binden. Du ziehst mich an, und ich liebe es, mit dir zusammen zu sein. Aber ich traue meinen Gefühlen im Moment noch nicht. Denk doch nur, wohin es das letzte Mal geführt hat, als ich meinen Gefühlen vertraut habe! Ich möchte es mir doch gern reiflich überlegen, bevor ich wieder heirate – falls der Fall überhaupt eintreten sollte, daß ich das wieder kann. Und eines ist sicher: Ich würde einen vorehelichen Vertrag abschließen mit festgesetzter Schadenssumme.«

»Machst du dir wegen des Finanziellen Sorgen?« Er klang verdutzt.

Sie schüttelte den Kopf. »Nein, es geht mir nicht ums Geld, Michael. Sondern darum, diese ganze *Get*-Situation zu vermeiden. Rabbi Markowitz hat mich darüber aufgeklärt. Es ist grundsätzlich so, daß, wenn einer der beiden Ehepartner die Ehe gemäß jüdischem Gesetz beenden will, der andere Partner Anrecht auf finanzielle Entschädigung hat, weil sie – oder er –

keine neue Ehe eingehen kann, und das kann finanziell recht einträglich sein. Es können bis zu hundert Dollar pro Tag sein, bis die ganze Situation geklärt ist.«

»Ist das denn legal?«

»Rabbi Markowitz sagt, die Zivilgerichte billigen es. Und er selbst vollzieht keine Trauung, ohne daß Braut und Bräutigam diesen Vertrag unterzeichnet haben.«

»Nicht gerade romantisch, hm? Schon bei der Hochzeit an die Scheidung zu denken?«

»Genau das habe ich Rabbi Markowitz auch gesagt. Aber er hat darauf nur erwidert, daß die Situation, in der ich mich momentan befinde, ja auch nicht gerade romantisch ist.«

»Ja, das nicht gerade«, stimmte Michael ihr zu. »Also in Ordnung, dann werden wir eben diesen Ehevertrag unterzeichnen. Damit habe ich keine Probleme.«

»Michael, ich habe es dir doch schon gesagt. Ich möchte es gern langsam angehen.«

»Ich habe es vernommen. Und als Psychologe muß ich dir natürlich sagen, daß deine Vorsicht klug ist.« Er lächelte. »Aber als Mann, der den Rest seines Lebens gern mit dir verbringen möchte, bin ich natürlich nicht gerade sehr glücklich darüber.«

»Aber selbst wenn ich zu der Überzeugung gelange, daß wir füreinander bestimmt sind, sind wir, bis ich endlich meinen *Get* erhalte, wahrscheinlich schon ein Fall für die Rente.«

»Dann werde ich die Dinge wohl ein wenig beschleunigen müssen.«

»Michael! Ich möchte auf keinen Fall, daß du mit Jake redest! Wenn er wüßte, daß wir uns sehen –«

»Okay. Du hast vermutlich recht. Aber ich werde nicht zulassen, daß Jake unser Leben ruiniert. Ich werde mir etwas ausdenken.«

Deena küßte Michael zum Abschied und war schon auf halbem Weg ins Schlafzimmer, als es an der Tür läutete.

»Was hat er denn wohl diesmal vergessen?« fragte sie sich

mit belustigter Mißbilligung, als sie die Tür aufmachte. Letztes Mal waren es die Autoschlüssel gewesen.

Zwei Männer standen im Schein der Außenbeleuchtung. Der eine, der eine Brille mit Stahlgestell trug, blickte ihr ins Gesicht, während der andere unauffällig umherblickte und dann irgend etwas weiter unten auf der Straße fixierte. Deena hatte beide noch nie gesehen.

»Ja?« Irgend etwas Bedrohliches ging von ihren teuer aussehenden Anzügen aus. Instinktiv hätte Deena am liebsten sofort wieder die Tür zugeschlagen.

»Wir würden gern mit Mr. Vogler sprechen.« Der Mann mit der Brille sprach mit ruhigem, gleichmäßigem Tonfall.

»Mr. Vogler wohnt hier nicht mehr.« Wer *waren* diese Männer bloß? Sie machte Anstalten, die Tür zu schließen, aber er schob schnell seinen Fuß dazwischen.

»Ach ja? Und wo wohnt er jetzt?«

»Bitte gehen Sie.«

»Hey, Ed«, wandte sich der Mann an seinen Begleiter, »die Lady hier is' anscheinend 'n bißchen schüchtern.« Er kam vertraulich näher. »Uns können Sie's doch sagen. Wir sind alte Freunde von ihm.«

»Ich weiß aber gar nicht, wo er wohnt. Warum – warum rufen Sie ihn nicht morgen in seinem Büro an?«

Er lächelte. »Das ist wirklich eine tolle Idee, Mrs. Vogler, aber das versuchen wir bereits seit Wochen. Wissen Sie das etwa nicht? Er ist nie da. Stimmt das nicht, Ed?«

Ed lächelte nur träge, ohne zu antworten.

»Ich möchte, daß Sie jetzt gehen«, wiederholte Deena, diesmal resoluter. »Ich habe damit nichts zu tun. Wir sind geschieden.«

»Ach ja? Na, ich wette, die Scheidung war nicht seine Idee.« Er musterte sie anerkennend. »Wenn ich mit so einem hübschen Ding wie Ihnen verheiratet wär', würd' ich sie nicht gehen lassen. Sind Sie nicht manchmal ein wenig einsam,

Mrs. Vogler? Ich könnte Ihnen ein wenig die Zeit versüßen.« Er streckte seine Hand nach ihrer Wange aus.

Sie wich zurück. »Machen Sie, daß Sie wegkommen! Oder ich rufe die Polizei!« Wie ihr sofort bewußt wurde, war die Drohung sinnlos, da er sie sicher aufhalten würde, ehe sie das Telefon erreichte. Und dann wäre er im Haus. Sie fühlte, wie eine plötzliche Furcht sie ergriff.

Er lachte. »Wohl heute nich' in der Stimmung, was? Na, dann vielleicht ein andermal. Ich kann Ihnen sagen, was Sie für mich tun können, nur als Gefälligkeit, versteht sich. Sagen Sie doch bitte Ihrem Exmann, daß James Murdoch es nicht mag, wenn man ihn nicht zurückruft. Es macht ihn wütend, verstehen Sie? Und es ist wirklich keine besonders gute Idee, Mr. Murdoch wütend zu machen. Würden Sie ihm das also bitte von mir ausrichten, Mrs. Vogler?«

Murdoch! Sie hatte schon seit über einem Jahr nicht mehr an den Geschäftsmagnaten mit dem stählernen Blick gedacht. Prinz der Finsternis, hatte Jake ihn immer genannt. »Ich werde versuchen, meinen Exmann zu erreichen«, brachte sie flüsternd heraus.

»Sie sind ein gutes Mädchen. Nun, es war uns ein Vergnügen, Mrs. Vogler. Komm, Ed. Die Lady braucht jetzt ihren Schönheitsschlaf.« Er wandte sich wieder an Deena. »Sagen Sie Ihrem Exmann, er soll sich mit uns in Verbindung setzen, Mrs. Vogler. Und er soll nicht zu lange damit warten. Ach, und noch etwas: Ich an Ihrer Stelle würde keinen Fremden die Tür aufmachen. Man weiß schließlich nie, was alles passieren kann. Gute Nacht!«

Unvermittelt zog er seinen Fuß von der Schwelle weg. Deena hörte sein Lachen, als sie die Tür schloß und mit zitternden Händen den Riegel vorschob. Eine Minute lang lehnte sie sich schwer atmend gegen die geschlossene Tür und kämpfte mit den Tränen. Als sie sich wieder etwas beruhigt hatte, suchte sie in ihrer Tasche nach der Visitenkarte, die ihr Jake gegeben hatte, als er in ein Apartment gezogen war. Sie wählte die Nummer, die auf der Karte stand.

»Hallo?«

»Jake, hier ist Deena. Ich –«

»Ja, das gibt es doch nicht! Deine Stimme hatte ich heute abend nun wirklich am wenigsten erwartet – oder, um genau zu sein, trifft das eigentlich für jeden Abend zu.«

»Ich muß mit dir reden.«

»Laß mich raten: Du hast es dir noch mal durch den Kopf gehen lassen und gemerkt, daß du ohne mich nicht leben kannst. Verhängnisvolle Anziehung, ja?«

»Jake, bleib bitte ernst. Es waren zwei Männer von Murdoch bei mir. Sie haben mir ganz schön Angst eingejagt!«

»Wovon sprichst du?«

»Er wußte anscheinend nicht, daß du ausgezogen bist. Er ist wütend, weil du ihn nicht zurückrufst. Was geht hier eigentlich vor, Jake? Ich habe ein Recht darauf, es zu erfahren!«

»Nichts, worüber du dir Sorgen machen müßtest.«

»Du hast diese Männer nicht gesehen! Sie haben mir zu verstehen gegeben, daß, wenn du dich nicht sofort mit Murdoch in Verbindung setzt, dir etwas zustoßen könnte.«

»So beruhige dich doch. Du weißt doch gar nicht, worum es geht. Aber ich. Murdoch regt sich auf, weil sein Geld so lange festliegt.«

»Ist das Einkaufszentrum denn noch immer nicht fertig? Du hast das Projekt doch schon vor zwei Jahren in Angriff genommen, oder?«

»Es ist sogar ein wenig länger her. Aber dieses Syndikatsgeschäft stand von Anfang an unter einem schlechten Stern. Erinnerst du dich noch, wie viele Bauaufschübe es gegeben hat? Schlechtes Wetter, schlechtes Fundament, verspätete Bauerlaubnis, erhöhte Kosten und so weiter – es gab ein Problem nach dem anderen. Aber ich konnte Murdoch davon überzeugen, daß ihm das Einkaufszentrum ein Vermögen einbringen würde.«

»Und?«

»Nun, und gerade als alle Probleme gelöst zu sein schienen – der neue Generalunternehmer ist wirklich auf Zack –, will Murdoch aussteigen. Er ist sogar bereit, einen Verlust hinzunehmen und auf das Geld zu verzichten, das er bereits in die Voranfertigung gesteckt hat, aber er will unbedingt seine Anteile verkaufen. Sein Anwalt möchte, daß wir alle Firmenbücher für eine Buchprüfung bereitmachen.«

»Aber was ist daran denn so verkehrt? Tu es doch einfach und werde ihn auf diese Weise los.«

»Ben glaubt – und ich gebe ihm da recht –, daß sich die restlichen Anteile nicht so leicht verkaufen lassen, wenn Murdoch jetzt aussteigt. Sein Name hat ziemliches Gewicht.«

»Aber wie willst du ihn daran hindern?«

»Das können wir nicht. Ben will ihn nur so lange hinhalten, bis wir den Rest der Anteile verkauft haben, damit wir die gestiegenen Kosten decken können. Ich habe keine Ahnung, wie lange das dauern wird. Vielleicht findet sich schon morgen jemand, der Interesse hat, genausogut kann das aber auch ein paar Wochen dauern. Oder vielleicht sogar noch länger. Darum habe ich Murdoch nicht zurückgerufen.«

»Du kannst ihm aber nicht einfach aus dem Weg gehen, Jake. Er ist doch nicht auf den Kopf gefallen. Und er wird nicht untätig herumsitzen. Wieso erklärst du ihm nicht alles, so, wie du es mir gerade eben erklärt hast? Vielleicht zeigt er ja Verständnis.«

»Murdoch? Machst du Witze?« Er lachte.

Jake hatte recht, mußte sie vor sich selbst zugeben. James Murdoch war dafür bekannt, daß er erbarmungslos war. Schon als Deena ihn das erste Mal gesehen hatte, als sie bei Kasden und Vogler, Immobilienmakler, arbeitete, hatte sein herrisches Wesen und sein eisiges Gehabe sie entnervt.

»Aber du kannst ihn nicht auf ewig hinhalten, Jake.«

»Das weiß ich. Hör mal, ich bin auch nicht gerade davon angetan, die ganze Scheiße von Murdoch abzukriegen. Unglücklicherweise denkt er jedoch, daß ich dafür verantwortlich bin, und nicht Ben.«

»Ich hatte den Eindruck, daß er es ernst meint, Jake. Ruf ihn lieber an.«

»Schwingt da etwa Besorgnis in deiner Stimme mit, Deena?«

»Nein, ich mache mir nur Sorgen um mein eigenes Wohlergehen. Ich habe keine Lust, daß mir Murdochs Männer noch mal einen Besuch abstatten!«

»Murdoch ist mein Problem, und nicht deins. Sie werden dich wahrscheinlich nicht mehr belästigen.«

»›Wahrscheinlich‹ reicht mir nicht. Also: wann rufst du ihn an?«

»Jetzt noch nicht.«

»Und warum nicht?«

»Hör zu, schreib mir bitte nicht vor, wie ich meine Geschäfte zu führen habe, ja, Deena? Ich bin bis jetzt auch ganz gut ohne dich zurechtgekommen. Aber wie geht es dir denn übrigens so? Genießt du das Single-Dasein?«

»Ich lege jetzt auf, Jake. Gute Nacht.« Sie hätte Jake nicht vor Murdochs Männern warnen sollen. Sie hätte sie besser höchstpersönlich zu Jakes Apartment kutschieren und dann abwarten sollen, was passiert wäre.

»Aber laß es dir nicht *zu* gut gehen, Deena. Denk dran: du bist noch immer verheiratet. Ich möchte schließlich nicht, daß irgendeine Kardinalsünde auf deinem Gewissen lastet.«

Selbst nachdem sie den Hörer auf die Gabel geknallt hatte, hallte sein selbstgefälliges Lachen noch in ihrem Ohr nach. Aber irgendwann würde er schon noch dafür büßen müssen, was er ihr antat. Und sie würde jeden einzelnen Moment davon genießen.

Als sie später im Bett lag und versuchte, einzuschlafen, mußte sie an Elaine und Magda und Susan und Faye denken, die alle ein eigenes Todesdrehbuch hatten. Sogar Miriam hatte eines gehabt.

Denk dir was aus. Irgendwas.

Deena lehnte sich zurück und schloß die Augen.

4

Als Deena nach der Arbeit in ihre Einfahrt fuhr, parkte ein weißer Cadillac vor ihrem Haus; sie kannte den Wagen. Was Ben wohl von ihr wollte? fragte sie sich, als sie ihre Aktentasche nahm und aus dem Wagen stieg.

Eine Minute später war Ben auch schon bei ihr angelangt. »Du siehst großartig aus, Deena. Einfach großartig!« Strahlend drückte er sie fest an sich.

Wie so oft, mußte sie auch jetzt denken, wie gern sie Jakes Partner doch mochte.

»Er ist eine echte Persönlichkeit«, hatte ihr Vater ihr gesagt, bevor sie ihren Job bei Kasden und Vogler, Immobilienmakler, angetreten hatte. »Und immer fröhlich. Seine Mutter war Patientin bei mir. Eine wunderbare Frau – möge sie in Frieden ruhen. Ich hatte mit ihm bereits des öfteren geschäftlich zu tun, und immer hat er sich wie ein wahrer Gentleman verhalten.«

Max Novick hatte auch in bezug auf Ben Kasden recht behalten.

Ben war Ende Vierzig und klein – etwa ein Meter siebzig groß. Büschel von ergrautem braunen Haar bedeckten spärlich seine vorstehenden Ohren, und eine große, zwiebelförmige, rotgeäderte Nase dominierte sein cherubinisches Gesicht. Er war beinahe kugelrund, und seitdem Deena ihm vor zwei Jahren das erste Mal begegnet war, mußte sie unwillkürlich immer, wenn sie ihn sah, an Humpty Dumpty denken, eine eiförmige Figur aus einem englischen Kindervers.

»Du strahlst ja gar nicht?« fragte Ben jetzt. »Und kriege ich denn auch gar keinen Kuß? Freust du dich etwa nicht, mich zu sehen?«

»Doch, doch, natürlich. Entschuldige, bitte.« Sie umarmte ihn rasch. »Ich bin nur etwas überrascht, dich zu sehen, Ben. Laß uns reingehen.«

Es war beinahe ein Jahr her, seit sie Ben das letzte Mal gesehen hatte. Als sie noch mit Jake verheiratet gewesen war, hatte sie oft im Büro der Immobilienfirma in Century City vorbeigeschaut. Doch mit der Trennung hatte das ein Ende gehabt. Zuerst hatte Ben sie noch öfter angerufen – »Wie geht es dir, Deena?«, »Kann ich irgend etwas für dich tun, Deena?« Seine Besorgnis und Zuneigung waren aufrichtig gewesen, aber Deena hatte seine Verlegenheit gespürt und war deshalb nicht erstaunt oder gekränkt gewesen, als die Anrufe allmählich seltener wurden. Schließlich war Ben Jakes Partner und Freund, und zwar schon lange, bevor er Deena kennengelernt hatte.

Ben folgte ihr ins große Wohnzimmer und setzte sich auf die pfirsichfarbene Baumwollbrokatcouch, die Jakes Eltern ihnen zur Hochzeit geschenkt hatten. Neben einem Couchtisch aus Glas mit einem Travertinsockel war sie das einzige Möbelstück im Raum.

»Laß mich dich erst mal anschauen«, sagte Ben.

»Ist irgendwas nicht in Ordnung, Ben?« Sie setzte sich neben ihn.

»Was sollte denn nicht in Ordnung sein? Ich habe nur dein hübsches Gesicht vermißt. Wie geht es dir denn so, Deena? Ich meine, so alles in allem.« Seine Stimme war auf einmal gedämpft, niedergedrückt. Unruhig trommelte er mit den Fingern auf seinen Knien herum und sah sich im Zimmer um.

»Mir geht es soweit ganz gut.« Armer Ben. Es war offensichtlich, daß er sich in seiner Haut nicht wohl fühlte. Hatte Jake ihn etwa hergeschickt? schoß es ihr plötzlich durch den Kopf. Aber wenn ja, aus welchem Grund? Damit Ben Deena dazu überredete, sich mit Jake zu versöhnen? Oder damit er die

Güterverteilung aushandelte? »Ben, was ist los? Ich kann dir ansehen, daß irgend etwas nicht in Ordnung ist.«

»Na ja, nicht gerade *nicht in Ordnung.*« Er zog die letzten Worte in die Länge. »Ich habe da nur ein kleines Problem, bei dem du mir vielleicht helfen kannst. Aber es ist wirklich nichts Großes.«

Also verbarg sich nicht Jake hinter seinem Besuch. Sie atmete erleichtert auf. »Wenn ich kann, gerne.«

»Großartig! Die Sache ist nämlich die: Deine Anwältin rief heute bei mir an. Sie möchte einen Blick auf unsere Bücher werfen. Das kam für mich völlig überraschend, Deena. Ich dachte, du seist nicht mehr an der Firma interessiert.«

»Das war, als ich noch dachte, Jake würde sich vernünftig verhalten. Aber seitdem ist viel geschehen. Das kann ich dir hier nicht alles im einzelnen erklären.«

»Hoffentlich weißt du jedenfalls, was du tust.« Er lachte. »Ich habe dir ja schon öfter erzählt, daß diese Firma einem wirklich Kopfschmerzen bereiten kann. Manchmal denke ich, ich sollte besser aussteigen.«

»Ich will auch gar nicht unbedingt Teilhaber sein, Ben. Aber meine Rechtsanwältin hat mir gesagt, wir müßten veranschlagen, wieviel mein Anteil wert ist.«

»Schön. Das ist auch kein Problem. Dazu hast du ja das gute Recht. Nur sind wir im Moment unheimlich beschäftigt – Gott sei dank, nicht wahr? –, und ich habe leider nicht die Zeit, alle Eintragungen mit einem Buchhalter durchzugehen.«

»Ich glaube nicht, daß das so ein großer Aufwand ist, Ben. Ein guter Buchhalter kann das ohne viel Hilfe von dir durchgehen.«

»Es ist nicht nur das.« Er machte eine Pause. »Es geht auch um Murdoch.«

»Murdoch!« Sie schauderte. Auch wenn bereits fast zwei Wochen vergangen waren, seit die beiden Männer dagewesen waren, hatte sie noch immer Alpträume deswegen.

»Es tut mir leid«, sagte er schnell. »Dieser Name weckt bestimmt unangenehme Erinnerungen in dir. Jake hat mir erzählt, was passiert ist. Deena, es tut mir schrecklich leid, was dir da widerfahren ist! Weißt du, du solltest dir vielleicht besser eine Alarmanlage oder so etwas anschaffen, wo du jetzt allein lebst. Obwohl ich nicht glaube, daß du noch einmal von Murdoch belästigt wirst. Aber trotzdem.«

»Ich habe mich bereits darum gekümmert.«

»Hoffentlich hast du auch einen Lichtschrankenvorhang. Auf diese Weise kannst du nämlich die Fenster öffnen, ohne Alarm auszulösen. Den haben wir auch.«

»Ich habe mir keine Alarmanlage angeschafft, Ben, sondern einen Revolver.«

»Einen Revolver?« Er starrte sie verdutzt an. »Du könntest dich damit aber selbst verletzen, Deena. Weiß denn dein Vater davon?«

»Es ist sogar seiner. Nach dem, was passiert ist, fand er, ich sollte einen im Haus haben. Aber keine Angst; ich nehme Unterricht. Ich möchte mir schließlich nicht in der Panik selbst ins Bein schießen.« Sie lächelte.

»Na, das will ich allerdings auch hoffen! Und wo willst du ihn aufbewahren – etwa auf dem Couchtisch? Es wäre bestimmt Gesprächsthema Nummer eins, das kann ich dir versichern.« Er lachte.

»Nein, ich habe ihn in meinem Nachttisch. Aber genug davon. Du bist schließlich nicht hergekommen, um mit mir über Revolver zu diskutieren.«

»Ach, kein Witz? Hm, ja, wo waren wir gleich wieder stehengeblieben?« Er legte die Stirn in Falten.

»Bei Murdoch?«

»Ach ja, Murdoch. Er platzt manchmal unangemeldet ins Büro herein – ich weiß nie, wann er kommt. Und ich möchte nicht, daß er sich Gedanken über die Firma macht, bloß weil da irgend so ein Kerl in den Büchern herumschnüffelt.«

»Ben, eine Buchprüfung läßt sich aber leider nicht umgehen.«

»Wer sagt denn was von Umgehen? Ich dachte nur, du könntest sie vielleicht um drei, vier Monate aufschieben. Dann stehen wir nicht mehr so unter Druck, und das Murdoch-Problem hat sich bis dahin wahrscheinlich ebenfalls auf die eine oder andere Art gelöst. Jake konnte ihn immerhin dazu überreden, uns bis einschließlich November Zeit zu geben, damit wir bis dahin die Syndikatsanteile verkaufen können.«

»Ich habe nichts dagegen, aber du mußt zuerst meine Anwältin verständigen. Sag ihr, daß ich damit einverstanden bin, wenn sie die Buchprüfung aufschiebt.«

»Um ehrlich zu sein, habe ich bereits mit ihr telefoniert. Sie hat sich damit einverstanden erklärt, zwei Monate zu warten, also bis Ende Oktober.« Er machte eine Pause. »Aber das reicht nicht. Ich dachte, vielleicht könntest du mit ihr reden, Deena. Ich würde meine geschäftliche Situation nämlich nur sehr ungern vor ihr ausbreiten. Ich sähe es lieber, wenn das Ganze unter uns bliebe – unter Freunden.« Er lächelte.

»Ich kann ihr aber nicht vorschreiben, wie sie ihren Job zu machen hat, Ben. Und sie würde ohnehin nicht auf mich hören. Sie ist *sehr* unabhängig.« Warum beunruhigte Ben die Buchprüfung so – gab es da etwas, was er ihr verschwieg? Sofort bekam sie ein schlechtes Gewissen bei dem Gedanken. Sie hatte Ben noch nie als einen unaufrichtigen Menschen erlebt.

»Aber du bist doch die Klientin, nicht sie, stimmt's? Was sollte sie schon dagegen einzuwenden haben, wenn ihr noch ein paar Monate wartet? Du hast doch keinen Gerichtstermin, oder?«

»Soweit ich weiß, nein. Aber vielleicht sieht sie da etwas, was uns nützen könnte, was ich nicht sehe. Es tut mir leid, Ben, aber ich werde die letztendliche Entscheidung ihr überlassen. Ich hoffe, du bist mir deshalb nicht böse.«

»Nein, nein, da mach dir mal keine Sorgen. Ich sagte dir ja, es ist nichts Großes.«

Es folgte eine peinliche Stille.

»Wie geht es denn Ruthie?« fragte Deena. »Gibt sie noch immer alle deine Ersparnisse aus?«

Ruth Kasdens teurer Geschmack war immer eine schier unerschöpfliche Quelle der Belustigung für Ben, Jake und Deena gewesen. »In ihren Träumen unterschreibt sie Kreditkarten«, hatte Jake einmal zu Deena gesagt. »Ich habe sie auf einer Sklavenauktion kennengelernt«, hatte Ben erzählt. »Und ich war der Sklave.« Aber Deena wußte, daß Ben seine Frau trotz der Witze sehr liebte.

»Ruthie? Ihr geht es gut.« Er klang mit einem Mal etwas abwesend und distanziert. »Ach, du mußt übrigens wieder ein paar Papiere unterzeichnen, die üblichen Formulare für die Vierteljahressteuer. Ich habe nur leider vergessen, sie mitzubringen. Ich komme am besten einfach in ein paar Tagen auf dem Weg nach Hause noch mal bei dir vorbei. Dann ... mußt du ... äh ... nicht extra ins Büro kommen.«

Sie drückte seine Hand. »Das ist sehr lieb von dir, Ben. Und ich freue mich, dich dann noch mal zu sehen.«

»Schön.« Er stand auf. »Na, dann gute Nacht. Und alles Gute weiterhin, Deena.«

Sie blieb an der Tür stehen, während er sich in den Fahrersitz des Cadillac zwängte. Als er davonfuhr, winkte sie ihm zum Abschied nach, aber er schien es nicht zu sehen. Seufzend schloß Deena die Tür. Ben war immer so nett zu ihr gewesen; es war ihr sehr unangenehm, ihn jetzt enttäuschen zu müssen.

Deena kam es so vor, als würde die Zeit absichtlich so langsam vergehen. Der *Beth Din* hatte ihren Fall endlich überprüft und die erste Vorladung zugestellt, aber Deena wußte, daß das erst der Anfang war. Sie müssen Geduld bewahren, sagte ihr Rabbi Markowitz unablässig, und sie versuchte ihr Bestes. Die Universität hatte wieder angefangen, und sie war dankbar für die Routine in den Seminaren und die schier endlos scheinenden

Hausaufgaben. Sie gaben ihrem Leben den Anstrich von Normalität und eine Beschäftigung. Dadurch starrte sie nicht mehr den ganzen Tag auf das Telefon, in der Hoffnung, es würde endlich klingeln und ihr gute Neuigkeiten bringen.

Schließlich hatte sie noch ein paar alte Freunde angerufen und den Kontakt wiederhergestellt. Sie hatte auch wieder angefangen, Tennis zu spielen. Und sie war zu zwei weiteren Treffen der Selbsthilfegruppe gegangen; das eine hatte bei Susan stattgefunden, das andere bei Magda. Mit der Gruppe über alles zu reden half ihr sehr, und es gefiel ihr, die anderen Frauen allmählich besser kennenzulernen. Allerdings kam sie jedesmal eher niedergeschlagen als aufgeheitert nach Hause, betrübt durch die unerfreuliche Lage, in der nicht nur sie steckte, sondern auch ihre neuen Freundinnen.

Aber dann erfuhr sie endlich doch noch gute Nachrichten: Der *Beth Din* hatte ein *Seruv* erlassen und Jake öffentlich als »einen, der sich der Ungebühr des vorsätzlichen Nichterscheinens schuldig gemacht hat« angeprangert.

»Normalerweise lassen sie ungefähr dreißig Tage zwischen den Vorladungen verstreichen«, erklärte ihr Rabbi Markowitz. »Aber in diesem Fall haben sie alle drei innerhalb von zwei Wochen herausgegeben. Sie machen sich gar keine Vorstellung, wieviel Glück Sie haben!«

»Das ist ja großartig! Wie konnten Sie sie denn dazu bewegen?«

»Jake hat ihnen offensichtlich sehr deutlich zu verstehen gegeben, daß er nicht die Absicht hat, vor dem *Beth Din* zu erscheinen oder Ihnen den *Get* zu geben. Damit hat er Ihnen unwissentlich einen großen Gefallen getan, Deena. Jetzt können wir in die Gemeinde gehen.«

»Ich werde Jake einen Dankesbrief schreiben.« Doch sie freute sich sehr. »Was tun wir als nächstes?«

»Ich habe für morgen vormittag eine Vorpostenreihe organisiert, die sich vor Jakes Immobilienfirma aufstellen wird. Und wir werden Briefe in der Gemeinde verschicken. Aber Sie müssen realistisch bleiben, Deena«, warnte er sie. »Glauben Sie ja nicht, daß Jake gleich morgen abend bei Ihnen anruft und Sie anfleht, doch bitte den *Get* von ihm anzunehmen. Übrigens habe ich Jake kennengelernt.«

»Wann?« Sie war entsetzt.

»Vor ein paar Tagen. Ich habe abends vor seinem Apartment auf ihn gewartet. Erst wollte er kein Wort mit mir wechseln, aber dann war es mir doch möglich, ihn davon zu überzeugen, daß er dadurch nichts verlieren würde.«

»War es sehr unangenehm mit ihm?«

»Nein, überhaupt nicht. Er war sehr freundlich und äußerst höflich. Ich kann verstehen, daß ihn viele charmant finden. Aber er bleibt absolut hart, was den *Get* betrifft. Der Kern seiner Aussage ist, daß er wütend ist über Ihren – wie er es sieht – Verrat.«

»Er ist verrückt!«

»Na, das wollen wir mal lieber nicht hoffen! Nein, nein, ich mache nur Spaß«, fügte er hastig hinzu. »Er ist jedenfalls wie besessen von der Idee, Sie zu bestrafen. Ich hoffe, daß er mit der Zeit und ein wenig Nachhilfe von außen – die je nach seinem Verhalten mehr oder weniger freundlich ausfallen wird –, einlenken wird. Das Angebot Ihres Vaters hat er jedenfalls abgelehnt.«

»Welches Angebot?« Sie runzelte die Stirn. »Wovon sprechen Sie?«

»Oh, tut mir leid.« Markowitz klang peinlich berührt. »Ich nahm an, Sie wüßten davon. Ihr Vater kam kürzlich zu mir. Er wollte, daß ich mich in seinem Namen an Jake wende. Er dachte, er würde es selbst nicht hinbekommen.«

»Was hinbekommen?«

»Er hat Jake Geld für den *Get* angeboten.«

»O Gott!« Sie schloß die Augen.

»Er möchte Ihnen unbedingt helfen. Er macht sich extreme Sorgen um Sie und Ihre Mutter, die die ganze Situation anscheinend sehr belastet. Darum freue ich mich auch so, daß der *Beth Din* diesmal so energisch vorgeht.«

Ihre Muskeln spannten sich. »Und was hat Jake nun dazu gesagt?«

»Er sagte mir, der *Get* stünde nicht zum Verkauf, und zwar zu keinem Preis. Er schien es zu genießen, daß Ihr Vater bei ihm angekrochen kam, um es mal so auszudrücken.«

»Das kann ich mir lebhaft vorstellen. Haben Sie meinem Vater ausgerichtet, was Jake gesagt hat?«

»Nein. Ich sagte ihm, Jake würde es sich überlegen. Ehrlich gesagt, mache ich mir Sorgen um Ihren Vater. Er steht unter enormem seelischen Streß, und ich möchte nicht alle seine Hoffnungen zerstören. Sonst verzweifelt er vielleicht noch mehr, als er es ohnehin schon tut.«

Ihre Schläfen pochten. »Was wollen Sie damit sagen?«

Er zögerte. »Nichts im besonderen. Aber wenn Sie das nächste Mal mit ihm sprechen, sollten Sie – wenn Sie schon nicht optimistisch klingen können – Ihre negativen Gefühle doch ein wenig vor ihm herunterspielen. Und versuchen Sie, seine Abneigung gegenüber Jake nicht noch weiter zu schüren.«

In jener Nacht lag sie stundenlang wach im Bett. Das einzige, woran sie denken konnte, war die Verzweiflung ihres Vaters und der gesundheitliche Zustand ihrer Mutter, der sich zunehmend verschlechterte. Und an beidem war sie schuld.

Am nächsten Morgen rief sie Brenda DiSalvo an.

»Sagen Sie Jake bitte, daß ich auf alle meine Ansprüche verzichte, wenn er mir dafür den *Get* gibt«, sagte Deena der Rechtsanwältin. »Geben Sie ihm alles – die Firma, das Haus, die Einrichtung. Und das verdammte Geschirr.«

»Sie haben wohl vollkommen den Verstand verloren! Sie wissen zum Teufel ja gar nicht, was Sie da tun! Meine Gebühren belaufen sich auf Tausende von Dollars, und glauben Sie ja nicht, daß ich Ihnen aus Mitleid auch nur einen verdammten Cent davon erlasse!«

»Es tut mir leid. Ich weiß, wie hart Sie gearbeitet haben, um mir eine annehmbare Regelung zu verschaffen, Brenda. Ich wußte, daß Sie es nicht verstehen würden. Ich kann ja selbst kaum glauben, daß ich das tue. Aber ich sehe einfach keine andere Möglichkeit. Würden Sie sich bitte gleich darum kümmern?«

»Deena, nun kommen Sie.« Ihr Tonfall war jetzt weicher. »Tun Sie das bitte nicht. Das wäre doch genau das, was Jake will, sehen Sie das denn nicht?«

»Ich will nur, daß das Ganze endlich ein Ende hat, Brenda. Es ist das Geld nicht wert. Und auch nicht das Haus. Nichts von alledem.« Nicht, wenn sie dafür das Wohlergehen ihrer Eltern opfern mußte.

»Haben Sie noch ein wenig Geduld. Er wird schon noch einlenken.«

»Nein, mein Entschluß steht fest. Setzen Sie bitte Jakes Anwalt davon in Kenntnis.«

Brenda seufzte. »Das ist Ihr Todesurteil, Deena.«

»Du hast das einzig Richtige getan«, beruhigte sie Michael, als sie mehrere Tage später zusammen zu Abend aßen. Er hatte sie in ein teures Restaurant ausgeführt, um ihre Laune ein wenig zu heben. »Und außerdem weißt du jetzt, daß ich dich nicht um deines Geldes wegen liebe.«

»Sehr lustig«, erwiderte Deena finster. »Ich fühle mich beraubt.«

»In ein paar Jahren wirst du kaum noch daran denken. Was zählt, ist, daß Jake dir den *Get* gibt und wir endlich heiraten können.«

»Ich habe aber noch gar nicht ja gesagt.«

»Du kannst aber kaum einen Mann dafür umbringen, daß er optimistisch ist, oder?«

Ein Lächeln hellte Deenas Gesicht auf, doch dann verschwand es plötzlich wieder. Sie erstarrte.

»Was ist denn los?« fragte Michael. »Du siehst ja auf einmal so merkwürdig aus.« Er wandte sich um und schaute in ihre Blickrichtung. Dann drehte er sich wieder zu ihr. »Jake?«

Sie nickte, nicht fähig zu sprechen. Wenige Augenblicke später stand Jake auch schon an ihrem Tisch. Er grinste boshaft.

»Nein, wie romantisch! Willst du mich denn gar nicht vorstellen, Deena?«

»Am besten, du ignorierst ihn«, sagte Deena leise zu Michael.

»Ist das dein ständiger Freund oder einer von deinen vielen Verehrern?«

Peinlich berührt bemerkte Deena, daß einige der umsitzenden Gäste ihre Gespräche unterbrochen hatten und nun aufmerksam Jakes Worten lauschten.

»Sie machen sich lächerlich«, sagte Michael. »Warum gehen Sie nicht, bevor es Ärger gibt?«

»Cooler Typ, hm? Muß an der Jarmulke liegen, daß du darauf reinfällst. Ist es das, was dich anmacht, Deena, ja? Ein Käppchen? Vielleicht hätte ich ja immer eines im Bett tragen sollen. Dann wärst du vielleicht besser gewesen.«

»Sie sind ein armseliger Wicht, Vogler. Sie brauchen dringend professionelle Hilfe.«

»Ach ja? Sind Sie da etwa Experte oder so was?«

»Ich bin Psychologe. Wenn Sie wollen, kann ich Ihnen jemanden empfehlen.«

»Und Provision kassieren, ohne Zweifel.«

»Wohl kaum. Sehen Sie es eher als eine Art Dienst an der Menschheit an. Momentan jedenfalls stellen Sie eine Bedrohung für jedermann dar, besonders für Sie selbst.«

»Eine sehr einfallsreiche Analyse. Ist Ihnen eigentlich bewußt, daß Sie mit einer verheirateten Frau Doktorspielchen treiben? Hat Ihnen die kleine Deena das erzählt? Aber vielleicht machen Sie's ja besonders gern mit verheirateten Frauen, ja?«

Michael schob seinen Stuhl zurück und stand nun Jake gegenüber; nur der Tisch trennte sie noch. »Hören Sie, Vogler –«

»Michael, bitte!« Deena zog ihn am Arm.

»Ach ja, Michael, bitte!« ahmte Jake sie mit Fistelstimme nach. »Psychologen sollten doch eigentlich nie die Kontrolle über sich verlieren.«

Mit sichtlicher Anstrengung sammelte sich Michael wieder. »Sie haben ganz recht. Ich werde den Maître d' rufen.«

»Ganz schön elegant! ›Ich werde den Maître d' rufen.‹ Wo haben Sie denn den Ausdruck her? Vielleicht aus irgendeinem Audrey-Hepburn-Film? Na ja, ich sag's Ihnen ja nur ungern, aber Sie sind leider nicht Cary Grant. Sie möchten also den Maître d' rufen? Dann werde ich Ihnen einen Grund für eine Beschwerde liefern. Der ist für das Herumturteln mit meiner Frau!«

Er machte einen Ausfallschritt, beugte sich über den Tisch und schleuderte seine Faust in Michaels Gesicht. Deena schrie auf. Michael duckte sich, aber der Schlag streifte ihn an der Backe. Jake schlitterte über den Tisch, wodurch er die Tischdecke und alles, was auf ihr gestanden hatte, mit sich zu Boden zog.

Porzellan und Glas zersprangen. Ein Kellner eilte davon. Deena hörte Laute des Erschreckens, dann Zwischenrufe und allmählich stärker werdendes Gemurmel. *Das geschieht nicht wirklich,* sagte sie zu sich selbst. Sie zitterte, und aus ihrem Gesicht war alle Farbe gewichen.

»Nimm deine Tasche«, sagte Michael mit gedämpfter Stimme. Seine Backe war rot und begann zu schwellen.

Jake stand auf und bürstete sich ab. Er grinste.

Der Kellner war inzwischen mit einem Mann zurückgekehrt, der einen dreiteiligen Anzug trug. Der Geschäftsführer, nahm Deena an.

»Es tut mir furchtbar leid«, sagte der Mann zu Michael. »Lassen Sie mich Ihnen ein wenig Eis für Ihre Backe bringen.«

»Nicht nötig«, sagte Michael. »Wir würden gern gehen. Ich werde vorn zahlen.«

»Ach, Sie gehen schon so früh?« sagte Jake.

Der Geschäftsführer blickte Jake mit finsterer Miene an, dann wandte er sich wieder an Michael. »Ihr Essen heute abend geht natürlich auf Kosten des Hauses, Sir. Ich hoffe, Sie kommen bald wieder und erlauben uns, das Ganze wiedergutzumachen.« Zu Deena sagte er: »Selbstverständlich übernehmen wir auch die Kosten für die Reinigung Ihres Kleides.«

Sie blickte an sich hinunter. Die grüne Seide war mit Nudeln und Soße besudelt. Das hatte sie in der ganzen Aufregung gar nicht gemerkt.

Der Geschäftsführer warf Jake einen schnellen Blick zu. »Ich muß Sie bitten, mit mir in mein Büro zu kommen, um den Schadensersatz zu regeln.«

»Kein Problem. Das war es mir wert.« Er grinste Michael an. »Und das war nur die erste Runde.« Dann wandte er sich an Deena. »Ich bin wie eine Katze, Süße. Ich habe neun Leben.«

»Nicht, wenn ich etwas daran ändern kann«, erwiderte Michael ruhig.

Das Klingeln des Telefons weckte sie auf. Deena knipste die Nachttischlampe an und sah auf die Uhr: ein Uhr nachts. Erst ärgerte sie sich, doch dann war sie plötzlich beunruhigt. Vielleicht war ja irgend etwas mit Pearl?

Sie nahm den Hörer ab. »Hallo?«

Keine Antwort. Aber es war jemand in der Leitung. Sie hörte schweres Atmen. »Wer ist da?«

»Nur ein Freund, Mrs. Vogler«, raunte die Stimme.

»Sagen Sie mir gefälligst, wer Sie sind, oder ich lege auf!«

»Erinnern Sie sich denn nicht mehr an mich, Mrs. Vogler? Ich erinnere mich jedenfalls noch sehr gut an Sie.«

Murdochs Mann? Aber weshalb? »Was wollen Sie von mir?

Ich sagte Ihnen doch bereits beim letzten Mal: ich habe nichts mehr mit meinem Exmann zu tun.«

»Das weiß ich. Das hat er mir auch gesagt. Ich dachte nur, Ihnen sei vielleicht langweilig, oder Sie wären einsam. *Sind* Sie denn nicht einsam, Mrs. Vogler?«

»Lassen Sie mich in Ruhe!« Sie wollte schon auflegen, aber irgendeine schreckliche Faszination hinderte sie daran, so als klebe sie am Hörer fest.

»Haben Sie etwas an? Ich stelle Sie mir gerade vor, wie Sie im Bett liegen, in etwas Schwarzem, Erotischem, sehr, sehr Durchscheinendem. Vielleicht könnte ich ja gleich zu Ihnen kommen und Ihnen ein wenig Gesellschaft leisten. Würde Ihnen das nicht gefallen, Mrs. Vogler?«

»Ich habe einen Revolver! Wenn Sie versuchen, mir nahe zu kommen, benutze ich ihn!« Sie berührte den Nachttisch, wie um sich zu vergewissern, daß der Revolver noch vorhanden war.

»Ich bin gekränkt, Mrs. Vogler. Zutiefst gekränkt. Und dabei wollte ich doch nur freundlich sein. Ihr Exmann hielt es für eine gute Idee. Er hat mich allerdings schon vorgewarnt, daß Sie zu Anfang ein wenig schüchtern sein könnten.«

»Ich glaube Ihnen nicht!«

Er lachte. »Vermutlich glaubst du nicht, daß ich so schlimm bin, hm?«

Es war Jake! »Du Bastard! Du hast mich halb zu Tode erschreckt!«

»Ich wollte nur, daß du mal siehst, wie es ist, wenn man belästigt wird, Süße. Die Vorpostenreihe, die dein Rabbi organisiert hat? Die Briefe? Aber das wird keine Wirkung haben, Deena.«

»Was für Briefe?«

»Die, die du und deine netten Freunde verschicken, in denen sie unsere Situation darlegen. Meine Mutter hat zum Beispiel einen bekommen. So wie auch viele von ihren Freunden. Sie hat mich vor ein paar Stunden angerufen, sie war ganz hysterisch.«

»Ach, haben sie deinen Namen etwa nicht richtig geschrieben? Das tut mir ja *so* leid!«

»Halt meine Mutter da raus, Deena. Das geht nur uns beide was an. Und sag Max, daß er sich gefälligst nicht einmischen soll! Er ruft jeden Tag bei mir an, manchmal sogar mehrmals. Zu Hause und im Büro. Er hat sogar ein paar meiner Kunden angerufen und ihnen gesagt, sie sollten mit mir keine Geschäfte mehr machen. Kannst du das fassen?«

»Schon bald wird jeder die Wahrheit über dich wissen, Jake. Und wenn Ben schlau ist, wird er dich rausschmeißen.«

»Ben hält deinen Vater für verrückt. Und ich warne dich: Wenn Max nicht aufhört, werde ich Klage gegen ihn einreichen. Ich werde der Polizei sagen, daß er mich belästigt, und daß ich durch ihn finanzielle Einbußen erleide.«

»Gut. Dann vergiß aber bitte auch nicht, ihnen zu sagen, daß du mich erpreßt.«

»Du glaubst, ich mache nur Spaß, ja? Aber ich schwöre dir, daß ich es schaffen werde, ihn hinter Gitter zu bringen! Du kannst ihm dann ja immer koscheres Essen vorbeibringen. Und vielleicht sperren sie deinen Freund ja gleich in die Zelle nebenan, falls er mir auch noch irgendwelchen Ärger machen sollte. Alle im Restaurant haben gehört, wie er mir gedroht hat.«

»Du bist verrückt, weißt du das, Jake? Man sollte dich in eine Anstalt einliefern.«

»Dasselbe hat mir dein Freund auch schon gesagt. Ist er eigentlich im Moment gerade bei dir, Deena, und liegt in meinem Bett? Entdeckt er Rorschachs auf deinem bebenden Körper? Legt er die vielen Schichten deines Bewußtseins frei, um die verborgenen Geheimnisse deiner Seele zu ergründen? Oder wie nennt er das mit seinen psychologischen Fachbegriffen?«

Sie warf den Hörer auf die Gabel. In weniger als einer Minute klingelte das Telefon wieder. Sie hob den Hörer kurz ab, legte ihn aber sofort wieder auf die Gabel, um die Verbindung zu unterbrechen. Dann legte sie den Hörer neben das Telefon. Nach einer Minute durchdringenden Staccato-Tutens kehrte endlich Ruhe ein.

5

»Bin ich zu früh dran?« fragte Deena Faye, als sie bei ihr zur nächsten Gruppensitzung eintraf. »Ich war heute abend ein wenig unruhig. Ich konnte es gar nicht erwarten, endlich außer Haus zu kommen.«

Und aus der Nähe des Telefons. Jake rief sie jetzt beinahe jede Nacht an. Deena hatte die Telefongesellschaft Pacific Bell zwar schon darum gebeten, ihr eine neue, nicht aufgelistete Telefonnummer zu geben, aber es hatte sich immer wieder verzögert. Mit den besten Empfehlungen von Jake.

»Nein, nein, du kommst genau richtig«, sagte Faye lächelnd. »Die anderen müßten eigentlich jeden Moment eintrudeln.« Sie führte Deena durch den Flur ins Wohnzimmer. »Mach's dir doch schon mal bequem. Ich bin sofort wieder da.«

Deena blickte sich im Zimmer um. Augenblicklich fielen ihr die Bilder in die Augen, die an den cremefarbenen Wänden hingen. Es waren ein paar Stilleben darunter, aber die meisten Werke – einige waren Kohlezeichnungen, andere Aquarelle – gehörten unverkennbar einer sepiafarbenen Studie an, die Frauen bei der Ausübung verschiedener jüdischer Rituale zeigte. Ihre Gesichter waren hohlwangig, plastisch gestaltet und vom Leiden verzerrt, in ihren aufgerissenen Augen lag unbeschreiblicher Schmerz. Ihre Münder, die nur Schlitze waren, sahen aus, als seien sie zum Schweigen verdammt.

»Die Bilder sind sehr ergreifend«, sagte Deena, als Faye mit einem Tablett mit frischem Obst zurückkehrte. »Stammen die alle vom selben Künstler?« Sie studierte die Signatur auf einem der Gemälde. »Du hast die gemalt?« sagte Deena ehrfürchtig.

»Ja, gefallen sie dir?« Faye stellte das Tablett neben die Getränke auf den Glastisch, der vor einem beigen Ledersofa mit unterteilten Polstern stand. »Vielleicht male ich ja eines Tages fröhlichere Szenen, in zarten Rottönen, frischem Grün und Violett statt diesen düsteren Ocker- und Burgunderfarben.« Sie klang sehnsüchtig.

»Sie sind wunderschön, Faye. Ich wünschte, ich hätte solches Talent. Hast du schon mal daran gedacht, sie in einer Galerie auszustellen?«

»Nein.« Energisch schüttelte sie den Kopf. »Dafür sind sie zu persönlich. Da ich nicht oft Besuch habe, bekommen nur wenige Leute meine Bilder zu Gesicht. Aber ich freue mich, daß sie dir gefallen.«

Deena ließ sich auf das Sofa nieder und schenkte sich Seven-Up ein.

Faye setzte sich neben sie. »Wie läuft es denn mit deinem Jurastudium? Sind deine Seminare interessant?«

»Sie sind ganz in Ordnung. Ich habe eins in Arbeitsrecht belegt und eins in Effektenrecht. Und dann noch eins in Familienrecht, was, glaube ich, recht amüsant wird.« Deena lächelte. »Es läuft jedenfalls besser als letztes Jahr. Es gibt einen schönen Spruch zum Jurastudium: Im ersten Jahr ängstigst du dich fast zu Tode, im zweiten Jahr arbeitest du dich fast zu Tode, und im dritten Jahr langweilst du dich fast zu Tode.« Sie lächelte wieder. »Aber ich kann nicht gerade behaupten, daß ich mich langweilen würde.«

»Ich glaube nicht, daß ich das schaffen würde.« Faye schüttelte den Kopf.

»Mir macht es ungeheuer Spaß. Und das nicht nur, weil es mich ablenkt.« Sie starrte auf die Kohlensäurebläschen in ihrem Glas, dann blickte sie wieder zu Faye. »Denkst du noch oft daran? An den *Get*, meine ich. Ich ja. Ich träume sogar gelegentlich davon.«

Manchmal erlaubte der Schlaf Deena, alles zu vergessen, und

sei es auch nur für ein paar Stunden. Doch der Schlaf war ein furchtbarer Necker. Er hüllte sie zwar beruhigend in eine neblige Sphäre der Ruhe, doch der Morgen weckte sie dann als grimmiger Aufseher mit einer unsanften Ohrfeige. Es war dieser erste, stechende Augenblick der Erinnerung, den Deena so unerträglich fand. Den Rest des Tages schwächte er sich dann zu einem beständigen dumpfen Schmerz ab.

Faye lächelte. »Nein, ich kann es auch nicht vergessen. Aber ich versuche, mich zu beschäftigen. Das Malen hilft mir sehr. Und ich arbeite viermal die Woche ehrenamtlich mit Kindern im Cedars-Sinai-Krankenhaus. Meine Schwiegereltern waren sehr großzügig mit ihrem Schuldgeld.« Ein Anflug von Bitterkeit schwang in ihrem fröhlichen Lachen mit. »Ich liebe Kinder, sie sind irgendwie so besonders. Ich wünschte, ich hätte ein eigenes. Über die Jahre hinweg habe ich immer mal wieder daran gedacht, eins zu adoptieren, aber die Vermittlungsbehörden sehen alleinerziehende Eltern nicht sehr gern, und meine Mutter und meine Schwiegereltern haben mir von einer Adoption abgeraten.«

Es ist noch nicht zu spät, wollte Deena ihr sagen, aber sie brachte es nicht heraus. Denn selbst wenn Faye ihren *Get* schon morgen bekäme, war sie wahrscheinlich zu alt, um schwanger zu werden.

»Wie alt schätzt du mich?« fragte Faye unvermittelt.

Es war, als hätte Faye ihre Gedanken gelesen. Deena hob ihr Glas an ihr Gesicht, um die Röte zu verbergen, die ihr ins Gesicht geschossen war. »Ich habe keine Ahnung.«

»Ich bin neununddreißig. Aber ich sehe älter aus, nicht?«

»Nein, eigentlich nicht.« Aber es stimmte. Faye sah aus, als ginge sie bereits auf die Fünfzig zu. In ihre helle Haut hatten sich feine Falten um die schmalen Lippen und ihre blassen, blauen Augen herum eingekerbt. Und sie schien im ganzen – unnatürlich hager, wie sie war – kraftlos und ausgezehrt.

»Du bist sehr lieb. Aber leider nicht der Spiegel.« Sie seufzte.

»Ich hatte eine Fehlgeburt, ein Jahr nach der Hochzeit. Alex beschuldigte mich, ich hätte abgetrieben, weil durch einen Vaterschaftstest festgestellt worden wäre, daß das Baby nicht von ihm wäre.« Sie sah Deena an. »Aber weißt du, was das Schlimmste ist? Ich war damals erleichtert über die Fehlgeburt. Ich mußte unaufhörlich daran denken, was für ein furchtbares Leben das Baby haben würde. Jetzt bedauere ich es. Zumindest hätte ich jetzt jemanden, den ich lieben könnte.«

Es läutete an der Tür.

»Deine Erlösung.« Faye lächelte. »Entschuldige bitte, Deena. Ich wollte dir nicht die Laune verderben.« Sie ging aus dem Zimmer und kehrte kurz darauf mit Miriam, Elaine und Susan zurück.

»Deena!« sagte Elaine. »Wir haben eben von dir gesprochen.«

»Wir haben nämlich zufällig Jake getroffen«, erklärte Susan ihr rasch.

»Wo denn?« rief Deena aus. »Etwa vor Fayes Haus?« Folgte er ihr jetzt etwa schon überallhin?

»Was sollte er denn hier?« Elaine warf Deena einen befremdeten Blick zu. »Nein, Susan und ich haben vor ein paar Tagen zusammen im neuen Fischlokal auf dem Pico Boulevard zu Mittag gegessen. Er war auch da.«

»Aber woher wußtest du, daß es Jake ist?« fragte Deena.

»Er wurde ausgerufen. Da habe ich natürlich schnell geschaut, wer auf den Ausruf reagiert. Also, Deena, Jake sieht ja sogar noch besser aus, als du ihn beschrieben hast. Zu dumm, daß er so ein Scheißkerl ist. Entschuldige bitte den Ausdruck, Miriam!« Sie zuckte entschuldigend die Achseln. »Jedenfalls konnte ich es mir nicht verkneifen, zu ihm zu gehen und ihm zu sagen, was ich von ihm halte. Es war ein tolles Gefühl, fast so, als würde ich Kenny den Kopf waschen.«

»Wurde er denn gar nicht wütend?« fragte Faye.

Elaine grinste. »Doch, das kann man wohl sagen. Er hat mir

in den schillerndsten Farben beschrieben, wohin ich mir meine Meinung stecken solle. Ich antwortete ihm, wie erfrischend es doch wäre, einem Erpresser zu begegnen, der über so ein elegantes Vokabular verfügt. Daraufhin wurde er ausfallend, aber ich wurde noch ausfallender. Ich dachte, wir müßten uns doch schließlich gegenseitig helfen, nicht?«

»Einer für alle und alle für einen?« fragte Susan lächelnd.

»Genau. Die *Get*-Streiterinnen.« Elaine lachte, dann verfinsterte sich ihr Gesicht. »Ich hoffe, ich habe damit nicht alles noch schlimmer für dich gemacht, Deena.«

»Ich bezweifle, daß es überhaupt noch schlimmer werden kann.« Sie erzählte ihnen von Michael und dem Zusammenstoß in dem Restaurant, wobei sie es sorgsam vermied, Miriam anzusehen.

»Ein Freund, hm?« sagte Elaine. »Nein, wie unanständig, Deena. Ist er etwa genauso sexy wie Jake?«

»Elaine, beherrsch dich.« Faye schüttelte den Kopf.

»Ich hab' sie doch nur ein bißchen aufgezogen. Und das weiß Deena auch.«

»Michael ist also Psychologe?« fragte Miriam. »Wie beurteilt er denn Jake, nachdem er ihn jetzt persönlich kennengelernt hat, vom professionellen Standpunkt aus?«

»Professionell?« Deena zog eine Grimasse. »In der letzten Zeit kann er, sobald wir auf Jake zu sprechen kommen, nicht mehr klar denken. Jake belästigt mich jedenfalls seit einiger Zeit mit nächtlichen Telefonanrufen, und er ruft meine Anwältin nie zurück.« Sie seufzte. »Und ich hatte mich so gefreut, als Rabbi Markowitz mir erzählte, daß der *Beth Din* auf meiner Seite steht und daß wir aktiv werden können. Aber jetzt frage ich mich, ob die Vorpostenreihe nicht ein Fehler war. Ich habe den Eindruck, der Schuß ging nach hinten los.«

»Nein, sie war kein Fehler!« sagte Miriam mit Nachdruck. »Deena, das ist ein *ungeheurer* Fortschritt! Es hat ein Jahr gedauert, bevor der *Beth Din* Mordechai überhaupt die erste Vorladung geschickt hat! Und was sich im Restaurant abgespielt hat, zeigt doch nur, wie sehr Jake aus dem Konzept gebracht ist. Siehst du das nicht auch so, Faye?«

»Ja, doch, das sehe ich genauso.«

»Miriam hat recht«, sagte Susan. »Du mußt positiv denken. Und immer schön Schritt für Schritt. Du wirst schon sehen, daß es klappt. Du mußt nur ein wenig Geduld haben.«

»Na, du bist ja wohl heute abend Miss Optimistisch«, bemerkte Elaine.

»Nun ...« Ein Lächeln umspielte Susans Lippen.

»Nun, was?«

»Um ehrlich zu sein, habe ich gute Neuigkeiten. Es ist nämlich so –« Sie brach ab. »Barry und ich haben uns geeinigt. Er gibt mir meinen *Get*.«

»Das ist ja wundervoll!« sagte Faye. »Absolut wundervoll!« Sie ging zu Susan und umarmte sie. Magda und Miriam taten es ihr nach.

Elaine starrte Susan an. »Davon hast du mir ja gar nichts bei unserem Mittagessen erzählt.«

»Es hat sich auch erst heute ergeben. Und ich dachte mir, ich würde euch ja ohnehin heute abend alle sehen.«

Deena zögerte – sie kannte Susan nicht gut –, doch dann ging auch sie zu ihr. »Du mußt dich unheimlich freuen!« Sie gab Susan einen Kuß auf die Wange.

»Ich hoffe, daß es euch allen schon bald wie mir ergeht!« Susan strahlte. »Gott, ich bin ja so froh, daß es endlich vorbei ist!«

»Ich freue mich ja so sehr für dich«, sagte Miriam. »Wir *alle* tun das.« Sie blickte bissig zu Elaine, die sich nicht von der Couch erhoben hatte.

Elaine wühlte in ihrer Handtasche. »Mist!« murmelte sie. »Du hast nicht zufällig eine Zigarette, Faye, oder?«

»Nein, und außerdem hast du doch damit aufgehört, erinnerst du dich nicht mehr?«

»Du bist nicht meine Mutter«, schnauzte Elaine sie an.

»Was ist los, Elaine?« fragte Susan.

»Nichts.« Ihr rechtes Bein wippte heftig vor und zurück.

»Ich dachte, du würdest dich für mich freuen.«

»Das tue ich doch auch. Ich freue mich sogar sehr. Sieht man das nicht?« Sie lächelte übertrieben. »Ich bin hocherfreut, Susan. Nein, tatsächlich, ich finde, wir sollten eine *Get*party für dich veranstalten. Was haltet ihr davon, Mädchen?«

»Hör auf, Elaine«, sagte Faye leise in warnendem Ton.

»Wir könnten Grün als die Mottofarbe ausgeben – die steht für all die Dollars, die Susans Daddy zahlt, um sein kleines Mädchen zu retten.«

»Jetzt halt endlich den Mund!« befahl Faye.

»Aber wieso denn? Ihr tut alle so, als würdet ihr euch freuen, dabei seid ihr in Wirklichkeit genauso neidisch wie ich! Ihr habt nur nicht den Mumm, es zuzugeben!«

Miriam sagte: »Nun, *ich* freue mich aber für Susan. Ich finde, das sollte uns allen Mut geben. Wirklich.«

»Ja, wirklich sehr ermutigend! Ich mache das jetzt schon fast doppelt so lange mit wie Susan, und es ist noch absolut nichts vorangegangen!«

»Aber das ist doch nicht meine Schuld!« sagte Susan schnell.

»Das habe ich ja auch gar nicht behauptet. Dreh mir bitte nicht das Wort im Munde herum.«

»Aber das hast du damit gemeint. Du redest ständig vom Geld meines Vaters und läßt mich dastehen wie ein kleines, verwöhntes Prinzeßchen.«

»Na, wenn der Schuh dir paßt.«

»Das ist gemein, Elaine. Das mag ich nicht.«

Miriam sagte: »Faye hat aber ganz anders als du reagiert, Elaine, obwohl sie bereits seit elf Jahren eine *Agunah* ist.«

»Ach, laßt mich doch in Ruhe! Du bist doch so ein verdammter Moralapostel, Miriam, immer so unglaublich tugendhaft! Ich wette, du glaubst nicht einmal selbst die Hälfte von dem, was du immer so von dir gibst! Es sind nur irgendwelche Sätze, die du auswendig gelernt hast, weil du die Realität nicht wahrhaben willst.«

»Elaine, ich freue mich aber *wirklich* für Susan. Aber das heißt nicht, daß ich mir nicht ebensoviel Glück wünsche. Und wenn ich keine Bitterkeit fühle, dann deshalb, weil mein Glaube stark ist. Und falls du dich daran störst – nun, das ist dann dein Problem. Ich werde mich jedenfalls nicht dafür rechtfertigen, wer ich bin oder an was ich glaube.«

»Nun, ich habe diesen Glauben jedenfalls nicht. Was bleibt *mir* also übrig?« Sie erhob sich. »Ich gehe am besten nach Hause. Ich habe für heute abend genug Unterstützung bekommen.«

Faye sagte: »Einfach zu gehen ist keine Lösung, Elaine. Du mußt dich damit auseinandersetzen.«

»Das ist sinnlos. Im Moment sind nur alle gegen mich.«

»Komm schon«, redete Faye auf sie ein. »Komm schon, Elaine«, wiederholte sie, als Elaine keine Anstalten machte, sich wieder zu setzen.

Elaine zögerte. »Na gut«, sagte sie endlich. Sie setzte sich und starrte auf den Kamin.

Für Deena schien sich die anschließende peinliche Stille endlos hinzuziehen, aber niemand schickte sich an, sie zu unterbrechen.

»Susan«, sagte Elaine schließlich. »Es tut mir leid, wenn ich dich verletzt habe, aber ich habe nur ausgesprochen, was alle anderen dachten. Ich bin neidisch auf dich, okay? Das gebe ich unumwunden zu.«

Bin ich auch neidisch auf Susan? fragte sich Deena. Der Gedanke war ihr unangenehm; sie wollte sich im Moment lieber nicht damit befassen.

»Das kann ich verstehen.« Susan nickte. »Vermutlich wäre ich das auch. Vielleicht habe ich die Neuigkeit auch nicht gerade taktvoll gebracht.«

Elaine schüttelte den Kopf. »Nein, nein, es ist nicht dein Fehler. Das ist mir durchaus bewußt.« Sie seufzte. »Kenny ist nur so ein Schweinehund, weißt du. Ich wünschte, ich hätte das nötige Geld, um ihn abfinden zu können. Aber das habe ich leider nicht. Und ich wünschte, ich wäre jünger. Aber auch das bin ich nicht. Und ich habe die Warterei so verdammt satt!« Ihre Augen füllten sich mit Tränen.

»Ich mache dir keinen Vorwurf, Elaine.«

»Ich habe meine Wut an dir ausgelassen. Es tut mir leid. Wirklich.«

»Es wird auch bei dir klappen, Elaine«, sagte Miriam. »Bestimmt. Du mußt nur ausharren, okay? Nächste Woche ist Rosch Ha-Schana. Ein neues Jahr beginnt. Hoffentlich bringt es uns allen Gutes.«

Elaine zuckte mit den Schultern.

»*Get*-Streiterinnen, richtig?« sagte Susan.

»Ja, genau.« Elaine klang noch immer bedrückt, aber sie lächelte.

Für Deena war der Beginn des jüdischen Jahres seit jeher ein feierlicher Festtag, eine Zeit der ernsten Innenschau, in der man über sich selbst nachdachte. Ihre gegenwärtige Situation ließ den Tag jedoch beinahe düster erscheinen.

In der *Shul* saß Pearl neben ihr. Ihr Gesicht war unnatürlich blaß, und bis auf ihren Mund, der die altbekannten hebräischen Worte aussprach, die sie in ihrem Gebetbuch las, verharrte sie beinahe reglos. Ihr Atem ging pfeifend. Und immer wenn das Schnaufen lauter wurde, mußte sie von einem Inhalator Gebrauch machen, den sie in einer Tasche zu ihren Füßen aufbewahrte.

»Der Arzt meint, es sei Asthma«, sagte Max zu Deena. »Wegen zu großer Belastung.« Hörte sie da Wut oder Schmerz aus seiner Stimme heraus? Vermutlich beides, entschied sie.

An Rosch Ha-Schana und – zehn Tage später – an Jom Kippur sang Deena in der Gemeinde mit und bat Gott um Gnaden: Gesundheit, vor allem für Pearl; innerer Friede für ihre Eltern; und Freiheit für sich selbst – aber war es in Wirklichkeit nicht eigentlich nur *ein* Wunsch und nicht drei, da sie unentwirrbar miteinander verwoben waren? Deena fragte sich, woran wohl Miriam, Faye, Magda, Elaine und all die anderen namenlosen *Agunot* in diesem Moment dachten. Äußerten sie Jahr für Jahr immer wieder dieselben Gebete? Oder kamen sie irgendwann zu einem Punkt, wo sie aufhörten, um etwas zu bitten?

Als Jom Kippur vorbei war, brach Deena gemeinsam mit ihren Eltern das Fasten. Sie solle doch noch über Nacht bleiben, drängten sie sie, aber Deena beschloß, nach Hause zu fahren. Vielleicht käme ja Michael vorbei. Sie sehnte sich nach ihm. Es war ihr schwergefallen, ihn während der Feiertage nicht zu sehen, aber er hatte die Gottesdienste mit seinen Eltern im Valley besucht.

Zu Hause angekommen, überkam sie schon wieder Hunger, aber sie hatte nur wenig zu essen da. Ein paar Äpfel, eine halbe Gurke, eine Tomate, die bereits eine faulige Stelle aufwies, und die verwelkten bräunlichen Reste eines Eisbergsalates. Eine fast leere Tüte fettarmer Milch hielt auf der oberen, laueren Glasfläche einsam Wache. Deena kam zu dem Schluß, daß ihr Kühlschrank als Metapher für ihr gesamtes Leben stehen konnte: öde und verlassen.

Sie ging noch mit sich zu Rate, in welchen Supermarkt sie gehen sollte, als es an der Tür klingelte. Michael! dachte sie glücklich und eilte zur Vordertür, aber es war Joe Vogelanter, Jakes Vater.

Was will er hier? dachte sie, abwechselnd von so verschiedenen Gefühlen wie Überraschung, Vorsicht und Unbehagen überschwemmt. Dennoch öffnete sie die Tür und bat ihren ehemaligen Schwiegervater ins große Wohnzimmer. Immer ganz ruhig bleiben, redete sie sich selbst gut zu. Laß dich bloß nicht aufbringen.

»Du bist bestimmt erstaunt, mich zu sehen, Deena.«

»Ja, das bin ich.« Sie hatte ihn nicht mehr gesehen, seit die Scheidung rechtskräftig war. »Warum setzt du dich nicht, D –«

»Nenn mich Joe, das ist einfacher.« Er lächelte unbeholfen; stand immer noch. »Ich bleibe auch nicht lange. Ida glaubt nämlich, ich sei noch mal in die *Shul* gefahren. Ich habe ihr gesagt, ich hätte meinen *Tallit* dort liegenlassen. Ich möchte nicht, daß sie weiß, daß ich hier bin.«

»Bitte, setz dich doch.« Sie saß steif auf der Couch, deutlich gewahr, daß das das Hochzeitsgeschenk ihrer Schwiegereltern gewesen war.

Er setzte sich an das andere Ende der Couch. »Du siehst gut aus. So hübsch wie eh und je.«

»Danke.« Er sieht älter aus, dachte sie, und irgendwie eingesunken. Sie spürte, wie Mitleid in ihr aufwallte, aber dann mußte sie an ihre Mutter denken. Sollte sich doch Jake um seine Eltern sorgen!

»Kommst du gut zurecht?«

Sie nickte.

»Und du hast auch keine Angst, so allein zu wohnen? Das Haus ist schließlich ziemlich groß.«

»Nein, es geht mir gut.« Wohin sollten diese Fragen führen? Wollte er ihr etwa vorschlagen, daß sie Jake wieder bei sich aufnahm? Oder vielleicht hatte ihn Jake hergeschickt, damit er sie dazu überredete, das Haus zu verkaufen.

»Mir ist aufgefallen, daß die Straßenlampe draußen nicht sehr hell ist. Vielleicht wären ja Gitter keine schlechte Idee. Oder eine Alarmanlage. Es ist zwar ein gutes Wohnviertel, aber heutzutage kann man schließlich nie wissen, bei der hohen Kriminalitätsrate ...« Seine Stimme verlor sich.

»Ich bin dir für deine Besorgnis sehr dankbar.« Die kindliche Befriedigung, die sie erfüllte, als prompt Röte sein Gesicht überzog, verwandelte sich in Gewissensbisse. Er ist kein Feind, sagte sie sich. Er ist ein dreiundsiebzigjähriger Lebensmittelladenbesitzer im Ruhestand, der dich immer sehr freundlich behandelt hat.

Er betrachtete seine Knöchel. »Du bist wütend. Das ist auch dein gutes Recht. Heute war Jom Kippur, und da wollte ich dich bitten, ob du mir nicht vergeben kannst, Deena. Den ganzen Tag saß ich in der *Shul,* habe gefastet und gebetet, aber es war zwecklos. Meine Lippen sprachen die Worte, aber meine Gedanken –« Er sah zu Deena hin. »Ich mußte den ganzen Tag an dich denken. Glaubst du mir das?«

Sie nickte.

»Ich wollte schon früher herkommen, aber ich wußte nicht, was ich dir sagen sollte. Und Ida –« Er brach ab. »Ich finde schrecklich, was geschehen ist. Absolut schrecklich. Und ich war so voller Hoffnung! An dem Tag, an dem ich dich kennenlernte, sagte ich: ›Jake kann sich wirklich glücklich schätzen.‹« Er schüttelte den Kopf. »Ich liebe dich wie eine Tochter, Deena. Ich wollte –«

»Wie kannst du behaupten, daß du mich liebst, und auf der anderen Seite zulassen, daß er mich erpreßt? Wie, Joe?«

Der Zorn in ihrer Stimme ließ ihn zusammenzucken. »Glaubst du, ich hätte nicht versucht, mit Jake zu reden? ›Gib ihr den *Get,* Jake!‹ habe ich zu ihm gesagt. ›Wie kannst du das Deena nur antun?‹ Ich habe mit ihm geredet, immer und immer wieder, aber er will einfach nicht auf mich hören.«

Sie wartete.

»Und Ida.« Er seufzte. »Jake bedeutet ihr einfach alles. Er konnte sie davon überzeugen, daß es richtig ist, was er macht. ›Deena wird ihre Meinung ändern, Joe‹, sagte sie mir. ›Sicher, sie haben Probleme, aber warum sollten sie die Scheidung überstürzen? Deena wird zu ihm zurückkehren.‹«

»Das wird aber nicht geschehen.«

»Das weiß ich. Denkst du, das weiß ich nicht? Er hatte Gold, aber er hat es weggeworfen.«

»Kannst du nicht mit ihr sprechen, Joe? Kannst du ihr nicht

verständlich machen, daß es keinen Sinn hat? Vielleicht kann sie ihn ja dazu bewegen, daß er nachgibt.«

»Ich habe es bestimmt fünfzehn- oder zwanzigmal probiert. Erst gestern abend habe ich es wieder versucht. Ich sagte ihr, wir sollten uns von Jake abwenden, bis er dir den *Get* gegeben hat.« Er schüttelte den Kopf. »Aber sie hört nicht auf mich. Und ich bin auch nicht gerade ein Held, möge Gott mir vergeben. Ich ertrage es nicht, mit ihr lange im Streit zu liegen, obwohl ich weiß, daß ich es eigentlich müßte.«

Was wollte er darauf hören? ›Das ist schon in Ordnung, Joe; das verstehe ich, Joe‹? Nun, es war aber nicht in Ordnung, und sie war nicht bereit, sein schlechtes Gewissen zu lindern.

»Ich werde es wieder probieren, Deena. Aber ich hege keine allzu großen Hoffnungen. Ida hört nur, was sie hören will.«

»Hat sie denn gehört, daß meine Mutter krank ist? Daß sie einen Nervenzusammenbruch wegen Jake erlitten hat? Hat sie gehört, daß mein Vater noch durchdreht vor lauter Sorge um sie? Warum erzählst du ihr das nicht, Joe?«

»Ich weiß nicht, was ich darauf antworten soll. Was kann ich sagen? Jake zerstört dein Leben, und wir tun nichts, um ihn daran zu hindern.« Er fing zu weinen an und verbarg sein Gesicht in den Händen.

»Nicht weinen. Bitte nicht.« Trotz ihres Zorns fühlte sie Mitleid. Sie beugte sich vor und berührte ihn an der Schulter. »Ich weiß, wie hart es ist, zwischen zwei Stühlen zu sitzen. Er ist schließlich dein Sohn.«

Er zog ein Taschentuch aus seiner Jackentasche und wischte sich damit die Augen. »Du bist sehr lieb. Dabei verdiene ich das gar nicht.« Er erhob sich langsam und steckte das Taschentuch wieder zurück in die Tasche. »Ich gehe jetzt wohl besser. Ida wird sonst noch mißtrauisch.«

Deena begleitete ihn zur Haustür.

In der Tür blieb er noch einmal stehen. »Als Jake damals nicht mehr jüdisch sein wollte, war ich fassungslos, es war mir unangenehm, und ich hatte Angst, er könne ein Mädchen heiraten, das nicht jüdisch wäre. Aber jetzt? Was soll ich jetzt sagen? Ich schäme mich für ihn, und ich schäme mich für mich, weil ich hergekommen bin, um dich um Verständnis zu bitten, anstatt dir zu helfen.«

Aus einem plötzlichen Impuls heraus zog er Deena an sich. Sie drückte ihn nicht weg, verharrte jedoch nur steif in seiner linkischen Umarmung.

»Es tut mir leid«, flüsterte er sanft. »So leid. Ich weiß, das hilft dir nicht. Was du brauchst, sind Taten, keine Worte, hab' ich recht?«

Dann trat er aus dem Lichtkegel in die umgebende Dunkelheit.

Diesmal wollte sich die Gruppe bei Deena treffen. Deena ging einkaufen und versuchte sich zu erinnern, was jeder von ihnen gern mochte, bis sie zuviel von allem kaufte. Nachdem sie in ihre Zufahrt gefahren war, nahm sie die Tüten heraus, stellte sie nebeneinander in die Nähe des Seiteneingangs und schloß dann den Wagen zu. Die Schlüssel in der einen Hand, nahm sie die erste Tüte in die andere und ging zur Seitentür.

Sie war unverschlossen.

Sie erstarrte und wußte nicht, ob sie es riskieren sollte, hineinzugehen, oder ob sie lieber zu einem Nachbarn laufen sollte, um von dort aus die Polizei zu verständigen. Sie lauschte auf ungewöhnliche Geräusche, aber sie konnte nichts hören. Schließlich sagte sie sich, daß sie sich albern verhielt. Es war immerhin durchaus möglich, daß sie am Morgen vergessen hatte, abzusperren. In der letzten Zeit war sie schon öfter etwas vergeßlich gewesen.

Dennoch öffnete sie die Tür sehr vorsichtig, bereit, beim kleinsten Anzeichen eines Eindringlings zu fliehen. Leise und verstohlen schlich sie durchs ganze Haus, und obgleich nichts zu fehlen schien, hatte sie das unbehagliche Gefühl, es wäre jemand dagewesen. Hatte sie das Schlafzimmerlicht angelassen? Sie glaubte nicht; aber auf der anderen Seite war es doch möglich. Mit fortschreitendem Nachmittag beruhigte sie sich allmählich, und am frühen Abend kam sie zu der Überzeugung, den ganzen Vorfall einfach zu vergessen. *Es waren wahrscheinlich die Nerven,* dachte sie. *Nur die Nerven.*

Da das Sofa die einzige Sitzgelegenheit im großen Wohnzimmer war, holte Deena aus dem Schrank in der Diele Klappstühle und stellte sie in einem Halbkreis vor der Couch auf. Anschließend deckte sie den Kaffeetisch mit einer Auswahl verschiedener Kekssorten und Erfrischungen: eine Platte mit Erdbeeren, Melonenstücken, Ananas und Kiwi; Sodawasser und Perrier – *Ich glaube, das genügt,* dachte sie.

Um zehn nach acht Uhr ging die Türglocke. Da kam jemand zu früh. Vielleicht war es Faye. Sie und Deena hatten sich in den letzten Wochen angefreundet. Es war schon merkwürdig, dachte Deena auf dem Weg zur Tür. Faye war fünfzehn Jahre älter als sie, aber dennoch sprach Deena lieber mit ihr als mit jedem anderen. Bis auf Michael. Aber das war etwas anderes.

Es war Jake, wie sie durch den Spion erkannte.

»Was willst du?« fragte sie durch die geschlossene Tür hindurch.

»Mein Anwalt hat mir vor einer Weile dein neues Angebot gezeigt. Ich würde gern reinkommen und mit dir darüber sprechen.«

»Da gibt es nichts zu besprechen. Du hast gewonnen. Du brauchst deinem Anwalt nur zu sagen, daß er sich mit meiner Anwältin in Verbindung setzen soll. Und sobald du mir den *Get* gibst, werde ich die nötigen Papiere unterschreiben.«

»Ich würde aber gern vorher mit dir reden. Und zwar persönlich.«

»Ich glaube nicht, daß das eine gute Idee ist.«

»Dann vergiß es. Die Güterverteilung.« Er wandte sich zum Gehen.

»Warum ist für dich immer alles nur ein Spiel?« fragte sie.

Er blieb stehen. »Das ist kein Spiel für mich. Aber ich werde nicht durch die geschlossene Tür mit dir verhandeln. Also – es liegt ganz bei dir.«

Bastard, dachte sie. Sie öffnete die Tür. Er ging an ihr vorbei ins große Wohnzimmer und machte es sich auf der Couch bequem.

»Gibst du etwa eine Party?« Er goß sich ein wenig Soda ein.

Sie gab ihm keine Antwort.

»Es ist schön hier, Deena. Eine ganze Menge schöner als in einem möblierten Apartment.«

»Du bekommst alles, was du willst, Jake.«

Er nahm sich einen Keks und probierte ihn. »Selbstgebacken, hm? Miss amerikanische Hausfrau. Und wie geht es dem Psychologen?«

»Du hast gesagt, du wolltest mit mir über die Güterverteilung sprechen. Laß uns also bitte beim Thema bleiben.« Geh ihm bloß nicht auf den Leim, ermahnte sie sich selbst.

»Ich ahnte schon seit längerem, daß du dich mit jemandem triffst. Ich bin oft abends am Haus vorbeigefahren, um zu sehen, ob du da bist. Und ich bin dir damals auch in das Restaurant gefolgt, mußt du wissen.«

»Nichts, was du tust, überrascht mich, Jake.«

»Dennoch«, fuhr er ungerührt fort, als hätte sie nichts gesagt, »war es ein Schock für mich, dich dann tatsächlich mit einem anderen Kerl zu sehen. Hat mich ganz schön umgehauen. Ich schätze, ich habe in dem Restaurant ein bißchen überreagiert, hm?«

»Wenn das eine Entschuldigung sein soll, nehme ich sie an. Aber vielleicht sollten wir jetzt besser fortfahren. Ich würde das Ganze gern ein für allemal beenden.«

Er blickte lächelnd zu ihr hoch; sie stand noch immer. »Okay, dann laß uns das tun.«

Sie setzte sich ihm gegenüber auf einen Klappstuhl. »Hast du dir das Angebot durchgesehen? Ich verzichte auf sämtliche Rechte – das Haus, die Firma und die Einrichtung. Alles, was ich will, ist mein *Get*.«

»Ich denke nun schon seit Wochen über dein Angebot nach, mußt du wissen. Es hat mich nämlich wirklich ziemlich verblüfft.«

»Wieso? Ich dachte, du bist bestimmt ganz aus dem Häuschen.«

»Nun, das bin ich ja auch. Ich habe mich nämlich gefragt: ›Warum gibt Deena auf einmal alles auf?‹ Eine gute Frage, stimmt's?«

»Weil es mich zermürbt, Jake. Meine Eltern sind nur noch Nervenbündel, und ich bin es auch.«

»Und dann habe ich mich noch gefragt: ›Warum hat sie es bloß auf einmal so eilig?‹« In seiner Stimme schwang Belustigung mit. »Ich habe darüber nachgedacht und dachte an deinen Freund, und da ist es mir dann eingefallen. Dir sind das Haus und die ganzen Sachen einen Dreck wert, weil du noch in derselben Minute, in der ich dir den *Get* gebe, heiraten willst, so ist es doch?«

»Nein, das stimmt nicht. Ich bin nicht mit ihm verlobt.«

»Ach komm, Deena, nun laß uns hier doch keine Wortklauberei betreiben. Ich habe euch oft zusammen gesehen. Ihr wart zusammen essen. Ihr habt zusammen eingekauft. Ein richtig nettes Paar. Was macht ihr denn sonst noch so zusammen, hm, Deena? Ich wette, es ist nichts, was sie dir in der Hebrew School beigebracht haben.«

»Das geht dich überhaupt nichts –« Sie brach ab. »Jake, ich habe keine Lust, mit dir zu streiten. Du hast gewonnen. Also nimm das Geld und alles übrige, und laß uns dann endlich unser normales Leben wiederaufnehmen.«

»Und weißt du, was ich mich noch gefragt habe? Ich habe mich gefragt, wie lange du diesen Typen eigentlich schon kennst. Ich meine, es wäre doch möglich, daß du ihn bereits vor Monaten kennengelernt hast? Vielleicht sogar schon vor einem Jahr? Vielleicht hast du mich zum Narren gehalten. Miss Heiliger-als-alle-Deena, eine verheiratete Frau, die herumturtelt.«

»Da liegst du falsch. Wir haben uns nie verabredet, bevor die Scheidung rechtskräftig war.«

»Natürlich.« Seine Stimme troff nur so vor Sarkasmus.

»Es ist aber die Wahrheit!«

»Das ändert auch nichts daran. Wenn er nicht auf der Bildfläche aufgetaucht wäre, hättest du mir nämlich noch eine Chance gegeben. Das weiß ich.« Er verlieh seinen Worten mit einem Kopfnicken Nachdruck.

Sie stand auf. »Geh jetzt bitte, Jake. Sofort.«

»Sieh mal, ich bin bereit, diesen Kerl zu vergessen, Deena. Wir sind damit quitt und können von der gleichen Position aus neu anfangen. Wir haben schließlich beide denselben Fehler gemacht, nicht wahr?«

»Ich rufe die Polizei, Jake. Das meine ich ernst!«

»Gott, du hast mir ja so gefehlt, Deena!« Unvermittelt stand er neben ihr. Er umschlang sie und schob sie auf die Couch. Sein Mund preßte sich, hart und entschlossen, auf den ihrigen, und seine Hände erkundeten mit der vertrauten Beharrlichkeit ihren Körper.

Sie drückte mit Gewalt seine Brust von sich weg und schaffte es, eine Ecke ihres gequetschten Mundes zu befreien. »Hör sofort auf!«

»Komm schon, Deena«, raunte er. »Tu doch nicht so, als würde dir das nicht gefallen. Ich weiß, daß du die ganze Zeit nur an mich denkst und dich nach mir sehnst, so wie ich mich nach dir sehne.«

Sie hämmerte gegen seine Brust. Doch er packte ihre Arme, zwang sie über ihren Kopf und hielt sie dort mit einer Hand fest. Mit der anderen Hand zerrte er ihr die Bluse aus dem Rock und begann, sie aufzuknöpfen.

»Du liebst mich noch, nicht wahr, Deena? Sag, daß du mich liebst!«

»Jake, hör endlich auf! Du weißt nicht, was du tust!«

»Doch, zum ersten Mal seit Monaten weiß ich sogar ganz genau, was ich tue! Wir gehören zusammen. Du bist nur zu stur, um das zuzugeben. Aber du kannst es nicht abstreiten.« In Sekundenschnelle war ihre Bluse offen und ihre Brüste entblößt. »Es macht mich ganz wild, daran zu denken, daß dich jemand anders so berührt!«

»Ich hasse dich!«

Gewaltsam öffnete er ihren Mund. Sie biß ihm auf die Zunge.

»Mist!« Er blickte sie erstaunt an. »Du kleines Biest! Sparst dich wohl für deinen Freund auf, was? Dann laß es uns doch wenigstens noch ein einziges Mal machen, im Andenken an alte Zeiten sozusagen.« Er grinste. »Damit du mich in guter Erinnerung behältst. Und was ist schon Großes dabei? Du bist schließlich noch immer meine Frau.«

Sie versuchte, ihre Arme freizubekommen und ihn mit den Füßen zu treten. Aber seine Hand war wie eine Eisenklammer, und ihre Beine waren von seinem Gewicht gelähmt. Und dann konnte sie plötzlich nur noch wie in Trance und mit unglaublichem Entsetzen zusehen, wie er ihren Rock zu ihrer Taille hochzerrte.

Plötzlich läutete es an der Tür.

»Hilfe!« Ihr Schrei entwich als ein heiseres, unverständliches Krächzen. »Hilfe!« schrie sie noch einmal, so laut sie konnte.

Erschreckt hielt Jake inne. In diesem Augenblick gelang es Deena, ihre Arme freizuwinden, und sie schlug ihm mit voller Kraft ins Gesicht. Ihr Ring hinterließ eine schmerzlich rote Kratzwunde auf seiner Wange, und er blutete an der Lippe. Schluchzend hielt sie ihre Bluse vorn zusammen, schob sich von der Couch und rannte zur Tür. Es war Faye.

»Die anderen sind – o mein Gott, was ist denn passiert?« Sie legte ihren Arm um Deena, die von heftigem Schluchzen geschüttelt wurde.

Miriam, Magda, Susan und Elaine spazierten lachend herein, doch ihr Gelächter gefror, als sie Deena sahen.

»Sie Scheusal!« sagte Faye mit bebender Stimme. »Machen Sie sofort, daß Sie rauskommen!«

Jake stand unter dem Bogengang zum Wohnzimmer. Er blickte Faye verächtlich an, dann wischte er sich mit dem Handrücken über die Lippen und starrte ungläubig auf das Blut. »Das wird dir noch leid tun, Deena.«

Elaine sagte: »Ich glaube, wir sollten wohl besser die Polizei rufen.«

Jake funkelte sie böse an. »Na, wenn das nicht das Biest aus dem Restaurant ist! Halt dich gefälligst aus meinen Angelegenheiten raus, kapiert?« Er wandte sich wieder an Deena. »Das ist noch nicht das Ende, Deena. Ich komme wieder. Und den *Get* kannst du damit endgültig vergessen, Lady, denn es gibt nichts auf Erden, was mich jemals dazu bewegen könnte, ihn dir zu geben.«

»Ich wünschte, du wärst tot«, flüsterte Deena. »Das wünsche ich mir wirklich!«

»Na, dann wünsch mal, Süße, denn das ist auch der einzige Weg, wie du jemals freikommen kannst – nur über meine Leiche.«

»Reiz mich nicht noch mehr, Jake.«

»Wieso, was willst du denn tun, Deena – mich etwa umbringen?« Er lachte und schob sich an den Frauen vorbei zum Ausgang, wo er verschwand.

6

Der rote Porsche hielt in der Einfahrt des Hauses auf dem South Sherbourne Drive.

Es war Sonntag, elf Uhr vormittags, und für Ende Oktober unverhältnismäßig warm. Zwei Kleinkinder ließen sich auf ihren Dreirädern ausgelassen auf einigen abschüssigen Zufahrten hinunterrollen, und weiter oben im Block spielte ein kleines Mädchen allein und etwas planlos Himmel und Hölle. Es war ruhig in der Straße; es herrschte kein Verkehr.

Die Wagentür ging auf, und Jake hob seine langen Beine heraus. Er strich seine graue Leinenhose glatt, langte noch einmal in das Auto hinein, um seine Jacke herauszuholen, die er sorgfältig über die Lehne der Rückbank gelegt hatte, und zog sie an. Dann entnahm er dem Kofferraum einen Aktenkoffer aus schwarzem Eidechsenleder, einen marineblauen Sportbeutel und die Sonntagsausgabe der *L.A. Times*.

Während er den Pfad zur Haustür entlangging, bemerkte er verärgert, daß der Gärtner das Rasenmähen etwas übertrieben hatte; unebene und kahle Stellen durchsetzten das dünne Gras, das sich bereits gelb färbte. Die Petunien, die mittlerweile als hagere Gerippe im umrandeten Blumenbeet standen, hatten ihre einstige trompetenhafte Pracht verloren. Mit hängenden Köpfen und schief zur Seite geneigt, warteten sie darauf, daß das kalte Metall einer Schaufel sie mitsamt Wurzel ausheben und zu Futter für die Schnecken machen würde.

Im Haus war es stickig, und ein abgestandener, modriger Geruch wies darauf hin, daß es leer stand. Jake legte seine mitgebrachten Taschen auf den kieselgemusterten Resopaleßtisch in der Frühstücksnische, zog seine Jacke aus und hängte sie über eine Stuhllehne. Im Flur fand er den Wärmeregler und drehte die Klimaanlage auf fünfzehn Grad Celsius. Mit einem Energieschub schaltete sich die Anlage dröhnend an, dann ging sie in ein gleichmäßiges Summen über. Jake würde den Regler später wieder höherstellen, wenn es sich im Haus etwas abgekühlt hatte.

Einige Immobilienmakler haßten offene Häuser, das heißt, offene Besichtigungen. Ben zum Beispiel. Aber Jake hatte sie immer als Herausforderung angesehen. Er liebte es, die Besucher zu zählen und zu sehen, wie viele zufällig vorbeilaufende Passanten er dazu verleiten konnte, über das Anwesen ernsthafter nachzudenken. Es war eine Kunst, Häuser zu verkaufen, und er beherrschte diese Kunst.

Jake ging von Raum zu Raum und begutachtete mit erfahrenem Blick, ob auch alles in Ordnung war. Er hatte veranlaßt, daß eine Zugehfrau am vorhergehenden Tag staubgesaugt und ein wenig geputzt hatte, aber es gab spezielle Details, die seine Aufmerksamkeit erforderten. Mit altjüngferlicher Penibilität rückte er die Stühle um den Eßtisch zurecht und schüttelte die Kissen auf, die auf dem Wohnzimmersofa lagen. Auf dem Couchtisch breitete er ordentlich die neuesten Ausgaben der *National Geographic,* der *Newsweek* und der *L.A. Magazine* aus, die er seinem Aktenkoffer entnommen hatte. Aus dem blauen Beutel holte er eine kleine, kamelfarbene Keramikschüssel mit Sockel, in der Miniaturseifen lagen, und drei eingefaßte weiße Gästehandtücher, auf die Satinmuscheln aufgenäht waren. Diese legte er in das große Badezimmer.

Zufrieden lief er anschließend noch einmal durch das ganze Haus und besprühte jedes Zimmer mit einem milden, nach Zitronen duftenden Luftreiniger (der ebenfalls aus seinem Beutel stammte – er betrachtete ihn gern als eine Art Zauberkasten). Dann lächelte er und gratulierte sich selbst, daß er die Handtücher und das Raumspray nicht vergessen hatte. Sie gaben dem Ganzen den letzten Schliff.

Der Kühlschrank lief, und Jake war erfreut, daß die Zugehfrau nicht vergessen hatte, die Eiswürfelschalen zu füllen. Er fand im Küchenregal ein Glas, spülte es gründlich aus, warf ein paar Eiswürfel hinein und füllte es dann mit Pepsi Light (er hatte eine Sechserpackung Dosen mitgebracht). Während er darauf wartete, daß das Getränk kalt wurde, legte er ein Klemmbrett, einige Stifte und einen Stapel Abziehbilder vom Haus auf den Tisch im Eßzimmer.

Mittlerweile war es halb zwölf. Jake ging zu seinem Wagen, holte zwei Fähnchen aus dem Kofferraum und rammte sie zu beiden Seiten des asphaltierten Gehwegs in die Erde. Wieder zurück im Haus, setzte er sich mit seinem Drink an den kleinen Frühstückstisch und schlug die Sonntagszeitung auf. Er blätterte flüchtig im »Calendar«-Teil, schaute sich die Sportseite an und studierte dann die Immobilienseiten, auf denen er mehrere vielversprechende Häuser mit einem Leuchtstift markierte.

Um zehn vor zwölf faltete er die Zeitung wieder ordentlich zusammen, stand auf, rückte den Knoten seiner Seidenkrawatte zurecht, zog seine Jacke an und ging ins Wohnzimmer. Als es an der Tür läutete und die ersten Besucher ins Haus traten, war er bereit.

Um halb fünf hatte Jake die Unterschriften und Telefonnummern von ungefähr fünfunddreißig Leuten erhalten. Er war sich bewußt, daß ein großer Teil von ihnen wahrscheinlich nur neugierige Nachbarn waren, die einzig und allein gekommen waren, um die Geheimnisse des Hauses zu lüften, in das sie niemals eingeladen waren. Sie schauten in die Schlafzimmerschränke, öffneten die Küchenschubläden und Medizinschränke und ließen ihre Hände über Sofas und Stühle gleiten, um irgendwelche Anhaltspunkte zu finden, was für Menschen die ehemaligen Bewohner des Hauses gewesen waren. Aber selbst zu neugierigen Nachbarn war Jake immer höflich und charmant. Man konnte schließlich nie wissen – vielleicht erzählten sie es Verwandten oder Freunden weiter. Jeder war ein potentieller Kunde.

Bei drei Ehepaaren hatte er ernsthaftes Interesse gespürt, und diesen hatte er sich länger und ausgiebiger gewidmet als den übrigen. Er hatte sie auf die Hauptattraktionen des Hauses aufmerksam gemacht – auf den wunderschönen Parkettboden, der unter dem etwas schäbigen, rostbraunen Teppich im Wohnzimmer und Eßzimmer verborgen war; auf die hübsche Form der Flügelfenster und auf die hohe, geschwungene Decke mit ihrer fein gearbeiteten Zierleiste.

Die Räume, wies er sie hin, waren großzügig geschnitten (nein, gab er zu, nicht ungeheuer, aber für ein Haus in dieser Gegend doch überdurchschnittlich groß und mit viel Wandfläche) und boten jemandem mit Phantasie viele Möglichkeiten. Es gab eine zentrale Klimaanlage und verhältnismäßig neu verlegte Kupferleitungen (er würde nachsehen, wann sie verlegt worden waren, wenn sie das wünschten; nein, nein, das machte ihm nichts aus). Und das Beste von allem war, daß der Eigentümer mit einer zweiten Hypothek einverstanden war. Er war bereits in ein neues Zuhause gezogen und wollte von daher (aber das war natürlich streng vertraulich) das Haus so schnell wie möglich verkaufen. Jake hatte das Gefühl, daß das Haus nicht lange auf dem Markt sein würde.

Ja, lassen Sie es sich ruhig durch den Kopf gehen. Man soll nichts überstürzen. Dasselbe hatte er auch zu dem netten jungen Ehepaar gesagt, das eben erst gegangen war. Hatten sie ernsthaftes Interesse gehabt? Ja, doch, sie hatten so gewirkt. Es *war* ja schließlich auch ein hübsches Haus, nicht?

Um Viertel nach fünf beschloß Jake, für den Tag Schluß zu machen. Er lockerte seine Krawatte, lief nach draußen und zog die Fähnchen völlig ungeachtet der Löcher, die sie hinterließen, aus dem Erdboden. Anschließend legte er sie wieder zurück in den Kofferraum. Zurück im Haus, steckte er das Klemmbrett, die Stifte und die restlichen, zahlenmäßig reduzierten Fotos wieder in seinen Aktenkoffer. Er stand gerade im Badezimmer am Ende des langen Ganges, um die Seifenschale und die Handtücher wieder einzusammeln, als er Schritte hörte, die leise auf dem blanken Boden des Eingangsraumes tappten.

Augenblicklich war er verärgert. Dennoch legte er die Gegenstände schnell wieder an ihre ursprünglichen Stellen zurück und setzte automatisch einen freundlichen Gesichtsausdruck auf. Mit einem leutseligen Lächeln auf den Lippen trat er aus dem Badezimmer, doch dann blieb er abrupt stehen.

»Was zum Teufel wollen Sie?«

7

»Ich habe dich gewarnt«, sagte Jake ruhig. Er stand über ihrem Bett gebeugt. »Ich sagte dir ja, ich würde zurückkommen. Du hast versucht, mich loszuwerden, aber mich wird man eben nicht so leicht los!«

Deena bemühte sich angestrengt, ihre Augen zu öffnen, die noch schwer vom Schlaf waren, dann riß sie sie weit auf. Das war doch unmöglich! Er konnte nicht hier sein, hier, in ihrem Haus und in ihrem Schlafzimmer!

»Verschwinde!« rief sie. Sie versuchte, resolut zu klingen und die Panik in ihrer Stimme zu unterdrücken. Sie zog ihre Decke fest um sich. »Verschwinde auf der Stelle, oder ich rufe die Polizei!« Sie griff nach dem Telefon auf dem Nachttisch. »Ich meine es ernst, Jake!«

Er packte ihre Hand und drückte sie mit Gewalt vom Hörer herunter. In Sekundenschnelle hatte er ihr die Decke weggerissen und lag auf ihr. Sie wehrte sich verzweifelt, aber er preßte sie mit der Kraft eines Wahnsinnigen auf das Bett und dämpfte ihre Schreie mit seinem Mund. Als sie begann, gegen seine Brust zu hämmern, ergriff er ihre Arme, zwang sie über ihren Kopf und hielt sie dort mit einer Hand fest.

»Du liebst mich noch, Deena, nicht wahr?« raunte er, seinen Mund noch immer auf ihren gedrückt. »Sag, daß du mich liebst! Wir können noch immer neu beginnen!«

»Ich hasse dich!« schrie sie. »Ich hasse dich!«

»Du bist noch immer meine Frau, oder hast du das vergessen? Nach deinem verehrten jüdischen Gesetz sind wir so lange legal verheiratet, bis ich dir den *Get* gebe. Und ich werde ihn dir nie geben, Deena. Nie!«

Unsanft schob er ihr das Nachthemd bis zur Taille hoch, dann begann er, seinen Gürtel aufzuschnallen. Während er mit seiner Hose beschäftigt war, gelang es ihr, ihren linken Arm freizuwinden. Sie tastete nach dem Telefonkabel und zog es zu sich heran, bis sie den Hörer in der Hand hielt. Dann schmetterte sie ihm den Hörer mit voller Wucht auf den Kopf.

Er stöhnte. Der Hieb hatte ihn benommen gemacht, aber sie konnte nicht sicher sein. Sie schlug noch einmal zu. Jetzt hatte sie beide Hände frei und hämmerte gegen seine Brust, hämmerte und hämmerte. Sie vernahm die dumpfen Aufschläge, aber er ließ einfach nicht von ihr ab. Er lag einfach nur da, mit dem Gewicht eines Toten, und grinste sie an, und ihr blieb keine andere Wahl, als immer weiter auf ihn einzuschlagen und einzuschlagen und einzuschlagen …

Mit einem Ruck war sie wach, schweißgebadet und mit wild klopfendem Herzen. Dann merkte sie, daß das Hämmern real war; es kam von der Haustür. Sie blickte zu ihrem Nachttischchen. Der Hörer lag noch neben dem Telefon, genau so, wie sie ihn hingelegt hatte, bevor sie zu Bett gegangen war. Das tat sie jetzt immer, seit die nächtlichen Anrufe angefangen hatten.

Taumelnd stieg sie aus dem Bett, holte rasch einen Morgenmantel aus dem Kleiderschrank, warf ihn über und eilte barfuß zur Vordertür.

»Wer ist da?« fragte sie zornig. Sollte es Jake sein, würde sie ihn töten. Ja, das würde sie.

»Die Polizei, Ma'am. Würden Sie bitte aufmachen?«

Sie schaltete die Außenbeleuchtung ein und erblickte durch den Spion zwei Männer. Der eine war groß und schlaksig, mit einem jungen, schnurrbärtigen Gesicht. Der andere, ein älter aussehender Schwarzer, war ebenfalls groß und hatte einen Bauchansatz. Keiner von beiden trug eine Uniform. Sie zögerte.

»Kann ich Ihren Dienstausweis sehen?«

»Selbstverständlich.« Der ältere der beiden Männer hielt seinen Ausweis vor den Spion.

Deena betrachtete ihn eingehend, dann öffnete sie die Tür und machte einen Schritt zur Seite, um die beiden Männer hereinzulassen. Einen Moment lang standen alle drei etwas unbeholfen in der Eingangshalle herum.

»Können wir eintreten, Mrs. Vogler?« fragte der schwarze Polizist.

»Aber natürlich. Entschuldigen Sie.« Die Männer folgten Deena ins Wohnzimmer und ließen sich auf das Sofa nieder. Deena setzte sich auf einen der Klappstühle, die sie für die Selbsthilfegruppe aufgestellt hatte. Irgendwie war sie noch nicht dazu gekommen, sie wieder wegzuräumen.

Der schwarze Polizist ergriff das Wort. »Mrs. Vogler, ich bin Detective Lewis. Und das ist Detective Moran.«

Beide Männer starrten Deena an. Sie war überzeugt davon, daß sie furchtbar aussah, und bemühte sich deshalb, ihr zerzaustes Haar ein wenig zu glätten, aber sie gab es rasch wieder auf.

»Entschuldigen Sie bitte.« Sie lächelte zaghaft. »Sie haben mich gerade aus dem Tiefschlaf gerissen. Mußten Sie lange warten?«

»Wir haben's zuerst mit Klingeln probiert, Ma'am«, sagte Moran. »Wir wußten, daß Sie da sind, weil Ihr Telefon eine ganze Weile besetzt war.«

»Die Klingel klemmt manchmal. Und der Hörer hat wahrscheinlich nicht ganz auf der Gabel gelegen.« Schon seit drei Wochen, wollte sie hinzufügen. »Was kann ich für Sie tun?«

Sie rutschten unruhig hin und her.

»Ist irgend etwas passiert?« fragte sie, plötzlich alarmiert.

»Es geht um Ihren Mann, Ma'am«, sagte Lewis ruhig.

»Exmann.« Also hatte Jake es tatsächlich getan! Er hatte also wirklich Klage gegen Max eingereicht! »Sehen Sie, mein Vater hat es nicht böse gemeint. Er regt sich über die ganze Situation nur so sehr auf, und er wollte mir nur helfen.«

Die beiden Männer warfen sich einen befremdeten Blick zu, doch sie bemerkte es nicht.

»Aber ich verstehe nicht ganz, warum Sie deshalb zu mir kommen? Und das auch noch zu dieser Uhrzeit. Haben Sie denn schon mit meinem Vater gesprochen?«

»Ma'am«, setzte Lewis an.

»Er kann Ihnen alles erklären.« Ein plötzlicher Gedanke durchzuckte sie. »Oder hat er etwa auch gegen mich Klage erstattet? Ist es das? Sind Sie deshalb hier?« Das hätte sie sich eigentlich denken können; Jake genoß es sicher, sie derart zu erniedrigen. »Werden Sie mich jetzt festnehmen?« Sie lachte schrill auf.

»Ma'am, ich muß Ihnen leider mitteilen, daß Ihr Mann – Ihr Exmann – tot ist. Es tut mir wirklich sehr leid, Ma'am.«

Sie starrte sie an. »Kann ich bitte noch einmal Ihre Dienstausweise sehen?« flüsterte sie.

Sie holten ihre Brieftaschen heraus und zeigten ihr die amtlichen Fotos. Deena betrachtete die Bilder eingehend, dann gab sie sie ihnen wieder zurück.

»Eine Minute lang dachte ich schon, daß er sie dazu angeheuert hätte, mir einen üblen Streich zu spielen. Sie wissen schon – ›Trick-or-Treat‹.« Es war Halloween. »Das sähe ihm nämlich sehr ähnlich.« Sie lachte nervös. »Sagen Sie mir auch wirklich die Wahrheit? Er ist tot?« War es vorbei? Endlich vorbei?

Ihr Schweigen war Bestätigung genug.

Sie versuchte, möglichst ausdruckslos auszusehen, und hoffte, sie hätte erfolgreich die Freude und Erleichterung unterdrückt, die sich unwillkürlich in ihre Stimme gemischt hatte. »Aber warum kommen Sie da zu mir? Wir sind geschieden.«

»Die Adresse war auf seinem Führerschein angegeben«, sagte Lewis. Größtenteils schien er das Wort zu führen.

»Aber er wohnt hier nicht mehr, schon seit einem Jahr nicht.« Ich habe nichts damit zu tun!

»Ich nehme an, er hat seine neue Adresse dem DMV nie gemeldet. Gibt es denn nächste Verwandte, die wir benachrichtigen sollten, Ma'am?«

Sie nickte. »Seine Eltern. Ida und Joe Vogelanter. Jake hat seinen Nachnamen zu Vogler abgekürzt«, fügte sie hinzu.

»Könnten Sie uns bitte sagen, wie wir sie erreichen können?«

Sie gab ihnen Adresse und Telefonnummer. »Wann ... wann ist er denn gestorben?«

»Wir haben leider noch keine genaue Information; der Rechtsmediziner wird erst eine Autopsie machen müssen. Man fand die Leiche heute abend, aber es sieht so aus, als wäre er bereits seit mehreren Tagen tot.«

»Wurde er erschossen?«

»Ma'am?«

»Sie sagten, er sei getötet worden. Wurde er erschossen?«

Lewis blickte sie einen Moment lang an. »Ja, er wurde erschossen.«

»Wo ist es passiert? In seinem Apartment?« Sie wußte nicht, warum die Einzelheiten sie so interessierten. Vielleicht, weil das Ganze so unwirklich schien.

»Nein, Ma'am, in einem Haus auf dem Sherbourne Drive.« Er nannte ihr die Adresse. »Sagt Ihnen das etwas?«

Sie schüttelte den Kopf. Beide Männer standen gleichzeitig auf.

»Nun, Ma'am, ich denke, wir gehen jetzt besser«, sagte Lewis. »Wir müssen wahrscheinlich morgen oder in den nächsten Tagen noch einmal mit Ihnen sprechen.«

Sie folgte ihnen zur Tür. »Muß ich ihn identifizieren?«

»Nein, Ma'am«, sagte Lewis. »Das machen in der Regel die nächsten Angehörigen.«

Deena stand in der kalten Eingangshalle und starrte ausdruckslos die Tür an, die sie gerade hinter den zwei Polizisten geschlossen hatte. Obwohl sie leicht schauderte, lief sie auf überraschend festen Beinen in die Küche und schaltete das Licht an. Sie füllte den Chromkessel mit Wasser, setzte ihn auf die Gasflamme und wartete vor dem Herd darauf, daß das Wasser anfangen würde zu kochen.

Tot, sagte sie zu sich selbst. Jake ist tot. Irgendwie schien es ihr immer noch unwirklich, deshalb sagte sie es noch einmal, diesmal laut. Sie ließ die monotonen, ernsten Laute in der Stille explodieren. »Jake ist tot.«

Mit einem Mal wußte sie nicht mehr, wie sie sich fühlte, wie sie sich fühlen sollte, aber in dem Moment pfiff der Kessel und erforderte ihre Aufmerksamkeit, und es konnten schließlich unmöglich Tränen sein, die ihre Wangen befeuchteten – warum auch? –, sicher kam die Feuchtigkeit nur vom Dampf, der dem Kessel entwich, den sie gerade verstummen ließ. Aber dennoch …

Sie füllte eine Tasse mit dampfendem Wasser, nahm einen Jasminteebeutel und Süßstoff und setzte sich an den Frühstückstisch.

Soll ich meine Eltern anrufen? fragte sie sich. Nein, das war eindeutig keine gute Idee. Es war beinahe ein Uhr in der Nacht, wie sie bemerkte; allein das Klingeln würde Max und Pearl zu Tode erschrecken. Augenblicklich fuhr sie bei der Ironie ihrer Gedanken zusammen. Und wie war es mit Michael? Faye? Alan? Brenda? Aber was sollte sie ihnen sagen? – »Jake ist tot, ich bin frei! Kommt doch alle zu mir, das müssen wir feiern?« Das klang entsetzlich kraß, und es entsprach nicht einmal der Wahrheit.

Aber es war auch nicht ganz unwahr. Sie fühlte sich etwas benommen (wahrscheinlich der Schock, dachte sie), aber sie mußte zugeben, daß es wundervoll war, zu wissen, daß Jake sie nie wieder einschüchtern, belästigen oder tyrannisieren würde.

Die letzten Monate brachten sie dazu, alles an ihm zu hassen – seine arrogante Selbstsicherheit, sein obsessives Bedürfnis, sie zu manipulieren, und seine grinsende Boshaftigkeit. Flüchtig fragte sie sich, ob er wohl auch den Tod angegrinst hatte.

Aber auch wenn sie ihn leidenschaftlich aus ihrem Leben weggewünscht, ihm sogar ins Angesicht gesagt hatte, sie wünsche ihm den Tod, und das auch ernst gemeint hatte, konnte sie jetzt, da sie mit der Realität seines Todes konfrontiert war, nicht umhin, einen Anflug von Trauer für diesen Mann zu empfinden, der ihr Geliebter und Freund gewesen war (seltsam, aber sie konnte sich kaum an ihn als Freund erinnern; es schien eine ganze Lebenszeit zurückzuliegen), und, bis vor ein oder zwei Tagen, jemandes Sohn.

Deena war noch nie mit dem Tod in Berührung gekommen. Ihre Großeltern waren zwar Opfer des Holocaust gewesen, und obgleich Max und Pearl Deena schmerzlich oft auf die Greueltaten des Nazi-Deutschlands hingewiesen hatten, hatten sie ihr nie Einzelheiten über den Tod ihrer Eltern erzählt, denn die näheren Umstände waren ihnen selbst nicht bekannt. In Max' Familie hatte es, soweit Deena sich erinnern konnte, auch keine Beerdigungen gegeben. Max war das einzige Mitglied aus dem engeren Familienkreis, das den Krieg überlebt hatte; wenngleich er auch noch einige entfernte Cousinen und Cousins in Kanada hatte, hatte er von ihnen schon seit Jahren nichts mehr gehört. Und als Pearls ältere Schwester vor fünfzehn Jahren in Chicago gestorben war, war Deena noch ein Kind gewesen und hatte jetzt nur höchst vage Erinnerungen aus zweiter Hand an die Ereignisse, die ihren Tod begleitet hatten.

Und Mord? Mord war etwas, wovon sie nur gierig in den Kriminalbüchern las, was sie mit Grauen auf der ersten Seite der *L.A. Times* entdeckte und in den Elf-Uhr-Nachrichten oder als Spielfilm verfolgte, die schützende 66-cm-Trennwand ihres Fernsehbildschirms dazwischen. Aber jetzt war er in Gestalt von zwei Polizeibeamten in ihr Haus eingedrungen, die ihr mitgeteilt hatten, ihr Ehemann sci tot.

Komisch, daß sie gewußt hatte, daß Jake erschossen worden war. Jetzt fragte sie sich, warum sie das sofort angenommen hatte. Warum nicht ein Autounfall? Das war doch wahrscheinlicher, oder nicht? Doch der Polizist hatte gesagt »getötet«, und sie hatte automatisch eine Pistole vor Augen gehabt. Etwa wegen Murdoch und seinen Drohungen? Sie hatte die Polizisten gar nicht nach der Verwundung gefragt, und sie hatten ihr von sich aus auch keine Informationen gegeben. Deena hoffte, daß er nicht ins Gesicht getroffen worden war. Ihr schauderte bei dem grausigen Bild, das kurz in ihrer Phantasie auftauchte.

Der Tee war kalt. Sie stand auf, schüttete ihn in den Ausguß und spülte die Rückstände aus der Tasse und vom Spülbecken. Sie fragte sich, ob es wohl viel Blut gegeben hatte.

Im Schlafzimmer zog sie den Morgenmantel aus und schlüpfte unter die Steppdecke auf das mittlerweile ausgekühlte Bettlaken. Sie legte sich auf die linke Seite, ihr Gesicht auf den gebeugten Arm gestützt, und bemerkte den Hörer, der noch immer neben dem Telefon lag. Seufzend legte sie ihn auf die Gabel zurück. Sie wußte mit ironischer Gewißheit, daß irgendwann am nächsten Vormittag Mrs. Perris von der Telefongesellschaft bei ihr anrufen und ihr verkünden würde, daß sie jetzt das Problem gelöst hätten. Jetzt, da es nicht mehr wichtig war.

Sie rollte sich auf den Rücken und stopfte sich das Kissen in den Nacken. Hatte Jake einen Einbrecher überrascht – war es so passiert? Hatte er versucht, den Helden zu markieren, statt ihm einfach seine Brieftasche auszuhändigen? Vielleicht fanden sie das ja nie heraus. Und was das Haus auf dem Sherbourne Drive betraf, weshalb war er dort gewesen? Wegen einer Frau? Eines Kunden? Das könnte Ben wissen. Die Polizei würde dem bestimmt nachgehen. Deena war sich sicher, daß sie tüchtig war.

Sie drehte sich wieder auf die Seite – diesmal auf die rechte –, und während sie langsam in den Schlaf hinüberglitt, hoffte sie beunruhigt, daß sie nicht von Jakes Tod träumen würde. Aber wenigstens hatte sie jetzt den Trost, daß mit Jakes Tod der Alptraum, der sie mit gnadenloser Wiederholung heimgesucht und sie dazu gezwungen hatte, Jakes Nötigung wieder und wieder zu erleben, ihren Schlaf heute nicht mehr stören würde.

Noch zu irgendeiner anderen Zeit.

8

Um halb drei Uhr morgens hielt sich nur eine sehr reduzierte Belegschaft im Morddezernat der LAPD Wilshire Division auf dem Venice Boulevard auf. Eine Polizistin saß am Empfangstisch und bediente das Telefon, das sporadisch klingelte; zwei Officer hockten in einer Ecke in der Nähe eines Trinkwasserspenders und unterhielten sich leise miteinander; ein dritter schrieb einen Bericht.

Detective Sam Ryker betrat das Gemeinschaftsbüro, bahnte sich seinen Weg um den beigen Metallschreibtisch herum und ließ seine ein Meter dreiundachtzig große Gestalt in einem gelbbraunen, gepolsterten Drehstuhl aus Kunststoff nieder.

Ryker sah ansprechend aus – wenn auch nicht direkt gutaussehend –, mit einem gegerbten Gesicht, einem eckigen Kinn und einer Nase, die leicht schief zwischen seinen kleinen, haselnußbraunen Augen saß, die von schweren Lidern bedeckt wurden. Er hatte sich seit sechs Uhr morgens am vorhergehenden Tag nicht mehr rasiert, und die leichten Stoppeln gaben seinem Gesicht einen bläulichen Schimmer. Er war erschöpft und fühlte sich älter als seine sechsundvierzig Jahre. Er rieb sich mit den Knöcheln die müden, rotgeränderten Augen, fuhr sich mit den Fingern durch das gewellte braune Haar, das noch immer keine Ansätze von Haarausfall zeigte, und verschränkte die Hände hinter dem Kopf. Nachdem er ausgiebig gegähnt hatte, seufzte er, dann zog er eine Grimasse. Er holte ein Fläschchen Tums-Tabletten aus der untersten rechten Schublade, nahm zwei Stück der zartorangefarbenen Tabletten gegen Magenschmerzen heraus und zerkaute sie hastig, begierig auf Erleichterung.

Aus einer Innentasche seiner grauen Tweedjacke zog er einen grünen Spiralblock heraus und blätterte ihn rasch durch, bis er die Seiten gefunden hatte, die er suchte. Er war noch immer mit erzwungener Konzentration ins Lesen vertieft, als George Lewis und Tom Moran eintrafen. Sie ließen sich schwer auf zwei Holzstühle fallen, die vor dem Schreibtisch des Detectives standen.

»Wo haben Sie denn gesteckt?« fragte Ryker. »Ich dachte nicht, daß es so lange dauern würde, mit der Frau des Opfers zu sprechen.«

»Exfrau«, korrigierte ihn Lewis. »Das war auch genau das Problem. Sie sind nämlich seit sechs Monaten geschieden. Aber sie gab uns Name und Adresse seiner Eltern – Joe und Ida Vogelanter; Vogler ließ seinen Nachnamen abkürzen, wie sie uns erzählte – und wir kommen jetzt gerade von ihnen, wir haben ihnen die Nachricht überbracht. Es sind schon ältere Leute, so in den Siebzigern, vermute ich. Sie nahmen es ziemlich schlecht auf.« Er schüttelte mitfühlend den Kopf.

»Wer würde das nicht?« sagte Ryker. »Es ist furchtbar, so etwas zu erfahren – man erwartet schließlich nicht, seine eigenen Kinder zu überleben.« Er dachte an Becky und Kelley, seine zwei Teenager-Töchter, und war höchst dankbar dafür, daß sie im Moment sicher und geborgen in ihren Betten lagen.

»Ja, und außerdem scheint er ihr einziges Kind gewesen zu sein«, fügte Lewis hinzu. »Die Mutter wurde hysterisch – ich dachte schon, sie würde zusammenbrechen. Der Vater war gesammelter – er versuchte, sie zu beruhigen, aber damit hatte er leider nicht allzuviel Erfolg. Als wir gingen, rief er ihren Hausarzt an, damit er ihr ein Beruhigungsmittel verabreicht.«

»Für meine Begriffe schien er sogar ein bißchen zu beherrscht«, sagte Moran. »Was nicht heißen soll, daß er nicht fassungslos und durcheinander war. Und dann sagte er auch noch etwas Merkwürdiges.«

»Ich glaube, er stand unter Schock«, sagte Lewis.

»Was meinen Sie damit ›etwas Merkwürdiges‹?« fragte Ryker.

»Nun ja«, sagte Moran, »kaum hatte George ihnen gesagt, wir hätten den Leichnam ihres Sohnes gefunden, fing die Mutter zu schreien und zu heulen an, aber der Vater stand nur da und murmelte etwas vor sich hin. Ich konnte nicht genau verstehen, was er sagte – ich glaube, es war Hebräisch; er trug nämlich auch eines dieser Käppchen.«

»Wie klang es denn?«

»Ich habe es aufgeschrieben.« Moran sah in seinen Notizen nach. »Es klang so ähnlich wie *Boruch da Jan emett*.«

»Was zum Teufel soll das heißen? Na ja, auch nicht so wichtig. Vermutlich irgendein religiöser Spruch. Hank Stollman ist doch Jude, oder nicht? Ihn könnten Sie mal nach der Bedeutung fragen, Tom. Wenn er es nicht weiß, soll er einen Rabbiner fragen.«

»In Ordnung.«

»Ich werde morgen den Eltern einen Besuch abstatten. Da werde ich am besten Stollman mitnehmen. Möglicherweise fällt ihm etwas auf, was mir entgeht. Ich hoffe, sie können mir ein paar Leute nennen, die sich vielleicht an ihrem Sohn rächen wollten.«

»Ach, es war gar kein Raubüberfall?« fragte Lewis Ryker.

»Doch, das ist schon möglich. Aber es ist noch zu früh, um endgültig darüber zu urteilen. Der Mörder nahm zwar das Bargeld an sich, aber die schöne Brieftasche aus Aalhaut, in der sich eine Master Card, eine American Express und ein paar Kundenkarten von einigen eleganten Kaufhäusern befanden, ließ er liegen. Die Uhr fehlt wiederum – das erkennt man deutlich am Abdruck an seiner Hand. Aber mehr scheint nicht gestohlen worden zu sein. Die Autoschlüssel steckten noch in seiner Hosentasche – sie passen zum Porsche, der in der Zufahrt steht.«

»Ich hätte ja nichts dagegen, den nach Hause zu fahren!« sagte Moran seufzend.

»Sie könnten es sich doch gar nicht leisten, so ein Auto zu unterhalten«, sagte Ryker. »Wie dem auch sei, wenn es tatsächlich Raub gewesen sein sollte, warum nahm der Räuber dann nicht auch die Kreditkarten mit?«

»Vielleicht geriet er in Panik«, sagte Lewis. »Er nahm die Uhr an sich, durchsuchte die Brieftasche, aber dann glaubte er, Geräusche gehört zu haben, und floh.«

»Sehr unwahrscheinlich.« Ryker schüttelte den Kopf. »Denn aus welchem Grund hätte er dann nicht einfach die ganze Brieftasche mitgenommen? Das hätte ihn weniger Zeit gekostet, und er hätte die Karten entweder für sich selbst verwenden oder sie verkaufen können. Und da wäre noch etwas. Weshalb nahm der Räuber die Schlüssel des Opfers nicht an sich, um sich Zutritt in dessen Wohnung zu verschaffen? Er konnte aus dem Führerschein ersehen, wo er wohnt.«

»Wo er *früher* wohnte«, sagte Moran.

»Ach so? Nun, aber das konnte der Räuber ja nicht wissen. Er ließ sich jedenfalls eine geradezu einmalige Gelegenheit entgehen, eine Wohnung auszuräumen.«

»Aber wenn es kein Raubüberfall war, was war es dann?« fragte Moran.

»Das schließe ich ja gar nicht aus«, sagte Ryker. »Es ist eine Möglichkeit, dennoch müssen wir auch Voglers Hintergründe genau überprüfen, seine geschäftlichen Kontakte, sein Privatleben – alles.«

»Haben Sie herausgefunden, wer in dem Haus lebt?« fragte Lewis. »Angenommen natürlich, es gehört nicht Vogler. Es ist möbliert, aber es machte keinen bewohnten Eindruck, wenn Sie wissen, was ich meine. Alles war zu perfekt, nichts stand nicht an seinem Platz.«

Ryker erwiderte: »Der Nachbar, der im Haus links nebenan wohnt, Raymond Frisch, gab mir Auskunft. Das Haus gehört Mr. und Mrs. Louis Pomerantz, aber sie zogen vor ein paar Wochen ins Valley. Frisch sagte, das Haus stünde seit ungefähr drei Monaten zum Verkauf.«

»Ich habe aber gar kein Schild bemerkt«, sagte Lewis.

»Es gibt auch keins. Vielleicht wollte der Eigentümer das nicht. Übrigens, auf der Visitenkarte des Opfers steht, daß er für Kasden und Vogler, Immobilienmakler, tätig war. Wenn deren Firma den Verkauf des Anwesens regelt, würde das erklären, weshalb Vogler da war.«

Er drehte sich abrupt zu Lewis herum. »George, rufen Sie doch bitte seinen Geschäftspartner an und finden Sie heraus, ob er weiß, was Vogler in dem Haus wollte und wann er ihn zum letzten Mal gesehen hat. Die ganzen Routinefragen eben. Und versuchen Sie auch, die neue Adresse und Telefonnummer der Pomerantz' herauszufinden. Es wäre möglich, daß sie sich mit Vogler im Haus verabredet hatten und es zu einem Streit kam. Ach, und fragen Sie den Partner auch noch, ob Vogler sich in der letzten Zeit irgendwelche Feinde gemacht hat – ein Klient zum Beispiel, der unzufrieden ist, weil Vogler ihm eine windschiefe Hütte mit undichtem Dach und vermodertem Fundament angedreht hat.«

»Ich werde mich gleich morgen früh als erstes darum kümmern«, versprach Lewis. »Hat man die Tatwaffe eigentlich schon gefunden?«

Ryker schüttelte den Kopf. »Ich werde morgen früh ein Team hinschicken, das den Tatort in einem Radius von drei Kilometern absuchen soll, aber ich habe wenig Hoffnung. Der Täter muß die Waffe mitgenommen haben. Die Voruntersuchung scheint laut dem Gerichtsmediziner darauf hinzudeuten, daß es sich bei der Waffe um einen kleinkalibrigen Revolver handelt, der auf kurze Entfernung abgefeuert wurde. Man fand überall am Hals der Leiche Pulverreste. Und auch viel Blut. Ein widerlicher Anblick. Anscheinend trat das Geschoß im Hals ein und bohrte sich dann ins Gehirn.«

»Haben wir eine ungefähre Todeszeit?« fragte Moran.

»Machen Sie Witze? Sie waren doch da! Das Haus ist ein gottverdammter Eisschrank! Die Hitze ließ zwar Sonntag abend schlagartig nach, aber irgend jemand hatte die Klimaanlage auf fünfzehn Grad gestellt. Der Rechtsmediziner bekam beinahe Zustände, als er das Haus betrat.« Er grinste, dann verfinsterte sich sein Gesicht. »Und, ehrlich gesagt, kann ich ihm das nicht verübeln. Dadurch können wir nämlich alle normalen Berechnungen, die auf der Körpertemperatur basieren, vergessen. Wir werden mit den Nachbarn sprechen müssen, ob sie sich daran erinnern, wann sie Vogler das letzte Mal ins Haus gehen sahen.«

»Was ist mit Frisch?« fragte Lewis.

»Er ist sich ziemlich sicher, daß der Porsche seit Sonntag in der Einfahrt steht, aber er weiß nicht, ob Vogler nicht zwischendurch mal damit weggefahren ist. Auch seine Frau ist sich nicht sicher. Sie sind nämlich beide berufstätig. Wir werden in den nächsten zwei Tagen auch mit den anderen Nachbarn sprechen müssen.«

Moran sagte: »Da muß man schon hexen können, um das herauszufinden. Noch was: Was ist mit den Kindern, die die Leiche entdeckt haben? Wollen Sie, daß ich noch mal mit ihnen spreche?«

»Nicht nötig. Ich habe mit den Polizisten gesprochen, die dem Anruf sofort nachgegangen sind, und anschließend noch mit den Kindern und den Eltern. Die Fakten sind ziemlich klar und einfach. Sie waren unterwegs, Trick-or-Treat, Süßes oder Streich.«

»Na, das war ja wohl eher 'ne süße Überraschung, was?« Moran verzog sein Gesicht.

»Ja«, stimmte ihm Ryker zu. »Jedenfalls kam der ältere Junge auf die Idee, das Haus zu erkunden – dachte, es würde eine richtige Gaudi werden. Der kleinere blieb die ganze Zeit im Eingang stehen – behauptet, er habe nicht mit hineingehen wollen –, bis er seinen Bruder schreien hörte. Zuerst dachte er, sein Bruder veräppele ihn – halloweenmäßig. Als er schließlich merkte, daß dem nicht so war, und ans andere Ende des Hauses rannte, versuchte der ältere gerade, das Badezimmer zu erreichen. Er hat es aber leider nicht mehr rechtzeitig geschafft. Hat sich über den ganzen Flurteppich übergeben.« Ryker kräuselte angewidert seine Nase.

»Der arme Junge«, sagte Lewis mitfühlend. »Hat ihn sicher ganz schön mitgenommen, was?«

»Mhm. Vor allem, daß wir ihm untersagt haben, ein Messer zu behalten, das er aus der Küche als Souvenir mitgehen lassen wollte. Seine Mutter war darüber auch nicht sehr erbaut, kann ich Ihnen sagen. Dieses Halloween werden die beiden Jungs sicher nicht so bald vergessen! Aber es gibt keinen Grund, noch mal mit ihnen zu sprechen. Und die Eltern haben keine Ahnung, wer Vogler ist. Ich habe ihnen seinen Führerschein gezeigt – keine Reaktion.«

Lewis sagte: »Da wir gerade von Voglers Führerschein sprechen: Er hat seine Anschriftenänderung nie gemeldet. Deshalb sind wir auch bei seiner Exfrau gelandet.«

»Haben Sie die Adresse?«

Lewis sah seine Notizen durch und wiederholte die Adresse, die die Vogelanters ihm gegeben hatten.

Ryker sagte: »Wenn es ein Mietshaus ist, müssen wir mit den anderen Mietern und dem Vermieter oder dem Hausmeister reden. Was auch immer. Tom, warum übernehmen Sie das nicht?«

»In Ordnung.«

Ein gelbes Lämpchen am Telefon blinkte auf.

Ryker hob den Hörer ab. »Morddezernat, Detective Ryker

am Apparat.« Er unterhielt sich einige Minuten lang, dann legte er auf und kritzelte cine Telefonnummer und ein paar Notizen auf einen Block auf seinem Schreibtisch.

»Das war der Rabbiner der Vogelanters. Namens Pearlstein. Er wollte wissen, ob man die Autopsie irgendwie umgehen könne. Anscheinend ist die Familie also *tatsächlich* jüdisch, sehr religiös, und eine Autopsie ist bei ihnen verboten. Ich sagte ihm, es gäbe keinen Weg, wie man eine Autopsie bei einem gewaltsamen Tod umgehen könne, und er schien das zu akzeptieren. Ich nehme an, er kannte meine Antwort schon im voraus, aber er hat vermutlich den Vogelanters versprochen, es zumindest zu versuchen. Er hat mich auch gefragt, wann wir den Leichnam voraussichtlich freigeben werden. Die Familie möchte das Begräbnis so schnell wie möglich anberaumen. Das sei bei ihnen auch so ein Gesetz, meinte der Rabbiner. Ich sagte ihm, es könnte schon noch ein paar Tage dauern, bis die Autopsie stattfände, abhängig davon, wie sehr der Zeitplan im Verzug sei, aber ich versprach ihm, Kanata dazu zu drängen, die Autopsie irgendwann im Laufe des heutigen Vormittags vorzunehmen.«

»Na, dann viel Glück!« Lewis grinste. »Kanata kann es nicht leiden, wenn man ihn drängt.«

»Ja, aber er schuldet mir noch einen Gefallen.«

»Ach«, sagte Moran, »Sie hätten eigentlich eben den Rabbiner nach den hebräischen Worten fragen können, die Vogelanter gesagt hat.«

»Stimmt. Hab' ich vergessen. Aber das ist kein Problem, ich werde sowieso irgendwann noch mal mit ihm sprechen müssen. Wie war es denn nun bei der Exfrau? Die Fahrt war wohl ganz umsonst, hm?«

Lewis sagte: »Nein, eigentlich nicht. Ich habe sie an den Schluß gesetzt. Ich glaube, irgend etwas stimmt da nicht. Zuerst deutete sie an, daß es irgendeine Form von Auseinandersetzung zwischen ihrem Vater und ihrem Ex gegeben hat. Warten Sie – ich sehe mal kurz in meinen Notizen nach.« Er blätterte in seinem Notizbuch, bis er die gesuchte Seite gefunden hatte, dann las er laut vor.

»Interessant.« Rykers Augen verengten sich.

»Ich habe auch nie gesagt, daß ihr Exmann getötet worden sei. Ich bin absolut sicher, daß ich gesagt habe: *tot.*«

»Stimmt«, kam Moran ihm zur Hilfe.

»Aber sie hat mich gleich gefragt, ob er erschossen worden sei. Wortwörtlich. Das war, bevor ich ihr gesagt habe, wo man die Leiche gefunden hat. Nach dem, was sie wußte, konnte er genausogut das Opfer eines Autounfalls oder eines Herzinfarktes gewesen sein.«

»In welcher Verfassung schien sie denn zu sein?«

»Nervös. Sie spielte dauernd mit ihren Haaren herum und so.«

»Schöne Haare«, fügte Moran hinzu. »Lang. Kastanienbraun nennt man, glaube ich, die Farbe. Und phantastische grüne Augen. Sie sieht wirklich gut aus. Groß und schlank, selbst in ihrem Morgenmantel. Ich konnte allerdings nicht viel von ihrer Figur erkennen.«

»Schätze, Sie werden mit der Ungewißheit leben müssen«, sagte Ryker.

Moran grinste. »Sie war ein wenig abwesend. Sagte, wir hätten sie aus dem Tiefschlaf gerissen. Aber als sie uns dann glaubte, wirkte sie relativ ungerührt.«

»Euch glaubte?«

»Zuerst dachte sie, ihr Exmann erlaube sich einen Scherz mit ihr.«

»Einen Scherz, aha. Welchen Eindruck hattet ihr denn von ihr? Ist sie froh, daß er tot ist?«

Moran überlegte einen Moment. »Nein, das muß es nicht unbedingt heißen. Aber sie war auch nicht gerade am Boden zerstört.«

Lewis nickte zustimmend.

»Sie hat uns über die Umstände des Mordes befragt, als ginge es um einen Fremden«, fuhr Moran fort.

»Schock?«

»Glaub' schon.« Er nickte. »Ja. Das würde vielleicht ihre Art erklären. Es war schon ein wenig seltsam.«

»Sie haben gute Arbeit geleistet. Ich werde sie mir morgen ebenfalls vornehmen. Ich frage mich, weshalb Vogler und sein Exschwiegervater im Streit lagen. Was es auch gewesen sein mag, sie scheint jedenfalls irgendwie davon betroffen gewesen zu sein.« Er gähnte. »Na schön. Dann tanken Sie mal ein bißchen Schlaf. Wir sehen uns dann morgen früh wieder.«

»Was ist mit Ihnen, Sam?« fragte Lewis. »Sie sehen völlig kaputt aus.«

»Ich werde wohl zuerst noch Kanata anrufen und dann ebenfalls nach Hause fahren. Gegen sieben Uhr komme ich dann wieder her. Wenn Kanata ein Einsehen hat, wird er etwa um diese Zeit mit der Autopsie beginnen, und sobald er das Geschoß herausgenommen hat, kann ich es den Ballistikern schicken. Ich habe keine Austrittswunde bemerkt, deshalb nehme ich an, daß die Kugel noch immer in seinem Hirn steckt. Ich werde versuchen, Zeke dazu überreden zu können, kurz mal einen Blick darauf zu werfen. Und vielleicht bekommen wir ja von der SID Informationen wegen der Fingerabdrücke.« SID ist die Scientific Investigation Division des LAPD. »Aber ich bin nicht sonderlich optimistisch. Das ältere Kind hat beinahe jeden verdammten Zoll im Haus angefaßt.« Er seufzte.

»Wenn es irgendwas zu finden gibt, dann werden Sie es bestimmt finden«, ermutigte Lewis ihn.

»Verdammt, das werde ich auch.«

Dreieinhalb Stunden Schlaf reichten zwar nicht annähernd aus, aber Ryker war es gewohnt, sogar mit noch weniger auszukommen. Der scharfe Strahl der Dusche half ihm etwas, und so fühlte er sich beinahe wach, als er um sechs Uhr vierzig am Mittwoch morgen in das Gemeinschaftsbüro kam.

Er hängte seine gelbbraune Wolljacke über die Stuhllehne, setzte sich und schaute sein Eingangskörbchen durch.

Rabbi Pearlstein hatte darum gebeten, daß man ihn »dringend« zurückrufe. Ryker rief ihn also an, versicherte ihm, die Autopsie würde noch an diesem Morgen vorgenommen werden, und der Leichnam könne, sollten keine unvorhergesehenen Schwierigkeiten auftreten, noch am selben Tag freigegeben werden. Nachdem Ryker aufgelegt hatte, fiel ihm zu seinem Ärger ein, daß er schon wieder vergessen hatte, nach den hebräischen Worten zu fragen.

Die Autopsie enthüllte nichts Überraschendes. Jake Vogler war ein weißer, männlicher Europide Anfang Dreißig, ein Meter achtzig groß und mit einem Gewicht von dreiundsiebzig Kilo. Er hatte keine Narben von irgendwelchen Operationen, und abgesehen von der Tatsache, daß ein Geschoß seinem Leben vorzeitig ein Ende gesetzt hatte, war er ein bemerkenswert gesunder Vertreter der menschlichen Rasse gewesen.

Der Tod, stellte Dr. Kanata fest, war schnell eingetreten. Die Kugel war im Hals eingedrungen, hatte die Speiseröhre durchschlagen und die Halsschlagader durchtrennt; das erklärte die schauerliche Blutlache. Anschließend war sie in einem ansteigenden Winkel von achtunddreißig Grad hochgewandert und hatte dabei den Kieferknochen aufgeschlagen, die Zunge und den oberen Gaumen durchbohrt und den Sehnerv verletzt. Als Ergebnis zeigten sich ausgeprägte schwarze und blaue Flecken um die Augen des Opfers herum. Die Kugel hatte erheblichen Schaden angerichtet, während sie ihr tödliches Pingpong durch das Hirn gespielt hatte.

Auf dem Hals, dem Gesicht und den Händen wurden Pulverreste gefunden.

»Ein Kampf mit einem Angreifer?« fragte Ryker.

»Es sieht ganz danach aus«, antwortete Dr. Kanata. »Und da

die Mordwaffe unauffindbar ist, können wir Selbstmord wohl ausschließen, was denken Sie?«

Die Kugel, die durch das Vordringen durch den Kopf des Opfers abgestumpft war, war zu guter Letzt in der Nähe der oberen Schädeldecke steckengeblieben. Ryker hatte sie an die Ballistik-Abteilung geschickt, damit sie das Kaliber der Waffe bestimmen konnten.

»Ich werde den Mageninhalt ins Labor geben«, sagte Kanata. »Die Analyse sollte Ihnen in etwa einem Tag vorliegen.«

Die Todeszeit war unklar. Der Verwesungsprozeß der Leiche hatte noch nicht eingesetzt, aber wegen der Klimaanlage konnte keine Standardformel angewandt werden. Ryker würde mit der Familie des Opfers und dessen Bekanntenkreis reden müssen, um einen Zeitplan der Aktivitäten des Opfers während der letzten Tage rekonstruieren zu können.

Als Ryker in sein Büro zurückkehrte, war es neun Uhr vierzig.

Lewis war noch unterwegs, da er um halb zehn eine Verabredung mit Kasden hatte. Moran besichtigte gerade Voglers Wohnung. Er hatte bereits Hank Stollman Bescheid gegeben, er solle sich zur Verfügung halten.

Ryker rief die Vogelanters an und vereinbarte mit ihnen, in etwa einer Stunde bei ihnen vorbeizukommen. Als er versuchte, die offiziell aufgeführte Telefonnummer von Mrs. Jake Vogler an der Guthrie Avenue zu wählen, lief ein Band ab, das ihm mitteilte, die Nummer sei geändert worden, aber es wurde keine neue Nummer angesagt; durch die Auskunft erfuhr Ryker, es läge auch kein neuer Eintrag vor.

Nachdem er sich einem gewissen Mr. Hurley im Verwaltungsbüro von Pacific Bell als Detective zu erkennen gegeben hatte, erhielt Ryker die neue Geheimnummer.

»Ach, wann hat Mrs. Vogler eigentlich um eine Geheimnummer gebeten?« fragte er, als er schon auflegen wollte.

»Das muß ich in den Unterlagen nachsehen. Es war aber erst

kürzlich. Sie wenden sich da am besten an Mrs. Perris. Sie hatte mit Mrs. Vogler zu tun. Ich weiß nur, daß Mrs. Vogler hier mehr als einmal anrief, damit man ihre Nummer endlich ändere. Offensichtlich gab es da irgendein Problem.«

»Könnte ich gleich mit Mrs. Perris sprechen?«

»Tut mir leid, leider nicht. Sie liegt mit Grippe im Bett. Sie wird aber wahrscheinlich in ein oder zwei Tagen wieder da sein. Soll ich ihr sagen, daß sie sich bei Ihnen melden soll?«

»Ach ja, bitte.« Er hinterließ seinen Namen und seine Telefonnummer.

»Soll ich ihr mitteilen, daß es um eilige polizeiliche Nachforschungen geht?«

»Nein, sagen Sie ihr nur, daß sie mich anrufen soll. Vielen Dank.«

Als Ryker die neue Telefonnummer wählte, hob niemand ab.

Hank Stollmans Lockenkopf tauchte plötzlich auf. »Sie brauchen mich?«

»Ja. Hat Tom Ihnen bereits erzählt, worum es geht?«

»Mhm.« Er nahm Platz und streckte seine Beine aus.

»Arbeiten Sie gerade an etwas?«

»Muß nur noch 'n bißchen abschließenden Papierkram im Falle dieses Mädchens erledigen, das sich den goldenen Schuß gesetzt hat. Ihre Mitbewohnerin sagte uns, von wem sie den Stoff hatte. Wir haben ihn gestern gefaßt.«

»Gut. Ich möchte, daß Sie mich begleiten, wenn ich mit Voglers Eltern rede. Können Sie Hebräisch?«

»Nicht gut. Ich bin schon seit Jahren in keiner Synagoge mehr gewesen; und selbst als ich als Kind hinging, habe ich immer nur so getan, als ob. Tom sagte mir, Sie brauchen eine Übersetzung. Tut mir leid. Soll ich einen ansässigen Rabbiner anrufen?«

»Nein. Der Rabbiner der Vogelanters hat mich gestern abend angerufen, wegen der Autopsie. Ich werde ihn darauf ansprechen.«

»Okay. Wann möchten Sie aufbrechen?«

»In etwa fünfzehn Minuten. Ich wollte noch abwarten, ob die Ballistiker schon etwas herausfinden konnten. Und vielleicht hat ja auch die SID schon etwas ermittelt.«

»Soll ich mal nachfragen?«

»Nein, darum kümmere ich mich schon. Aber Sie könnten das Wasser- und Elektrizitätswerk anrufen. Sie sollen den Zähler von dem Haus ablesen, in dem die Leiche gefunden wurde, und uns sagen, wann es einen auffallenden Stromschub gegeben hat, wie er zum Beispiel entsteht, wenn man eine Klimaanlage einschaltet.« Er gab ihm die Adresse.

»Okay.« Stollman erhob sich und ging zu seinem Schreibtisch hinüber.

Ryker rief in der Ballistik-Abteilung an, aber Zeke hatte noch keine Resultate.

»Geben Sie mir eine Stunde Zeit; ich werde versuchen, Sie dazwischenzuschieben«, versprach Zeke. »Die letzten zwei Tage wurden wir geradezu mit Arbeit überschwemmt.«

Ryker erfuhr auch nichts Neues von der SID. Es gab zwar Fingerabdrücke im ganzen Haus, aber die meisten gehörten dem Verstorbenen und Christopher Borden, dem Jungen, der die Leiche entdeckt hatte. Es gab noch einige andere Fingerabdrücke, aber die hatte man noch nicht identifizieren können.

»Wir haben hier eine lederne Aktentasche und einen Sportbeutel; beide gehörten offensichtlich dem Verstorbenen«, teilte ihm der Experte des Kriminallabors am Telefon mit.

»Irgend etwas Interessantes darin gefunden?«

»Ist eine ganze Menge Zeug darin. Lafferty von Ihrer Abteilung ist gerade hier, um etwas abzuholen. Da kann er die Sachen ja gleich mitnehmen.«

Eine halbe Stunde später betrachtete Ryker schmunzelnd den Inhalt des Beutels, vor allem das Raumspray. Er strich mit der Hand über die reliefartige Oberfläche der Aktentasche; sie sah teuer aus und fühlte sich auch ebenso an. Ryker machte sich gerade daran, den Inhalt der Aktentasche eingehender zu begutachten, als Stollman zurückkehrte.

»Ich habe mich mit einem Ableser des Wasser- und Elektrizitätswerks unterhalten. Sie können zwar die Zähler ablesen und uns sagen, wieviel Strom pro Minute verbraucht wird, aber leider können sie uns nicht genau sagen, wann die Klimaanlage eingeschaltet wurde.«

»Kein Problem. Ich denke, es wird sich mehr oder weniger genau herausfinden lassen, wann er ins Haus kam. Aber schauen Sie sich das mal an.« Er reichte Stollman ein paar Abziehbilder des Tatorts. »Wenigstens wissen wir jetzt, daß Vogler am Sonntag dort war – er veranstaltete ein offenes Haus, eine offene Besichtigung.«

»Sind Sie sicher, daß es Sonntag war?«

»Ziemlich. Immobilienmakler veranstalten offene Häuser eigentlich immer nur an Sonntagen. Aber das werden wir uns von seinem Partner natürlich noch bestätigen lassen. Sonntag war es sehr heiß. Vogler schaltete also wahrscheinlich die Klimaanlage an, als er alles herrichtete. Aber warum stellte er sie bloß auf fünfzehn Grad?«

»Vielleicht wollte er das Haus ja erst mal abkühlen. Und da die Türen ständig auf- und zugemacht wurden – und Sie haben recht, es war ein wahnsinnig heißer Tag –, hat er dann vielleicht später beschlossen, sie nicht mehr hochzudrehen, damit sich alle wohl fühlen.«

»Mag sein. Lassen Sie mich schnell noch mal nachfragen, wessen Fingerabdrücke man am Thermostat gefunden hat.« Er wählte, sprach mit einem Zuständigen und legte wieder auf. »Sie stammen von Vogler, aber unter ihnen befinden sich noch andere. Vielleicht die von den Hauseigentümern. Wir müssen uns unbedingt die Fingerabdrücke von ihnen besorgen.«

»Was haben Sie noch?«

»Eine Ausgabe der *Times.* Vogler hat im Immobilienteil ein bißchen was dazugekritzelt. Sieht so aus, als wäre er an keinem der angebotenen Häuser interessiert gewesen – er schrieb ›NO GET‹ quer über den Rand der Seite und unterstrich die Worte mehrmals. Hier.« Er zeigte Stollman die Seite.

»Was ist denn ›REC‹?« fragte Stollman.

»Was?«

»Hier steht ›REC‹ mit einem Fragezeichen.« Er deutete auf die Zeitung.

»Ich weiß es nicht. Receipt? Record? Aber wahrscheinlich bedeutet es nichts.«

»Und was ist das?« Stollman deutete auf einen Zettel auf Rykers Schreibtisch.

»Eine Liste der Leute, die sich das Haus ansahen. Die letzten trugen sich um sechzehn Uhr vierzig in die Liste ein, also können wir annehmen, daß Vogler bis mindestens – was? fünf Uhr? – noch am Leben war. Das ist auch die normale Zeit, wann solche offenen Besichtigungen in der Regel enden. Wir werden alle Leute auf der Liste befragen müssen, wir müssen herausfinden, ob sie irgend etwas bemerkt haben. Möglicherweise haben sie mit angehört, wie Vogler mit jemandem stritt.«

»Gut, daß wir von allen Namen, Adresse und Telefonnummer haben.«

»Von allen – bis auf einen. Denn leider hat sich der Mörder nicht eingetragen.«

9

Um Viertel vor sieben am Mittwoch morgen begannen die ersten leisen Klänge des Musikweckers Deena sanft aus ihrem tiefen Schlaf zu holen. Und als die Melodie, die sich mit einem langsamen, aber dennoch beharrlichen Crescendo aufbaute, die eingestellte Lautstärke erreichte, war Deena wach. Sie wußte, daß sie aufstehen, duschen, sich anziehen, das ganze morgendliche Ritual des Aufstehens hinter sich bringen mußte. Ihr erstes Seminar begann erst um neun Uhr, aber sie hatte sich vorgenommen, eine Wäschetrommel zu füllen, ehe sie aus dem Haus ging, und ihre guten schwarzen Pumps bei Nick's Shoe Repair auf dem Pico Boulevard abzugeben. Jetzt jedoch verspürte sie, eingepackt in die isolierende Wärme ihrer Daunendecke, einen gewissen Widerwillen beim Gedanken, die Behaglichkeit ihres Bettes für irgendwelche Pläne aufzugeben, die ihr plötzlich als etwas übereifrig vorkamen.

Also morgen dann, sagte sie sich. Träge gähnend, stellte sie den Wecker auf halb acht. Sie streckte sich genüßlich wie eine Katze, ihre Füße wölbten sich, ihre Zehen krümmten sich; dann zog sie ihre Knie halb an die Brust und versuchte die flüchtigen Zipfel des Schlafes wiederzuerhaschen.

Plötzlich setzte sie sich mit einem Ruck auf.

Wie, fragte sie sich mit Erstaunen, in die sich eine Spur Schuldgefühl mischte, hatte sie bloß vergessen können, was gestern abend geschehen war? Wie hatte sie nur so fest schlafen können, nachdem sie gestern erfahren hatte, daß Jake ermordet worden war? Aber vielleicht stimmte es ja gar nicht. Vielleicht war es ja nur ein Traum gewesen. Doch schon während sie aus dem Bett sprang und, in der kühlen Morgenluft fröstelnd, in die Küche eilte, und bevor sie als stumme Zeugen die Tasse und Untertasse fand, die auf dem Abtropfständer lagen, sowie den verschrumpelten Teebeutel, der im Porzellanei steckte, wußte sie, daß es kein Traum gewesen war, daß die Kugel, die Jake getötet hatte, real war und nicht irgendein Wurfgeschoß, das ihrer zornigen Phantasie entsprungen war.

Sie warf einen flüchtigen Blick auf die Herduhr: sechs Uhr sechsundfünfzig. Sie nahm den Hörer ab. Das Amtszeichen klang unnatürlich laut. Erst Michael, entschied sie. Niemand hob ab, aber sein Anrufbeantworter war eingeschaltet. Sie wartete ergeben, bis der Pieps ertönte. Sie wußte, daß er oft frühmorgens den Gottesdienst in der *Shul* besuchte, die nicht weit von seinem Apartment entfernt lag.

»Michael«, setzte sie an, doch dann brach sie ab. Irgendwie schien es etwas kraß, Jakes Tod zu einer Nachricht auf Band zu reduzieren. »Michael, hier ist Deena. Kannst du – ich muß dich unbedingt sehen. Und zwar noch heute. Ich werde etwa um halb fünf aus der Uni zurück sein. Komm doch dann bitte bei mir vorbei.«

Max war inzwischen bestimmt schon im Genesungsheim, las die Berichte der Nachtschwestern und kontrollierte, ob mit den Heimbewohnern auch alles in Ordnung war. Sie würde später mit ihm sprechen. Und sie wollte es Pearl nicht sagen, solange ihr Vater nicht dabei war. Sie hatte keine Ahnung, wie ihre Mutter auf die Nachricht reagieren würde. Um Deena willen natürlich erleichtert. Um ihrer aller willen. Aber Pearl hatte Jake früher sehr gemocht, hatte ihn schon als Vater ihrer Enkelkinder gesehen. Welche Auswirkung würde die Nachricht seines Todes auf das empfindsame Gewebe ihrer bereits zerrütteten Nerven haben?

Deena ging zurück ins Schlafzimmer. Sie strich die Decke glatt, zog ihr Nachthemd aus und legte es zusammengefaltet unter das Kissen. Sie beschloß, sich heute nicht die Mühe zu machen, die Überdecke aufzulegen.

Sie sollte vermutlich Ben anrufen; er würde es wissen wollen. Jake war nicht nur sein Partner, sondern auch ein Freund – *gewesen.* Allerdings würde sich wahrscheinlich ohnehin die Polizei so bald wie möglich mit Ben in Verbindung setzen, um ihn zu fragen, wo Jake sich in den letzten Tagen aufgehalten hatte. Und Deena war es doch lieber, wenn die Polizei ihm die grausame Nachricht überbrachte.

Als sie aus der Dusche kam, griff sie nach dem Frotteehandtuch, das sie vorher bereitgelegt hatte, und rubbelte sich kräftig ab. Der Spiegel, der die ganze Badezimmerwand bedeckte, war hinter einem trüben Dunstschleier verschwunden, und sie mit ihm. Jakes Exfrau. Gab es nicht mehr. Aber sie war auch nicht seine Witwe. Während sie sich mechanisch die Zähne putzte und anschließend den Fön geübt um ihr Haar herum bewegte und dem warmen Luftstrom erlaubte, mit ihrem Haar zu spielen, betrachtete sie, wie ihr Körper – ein Körper, der intim und, ja, auf schöne Weise mit jemand verschlungen gewesen war, der nun tot war – langsam wieder im Spiegel erschien. Erst ihre Hüften und Taille, dann ihre Brüste, Schultern und ihr schlanker Hals. Als letztes ihr Gesicht, das von noch feuchten kupferfarbenen Ranken umgeben war. Sie begutachtete sich kritisch.

Sie sah noch genauso aus wie immer.

Sie mußte Brenda benachrichtigen, fiel ihr ein, als sie die Wäsche in die Maschine warf. Behutsam maß sie Waschpulver und Weichspüler ab und füllte sie in die dafür vorgesehenen Behälter. Sie hatte keine Ahnung, in welcher Art Jakes Tod die Güterverteilung beeinflussen würde. Nicht, daß es wichtig war, nein. Das Geld war ihr vollkommen egal. Das Wichtigste war, daß sie frei war und daß sie sich nicht mehr wie eine Ratte fühlen mußte, die verzweifelt in einem Labyrinth herumrannte, wo jeder Weg in eine Sackgasse führte.

War es schlimm, wenn sie ein Quentchen Freude verspürte – nein, zugegeben, mehr als nur ein Quentchen, viel mehr –, obwohl ihre Freiheit auf Todesschwingen dahergekommen war?

Wahrscheinlich. Eine Menge Leute würden das zumindest so beurteilen.

Dabei hatte sie doch nichts Unrechtes getan. Und wenn Jake auch durch eine grausame Laune des Schicksals durch die Hand eines Verbrechers umgekommen war, der sich keinen anderen Ausweg mehr wußte (denn das war wahrscheinlich geschehen, folgerte sie; das war die einzige vernünftige Erklärung für das, was geschehen war), hatte sie schließlich doch nicht weniger Anrecht darauf, die Tür hinter der schmerzlichen Vergangenheit zu schließen und ein neues Leben zu beginnen, oder? Mit Michael, wenn sie das beide wollten.

Faye würde das sicher verstehen. Deena würde sie später anrufen und sie darum bitten, es den übrigen mitzuteilen. Sie mußte lächeln, als sie an die Selbsthilfegruppe dachte, denn sie wußte, sie würden ihr unterstützend zur Seite stehen. Selbst Elaine.

Als Deena soweit war, das Haus zu verlassen – ihre Bücher standen bereits in einer robusten Stofftüte auf dem Boden nahe der Seitentür –, war es neun Uhr zwanzig. Obgleich die Sonne bereits seit einiger Zeit schien, waren die Scheiben ihres blauen Hondas noch milchig beschlagen. Deena kramte in ihrer Handtasche und fand zwei Kleenex-Tücher, mit denen sie die Seitenscheiben und die Rückscheibe wischte, wobei sie Schmierflecken und Tuchfusseln hinterließ. Als sie im Wagen saß, schaltete sie die Zündung ein und dann die Scheibenwischer, um auch die Vorderscheibe sauberzumachen. Mißgünstig schaute sie zu, wie die Gummiblätter den Schleier wirkungsvoll und rasch in zwei Bögen über das getönte Glas zur Seite wischten.

Fast eine Stunde später saß sie noch immer in ihrem Wagen. Ihre Augen waren auf die einschläfernde Mechanik der Scheibenwischer fixiert, die sich unablässig hin und her bewegten, hin und her, hin und her, hin und her. Sie wußte nicht, wie lange sie schon so dasaß. Oder wie lange das Telefon schon so beharrlich klingelte. Aber als sie den Nebenanschluß in der Küche erreichte, hatte es aufgehört.

»Geht immer noch keiner ran«, sagte Ryker zu Stollman. »Ich versuche jetzt schon seit einer halben Stunde, die ehemalige Mrs. Vogler zu erreichen, aber es sieht verdammt danach aus, daß sie weggegangen ist.«

»Und? Was ist daran so schlimm?«

»Nichts und. Ich frage mich bloß, wo sie steckt. Auch wenn er nur ihr Exmann war, hätte ich doch gedacht, daß sein Tod sie ein wenig mitnehmen würde. Na egal. Ich werde sie schon noch irgendwann im Laufe des Tages erwischen. Dann lassen Sie uns jetzt zu Voglers Eltern gehen.«

»Was ist mit George und Tom?«

»George trifft sich gerade mit Voglers Geschäftspartner. Tom sieht sich in Voglers Wohnung um und spricht mit den Nachbarn. Wir alle treffen uns hier so gegen halb eins wieder, um uns gegenseitig Bericht zu erstatten.«

Das Apartment auf der Curson Avenue war nicht schwer zu finden, wesentlich schwerer war es, einen Parkplatz ausfindig zu machen. Die nächste leere Parkbucht war einen halben Block entfernt. Ryker stellte den Wagen vor einen Hydranten.

»Geht nicht anders«, murmelte er.

»Stimmt.« Stollman nickte schmunzelnd.

Joe Vogelanter machte ihnen die Tür auf, ohne nach ihren Dienstausweisen zu fragen, und bat sie in das Wohnzimmer. Er trug Hausschuhe. Seine Augen waren rot und geschwollen.

»Meine Frau hat sich hingelegt«, sagte er zu ihnen. »Vielleicht genügt es ja, wenn ich Ihre Fragen beantworte? Der Arzt hat ihr letzte Nacht eine Spritze gegeben und für heute vormittag Tabletten dagelassen.«

»Ich fürchte leider, wir müssen auch mit Mrs. Vogelanter sprechen«, sagte Ryker. »Aber wir bemühen uns, es so kurz wie möglich zu machen. Nur ein paar Fragen. Oder Sie möchten, daß wir später noch mal wiederkommen.«

»Nein, nein. Später wird es auch nicht besser.« Er verschwand, um seine Frau zu holen.

Der Raum war klein und mit zwei großen Sofas, dazu passenden Liegesofas, einem eisernen Couchtisch mit einem gezierten goldenen Sockel, einem Kunststofflehnstuhl und einem braunen Spinett vollgepfropft. Auf dem Spinett und dem Kamin standen viele gerahmte Fotos. Einige zeigten Vogelanter, seinen Sohn und eine weißhaarige Frau, wahrscheinlich die Mutter. Auf einem war Vogler mit seiner ehemaligen Braut zu sehen. Und ungefähr ein Dutzend stellten Vogler allein dar; sie zeichneten sein gesamtes Leben von der Kindheit bis zum Erwachsenenalter nach.

Vogelanter kehrte mit der Frau wieder, die auf den Fotos abgebildet war. »Meine Frau, Ida.« Er half ihr aufs Sofa und setzte sich neben sie. »Nehmen Sie doch bitte Platz«, sagte er zu den Detectives.

Joe richtete seinen Blick auf einen Punkt irgendwo über Rykers Kopf; Idas Gesicht war in einem zerknüllten Taschentuch verborgen, das sie unter ihre Nase hielt. Nur ihr Schniefen unterbrach von Zeit zu Zeit die Stille.

Ryker ergriff das Wort. »Ihr Rabbiner erklärte uns Ihre drängende Lage, und ich wollte Ihnen nur versichern, daß wir so schnell wie möglich arbeiten. Der Rechtsmediziner hat mir gesagt, daß das Department die Leiche Ihres Sohnes heute nachmittag um vier Uhr herum freigeben wird, so daß Sie alle notwendigen Vorkehrungen treffen können.«

»Vielen Dank«, flüsterte Joe mit rauher Stimme.

Ida wiegte ihren Oberkörper vor und zurück; ihre Arme hatte sie fest um ihren Körper geschlungen.

»Ich weiß, was für eine schreckliche Zeit Sie durchmachen. Und daß wir nun auch noch herkommen und Ihnen Fragen über Ihren Sohn stellen – nun, das macht es nicht leichter. Aber wenn wir irgendwelche Hoffnung haben wollen, die Person zu finden, die Ihren Sohn ermordete –«

»Aaah!« Ein durchdringendes Stöhnen entwich Idas Lippen, dann ging es in ein unterdrücktes Wimmern über.

»Wenn wir diese Person finden wollen«, fuhr Ryker sanft fort, »müssen wir so viel Information sammeln, wie nur irgend möglich. Wir brauchen irgendeine Spur, Mr. und Mrs. Vogelanter. Im Moment haben wir leider gar nichts.«

Joe nickte.

»Können Sie uns sagen, wann Sie Ihren Sohn das letzte Mal gesehen haben?«

»Wann ich ihn gesehen habe?« Joe überlegte. »Ich glaube, das ist ungefähr zehn Tage her. Das stimmt doch, Ida, nicht?«

Sie starrte mit ausdruckslosem Blick vor sich hin, ohne zu antworten.

»Er hat die letzten Tage des *Succot* mit uns verbracht. Ein jüdisches Fest«, erklärte Joe.

»Und seitdem haben Sie ihn nicht mehr gesehen?«

Joe schüttelte den Kopf. »Er ist ein vielbeschäftigter Mann, Officer. Aber er ruft oft an.«

»Wann haben Sie zum –«

»In seinem ganzen Leben hat er nicht einmal vergessen, mich vor *Shabbas* anzurufen!« Idas Augen füllten sich erneut mit Tränen.

Ryker wartete, aber sie schien fertig zu sein. »Wann haben Sie zum letzten Mal mit ihm gesprochen, Mrs. Vogelanter?«

Joe blickte Ida an.

»Samstag abend«, sagte Ida. »Er rief Samstag abend an und fragte, wie es mir ginge.«

»Hat er Ihnen erzählt, was er in der folgenden Woche vorhatte?«

»Nicht so genau. Er hatte immer sehr viel zu tun, mein Jackie. War immer so beschäftigt.«

Jackie? Vermutlich stammte der Name aus der Kinderzeit, folgerte Ryker. »Hat Ihr Sohn Ihnen gegenüber mehr erwähnt, Mr. Vogelanter?«

»Nein.«

»Und Sie fanden es nicht seltsam, daß Sie seit Samstag abend nichts mehr von ihm gehört hatten?«

»Er braucht nicht jeden Tag hier anzurufen«, sagte Ida. »Sich melden wie ein kleiner Junge. Er ist schließlich erwachsen!«

Sie war unbewußt in die Gegenwartsform übergewechselt. Das passierte den meisten Leuten, wie Ryker aus Erfahrung wußte. »Wußten Sie, daß er am Sonntag ein offenes Haus veranstaltete?«

»Er macht ständig Häuserbesichtigungen«, sagte Joe. »Er ist Makler.«

»Aber wußten Sie, welches Haus er am Sonntag anbot?«

»Nein, ich glaube, das hat er nicht erwähnt«, sagte Joe.

»Natürlich hat er das«, sagte Ida. Sie wandte sich Ryker zu. »Jackie hat uns immer gesagt, wo er erreichbar sein würde. Nur für den Notfall. Ich erinnere mich noch daran, daß ich ihn gefragt habe, ob das Haus eine Klimaanlage hätte – es war so ein heißes Wochenende, selbst am Samstag haben wir die Klimaanlage in unserem Schlafzimmer die ganze Nacht über angelassen. Wen schert schon, was das kostet?« Wieder zu Joe gewendet, sagte sie: »Das habe ich dir doch erzählt. Erinnerst du dich nicht mehr?« wollte sie wissen.

»Ich glaube nicht. Aber was macht das schon für einen Unterschied?«

»Unterschied?« fragte sie traurig. »Es macht keinen Unterschied. Du hast nicht mit ihm gesprochen, also erinnerst du dich auch nicht daran«, sagte sie spitz. »Aber du hast recht; es würde auch keinen Unterschied machen.«

Offensichtlich hatte es Spannungen zwischen Vater und Sohn gegeben, erkannte Ryker. Hatten sie Streit miteinander gehabt? »Mr. und Mrs. Vogelanter, ich möchte, daß Sie über meine nächste Frage sorgfältig nachdenken. Kennen Sie irgend jemanden, der wütend auf ihren Sohn war? Jemand, der ihm Böses gewünscht hätte?«

»Jeder liebte Jackie«, sagte Ida mit fester Stimme. »Jeder. Aber ich verstehe nicht ganz – war es denn kein Raubüberfall? Ich dachte, als Sie sagten, er wäre getötet worden, daß es ein Raubüberfall gewesen sein muß.«

»Wir sind nicht sicher, aus welchem Motiv heraus es geschah, aber wir dürfen nichts außer acht lassen, selbst wenn es noch so hypothetisch erscheint.« Er sah ihr verwirrtes Gesicht. »Abwegig erscheint«, erklärte er. »Oder unwahrscheinlich.«

Sie nickte.

»Wirklich niemand?« wiederholte Ryker. Keine Antwort.

»Was ist mit seinem Partner, Ben Kasden? Sind sie gut miteinander ausgekommen?«

»Ben? Er und Jackie waren so miteinander –« Sie verhakte ihre beiden Zeigefinger ineinander. »Wie Brüder. Ben hat ihm die Startchance gegeben, aber er war sich sehr wohl bewußt, wie geschäftstüchtig Jackie war. Ben erzählt mir immer wieder, daß der beste Tag in seinem Leben der Tag gewesen war, an dem Jackie in seine Firma kam.«

»Und der schlimmste Tag, als er Ruthie heiratete«, fügte Joe mit dem Anflug eines Lächelns hinzu.

»Wie meinen Sie?«

»Nur ein kleiner Scherz. Er macht immer Witze über seine Frau, wie sie das Geld zum Fenster rausschmeißt. Aber meine Frau hat recht. Jake und Ben haben sich gut verstanden.«

»Sie haben nie über Provisionsgebühren oder dergleichen gestritten? Ich meine, es ist doch durchaus normal, wenn Geschäftspartner mal eine Meinungsverschiedenheit haben.«

»Jake hat nie etwas in der Richtung erwähnt«, sagte Joe. »Aber warum stellen Sie uns all diese Fragen über Ben? Sie können doch unmöglich glauben, daß er etwas mit Jakes Tod zu tun hat! Das ist vollkommen verrückt!«

»Zum jetzigen Zeitpunkt glauben wir noch gar nichts, Mr. Vogelanter. Aber wir müssen uns ein vollständiges Bild machen.« Er sah in sein Notizbuch. »Was ist eigentlich mit Ihrer ehemaligen Schwiegertochter?« fragte er beiläufig. »Stand sie denn nach der Scheidung auf gutem Fuß mit Ihrem Sohn?«

Joe legte seine Hand auf Idas Knie. »Deena ist ein wunderbares Mädchen, Officer. Wir lieben sie wie eine Tochter. Natürlich waren wir traurig, als sie sich dazu entschlossen, sich scheiden zu lassen, aber was konnten wir schon dagegen machen? Sie sind schließlich eigenständige Menschen.«

»Wie lange waren die beiden verheiratet?«

»Ein wenig mehr als ein Jahr«, sagte Joe.

»Wußten Sie, daß sie Probleme hatten?«

»Nein, nicht so richtig. Vermutlich wollten sie uns nicht unnötig aufregen.«

»Und ihre Eltern – wie war noch einmal ihr Name?«

»Novick. Max und Pearl Novick. Nette Leute. Wundervolle Leute.«

»Kamen sie gut mit Ihrem Sohn klar?«

»Sie haben ihn immer gut behandelt. Immer.«

»Verstehe. War es denn eine friedliche Scheidung?«

Joe zuckte mit den Schultern. »Scheidung ist Scheidung.«

Ryker blickte zu Ida, die mit zusammengekniffenen Lippen dasaß. Sie wich seinem Blick aus. Er sah betont auffällig auf seine Uhr.

»Mr. Vogelanter, dürfte ich Sie vielleicht um einen Gefallen bitten? Ich hätte gern, daß Detective Stollman auf dem Revier anruft, ob inzwischen irgendeine wichtige Nachricht für mich gekommen ist. Könnten Sie ihm bitte zeigen, wo das Telefon steht?«

Joe sah ihn unsicher an, aber dann stand er auf und führte Stollman in die Küche.

»Mrs. Vogelanter?« Ryker beugte sich zu ihr vor. »Es ist schon komisch: Jetzt bin ich nun schon fast siebenundvierzig, aber wenn mich irgend etwas belastet, rede ich noch immer gern mit meiner Mutter darüber. Ich frage mich, ob Ihr Sohn nicht auch so war. Vielleicht hatte er ja Schwierigkeiten mit seiner Exfrau und dachte, das würden nur Sie verstehen.«

»Nein, nicht wirklich.« Sie blickte sich unbehaglich im Zimmer um, dann studierte sie ihre fest ineinander verschränkten Hände.

»Vielleicht lag sie ihm dauernd wegen Geld in den Ohren, und er wollte Ihren Mann nicht damit beunruhigen. Irgend etwas in der Art.«

»Geld? Nein.« Sie schüttelte den Kopf. »Ich glaube, es ging nicht um Geld. Die Anwälte kümmern sich um alles. Aber Geld war Jackie egal.«

»Gibt es irgend etwas anderes, was ich vielleicht wissen sollte? Etwas, was zwar nicht wichtig erscheint, was Sie aber trotzdem beunruhigt?« Es *mußte* etwas geben. Die Exfrau hatte es ihnen gestern ja beinahe ins Gesicht geschleudert, aber was zum Teufel war es?

»Ich –«, Sie reckte den Kopf in Richtung Küche und brach sofort ab, als sie sah, daß Joe und der Detective im Anzug waren.

»Irgendwelche Nachrichten?« fragte Ryker.

»Nichts, was nicht Zeit hätte.«

»Hätten Sie etwas dagegen, wenn wir, bevor wir gehen, Ihnen Fingerabdrücke abnehmen?« fragte Ryker die Vogelanters.

»Fingerabdrücke?« rief Joe aus. »*Unsere* Fingerabdrücke?«

Ida starrte die Detectives mit offenem Mund an; auf ihrem Gesicht spiegelte sich ein merkwürdiges Gemisch aus Entrüstung und Ungläubigkeit.

»Es ist reine Routine«, beruhigte Ryker sie. »Wir werden von allen die Fingerabdrücke abnehmen, die Ihren Sohn kannten. Wir brauchen Ihre Fingerabdrücke, um diese identifizieren und ausschließen zu können, wenn wir in seinem Apartment auf sie stoßen sollten. Wenn der Mörder Ihren Sohn kannte, hat er ihn vielleicht auch mal in seiner Wohnung besucht.«

»Ich verstehe«, sagte Joe ruhig. »Was Sie tun müssen, müssen Sie tun. Ida?« Er drehte sich zu ihr.

Sie zuckte die Achseln. »Wenn es zu etwas gut ist.«

Stollman holte das nötige Zubehör aus dem Wagen. Nachdem er von Ida und Joe einen ganzen Satz Abdrücke gemacht hatte, reichte er ihnen chemisch behandelte Tücher, mit denen sie die Druckfarbe entfernen konnten.

Ryker erhob sich. »Übrigens, Mr. und Mrs. Vogelanter, wissen Sie zufällig, ob Ihr Sohn eine Schußwaffe besaß?«

»Ja, er hatte eine«, sagte Joe. »Einmal wurde er nämlich tatsächlich überfallen, als er Leute in einem Haus herumführen wollte. Danach hat er sich dann eine Schußwaffe gekauft. Aber ich glaube nicht, daß er sie immer mit sich herumgetragen hat.

Nur, wenn er in eine schlechte Gegend mußte oder spätabends irgendwohin ging. Sie wissen schon.«

»Wissen Sie, welches Kaliber die Waffe hat? Welche Größe?«

Joe schüttelte den Kopf.

»Besitzen Sie eine Schußwaffe, Mr. Vogelanter?«

»Nein. Waffen sind mir ein Greuel. Jake hat sie nur zu seinem Schutz gekauft, wie er mir versicherte. Aber wo es eine Schußwaffe gibt, da gibt es auch Tote.«

Niemand, am allerwenigsten Detective Sam Ryker, konnte dem widersprechen.

10

Detective George Lewis wartete geduldig auf dem beigen Ledersofa im Vorraum des Büros von Kasden und Vogler, Immobilienmakler, und blätterte in einer Ausgabe des *Architecturial Digest*.

Wo zum Teufel hatten die nur alle das Geld für solche Häuser her? fragte er sich. Seine Frau und er hatten sich vor vier Jahren ein kleines, bescheidenes Häuschen gekauft und kämpften noch immer mit der Hypothek. Ihr gesamtes Haus, kalkulierte er, entsprach lediglich dem Wohnzimmer des palastartigen Gebäudes, das im Magazin abgebildet war.

»Mr. Kasden wird Sie jetzt empfangen«, sagte die Empfangssekretärin.

»Danke, Ma'am.«

»Herein!« erwiderte eine dröhnende Stimme auf Lewis' Klopfen hin.

Lewis trat ein und mußte sofort ein Lächeln unterdrücken. Kasden sah aus wie eine Comicfigur, ein kugelrunder Mann, der durch das Zimmer auf ihn zusprang.

»Ben Kasden.« Er drückte Lewis' Hand. »Was kann ich für Sie tun? Meine Sekretärin sagte mir, es handele sich um wichtige Polizeiermittlungen. Sie werden mich aber doch hoffentlich nicht wegen falscher Hausgutachten festnehmen, oder?« Er lächelte.

»Nein, Sir. Es geht um Ihren Partner, Jake Vogler.«

»O Gott! Was hat er denn jetzt schon wieder angestellt? Hat er etwa beim Pokerspielen die Firma verloren? Ich habe ihn schon immer gewarnt, daß er uns beide damit noch in Schwierigkeiten bringen wird!« Er lachte nervös, während er um den Schreibtisch herum zu seinem Stuhl lief.

»Mr. Kasden, ich muß Ihnen leider mitteilen, daß Mr. Vogler tot ist. Seine Leiche wurde gestern abend in einem Haus auf dem Sherbourne Drive gefunden.« Er sagte ihm die genaue Adresse.

Ben Kasden starrte den Detective an, zwinkerte rasch ein paarmal mit den Augen, dann sackte er in seinem Stuhl zusammen, als wäre er eine schlaffe Stoffpuppe. Er versuchte nicht, die Tränen zu verbergen, die ihm über die Wangen liefen.

»Mr. Kasden, ich weiß, daß das furchtbar ist, aber ich muß Ihnen leider ein paar Fragen stellen. Wir brauchen Ihre Hilfe.«

»Ich – was – wie kann ich Ihnen helfen?« Er fand ein Taschentuch in seiner Jacke und fuhr sich damit kräftig übers Gesicht.

»Ich hätte gern, daß Sie mir ein paar Fakten bestätigen, wenn Sie so freundlich wären.«

Kasden bedeutete ihm stumm fortzufahren.

»Für das Haus, in dem Mr. Vogler aufgefunden wurde, hatte Ihre Firma einen Maklerauftrag, stimmt das, Sir?«

Kasden nickte. »Jake – Jake hat den Auftrag an Land gezogen, er hat sich verdammt angestrengt, um ihn zu ergattern. Mein Gott! Ich kann es einfach nicht fassen! Wie konnte das nur passieren?«

»Das versuchen wir gerade herauszufinden. Wann haben Sie ihn zum letzten Mal gesehen?«

»Das muß Freitag gewesen sein.«

»Am Sonntag haben Sie ihn nicht mehr gesehen?«

»Nein. Ich wußte, daß er ein offenes Haus auf dem Grundstück veranstaltete, aber ich habe ihn nicht gesehen, nein.«

»Haben Sie nach der Hausbesichtigung mit ihm gesprochen?«

»Nicht persönlich, aber ich habe am Montag im Büro von ihm eine Nachricht erhalten.«

Lewis bemühte sich, beiläufig zu klingen. »Wann war das?«

»Irgendwann am Nachmittag. So gegen zwei, glaube ich. Ich habe aber nicht mit ihm selbst gesprochen. Es hat jemand anders für ihn angerufen und mir ausgerichtet, daß Jake unerwarteterweise für ein paar Tage aus der Stadt mußte.«

»Ist das nicht ungewöhnlich?«

»Nein, das kommt schon ab und zu vor. Ich übernehme dann entweder persönlich seine Termine, oder, wenn ich keine Zeit habe, springt einer der Verkäufer für ihn ein.«

»Haben Sie die Stimme des Anrufers erkannt?«

»Nein.« Er furchte die Stirn. »Sie klang etwas sonderbar, wenn ich es mir jetzt so genau überlege. Irgendwie gedämpft. Ich mußte mich anstrengen, um sie überhaupt zu verstehen.«

»Wäre Ihre Empfangsdame vielleicht in der Lage, sie zu identifizieren?«

»Sie hat sie gar nicht gehört. Sie war nämlich gerade in der Kaffeepause, als der Anruf kam. Ich habe ihn persönlich entgegengenommen.«

»Verstehe. Und der Anruf hat Sie bis heute nicht weiter beunruhigt?«

»Nein. Weshalb?«

»Mr. Kasden, gibt es irgendwelche Klienten, die auf Mr. Vogler oder gar auf die ganze Firma wütend waren?«

Kasden richtete sich auf. »Was sagen Sie da? Wollen Sie damit etwa andeuten, daß Jake von jemandem getötet wurde, den er kannte? Ist es das, was Sie mir damit sagen wollen?«

»Wir müssen alle Möglichkeiten in Betracht ziehen, Sir.«

»Aber *Jake?*« Er schüttelte ungläubig den Kopf. »Detective, lassen Sie mich Ihnen eines sagen: Jake war ein verdammt netter Kerl. Einer, wie er nur einmal in einer Million vorkommt. Und für mich war er der Größte. Wenn Sie also darauf anspielen, daß er von jemandem getötet wurde, den er kannte, muß ich Ihnen leider sagen, daß das lächerlich ist.«

»Mr. Kasden, meiner Erfahrung nach gibt es nur wenige Menschen, die in ihrem ganzen Leben niemanden verärgern. Und ich bezweifle, daß das bei Ihrem Partner, so wundervoll er auch gewesen sein mag, anders gewesen sein soll. Es muß doch *irgendwelche* Leute geben, die ihn nicht leiden konnten.«

Kasden nahm einen Stift in die Hand und drehte ihn zwischen den Fingern. »Im Geschäftsleben, und vor allem in einem Gewerbe wie diesem, gibt es immer Klienten, die sich beschweren, die das Gefühl haben, sie seien übers Ohr gehauen worden. Aber auch wenn jemand merkt, daß die Rohre und Leitungen schadhaft sind, greift er doch deshalb nicht gleich zur Flinte und schießt den Makler tot, der ihm das Haus verkauft hat! Kommen Sie, Detective! Wenn das der Fall wäre, würde ich wirklich schnellstens aus diesem Geschäft aussteigen!«

»*Gab* es Klienten, mit denen er Auseinandersetzungen hatte?«

»Sicher. Ein oder zwei.«

»Könnten Sie bitte etwas genauer sein.«

Kasden legte den Stift weg. »Sehen Sie, ich möchte nicht gern, daß Sie unsere Klienten belästigen. Das wäre nicht gerade vorteilhaft fürs Geschäft. Und ich bezweifle, daß das zu irgendwas führen würde.«

»Mr. Kasden, ich versichere Ihnen, daß wir unsere Nachforschungen sehr diskret betreiben werden. Und die Informationen, die Sie uns geben, könnten möglicherweise entscheidend sein.«

»Ich weiß, ich weiß«, antwortete er betrübt. »Also gut. Erst vor zwei Monaten war da ein Ehepaar namens Ferkins. Käufer. Sie ließen uns per Anwalt eine offizielle Klage zukommen, in der sie behaupteten, Jake hätte von schwerwiegenden Bauschäden am Haus, das sie gekauft haben, gewußt, es ihnen aber wissentlich verschwiegen.«

»Okay.« Lewis beendete seine Notiz. »Noch jemand?«

»Lassen Sie mich nachdenken.« Er kräuselte seine Nase. »Ein Typ namens Pratt – Prather, genau, so hieß er. Er gab uns einen Alleinauftrag. Er rückte nicht davon ab, daß Jake ihm nicht alle Angebote gezeigt hätte. Er behauptete, Jake hätte ihm das Angebot aufgedrängt, das Prather schließlich deshalb angenommen hätte, weil Jake es mit dem Verkauf so eilig gehabt hätte.«

»Und?«

»Nichts weiter. Jake sagte, er hätte ihm alle Angebote gezeigt; ich habe sie alle gesehen. Es war alles koscher. Prather war ein mieser Kerl.«

»Und das war dann das Ende der Geschichte?«

»Nein, nicht ganz. Prather drohte damit, Jake dem Real Estate Commissioner zu melden. Damit ihm die Lizenz entzogen würde. Riß den Mund ganz schön weit auf!«

Lewis wartete geduldig.

»Mir ist gerade noch was eingefallen. Vor vier Monaten bekam Jake einen Auftrag für ein Anwesen im Hancock Park, das einem Mann namens Dyson gehörte. Alexander Dyson. Ein feudales Gut – mit mehr als dreißig Zimmern. Acht Schlafzimmer, zwölf Bäder, Dienstmädchenräume, gegen die meine Schlafzimmer-Suite aussieht wie eine Baracke in Tijuana, und eine Küche, in der man hätte kegeln können. Dazu ein Tennisplatz, Innen- und Außenschwimmbecken, ein zweistöckiges Gästehaus und ein Formgarten – Sie wissen schon, Büsche und Bäume werden so beschnitten, daß sie aussehen wie Löwen oder Seehunde. Wenn ich Löwen und Seehunde sehen will, gehe ich lieber in den Zoo. Was nie der Fall ist. Jedenfalls sollte das Haus zweieinhalb Millionen Dollar kosten. Ein wahres Schnäppchen, nicht?« Kasden grinste.

»Mit der Provisionsgebühr wäre Jake fein rausgewesen. Er hat sich echt ins Zeug gelegt, kann ich Ihnen sagen. Und er hat es tatsächlich geschafft, Leute für den Kauf zu interessieren.«

»Und wie ging es dann weiter?«

»Dyson hat alle abgelehnt. Was sein gutes Recht ist. Aber einen Monat nachdem unser Exklusivvertrag endete, erfuhr Jake zufällig, daß Dyson das Anwesen auf eigene Faust verkauft hatte, und als er nachbohrte, stellte sich heraus, daß Dyson es an einen der Kunden verkauft hatte, die Jake an Land gezogen hatte. Was hieß, daß Jake ein Recht auf die Provision hatte, auch wenn der Vertrag bereits ausgelaufen war.«

»Und hat er die Provision dann auch bekommen?«

Kasden grinste. »Aber klar doch! Dyson tobte, aber Jake hätte die Sache vors Gericht gebracht.«

»Interessant.«

»Es ist schon ein faszinierendes Gewerbe, Detective. Man trifft alle möglichen Leute. Frauen wie Männer. Das erinnert mich an noch etwas – Jake hatte mal eine Auseinandersetzung mit dieser Maklerin, Laura Brackwood. Sie behauptet, er habe sie um mehrere ihrer Aufträge gebracht. Drohte, ihn zu verklagen.«

»Und hat er? Ich meine: sie um ihre Aufträge gebracht?«

Kasden zuckte mit den Schultern. »Jake schwor, er habe es nicht getan; ich glaubte ihm. Ende der Geschichte. Schauen Sie, Detective, solche Dinge hängen mit dem Geltungsgebiet zusammen. Es ist ein halsabschneiderisches Gewerbe, jeder klopft an die Tür, um einen Alleinauftrag zu bekommen. Die Brackwood war wahrscheinlich nur sauer, weil Jake sie bei ein paar Allgemeinaufträgen geschlagen hat.«

»Hat sich Mr. Vogler wegen dieser Maklerin Sorgen gemacht?«

»Jake? Machen Sie Witze?« Er lachte. »Er machte sich *nie* irgendwelche Sorgen. Das machte auch zum großen Teil seinen Charme aus. Er geriet zwar ein paarmal in unschöne Situationen, aber er kam da auch immer wieder einigermaßen heil raus. Das Glück war immer auf seiner Seite. Bis jetzt«, fügte er ernst hinzu. »Gott, ich kann es einfach nicht fassen, daß er tot ist!« Er zögerte. »Und dann war da natürlich noch Murdoch.« Er verzerrte sein Gesicht.

»Wer?«

»James Murdoch. Haben Sie noch nie von ihm gehört? Er ist Multimillionär; sein Name taucht ständig in den Zeitungen auf. Er handelt mit Rohstoffen und mit Immobilien – mit allem eben, was Geld bringt. Ich weiß gar nicht, wie ich ihn vergessen konnte. Verdrängung wahrscheinlich.« Kasden lächelte schwach.

»Was genau gab es da für ein Problem?«

»Wo soll ich da bloß beginnen?« stöhnte Kasden. »Es hat von Anfang an Probleme mit dem Projekt gegeben. Ich glaube, es stand unter einem schlechten Vorzeichen.« Er gab dem Detective eine kurze Zusammenfassung des Projekts, erzählte ihm von den Bauverzögerungen und Murdochs Beschluß, seine Anteile zu verkaufen. »In einem Monat sollte das ganze Durcheinander endlich gelöst sein. Wir haben eine Reihe von Investoren, die ernsthaft am Kauf von Murdochs Anteilen interessiert sind. Ich kann es gar nicht erwarten, wenn das Ganze endlich vorbei ist!«

»Also haben Sie und Mr. Vogler das Projekt gemeinsam betreut?«

»Keineswegs. Jake war für Murdoch zuständig. Um Ihnen die Wahrheit zu sagen, hatte ich die ganze Zeit Sorge, daß uns die Sache über den Kopf wächst. Aber Jake hatte keine Angst. Jugendlicher Optimismus, was?«

Lewis lächelte.

»Ihn reizte natürlich auch der zu erwartende Gewinn. Zum Teufel, mich aber auch! Wen hätte das nicht gereizt? Aber es war nicht nur das Geld. Es war eine echte Herausforderung für

Jake, mit jemandem so Bedeutenden wie Murdoch geschäftlich zu tun zu haben.« Er hielt kurz inne. »Ich glaube, es überraschte ihn, daß Murdoch nicht von ihm eingenommen war. Das war ihm noch nie passiert. Und dann, na, und dann hatten sie ein paar erhitzte Wortwechsel, und Murdoch versuchte, Jake nervös zu machen, er und diese Schlägertypen, die für ihn arbeiten. Sie sind wirklich ganz genauso wie aus irgend so einem B-Movie, verstehen Sie, was ich meine? Ich glaube, gleich als erstes nach dem Zähneputzen üben sie jeden Morgen, finster dreinzuschauen, um sicherzugehen, daß sie auch ja nicht ihren gewissen Anstrich verlieren.«

»Haben sie ihn physisch bedroht?«

»Nicht direkt. Aber Jake war trotzdem beunruhigt. Sie haben auch Deena in Angst und Schrecken versetzt, Jakes Exfrau.« Er schilderte dem Detective, was sich zugetragen hatte. »Ich dachte allerdings, sie würden nur das Maul aufreißen und große Töne spucken, mehr nicht.« Er blickte Lewis mit fragendem Blick an.

Lewis ignorierte den Blick. »Mr. Kasden, Sie waren uns eine große Hilfe. Nur noch ein paar Fragen, und wir wären fürs erste am Ende. Obwohl ich Ihnen natürlich dankbar wäre, wenn Sie mir von allen Leuten, die Sie erwähnt haben, Namen, Adressen und Telefonnummern geben würden.«

»Kein Problem, Detective.« Er rief die Empfangsdame an, gab ihr einige Instruktionen, dann wandte er sich wieder Ryker zu. »Miss Battaglia wird in ein paar Minuten eine getippte Liste fertig haben.«

»Danke, Mr. Kasden, wissen Sie zufällig, ob Mr. Vogler ein Testament aufgesetzt hat?«

»Doch, das hat er. Ich habe ihm dazu geraten, als er heiratete. Ich weiß aber nicht genau, was drinsteht. Da müssen Sie sich an seinen Anwalt wenden, Marvin Cooper. Sein Büro ist gleich hier in der Nähe. Fragen Sie Miss Battaglia nach seiner Telefonnummer und Adresse, wenn Sie gehen.«

»Also, dann nochmals vielen Dank.« Lewis erhob sich. »Ich würde jetzt nur noch gern einen Blick in Mr. Voglers Büro werfen. Ach ja, wir brauchen übrigens Ihre Fingerabdrücke, damit wir sie zuordnen können, falls wir irgendwo auf sie stoßen sollten. Ich wäre Ihnen sehr verbunden, wenn Sie irgendwann in den nächsten Tagen bei uns vorbeikommen könnten, wenn es Ihnen eben gerade gut paßt. Ich nehme an, daß Sie auch hin und wieder im Apartment Ihres verstorbenen Partners waren?«

»Ja, mehr als nur einmal. Ich werde also berühmt, hm?« Er lachte nervös. »Was ist, wenn Sie herausfinden, daß ich flüchtiger Rechtsbrecher bin? Meine Frau weiß nämlich nichts davon.«

Lewis lächelte. Kasden führte ihn zu Jakes Büro.

»Nun, ich schätze, ich lasse Sie jetzt allein, solange Sie nicht vorhaben, irgend etwas Belastendes einzuschmuggeln.«

»Vielleicht das nächste Mal.«

Voglers Büro brachte sehr wenig zutage. Eine Schublade des Schreibtisches aus Palisanderholz enthielt einen Kosmetikbeutel aus weichem schwarzen Lammleder, eine Fusselbürste, ein Halston-Aftershave und zwei kleine Fläschchen mit Binaca-Atempflege. Einer anderen Schublade entnahm Lewis eine Kette Büroklammern und legte sie neben einen Hefter und einigen 3M Post-it Haft-Notizen. Mehrere Akten waren säuberlich auf dem Schreibtisch aufgestapelt; Lewis nahm sie zusammen mit dem Terminkalender an sich und ging zurück in Kasdens Büro. Kasden saß eingesunken in seinem Stuhl.

»Das würde ich gern mitnehmen. Ich lasse Ihnen selbstverständlich meine Unterschrift da. Und ich brauche noch die Akten der Klienten, über die wir vorhin gesprochen haben.«

»Wie?« Kasden blickte auf. »Ach so. Nun, das ist leider etwas problematisch. Ich meine, ich muß erst noch Jakes Terminkalender durchsehen, welche Termine er für die nächsten Wochen vereinbart hat. Dafür haben Sie sicher Verständnis. Und für die Akten gilt dasselbe. Könnten Sie nicht vielleicht, sagen wir, in ein paar Tagen wiederkommen, damit ich etwas Zeit habe, mir die Sachen erst mal durchzusehen?«

»Ich mache Ihnen einen Vorschlag: Ich werde diese Akten und die Unterlagen der Klienten mitnehmen, sie auf dem Revier fotokopieren lassen und sie Ihnen dann morgen wieder zurückbringen.«

Kasden schüttelte den Kopf. »Herrje, ich würde Ihnen ja wirklich gern entgegenkommen, aber ich kann Sie diese Akten unmöglich mitnehmen lassen. Was ist, wenn einer von Jakes Klienten noch heute anruft und ein paar Informationen haben will? Das hier ist ein hartes Geschäft, verstehen Sie? Schauen Sie, nehmen Sie den Terminkalender mit, wenn Sie wollen. Ich werde mir nur schnell die Seiten der nächsten paar Tage fotokopieren.«

Lewis reichte Kasden den Kalender und die Akten. Kasden ging aus dem Büro. Wenige Minuten später war er wieder zurück.

»Tut mir leid, daß es so lange gedauert hat. Die Maschine war noch kalt. Hier, bitte.« Er gab Lewis den Terminplaner. »Hören Sie, Sie können gern jederzeit vorbeikommen und die Akten einsehen. Wenn Sie wollen, auch gleich heute noch. Ich verspreche Ihnen außerdem, daß ich sie in ein paar Tagen freigebe. Ich möchte alles tun, was ich kann, um Ihnen zu helfen, Jakes Mörder zu finden. Das meine ich ernst.«

»Das weiß ich, Mr. Kasden. Ich werde Ihnen den Kalender spätestens in ein paar Tagen zurückbringen.«

»Kein Problem, absolut kein Problem.« Er begleitete Lewis zum Empfangszimmer und nahm ein Blatt vom Schreibtisch.

»Judy – Miss Battaglia – macht wohl gerade wieder Kaffeepause. Trinkt wirklich ganz schön viel Kaffee, das Mädchen!« Er grinste. »Hier sind die Namen und Telefonnummern, nach denen Sie gefragt haben.« Er übergab Lewis die Liste.

»Der Anwalt?« erinnerte ihn Lewis.

»Ach ja, richtig. Entschuldigen Sie.« Er legte die Liste wieder auf den Tisch, blätterte schnell in den Karteikarten, bis er den gewünschten Namen gefunden hatte, dann fügte er Marvin Coopers Adresse und Telefonnummer auf die getippte Liste hinzu.

Plötzlich blickte er auf. »Mir ist gerade eingefallen, daß ich Judy ja sagen muß, daß Jake tot ist.« Er klang aufgewühlt. »Sie wird am Boden zerstört sein, absolut am Boden zerstört. Sie war vernarrt in ihn. Wie wir alle.«

Alle, dachte Lewis, als er mit dem Lift zum Foyer hinunterfuhr – bis auf vier oder fünf Leute, die Kasden ohne allzu große Schwierigkeiten eingefallen waren.

Und vielleicht waren es ja noch nicht alle.

11

»Und das ist alles?« fragte Ryker. Er hatte Lewis, als dieser sein Gespräch mit Ben Kasden wiedergegeben hatte, aufmerksam zugehört, ohne ihn zu unterbrechen; er hatte lediglich ein- oder zweimal interessiert genickt.

»Ja. Ich werde jetzt meine Notizen ausformulieren, wenn Sie möchten.«

»Nein, das hat Zeit. Beenden Sie ruhig erst mal Ihr Mittagessen.« Ryker deutete auf Lewis' halb aufgegessenes Truthahn-Sandwich. Ryker, Stollman, Lewis und Moran hatten sich von einem nahegelegenen Delikatessengeschäft etwas kommen lassen, und Rykers Schreibtisch war jetzt mit zumeist leeren, zerknüllten, wachsbeschichteten Papieren übersät – die noch stark nach Pastrami, Corned beef und Essiggurken rochen –, und es standen zwei große Pappschachteln mit Kartoffelsalat und Krautsalat darauf.

»Sieht so aus, als wäre Vogler doch nicht so beliebt gewesen, wie seine Mama denkt«, bemerkte Moran.

»Wer weiß?« sagte Lewis. »Kasden meint, in diesem Gewerbe sei das normal. Und ich kann mir nicht vorstellen, daß irgendein Klient Vogler umbringt, nur weil es Unstimmigkeiten gab. Für so was gibt es schließlich Gerichte.«

Moran erwiderte: »Erinnern Sie sich noch an den Fall von vor zwei Monaten, wo ein Kerl seinen Schwager nur wegen 350 Dollar umbrachte? Menschen handeln nicht immer rational. Wenn sie das täten, hätten Sie und ich keine Arbeit.«

Lewis zuckte die Achseln und konzentrierte sich auf sein Sandwich.

»Wie interpretieren Sie diesen Anruf vom Montag?« fragte Ryker. Er hatte sein Pastrami-Sandwich aufgegessen und überlegte, ob er noch einen Löffel vom Krautsalat essen sollte, entschied sich aber dagegen.

»Das war ganz offensichtlich der Mörder«, sagte Stollman. »So, wie sich mir das Ganze darstellt, wurde Vogler am Sonntag nach der offenen Besichtigung getötet. Der Mörder rief dann am Montag an, um uns wegen der Todeszeit auf eine falsche Fährte zu locken.«

»Und vielleicht«, ergänzte Moran, »hat er ein hieb- und stichfestes Alibi für Montag, aber keines für Sonntag.«

»Ja, vielleicht«, stimmte Ryker ihm zu. »Aber wir wissen noch immer nicht, wann Vogler getötet wurde.«

»Am Sonntag«, beharrte Stollman. »Was hätte er denn am Montag in dem Haus gewollt?«

Ryker sagte: »Erstens: Der Eigentümer hatte sich mit ihm dort verabredet. Zweitens: Er führte irgendein Ehepaar durch das Haus. Drittens: Er hatte am Sonntag dort etwas liegenlassen. Es gibt eine ganze Menge Möglichkeiten. Aber im Prinzip stimme ich mit Ihnen überein, Hank, auch wenn wir es noch nicht beweisen können. Ich glaube auch, daß Vogler am Sonntag getötet wurde. Für den Moment müssen wir allerdings von allen ein Alibi für den ungefähren Zeitraum von Sonntag nachmittag um fünf bis Dienstag vormittag verlangen. Diese Klimaanlage hat uns wirklich einen Strich durch die Rechnung gemacht.«

»Was ist mit dem Anrufer?« fragte Stollman Lewis. »Kasden hat wirklich keine Ahnung, wer es gewesen sein könnte? Nicht mal, ob Mann oder Frau?«

»Nein, keine. Er sagt, die Stimme hätte gedämpft geklungen. Was ist mit der Tatwaffe? Gibt's da irgendwas Neues?«

Ryker sagte: »Smith and Wesson .22. Kanata kam auf die Waffe aufgrund der Verletzungen, die das Geschoß angerichtet hat. Bei einer stärkeren Waffe wäre die Kugel nämlich wahrscheinlich einfach durch den Schädel durchgeschossen.«

»Es ist nicht schwer, so einen Revolver in die Hände zu bekommen«, sagte Moran.

»Vogler besaß eine Waffe«, sagte Ryker. »Seine Eltern wissen allerdings nicht, was für eine, aber wir werden bei der Registratur nachfragen. Tom, konnten Sie das Apartment schon in Augenschein nehmen?«

»Da ist gerade die Tatorteinheit am Werk. Ich dachte, es wäre besser, erst heute nachmittag hinzugehen, wenn sie fertig sind. Die Wohnung wird versiegelt.«

»Gut. Haben Sie mit einem der Nachbarn gesprochen?«

»Seine Wohnung befindet sich im zweiten Stock eines gut gesicherten Gebäudes auf der Elm zwischen Wilshire und Olympic. Da gibt es 'ne Menge Nachbarn; wir werden mit allen reden müssen. Ich habe mich aber schon mit dem Pförtner unterhalten. Er sagt, er habe Vogler das letzte Mal am frühen Sonntag morgen gesehen, als dieser vom Joggen zurückgekommen sei.«

»Am Abend hat er ihn dann nicht mehr gesehen?« fragte Ryker nach.

»Nein, er hat immer die Schicht von sechs Uhr morgens bis zwei Uhr nachmittags. Ich werde mir den Pförtner der zweiten Schicht schnappen, wenn ich wieder zum Apartment gehe. Die dritte Schicht beginnt erst um zehn.«

Ryker sagte: »Was haben wir also alles? Einen toten Mann, keine Waffe und bis jetzt auch noch keine identifizierbaren Fingerabdrücke. Keine Zeugen und kein einleuchtendes Motiv. Also der ganz alltägliche Mordfall, stimmt's?« Sein Grinsen verwandelte sich in eine verzerrte Grimasse. Er hätte lieber doch kein Pastrami-Sandwich essen sollen.

»Was machen wir als nächstes?« fragte Lewis.

»Ich denke, Sie fahren am besten mit Tom zu Voglers Apartment und sprechen mit den Nachbarn. Dann können Sie sich, wenn Sie noch Zeit haben, mit den Eigentümern des Hauses auf dem Sherbourne Drive in Verbindung setzen – warten Sie, ich habe irgendwo ihren Namen aufgeschrieben.« Er sah in sein Notizbuch. »Da ist er ja. Pomerantz.« Er diktierte Lewis die Telefonnummer und Adresse. »Haben Sie das, George?«

»Ja.«

»Außerdem müssen wir noch all diejenigen befragen, die zur Besichtigung im offenen Haus waren, sowie die dortigen Nachbarn. Wer kann schließlich wissen? Vielleicht bekommen wir ja auf die Art einen entscheidenden Hinweis. Am besten teilen wir uns die Liste auf, fangen aber als erstes mit den Nachbarn an. Hank?«

»Klar. Ich versuche, schon mal ein paar Leute zu schaffen, die auf der Liste stehen.«

Lewis reichte Ryker ein Blatt. »Sam, das ist die Liste der Leute, von denen mir Kasden erzählt hat. Der Name von Voglers Anwalt steht auch darauf.«

»Ich werde ihn heute noch anrufen. Wir sollten herausbekommen, wieviel er hinterließ. Obwohl ich nicht glaube, daß Geld das Motiv war, da wahrscheinlich die Eltern alles erben werden.«

»Und hier ist noch Voglers Terminkalender. Kasden meinte, wir könnten jederzeit bei ihm vorbeikommen und alle Akten einsehen. Er kann sie uns nur leider nicht überlassen, weil er sie unter Umständen braucht. Wir könnten uns natürlich eine gerichtliche Verfügung auf Vorlage der Unterlagen besorgen, aber da sehe ich eigentlich keinen Grund dazu. Er scheint recht kooperativ, und ich kann ihm nicht verübeln, daß er nervös ist und die Akten nur ungern aus der Hand gibt.« Er legte den Terminkalender auf den Tisch.

»Was ist mit der Empfangssekretärin? Sie sagten, daß sie nicht da war, als der Anruf kam, aber vielleicht hat sie ja doch irgend etwas Wichtiges gehört, von dem Kasden nichts weiß. Haben Sie mit ihr gesprochen?«

»Sie war gerade in der Kaffeepause, als ich bei Kasden fertig war. Ich werde mit ihr reden, wenn ich den Kalender zurückbringe.«

»Gut. Ich werde mir das alles ansehen, sobald ich wieder zurück bin. Der Leichnam wird noch irgendwann heute freigegeben, deshalb vermute ich, daß schon morgen die Beerdigung stattfinden wird. Ich habe vor hinzugehen.«

»Wollen Sie, daß ich mitkomme?« fragte Stollman.

»Ja. Auch wenn Ihr Hebräisch vielleicht etwas eingerostet ist, schnappen Sie vielleicht trotzdem etwas auf, was mir entgehen würde. Ich wollte eigentlich den Rabbiner wegen dieses hebräischen Ausdrucks anrufen, aber da ich ihn ja sowieso morgen sehen werde, kann das warten. Ich glaube, jetzt ist es allmählich an der Zeit, daß ich mich mit der ehemaligen Mrs. Vogler in Verbindung setze. Und vielleicht auch noch mit ihrem Vater. Ich bin ja neugierig, auf welche Schwierigkeiten sie gestern nacht anspielte.« Er blickte auf seine Uhr. Es war halb zwei. »Laßt uns uns um vier Uhr wieder hier treffen, damit wir uns gegenseitig auf dem laufenden halten.«

Ryker stand auf, beugte sich über den Tisch und begann, ihn von den Mittagessensresten zu säubern. Die anderen Detectives folgten seinem Beispiel.

»'ne wirklich gutaussehende Frau«, sagte Moran und zwinkerte Ryker zu. »Sie sollten besser einen von uns als Anstandswauwau mitnehmen.«

»Ich muß aber jede Chance wahrnehmen, die sich mir bietet. Gefahren gehören nun einmal zum Job.« Er grinste, öffnete die

Schreibtischschublade und schüttete sich drei Tum-Tabletten in die Handfläche. »Nur zur Sicherheit – für den Fall, daß ich zuviel Energie haben sollte.« Er warf sich die Tabletten in den Mund.

Deena erwachte mit einem Schreck und blickte auf den Wecker auf ihrem Nachttisch: ein Uhr fünfunddreißig. Der Vormittag war anscheinend unbemerkt verstrichen. Sie hatte erst noch eine Weile in der Küche gesessen, dann war sie ziellos in ihr Schlafzimmer gewandert, aus ihren Schuhen geschlüpft, hatte sich in voller Kleidung in ihr Bett gelegt und sich vollkommen unter die Decke vergraben.

Sie dachte an die Seminare, die sie verpaßt hatte; sie würde einen Kommilitonen anrufen müssen und ihn darum bitten, sich seine Mitschrift ausleihen zu dürfen. Sie fühlte sich benommen, und ihr war ein wenig übel. In ihrem Kopf pochte es dumpf; der Schmerz zog sich bis zu ihren Augen. Langsam stieg sie aus dem Bett, lief auf wackeligen Beinen ins Badezimmer und schluckte zwei extrastarke Excedrin-Tabletten.

Sie sah furchtbar aus. Ihr Gesicht, das noch immer leicht faltig vom Schlaf war, war mit zerlaufener schwarzer Maskara beschmiert. Ihr Haar war zerzaust, ihre Kleidung zerknittert. Sie schüttete sich kaltes Wasser ins Gesicht, wischte sich die Maskara mit einem mit Reinigungsmilch getränktem Wattebausch ab, machte einen Waschlappen naß und drückte ihn dann aus, bis er fast trocken war. Zurück im Bett, den kühlen und beruhigenden Waschlappen auf den Augen, der zudem das helle Licht abhielt, wartete sie darauf, daß die Kopfschmerzen nachließen.

Als es an der Tür klingelte, stöhnte sie, entfernte widerstrebend den Umschlag und stieg aus dem Bett. Sie zog die Schuhe an, bemühte sich, ihren Rock zu glätten und ging zur Vordertür.

»Deena – ich bin's, Alan.«

»Alan?« wiederholte sie überrascht. Sie ließ ihn rasch herein.

Er umarmte sie fest. »Ich bin so schnell hergekommen, wie ich konnte. Reuben Markowitz hat mich angerufen. Er hat von Jakes Tod erfahren.«

»Reuben? Wie?«

Das letzte Mal, als Deena mit Rabbi Markowitz gesprochen hatte, hatte er ihr angeboten, ihn beim Vornamen zu nennen. »Wir sind ja inzwischen Freunde, nicht mehr nur Mitstreiter«, hatte er beharrt, als sie gezögert hatte. »Und ob es sich schickt, laß mal meine Sorge sein.«

Alan sagte: »Rabbi Pearlstein hat es ihm erzählt. Dein Telefon war den ganzen Vormittag über besetzt. Ich habe mir schreckliche Sorgen gemacht.«

»Wahrscheinlich liegt der Hörer neben dem Telefon. Wohl aus Gewohnheit.« Sie hatte es gar nicht bemerkt.

Er musterte sie. »Ist alles in Ordnung?«

»Ich glaube schon. Ich fühle mich nur ein wenig seltsam, so als wäre ich nicht wirklich da.« Sie gingen ins kleine Wohnzimmer und setzten sich auf die Couch.

»Wie haben deine Eltern es aufgenommen?«

»Ich habe es ihnen noch gar nicht gesagt. Ich habe es noch niemandem erzählt. Ich hatte zwar schon ein paar Mal den Hörer in der Hand, aber ich habe einfach nicht die Kraft, mit jemandem zu sprechen. Die Polizei war hier, weißt du.«

»Wann?«

»Gestern nacht. Sie dachten, Jake würde immer noch hier wohnen. Entbehrt nicht einer gewissen Ironie, was? Ich dachte, sie seien gekommen, weil er Klage eingereicht hätte.«

Er runzelte die Stirn. »Hast du ihnen das gesagt?«

»Ich glaube nicht. Aber ich kann mich nicht mehr genau erinnern, was ich gesagt habe. Weißt du, daß er ermordet wurde? Erschossen, meine ich.« Sie erschauderte.

»Ja. Rabbi Pearlstein versucht, den Leichnam freizubekommen. Sie haben keine Ahnung, wer es gewesen sein könnte?« Er betrachtete sie aufmerksam.

»Wahrscheinlich irgendein Einbrecher, nehme ich an. Das haben sie mir nicht erzählt. Aber wer könnte es sonst gewesen sein?«

»Mach dir darum keine Gedanken. Hör mal, ich erwarte leider gleich einen Klienten, aber Sandy wollte dich später besuchen. Gibt es irgend etwas, was ich für dich tun kann, bevor ich gehe? Möchtest du vielleicht, daß ich jemanden anrufe?«

»Ich habe Michael auf Band gesprochen und ihn darum gebeten, bei mir vorbeizuschauen, wenn er nach Hause kommt. Ich werde noch ein wenig warten, bevor ich meine Eltern verständige. Ich will es erst meinem Vater sagen; meine Mutter wird wahrscheinlich hysterisch werden.« Sie blickte ihn an. »Es ist schrecklich, nicht?«

»Ja, es ist wirklich ein Schock.«

»Ich bin irgendwie so durcheinander. Ich habe Jake dafür gehaßt, was er mir angetan hat, aber nun, da er wirklich tot ist ...«

»Denk nicht mehr daran. Es ist vorbei. Du mußt dich –«

Es läutete. Sie blickte zur Vordertür.

»Sieh nach, wer es ist«, sagte Alan. »Ich werde im Büro anrufen, um ihnen zu sagen, daß ich auf dem Sprung bin.«

»Okay. Dabei kannst du gleich das Telefon in meinem Schlafzimmer kontrollieren. Ich weiß nicht, ob ich den Hörer zurück auf die Gabel gelegt habe.« Sie wies ihm den Weg.

Vielleicht ist es Reuben, dachte sie, während sie zum Eingang lief, aber das Gesicht, das sie durch den Spion sah, war ihr nicht bekannt.

»Detective Sam Ryker, LAPD. Ich würde mich mit Ihnen gern über den Tod Ihres Exmannes unterhalten.«

»In Ordnung.« Sie öffnete die Tür und bat ihn mit einer Freundlichkeit herein, die sie nicht fühlte.

»Können wir uns irgendwo bei Ihnen bequem hinsetzen? Es kann nämlich ein Weilchen dauern.« Auch wenn sie im Moment zerzaust und ein wenig blaß war, hatte Moran recht. Sie sah wirklich sehr gut aus.

»Natürlich.« Sie wollte ihn gerade ins Wohnzimmer führen, als Alan durch den Flur auf sie zukam.

»Detective Sam Ryker.« Ryker gab Alan die Hand.

»Alan Krantz. Ich bin ein Freund von Mrs. Vogler, Detective.« Er wandte sich an Deena. »Ich habe gerade erfahren, daß mein Klient sich ein wenig verspätete, so daß ich ein bißchen länger bleiben kann.«

»Das brauchst du aber nicht, wirklich.«

»Kein Problem.« Er lächelte Deena beruhigend an.

Sie bedachte ihn mit einem eigenartigen Blick, dann ging sie ins große Wohnzimmer. Die beiden Männer folgten ihr. Alan setzte sich neben Deena auf die Couch; Ryker nahm auf einem gegenüberstehenden Stuhl Platz.

»Entschuldigen Sie bitte das Versehen gestern abend, Mrs. Vogler, aber Sie können sicher verstehen, wie es dazu kam.«

»Ja, natürlich.«

»Sie hatten inzwischen vermutlich ein wenig Zeit, über alles nachzudenken, und vielleicht ist Ihnen dabei ja etwas eingefallen, was uns weiterhelfen könnte.«

»Eingefallen?«

»Irgendwelche Leute, die Ihren Mann nicht leiden konnten, zum Beispiel.«

»Wollen Sie damit etwa andeuten, daß er von jemandem getötet wurde, den er kannte?« Sie beugte sich vor.

»Es ist eindeutig eine Möglichkeit.«

»Ich verstehe. Ich bin nicht besonders gut über die geschäftlichen Beziehungen meines Exmannes im Bilde, Detective. Ich schlage vor, daß Sie sich hierzu an seinen Partner wenden. Ich kann Ihnen seine Nummer geben.«

»Wir haben bereits mit Mr. Kasden gesprochen. Er hat uns schon weitergeholfen.« Ryker zog ein Blatt Papier aus der Innentasche seiner Jacke und reichte es ihr. »Kommt Ihnen irgendeiner dieser Namen bekannt vor?«

Sie nahm das Blatt entgegen und las es mit ausdruckslosem Gesicht, bis sie zum Ende der Liste kam. Ruckartig blickte sie auf. »James Murdoch. Er war sehr wütend auf Jake. Hat Ihnen Mr. Kasden erzählt, was passiert ist? Mir, meine ich?«

»Ja, aber könnten Sie es mir bitte trotzdem noch einmal mit Ihren eigenen Worten wiedergeben?« Ryker lauschte aufmerksam Deenas Schilderung. Dann sagte er: »Murdochs Männer haben Ihnen aber nichts getan?«

»Es war mehr zweideutig, aber ich hatte trotzdem ziemlich Angst. Und außerdem wollten sie Jake, nicht mich. Sie gaben mir sehr deutlich zu verstehen, daß, sollte Jake sich nicht um alles kümmern, es ihm leid tun würde.«

»Haben Sie das als eine körperliche Bedrohung aufgefaßt?«

»Ja, doch. Sie klangen so, als meinten sie es sehr ernst.«

»Haben Sie Ihren Exmann davon unterrichtet?«

»Ja, ich habe ihn sofort angerufen, als sie gegangen waren. Er war zwar bestürzt, aber er behauptete, er hätte alles im Griff.«

»Wissen Sie, ob sie noch einmal Kontakt zu ihm aufnahmen? Ihm noch mal drohten?«

»Ich habe keine Ahnung, Detective. Mich haben sie jedenfalls, Gott sei Dank, nicht mehr belästigt.«

»Gut. Wir werden uns Murdoch und seine Männer vornehmen. Kennen Sie sonst noch jemanden von der Liste?«

Sie überflog die Namen noch einmal. »Nur noch einen. Marvin Cooper. Er war Jakes Anwalt.«

»Hatten Sie mit ihm zu tun?«

»Nur durch meine Rechtsanwältin. Mr. Cooper vertrat Jake in unserer Scheidungsangelegenheit.«

»Wie lange sind Sie geschieden, Mrs. Vogler?«

»Fast sechs Monate. Die Scheidung wurde am 19. Mai rechtsgültig. Wir haben uns sechs Monate zuvor getrennt.«

»Hatten Sie trotzdem ein gutes Verhältnis zu ihm?«

Sie strich sich das Haar hinter das Ohr. »Ist das wichtig, Detective?«

»Ich versuche nur gerade, mir ein Bild von Ihrem Exmann zu machen, Mrs. Vogler. Um die ganze Vorgeschichte kennenzulernen.«

Sie blickte zu Alan. Er nickte aufmunternd.

»Wir haben uns nicht gerade gut verstanden, aber wir sprachen miteinander, wenn wir mußten.«

»Wann haben Sie ihn zum letzten Mal gesehen?«

»Vor etwas mehr als zwei Wochen.«

»Haben Sie ihn da auch zum letzten Mal gesprochen?«

»Ja.« *»Ich werde dir nie den Get geben, Deena.«*

»Und worüber haben Sie sich unterhalten, wenn ich fragen darf?«

»Nur über Einzelheiten bezüglich der Scheidung.« *»Ich wünschte, du wärst tot, Jake.«*

»Ich bin ein wenig verwirrt, Mrs. Vogler. Ich dachte, sie seien bereits rechtskräftig geschieden geworden.«

»Das waren wir auch, aber wir haben die Güterverteilung noch nicht vollzogen.«

»Verstehe. Ist das nicht ein wenig ungewöhnlich?«

»Überhaupt nicht, Detective«, mischte sich Alan ein. »Ich bin nämlich zufällig Anwalt, und ich habe bereits mehrere Scheidungsfälle betreut. Es ist nicht untypisch, daß ein Ehepaar die Ehe auflöst, bevor die Güter verteilt sind. Der Ausdruck dafür ist ›Bifurkation‹.«

»Danke, das war mir nicht bekannt.« Ryker lächelte ihn freundlich an und wandte sich dann wieder an Deena. »Wie lange waren Sie verheiratet, Mrs. Vogler?«

»Ein wenig über ein Jahr.«

»Kinder?«

»Nein.«

»Wer von Ihnen beiden wollte die Scheidung?«

»Muß ich diese Frage beantworten? Ich glaube, das geht wirklich nur mich etwas an.«

»Nein, Sie müssen nicht. Aber ich wäre Ihnen für Ihr Entgegenkommen sehr dankbar. Es mag vielleicht ein wenig sonderbar klingen, aber wenn ich ein besseres Bild von der Persönlichkeit des Opfers bekomme, fällt es mir manchmal leichter, den Mörder zu finden.«

»Ich begreife zwar nicht, wie Ihnen die Information helfen soll, Detective, aber Jake und ich haben uns getrennt, weil wir einfach nicht zueinander paßten.«

»Unüberbrückbare Differenzen, hm?«

»Genau.«

»Okay. Die Scheidung war also rechtskräftig, aber es gab noch Probleme mit der Güterverteilung. Wie zum Beispiel dieses Haus?«

»Detective, ich finde, Sie haben Mrs. Vogler jetzt genug über ihr Privatleben gefragt. Es hat absolut keinen erkennbaren Bezug zu Mr. Voglers Tod, und es nimmt sie mit, darüber reden zu müssen.«

Ryker schaute Alan an. »Sind Sie denn als ihr Anwalt hier, Mr. Krantz? Ich dachte, Sie seien ein Freund.«

»Als ihr Freund und Anwalt beabsichtige ich, ihre Rechte zu schützen.«

»Kein Problem. Es sind nur noch ein paar Fragen.« Er holte sein Notizbuch hervor und blickte mit auffälligem Gehabe hinein. »Mrs. Vogler, als meine Männer gestern nacht zu Ihnen kamen, haben Sie angedeutet, es habe Schwierigkeiten zwischen Ihrem Exmann und Ihrem Vater gegeben. Könnten Sie das bitte näher erläutern?«

»Daran kann ich mich nicht erinnern.« O Gott! Was hatte sie bloß getan? Die Polizei würde bestimmt alles falsch deuten; sie wußte, daß sie es tun würden.

»Laut den Aufzeichnungen des Officers sagten Sie: ›Mein Vater hat es nicht böse gemeint; er wollte mir nur helfen.‹« Er blickte auf. »Und dann fragten Sie den Officer, ob er Sie jetzt festnehmen würde.« Er klappte sein Notizbuch zu. »Bestimmt haben Sie eine Erklärung dafür.« Er lächelte sie an.

»Deena, darauf mußt du nicht antworten. Detective, ich bin zwar nicht Mrs. Voglers Rechtsanwalt, aber bis sie einen hat, werde ich ihr raten, keine Ihrer Fragen mehr zu beantworten, solange kein Anwalt zugegen ist, es sei denn, sie hat ein gutes Gefühl dabei.«

»Ich muß aufrichtig mit Ihnen sein, Mrs. Vogler: Ihre Bemerkungen klingen *sehr* verdächtig. Ich könnte vermutlich einen Richter dazu bewegen, einen Haftbefehl zu unterschreiben, wenn das nötig sein sollte, um ein paar Antworten von Ihnen zu bekommen.« Was streng genommen nicht ganz stimmte.

»Ja, warum tun Sie das nicht, Detective«, entgegnete Alan kalt.

Ihre Blicke hielten einander für einen kurzen Moment fest.

»Mrs. Vogler, das ist eine reine Routinefrage, die wir jedem stellen werden, der Ihren Exmann kannte: Wo waren Sie zwischen fünf Uhr nachmittags am Sonntag, den 29. Oktober, und Dienstag, den 31. Oktober?«

Alan nickte genehmigend.

»Da muß ich erst überlegen.«

»Lassen Sie sich ruhig Zeit.« Ryker lächelte sie aufmunternd an.

»Am Sonntag habe ich nichts Besonderes gemacht. Das Haus geputzt. Ein wenig Hausarbeiten gemacht. Nein, es waren sogar eine ganze Menge Hausarbeiten. Ich studiere nämlich Jura«, erklärte sie.

»Was ist mit Sonntag abend?«

»Da bin ich den ganzen Tag nicht außer Haus gegangen. Ich habe mit ein paar Freunden telefoniert, ferngesehen und solche Dinge gemacht.«

»Hat Sie jemand vielleicht besucht?«

»Nein, am Sonntag nicht. Am Montag und Dienstag bin ich dann zur Uni gegangen.« Sie überlegte einen Augenblick. »Am Montag war ich einkaufen, und ich hatte meinen Selbstverteidigungskurs.« Sie hatte sich in den Kurs eingeschrieben, kurz nachdem Jake versucht hatte, sie zu vergewaltigen, aber das würde sie Ryker nicht von sich aus erzählen.

Ryker machte sich paar Notizen in seinen Spiralblock. »Mrs. Vogler, könnten Sie mir bitte noch Anschrift und Telefonnummer Ihrer Eltern geben?«

Sie zögerte.

»Ich werde sie so oder so bekommen, Mrs. Vogler, und ich *muß* mit ihnen sprechen. Ich glaube, das ist einsichtig.«

In monotonen Einzelsilben gab sie ihm die gewünschte Auskunft.

»Wenn Ihnen noch irgend etwas Wichtiges einfallen sollte, sagen Sie mir bitte Bescheid.« Er reichte ihr seine Visitenkarte und stand auf. Deena und Alan folgten ihm zur Haustür.

»Nur noch ein letzter Punkt für heute, Mrs. Vogler. Wir wissen, daß Ihr Exmann eine Schußwaffe besaß. Wissen Sie zufällig, was für eine?«

Sie schüttelte den Kopf. »Ich habe keine Ahnung. Mir war nicht einmal bekannt, daß er überhaupt eine hatte. Er muß sie sich gekauft haben, nachdem wir uns getrennt hatten.«

»Besitzen Sie eigentlich eine Waffe?«

»Ja. Nach dem Vorfall mit Murdochs Männern hatte ich das Gefühl, ich könnte eine gebrauchen. Ich fühlte mich, so ganz allein in dem Haus, sehr schutzlos.«

»Was für eine ist es?«

»Ein .22-Kaliber. Er ist aber registriert.«

»Könnte ich ihn bitte mal sehen, Mrs. Vogler?«

»Aber gewiß. Er befindet sich in meinem Nachttisch. Ich werde ihn holen.«

Sie ließ die beiden Männer allein in der Eingangshalle stehen und ging rasch in ihr Schlafzimmer. Sie zog die kleine Schublade in ihrem Nachttisch heraus und griff nach dem Revolver.

Er war nicht da.

Mehr verwirrt als beunruhigt durchsuchte Deena das ganze

Nachtkästchen, förderte Briefpapier, alte Zeitschriften, einige Schals und mehrere Taschenbücher zutage, die sie sich vorgenommen hatte zu lesen.

Nichts.

Konnte sie ihn irgendwo anders hingelegt haben? Sie bemühte sich, klar zu denken, versuchte, sich bildlich vorzustellen, wann sie ihn das letzte Mal in der Hand gehabt hatte. Sie wußte, daß sie sich vergewissert hatte, ob er noch da war, als Jake angefangen hatte, sie mit seinen Anrufen zu belästigen. Nicht daß sie jemals wirklich angenommen hatte, daß sie sich mit ihm gegen ihn würde verteidigen müssen. Aber es hatte ihr ein Gefühl der Sicherheit gegeben, das kalte Metall zu fühlen und zu wissen, daß sie ihn bei Bedarf sofort in die Hand nehmen konnte.

Langsam ging sie wieder zurück zu den wartenden Männern.

»Ich kann ihn momentan leider nicht finden.« Sie blickte Ryker fest an.

»Möchten Sie noch einmal nachsehen? Ich habe Zeit.«

»Ich dachte, er wäre in meinem Nachttisch. Ich habe ihn wahrscheinlich irgendwo anders hingelegt, aber mir fällt im Moment nicht ein, wohin.«

»Wie viele Leute wissen, daß Sie einen Revolver haben?«

»Ich weiß es nicht. Meine Familie. Meine Freunde. Es war kein Geheimnis.«

»Und sie wissen auch, wo Sie ihn aufbewahrten?«

»Ich glaube schon.«

»Wann haben Sie ihn zum letzten Mal gesehen?«

Sie dachte einen Moment nach. »Vor ungefähr zwei Wochen, glaube ich. Aber ich bin mir nicht sicher.«

»Nun, ich denke, es wäre nicht schlecht, wenn Sie noch einmal sorgfältig im ganzen Haus suchten. Und rufen Sie mich bitte an, wenn Sie ihn gefunden haben.«

Nachdem Ryker gegangen war, wandte sich Alan an Deena. »Soll ich dir helfen, den Revolver zu suchen?«

»Dazu besteht kein Anlaß. Ich habe ihn immer in meinem Nachttisch aufbewahrt.«

»Aber könntest du ihn nicht verlegt haben? Ihn irgendwo abgelegt und dann vergessen haben? Immerhin hattest du in der letzten Zeit großen seelischen Streß.«

Sie schüttelte den Kopf. »Nein, ich glaube nicht.«

»Wer kann ihn denn aber, um Himmels willen, an sich genommen haben?«

»Das weiß ich nicht.« Sie war bis ins innerste Mark erschüttert. Bis zu dieser Minute war Jakes Mörder für sie eine namenlose, verhüllte Person gewesen, die sich an wehrlose Opfer heranpirschte. Es war ihr nie in den Sinn gekommen, daß es jemand sein könnte, den sie kannte. Doch jetzt fehlte ihr Revolver. Irgend jemand mußte ihn mitgenommen haben.

»Es könnte jeder gewesen sein«, sagte sie dumpf. »Wirklich jeder.«

12

»Wir haben die Waffe gefunden«, verkündete Moran. Er ließ sich auf einen Stuhl plumpsen und warf einen durchsichtigen Plastikbeutel auf Rykers Tisch, in dem sich ein dunkelblauer Revolver befand. »Der war in Voglers Apartment. War nicht schwer zu finden. Er bewahrte ihn ganz offen und für jedermann zugänglich in einem Flurschrank auf.«

Ryker betrachtete die Waffe. »Ein .38er? Damit kommt Voglers Waffe als Tatwaffe nicht in Betracht. Ich würde ja zu gerne wissen, was mit dem Revolver seiner Exfrau geschah.« Er erzählte Moran von der vermißten Schußwaffe.

»Kein Jux? Glauben Sie, sie lügt?«

»Wer kann das schon sagen? Ohne Haussuchungsbefehl konnte ich ja leider nicht selbst nachsehen. Und selbst wenn ich einen Haussuchungsbefehl erwirken könnte – was höchst unwahrscheinlich ist –, könnte sie den Revolver in der Zwischenzeit, bis ich endlich wieder zurück bin, weggeworfen haben.«

»Das scheint Sie aber irgendwie nicht weiter zu beunruhigen.«

»Nein, tut es auch nicht. Ich habe nämlich gleich vom Wagen aus in der Zentrale angerufen und darum gebeten, daß jemand zur Überwachung vorbeikommt, und dann habe ich dort so lange gewartet, bis der Cop aufgetaucht ist. Wenn sie jetzt also das Haus verläßt und versuchen sollte, sich der Waffe zu entledigen, werden wir das erfahren.«

»Aber wenn sie lügen würde, warum hätte sie dann überhaupt zugegeben, daß sie einen Revolver besitzt?«

»Weil sie nicht auf den Kopf gefallen ist. Sie hat mir selbst gesagt, daß er registriert ist. Sie hat sich wahrscheinlich überlegt, daß wir früher oder später ohnehin herausfinden würden, daß sie einen Revolver hat. Und auf diese Weise hat sie uns von selbst die Wahrheit gesagt.«

»Die Wahrheit über was?« fragte Lewis, der auf Rykers Schreibtisch zukam.

Ryker erklärte es ihm. »Was haben Sie noch in Voglers Wohnung gefunden?«

»Ein Mann von Klasse, dieser Vogler«, sagte Lewis, während er sich setzte. »Maßgeschneiderte Hemden, Manschetten mit Monogramm, schöner Schmuck – goldene Manschettenknöpfe, eine wertvolle Uhr. Alles sehr teuer, aber nicht protzig.«

»Irgendwas Interessantes?«

»Nichts Ungewöhnliches. Fitneßgeräte – einige Gewichte, Tennisausrüstung und Bücher über Bodybuilding. Von den Fotos in der Wohnung her zu schließen, sah er ziemlich gut aus.«

»Zumindest vor seinem Tod«, sagte Moran. »Ein Geschoß verschönert einen Mann ja nicht gerade.«

»War irgendwas bei den persönlichen Unterlagen dabei? Irgendwelche Briefe?«

»Wir haben einen ganzen Packen aus seinem Schreibtisch mitgenommen«, sagte Lewis. »Das meiste davon sieht nach geschäftlicher Korrespondenz aus; eine Menge stammt von seinem Anwalt. Wir werden es uns genauer ansehen, wenn die SID alles überprüft hat. Es waren auch ein paar Fotos von seiner Exfrau in der Wohnung. Sieht so aus, als sei er nie ganz über sie hinweggekommen, hm?«

»Na, ich weiß ja nicht so recht«, sagte Moran. »Er war jedenfalls nicht der Typ, der was anbrennen läßt. Ich habe nämlich ein paar Kondome im Badezimmer gefunden. Aber vielleicht war er ja nur ein guter Pfadfinder – ›Allzeit bereit‹, ist das nicht deren Motto?« Er grinste.

»Sie sind ja bloß neidisch, Moran«, sagte Lewis. »Vogler sieht selbst tot noch besser aus als Sie lebendig.«

Sie lachten alle.

»Was haben Sie von der Exfrau in Erfahrung bringen können, Sam?« fragte Lewis.

»Also, das ist ein wirklich interessantes Kapitel.« Er gab die Unterhaltung wieder.

»Werden Sie sie festnehmen lassen, um sie zu verhören?« fragte Moran.

»Noch nicht. Das kann ich immer noch tun. Zuerst werde ich noch mit ihren Eltern sprechen.«

»Komisch, daß zufällig gerade ihr Anwaltsfreund bei ihr war«, bemerkte Moran.

»Ja, nicht wahr?« Ryker grinste. »Ein bißchen zu viel Zufall im Spiel, was?«

»Aber es wäre auch möglich, daß es das und nichts anderes gewesen ist«, gab Lewis zu bedenken. »Nur Zufall.«

Ryker sagte: »Sicher, aber wir müssen auch die andere Möglichkeit in Betracht ziehen: daß sie ihn anrief, weil er Anwalt ist und sie seine Hilfe brauchte. Wissen Sie, was Ihr Problem ist,

George? Sie sind zu gutherzig. Ich habe gleich gemerkt, daß Sie Gefallen an dieser Vogler gefunden haben.«

»Da haben Sie recht. Sie kommt mir irgendwie sehr echt und natürlich vor. Und das sogar, obwohl sie diese Aussagen über ihren Vater gemacht hat. Ich glaube, sie will ihn nur schützen.«

»Aber wovor?« fragte Moran. »Das wissen wir nicht.«

Ryker sagte: »Es geht jedenfalls etwas höchst Merkwürdiges vor, und wir müssen unbedingt herausfinden, was es ist. Sie war nervös, und dieser Krantz, der Anwalt, war es ebenfalls. Nun gut. Nächster Punkt: Was war mit dem Pförtner?«

Lewis antwortete: »Ich habe mit ihm gesprochen. Er hat Vogler seit letzten Samstag nicht mehr gesehen, und er hatte jeden Abend Dienst, einschließlich Sonntag und Montag. Nur am Freitag nicht. Da hatte er seinen freien Tag.«

»Und die Nachbarn?« fragte Ryker.

Lewis sagte: »Ich habe mich mit einer Frau unterhalten, die im selben Stockwerk wohnt wie Vogler. Ihre Wohnung liegt drei Türen weiter. Es ist eine ältere Dame, schwerhörig. Ist fast immer zu Hause und schaut fern. Aber sie kennt Vogler trotzdem. Sie sagt, er sei immer sehr höflich gewesen und hätte ihr die Einkaufstüten getragen und die Tür aufgehalten. Er hätte immer gelächelt. ›Ein charmanter junger Gentleman‹, nannte sie ihn.«

Moran sagte: »Die meisten Nachbarn sind noch nicht zu Hause. Wir werden noch mal hingehen müssen. Dabei können wir auch gleich mit dem anderen Pförtner reden.«

»Wo ist Hank? Er sollte doch schon längst zurück sein«, sagte Lewis.

Ryker erwiderte: »Er hat vor einer halben Stunde angerufen. Seine Batterie ist leer, und er wartet auf jemanden vom Automobil-Club, der vorbeikommen wollte. Dann wird er wieder zurückfahren, um mit noch ein paar Nachbarn zu sprechen. Er hat auch bereits vier Leute von der Liste vom offenen Haus aufgesucht. Aber keiner hat etwas Ungewöhnliches gehört oder gesehen. Was haben wir also Neues?« Er seufzte.

»Haben Sie schon was wegen der Beerdigung gehört?« fragte Lewis.

»Ja, sie findet morgen früh um zehn Uhr statt, in einer Kapelle auf einem Friedhof in Downey. Ich war noch nie auf einem jüdischen Begräbnis – Sie?«

Beide Männer schüttelten den Kopf.

»Na ja, Hank kommt ja mit. Ich hoffe, er kann mir sagen, wenn ich irgendwas falsch mache.«

»Haben Sie schon einen Blick auf Voglers Terminkalender geworfen?« fragte Lewis. »Kasden hat sich zwar ein paar Seiten kopiert, aber ich möchte ihn ihm trotzdem gern so schnell wie möglich wieder zurückbringen.«

»Nein, den habe ich völlig vergessen.« Ryker warf einen Blick über seinen Schreibtisch, dann fiel ihm ein, daß er den Kalender in eine Schublade gelegt hatte. Er nahm ihn heraus und blätterte die Seiten bis November durch.

In den ersten Novembertagen standen immer mehrere Termine gestaffelt hintereinander, und auf der Seite für Freitag, den 3. November, hatte Vogler das Datum dick umkringelt. In der zweiten Woche sah es nicht ganz so voll aus – es waren nur zwei Termine eingetragen, einer am Dienstag, der andere am Freitag. Die übrigen Seiten für November und für Dezember waren leer.

Ryker blätterte schnell durch den Oktober. Am Dienstag, den 31., hatte Vogler einen Vormittagstermin abgemacht, dann eine Verabredung zum Mittagessen und zwei Termine am Nachmittag. Am Montag hatte er Murdoch vom frühen Morgen an eingeplant.

»Nichts Besonderes, bis auf seine Verabredung mit Murdoch. Er hat dem Treffen viel Zeit eingeräumt – dem Bleistiftstrich nach zu schließen, sogar den ganzen Tag. Was sollen denn diese Schnörkel hier bedeuten? Ich kann sie nicht entziffern.« Er drehte den Kalender so hin, daß Lewis und Moran einen Blick darauf werfen konnten, und zeigte auf ein paar Buchstaben.

Moran beugte sich vor. »Sieht aus wie CPR. Warum würde er CPR während seiner Dienstzeit studieren?«

»Nicht CPR«, sagte Lewis. »CPA, Wirtschaftsprüfer.«

Moran sagte: »'ne echte Sauklaue. Fast wie ein Arzt!«

»Murdoch und ein Buchprüfer?« sann Ryker nach. »Interessant.«

»Wollen Sie, daß ich Kasden darauf anspreche?« fragte Lewis.

»Nein, noch nicht. Ich möchte zuerst noch in Ruhe darüber nachdenken.« Ryker fuhr fort, in den Seiten zu blättern, wobei er hin und wieder innehielt. »Was ist denn das?«

»Was?« echoten beide Detectives.

»Da fehlt eine Seite. Und zwar Montag, der 23. Oktober, auf der Vorderseite und Dienstag, der 24. Oktober, auf der Rückseite.«

»Na und? Was ist schon dabei?« fragte Moran. »Vielleicht hat er ja ein paar Notizen darauf gekritzelt und hatte keine Lust, sie sich mühselig abzuschreiben.«

»Ja, was ist daran verkehrt?« fragte Lewis Ryker.

»Vielleicht nichts. Ich gehöre nur von Natur aus zu den mißtrauischen Typen. Hat sich Voglers Partner sehr dagegen gesträubt, daß Sie den Kalender mitnehmen?«

»Nein. Er war mehr besorgt wegen der Akten. Aus dem Kalender hat er sich nur ein paar Seiten kopiert und ihn mir dann gegeben.«

»Waren Sie dabei, als er die Seiten kopierte?«

»Nein.« Lewis klang verzagt. »Der Kopierer stand im anderen Raum. Kasden hat den Kalender mit dorthingenommen.«

»Wie lange war er verschwunden?«

»Nur ein paar Minuten. Ich weiß es nicht genau. Aber es kam mir nicht lange vor.«

»Ich denke, ich werde den Kalender am besten den Jungs vom Labor geben, ob sie vielleicht anhand der Abdrücke der Buchstaben auf der nächsten Seite herausfinden können, was auf der Seite stand.«

»Tut mir leid, Sam. Es war gedankenlos von mir.«

»Machen Sie sich keine Sorgen, George«, sagte Ryker schnell, als er den Gesichtsausdruck des Detectives sah. »Es ist wahrscheinlich nicht wichtig. Sie kennen mich doch – ich mag einfach keine ungeklärten Sachen. Oh, es ist schon fast fünf. Warum gehen Sie beide nicht zurück zu Voglers Apartment und schauen, ob irgendwelche Nachbarn inzwischen zu Hause sind, damit wir weiterkommen.«

»Und was machen Sie?« fragte Moran. »Bleiben Sie im Büro?«

»Nein. Ich werde Mr. und Mrs. Novick einen Besuch abstatten. Den Eltern der Exfrau.«

»Na dann, viel Erfolg«, wünschte ihm Moran.

»Du brauchst dringend einen Anwalt, Deena«, sagte Alan.

»Aber ich habe doch nichts getan!«

»Das ist egal. Ryker wird meines Erachtens über kurz oder lang die ganze Sache mit Jake und dem *Get* aufdecken. Es wissen zu viele Leute davon, als daß du es geheimhalten könntest.«

»Warum wolltest du dann nicht, daß ich seine Fragen beantworte?«

»Weil ich möchte, daß du dir deine Antworten gut überlegst. Das hier ist eine sehr ernste Angelegenheit. Es handelt sich immerhin um Mord.«

»Kannst du nicht als mein Anwalt agieren? Du hast doch schon strafrechtliche Fälle betreut.«

»Nein, das wäre keine gute Idee. Wir sind schließlich befreundet. Du tust besser dran, jemanden zu nehmen, der nicht emotional in die Geschichte verwickelt ist.«

»Ich kenne aber keinen anderen. Abgesehen von Brenda natürlich.«

»Brenda macht aber kein Strafrecht. Ich werde versuchen, jemanden aufzutreiben.«

»Ach bitte, Alan. Denk doch noch mal darüber nach, ob du mich nicht doch als Klienten annehmen willst. Ich würde mich wesentlich wohler fühlen.«

»Gut, ich werde darüber nachdenken. Und du rufst jetzt besser deinen Vater an und sagst ihm, was passiert ist. Du mußt ihn darauf vorbereiten, daß die Polizei bei ihm erscheinen wird. Sag ihm, er soll nichts sagen, bis er mit einem Anwalt gesprochen hat.«

»Du hast recht.« Sie seufzte. »Ich kann nicht mehr klar denken. Mir will die Sache mit dem Revolver einfach nicht aus dem Kopf.«

»Ich wünschte, ich könnte dir sagen, daß du dir keine Sorgen zu machen brauchst. Sei übrigens nicht überrascht, wenn Ryker plötzlich mit einem Haussuchungsbefehl hier auftaucht.«

»Weshalb? Denkst du, er glaubt mir nicht?«

»Deena.« Er schüttelte den Kopf. »Du bist so naiv. Versetz dich doch mal in Rykers Position: Ein Mann wurde mit einer Schußwaffe getötet – ich vermute, es war eine .22-Kaliber, sonst würde ihn dein Revolver nicht so interessieren –, und auf einmal ist die Waffe der Exfrau spurlos verschwunden.«

»Ryker denkt, ich hätte ihn getötet?« Sie war bestürzt.

»Es ist zumindest eine Möglichkeit, die er in Erwägung ziehen muß. Entweder das, oder daß du den Revolver jemandem gegeben haben könntest, der es getan hat. Oder, wenn er annimmt, daß du die Wahrheit sagst, daß jemand, der dich so gut kennt, daß er Zugang zu deinem Haus hat, die Waffe einfach an sich nahm und es tat.«

»Aber wir wissen doch gar nicht, ob Jake mit meinem Revolver ermordet wurde! Es könnte einfach alles ein einziges schreckliches zufälliges Zusammentreffen sein.«

»Das könnte es. Das Problem ist bloß, daß wir ohne deinen

Revolver nicht beweisen können, daß Jake nicht mit ihm getötet wurde. Wenn wir deinen Revolver hätten, könnte die Polizei mit Hilfe ballistischer Tests beweisen, daß die Kugel, die Jake tötete, nicht aus deiner Waffe stammt.«

»Ich verstehe.«

»Aber auf der anderen Seite – und ich hoffe bei Gott, daß das nicht der Fall ist – könnte er die Mordwaffe sein. Das leuchtet dir doch ein, nicht?«

»Ich glaube aber nicht, daß jemand Jake umgebracht hat, den ich kenne. Das *kann* ich einfach nicht glauben.«

»Wo ist dann der Revolver?«

Deena antwortete nicht.

»Ich gebe dir recht, daß es eine entsetzliche Vorstellung ist, daß du den Mörder vielleicht kennst, aber du weißt, daß es eine Möglichkeit ist. Ich möchte dich nicht erschrecken, aber ich hoffe, du verstehst jetzt, wie ernst das Ganze ist.«

»Das tue ich. Hab vielen Dank für alles, Alan. Ich werde meinen Vater sofort anrufen, wenn du gegangen bist.«

»Tu das.« Er küßte sie auf die Stirn. »Ich werde dich später noch mal anrufen. Möchtest du, daß Sandy bei dir vorbeischaut?«

»Ich bin mir nicht sicher. Ich bin im Moment bestimmt keine gute Gesellschaft.«

»Ich sage ihr einfach, daß sie dich anrufen soll, und dann kannst du ja entscheiden. Sie wird deine Entscheidung verstehen, egal, wie sie ausfällt. Mach's gut.«

Als Deena Max im Genesungsheim anrief, ging Janice Brenner, seine Assistentin, ans Telefon.

»Hi, Janice. Ist mein Vater da? Ich müßte ihn sprechen.«

»Tut mir leid, Liebes, aber du hast ihn leider knapp verpaßt.«

»Hat er denn für heute schon Schluß gemacht?« Es war erst kurz nach drei.

»Soweit ich weiß, hat er einen Termin bei der Bank. Es gab eine gewisse Differenz auf seinem Girokonto, die ihn schon seit

Wochen aufregt, und so hat er sich schließlich irgendwann dazu entschlossen, sich persönlich darum zu kümmern.«

»Kommt er denn danach wieder zurück ins Heim?« Sie wollte Max nicht in der Bank ausrufen lassen, selbst wenn sie wüßte, in welche er gegangen war.

»Ich glaube nicht. Er erwähnte irgend etwas in der Art, daß er deine Mutter treffen und mit ihr bummeln gehen will. Er wollte ihr, glaube ich, ein neues Kleid kaufen, um sie ein wenig aufzumuntern. Wie geht es dir denn, Deena? Wir sprechen uns ja kaum noch, geschweige denn, daß wir uns mal sehen.«

»Mir geht es gut, Janice.« Jake ist tot, mein Revolver ist verschwunden, und ich muß meinen Vater erwischen, bevor er sich in ernsthafte Schwierigkeiten bringt. Mir geht es wirklich gut. »Und wie geht es dir?«

Deena wollte das Gespräch so schnell wie möglich beenden, aber Janices Gefühle nicht verletzen. Janice war bei Max angestellt, seit Deena in die Grundschule ging, und sie hatte sich immer sehr dafür interessiert, was Deena tat. Max und Pearl betrachteten Janice als Familienmitglied.

»Recht gut, danke. Ein wenig einsam im Moment, seit Sarah wieder im Osten im College ist. Lou und ich wollen sie überraschen und ihr ein Flugticket schicken, damit sie an Thanksgiving nach Hause kommen kann.«

»Das klingt ja großartig! Janice, ich muß jetzt unbedingt meinen Vater erreichen. Falls er sich zufällig bei dir melden sollte, sagst du ihm dann bitte, daß er bei mir anrufen soll?«

»Ist irgendwas nicht in Ordnung?«

»Nichts Ernstliches, aber ich muß mit ihm reden.«

»Okay. Weißt du, die letzten Tage war er sehr angespannt, sogar noch mehr als sonst. Manchmal mache ich mir richtig Sorgen um ihn. Und um deine Mom. Ich weiß, daß es scheußlich ist, was du gerade durchmachst. Du mußt wissen, daß ich immer für dich da bin, wenn du mal jemanden zum Reden brauchst.«

»Das weiß ich. Hab vielen Dank. Aber ich werde jetzt trotzdem besser aufhören zu telefonieren. Vielleicht versucht mein Dad ja gerade, mich zu erreichen.«

Deena legte auf und wählte rasch die Nummer ihrer Eltern. Sie hoffte, daß sie Pearl noch erreichte, bevor sie aus dem Haus ging. Nachdem sie es zwanzigmal hatte klingeln lassen, gab sie auf. Sie würde es ein wenig später noch mal probieren. Wenn sie Glück hatte, würde sie Max sprechen, bevor Detective Ryker es tun konnte.

Die nächste Stunde verbrachte sie damit, nach dem Revolver zu suchen. Vielleicht hatte sie ihn ja *doch* verlegt und es nur vollkommen vergessen; sie versuchte, sich vorzustellen, wo sie ihn wohl hingetan hätte. Sie durchsuchte alle Schubladen in ihrem Schlafzimmer, in der Küche und mehrere Schränke. Sie nahm die Couch im kleinen Wohnzimmer auseinander (hatte sie ihn womöglich unter ein Polster gesteckt?), dann ging sie zurück ins Schlafzimmer und schaute unter die Betten und hinter das Nachtkästchen.

Wenn der Revolver im Haus war, dann war er jedenfalls nicht sichtbar.

Schließlich saß sie auf der wieder zusammengebauten Couch im kleinen Wohnzimmer und sah die Vier-Uhr-Nachrichten, den Telefonhörer in der Hand. Als sie vor zehn Minuten die Nummer ihrer Eltern gewählt hatte, war das Besetztzeichen ertönt, und Deena war nervös geworden, aber als sie es ein zweites Mal probiert hatte, hatte keiner abgehoben. Offensichtlich hatte jemand anders gleichzeitig versucht, ihre Eltern zu erreichen. Sie hatte es ein paar Minuten später noch einmal probiert und beschlossen, es so lange klingeln zu lassen, bis ihre Eltern nach Hause kämen.

Durch das konstante Tuten in ihrem Ohr hörte Deena das Klingeln an ihrer Vordertür nicht. Doch den kürzeren, grelleren Ton der Glocke am Seiteneingang hörte sie. Sie legte den Hörer auf die Gabel und ging, um aufzumachen.

Es war Michael. Sie ließ ihn herein.

»Du klangst so komisch auf dem Anrufbeantworter –«

»Michael!« Sie vergrub ihr Gesicht in seine Brust und schluchzte.

Er hielt sie fest und streichelte ihr übers Haar, bis sie sich wieder etwas beruhigt hatte. »Was ist passiert?«

»Michael, es ist Jake.« Sie spürte, wie er sich sofort anspannte.

»Was ist mit ihm?«

»Er ist tot, Michael«, flüsterte sie. »Jake ist tot.«

»Wann ist das passiert?«

»Die Polizei war letzte Nacht bei mir.« Sie gingen ins kleine Wohnzimmer, und sie erzählte ihm vom Besuch der Polizei. »Und dann kam heute noch ein gewisser Detective Ryker vorbei und hat mir weitere Fragen gestellt. Glücklicherweise war Alan gerade hier.«

»Warum ›glücklicherweise‹?«

»Der Detective hat mich eine Menge in bezug auf die Scheidung gefragt, und Alan hat mir geraten, nicht darauf zu antworten. Ich glaube, ich hätte nicht die Nerven gehabt, die Antwort von selbst zu verweigern.«

»Ich bin froh, daß Alan hier war. Es hat dich alles bestimmt ganz schön erschreckt.«

»Es war entsetzlich, Michael. Du machst dir keine Vorstellungen.«

»Weißt du was? Das sieht Jake wirklich ähnlich! Der Bastard kann nicht einmal sterben, ohne Ärger zu verursachen!«

»Michael!« Sein Zornausbruch schockierte sie.

»Was erwartest du von mir, Deena? Daß ich ein paar zerquetschte Tränen vergieße? Ich habe keine Lust, so zu tun, als wäre ich traurig über seinen Tod. Er war nicht gerade ein Prachtexemplar der Menschheit. Und ich kann nicht glauben, daß du um ihn trauerst, nicht nach dem, was er dir angetan hat.«

»Aber er ist ermordet worden! Ändert das nicht etwas an der Sache?«

»Soweit es mich betrifft – ach, vergiß es. Ich schätze, ich rege mich einfach nur auf, daß du mit der Polizei zu tun hattest.«

»Michael, ich habe einen schrecklichen Fehler begangen. Als die Polizei kam, dachte ich, Jake hätte Klage eingereicht. Ich erinnere mich nicht mehr genau, was ich sagte, aber ich muß ihnen offenbar erzählt haben, daß es da ein größeres Problem zwischen meinem Vater und Jake gab.«

Er starrte sie an. »Wie konntest du nur?«

»Ich weiß es nicht. Es war spätnachts, und ich war verschlafen und durcheinander. Wie hätte ich denn ahnen können, daß Jake ermordet wurde?«

»Aber warum hast du so etwas überhaupt jemandem freiwillig erzählt? Damit hast du der Polizei praktisch ein Motiv für den Mord an Jake geliefert!«

»Warum erzählst du mir das? Das letzte, was ich im Moment brauchen kann, ist, daß du mir sagst, wie dumm ich war!«

»Entschuldige, du hast recht. Ich mache mir nur solche Sorgen um dich, Deena.« Er zog sie an sich, aber sie wich zurück. »Was wollte dieser Ryker denn noch wissen?«

»Eine ganze Menge. Ob ich jemanden kenne, der Jake haßte. Das ist schon irgendwie komisch, nicht? Und wann ich ihn das letzte Mal gesehen und gesprochen habe. Und bevor du fragst: Seine Anrufe habe ich nicht erwähnt.«

»Ich sagte doch schon, daß es mir leid tut, Deena. Ich habe überreagiert. Erzähl weiter.«

»Dann fragte er noch, wo ich von Sonntag um fünf bis Dienstag überall gewesen bin.«

»Wissen sie denn die Todeszeit nicht genau?« fragte er.

»Ich weiß es nicht. Vielleicht wollen sie es nur nicht sagen.«

»Was hast du ihm geantwortet?«

»Die Wahrheit natürlich. Daß ich die meiste Zeit über zu Hause war.«

»Na prima.« Er schüttelte verärgert den Kopf.

»Was verlangst du von mir, Michael? Ich konnte ja nicht ahnen, daß ich ein Alibi brauchen würde! Wenn ich das gewußt hätte, hätte ich natürlich von Sonntag bis Dienstag durchgehend eine Party gegeben und ein paar glaubwürdige Zeugen eingeladen.«

»So beruhige dich doch, Deena. Mich regt doch bloß die Situation auf, nicht du.«

»Nun, ich wünschte jedenfalls, du würdest mir mehr beistehen. Du benimmst dich wirklich etwas sonderbar, seit du hier bist. Was würdest du denn antworten, wenn Ryker dich nach einem Alibi fragen würde? Kannst du über jede einzelne Minute Bericht abgeben?«

»Nein, natürlich nicht.«

»Es ist doch wirklich zu blöd, daß du unsere Verabredung am Sonntag abgesagt hast. Wenn du nämlich nicht abgesagt hättest, hätten wir jetzt beide ein Alibi für wenigstens einen der beiden Tage.«

»Ich wollte ja dafür am Montag abend kommen. Aber du sagtest, du seist zu müde.«

»Ich weiß. Aber wir hatten eigentlich Sonntag abgemacht. Du hast mir noch immer nicht erzählt, was dir dazwischengekommen ist.« Sie wartete.

»Doch, das habe ich dir schon erzählt, aber vielleicht hast du mir nicht richtig zugehört. Ich war bei einem Patienten. Es war ein Notfall. Ich verstehe das alles nicht! Am Sonntag hast du dich doch gar nicht darüber aufgeregt, daß ich abgesagt habe.«

»Ich habe nur gerade ein bißchen nachgedacht. Du hast noch nie eine Verabredung abgesagt.«

»Ich bin auch noch nie in die Bedrängnis gekommen. Ich sagte dir doch: Es war ein Notfall. Ich hatte Angst um die Sicherheit meines Patienten.«

»Ich finde es nur sehr merkwürdig, das ist alles.«

»Was soll das, Deena? Prüfst du gerade mein Alibi?«

»Nein, tut mir leid. Vergiß es. Ich bin nur ein bißchen gereizt.«

»Na gut. Was hält denn dein Vater von dem Ganzen?«

»O nein!« Hastig griff sie nach dem Hörer, wählte rasch und knallte dann den Hörer wieder auf die Gabel. »Besetzt! Ich versuche jetzt schon den ganzen Nachmittag meine Eltern zu erreichen, um ihnen zu sagen, daß Ryker sie befragen will. Erst waren sie nicht da, und jetzt scheinen sie zu telefonieren!«

»Probier es in ein paar Minuten noch mal. Ich würde jetzt gern wissen, wie es mit der Polizei weiterging. Haben sie das Haus durchsucht?«

»Warum sollten sie?«

»Keine Ahnung. Ich bin mit der Vorgehensweise der Polizei nicht vertraut. Ich habe es mich nur gefragt.«

»Wonach hätten sie denn suchen sollen, Michael? Nach einer weiteren Leiche?«

»Was bist du denn so wütend?«

»Weil du mir hier bloß blöde Fragen stellst, und mich, anstatt mich zu beruhigen, nur noch mehr aufregst.«

»Sag mir doch bitte, was dich so aufregt, Deena.«

Sie bedachte ihn mit einem ungeduldigen Blick.

»Bitte, Deena! Ich weiß, daß dich Jakes Tod mitnimmt, und du machst dir Sorgen wegen des Gesprächs zwischen Ryker und deinem Vater. Aber ich habe irgendwie das Gefühl, da ist noch mehr dahinter.«

»Reicht das etwa nicht? Wenn Ryker das mit dem *Get* herausfindet – und Alan sagt, daß er das wird –, wird man Nachforschungen über uns anstellen. Über mich, meinen Vater und meine Mutter. Und über dich auch.« Sie blickte ihn an. »Stört dich das gar nicht?«

Er zuckte die Achseln. »Ich bin zwar nicht gerade versessen darauf, daß die Polizei in meinem Privatleben herumschnüffelt, aber ich habe schließlich nichts zu verbergen.«

»Bist du dir da wirklich so sicher?«

»Was soll das heißen?«

»Das müßtest du doch wissen.«

»Vielleicht sollte ich jetzt besser gehen und erst wiederkommen, wenn du wieder zur Vernunft gekommen bist.«

»Ja, das solltest du vielleicht wirklich.«

Er erhob sich von der Couch und ging in Richtung Tür, dann machte er jedoch plötzlich kehrt und kam wieder zurück. »Nein, das ist doch albern. Ich möchte hier bei dir sein, dich trösten und tun, was immer du gerade brauchst. Ich habe mich wie ein Esel benommen. Laß uns noch mal von vorn anfangen.«

»Einverstanden.«

Er setzte sich neben sie und nahm ihre Hände. »Sag mir, was dich plagt. Was dich wirklich belastet.«

»Mein Revolver.« Sie schaute ihn aufmerksam an. »Er ist nicht mehr da.«

»Woher weißt du das?«

»Ryker hat mich gefragt, ob ich eine Schußwaffe besitze. Und als ich bejahte, bat er darum, sie sehen zu dürfen. Ich schaute in meinem Nachtkästchen nach, aber der Revolver war nicht mehr da.«

»Vielleicht hast du ihn irgendwann verlegt, Deena.«

»Ich weiß aber, daß das nicht der Fall ist. Trotzdem habe ich das ganze Haus auf den Kopf gestellt, falls ich mich geirrt haben sollte. Aber er ist und bleibt spurlos verschwunden.«

»Okay. Du glaubst demnach also, daß dein Revolver die Mordwaffe sein könnte.«

Sie zog ihre Hände weg. »Das habe ich nicht gesagt.«

»Aber wieso würdest du dich deshalb sonst so beunruhigen? Und was dich wirklich belastet, ist«, sagte er langsam, »daß jemand aus deinem Freundes- und Bekanntenkreis die Waffe an sich genommen haben könnte. Das ist es doch, was dich quält, nicht?«

Sie nickte.

»Aber daß sie verschwunden ist, könnte auch nichts mit dem

Mord zu tun haben, sondern nur zufällig zeitlich zusammenfallen, nicht?«

»Das hoffe ich.« Ihr war elend zumute.

»Aber du bist skeptisch; das kann ich dir nicht verdenken. Wer steht also alles auf deiner Liste?«

»Nein, das will ich nicht.« Sie machte Anstalten aufzustehen.

Er zog sie wieder zurück auf das Sofa. »Das wirst du aber müssen. Und sei es auch nur, um dich zu beruhigen. Wer weiß alles, daß du einen Revolver hast?«

»Meine Eltern natürlich. Schließlich ist es der Revolver meines Vaters. Das habe ich dir doch erzählt.« Sie blickte ihn an, aber er bemerkte es nicht.

»Stimmt, ich erinnere mich wieder. Wer noch?«

»Meine Selbsthilfegruppe. Sie wissen es, glaube ich, alle.« Sie überlegte einen Moment. »Reuben Markowitz. Er hielt es sogar für eine gute Idee. Und dann noch Alan und Sandy.«

»Sind das auch wirklich alle? Denk noch mal scharf nach!«

»Das versuche ich ja. Brenda weiß es auch, aber sie war noch nie hier. Und dann wäre da noch Berta. Sie macht jede zweite Woche bei mir sauber. Ich habe ihr von dem Revolver erzählt, weil ich Angst hatte, sie würde vielleicht irgendwann zufällig auf ihn stoßen und sich damit verletzen.«

»Wann war sie zum letzten Mal da?«

»Vergangenen Dienstag.«

»Und keine mysteriösen Fremden, hm? Und ein Butler ist auch nicht dabei.«

»Das ist nicht komisch, Michael.«

»Tut mir leid. Ist nur eine nervöse Reaktion. Das Ganze erscheint mir irgendwie so unmöglich. Ich kann nicht fassen, daß wir uns gerade fragen, ob anständige und liebe Menschen – einschließlich einem Rabbiner, um Himmels willen! – in einen Mord verwickelt sein könnten! Nein, es muß irgendeine andere Erklärung geben.«

»Welche zum Beispiel?«

»Das weiß ich nicht. Irgendein Faktor, der uns nicht bekannt ist.«

»Jedenfalls sind das jetzt alle. Sonst fällt mir niemand mehr ein.«

»Doch, du hast noch einen vergessen.«

»Wen?«

»Mich.« Er lächelte.

Sie antwortete nicht.

»Jetzt hättest du eigentlich sagen müssen: ›Nein, du doch nicht, Michael. Dich würde ich niemals verdächtigen.‹« Sein nüchterner, direkter Blick strafte seinen beiläufigen Ton Lügen. »Deena?«

»Ich wünschte nur, du hättest nicht von meinem Revolver gewußt.«

»Du denkst also, daß ich ihn an mich nahm?«

»Nein, ich glaube nicht, daß du es warst. Aber ich muß unentwegt daran denken, daß du es gewesen sein könntest. Es wäre so viel einfacher, wenn ich deinen Namen von der Liste streichen könnte.«

»Ich habe den Revolver aber nicht genommen, Deena. Und ich habe Jake nicht getötet. Warum, um alles in der Welt, sollte ich ihn getötet haben?«

»Weil du mich liebst und er versucht hat, mich zu vergewaltigen. Weil du wußtest, wie ich davor zitterte, was er sich wohl als nächstes einfallen lassen würde. Weil er mir nie den *Get* gegeben hätte, und ohne *Get* haben wir keine Zukunft. Das sind doch ziemlich gute Gründe, um jemanden zu hassen.«

»Aber nicht, um ihn zu töten, Deena. Da besteht immer noch ein großer Unterschied. Glaubst du wirklich, ich hätte ihn kaltblütig ermorden können?«

»Nein, natürlich nicht. Aber ich muß bekennen, daß der Gedanke mir schon durch den Kopf geschossen ist, vor allem, als mir wieder einfiel, daß du unsere Verabredung abgesagt hast.

Und du hast zugegeben, daß du nicht unglücklich bist, daß er tot ist«, erinnerte sie ihn. »Und du hast mich so seltsame Sachen gefragt.«

»Deshalb hast du mich also so streng verhört?«

Sie nickte. »Ich weiß, daß du es nicht getan hast. Das weiß ich sowohl von meinem Kopf als auch von meinem Gefühl her. Aber Ryker weiß es nicht. Er kann dich des Mordes bezichtigen. Oder meinen Dad. Oder mich.«

»Dich?«

»Tu nicht so, als wäre dir dieser Gedanke nicht schon gekommen. Ich hatte den Revolver. Und ich habe das perfekte Motiv – Jake hat mein Leben ruiniert. Dir wäre schließlich immer noch die Möglichkeit geblieben, jemand anders zu heiraten – mir nicht.«

»Deena, hör auf, dich in dieser Weise zu quälen. Ich weiß, daß du Jake nicht umgebracht hast. Die Polizei wird den Schuldigen sicher finden. Du wirst sehen.«

»Unter den gegebenen Umständen ist das nicht gerade ein aufmunternder Gedanke.«

Ryker stand auf der Veranda vor der Haustür und wartete darauf, daß jemand auf sein Klingeln reagierte. Schönes Haus, dachte er, als er die Balkons im ersten Stock betrachtete. Er fragte sich, ob die Novicks sie wohl jemals benutzten. Endlich hörte er Schritte und dann das zaghafte »Ja?« einer Frau.

»Mrs. Novick? Detective Sam Ryker, LAPD.« Er drückte sein Dienstabzeichen gegen den Spion in der Tür.

Nach kurzem Zögern öffnete sich die Tür und gab den Blick auf eine zerbrechlich wirkende Frau Ende Sechzig mit ergrautem braunen Haar frei. »Was kann ich für Sie tun?« fragte sie. Ihre Stimme und ihr ganzes Wesen strahlten Müdigkeit aus.

»Wer ist denn da, Pearl?« rief ein Mann.

Sie warf Ryker einen flüchtigen Blick zu, dann wandte sie sich ins Innere des Hauses, um zu antworten, hielt aber inne, als ein hochgewachsener Mann mit spärlich gräulichrotem Haar auf sie zukam und sich neben sie stellte. Das mußte Deena Voglers Vater sein, entschied Ryker.

Max Novick blickte seine Frau fragend an.

»Er ist Detective, Max.« Sie schien unsicher, was sie sagen sollte.

»Sam Ryker.« Ryker hielt ihm seine Hand hin.

»Max Novick.« Er schüttelte Rykers Hand. »Gibt es denn irgendein Problem?«

»So kann man es eigentlich nicht nennen. Aber ich muß trotzdem mit Ihnen und Ihrer Frau sprechen.« Er wartete, aber Max machte keinerlei Anstalten, ihn hereinzubitten. »Dürfte ich hereinkommen?«

»Aber natürlich.« Max Novick ging voraus durch die Eingangshalle zum Wohnzimmer und wartete, bis Ryker in einem Ohrensessel Platz genommen hatte, dann bedeutete er Pearl, sich auf die Couch zu setzen und setzte sich neben sie.

Das Zimmer war eine schöne pfirsichfarbene und graue Studie – unverkennbar der Einfluß eines Innenarchitekten, dachte Ryker. Ein Porträt von Deena Vogler hing an einer Wand. Ryker bemerkte, daß dort vorher ein größeres Bild gehangen haben mußte. Die Moiré-Tapete war um den Rahmen herum auffallend heller. Etwa ein Hochzeitsfoto von Braut und Bräutigam?

»Mr. und Mrs. Novick, ich weiß, daß Sie das wie ein Schock treffen wird, aber Ihr ehemaliger Schwiegersohn, Jake Vogler –«

»Deena!« keuchte Pearl. Sie griff sich an den Hals. »Ist irgendwas mit Deena?«

Max legte ihr die Hand auf die Schulter. »Pearl, laß ihn doch zuerst ausreden.«

»Mrs. Novick, Ihre Tochter ist wohlauf. Ich habe heute vormittag persönlich mit ihr gesprochen. Allerdings ist Mr. Vogler tot.«

»O mein Gott!« schrie Pearl. »O mein Gott!«

»Was ist passiert?« fragte Max ruhig.

»Er wurde getötet, Mr. Novick. Wir sind allerdings nicht ganz sicher, wann, aber wir haben am Dienstag abend seine Leiche gefunden.«

»Schrecklich«, sagte Max ernst. »Sie sagten, Sie hätten schon mit meiner Tochter gesprochen?«

»Ja. Wir sprechen mit allen, die Mr. Vogler gekannt haben, um so viele Informationen wie möglich zu sammeln. Das verstehen Sie sicher.«

Er nickte. »Natürlich.«

»Ich würde Ihnen jetzt gern ein paar Fragen stellen.«

»Gut.« Max nickte wieder.

»Mrs. Novick, wann haben Sie Mr. Vogler zum letzten Mal gesehen?«

»Das ist lange her. Fast ein Jahr, glaube ich. Habe ich recht, Max?« Ihre Stimme krächzte, und sie atmete keuchend.

»Ja, das stimmt. Es war kurz bevor Jake und Deena sich trennten.«

»Und seitdem haben Sie ihn also nicht mehr gesehen?« hakte Ryker nach.

»Nein. Es gab keine Veranlassung dazu.«

Das Telefon klingelte. Pearl erhob sich. »Würden Sie mich bitte kurz entschuldigen?«

»Aber natürlich.« Ryker lächelte sie an, als sie aus dem Zimmer ging. »Mr. Novick, haben Sie Mr. Vogler irgendwann in der letzten Zeit gesehen?«

»Ja, das habe ich tatsächlich.« Er begegnete dem Blick des Detectives. »Wir haben über etwas Persönliches gesprochen.«

»Könnten Sie mir bitte sagen, worum es ging?«

»Ich würde vorziehen, es nicht zu erzählen. Das hat mit Jakes Tod nichts zu tun.«

»Da haben Sie wahrscheinlich recht, aber man kann nie wissen, welche Information uns weiterhilft.«

»Glauben Sie mir, wenn ich der Meinung wäre, daß es Ihnen weiterhelfen würde, würde ich es Ihnen sagen.« Er lächelte.

»Wann haben Sie ihn gesehen? Das letzte Mal, meine ich.«

»Ich habe ihn vor ungefähr einer Woche das letzte Mal gesprochen«, sagte Max bedächtig. »Es war in seiner Wohnung.«

»War es ein freundliches Zusammentreffen?«

Max hob die Augenbrauen.

»Lassen Sie mich aufrichtig zu Ihnen sein, Mr. Novick. Soweit wir mitbekommen haben, herrschten gewisse Spannungen zwischen Ihnen und Ihrem ehemaligen Schwiegersohn.«

Max zuckte mit den Schultern. »Sagen Sie mir, Detective: Überrascht es Sie wirklich, daß ehemalige Schwiegereltern und Schwiegerkinder nicht gut aufeinander zu sprechen sind? Es gab ein paar Unstimmigkeiten, das stimmt. Aber es war nichts, was sich nicht beseitigen ließ.«

»Unstimmigkeiten in bezug auf was?«

»Wenn Sie es denn unbedingt wissen wollen: die Güterverteilung. Meine Frau und ich haben den Kindern den größten Teil der Anzahlung für das Haus gegeben. Ich fand deshalb, daß Deena auch den größeren Anteil für sich beanspruchen konnte. Jake sah das nicht so. Deshalb ging ich zu ihm, um mit ihm darüber zu verhandeln.«

»Mrs. Vogelanter, mit der ich ebenfalls schon gesprochen habe, schien aber nichts von irgendwelchen Schwierigkeiten bezüglich der Güterverteilung zu wissen.«

»Möglicherweise hat ihr Jake nichts davon erzählt. Ich wußte jedenfalls davon.«

»Haben sich denn nicht die Anwälte um die Güterverteilung gekümmert? Das schien nämlich Mrs. Vogelanter zu denken.«

»Anwälte verkomplizieren manche Dinge nur, Detective Ryker. Ich dachte, ich könnte die Sache vielleicht etwas beschleunigen.«

»Und – konnten Sie?«

»Ehrlich gesagt, nein. Jake blieb stur. Aber ich habe mein Bestes versucht.«

»Und das ist alles, worüber Sie geredet haben?«

»Mehr oder weniger, ja.«

»Haben Sie gestritten, Mr. Novick?«

»Ich habe ihm meine Meinung gesagt, und er hat mir seine gesagt. Das mögen manche Leute vielleicht als Streiten bezeichnen.« Er zuckte die Achseln.

»Sie haben ihn nicht geschlagen?«

»Nein, nie!«

Ryker holte sein Notizbuch heraus und blätterte darin, bis er die gewünschte Seite gefunden hatte. »Ihre Tochter sagte: ›Mein Vater hat es nicht böse gemeint; er wollte mir nur helfen.‹ Und dann fragte sie den Officer, ob er – und damit meinte sie Mr. Vogler – auch gegen sie Klage eingereicht hätte. Was hat sie damit gemeint?«

»Wann hat sie das gesagt?«

»Als wir sie über Jakes Tod informierten.«

»Ich weiß nicht, was sie damit gemeint haben könnte, Detective. Sie war wahrscheinlich durcheinander. Der Schock und so.«

»Wie haben Sie denn versucht, ihr zu helfen, Mr. Novick?«

»Das sagte ich Ihnen doch schon: Ich versuchte, die Güterverteilung für sie zu regeln. Möglicherweise hat sich Jake darüber aufgeregt, daß ich mich eingemischt habe. Vielleicht hat er sie angerufen, sie angeschrien und gedroht, Klage einzureichen. Wer weiß? Ich errege mich manchmal ein wenig.«

Pearl kehrte zurück und nahm leise wieder neben Max Platz. »Das war Deena«, sagte sie zu Max. »Ich sagte ihr, daß wir sie zurückrufen.«

»Und das war also das letzte Mal, daß Sie ihn gesehen haben, Mr. Novick?«

Max nickte. »Das war das letzte Mal, daß ich ihn gesprochen habe.«

»Wo waren Sie von Sonntag, den 29. Oktober, bis einschließlich Dienstag morgen, dcn 31. Oktober?«

»Verdächtigen Sie mich etwa, Detective?« fragte Max, grimmig lächelnd.

»Diese Frage stellen wir allen, die Mr. Vogler kannten. Sie ist reine Routine.«

»Die meiste Zeit war ich zu Hause oder in der Arbeit. Ich besitze ein Genesungsheim, Detective. Meine Frau hat früher mitgearbeitet, aber in der letzten Zeit geht es ihr nicht so gut, deshalb bleibt sie die meiste Zeit zu Hause.«

»Es tut mir leid, das hören zu müssen, Mrs. Novick. Ich hoffe, es ist nichts Ernstes.«

»Sie glauben, es ist Asthma.« Sie lächelte verlegen.

»Mr. Novick, könnten Sie bitte etwas genauer sein? Waren Sie am Sonntag abend zu Hause?«

»Da mußte ich kurz ins Heim, um nach einer Patientin zu sehen. Sie hat für einige Ruhestörung gesorgt. Das war so gegen vier, glaube ich.«

»Und wann sind Sie zurückgekommen?«

»So um sechs? Oder halb sieben? Irgendwann um diese Zeit herum. Ich hatte noch eine Verabredung mit der Familie eines anderen Patienten.«

»Mrs. Novick, könnten Sie dem Gedächtnis Ihres Mannes vielleicht auf die Sprünge helfen?«

»Ich bin nicht sicher. Ich glaube, es war um halb sieben. Später war es auf keinen Fall, das weiß ich, denn wir haben uns nach dem Abendessen ›Sechzig Minuten‹ angeschaut, und das fängt um sieben Uhr an. Wir sehen es uns jede Woche an.«

»Und was war mit Ihnen, Mrs. Novick? Waren Sie den ganzen Tag zu Hause.«

»Ja, den ganzen Tag. Ich habe nicht mehr so viel Kraft und Energie, wissen Sie.«

»Und danach? Ist einer von Ihnen beiden danach noch außer Haus gegangen?«

»Ich war im Supermarkt«, sagte Max. »Wir brauchten Milch, Eier und ein bißchen Obst.«

»Wie lange waren Sie weg?«

»Wie lange dauert es, um ein paar Äpfel einzukaufen? Ich bin nicht so wählerisch, ich habe einfach irgendwelche gegriffen. Vielleicht zwanzig, fünfundzwanzig Minuten. Wenn's hochkommt, eine halbe Stunde.«

»Er war kaum weg, Detective.«

»Und Montag?«

Max sagte: »Montag habe ich wie immer morgens um halb acht das Haus verlassen und bin zur Arbeit gefahren, wo ich den ganzen Tag verbrachte. Am Dienstag war es dasselbe.«

»Hat Sie jemand dort die ganze Zeit gesehen?«

»Alle. Das kann Ihnen meine Assistentin bestätigen. Wir haben den ganzen Tag zusammen gearbeitet.«

»Könnten Sie mir bitte ihren Namen geben? Nur eine Routinebefragung.«

»Janice Brenner. Sie können sie morgen früh im Heim erreichen, oder ich kann Ihnen auch ihre Privatnummer geben, wenn Sie's eilig haben.« Der Sarkasmus in seiner Stimme war sanft, aber unüberhörbar.

»Nein, morgen früh reicht. Eine letzte Frage noch, dann ist für heute Schluß. Wußten Sie, daß Ihre Tochter einen Revolver besitzt?«

»Natürlich weiß ich das. Ich habe ihn ihr ja selbst gegeben. Es ist nämlich meiner.«

»Und wozu braucht sie einen Revolver?«

»Sie wohnt schließlich ganz allein in dem Haus. Ohne Alarmanlage und vergitterte Fenster. Zudem gab es auch Probleme mit einem von Jakes Klienten. Sie fragte mich, ob sie sich vielleicht eine Schußwaffe zulegen sollte; daraufhin habe ich ihr angeboten, ihr meinen Revolver zu leihen.«

»Ich verstehe. Und Sie haben ihn nicht zufällig vor kurzem wieder zurückhaben wollen?«

»Aus welchem Grund sollte ich?«

»Das weiß ich nicht. Aber er ist verschwunden.«

»Ich bin sicher, daß er wieder auftauchen wird, Detective. Deena hat ihn wahrscheinlich nur irgendwo verlegt.«

»Wahrscheinlich, ja. Wir benötigen übrigens Ihre Fingerabdrücke, aber nur, damit wir sie eventuell zuordnen und ausschließen können. Da Sie ja in Mr. Voglers Apartment waren, haben Sie vielleicht auch etwas angefaßt, und es ist wichtig, daß wir so viele Fingerabdrücke wie möglich identifizieren können. Sie können in den nächsten Tagen aufs Revier kommen, wann immer Sie es sich einrichten können.«

»Ich bin aber sehr beschäftigt, Detective.«

»Es dauert nicht lange. Ich kann Sie natürlich nicht dazu zwingen, aber es würde doch sehr verdächtig wirken, wenn Sie sich weigern würden.«

»Gut.« Max' Stimme war kalt. »Meine Frau auch?«

»Wenn Sie auch in Voglers Apartment war, ja. Sie erhalten hier keine Sonderbehandlung, Mr. Novick. Das ist –«

»Ja, ich weiß – reine Routine. Stimmt's, Detective?«

»Genau.« Ryker lächelte. »Reine Routine.«

13

»Deena?«

Es war dunkler im Raum als vorhin, und Deena merkte, daß sie irgendwann doch noch eingeschlafen sein mußte. Michael stand über sie gebeugt.

»Ich wußte nicht, ob ich dich wecken soll. Rabbi Markowitz ist da. Und Faye auch. Soll ich ihnen sagen, daß du schläfst?«

»Nein. Ich stehe auf.« Sie setzte sich vorsichtig auf, aber ihre Kopfschmerzen schienen verschwunden. »Hat mein Dad schon angerufen?«

»Ja, vor einer kurzen Weile. Ich sagte ihm, daß du ihn dringend sprechen mußt, aber er wollte nicht, daß ich dich wecke. Er kommt mit deiner Mutter hier vorbei. Es haben viele Leute angerufen. Ich habe alle Namen aufgeschrieben.«

»Danke. Wie spät ist es eigentlich?«

»Halb acht. Du hast zwei Stunden geschlafen; du hast es offensichtlich gebraucht. Ich sag' ihnen, daß du gleich kommst, dann geh dich jetzt ein wenig frisch machen.«

Zum zweiten Mal an diesem Tag bereute es Deena, in ihren Kleidern geschlafen zu haben. Sie überlegte, ob sie sich umziehen sollte, entschied dann aber, daß es nicht wichtig war, wie sie aussah.

Als sie ins kleine Wohnzimmer trat, kam Reuben auf sie zu. »Ich wollte schon nachmittags vorbeikommen, aber die Leitung war die ganze Zeit belegt; ich dachte, du würdest vielleicht schlafen. Ich komme gerade aus der *Shul*. Wie fühlst du dich?«

»Ein wenig benommen, aber sonst ganz okay. Ich freue mich, daß du gekommen bist. Wo ist Faye?« fragte sie Michael.

»In der Küche. Sie macht dir gerade was zu essen.«

»Ich habe aber gar nicht richtig Hunger.«

»Du siehst scheußlich aus«, sagte Reuben.

»Danke.« Sie lächelte.

»Rabbis müssen immer die Wahrheit sagen. Es wird dich übrigens niemand zwingen, etwas zu essen, aber du kriegst auch keine Extrapunkte fürs Verhungern.«

»Ich weiß; du hast recht. Vielleicht Toast oder so etwas.« Sie machte sich auf den Weg in die Küche, blieb aber plötzlich stehen und blickte zögernd zu Michael. Es war das erste Mal, daß die beiden Männer sich begegneten, und Deena war etwas unwohl zumute, die beiden allein zu lassen. Reuben hatte ganz offen seine Kritik geäußert, als sie ihm von Michael erzählt hatte.

»Ich kann deine Einsamkeit und Frustration verstehen«, hatte er ihr gesagt, »aber dem Gesetz nach bist du immer noch verheiratet. Erwarte also bitte nicht, daß ich das gutheiße.«

Sie war enttäuscht gewesen, hatte aber seine Aufrichtigkeit

geschätzt. Seitdem hatten beide Michael als Gesprächsthema sorgfältig vermieden.

»Geh nur«, sagte Michael. »Wir kommen schon klar.«

Faye war gerade damit beschäftigt, eine Tomate zu schneiden, als Deena in die Küche trat. Sie blickte erschreckt hoch. »Au!«

»Was ist?«

»Ich habe mich nur gerade geschnitten. Es ist aber nichts.« Sie saugte das Blut von ihrem Finger. »Ich bin ein wenig nervös. Das hat mich irgendwie doch ganz schön durcheinandergebracht.« Sie ging auf Deena zu und umarmte sie fest. Die zwei Frauen blickten einander wortlos an.

»Ich mache dir gerade ein Thunfisch-Sandwich. Erst wollte ich dir etwas Gehaltvolleres zubereiten, aber ich wußte nicht, welche deiner Utensilien für Fleisch und welche für Milchprodukte sind.« Sie ging zur Ablage zurück und schnitt die Tomate fertig.

»Willst du selbst denn gar nichts essen?« fragte Deena.

»Nein, ich habe schon gegessen, bevor ich herkam.« Sie brachte Deena das fertige Sandwich und bestand darauf, daß sie sich zum Essen an den Frühstückstisch setzte. »Ich werde dich nicht fragen, wie es dir geht. Das fragt dich sicher jeder; außerdem weißt du das wahrscheinlich gar nicht.«

»Das stimmt. Ich bin ziemlich durcheinander.«

»Wenn du gern reden möchtest, rede einfach. Ich wünschte, ich hätte es schon früher erfahren; ich wäre sofort gekommen. Reuben hat mich erst erreicht, kurz bevor er die *Shul* verließ.«

»Das ist schon in Ordnung. Ich habe mich irgendwie so durch den Tag treiben lassen. Und Michael ist schon seit ein paar Stunden hier.«

»Ich dachte, ich übernachte heute bei dir, wenn dir das recht ist.«

»Das wäre schön.« Deena lächelte leicht.

»Fein. Und jetzt iß dein Sandwich.« Geschäftig räumte sie Lebensmittel und Zubehör weg.

Die Türglocke erklang. Deena schickte sich an aufzustehen.

»Ich geh' schon«, rief Michael aus dem Wohnzimmer.

»Iß erst auf«, sagte Faye. »Wer immer das auch sein mag, er ist dir sicher nicht böse, wenn er ein wenig warten muß.«

Deena nahm zwei Bissen und schüttelte den Kopf. »Ich bringe einfach nichts runter.«

Als sie ins kleine Wohnzimmer trat, fand sie ihre Eltern dort vor. »Daddy, du hast Michael ja schon kennengelernt. Mom, das ist Michael Benton.« Sie bemerkte Pearls fragenden Gesichtsausdruck. »Ein Freund. Und das ist Faye Rudman; ich habe sie ja schon öfter erwähnt. Und das ist Rabbi Markowitz.« Wie seltsam, dachte Deena, alle einander vorzustellen, als befänden sie sich auf einem Fest.

Reuben streckte Max seine Hand hin. »Mr. Novick, es tut mir leid, daß wir uns unter diesen Umständen wiedersehen.«

Max zuckte die Achseln und ergriff seine Hand.

Deena bedeutete ihren Eltern, auf der Couch Platz zu nehmen, dann ließ sie sich neben ihnen nieder. Faye blickte sie unsicher an. »Bleib doch«, sagte Deena zu ihr. Sie wandte sich an Michael. »Würde es dir etwas ausmachen, ein paar Klappstühle aus dem Wohnzimmer zu holen?«

»Nein, kein Problem.« Er verschwand hastig.

»Du siehst so blaß aus!« Pearl strich Deena über die Wange. »Sandy hat angerufen. Sie wollte eigentlich auch kommen, aber das Baby ist erkältet. Sie will dafür morgen vorbeikommen.«

»Hast du schon mit der Polizei gesprochen, Deena?« fragte Faye.

»Ja, es war heute ein Detective da.«

Michael kehrte mit zwei Stühlen zurück. Faye setzte sich neben ihn.

»Haben sie schon irgendwelche Anhaltspunkte, wer Jake

getötet haben könnte?« fragte Reuben. »Rabbi Pearlstein hat mir nicht viel gesagt. War es ein Einbrecher?«

»Ich weiß es nicht. Sie überprüfen gerade alle Möglichkeiten. Sie haben mir eine Menge Fragen zu meiner Ehe gestellt.«

»Du hast aber hoffentlich nicht den *Get* erwähnt, oder?« fragte Faye.

»Nein, aber Alan meinte, daß sie früher oder später davon erfahren werden. Er findet, ich sollte mir einen Anwalt nehmen.«

»Warum?« fragte Faye.

Deena berichtete ihnen von dem Revolver. Alle schwiegen bedrückt.

Reuben sagte: »Du hast ihn bestimmt verlegt.«

»Ich kann ihn aber nirgends finden.«

»Soll ich dir suchen helfen?« fragte Faye.

»Später, ja. Faye übernachtet nämlich heute bei mir«, erklärte Deena ihren Eltern.

»Eine gute Idee«, sagte Max. »Du solltest nicht allein bleiben.« Er wandte sich an Reuben. »Hat Rabbi Pearlstein mit Ihnen über das Begräbnis gesprochen?«

»Ja, morgen früh, zehn Uhr im Home of Eternal Rest in Downey. Der Gottesdienst wird in der dortigen Kapelle abgehalten.«

»Deena, Mommy und ich werden dich dann morgen früh um neun Uhr hier abholen.«

»Wovon sprichst du?«

»Ich spreche von der Beerdigung. Wir werden zusammen hingehen.«

»Ich habe aber nicht die Absicht, zur Beerdigung zu gehen.«

Max furchte die Stirn. »Das mußt du aber. Wie kannst du nur daran denken, nicht hinzugehen?«

»Hör auf deinen Daddy«, sagte Pearl und tätschelte Deena die Hand. »Er weiß, was richtig ist.«

Deena starrte Max an. »Daddy, du hast Jake gehaßt. *Ich* habe ihn ebenfalls gehaßt! Warum sollten wir also auf seine Beerdigung gehen? Seine Eltern würden uns da nicht haben wollen. Es wäre vollkommen heuchlerisch.«

»Also, ›heuchlerisch‹ oder nicht – alles, was ich weiß, ist, daß wir hingehen sollten. Punkt.« Er wandte sich an Reuben. »Sie sind Rabbi. Sagen Sie es ihr.«

Michael sagte: »Mr. Novick, ich mische mich nur ungern ein, aber wenn Deena nicht hingehen will, sollten Sie sie vielleicht lassen. Sie steht unter ziemlicher Anspannung.«

Max warf ihm einen bösen Blick zu.

Deena blickte hilfesuchend zu Reuben.

»Das ist nicht so einfach«, sagte Reuben verlegen. »Ich muß erst einige Quellen studieren, bevor ich darauf endgültig antworten kann.«

»Seien Sie ganz offen«, sagte Max zu ihm. »Sagen Sie ihr, daß sie gehen muß.«

Reuben sagte: »Deena, wenn du reinen Gewissens behaupten kannst, daß du niemals auch nur ein paar Augenblicke des Glücks mit Jake erlebt hast, würde ich sagen, du hättest das Recht, nicht hinzugehen. Aber ich glaube, das kannst du nicht sagen, oder?«

Deena gab keine Antwort.

»Und wenn ihr eine Zeitlang glücklich zusammen *wart*, dann solltest du ihm vielleicht deine Achtung erweisen und hingehen. Aber versteh mich bitte recht: Ich sage dir nicht, daß du hingehen *mußt*.«

»Ist das Antwort genug?« fragte Max Deena. »Wie würde es denn aussehen, wenn du nicht hingingest?«

Deena lachte schrill auf. »Wie es aussehen würde? Meinst du, es schert mich, wie es aussieht oder was die Leute denken?«

»Deena!« sagte Pearl flehend. »So beruhige dich doch.«

»Und was ist mit der Polizei?« fragte Max. »Ist es dir auch egal, was *sie* denkt?«

»Wie meinst du das?«

»Denkst du etwa, er wird morgen dort nicht erscheinen, der

Detective? Und er wird es nicht merkwürdig finden, wenn eine Frau nicht einmal zur Beerdigung ihres Exmannes kommt?«

Deena war still. »Daran habe ich nicht gedacht.«

»Nun, dann fang mal an, darüber nachzudenken!«

Michael sagte: »Dein Vater hat recht, Deena. Ryker wird argwöhnisch werden.«

»Danke, Mister Psychologe!« Max wandte sich wieder Deena zu: »So. Dann ist es also geklärt, ja? Du wirst also hingehen?«

»Ich glaube schon.« Blieb ihr etwas anderes übrig?

»Deena«, sagte Faye, »es wird schon nicht so schlimm werden. Deine Familie ist ja dabei. Und ich komme auch mit, wenn du das gern möchtest.«

Deena nickte. »Bitte.«

Reuben sagte: »Ich werde Rabbi Pearlstein darum bitten, daß du in einem separaten Bereich sitzen wirst. Deena, du möchtest jetzt sicher mit deiner Familie allein sein, aber bevor ich gehe, möchte ich mich noch vergewissern, daß du keine Fragen zu den Gesetzen des *Shivah-Sitzens* hast.« Er bezog sich auf die sieben Trauertage, die die Familie des Verstorbenen einhalten mußte.

»*Shivah?*« fragte Deena aufs äußerste überrascht. »Wieso betrifft mich das?«

»Ich dachte, das würdest du verstehen, Deena. Du warst strenggenommen noch Jakes Frau, als er starb. Das macht dich zu seiner Witwe. Ich fürchte also, daß alle Regeln des Trauerns für dich gelten.«

Sie starrte ihn an. »Das kann nicht dein Ernst sein.«

»Ich verstehe, daß dich das aus der Fassung bringt, aber so ist nun einmal das Gesetz. Du mußt sieben Tage lang *Shivah* sitzen und dreißig Tage lang eine weniger strenge Trauerzeit einhalten.«

»Aber wir haben nicht mehr zusammengelebt. Ändert das nicht etwas daran?«

Reuben schüttelte den Kopf. »Tut mir leid. Die Thora kann

natürlich keine Gefühle vorschreiben. Aber du bist dennoch dazu verpflichtet, der Familie des Verstorbenen den gebührenden Respekt zu erweisen.«

»Reuben, das ergibt einfach keinen Sinn! Ich soll also sieben Tage herumsitzen und mich von Leuten trösten lassen, weil ein Mann gestorben ist, der mir das Leben zur Hölle gemacht hat?«

»Ich wünschte, es gäbe einen Ausweg. Es ist offensichtlich ein großer Schock für dich, und ich weiß, daß es nicht einfach für dich werden wird. Aber wenn die dreißig Tage erst einmal vorüber sind, kannst du endlich alles hinter dir lassen und von ganz vorn beginnen. Versuch, vor allem daran zu denken.«

»Wunderbar. Und in der Zwischenzeit lacht sich Jake im Grab halb krank!«

»Deena, sprich nicht so«, sagte Pearl. »Das gehört sich nicht.«

»Nun, es ist aber wahr, oder nicht? Er hat es geschafft, daß er mich selbst noch vom Grab aus verfolgt.«

Michael und Reuben verabschiedeten sich und gingen gleichzeitig. Faye machte sich in der Küche nützlich und ließ Deena mit ihren Eltern allein.

Max legte seinen Arm um Deenas Schultern. »Deena, es tut mir leid, daß ich vorhin die Beherrschung verloren habe, aber du mußt wirklich aufpassen. Dieser Ryker stellt eine Menge Fragen, und er ist mißtrauisch wegen des Revolvers.«

»Ich weiß. Ich habe versucht, dich anzurufen, um dich vorzuwarnen, daß er bei euch auftauchen würde, aber erst wart ihr nicht da, und dann war besetzt. Ich habe einen schrecklichen Fehler gemacht, Daddy. Ich habe der Polizei gesagt –«

»Ich weiß, was du gesagt hast. Mach dir keine Sorgen. Ich bin sicher, daß ich es zu ihrer Zufriedenheit erklären konnte. Sag mir, hat dich Ryker nach einem Alibi gefragt?«

Sie nickte. »Ja, für Sonntag und Montag. Ich habe ihm gesagt, daß ich den ganzen Tag zu Hause war, außer den Seminaren und meinem Selbstverteidigungskurs.«

»Du hast gesagt, daß du allein zu Hause warst?« Er klang beunruhigt.

»Was hätte ich denn sonst sagen sollen?«

»Nichts. Du hast recht. Na, nun mach dir mal keine Gedanken. Du wirst schon sehen: Es wird alles wieder in Ordnung kommen.« Er küßte sie auf die Stirn.

»Glaubst du?«

»Ich weiß es. Habe ich dich schon jemals im Stich gelassen? Vertrau mir.«

Nachdem Ryker Max und Pearl Novick befragt hatte, fuhr er nach Hause, um in den Genuß eines kurzen Abendessens mit seiner Familie zu kommen. Seine Frau Linda hatte geschmorte Lammkoteletts zubereitet, sein Lieblingsgericht, aber heute konnte er das Essen nicht so wie sonst genießen. Er kaute, ohne etwas zu schmecken, und war mit den Gedanken beim Revier. Er fragte sich, ob Hank inzwischen etwas herausgefunden hatte.

Linda entging nicht, daß Sam geistesabwesend war, aber sie sagte nichts. Sie war es gewohnt, daß er still war, wenn er mitten in einem Fall steckte, und sie hatte sich bereits vor langer Zeit damit abgefunden, daß er nicht gern über seine Arbeit sprach. Er machte es auf so viele andere Arten wieder wett.

»Das Essen war köstlich«, sagte er, als er schon wieder auf dem Weg zur Tür war.

»Woher willst du das denn wissen?« Sie küßte ihn zärtlich. »Wird es spät werden?«

»Ich hoffe nicht. Wartest du auf mich?« Er umfaßte ihre Taille und zog sie zu sich heran.

Sie lächelte. »Worauf du dich verlassen kannst.«

Als Ryker in das Gemeinschaftsbüro kam, wartete dort bereits Stollman auf ihn.

»Konnten Sie schon etwas von den Nachbarn in Erfahrung bringen?«

»Nein, nicht wirklich. Ich habe mit ein paar Leuten gesprochen, die auf der gegenüberliegenden Straßenseite wohnen. Ihnen ist nichts Ungewöhnliches aufgefallen, und sie sagen alle das gleiche. Sie sind sich ziemlich sicher, daß der Porsche seit Sonntag in der Einfahrt stand, aber keiner kann es beschwören.«

»Wie üblich. Was ist mit den Nachbarn, die direkt nebenan wohnen? Nicht Frisch, sondern die anderen.«

»Dort wohnt eine Frau; ihr Name ist Pearson. Muriel Pearson. Sie ist Witwe. Eine Nachbarin, die zwei Häuser weiter wohnt, sagte mir, Mrs. Pearson sei am Dienstag für ein paar Tage zu ihrer Tochter nach San José gefahren. Ich habe eine Nachricht in ihren Briefkasten geworfen und sie gebeten, daß sie uns sofort nach ihrer Rückkehr kontaktieren soll.«

»Gut. Das Begräbnis findet übrigens morgen um zehn Uhr statt.« Ryker sagte ihm den Namen des Friedhofs. »Ich bin noch nie auf einem jüdisch-orthodoxen Begräbnis gewesen. Gibt es irgend etwas, woran ich denken sollte? Ich möchte nicht unangenehm auffallen.«

»Ich bin sicher, daß sie dort Käppchen ausgeben werden. Oder das hoffe ich zumindest – ich habe nämlich selbst keines. Ist heute abend noch etwas zu erledigen?«

»Nein, eigentlich nicht. Tom und George reden gerade mit Voglers Nachbarn. Und Tom wird sich anschließend noch den Nachtpförtner vorknöpfen.«

»George hat angerufen, als Sie noch nicht da waren, Sam. Er hat versucht, die Eigentümer des Sherbourne-Hauses zu erreichen, hat aber nur mit der Haushälterin sprechen können. Anscheinend sind Mr. und Mrs. Pomerantz seit letzter Woche auf einer Kreuzfahrt auf den Bahamas. Sie kommen wohl nächste Woche zurück.«

»Hat George diese Angabe überprüft?«

»Ja. Die Haushälterin hat ihm den Namen des Reisebüros genannt. Er hat dort angerufen und sich bestätigen lassen, daß sie tatsächlich wie vorgesehen abgefahren sind.«

»Na, das sind doch gute Neuigkeiten. Also können wir die schon mal streichen.«

»Und wie war's mit der Exfrau? Haben Sie mit ihr sprechen können?«

Ryker erzählte ihm von dem Gespräch mit Deena und der Unterhaltung mit ihren Eltern. »Der Vater ist ziemlich schlau und gewitzt. Nicht gerade hilfsbereit und entgegenkommend, aber warum sollte er auch? Wenn die Scheidung seiner Tochter wirklich nichts mit dem Mord zu tun hat, wieso sollte er denn den ganzen Schmutz noch mal aufwirbeln? Und daß er nicht gerade entzückt darüber war, daß wir seine Fingerabdrücke abnehmen wollen, kann ich ihm auch nicht verübeln.«

»Sie glauben also, es besteht keine Verbindung?«

»Nicht so schnell«, sagte Ryker lächelnd. »Da wäre immer noch die Bemerkung, die die Tochter Tom und George gegenüber verlor. Novick hat sich alle Mühe gegeben, sie zu erklären, aber die Erklärung habe ich ihm nicht ganz abgekauft. Allerdings ist es durchaus möglich, daß das Ganze nichts mit dem Mord zu tun hat. Vielleicht denkt Novick, es geht uns nichts an. Oder vielleicht hat er auch Angst, daß er unter Verdacht gerät, wenn wir herausfinden, daß zwischen ihm und Vogler böses Blut herrschte. Auf lange Sicht gesehen, täte er jedoch besser daran, mir zu erzählen, was genau los war. Ich werde es ohnehin auf irgendeine Weise herausfinden.«

»Und dann wäre da immer noch der fehlende Revolver.« Er klärte Stollman über die vermißte Schußwaffe auf. »Und nach dem zu urteilen, was mir die ehemalige Mrs. Vogler sagte, hat sie praktisch in der ganzen Welt herumposaunt, daß sie eine Waffe besitzt; genausogut hätte sie eine Anzeige in die *L.A. Times* setzen können. Sie hat sich den Revolver tatsächlich von ihrem Vater ausgeliehen.«

»Womit wir wieder beim Vater wären, hm?«

»Sieht ganz so aus. Aber wahrscheinlich hat beides nichts miteinander zu tun.«

»Meinen Sie wirklich?«

Ryker zuckte die Achseln. »Wer kann das schon wissen? Aber schließlich wird ja wohl kaum Mr. Novick das Vermögen Voglers erben. Mist! Mir fällt gerade ein, daß ich ganz vergessen habe, Voglers Anwalt anzurufen. Na ja, dann eben morgen.«

»Morgen, und morgen, und dann wieder morgen.«

»*Macbeth*, stimmt's?« Ryker lächelte. Das war in der Schulzeit immer sein Lieblingsdrama gewesen.

»Entweder das oder *Vom Winde verweht*. Die beiden bringe ich immer durcheinander.«

»Ach komm, laß uns das doch morgen machen«, sagte Deena zu Faye.

Nachdem Max und Pearl gegangen waren, hatte Faye mehrere Bettücher aus dem Wäscheschrank geholt und angefangen, mit ihnen die Spiegel im Haus zu verhängen. Dem jüdischen Gesetz nach müssen im Haus eines Trauernden während der *Shivah* alle Spiegel verdeckt sein.

»Das kann ich doch allein machen«, sagte Faye. »Es macht mir wirklich nichts aus.«

»Nein, wirklich. Ich würde es lieber erst morgen machen. Wo ist deine Tasche?«

»Ich habe keine dabei. Ich habe nur schnell ein Nachthemd und meine Zahnbürste in meine Handtasche gestopft. Ich dachte, ich fahre morgen früh vor dem Begräbnis kurz nach Hause und ziehe mich dort um. Hast du eigentlich Hunger?«

Deena schüttelte den Kopf.

»Magst du dann vielleicht einen Tee? Da würde ich dir auch Gesellschaft leisten.«

»Das klingt gut«, gab Deena zu. Sie gingen in die Küche.

Deena setzte sich an den Tisch, während Faye den Tee zubereitete.

»Weißt du, was komisch ist?« sagte Deena. »Bis vor ein paar Stunden hat mich noch bedrückt, was mit Jake passiert ist. Ich meine, es war zwar keine Liebe mehr zwischen uns, aber es hätte ja schließlich nicht auf diese Weise enden müssen. Wenn Jake und ich nach jüdischem Gesetz geschieden gewesen wären, wäre ich wahrscheinlich freiwillig zum Begräbnis gegangen.«

Faye brachte zwei Tassen an den Tisch und setzte sich.

»Aber dann«, fuhr Deena fort, »erzählte mir jeder, daß ich zum Begräbnis gehen *muß*, und Reuben sagte, ich *müßte Shivah*-Sitzen. Ich fühlte mich verraten, verstehst du? Gegen meinen Willen in eine Situation gedrängt. Das Ganze ist so verrückt, findest du nicht, Faye? Ich meine, Jake hat immerhin versucht, mich zu vergewaltigen!«

»Ja, es macht nicht viel Sinn.« Faye rührte in ihrem Tee herum. »Aber wegen der *Shivah* bleibt dir keine andere Wahl. Und was das Begräbnis anbelangt, denke ich, dein Vater hat recht: Du darfst keinen Argwohn erwecken oder Aufmerksamkeit erregen.«

»Kein Witz? Insbesondere, wo mein Revolver fehlt.«

»Ich bin sicher, es ist nur ein zufälliges, schreckliches Zusammentreffen. Du wirst sehen: Die Polizei wird bestimmt irgendwann herausfinden, daß irgendein Einbrecher Jake umgebracht hat.«

»Aber wo *ist* mein Revolver? Ich kann mich nicht daran erinnern, wann ich ihn zum letzten Mal gesehen habe.« Es hatte ihr ein gutes Gefühl gegeben, zu wissen, daß er da war, aber sie hatte ihn nicht gern angeschaut oder angefaßt.

Faye dachte einen Moment nach. »An dem Abend, als Jake dir Gewalt antun wollte, sagtest du, du seist froh, daß du einen Revolver im Hause hattest. Hast du da vielleicht noch mal nachgesehen, ob er auch wirklich da ist?«

»Ich glaube nicht. Ich bin einfach davon ausgegangen, daß er an seinem Platz ist.«

»Also, das hilft uns auch nicht weiter.« Fayes Augen blickten sie über den Tassenrand hinweg besorgt an. »Es ist wirklich sehr merkwürdig. Gab es denn in dieser Gegend in der letzten Zeit irgendwelche Einbrüche?«

Deena schüttelte den Kopf. »Michael und ich haben den ganzen Nachmittag überlegt, wer alles von dem Revolver wußte und wer Gelegenheit gehabt hätte, ihn an sich zu nehmen.« Sie zögerte. »Weißt du, was schlimm ist? Einen Moment lang habe ich sogar Michael verdächtigt, ihn an sich genommen zu haben.«

»Michael?« Faye stellte die Tasse ab. »Wie kommst du denn darauf?«

»Weil er sich so seltsam benimmt, und er hat unsere Verabredung für Sonntag abend abgesagt. Das ist noch nie vorgekommen. Aber natürlich weiß ich selbst, daß das lächerlich ist. Michael ist immer so ausgeglichen und ruhig; er wäre niemals dazu fähig, jemanden zu töten.«

»Sieh mal, Deena, wir *alle* wußten, daß du einen Revolver hast; du hast daraus nie ein Geheimnis gemacht. Ich hätte ihn auch nehmen können. Und was das betrifft, hätte ihn jeder aus der Gruppe nehmen können oder sonst irgend jemand, der mal hier war. Aber wenn du so denkst, machst du dich nur verrückt.«

Stunden später war Faye endlich eingeschlafen, nachdem sie sich unruhig von einer Seite auf die andere gewälzt hatte, aber Deena las, hellwach, in einem Büchereibuch, das sie schon längst hätte zurückgeben müssen. Plötzlich fiel ihr etwas ein.

»Faye?« flüsterte sie aufgeregt. Sie stieß sie leicht gegen die Seite.

»Was ist denn?« murmelte Faye.

»Faye, mir ist gerade etwas eingefallen!«

Faye stützte sich auf einen Ellbogen. »Was denn?«

»Erinnerst du dich noch, als die Gruppe sich bei mir getroffen hat? Als ich jedenfalls an diesem Tag vom Supermarkt heimkam, hatte ich irgendwie das Gefühl, daß jemand im Haus gewesen war. Ich weiß gar nicht, wie ich das vergessen konnte!«

Faye setzte sich auf. »Hat denn was gefehlt?«

»Es ist mir zumindest nichts aufgefallen.«

»Wie kamst du dann darauf?«

»Also, zuallererst war die Tür offen. Und ich hatte irgendwie den Eindruck, daß alles anders war. Verstehst du denn gar nicht, was das heißt? Wenn tatsächlich jemand da war, kann derjenige den Revolver gestohlen haben!«

»Aber woher sollte derjenige wissen, wo er sich befand?«

»Ich weiß es nicht. Du hast recht.« Sie klang entmutigt.

»Obwohl«, sagte Faye langsam, »ein Einbrecher natürlich immer im Nachttisch nachgucken würde, oder? Viele Leute bewahren dort ihren Schmuck und andere wichtige Dinge auf. Du mußt der Polizei Bescheid sagen, Deena. Das könnte ein wichtiger Hinweis sein.«

»Ja, das mache ich, aber erst morgen früh. Ich glaube, jetzt rufe ich Michael an. Er ist bestimmt genauso erleichtert darüber wie ich. Das erklärt einfach alles. Tut mir leid, daß ich dich geweckt habe.«

»Nein, ich bin froh darüber.« Sie gähnte. »Aber jetzt versuch, etwas zu schlafen.«

Deena war enttäuscht über Michaels laue Reaktion. »Was ist? Ich dachte, du wärst erleichtert.«

»Na, sieh mal, wenn nichts fehlte, woher willst du dann wissen, daß du die Tür nicht selbst offengelassen hast? Vielleicht suchst du ja nur verzweifelt nach irgendeiner Lösung, Deena, weil du dich nicht mit deinen Ängsten auseinandersetzen willst. Hast du das schon mal in Betracht gezogen?«

»Vielen Dank. Und falls du damit andeuten willst, daß ich mir das Ganze nur ausgedacht habe, um mich zu beruhigen, liegst du falsch. Ich *weiß*, daß jemand da war.«

»Aber warum ist es dir dann erst jetzt wieder eingefallen? Und warum hast du es noch keinem erzählt?«

»Vergiß es einfach, okay, Michael? Ich wünschte, du würdest wenigstens jetzt aufhören, so verdammt analytisch zu sein! Du mußt nicht hinter allem, was man tut, eine Motivation oder irgendwelche verborgenen Bedeutungen suchen. Ich habe es vergessen, das ist alles. Das ist nur zu menschlich.«

»Könnten wir nicht morgen weiterreden, Deena? Es ist schon ein Uhr.«

»Es ist aber wichtig. Kannst du denn nicht zugeben, daß da etwas dran ist?«

»Hör mal, ich möchte bloß nicht, daß du dir jetzt Hoffnungen machst, die sich vielleicht nicht erfüllen werden. Denn ich glaube nicht, daß das Ryker überzeugen wird.«

Deena hatte ihren Wecker auf acht Uhr gestellt, aber um Viertel nach sechs war sie bereits wach; sie konnte es nicht erwarten, den Detective endlich anzurufen. Vorsichtig schlüpfte sie aus dem Bett, um Faye nicht aufzuwecken, und ging ins Badezimmer.

Sie würde um sieben Uhr anrufen, entschied sie. In der Zwischenzeit verhängte sie die restlichen Spiegel, wobei sie die Bettücher mit Klebeband an der Wand befestigte. Den Badezimmerspiegel hob sie sich für später auf. Sie würde ihn erst verhängen, wenn Faye und sie mit Anziehen fertig waren.

Um sechs Uhr achtundfünfzig rief Deena vom kleinen Wohnzimmer aus im Revier an, aber Ryker war noch nicht im Haus. Sie hinterließ ihren Namen und ihre Telefonnummer und sagte der Telefonistin, es sei wichtig.

Sie stand gerade unter der Dusche, als das Telefon läutete. Hastig drehte sie die Wasserhähne zu, stieß die Tür der Dusche auf, griff sich flink ein Handtuch und rannte tropfend ins Schlafzimmer.

»Du hast gerade Ryker verpaßt«, teilte Faye ihr verschlafen mit.

»Tut mir leid, daß er dich aufgeweckt hat. Ich hätte später duschen sollen.«

»Nein, das ist nicht so schlimm. Ich sollte ohnehin schon aufstehen.«

Deena setzte sich auf die Bettkante, wählte Rykers Nummer und wurde sofort zu ihm durchgestellt.

»Was kann ich für Sie tun, Mrs. Vogler? Mir wurde ausgerichtet, es sei wichtig.«

»Das ist es auch. Ich glaube, ich weiß jetzt, was mit dem Revolver geschehen sein könnte.« Sie erzählte ihm, was sich zugetragen hatte.

»Verstehe. Haben Sie den Vorfall der Polizei gemeldet?«

»Nein, dazu bestand kein Grund. Es fehlte ja nichts. Zumindest habe ich nichts bemerkt«, berichtigte sie sich rasch.

»Und Sie haben damals nicht nachgeschaut, ob Ihr Revolver noch da war?«

»Nein. Darauf bin ich gar nicht gekommen. Aber je länger ich darüber nachdenke, desto sicherer werde ich mir, daß es so passiert ist. Jemand ist bei mir eingebrochen und hat den Revolver mitgenommen.« Sie wartete auf seine Reaktion.

»Nun, das ist natürlich alles höchst interessant. Nur haben wir – ich hoffe, Sie verstehen mich jetzt nicht falsch – leider nicht mehr in der Hand als Ihre Erinnerung an diesen Vorfall. Sie sagen, es hat nichts von Wert gefehlt – kein Schmuck, Silber oder dergleichen?«

»Nein. Aber ich habe auch keinen wirklich wertvollen Schmuck im Haus. Ich bewahre alle Wertsachen in einem Safe bei meiner Bank auf. Vielleicht hat derjenige ja nach irgendwelchen Drogen gesucht oder so etwas und dann zufällig den Revolver gefunden. Wäre das nicht möglich?«

»Ja, vielleicht. Aber ich kann es leider nicht verifizieren oder dem weiter nachgehen. Ich behalte es jedoch im Hinterkopf. Und danke, daß Sie mich angerufen haben. Ich weiß Ihre Kooperation sehr zu schätzen. Ich halte Sie auf dem laufenden.«

»Er glaubt mir nicht«, sagte Deena niedergeschlagen zu Faye, nachdem sie aufgelegt hatte. »Michael hatte leider recht. Ryker glaubt, ich habe mir das nur ausgedacht, um mich und alle, die ich kenne, zu schützen.«

»Hat er das denn gesagt?«

»Nein, aber das habe ich ihm angehört.«

»Weißt du, bloß weil Ryker dir nicht glaubt, heißt das noch gar nichts. Er muß schließlich von Berufs wegen skeptisch sein, und du hast keinerlei Beweise, die du ihm vorzeigen kannst, nur deine Theorie. Das Wichtigste ist, daß *du* weißt, was sich wahrscheinlich zugetragen hat. Jetzt kannst du endlich beruhigten Gewissens aufhören, jeden, den du kennst, zu mustern und dich zu fragen, wer den Revolver an sich genommen hat.«

»Ja, du hast recht.« Aber sie klang nicht sehr überzeugt, nicht einmal für ihre eigenen Ohren.

14

»Was wollte die Vogler denn?« fragte Lewis. Er und Moran waren auf Rykers Schreibtisch zugekommen, während dieser telefonierte.

»Das werdet ihr nicht glauben: Ihr ist ›gerade eingefallen‹, daß jemand *wahrscheinlich* letzte Woche bei ihr eingebrochen hat.«

»Hat sie das der Polizei gemeldet?«

»Nein. Sie hielt es zu der Zeit nicht für wichtig genug, weil – und jetzt haltet euch fest – nichts gestohlen wurde. Und jetzt soll ich also glauben, daß dieser *mutmaßliche* Einbrecher *wahrscheinlich* ihren Revolver stahl.«

»Aber das heißt noch lange nicht, daß ihr Revolver die Tatwaffe ist«, sagte Lewis. »Vielleicht will sie auch nur, daß wir sie in Ruhe lassen.«

»Möglich«, pflichtete Ryker ihm bei. »Ich werde jetzt auch

nicht gleich rausrennen und Haftbefehl gegen sie erwirken. Aber sie könnte in den Mord verwickelt sein und versuchen, entweder sich selbst zu schützen oder jemand anderen. Wie zum Beispiel ihren Vater.« Er berichtete ihnen von seiner Unterredung mit Max.

»Du hast aber doch einen Cop auf sie angesetzt, oder?« fragte Moran. »Hat er denn irgendwann zufällig gesehen, wie sie das Haus mit einem merkwürdigen, braunen Päckchen verließ?«

»Nein. Laut Lou Jeffrey – das ist der Cop, der sie beschattet – ist Mrs. Vogler überhaupt nicht außer Haus gegangen. Und der Cop, der Jeffrey nachts ablöste, sagt dasselbe. Jeffrey meinte allerdings, sie hätte abends Besuch gehabt.«

»Na und?« fragte Lewis. »Das ist doch unter diesen Umständen völlig normal.«

»Ich habe ja auch nicht behauptet, daß es das nicht wäre. Jedenfalls war ein älteres Paar da – ihre Eltern, nehme ich an – sowie zwei Männer und eine Frau. Die Frau ist über Nacht geblieben. Einer der beiden Männer – er ist wohl jung und gutaussehend – kam schon am Nachmittag zu ihr und blieb recht lange. Jeffrey hat sich sein Autokennzeichen notiert.«

»Soll ich herausfinden, auf wen es gemeldet ist?« bot Moran an.

»Nein, es besteht keine Eile. Was haben Sie vom Pförtner erfahren, Tom?«

»Im Prinzip das, was wir uns bereits dachten, aber jetzt haben wir es bestätigt. Er schwört, daß Vogler Sonntag nacht nicht in sein Apartment zurückgekehrt ist. Der Pförtner war die ganze Nacht im großen Foyer – er hat einen kleinen batteriebetriebenen Fernseher, damit er nicht vor Langweile umkommt –, und so kann er Vogler unmöglich verpaßt haben.«

»Gut. Vogler hat nicht am Tatort übernachtet – wir haben keine Kleider zum Wechseln gefunden, und ich glaube ja nun nicht, daß der Mörder seinen Schlafanzug geklaut hat. Also können wir davon ausgehen, daß er am späten Sonntag nachmittag getötet wurde. Vielleicht kann uns ja die Nachbarin die Zeit bestätigen. Hank hat erfahren, daß sie momentan verreist ist.«

»Hat Ihnen Hank von dem Ergebnis meiner Nachforschung bezüglich des Pomerantz-Ehepaares berichtet?« fragte Lewis.

Ryker nickte. »Ja, schreiben Sie es aber trotzdem auf. Ich hätte es gern schriftlich.«

»Klar. Ich habe auch mit dem Mann gesprochen, der Tür an Tür neben Vogler wohnt. Er hat mir erzählt, daß Vogler in den letzten Wochen ziemlich viel männlichen Besuch hatte, und daß es wohl ziemlich lautstark zuging.«

Moran sagte: »So, was tut er denn den ganzen Tag? Sitzt er etwa ununterbrochen mit dem Stethoskop an der Wand und lauscht?«

»Nein, er ist Student und promoviert gerade. Verbringt eine Menge Zeit zu Hause und arbeitet an seiner Dissertation, deshalb hat er sich, natürlicherweise, ein wenig über Vogler geärgert.«

»Hat er denn auch welche von diesen Besuchern gesehen?« fragte Ryker.

»Nein, er hat schließlich keine Röntgenaugen. Aber er sagte mir, daß einige Stimmen sehr jung klangen, andere wesentlich älter.«

»Wie viele Stimmen waren es denn insgesamt?« fragte Ryker.

»Er ist sich nicht sicher. Er weiß nicht, ob er dieselbe Stimme bei verschiedenen Gelegenheiten gehört hat oder ob es jedesmal eine neue war. Großartig, nicht?«

»Konnte er verstehen, worüber sie stritten?« fragte Ryker.

»Nein. Aber er sagt, sie schrien so laut, daß er sich kaum konzentrieren konnte. Einmal – vor etwa zwei Wochen – wäre er fast zu Vogler hinübergegangen, um ihn zu bitten, doch etwas leiser zu sein, aber er hatte dann doch nicht den Mumm.«

»Weiß er noch, wann genau diese Leute da waren?«

Lewis holte seinen Block hervor. »An die Zeit vor zwei Wochen kann er sich nicht mehr genau erinnern, aber nach einer Weile beschloß er, eine Art Tagebuch zu führen. Er wollte Belege, wenn er sich beim Verwalter beschweren würde. So, wie es dieser junge Mann darstellt, hätte Vogler sich am besten gleich eine Drehtür einbauen sollen, solch regen Besuch hatte er. Okay. Also, am Dienstag abend kam jemand um Viertel nach acht.«

»Alt oder jung?« fragte Ryker.

»Das konnte er nicht sagen. Dieser war nicht so laut und blieb auch nur kurz. Hier schien Vogler hauptsächlich derjenige gewesen zu sein, der geschrien hat. Als nächstes kam ein älterer Mann am Donnerstag abend gegen halb zehn. Und Samstag abend ging es wohl zu wie auf einem Kongreß. Erst eine ältere Stimme um acht – er weiß nicht, ob es dieselbe Stimme war wie am Donnerstag oder eine andere –, und dann, eine ganze Weile später, die jüngere – es war schon nach ein Uhr morgens. Unser Student schlief bereits tief und fest, und das Geschrei hat ihn aufgeweckt.«

Moran sagte: »Zum Glück für uns hatte unser Student keine heiße Liebesnacht am Wochenende.«

»Was halten Sie von dem Ganzen, Sam?« fragte Lewis.

»Es ist sehr wahrscheinlich, daß der ältere Mann – oder einer von ihnen, falls es zwei waren – Novick ist. Er erzählte mir, daß er Vogler letzte Woche besucht hat, und er gab zu, die Beherrschung verloren zu haben. Und die anderen? Könnte jeder sein.«

Moran sagte: »Vielleicht war er ja mit einer Frau zusammen, die neben ihm noch einen zweiten Liebhaber hatte. Die Kondome, erinnern Sie sich?«

»Haben Sie den Pförtner zu diesen Leuten befragt, George?«

»Ja, ich habe den Nachtpförtner befragt, aber er hatte natürlich ausgerechnet am letzten Samstag abend keinen Dienst. Das wäre ja auch zu schön gewesen. Ich werde mich selbstverständlich noch mit dem Mann unterhalten, der zu der Zeit Dienst hatte, sowie auch mit dem Tagespförtner.«

»Gut. Hank und ich brechen so gegen Viertel nach neun zur Beerdigung auf. Ich möchte nicht zu früh dort ankommen und auffallen, aber ich würde auch nur ungern etwas verpassen. Tom, nehmen Sie sich bitte die restlichen Leute von der Liste der Hausbesichtigung vor. Hank hat diejenigen abgehakt, mit denen er bereits gesprochen hat.«

»In Ordnung.«

»George, nachdem Sie sich mit dem Pförtner in Verbindung gesetzt haben, sprechen Sie doch bitte mit Murdoch, und finden Sie heraus, was zum Teufel hier eigentlich gespielt wird. Sein Sekretär wimmelt mich immer ab, anrufen hat also keinen Sinn. Tauchen Sie direkt bei ihm auf und bestehen Sie darauf, ihn zu sprechen.«

»Kein Problem. Sonst noch was?«

»Ja. Versuchen Sie, ob Sie nicht die beiden ersten Leute von Kasdens Liste kontaktieren können. Ich muß sie hier doch irgendwo liegen haben.« Er erspähte sie unter einem Papierstapel. »Hank kann dann den Rest übernehmen.«

»Sam, was ist mit der Kalenderseite? Schon was von der SID gehört?«

»Nein, noch nicht. Sie ersticken gerade in Arbeit. Aber ich sagte Ihnen ja, Sie brauchen sich keine Gedanken zu machen, George. Ich bin sicher, daß sie es herausfinden werden.«

Nachdem Lewis und Moran gegangen waren, holte Ryker aus einer Zimmerecke eine Kiste, in der Voglers persönliche Gegenstände und Unterlagen verwahrt wurden. Er schickte sich gerade an, sie durchzusehen, doch plötzlich überlegte er es sich anders, nahm den Telefonhörer ab und wählte eine Nummer.

Marvin Coopers Sekretärin informierte Ryker höflich, daß der Anwalt erst später wiederkommen würde. »Er ist den ganzen Vormittag über im Gericht. Möchten Sie ihm vielleicht eine Nachricht hinterlassen?«

»Mein Name ist Detective Ryker. Ich bin vom LAPD.«

»Und um was geht es, bitte?«

»Das werde ich mit Mr. Cooper besprechen. Sagen Sie ihm bitte, daß er mich anrufen soll.«

In der Kiste fand sich nichts Interessantes. Ryker sah ein paar Klientenakten durch, die Vogler offensichtlich bei sich zu Hause aufbewahrt hatte, dann öffnete er einen von etwa einem Dutzend der großen Manilaumschläge. Vogler war, mußte Ryker widerstrebend zugeben, verdammt organisiert gewesen. Auf der Vorderseite jeden Umschlags stand ordentlich der Name eines großen Kaufhauses oder eines Kreditinstituts; die Quittungen, die sich innen fanden, waren in chronologischer Reihenfolge geordnet, und bei jeder lag der Scheckdurchschlag bei, mit dem Vogler die Rechnung bezahlt hatte. Ein Umschlag war mit dem Etikett »Vermischtes« gekennzeichnet – dieser hatte einen so systematisch vorgehenden Mann wie Vogler wahrscheinlich zum Wahnsinn getrieben, dachte Ryker amüsiert.

Ein anderer Umschlag, ein dicker, war mit »Cooper« überschrieben. Der Anwalt. Ryker öffnete einige der Briefe und überflog ein paar Absätze. Der größte Teil der Korrespondenz schien einen Disput zwischen Vogler und seiner Exfrau zu betreffen, der um die Verteilung ihres in Gütergemeinschaft gehaltenen Besitzes ging. Mrs. Vogler war, wie Ryker feststellen mußte, Teilhaberin bei Kasden und Vogler, Immobilienmakler. Sehr interessant. Er öffnete noch ein paar weitere Briefe, entschied dann aber, erst mit Cooper zu reden. Der Anwalt würde ihm hoffentlich stundenlanges, mühsames Lesen ersparen.

Ryker war gerade im Begriff, den Inhalt wieder in den Umschlag zu stecken, als er noch etwas darin entdeckte. Er zog ein weißes Blatt heraus und faltete es auseinander. Eine Minute lang starrte er verblüfft darauf, dann mußte er grinsen. Er grinste noch immer, als Stollman zu ihm herüberkam.

»Was ist so lustig?« fragte er Ryker.

»Jemand hat sich mit Vogler offensichtlich einen kleinen

Scherz erlaubt. Sie haben von ihm ein ›Fahndungs‹-Poster mit seinem Gesicht darauf angefertigt. Hier. Sehen Sie sich das an.« Er reichte Stollman das Papier.

»Wo kriegt man die denn her, bei Universal Studios?«

»Ich nehme es an.« Er nahm das Poster wieder entgegen und warf noch mal einen kritischen Blick darüber. »Das ist ja interessant. Vielleicht ist es doch kein Gag.«

»Wieso? Was meinen Sie?«

»Also, da steht zunächst etwas, wahrscheinlich hat es Vogler aufnotiert: ›Ist das legal?‹ Ich vermute, er wollte das seinen Anwalt fragen. Und dann sind hier noch lauter Unterschriften von Rabbinern.«

»Was steht denn im Text?«

»Warten Sie eine Sekunde.« Ryker las ihn rasch durch. »Soweit ich verstehe, geht es darum, daß Vogler seiner Frau keinen *Get* gibt. Was ist ein *Get*, Hank? Irgendwas Jüdisches? Ich habe das Wort noch nie gehört.«

»Ich habe keine Ahnung, Sam. Ich sagte Ihnen ja schon, daß ich seit Jahren keinen Kontakt mehr mit der Religion habe. Aber Sie könnten ja heute beim Begräbnis den Rabbiner darauf ansprechen.«

»Richtig.« Er sah auf seine Uhr. »Es ist Viertel nach acht. Hören Sie, warum machen wir nicht einen kleinen Schlenker über den Sherbourne Drive und sehen nach, ob diese Pearson wieder da ist.«

»Und wenn nicht?«

»Na, wenn nicht, dann haben wir Zeit für einen Kaffee und einen Donut.«

»Ich plädiere für den Donut. Aber ich glaube, es ist besser, wenn wir doch darauf verzichten. Es käme nicht gerade gut an, wenn wir in der Begräbniskapelle mit Krümel am Mund erscheinen würden. Das wäre nicht gerade schicklich.«

»Was ziehst du eigentlich zum Begräbnis an?« fragte Faye

Deena. Sie machte gerade die Betten. Deena kam aus der Dusche.

»Wahrscheinlich nur ganz schlicht einen Pulli und einen Rock. Ich glaube nicht, daß irgendein Kleiderzwang herrscht – du? Was macht es schon für einen Unterschied?« Fayes Frage überraschte sie. Es war sonst gar nicht ihre Art, so etwas zu fragen.

»Doch, natürlich macht es einen Unterschied, Deena. Irgendwann während des Gottesdienstes mußt du nämlich dein Kleidungsstück einreißen. Soviel ich weiß, setzt der Rabbiner mit einem Schlitz mit der Rasierklinge den Anfang.«

»Du hast recht; ich habe nicht nachgedacht.« Sie ging zu ihrem Schrank und sah rasch mehrere Kleider durch. Sie wählte ein schlichtes, gürtelloses braunes Hemdkleid. »Das habe ich schon immer gehaßt. Auf diese Weise kann ich es jetzt wenigstens ohne Gewissensbisse loswerden.«

»Um welche Zeit wollte dein Vater dich abholen?«

»Um neun. Das heißt, daß er um fünf vor neun auf der Matte steht. Er ist absolut fanatisch, was Pünktlichkeit angeht.«

»Dann bleibt dir nicht mehr viel Zeit. Ich werde mich zu Hause umziehen und dich dann in der Kapelle treffen.«

»Gibt es zu dem Thema nicht ein Lied? ›Going to the chapel and I'm gonna get married.‹«

Faye legte ihre Hand auf Deenas Schulter. »Ist alles in Ordnung? Wenn du gern hättest, daß ich hierbleibe, bis deine Eltern kommen, sag es bitte.«

»Nein, mir geht es gut. Ich fühle mich nur ein wenig sonderbar. Soll ich mich eigentlich schminken? Oder soll ich ganz auf Beerdigung machen? Ich meine, ich möchte schließlich nicht zu gesund oder glücklich aussehen, Gott bewahre. Was hältst du von schwarzen Ringen unter den Augen? Und vielleicht sollte ich ja ein Taschentuch mit Zwiebelgeruch mitnehmen, damit die Leute auch die trauernde, weinende Witwe sehen. Was meinst du?«

»Also, ich meine, du bist ziemlich aufgeregt«, sagte Faye sanft.

»Wie hast du das nur erraten?« Deenas Lächeln war niedergedrückt.

Um sieben Minuten vor neun hupte Max ungeduldig in der Einfahrt. Deena war bereits fertig, aber sie blieb absichtlich noch eine Minute länger im Haus. Nur so, ohne besonderen Grund, sagte sie zu sich selbst. Als sie hinten in den Wagen eingestiegen war, knallte sie die Tür. »Ich kann es nicht leiden, wenn du so hupst, Daddy! Es ist noch nicht mal neun!«

»Ich möchte nicht zu spät kommen. Ich habe mit Pearlstein gesprochen. Um Viertel nach neun bricht eine Prozession von der *Shul* auf. Es ist einfacher, wenn wir uns ihr einfach anschließen.« Er legte den Rückwärtsgang ein und drehte sich um, um sich zu vergewissern, daß die Straße hinter ihm frei war, doch plötzlich bremste er ab.

»Was ist los?« fragte Pearl besorgt.

»Wo ist dein Tuch?« fragte Max Deena. »In deiner Handtasche?«

»Nein, ich habe keins dabei.«

»Eine verheiratete Frau kann nicht zum Gottesdienst gehen, ohne etwas auf dem Kopf zu tragen. Genau wie in der *Shul.*«

»Wenn du mir noch einmal sagst, daß ich eine verheiratete Frau bin, dann gehe ich gar nicht hin! Das ist mein Ernst!«

»Du gehst jetzt sofort hinein und holst etwas. Aber keinen Hut; ein Tuch.«

»Ist ja gut, Max. Laß sie in Ruhe.«

Deena blickte ihn böse an, aber sie tat, wie ihr geheißen, und einige Minuten später kehrte sie mit einer Spitzenmantilla in ihrer Hand zurück.

»Sehr schön«, sagte Pearl. Ihre eigene Mantilla lag, sauber gefaltet, auf ihrem Schoß.

Schweigend fuhren sie zu Rabbi Pearlsteins *Shul.* Sie waren früh dran. Deena erspähte augenblicklich den glänzenden schwarzen Leichenwagen und sah neugierig zu, wie einige Männer vorsichtig einen schlichten Holzsarg auf den verhangenen Rücksitz hoben.

Jake.

Eine Limousine parkte vor der *Shul*. Deena vermutete, daß Ida und Joe in ihr saßen. Innerhalb weniger Minuten kamen noch mehr Autos dazu, und, eskortiert von vier Polizisten auf Motorrädern, setzte sich die motorisierte Gruppe zu ihrer feierlichen Pilgerfahrt nach Downey in Bewegung.

Max erreichte die breite Zufahrt zur Kapelle und parkte in sicherer Entfernung von der Limousine, in der die Vogelanters saßen. Als diese durch die breite Tür der Kapelle verschwunden waren, stieg Max aus dem Wagen und half Pearl beim Aussteigen. Langsam gingen die drei den Asphaltweg entlang und stiegen die vier Stufen zum Kapelleneingang hoch.

Deena war erleichtert zu sehen, daß Reuben bereits da war. Er wartete im Vorraum. Schnell kam er auf sie zu.

»Für die Familie sind zwei Bereiche vorgesehen«, sagte er zu Deena. »Wollen deine Eltern bei dir sitzen oder lieber im Haupttrakt?«

»Wir bleiben bei dir«, sagte Max resolut zu Deena.

Sie folgten Reuben einen schmalen Gang entlang, der vom Vorraum abging, und gelangten in einen kleinen, rechtwinkligen Raum. Zwei schmale Reihen gepolsterter Sitze standen vor einem Vorhang, der vollkommene Ungestörtheit gewährte. Max half Pearl in einen Sitz und nahm neben ihr Platz.

»Wer hält den Gottesdienst eigentlich ab?« fragte Max. »Rabbi Pearlstein?«

»In der Hauptsache, ja, aber soweit ich verstanden habe, hat auch Rabbi Brodin darum gebeten, sprechen zu dürfen.«

Deena stöhnte. »Du machst Witze!«

»Jake ging immerhin in seine *Shul*.«

»Das ist wahr. Er war das Gemeindemitglied des Jahres.«

»Das reicht«, ermahnte Max sie ruhig.

Nachdem Reuben gegangen war, setzte sich Deena neben Max. Pearl hatte sich ihre Mantilla um den Kopf gebunden. Deena tat es ihr nach. Sie hörte, wie sich die Kapelle allmählich mit Menschen füllte – das Klappern von Absätzen, das vom Teppich gedämpft wurde, das Quietschen der Sitze, die heruntergeklappt wurden, das traurige Gemurmel ernster Begrüßungen. Endlich hörte sie erst ein Klopfen, dann ein zögerndes Husten, das über Mikrofon verstärkt wurde.

In einem melodischen Jüdisch, beinah wie ein Sprechgesang, begann ein Mann – Deena vermutete, Rabbi Pearlstein – seine Lobrede, und fast wie bei einem griechischen Chor wurde sie augenblicklich von einem leisen Schluchzen begleitet. Es war schwer, angesichts Idas Trauer gefühllos zu bleiben; Deena war froh, nicht neben ihr zu sitzen, obgleich sie zur selben Zeit von Mitleid für den Verlustschmerz einer Mutter erfüllt war. Pearl war erbleicht und betupfte ihre Augen mit einem Tuch, das sie aus ihrer Tasche geholt hatte. Deena hatte vergessen, eines mitzunehmen.

Deena, die jahrelang gehört hatte, wie ihre Eltern sich jiddisch unterhielten, verstand umgangssprachliches Jiddisch, und obwohl sie einige der blumigeren Ausdrücke nicht übersetzen konnte, hatte sie doch keinerlei Schwierigkeiten, die Bemerkungen des Rabbiners zu verstehen und sie zu akzeptieren. Jake *war* ein guter Sohn gewesen; dagegen hatte Deena nichts einzuwenden, und als Rabbi Pearlstein ausführlicher darauf einging und anschaulich erläuterte, wie viel Stolz und Freude Jake Ida und Joe gebracht hatte, wie er sie immer mit Respekt und Achtung behandelt hatte, nickte sie zustimmend. Und als Rabbi Pearlstein die Gemeinde bekümmert daran erinnerte, daß Jake der einzige Sohn der Vogelanters war, der ihnen in der Blüte seines Lebens genommen wurde, was konnte Deena da sagen? Es war alles wahr. Und alles schrecklich traurig.

Es folgte eine kurze Stille. Dann hob Rabbi Brodin an zu sprechen. Deena erkannte seine artikulierte, sorgfältig modulierte Stimme sofort; sie hatte sie in den vergangenen Monaten oft genug gehört, als Rabbi Brodin sie gedrängt hatte, geduldig abzuwarten, und sogar vorschlug, Jake noch eine Chance zu geben. Als Deena die Stimme jetzt wieder hörte, zuckte sie zusammen; das Mitleid, das sie gerade noch durchdrungen hatte, war plötzlich wie gefroren. Sie lauschte versteinert, wie er Rabbi Pearlsteins Äußerungen wiederholte, seine eigene enge Beziehung zu Jake erklärte und betonte, daß er ihn in den letzten Jahren immer besser kennengelernt hätte. Seine Ansprache schien endlos zu dauern, und Deena hörte nur noch mit halbem Ohr zu, sich insgeheim fragend, wie lange es wohl noch so weitergehen würde, als das Wort »Ehe« sie plötzlich aufmerken ließ.

»... nahm sie sehr ernst«, hörte sie ihn psalmodieren. »Es gibt niemand, der sich stärker um die Ehe bemühte als er, niemand war beharrlicher angesichts scheinbar unüberwindlicher Hindernisse.«

Deena hörte, wie sie keuchend nach Luft schnappte, spürte, wie sie aufstand, bereit, aus diesem Raum zu fliehen, weg von diesem geisteskranken Mann und seinen geisteskranken Lügen. Max zog sie wieder in ihren Sitz, legte ihr den Arm um die Schulter und drückte sie mit rauher Zärtlichkeit an sich.

»Hör einfach nicht hin«, raunte er ihr eindringlich zu. »Es ist gleich vorbei.«

»Das teile ich euch, liebe Freunde, mit, weil die, die heute hier sind, wissen, daß es in seinem Privatleben viele Probleme gab. Er machte Fehler – doch wer tut das nicht? Aber Jake lernte aus seinen Fehlern und war voller Zuversicht. Erst letzte Woche sagte er mir wieder, daß er nie aufhören würde, um die Frau zu kämpfen, die er so sehr liebte.«

»Daddy, das ertrage ich nicht!«

»Eine Minute noch, nur noch eine, Deena.« Er streichelte ihr über den Arm.

»Und im Augenblick dieses Ziels, dieser Entschlossenheit –

um wie vieles grausamer und tragischer erscheint uns da sein sinnloser, gewaltsamer Tod! Jake Vogler wurde aus dem Leben gerissen, am zweiten November, ironischerweise nur einen Tag vor dem Tag, der sein zweiter Hochzeitstag gewesen wäre, haben wir uns hier versammelt, nicht um mit ihm seine Freude und seinen Triumph zu teilen, sondern um ihm die letzte Ehre zu erweisen. Ich würde jedoch gern glauben, daß Jake Vogler, wäre er noch am Leben, sich mit seiner geliebten Frau versöhnt, eine Familie gegründet und Kinder aufgezogen hätte, die seinen Namen getragen hätten.«

Damit war er am Ende angelangt. Nachdem er einen hebräischen Beileidsvers aufgesagt hatte, verließ er die Kanzel.

»Erheben Sie sich bitte«, psalmodierte der Vorsänger und begann, ein Lied im Gedenken an Jake anzustimmen.

Deena fühlte sich schwach. Sie hatte zittrige Knie und konnte kaum stehen. Sie war erleichtert, als der Kantor fertig war und sie sich wieder setzen konnte. Sie hörte, wie jemand die Namen der Leichenträger bekanntgab und die Versammelten darüber informierte, daß die *Shivah* im Haus von Joe und Ida Vogelanter sowie im Haus von Deena Vogler stattfinden würde, und sie überkam ein unbändiges Verlangen, den Vorhang aufzureißen und protestierend zu schreien. Aber plötzlich war Reuben bei ihr, sein Gesicht aschfarben, und in seinen Augen brannte ohnmächtige Wut.

»Es tut mir ja so leid! Ich könnte Brodin wirklich den Hals umdrehen! Wenn ich gewußt hätte, was er sagt, hätte ich niemals zugelassen, daß du kommst.«

»Ich möchte so schnell wie möglich hier raus.«

»Du solltest aber noch zum Grab gehen. Ich weiß, daß du aufgebracht bist, aber jetzt kannst du genausogut die ganze Zeremonie mitmachen. Alan hat mir gesagt, daß Detective Ryker hier ist.«

»Wo sind Jakes Eltern?« fragte Deena.

»Sie gehen auf ihrer Seite raus. Es läßt sich leider nicht vermeiden, daß du sie am Grab siehst, aber wenn wir uns beeilen, mußt du wenigstens nicht gemeinsam mit ihnen dorthin gehen.«

Sie nickte.

Rasch geleitete Reuben sie durch eine Seitentür hinaus. Sie gingen schnellen Schrittes einen schmalen, zementierten Weg entlang, an Granitsteinen vorbei, in die hebräische und englische Epitaphs eingraviert waren und die die Gräber markierten. Nach wenigen Minuten erreichten sie einen mit einem Zelt überdachten Bereich, unter dem mehrere Metallstühle geschützt vor der Sonne im Schatten standen. In ungefähr fünf Meter Entfernung entstellte eine sauber ausgehobene Grube den hellen, emeraldgrünen Rasen. Auf der anderen Seite des Grabes erhob sich ein hoher, rötlichbrauner Erdhügel.

»Möchtest du dich setzen?« fragte Reuben.

»Nein, noch nicht.« Sie stand reglos da und wartete.

Als erstes kamen die Sargträger – sie erkannte Ben, Rabbi Brodin und ein paar Leute, die ihr nur vage bekannt waren. Sie schritten zum Grab und senkten den Sarg vorsichtig auf breite, von einem Flaschenzug gehaltene Stoffriemen. Ihnen folgten in nur geringem Abstand die Trauernden; einige gingen einzeln, andere in stummen Dreier- oder Vierergrüppchen. Deena bemerkte Judy Battaglia, die neben Ruth Kasden herlief. Ben schloß sich ihnen an, dann kam eine attraktive Blondine auf ihn zu und unterhielt sich mit ihm. Deena hatte den Eindruck, ihr schon irgendwann einmal begegnet zu sein, und sie fragte sich, wer sie war; sie nahm sich vor, Ben bei Gelegenheit nach ihr zu fragen. Faye und die übrigen Frauen aus der Selbsthilfegruppe standen in der Menge; Deena freute sich über ihre stillschweigende Unterstützung. Sie hielt nach Michael Ausschau, aber dann fiel ihr ein, daß sie sich darauf geeinigt hatten, daß er besser nicht kommen sollte. Es würde nicht gerade ein gutes Licht auf die Witwe werfen, ihren Freund zur Beerdigung ihres Mannes mitzubringen.

Und dann erblickte sie Ida und Joe, gramgebeugt. Sie kamen langsam mit einem graubärtigen Mann mittleren Alters – Rabbi Pearlstein, vermutete Deena – näher, und mit jedem ihrer Schritte fühlte Deena, wie sie sich vor Angst und Schrecken verkrampfte. Max hatte Voglers Eltern ebenfalls gesehen; augenblicklich war er an Deenas Seite und faßte sie so fest am Ellbogen, daß sie vor Schmerz zusammenfuhr.

Ida erreichte das Zelt ein paar Schritte vor Joe. Sie hob ihre Augen und blickte sich um, als hätte sie Schwierigkeiten, etwas zu erkennen. Plötzlich blieb ihr Blick jedoch an Deena hängen, und einen langen Moment trafen sich ihre Blicke.

Sie wird mich anschreien, dachte Deena, und ich werde vor all diesen Leuten in den Boden versinken, ohne ein Wort herausbringen zu können. Sie ist eine alte Frau, eine Mutter, die gerade ihren Sohn verloren hat.

Max änderte seine Position, um Deena vor Ida abzuschirmen.

»Nicht.« Sie hätte einfach weggehen können, aber sie tat es nicht.

Mit einem erstickten Schluchzen rannte Ida auf Deena zu, aber anstatt sie mit ihren Fäusten zu bearbeiten, drückte sie Deena an sich und wiegte sich weinend in der Umarmung.

»Er hat dich so geliebt!« schluchzte sie. »So sehr! Und du hast ihn auch geliebt, Deena, ich weiß, daß du ihn geliebt hast. Sag mir, daß du ihn geliebt hast.«

Schlag mich, wollte Deena zu ihrer ehemaligen Schwiegermutter sagen; schlag mich oder spuck mich an, sag mir, daß du mich haßt, daß ich niemals gut genug für deinen Sohn war und daß ich sein Leben ruiniert habe.

»Ja, ich habe ihn geliebt«, sagte Deena. Sie zwang ihre Lippen zu lügen, indem sie sich selbst einredete, daß es früher einmal die Wahrheit gewesen war.

Sanft entzog sich Deena Idas Umarmung. Joe legte seine Arme um Ida und half ihr auf einen Sitz. Dabei vermied er es, Deena ins Gesicht zu schauen.

Deena war übel, und sie zitterte. Plötzlich wurde ihr bewußt, daß jeder, der sie so sah, sie ironischerweise für die perfekte Witwe halten mußte: verwirrt, kummervoll. Sollen sie doch, dachte sie müde, und erspähte Ryker in der Menge. Mit einem Mal trafen sich ihre Blicke, und sie starrte ihn an, beinah herausfordernd, bis er schließlich wegschaute.

Alle Köpfe drehten sich zum Grab. Deena wandte sich mit ihnen um. Ein Friedhofsangestellter hatte den Hebel des Flaschenzugs gelöst, und der Sarg senkte sich langsam in den feuchten Grund. Als das leise Summen der Maschine aufhörte, entfernten zwei Männer rasch die Riemen.

Rabbi Brodin trat vor. Er nahm die Schaufel, die auf dem Boden lag, stieß sie in den Hügel und ließ Erde auf den Sarg rieseln. Es klang hohl und gespenstisch. Endgültig. Nachdem er die Bewegung mehrere Male wiederholt hatte, gab er die Schaufel an den ersten in einer Schlange von Männern weiter. Auf der anderen Seite des Grabes, wo sich eine zweite Schaufel befand, bildete sich eine weitere Schlange. Rabbi Pearlstein kam an die Reihe. Dann Ben. Joe trat vor und hörte nach einer kraftlosen Schaufel auf.

Auf einmal näherte sich Rabbi Pearlstein mit einer Rasierklinge, die er diskret in der Hand hielt, und Deena beobachtete fasziniert und entsetzt zugleich, wie er einen sauberen Schnitt in Joes Aufschlag machte und anschließend wartete, bis Joe seine Kleidung einriß. Ida war die nächste; sie deutete auf ihren Kragen. Danach war Deena an der Reihe. Als das Grab vollkommen mit Erde bedeckt war, rezitierte Joe das *Kaddish*, das Gebet der Trauernden, das der Mann, der dem Verstorbenen am nächsten verwandt war, ein Jahr lang täglich aufsagen muß.

Und dann war es vorbei.

Ryker, der mit Stollman zusammenstand, eine glänzende Jarmulke aus Acetatseide auf dem Kopf, hatte die gesamte Zeremonie genau beobachtet. Er hielt sich im Hintergrund, bis die Trauergäste an der Familie vorbeidefiliert und zu ihren Autos zurückgekehrt waren, bis Rabbi Pearlstein die Vogelanters zu ihrem Wagen begleitet hatte und die Limousine geräuschlos aus dem Friedhof gefahren war.

Als Rabbi Pearlstein gerade die Tür seines Wagens aufgesperrt hatte und sie öffnen wollte, kam Ryker auf ihn zu.

»Rabbi! Wir haben bereits miteinander telefoniert. Sam Ryker, LAPD.«

Rabbi Pearlstein ergriff seine Hand. »Was kann ich für Sie tun, Detective?«

»Ich weiß, daß es gerade kein günstiger Zeitpunkt ist, Rabbi Pearlstein, aber es gibt da einige Dinge, bei denen Sie uns vielleicht weiterhelfen könnten.«

»Aber natürlich, gern. Nur, muß es ausgerechnet jetzt sein? Und hier?«

»Nein. Wir können uns gern für eine andere Zeit verabreden, die Ihnen besser paßt. Aber ich hätte *eine* Frage, die Sie mir vielleicht sofort beantworten könnten, wenn es Ihnen nichts ausmacht.«

Rabbi Pearlstein blickte ihn geduldig wartend an.

»Was genau ist ein *Get*?«

15

»Ein *Get*?« fragte Rabbi Pearlstein.

»Ja, ein *Get*«, wiederholte Ryker.

»Es ist ein Scheidebrief, eine religiöse Scheidungsurkunde, Detective.«

»Ich frage das deshalb, Rabbi, weil ich auf folgendes gestoßen bin, als ich Mr. Voglers persönliche Sachen durchgesehen habe.« Ryker zog das ›Fahndungs‹-Poster aus einer Innentasche und reichte es Rabbi Pearlstein, der es auseinanderfaltete.

Ryker entging nicht der bestürzte Gesichtsausdruck, der über das Gesicht des Rabbiners huschte.

»Das ist wahrscheinlich nur ein übler Scherz.« Er gab Ryker das Poster zurück.

»Das glaube ich nicht, Rabbi. Sehen Sie sich nur die Unterschriften unten auf dem Blatt an. Sie stammen alle von Rabbinern.«

»Wer weiß? Vielleicht gehört das ja zum Streich.« Er blickte auf seine Uhr. »Detective, ich wünschte, ich könnte Ihnen weiterhelfen, aber ich habe wirklich keine Ahnung, was das bedeuten soll. Und ich muß jetzt dringend wieder in die Stadt zurück. Mrs. Jacobsen, ein Mitglied meiner *Shul* – meiner Gemeinde, – wurde gestern operiert, und ich versprach ihr, mich ein wenig um sie zu kümmern. Sie wundert sich vermutlich schon, wo ich bleibe.«

»Könnten wir uns dann verabreden, Rabbi?«

»Wenn Sie möchten. Aber ich glaube nicht, daß ich Ihnen viel erzählen kann. Tut mir leid.« Er zog die Wagentür auf.

»Nur noch eins, Rabbi Pearlstein: Könnten Sie mir vielleicht freundlicherweise etwas übersetzen? Es ist nämlich Hebräisch.« Er zog sein Notizbuch heraus und las den Satz vor, den Moran ihm diktiert hatte.

Pearlstein sah befremdet aus. Dann kam ihm langsam die Erkenntnis. »*Baruch Dajan Emet*. Meinen Sie das, ja?«

»Ich nehme es an.«

»Das heißt übersetzt: ›Gelobt sei Gott, der wahrhaftige Richter.‹ Nach unserem Glauben sagt man das, wenn man hört, daß jemand gestorben ist. Wäre es dann alles, Detective? Ich muß mich jetzt nämlich wirklich beeilen.«

»Ja. Das wäre alles. Vielen Dank für die Übersetzung, Rabbi.«

»Ich stehe Ihnen jederzeit zur Verfügung, Detective.« Er fuhr schnell rückwärts aus seinem Parkplatz heraus, ehe Ryker es sich noch einmal anders überlegen konnte.

Stollman saß in Rykers Wagen und löste ein Kreuzworträtsel. »Ein Wort für Umschreibung mit fünf Buchstaben?«

»›Rabbi.‹«

»Was? Ah, ich versteh schon. Er hat Ihnen wohl nichts erzählt, was?« Er grinste. »Sie haben übrigens noch immer das Käppchen auf dem Kopf.«

Ryker nahm es ab, faltete es an den ursprünglichen Falten zusammen und legte es auf das Armaturenbrett. »Er hatte keine Probleme, mir zu sagen, was ein *Get* ist, aber als ich ihm das Poster zeigte, wurde er mit einem Mal etwas zugeknöpft. Und ihm fiel plötzlich ein, daß er einer kranken Frau aus seiner Gemeinde einen Besuch abstatten müsse.«

»Und was machen wir jetzt?«

»Ich denke, ich werde den Anwalt darauf ansprechen, diesen Cooper. Wenn Vogler ihn gefragt hat, ob das Poster legal sei, müßte er eigentlich im Bilde sein. Und mir bleibt noch immer die Möglichkeit, die Rabbiner zu befragen, die das Poster unterschrieben haben.«

»Was war mit der Übersetzung?«

Ryker wiederholte, was der Rabbiner ihm gesagt hatte. »Man sagt es traditionellerweise, wenn man hört, daß jemand gestorben ist, aber ich bin doch etwas überrascht, daß ein Vater die Geistesgegenwart hat, es zu sagen.«

»Ja, da muß er schon ganz schön emotionslos und kühl sein. Und das bedeutet was? Sie nehmen doch nicht etwa an, daß er seinen eigenen Sohn umgebracht hat, oder? Der alte Mann sah heute wie sein eigener Geist aus. Sie haben ihn doch gesehen.«

»Hank, das erste, was sie uns auf der Akademie lehrten, war, daß die meisten gewalttätigen Verbrechen von Familienmitgliedern verübt werden. Ich habe noch nicht mit dem Anwalt gesprochen, aber was ist, wenn Vogler sein ganzes Vermögen den Eltern vermachte – was anzunehmen ist – und der Vater es einfach nicht mehr abwarten konnte? Oder vielleicht haßten sie einander ja auch.«

»Möglich. Aber er war heute verdammt schlecht beieinander.«

»Na schön. Er war also schlecht beieinander. Vielleicht bereut er ja seine Tat.«

»Also wirklich, Sam! Können Sie sich ernstlich vorstellen, daß der alte Mann zur Knarre greift und seinen eigenen Sohn umlegt?«

»Na ja, vielleicht hat er es ja gar nicht selbst getan. Vielleicht hat er jemand damit beauftragt und erst von Tom und George erfahren, daß der Job tatsächlich ausgeführt wurde. Oder was ist – das wäre eine andere Möglichkeit –, was ist, wenn er den Spruch sagte, weil er fand, daß sein Sohn bekam, was er verdiente: ›Gelobt sei Gott, der wahrhaftige Richter.‹ Das wäre doch ebenfalls stimmig.«

»Ein Vater, der sich freut, daß sein Sohn tot ist?«

»Nicht sich *freut*, Hank. Er erfuhr nur, daß schließlich eingetreten war, was er schon seit längerem befürchtete.«

»Möglich«, sagte Stollman unsicher. »Aber vielleicht ist er auch nur sehr gläubig und sieht alles als Gottes Willen an.«

Mit Ryker am Steuer verließen sie den Friedhof und fuhren auf dem Santa Monica Freeway in Richtung Westen. »Ach«, sagte Ryker, »ist Ihnen eigentlich auf der Beerdigung nichts Merkwürdiges aufgefallen?«

»Sie meinen, als sich die alte Lady Mrs. Vogler an den Hals warf? Eine Minute lang dachte ich, Mrs. Vogler würde ohnmächtig werden.«

»Meinem Eindruck nach war das nur ein ganz normales Beerdigungsgebahren – alle Gefühle sind auf höchster Erregungsstufe. Aber ich habe nicht ganz kapiert, warum die Ex-Mrs.-Vogler an der Zeremonie teilnahm. Ich meine, ich nahm natürlich an, daß sie hingehen würde, aber der Mann, der neben mir saß, sagte mir, daß sie während der Lobreden im Familienbereich saß. Und dann war sie mittendrin, mit Voglers Eltern unter dem Zeltdach.«

»Ja, das war schon etwas eigenartig.«

»Auf der anderen Seite mag es dem jüdischen Gesetz nach so sein, daß die Exfrau weiterhin zur Familie zählt. Vielleicht meinte das ja auch dieser andere Rabbiner. Wie war noch mal sein Name?«

Stollman sah in seinen Aufzeichnungen nach. »Brodin.«

»Brodin. Richtig. Bei ihm klang es irgendwie so, als würden Vogler und seine Exfrau wieder zusammenkommen – haben Sie das verstanden? Aber als ich mit Mrs. Vogler sprach, hat sie nichts in der Richtung erwähnt.«

»Interessant, hm?«

»Ja, durchaus. Warum schauen Sie nach dem Mittagessen nicht noch einmal bei dieser Pearson vorbei, ob sie inzwischen wieder da ist. Ich werde Cooper noch einmal anrufen. Wenn es seine Zeit ermöglicht, fahre ich bei ihm vorbei. Und er sollte sich die Zeit besser nehmen.«

Als Ryker ins Büro kam, lagen mehrere Meldungen auf seinem Schreibtisch, wer in der Zwischenzeit alles versucht hatte, ihn zu erreichen.

Marvin Cooper hatte um zehn nach zwölf angerufen. Sofort rief Ryker ihn zurück. Die Sekretärin verband ihn augenblicklich mit dem Anwalt.

»Hier ist Marvin Cooper. Was kann ich für Sie tun, Detective?« Er klang freundlich, aber vorsichtig.

»Ich würde Sie gern noch heute treffen, wenn das geht.«

»Als ich die Nummer wählte, die Sie bei meiner Sekretärin hinterlassen haben, meldete sich das Morddezernat. War das ein Irrtum?«

»Nein, ich fürchte nicht. Einer Ihrer Klienten wurde ermordet. Jake Vogler. Ich leite die Ermittlungen.«

»Jake!«

»Leider ja. Es überrascht mich etwas, daß Sie es noch nicht wissen.«

»Ich war verreist. Ich bin erst gestern nacht zurückgekommen und habe den ganzen heutigen Vormittag im Gericht zugebracht. Ich wollte gerade die Nachrichten auf meinem Tisch durchsehen, als mir Ihre als erste in die Hände fiel. Gott, ich kann es nicht fassen! Wie ist das passiert?«

»Warum unterhalten wir uns nicht persönlich darüber? Könnten Sie sich heute etwas Zeit für mich nehmen?«

»Selbstverständlich. Einen Moment bitte.« Er sah in seinen Terminkalender. »Drei Uhr?«

Es war jetzt zwei. »Ich werde dasein.«

Ryker holte sich eine Tasse Kaffee aus der Maschine im Gemeinschaftsbüro und kehrte an seinen Schreibtisch zurück. Er schrieb gerade seine Eindrücke von der Beerdigung nieder, wobei er gelegentlich an seinem noch immer heißen Kaffee nippte, als das Telefon klingelte.

Er hob den Hörer ab. »Detective Ryker, LAPD.«

»Detective, mein Name ist Louise Perris. Ich habe es schon einmal probiert. Ist es Ihnen ausgerichtet worden?«

Ryker sah schnell die Zettel durch, die auf seinem Schreibtisch lagen. Cooper. Douglas. Kasden. Ah, da war es. Perris.

»Ich wollte Sie eben zurückrufen, Mrs. Perris. Ich war den ganzen Vormittag außer Haus.« Er konnte sich ums Verrecken nicht erinnern, wer sie war.

»Es tut mir leid, daß ich gestern nicht da war, als Sie anriefen. Mr. Hurley sagte mir, Sie klangen sehr besorgt. Wegen Mrs. Vogler.«

Hurley? dachte Ryker verzweifelt. Welcher Hurley?

»Um ehrlich zu sein, neigt er manchmal dazu, die Dinge etwas zu dramatisieren, aber ich dachte, ich sollte trotzdem so schnell wie möglich Kontakt mit Ihnen aufnehmen.«

»Richtig. Dafür bin ich Ihnen auch sehr verbunden.« Er wartete.

»Mrs. Voglers Akte liegt jetzt vor mir, Detective. Ich habe nachgeschaut, wann Sie die neue Nummer verlangt hat.«

Natürlich! Pacific Bell. »Mrs. Perris, Mr. Hurley ließ anklingen, daß es wohl einige Schwierigkeiten dabei gab, Mrs. Voglers Nummer zu ändern.«

»Die arme Frau! Ich fühlte mich so schrecklich, daß ich die Dinge nicht vorantreiben konnte, aber mir waren die Hände gebunden.« Sie erklärte, daß Deena eine neue Nummer verlangt hatte, die geheim bleiben sollte, daß jedoch Jake, auf dessen Namen das Telefon angemeldet war, darauf bestanden hatte, die neue Nummer zu erfahren.

»Ich konnte absolut nichts tun. Er hatte das Recht darauf. Und dann, es ist kaum zu glauben, ging auch noch der Scheck in der Post verloren, als Mrs. Vogler den Apparat auf ihren Namen ummelden wollte!«

»Ab wann lief das Telefon dann auf ihren Namen?«

»Lassen Sie mich nachschauen.« Sie blätterte in den Unterlagen. »Ihr zweiter Scheck traf am Freitag, den 27. Oktober, ein. Aber er kam zu spät, als daß wir am selben Tag noch etwas hätten machen können. Die Geheimnummer auf Mrs. Voglers Namen wurde dann am Montag, den 30. Oktober, eingerichtet.«

»Ich verstehe.« Ein Tag nach dem Mord?

»Das letzte Mal, als ich mit ihr gesprochen habe, war sie sehr, sehr erregt. Sie war fast schon hysterisch, brüllte mich am Telefon an und verlangte zu wissen, warum alles so endlos dauere. Natürlich habe ich es ihr nicht übelgenommen. Ich konnte gut verstehen, daß sie wütend war. Sie klang ziemlich verzweifelt.«

Sie machte eine Pause. Ryker unterbrach sie absichtlich nicht.

»Aber dann haben sich ihre Probleme wohl noch immer nicht gelöst? Ich meine, da Sie jetzt anrufen.« Es war mehr eine Frage als eine Feststellung. »Ich nehme an, er belästigt sie also noch immer mit seinen nächtlichen Anrufen? Wirklich widerlich. Können Sie ihr denn da gar nicht helfen?«

»Um genau zu sein, Mrs. Perris, die Anrufe haben aufgehört.«

»Ach wirklich? Ich bin sehr froh, das zu hören. Aber wenn dem so ist, warum …?«

»Mr. Vogler ist tot, Mrs. Perris. Er wurde ermordet.«

»O mein Gott!«

O mein Gott, in der Tat. Nachdem Ryker die gedämpfter gewordene Mrs. Perris davon unterrichtet hatte, daß sie möglicherweise aufs Revier kommen und einen Bericht unterschreiben mußte, legte er auf, beendete seine Aufzeichnungen und blickte dann auf seine Uhr. Zeit, zum Anwalt zu fahren.

Die Kanzlei der Rechtsanwälte Cooper und Lichstein befand sich im siebten Stock eines Beton- und Glasbürogebäudes auf der Century Park East. Nicht weit, wie Ryker bemerkte, von der Firma Kasden und Vogler. Er fragte sich, ob Cooper auch Kasdens Anwalt war.

Ryker war fünf Minuten zu früh da, aber kaum gab er sich der Sekretärin zu erkennen, sprang sie auch schon auf und führte ihn zu Coopers Büro. Sie wirkte nervös, sah nicht unattraktiv aus, trotzdem konnten ihre unnatürliche Hautfarbe und wasserstoffblond-gefärbten Haare nicht die beredten Falten des mittleren Alters verbergen, die sich in ihr Gesicht eingegraben hatten. Ryker fiel ihre schlanke Figur auf und er vermutete, daß sie mehrmals in der Woche in ein Fitneßstudio ging, um sie sich zu erhalten. Er versuchte, eine gerade Haltung einzunehmen, und zog seinen Bauch ein, gab es aber sogleich wieder auf.

»Detective Ryker.« Cooper kam mit ausgestreckter Hand um den Tisch herum auf ihn zu. »Bitte, machen Sie es sich doch bequem.« Er deutete auf zwei Ledersessel, die vor dem großen Mahagonitisch standen.

Ryker blickte sich anerkennend im Büro des Anwalts um. Der jagdgrüne Teppich hatte Noppen, die Wände waren in einem hellen Café-au-lait-Ton gestrichen. An drei Wänden waren Bücherregale, gerahmte Diplome und Fotografien angebracht. Ryker entdeckte auf einem Bild Cooper, wie er gerade dem Bürgermeister die Hand schüttelte. Nicht schlecht, die Einrichtung – Coopers Schreibtisch, mehrere Stühle, ein tweedbezogenes kleines Sofa und ein antiker Anrichtetisch an der vierten, noch freien Wand – großangelegt, aber nicht protzig. Die Wirkung, die von den Möbeln ausging, war die der Wärme, Geborgenheit und des Vertrauens. *Kommen Sie, erzählen Sie mir all Ihre Probleme. Ich kann Ihnen helfen.*

Cooper trug einen Anzug, aber er hatte seine Krawatte gelockert. Er war irgendwo in den Vierzigern und ungefähr ein Meter fünfundsiebzig groß. Er hatte ein ansprechendes Gesicht, hellbraunes Haar, das auf der linken Seite ungewöhnlich tief war – um seinen zurückweichenden Haaransatz zu verbergen, wie Ryker bemerkte. Unbewußt strich er sich glättend über das eigene Haar.

»Ich kann immer noch nicht glauben, was Sie mir eben gesagt haben, Detective! Letzte Woche noch habe ich mit Jake gesprochen! Er war so lebendig, so vital!« Er schüttelte den Kopf. »Wie ist das passiert? Wurde er in seinem Apartment überfallen?«

»Nein, man fand ihn im Badezimmer eines Hauses, in dem er anscheinend eine Besichtigung durchgeführt hatte. Wir können zu diesem Zeitpunkt leider noch nicht sagen, was das Motiv war. Es könnte Raub sein; es könnte aber auch etwas anderes sein.«

»Wie kann ich Ihnen helfen?«

»Mr. Cooper, wenn ich Mr. Kasden richtig verstanden habe, waren Sie Mr. Voglers Anwalt und haben seinen letzten Willen aufgesetzt.«

»Das ist richtig. Ich betreue auch eine ganze Reihe der Firmenangelegenheiten. Aber was das Testament anbelangt ...« Er zögerte.

»Wenn Sie sich Sorgen wegen der Schweigepflicht machen, kann ich auch eine gerichtliche Verfügung erwirken, daß Sie die Information herausgeben müssen. Das täte ich allerdings, um die Wahrheit zu sagen, nur sehr ungern. Es ist reine Zeitverschwendung, und das Resultat am Ende ist das gleiche.«

»Ich verstehe, was Sie meinen. Na schön. Entschuldigen Sie mich bitte einen Moment.« Er stand auf, verließ den Raum und kehrte kurz darauf mit einer Manilamappe wieder. »Was wollen Sie genau wissen?«

»Das übliche. Wer erbt. Wie sein Vermögensstand ist.«

»Was seinen Vermögensstand anbetrifft, bin ich leider nicht vollständig informiert. Da müßten Sie mit seinem Buchprüfer sprechen. Ich kann Ihnen aber seinen Namen sagen.« Er blätterte in der Akte. »Hier ist er: Charles Gorman.« Er gab Ryker die Telefonnummer.

»Wie steht es mit seinem Testament? Ich nehme an, seine Eltern erben.«

»Nein. Gemäß Mr. Voglers letztem Willen erbt seine Frau alles. Entschuldigung, seine Exfrau.«

»Ist das nicht ein wenig seltsam?«

»Nein, eigentlich nicht. Er hat sein Testament vor zwei Jahren aufgesetzt, kurz nach seiner Hochzeit. Um ehrlich zu sein, habe ich ihn wiederholt gedrängt, daß er ein neues abfassen soll, eines, das der Änderung seines Familienstandes angemessen wäre, aber es kam irgendwie nie dazu.«

»Weiß Mrs. Vogler, daß sie Alleinerbin ist?«

»Ich habe keine Ahnung.«

»Ich verstehe. Mr. Cooper, da wäre noch etwas, wo Sie mir vielleicht helfen könnten.« Ryker zog das ›Fahndungs‹-Poster heraus und reichte es ihm. »Von der Bezeichnung her –« er deutete oben auf das Blatt – »nehme ich an, daß Mr. Vogler sich diesbezüglich mit Ihnen in Verbindung gesetzt hat.«

Cooper hustete. »Ja, das hat er. Er war nicht gerade erfreut darüber, aber ich sagte ihm, daß es leider keinen Weg gäbe, wie wir dem Ganzen ein Ende setzen könnten.«

»Ich habe heute mit einem Rabbiner gesprochen. Er sagte mir, daß dieser *Get,* auf den sich hier bezogen wird, eine religiöse Scheidungsurkunde ist. Handelt es sich dabei nur um eine reine Formalität?«

»Da kenne ich mich leider nicht aus, Detective.«

»Warum haben bloß all diese Rabbiner unterschrieben? Sie fordern im Grunde von jedermann, Vogler wie eine Seuche zu meiden, bis er seiner Frau den *Get* gibt. Ganz schön heftig, nicht?«

»Ja, scheint so.«

»Haben Sie die *Get*-Angelegenheit betreut?«

»Nein, das kann nur ein Rabbiner. Es ist eine sehr formale Prozedur.«

»Also wissen Sie doch etwas darüber.«

»Nur, daß ich nicht der Richtige bin, den Sie darüber befragen sollten, Detective. Sie sollten wirklich mit einem Rabbiner sprechen.«

»Das habe ich bereits. Er war nicht sehr hilfsbereit.« Und Sie sind es auch nicht.

»Ich würde Ihnen aber nur ungern etwas Falsches erzählen. Ich bin kein Experte in religiösen Angelegenheiten.« Er lächelte.

»Weshalb wollte Vogler seiner Frau diesen *Get* nicht geben? War es teuer – war das der Grund?«

»Nein. Nicht, daß ich wüßte.«

»So helfen Sie mir doch bitte weiter, Mr. Cooper. Es geht hier schließlich um Mord, nicht um irgendeine Testamentseröffnung. Das sollten Sie eigentlich besser wissen, als mir wesentliche Informationen vorzuenthalten.«

»Ich möchte Ihnen nur keinen falschen Eindruck vermitteln.«

»In welcher Hinsicht?«

»Und außerdem bin ich mir nicht so sicher, ob meine Informationen so wesentlich sind, wie Sie glauben. Ich bezweifle, daß sie etwas mit Jakes Tod zu tun haben, und ich möchte Sie auf keinen Fall auf eine falsche Fährte locken.«

»Warum lassen Sie das nicht einfach mich beurteilen, okay? Weshalb wollte ihr Vogler den *Get* nicht geben?« wiederholte Ryker.

Cooper glättete mit der Handfläche sein Haar. »Also gut. Zuallererst wollte er sich gar nicht scheiden lassen. Die Scheidung war ihre Idee.«

»Und warum wollte sie die Scheidung?«

»Das wäre jetzt nur eine Gerüchteküche, das weiß ich nämlich nur vom Hörensagen; ich habe nie persönlich mit ihr gesprochen.«

»Schon gut.« Ryker grinste. »Fahren Sie fort.«

»Dann erfuhr Jake von diesem *Get*, und er versuchte, ihn als Druckmittel für eine bessere Güterverteilung einzusetzen. Verstehen Sie, ohne *Get* kann eine orthodoxe Frau sich nicht wiederverheiraten.«

»Für wie lange?«

»Es gibt keine zeitliche Begrenzung. Für immer, nehme ich an.«

»Kann sie nicht ein Rabbiner davon befreien?«

»Nein, so funktioniert das nicht. Soweit ich das verstanden habe, ist die einzige Person, die den *Get* vergeben kann, der Ehemann.«

»Sieht so aus, als wüßten Sie eine ganze Menge mehr darüber, als Sie dachten, was?«

Cooper lächelte, sichtlich peinlich berührt.

»Und was hat Mr. Vogler also getan? Ein wenig Erpressung betrieben? Schande, Schande, Mr. Cooper. Haben Sie ihm denn nicht gesagt, daß das nicht gerade sehr anständig ist?«

»Um Ihnen die Wahrheit zu sagen, die Art, wie die ganze Sache lief, hat mich ganz krank gemacht. Ich habe Jake wieder und wieder gesagt, er solle Vernunft annehmen, aber es war, als würde ich gegen eine Wand reden.«

»Er wollte also alles, war es das?«

»Ich weiß es nicht genau.«

»Hat er nun den gesamten gemeinsamen Ehebesitz gefordert oder hat er nicht?«

»Er hat, aber ich glaube, das war's gar nicht, worum es ihm ging. Wenn Sie meine Meinung hören wollen, Detective, so denke ich, er wollte es einfach so verdammt schwierig machen, damit seine Frau die ganze Scheidungsangelegenheit irgendwann fallenlassen würde.«

»Aber das hat sie nicht getan.«

»Nein. Sie wurden am 19. Mai offiziell geschieden. Die Güterverteilung stand noch zur Debatte.«

»Haben sie das Problem der Güterverteilung jemals gelöst?«

»Nein, letztendlich nicht. Im September rief mich die Rechtsanwältin von Mrs. Vogler an – Brenda DiSalvo –, um mir zu sagen, daß ihre Klientin auf all ihre Ansprüche auf das gemeinsame Eigentum verzichten würde. DiSalvo kochte vor Wut, was ich gut verstehen konnte. Ein paar Wochen später rief DiSalvo wieder bei mir an und teilte mir mit, wir wären wieder am Ausgangspunkt angelangt. Ihre Klientin würde um die Hälfte oder mehr kämpfen.«

»Was war geschehen?«

Cooper zuckte mit den Schultern. »Ich habe keine Ahnung. Ich habe Jake darauf angesprochen, aber er gab mir nur zur Antwort, das ginge mich nichts an.«

»Verstehe.« Ryker warf erneut einen Blick auf das Poster. »Der Brief ist vom September datiert. Wenn Vogler sich weigerte, ihr den *Get* zu geben, damit sie sich die Scheidung noch mal überlegte, wieso weigerte er sich dann, ihn ihr zu geben, nachdem die Scheidung rechtskräftig war?«

»Das weiß ich auch nicht genau. Ich nehme an, er war einfach aufgebracht.«

»Über die Scheidung? Aber sie kam doch nicht gerade unerwartet, oder?«

»Er war sehr stur, Detective. Ich nehme an, er glaubte keine Sekunde lang daran, daß sie damit durchkommen würde.«

»Aber als sie damit durchkam, bekam er Rachegefühle. Ist es das?«

»Legen Sie mir bitte nicht die Worte in den Mund. Wir haben niemals darüber gesprochen. Ich bin sein Anwalt, nicht sein Psychiater.«

»Gab es denn noch jemanden? Ich meine, bei Mrs. Vogler?«

»Nicht daß ich wüßte.« Er rutschte unruhig auf seinem Stuhl herum.

»Ich bitte Sie, Mr. Cooper. Ich finde es ohnehin heraus.«

»Jake glaubte es«, gab Cooper unglücklich zu. »Aber er könnte es sich auch nur eingebildet haben. In den letzten Wochen war er nicht mehr er selbst.«

»Also, lassen Sie mich das noch einmal klarstellen: Standesamtlich war Mrs. Vogler nicht mehr mit ihm verheiratet. Aber nach dem jüdischen Gesetz war sie noch genauso verheiratet wie an dem Tag, an dem sie sich das Gelübde gaben.«

Cooper nickte.

Das erklärte das Begräbnis. Es fügte sich alles zusammen. Ryker erhob sich, verabschiedete sich von Cooper mit Händedruck und ging zur Tür.

Cooper rief ihn auf halbem Weg zurück. »Detective, ich möchte nicht, daß Sie einen falschen Eindruck bekommen. Es sind alles sehr nette Leute. Ich würde mir furchtbare Vorwürfe machen, wenn Sie ihnen jetzt eine Menge Fragen stellen, die auf unserem Gespräch basieren. Irgendwann hätte Jake Deena den *Get* bestimmt gegeben. Da bin ich mir absolut sicher. Früher oder später wäre sie aus der Ehe herausgekommen, selbst nach jüdischem Gesetz.«

»Sieht nur leider so aus, als hätte jemand entschieden, die Angelegenheit etwas zu beschleunigen, nicht wahr?«

16

Auf dem Rückweg zum Revier hatte Ryker viel Zeit, über das Gespräch mit Cooper nachzudenken. Er hatte den Olympic Boulevard aus Century City heraus genommen, weil er hoffte, damit den Vier-Uhr-Stau umgehen zu können, aber zuerst war ein Behindertenauto auf dem Roxbury Drive gewesen, und auf dem Doheny Drive hatten drei Lastwagen der städtischen Straßenwartung die Kreuzung blockiert. Ryker hatte gehört, daß in der Schweiz die meisten Straßenreparaturen nachts stattfanden. Wenn kaum Verkehr herrschte, falls überhaupt. Während Ryker sich in seinem Wagen zentimeterweise auf der neugeschaffenen geschlängelten Fahrbahn vorarbeitete, die mit orangefarbenen Kegeln abgegrenzt war, fragte er sich, warum das noch keiner hier ausprobiert hatte. Zu praktisch, entschied er.

Als er endlich beim Revier ankam, war es beinahe fünf Uhr. Einzig Lewis war schon zurück. Ryker fand ihn im Gemeinschaftsbüro vor, wo er sich gerade ein Glas Wasser aus dem Trinkwasserspender holte.

»Kopfweh«, erklärte Lewis. Er schluckte zwei Aspirintabletten und folgte dann Ryker an dessen Schreibtisch.

»Haben Tom oder Hank sich schon gemeldet?« Ryker lockerte seine Krawatte, als er sich hinsetzte.

»Keine Ahnung. Ich bin selbst gerade erst gekommen.« Er setzte sich und massierte seine Schläfen. »Der verdammte Smog ist schuld.«

Ryker wiegte mitfühlend den Kopf. »Sind Sie denn überhaupt in der Verfassung, mir Ihre Ergebnisse mitzuteilen? Wenn nicht, ich habe auch noch ein paar Anrufe zu erledigen.«

»Nein. Es geht schon. Wo soll ich anfangen?«

»Haben Sie mit dem Pförtner gesprochen?«

»Ja. Sein Name ist Alfred – er hat die Schicht von zwei Uhr

nachmittags bis um zehn. Er erinnert sich, daß Vogler in den letzten paar Wochen ungewöhnlich viel Besuch hatte; das hatte ihn einigermaßen erstaunt.«

»Hat er irgendwelche Namen behalten?«

»Es kommt noch besser:« Lewis lächelte. »Zwei davon kannte er sogar vom Sehen. Voglers alten Mann und seinen Schwiegervater.«

»Novick hatte ich mir ja bereits schon gedacht. Wann war er da?«

»Alfred ist sich nicht sicher. Er glaubt, es war Donnerstag. Er sagt, daß Vogler ihn erst gar nicht heraufkommen lassen wollte, aber daraufhin hat Novick wohl eine Szene im Foyer gemacht – Vogler konnte das offensichtlich über die Hausanlage hören –, und deshalb gab er nach. Wollen Sie wissen, was Vogler zu Alfred sagte?« Lewis grinste jetzt, sein Kopfweh hatte er für kurze Zeit vergessen. »Er hat ihm gesagt, er solle Novick filzen, ehe er ihn raufließe.«

»Und an all das konnte sich Alfred gestern nicht erinnern, als Tom ihn befragte? Wie hat er denn das erklärt?«

»Er dachte, Vogler scherze, das wäre typisch für seinen Humor gewesen. Er hält es noch immer für einen Witz, aber dann kam er zu dem Schluß, lieber alles zu erzählen.«

»Was ist mit dem Vater? Wann war er da?«

»Am frühen Samstag abend. Laut Alfred blieb er nicht lange.«

»Noch etwas?«

»Er sagt, es wären noch mindestens zwei weitere Besucher während der vergangenen zwei Wochen dagewesen, aber er weiß nicht, wer sie waren. Einer sei aber wohl ein Rabbi gewesen. Das schränkt das Ganze schon erheblich ein, nicht?«

»Möglicherweise. Wir werden sehen. Wer fehlt uns jetzt noch?«

»Der Typ vom späten Samstag abend. Sein Name ist Jerome. Alfred hat mir seine Nummer gegeben. Ich habe es schon zweimal bei ihm probiert, aber er war nicht da. Ich werde es später noch einmal versuchen, und wenn er dann noch immer nicht zu Hause sein sollte, werde ich nach zehn bei ihm im Apartment klingeln.«

»Wenn Ihr Kopf Sie noch immer plagt, soll sich jemand anders darum kümmern.«

»Danke, aber es wird schon gehen. Wollen Sie als nächstes etwas über die Geschäftsbeziehungen von Vogler hören?«

»Hat sich denn irgendwas Interessantes ergeben?«

»Ich bin mir nicht sicher. Ich war zuerst bei Murdoch, wie Sie es mir aufgetragen haben, aber davon werde ich Ihnen erst zum Schluß erzählen. Also. Ferkins, Vorname Andrew. Alter siebenunddreißig. Einer von diesen Typen, die einen Vertrag erst dreimal durchlesen und dann noch fünfzig Fragen stellen. Er hat meinen Ausweis fünf Minuten angeschaut, bevor er mich reinließ. Jedenfalls hat er nicht abgestritten, wütend auf Vogler gewesen zu sein. Behauptet, der Verstorbene hätte ihm das Anwesen verkauft, obwohl er wußte, daß das Fundament sich drastisch verlagerte, und er hätte irgendeine windige Gesellschaft dazu gebracht, ein gefälschtes Gutachten abzugeben.«

»Hat er sich denn um keine unabhängige Prüfung gekümmert?«

»Doch. Vogler gab ihm die Namen von ein paar Gesellschaften, und er hat sich eine von ihnen herausgesucht. Dasselbe wie bei den anderen.«

»Warum hat er die Immobilienfirma nicht verklagt?«

»Das wollte er, aber sein Anwalt sagte ihm, er würde damit nicht durchkommen.«

»Klingt so, als käme er in Frage, George.«

»Unglücklicherweise hat Ferkins aber ein hieb- und stichfestes Alibi für die gesamte in Frage kommende Zeit. Er und seine Frau waren mit fünf anderen Paaren in einem Restaurant, eine Geburtstagsfeier. Er nannte mir die Namen der Paare und den des Restaurants. Ohne zu zögern.«

»Zu blöd.«

»Ja, das ist es wirklich. Er hat noch immer eine Stinkwut auf Vogler. Hat auch nicht verheimlicht, daß er nicht traurig ist, daß Vogler umgebracht wurde.«

»Wer war der nächste?«

Lewis sah in seinen Notizen nach. »Prather, Leslie J. und Marcia. Ein nettes Ehepaar. Hat sie etwas mitgenommen, als ich ihnen erzählte, daß Vogler tot ist. Erst waren sie ziemlich sauer, weil ihnen jemand eingeredet hat, Vogler hätte ihnen nicht alle Angebote gezeigt. Aber dann stellte sich wohl heraus, daß dieser Jemand ein anderer Makler war, der den Auftrag an Vogler verloren hatte und nun versuchte, Ärger zu machen. Vogler konnte belegen, daß er alles ordnunsgemäß ausgeführt hatte, und sie glaubten ihm. Kein Alibi – sie waren angeblich den ganzen Tag und Abend zu Hause und haben es sich gemütlich gemacht. Aber ich denke, wir können sie trotzdem außer acht lassen.«

»Okay. Klingt nach einer Sackgasse. Hank kümmert sich um die restlichen. Vielleicht stößt er ja auf etwas. Was war nun mit Murdoch? Hat er Ihnen etwa erzählt, Vogler und er hätten sich wieder versöhnt und er hätte ihn in seinem Country Club als neues Mitglied vorgeschlagen?«

»Nein. Er sagte, Vogler wäre ein Gauner, Kasden ein Arschloch, und er bedauere es, je einen Fuß in ihr Büro gesetzt zu haben. Schaute mir direkt in die Augen und sagte, Vogler habe bekommen, was er verdient habe.«

»Hat er ein Alibi?«

»Kein richtiges. Aber das schien ihn nicht im mindesten zu beunruhigen. Er und seine bessere Hälfte waren zu Hause und beschlossen, früh ins Bett zu gehen. Er hatte ein paar Geschäftstermine am Montag und wollte deshalb ausgeschlafen sein.«

»Sie meinen, das Treffen mit Vogler und dem CPA?«

»Nein, danach habe ich ihn gefragt. Laut Murdoch hatte Kasdens Sekretärin den Termin am Freitag abgesagt. Murdoch war wirklich sauer darüber. Das war nicht das erste Mal, daß Vogler so mit ihm umgesprungen war.«

»Aber Vogler hat die Verabredung nicht ausgestrichen.«

»Stimmt. Vielleicht hat er es vergessen.«

»Welches Problem hatte er nun mit Vogler? Hat Murdoch Ihnen das gesagt?«

»O ja! Da war er nicht gerade zurückhaltend. So wie er es mir erklärte, hat Vogler von Anfang bis Ende Pfuscharbeit geleistet. Handhabte die Vorfertigung falsch, zögerte das Projekt hinaus. Die Grundaussage ist, daß Murdoch es satt hatte, daß sein Geld für fast zwei Jahre festlag, ohne daß dabei sichtbare Ergebnisse zum Vorschein kamen. Er wollte aussteigen. Vogler konnte ihn dazu überreden, noch so lange zu warten, bis sie Käufer gefunden hätten, die seine Anteile übernehmen würden. Murdoch gab ihnen dafür bis Ende November Zeit. Aber sein Wirtschaftsprüfer sollte sich mit Vogler treffen, um den Anlagewert zu überprüfen.«

»Interessant. Was ist mit seinen Schlägertypen? Waren die ebenfalls da und rösteten etwa Marshmallows vor dem Kamin?«

»Zuerst gab Murdoch vor, er wüßte nicht, wovon ich spreche, aber als ich ihm sagte, daß die Typen nach der Aussage von Kasden und Mrs. Vogler angaben, für ihn zu arbeiten, gab er zu, daß er sie für ›gelegentliche‹ Jobs brauche, die besondere Aufmerksamkeit verlangten. Sie heißen Eddie Beauchamps und Tony Padrillo. Murdoch behauptet, daß sie von Samstag bis Dienstag in Las Vegas waren. Eine kleine Prämie dafür, daß sie ein anderes ›Problem‹ so gut gelöst hätten.«

»Gibt es Beweise dafür?«

»Murdoch sagt, sie hätten im Caesars Palace gewohnt. Ich werde es nachprüfen.«

»Haben Sie Murdoch auch gefragt, warum sie Mrs. Vogler so geängstigt haben?«

»Er behauptet, das sei, wie er sich ausdrückte, ein ›bedauerlicher Fehler‹ gewesen. Sagte, seine Jungs würden sich manchmal von ihrer Loyalität hinreißen lassen, zu weit zu gehen. Aber sie hätten angeblich noch niemandem etwas zuleide getan. Möchten Sie, daß ich in den Polizeiakten nachsehe, ob wir irgendwas über sie haben?«

»Ist im Moment noch nicht nötig. Überprüfen Sie zuerst, ob ihr Alibi hieb- und stichfest ist.«

»Ich werde mich gleich darum kümmern.« Er stand auf. »Ach ja, das hätte ich beinahe vergessen: Ich habe in den Akten nachgeschaut, ob Vogler tatsächlich Klage gegen seinen Schwiegervater eingereicht hat. Er hat es nicht getan.«

»Das hatte ich ja völlig vergessen! Gut gemacht, George!«

Lewis lächelte und ging zu seinem Schreibtisch.

Ryker rief bei der SID an. »Wie lange wollen Sie mich denn noch wegen des Kalenders hinhalten, Marty?« fragte er den Laborfachmann.

»Ich wollte Sie gerade anrufen, Ryker. Lassen Sie mich schnell den Bericht holen.«

Während Ryker wartete, warf er einen flüchtigen Blick auf die Meldungen der morgendlichen Anrufe, die sich noch immer auf seinem Schreibtisch befanden. Er nahm den obersten Zettel in die Hand. Douglas. Wer zum Teufel war Douglas?

»Sie haben Glück.« Marty war wieder zurück. »Wir konnten tatsächlich die durchgedrückten Buchstaben ausmachen. Wir haben auch die Analyse des Mageninhalts des Opfers abgeschlossen. Hoffentlich verdirbt Ihnen das nicht Ihr Frühstück, Ryker.«

»Damit werde ich schon fertig. Schießen Sie los.« Er schrieb schnell mit, und zwar in einer Kurzschrift, die er über die Jahre perfektioniert hatte. »Danke«, sagte er, als Marty fertig war. »Ich weiß es zu schätzen, daß Sie es so schnell erledigt haben.«

»Na klar. Betrachten Sie es als vorzeitiges Weihnachtsgeschenk. Ich werde eine Kopie des Berichts in die Post geben. Sie müßten sie dann eigentlich morgen haben.«

Der Mageninhalt hatte nichts Ungewöhnliches zutage gebracht: Toast mit Grapefruitmarmelade, Eierstückchen, Hartkäse, irgendein Gebäck, Kaffee und kohlensäurehaltige Cola. Wahrscheinlich Pepsi Light. Auf der Ablage hatte eine halbleere Dose gestanden (das Kind hatte zugegeben, die andere Hälfte getrunken zu haben), und man hatte weitere Dosen im Kühlschrank gefunden.

Der Bericht über den Inhalt der fehlenden Terminkalenderseite gab Rätsel auf. Ryker saß einen Moment gedankenverloren da, während er mit den Fingern auf dem Schreibtisch herumtrommelte, dann sah er die restlichen Zettel mit Nachrichten durch. Als erstes Douglas, bevor er es vergaß. Er wählte die Nummer, ließ es sechs- oder siebenmal klingeln, dann drückte er die Gabel herunter und rief in Kasdens Büro an. Die Sekretärin meldete sich.

»Detective Ryker, LAPD.«

»Einen Augenblick, bitte.« Sie klang jung, ehrfürchtig und mehr als nur ein bißchen nervös.

Wenige Sekunden später kam Kasden an den Apparat. »Detective, ich bin froh, daß Sie anrufen. Ich würde nämlich gern wissen, ob Sie schon etwas über Jakes Mörder herausgefunden haben. Sie können sich gar nicht vorstellen, wie sehr mich das erschüttert hat! Ich kann an nichts anderes mehr denken. Ich habe nachts sogar Alpträume.«

»Um genau zu sein, Mr. Kasden, würde ich gern morgen zu Ihnen ins Büro kommen und mit Ihnen persönlich sprechen.«

»Aber ich habe Ihrem Kollegen doch bereits alles, was ich weiß, erzählt.«

»Davon bin ich überzeugt. Wir gehen den Informationen, die Sie uns gegeben haben, auch nach. Aber da wären noch ein oder zwei Details, die ich gern noch einmal mit Ihnen durchsprechen würde. Um welche Uhrzeit würde es Ihnen denn passen?«

»Morgen bin ich ziemlich beschäftigt. Können wir es nicht auf den Montag verschieben?«

»Ich fürchte nein, Mr. Kasden. Wir sind auf jeden Fingerzeig angewiesen. Je länger wir warten, desto kälter wird die Spur.«

»Ich habe einen Termin um Viertel nach zwölf. Gegen zwei müßte ich eigentlich wieder da sein. Ich werde ein paar Termine umdisponieren müssen.« Er klang gereizt.

»Ich danke Ihnen. Wir sehen uns dann um zwei.«

Ryker las seine Notizen, die er von seiner Kurzschrift abgeschrieben hatte, gerade ein zweites Mal durch, als Moran zu ihm kam und sich auf einen Stuhl fallen ließ.

»Ich habe Hank draußen kommen sehen«, sagte er Ryker. »Wo ist George?«

»Er muß sich wohl gerade für eine Minute von seinem Schreibtisch entfernt haben. Wahrscheinlich ruft er in Las Vegas an, um die Alibis der Murdoch-Männer zu überprüfen.« Er erzählte ihm von Lewis' Besuch bei Murdoch.

»Was haben Sie eigentlich gerade gelesen, als ich hereinkam?«

»Ich habe mit Marty von der SID gesprochen. Sie haben herausbekommen, was auf der fehlenden Kalenderseite stand.« Er reichte Moran seine Notizen.

»›Ben – REC‹. Was ist REC?«

»Ich habe keine Ahnung. Aber ich bin sicher, daß es mir irgendwo schon mal untergekommen ist.«

»Was untergekommen ist?« fragte Stollman, der eben zu ihnen stieß.

Moran reichte ihm das Blatt Papier. Stollman betrachtete es eine Minute lang im Stehen.

»Sind Sie in Trance, oder was?« fragte Moran.

»Nein, ich denke nur gerade nach. Ich versuche, mich zu erinnern, wo ich – ah, ich weiß wieder! Es stand in der Sonntagsausgabe der *L. A. Times*, die wir in Voglers Aktentasche fanden. Wo sind Voglers Sachen?«

Ryker deutete auf die Aktentasche und wartete, während Stollman sie nach der Zeitung durchwühlte.

»Hier ist es.« Stollman schlug die Seite auf. »Bingo. Hier steht ›REC‹ mit einem Fragezeichen.«

Moran sagte: »Also steht es an zwei verschiedenen Stellen. Aber wir wissen immer noch nicht, was es heißt.«

»Ich kann Kasden morgen darauf ansprechen, wenn ich zu ihm fahre«, sagte Ryker. »Und auf noch ein paar weitere Dinge.«

»Sie glauben, er hat die Seite herausgerissen?« fragte Stollman.

»Das ist durchaus möglich. Er hatte genügend Zeit, als er in den anderen Raum ging, um die Seiten zu kopieren, die er zu brauchen vorgab. Und was immer Voglers Notiz bedeutet, Kasden ist offensichtlich in die Sache verwickelt.«

Lewis kehrte zurück. »Ich habe mit dem Geschäftsführer vom Caesars Palace geredet, Sam. Murdochs Männer waren tatsächlich von Samstag bis Montag abend dort. Haben beim Spiel eine ganze Menge Geld gelassen, aber es schien ihnen nicht viel auszumachen. Und sie haben den ganzen Abend über was zu trinken bestellt, so daß wir sogar ihre Unterschriften haben könnten, falls wir das überprüfen wollten.«

»Dazu besteht kein Grund«, sagte Ryker. »Klingt nach einer Sackgasse. Was haben Sie über Voglers Klienten herausfinden können, Hank?«

»Nichts. Ich habe mit Dyson gesprochen – das ist der, der versucht hat, Vogler um seine Provision zu bringen. Er lachte, als ich ihn nach einem Alibi fragte; er dachte ernstlich, ich würde scherzen. Er war sich durchaus bewußt gewesen, daß Vogler Anspruch auf die Provision hatte, aber er dachte, er würde damit durchkommen. Als er das Spielchen verlor, hat er eine Zeitlang ein wenig Geschrei gemacht, im Grunde aber alles schnell wieder vergessen. Oder wenigstens behauptet er das.«

»Hat er denn nun ein Alibi oder nicht?« fragte Ryker.

»Ja. Seine verheiratete Tochter ist gerade mit ihren zwei Kindern hier. Seine Frau und er sind mit ihnen ins Disneyland gefahren und bis zur Schließzeit geblieben. Die Tochter hat das bestätigt. Wie auch der Chauffeur.«

»Fahren sie etwa eine Limousine?« fragte Moran.

»Sogar eine Stretch-Limousine. Sie stand in der Einfahrt, zusammen mit einem Silver Cloud. Hören Sie auf zu sabbern, Moran; sonst machen Sie sich noch Flecken auf Ihre Polyesterkrawatte.« Stollman grinste.

»Ist das alles?« fragte Ryker.

»Ich konnte bislang leider noch nicht mit der Maklerin, Laura Brackwood, sprechen. *Ms.* Brackwood – wie mir die Sekretärin einschärfte. Sie war den ganzen Tag geschäftlich unterwegs, ist wohl erst morgen früh wieder im Büro.«

»Tom?« forderte Ryker unverzüglich Moran auf.

»Bei mir gibt es nicht viel zu berichten. Ich habe fünf Leute von der Besichtigungsliste aufgesucht. Die meisten leben nur ein paar Blocks von dem Haus auf dem Sherbourne Drive entfernt. Wahrscheinlich neugierige Nachbarn, die sich das Haus mal von innen ansehen wollten, ehe es verkauft wird. Sie haben nichts Ungewöhnliches gesehen oder gehört. Ein Ehepaar – mit Namen Plotkin – war wirklich am Kauf interessiert. Als ich ihnen erzählte, daß ein Mann dort umgebracht wurde, fiel die Frau beinahe in Ohnmacht. Dem Ehemann schien es dagegen nichts auszumachen; er fragte mich bloß, ob der Preis wohl dadurch runtergehen würde. Ach, das menschliche Mitgefühl – es wärmt einem doch immer wieder das Herz. Jedenfalls müßte ich bis morgen die Liste durchhaben. Es sind nur noch sechs Namen übrig.«

»Ist Mrs. Pearson immer noch nicht zu Hause?« fragte Ryker Stollman.

»Nein.«

»Wer ist Pearson?« fragten Lewis und Moran wie aus einem Munde.

Stollman erzählte es ihnen. »Ich habe aber noch mal mit ihrer Nachbarin gesprochen. Sie meinte, daß Mrs. Pearson schon wieder da sei. Ich habe ihr eine kleine Nachricht in den Briefkasten gesteckt, nur für den Fall.«

Moran sagte: »Hey, Sam, wie war eigentlich die Beerdigung? Trug die Braut Schwarz?«

»Komisch, daß Sie das fragen.« Er berichtete ihnen detailliert vom Begräbnis und von seinem Gespräch mit Cooper. »Das erklärt, weshalb Mrs. Vogler überhaupt an der Beerdigung teilnahm. Gemäß jüdischem Gesetz ist sie Voglers Witwe, nicht seine Exfrau. Reizend, nicht?«

Moran pfiff. »Das wirft ein ganz neues Licht auf alles. Ich meine, wenn Vogler ihr die religiöse Scheidung verweigerte und sie sich ohne nicht wiederverheiraten konnte, hatte sie ein Motiv, ihn zu töten. Wie auch ihr Vater. Er muß total in Rage gewesen sein, daß Vogler sein kleines Mädchen nicht freigibt.«

Lewis sagte: »Aber wer könnte ihm das schon übelnehmen? Es klingt ganz so, als hätte man Vogler zur Jagdbeute erklärt.«

»Na ja, er war vielleicht nicht gerade der netteste Junge in der Umgebung«, sagte Ryker, »aber das gibt noch lange keinem das Recht, ihn umzubringen. Und außerdem wissen wir gar nicht, ob Mrs. Vogler es überhaupt so eilig hatte, wieder zu heiraten. Wir wissen ja noch nicht einmal, ob sie einen Freund hat.«

»Vogler sagte zu Cooper, daß sie einen hat«, erinnerte ihn Stollman.

»Das muß aber nicht stimmen. Cooper war sich jedenfalls nicht sicher, ob es stimmt. Wir müssen dem nachgehen.«

Moran sagte: »Aber wenn sie *tatsächlich* einen Freund hat, hat auch er ein Motiv. Das wird ja von Minute zu Minute besser.«

»Aber rennen Sie bitte nicht gleich mit Handschellen aus der Tür, ja, Tom?« sagte Lewis. »Ich glaube, Sie sind etwas voreilig.«

»Und was ist mit Mrs. Voglers fehlendem Revolver?« fragte Moran. »Vergessen Sie den nicht, George.«

»Okay«, unterbrach Ryker sie. »Hank, sorgen Sie bitte dafür, daß wir die Fingerabdrücke von der Exfrau, ihrem Vater und Kasden erhalten. Versuchen Sie, sie dazu zu bringen, noch vor dem Wochenende hier zu erscheinen. Novick war nicht gerade versessen drauf. Wenn er sich sträubt, werde ich sehen, was ich tun kann. Ich erinnere mich nicht mehr, ob ich seiner Tochter gegenüber erwähnt habe, daß wir ihre Abdrücke brauchen werden. Hängen Sie es bloß nicht an die große Glocke. Sagen Sie ihr, es sei nur Routine. Und Kasden –«

Lewis schaltete sich ein: »Ich sagte Kasden, daß wir seine Abdrücke brauchten, weil er in Voglers Apartment war. Er hat kein Aufhebens darum gemacht.«

»Gut. Das wäre dann alles. George, Sie sehen fürchterlich aus. Warum gehen Sie nicht lieber nach Hause? Es kann auch jemand anders den Pförtner übernehmen.«

»Ja, haben Sie nichts dagegen? Die Aspirin haben leider nicht viel geholfen.«

»Ich kann mit dem Typen sprechen«, erbot sich Moran. »Mich kennt er auch schon.«

»Danke. Dafür schulde ich Ihnen was.«

Moran erhob sich und wartete auf Lewis, der sich müde aus dem Stuhl hievte. Gemeinsam verließen sie den Raum.

»Ist im Moment etwas für mich zu tun, Sam?« fragte Stollman. Es war nach sechs Uhr. »Ich habe Penny gesagt, ich würde mich bemühen, früh nach Hause zu kommen. Meine Tochter hat nämlich heute Geburtstag. Sie wird drei.«

»Kein Problem. Süßes Alter.« Ihm schien, als wäre es erst gestern gewesen, daß Becky und Kelley Kleinkinder waren. Jetzt besuchten sie bereits beide die High-School. »Feiern Sie schön.«

Eine Beerdigung am Morgen und eine Geburtstagsfeier am Abend. Das Leben war schon seltsam. Ryker mußte plötzlich an

Deena Vogler denken. Er versuchte sich vorzustellen, was sie gerade in ihrem Haus auf der Guthrie Avenue tat. Trauerte sie um ihren Nicht-ganz-Exmann – oder holte sie gerade den Champagner heraus?

17

Als Deena vom Friedhof nach Hause kam, wurde ihr bewußt, daß sie nicht viel tun konnte, um sich abzulenken. Gemäß orthodoxem Gesetz mußte sie während der *Shivah* zu Hause bleiben. Fernsehen oder Musik hören galt als unpassend. Max hatte ihr vorgeschlagen, sich ein wenig hinzulegen, aber sie war zu angespannt, um schlafen zu können.

Bevor sie vom Friedhof weggefahren war, hatte Reuben ihr ein Buch in die Hand gedrückt: *Die jüdischen Rituale bei Trauer und Tod*. Vielleicht hilft es dir ja, hatte er zu ihr gesagt. Sie hatte flüchtig darin geblättert, es dann aber beiseite gelegt. Sie konnte sich nicht konzentrieren. Nein, das stimmte nicht. In Wahrheit bezweifelte sie, daß in dem Buch etwas stand, was für sie von Interesse wäre. Es sei denn, natürlich, es enthielte ein Kapitel, das auf die Frau eines Verstorbenen zugeschnitten war, der ihr die religiöse Scheidung verweigert hatte. In dem deutlichen Bewußtsein, daß sie sich albern benahm, daß sie sich in Verbitterung und Selbstmitleid suhlte, schlug sie das Buch erneut auf und las die Inhaltsangabe. Nein, da stand nichts von *Agunah*. Sie hatte es auch nicht anders erwartet.

Plötzlich wurde ihr klar, daß sie eine gesamte Woche Seminare verpassen würde. Wie sollte sie bloß den ganzen Stoff nachholen? Panisch griff sie nach dem Hörer, um in der Uni anzurufen, lauschte dann aber nur reglos dem schrillen Gejaul des Amtszeichens, unfähig, sich an die Nummer zu erinnern. Sie hatte sie sich in ihrem schwarzen Tagesplaner in Taschenformat notiert, den sie immer in ihrer Handtasche mit sich trug;

die Handtasche lag auf der Frisierkommode. Sie ging in ihr Schlafzimmer, suchte die Nummer heraus und rief im Institut an. Die Leitung war besetzt. Sie versuchte es erneut, hörte jedoch wieder nur das Besetztzeichen. Sie legte sich aufs Bett – nur für ein paar Minuten, wie sie sich selbst sagte.

Sie mußte eingedöst sein, denn auf dem Wecker war es zehn nach vier. Sie hatte einen beißenden Geschmack im Mund. Sie könnte entweder endlos matt im Bett liegenbleiben, dachte sie, oder etwas essen. Sie stieg aus dem Bett und lief ins Badezimmer, um sich das Gesicht zu waschen, blieb jedoch mit einem Mal stehen. Sie hatte die tuchverhüllten Spiegel ganz vergessen. Die Spiegel waren in tiefer Trauer, selbst wenn sie es nicht war.

Nachdem sie sich kühles Wasser ins Gesicht gespritzt hatte, bürstete sich Deena mit mechanischen Griffen die Haare und zog ihr Kleid an. Zumindest muß ich momentan keine Zeit damit vergeuden, mich zu schminken oder mir zu überlegen, was ich anziehe, dachte sie, als sie in die Küche lief. Sandy war nach der Beerdigung bei ihr vorbeigekommen und hatte Deena eine Thunfischkasserolle für das Abendessen sowie ein paar Bagels und hartgekochte Eier mitgebracht.

»Ich habe deinen Eltern gesagt, daß ich dir das vorbeibringen würde. Man erwartet, daß du ein Bagel und ein Ei als erste Mahlzeit nach der Beerdigung einnimmst – etwas Rundes als Symbol für den Lebenszyklus, wie Alan mir sagte.«

Deena nahm sich ein Bagel und ein hartgekochtes Ei, pellte das Ei und legte beides auf einen Steingutteller. Sie setzte gerade an, das Bagel zu halbieren, als sie auf einmal innehielt. Wenn sie es durchschnitt, überlegte sie, würde es dann noch als rund erachtet werden können? Und dann fragte sie sich, wieso das überhaupt wichtig war, weshalb zum Teufel sie sich um Rundheit und den Lebenszyklus sorgte, und warum sie sich den Trauervorschriften für einen Mann unterzog, den sie mit der Zeit zu hassen gelernt hatte.

Das ist doch alles Blödsinn, dachte sie; das ist alles so verdammt blödsinnig. Aber sie aß das Bagel trotzdem, kaute es pflichtgetreu und schluckte mürrisch mit jedem trockenen Bissen auch eine Dosis selbstauferlegter Pietät hinunter. *Was bin ich doch für ein gutes Mädchen!*

Um sechs Uhr trafen Max und Pearl an der Seitentür ein. Pearl kam auf Deena zu und küßte sie. Max stellte mehrere Einkaufstaschen auf der Küchenablage ab, dann reichte er Deena eine Zeitung.

»Die hast du auf der Veranda liegenlassen, aber sie war erstaunlicherweise noch immer da.« Er legte ihr den Arm um die Schulter und gab ihr einen Kuß. »Du siehst erschöpft aus, Deena. Ist alles in Ordnung?«

»Mir geht es soweit ganz gut, Daddy. Was ist mit dir?« Er wirkte angespannt, fand sie.

»Gut. Wie sollte es mir denn gehen? Ich werde für die Besucher Stühle im Wohnzimmer aufstellen.«

»Es sind schon ein paar da. Die restlichen sind im kleinen Wohnzimmer.«

Während Max sich um die Stühle kümmerte, half Deena Pearl, die Lebensmittel auszupacken. Als sie damit fertig waren, stellte Pearl eine Platte mit Kuchen und Keksen zusammen und füllte eine Schüssel mit Äpfeln, Mandarinen und Birnen.

»Die Orangen sind noch nicht gut«, sagte sie zu Deena. »Du solltest immer etwas Obst auf dem Tisch stehen haben. Welche Tischdecke sollen wir nehmen?«

»Ist mir egal. Die weiße vermutlich.«

Deena suchte ein schlichtes Leinentuch heraus, das sie auf dem Eßzimmertisch ausbreitete. Pearl stellte die Obstschüssel und die Platte darauf und legte noch ein paar Servietten dazu.

»Ich habe dir etwas fürs Abendessen mitgebracht, Deena. Brathuhn und eine ofengebackene Kartoffel. Soll ich sie dir aufwärmen?«

»Ich habe gerade ein Bagel gegessen. Und ein Ei«, fügte Deena hinzu, als sie Pearls Gesichtsausdruck sah. »Und Sandy hat mir eine Thunfischkasserolle vorbeigebracht.«

»Dann iß das Huhn zuerst. Morgen ist es nicht mehr frisch. Die Thunfischkasserolle hält sich.«

»In Ordnung, mache ich. Aber erst später.«

»Gut.« Pearl nickte zufrieden. »Geh jetzt ins Wohnzimmer, damit die Leute nicht warten müssen. Ich sage Daddy Bescheid, daß wir fertig sind.«

»Gut.« Mit dem Sofa und den zusätzlichen Stühlen, die Max aufgestellt hatte, waren Sitzplätze für zwölf Leute vorhanden. Mehr als ausreichend unter diesen Umständen. Wer würde schon kommen? Rabbi Pearlstein hatte öffentlich bekanntgegeben, daß die Vogelanters bei ihnen zu Hause *Shivah* sitzen würden. Verwandte und Freunde ihrerseits würden also zu ihnen gehen, um zu kondolieren; und das würden auch Jakes Freunde tun (komisch, aber ihr fielen gar keine ein).

Deena wollte sich gerade auf einen Stuhl setzen, als Max sie daran hinderte.

»Warte«, befahl er. Er nahm ein Sofakissen und legte es auf den Boden. »Setz dich hierher, Deena.« Er deutete auf die Sofastelle, wo das Kissen eben noch gelegen hatte.

»Du hast recht, ich hatte es vergessen.« Während der *Shivah* dürfen Trauernde keinen gewöhnlichen Sitzplatz benutzen. Das wußte Deena von ein oder zwei Kondolenzbesuchen, die sie früher mit ihrer Mutter gemacht hatte. Sie ging zum Sofa. In dem Moment läutete es an der Tür.

»Du solltest nicht an die Tür gehen«, sagte Max. »Ich werde aufmachen.«

»Was darf ich denn noch alles nicht machen?« fuhr sie ihn an, aber es tat ihr augenblicklich leid. Max konnte schließlich auch nichts dafür. Er wollte ihr nur helfen. »Tut mir leid, Daddy«, sagte sie.

Doch er war bereits aus dem Zimmer gegangen. Kurz darauf

kehrte er mit Michael zurück. Michael blieb in der Tür stehen und blickte unsicher zu Deena. Sie lächelte ihn matt an.

»Komm her«, lud sie ihn ein und klopfte auf das Kissen neben ihr.

Max warf ihr einen mißbilligenden Blick zu und setzte an, etwas zu sagen, überlegte es sich dann aber anders. Von neuem ertönte die Türglocke, und er verschwand in Richtung Tür.

Michael nahm neben Pearl Platz. »Wie geht es Ihnen, Mrs. Novick?«

»Gut, danke.« Sie blickte zum Bogengang, wo Max mit Ben und Ruth Kasden erschien.

Ben fühlte sich sichtlich unwohl in seiner Haut. Er hatte die Hände auf dem Rücken verschränkt, warf Deena verstohlene Blicke zu und seufzte hörbar, unsicher, wie er sich verhalten sollte. Ruth wirkte gefaßter, aber sie hatte sich dem ernsten Anlaß entsprechend zurückhaltender gekleidet. Deena konnte sich dennoch nicht des Eindrucks erwehren, daß Ruth ihre Garderobe sorgfältig nach der perfekten Kleidung für einen Beileidsbesuch durchgekämmt hatte, bevor sie sich für den olivgrünen Pulli, den farblich passenden Rock und die Zinnaccessoires entschied.

Ohne Zögern schritt Ruth auf Deena zu und setzte sich neben sie. Ben folgte seiner Frau in den Raum und setzte sich auf die Kante eines gegenüberstehenden Klappstuhls.

»Es ist wie ein Alptraum«, sagte Ruth in ihrem nasalen, jaulenden Brooklyn-Akzent. »Ein schrecklicher, schrecklicher Alptraum.« Sie betonte jede einzelne Silbe. »Ben und ich waren bei Ida und Joe, und da erwähnte jemand zufällig, daß du auch *Shivah* sitzt. Wer war das noch mal, Ben?« fragte sie ihren Mann.

Er zuckte hilflos mit den Schultern.

»Und sofort sagte ich: ›Deena versetzt einen doch immer wieder in Erstaunen‹. Habe ich das nicht gesagt, Ben?« Sie wandte sich wieder ihm zu.

Er nickte.

»Und da sind wir natürlich anschließend sofort hierhergefahren. Ich habe darauf bestanden. Wie geht es dir? Du siehst furchtbar aus, Liebes. Es muß grausam für dich sein, absolut grausam.« Sie strich sich über das teuer geschnittene, kurze blonde Haar und schaute dann zu Pearl. »Sind Sie Deenas Mutter? Ich bin Ruth Kasden.« Sie streckte ihre beringte Hand aus.

»Entschuldige«, sagte Ben hastig. »Ich habe ganz vergessen, daß du Max und Pearl ja noch gar nicht kennst. Ich hatte schon des öfteren das Vergnügen, als Mama in ihrem Genesungsheim war.«

»Ich weiß, wie Sie sich fühlen«, fuhr Ruth fort. »Ich bin auch Mutter. Mit der Scheidung und dem allen ist das bestimmt ganz schön verwirrend, nicht?« Sie richtete ihre Aufmerksamkeit auf Michael. »Und wer sind Sie?«

Michael wurde die Antwort durch das plötzliche Erscheinen Sandys und Alans erspart (Max hatte die Tür offenstehen lassen – eine weitere Sitte während der *Shivah*). Wenige Minuten später kam Faye herein, zusammen mit Miriam, Susan und Elaine. Ruth blickte Deena erwartungsvoll an, und Deena stellte sie einander vor – sie war die einzige, die dazu in der Lage war, weil sie alle Anwesenden kannte.

»Magda wollte ebenfalls kommen, aber es kam ihr etwas dazwischen«, sagte Faye. »Ich soll dir von ihr ausrichten, daß sie versuchen wird, morgen bei dir vorbeizuschauen. Und Rabbi Markowitz müßte auch bald hier sein. Ich habe eben mit ihm gesprochen.«

»Wer ist Rabbi Markowitz, Liebes?« fragte Ruth Deena. »Ist das einer der Rabbiner, die heute auf der Beerdigung eine Rede gehalten haben? Ich erinnere mich nicht an den Namen. Du, Ben?« Sie wartete aber seine Antwort gar nicht ab, sondern wandte sich sofort wieder Pearl zu. »Der Gottesdienst war wirklich wunderbar, fanden Sie nicht auch? Ich habe schon lange kein Jiddisch mehr gehört, und dieser Rabbiner sprach wirklich sehr gut, fand ich ...«

In gewisser Weise, dachte Deena, während Ruth von einem Thema zum nächsten sprang, war Ruths Anwesenheit hilfreich und entlastend. Ihr unaufhörliches Geplapper überdeckte das Ausbleiben von normalerweise tränenreichen Erinnerungen, ergreifendem Schweigen und tröstenden Worten – alles, was einen Kondolenzbesuch gewöhnlich auszeichnete. Aber schließlich war dies ja auch ein Kondolenzbesuch im vordergründigen Sinn. Von allen, die hier versammelt waren, würden höchstens Ruth und Ben Jake vermissen. Und vielleicht Ruth auch nicht.

Ruth hatte aufgehört zu reden. Sie stand auf, strich sich über den Rock und rückte ihren Gürtel zurecht. Ben nahm den Fingerzeig auf und sprang auf die Füße.

»Deena, Liebes«, sagte Ruth, »wir müssen jetzt leider gehen. Aber ich möchte, daß du weißt, daß wir für dich da sind, wenn du etwas brauchst. Das meine ich ernst, Liebes.« Sie ließ ihren Blick durch den Raum schweifen. »Es war nett, Sie alle kennengelernt zu haben.« Sie drehte sich zu ihrem Mann um. »Ben?« Dann machten sie – Ruth voran und eine Parfumwolke hinterlassend – ihren Abgang.

Als Ruth und Ben Kasden in die Eingangshalle kamen, öffnete sich die Tür, und ein großer, bärtiger junger Mann trat herein. Ruth starrte ihn an.

»Ich bin Rabbi Markowitz.«

»Ben Kasden. Das ist meine Frau, Ruth. Jake war mein Geschäftspartner.«

Die Männer schüttelten einander die Hand. Reuben ging ins Wohnzimmer. Ruth schaute ihm hinterher.

»Laß uns gehen«, sagte Ben zu ihr. Er geleitete sie hinaus und zog die Tür fest hinter sich zu.

Ruths Weggang hatte eine plötzliche, sonderbare Stille hinterlassen. Ein Klang unterdrückten Gelächters hing in der Luft, davon war Deena überzeugt. Sandy hatte rasch das entstandene Vakuum gefüllt, indem sie über Jonathan redete und die anderen Frauen nach ihren Familien fragte. Alan und Michael, die nebeneinandersaßen, unterhielten sich leise.

Reuben rückte seinen Stuhl näher zu Deena heran. »Wie fühlst du dich?«

»Ganz okay. Ich habe viel geschlafen. Zu viel sogar, glaube ich. Um ehrlich zu sein, war mir langweilig. Ich weiß nicht, wie ich die nächsten sechs Tage überstehen soll. Na ja, schließlich gibt es immer noch den Fernseher. Oder ein Puzzle. Vielleicht finde ich ja eins mit fünftausend Teilen. Das sollte mich eigentlich auf Trab halten.«

»Was das Fernsehen betrifft, Deena –«

»Reuben, darüber möchte ich nichts hören. Wirklich nicht.«

»Deena, reg dich bitte nicht auf«, mischte sich Pearl ein.

»Ich weiß, daß du das alles hassen mußt«, sagte Reuben, »und das kann ich dir auch nicht verdenken. Aber es gibt eine Menge Gesetze bezüglich der *Shivah*, und ich bin sicher, daß du alles richtig machen willst.«

»Richtig machen? Ich mache doch immer alles richtig.«

Ich bin zur Beerdigung gegangen, ich habe ein rundes Bagel gegessen, ich sitze auf einem ungepolsterten Sitz, ich werde dieses schreckliche, zerrissene Kleid so lange tragen, wie ich muß. Aber ich habe keine Lust, mir weitere Gesetze in bezug auf das Trauern anzuhören. Nicht ein einziges. Wenn ich Lust habe fernzusehen, dann werde ich das tun. Und wenn ich Lust habe zu lachen, dann werde ich auch das tun. Und ich habe keine Lust, mir deswegen Schuldgefühle einreden zu lassen. Aber sie wußte, daß sie sie trotzdem bekommen würde.

»Ich komme mir vor wie eine Heuchlerin, daß ich das für Jake tue«, sagte Deena.

»Mach alles so, daß du dich wohl fühlst«, sagte Michael.

»Aber du tust es doch gar nicht für Jake, Deena«, sagte Miriam. »Du tust es doch für dich.«

»Ach hör auf, Miriam«, sagte Elaine. »Fang bloß nicht wieder damit an.«

»Nicht jetzt, Miriam«, sagte Faye resolut.

»Ich stimme Deena zu«, fuhr Elaine fort. »Ehrlich, würde ich in ihrer Haut stecken, würde ich überhaupt nicht *Shivah* sitzen.«

»So ist es aber nun einmal vorgeschrieben«, sagte Miriam. »Und Vorschriften ändern sich nicht nach unseren Gefühlen oder Launen.«

»Das Ganze ist aber lächerlich! Die Wahrheit ist, daß Jake ein Schwein war, daß er Deena nie den *Get* gegeben hätte und daß sie jetzt besser dran ist als letzte Woche. Ich würde auf der Stelle mit ihr tauschen!« Sie schnipste mit den Fingern, um zu demonstrieren, wie leicht ihr das fallen würde, und starrte wütend Miriam an, gleichgültig gegenüber der Spannung, die sie im Raum erzeugt hatte.

Sandy und Alan tauschten fassungslose Blicke aus. Die Novicks schauten unerschütterlich geradeaus. Und Faye und Susan warteten darauf, daß das Geschimpfe endlich endete; sie kannten Elaine. Michael beobachtete Deena aufmerksam. In seinem Gesicht spiegelte sich Besorgnis.

»Wie kannst du nur so reden!« flüsterte Miriam. »Und das auch noch hier und jetzt.«

Elaine richtete sich an Deena. »Du bist doch nicht traurig, daß er tot ist, Deena, oder? Oder ist das irgend jemand sonst hier?« Sie sah sich um.

»Elaine«, sagte Reuben ruhig, »der Verlust eines menschlichen Lebens ist immer tragisch. Deena sieht das ein, und deshalb hat sie sich einverstanden erklärt, *Shivah* zu sitzen. Es bringt doch nichts, sie von neuem aufzuregen.«

»Vor allem hätte sie niemals in diese Situation kommen dürfen! Nimm das bitte nicht persönlich, aber als Gruppe habt ihr Rabbiner ganz schön versagt.«

»Elaine!« sagte Miriam mahnend.

»Nein. Sie hat ja recht«, sagte Reuben. »Dagegen kann ich nichts sagen. Wir unternehmen zu wenig, und wir arbeiten zu langsam.«

»Jetzt muß ich eine rauchen«, sagte Elaine abrupt. Sie nahm ihre Tasche, stand auf und verließ das Zimmer.

»Ich dachte, sie hätte mit dem Rauchen aufgehört«, sagte Susan.

»Im Eßzimmer steht Obst«, bot Pearl zaghaft an. »Wenn jemand gern möchte.«

Aber niemand mochte.

»Wir gehen besser«, sagte Sandy. »Jonathan hat noch immer Fieber, und ich möchte ihn nicht gern zu lange mit dem Babysitter allein lassen.« Sie ging zu Deena. »Ich rufe dich morgen an.«

Deena nickte.

Alan kam ebenfalls zu ihr. »Ist der Revolver wieder aufgetaucht?« flüsterte er.

Sie schüttelte den Kopf.

»Ich rufe dich morgen vom Büro aus an. Versuch, dich nicht zu sehr zu beunruhigen.« Er tätschelte ihr die Hand, stand auf und verließ mit Sandy den Raum.

»Alles in Ordnung?« fragte Michael.

Deena nickte.

»Deena«, sagte Reuben, »nur noch eine Bemerkung, und dann werde ich kein Wort mehr darüber verlieren.«

»Also gut«, sagte sie behutsam.

»Vielleicht würde es dir helfen, die Woche besser zu überstehen, wenn du versuchen könntest, das Tragische an Jakes Tod zu sehen: daß er nämlich starb, bevor er seinen schrecklichen Fehler einsehen konnte. Ich meine, er wird nie mehr die Chance haben, es wiedergutzumachen. Das ist doch eigentlich furchtbar, oder nicht?«

»Mag sein. Ja, das ist es wohl. Ich weiß zwar nicht, ob mir das helfen wird, aber ich werde versuchen, mich darauf zu konzentrieren.«

»Und was das übrige betrifft, tu einfach, was du für das richtige hältst. Du hast mein vollstes Vertrauen.«

»Das ist nicht fair.« Sie lächelte bekümmert. »Jetzt darf ich dein Vertrauen nicht enttäuschen.«

Elaine kehrte, wieder ein wenig ruhiger, ins Zimmer zurück. »Sollen wir aufbrechen?« fragte sie die übrigen aus der Frauengruppe.

Miriam und Susan wollten.

Faye wirkte unsicher. »Möchtest du, daß ich die Nacht über bei dir bleibe?« fragte sie Deena. »Es würde mir nicht das geringste ausmachen.«

»Nein, danke. Ich würde gern allein sein. Ich hoffe, das verstehst du.«

»Dann komme ich morgen wieder bei dir vorbei.« Sie ging hinaus, um ihren Pullover zu holen.

»Deena, es tut mir wirklich leid, daß ich dich aufgewühlt habe«, sagte Elaine. »Ich hätte besser den Mund halten sollen.«

»Nein, das ist schon in Ordnung. Mach dir mal keine Gedanken deshalb.«

»Ich wollte dir nur helfen. Ich hoffe, du glaubst mir.«

»Komm jetzt, Elaine«, sagte Susan. »Du hast doch gerade zum Aufbruch gedrängt.«

»Es ist nur –« Sie hielt inne. »Paß auf dich auf, Deena.«

Miriam ging zögernd auf Deena zu. »Es gibt da einen besonderen Ausdruck, den man zum Abschied zum Trauernden sagt – ich bin sicher, du kennst ihn –, aber nach dem, wie der heutige Abend verlaufen ist und wie du über das alles denkst …«

»Tu, was du für richtig hältst, Miriam.« Sie nahm ihre Hand.

»Es gibt auch eine Kurzversion des Ausdrucks«, sagte Reuben. »Die hat mir sowieso schon immer besser gefallen.« Er stellte sich vor Deena und richtete seine Worte an sie. »*Tenachami.* Mögest du getröstet sein.«

»*Tenachami*«, wiederholte Miriam.

»Damit habe ich kein Problem«, sagte Deena zu ihnen. So wie die Dinge lagen, konnte sie ein wenig Trost gut gebrauchen.

Michael blieb bei ihr, nachdem alle anderen gegangen waren (Max hatte Deena mit einem langen, tadelnden Blick fixiert, bevor Pearl ihn aus der Seitentür geführt hatte), und leistete Deena bei ihrem Abendessen, das ihr ihre Mutter mitgebracht hatte, Gesellschaft. Zu ihrer Überraschung hatte sie einen Heißhunger. Sie erzählte Michael von der Beerdigung und von Rabbi Brodins Eulogie.

»Ich hätte mitkommen sollen, um bei dir zu sein!«

»Du hättest aber nichts tun können, Michael. Und jetzt ist es ja auch vorbei. Ich freue mich, daß du jetzt hier bist.«

»Ich wollte eigentlich schon früher kommen, aber ich hatte einen vollen Terminplan, und mein letzter Patient blieb länger als gewöhnlich.«

»Du mußt dich nicht rechtfertigen, Michael. Ich weiß, daß du viel zu tun hast.«

»Ich habe mehrmals versucht, dich telefonisch zu erreichen. Aber du hattest wohl den Hörer daneben gelegt.«

»Ja, das hatte ich. Ich war wirklich nicht in der Stimmung, mit jemandem zu reden.«

Es läutete an der Tür. Sie blickten einander an.

»Ich geh schon«, sagte Michael. »Iß du in Ruhe auf. Und außerdem –«

»Ich weiß – ›ich soll nicht an die Tür gehen‹.« Sie lächelte.

»Fühlst du dich etwas besser?«

»Ja, aber das ist nur eine vorübergehende Phase. Es hat sich schließlich nichts geklärt.«

Ben Kasden sah äußerst überrascht und überhaupt nicht erfreut aus, als Michael ihm aufmachte und ihn hineinließ.

»Ist Deena zu sprechen?«

»Ja, sie ist in der Küche. Ich hole sie.« Er ließ Ben in der Halle stehen und ging in die Küche. »Es ist Ben Kasden«, sagte er zu ihr.

»Ben?« Sie sah verwirrt aus. »Sag ihm bitte, daß ich sofort komme.« Sie wischte sich den Mund ab und ging schnell ins Wohnzimmer. Ben lief vor dem Kamin auf und ab.

»Ist irgendwas nicht in Ordnung?«

Ben schaute betont auffällig zu Michael.

»Ich denke, ich werde mir jetzt wohl die Nachrichten ansehen«, sagte Michael und ging aus dem Zimmer.

»Ich fühle mich ganz schlecht, daß ich dich um diese Zeit noch störe, nach dem, was du gerade durchmachst.« Er wich ihrem Blick aus. »Können wir uns nicht setzen?«

Deena nahm ihren Platz von vorhin wieder ein; Ben setzte sich ihr gegenüber.

»Wie du weißt, habe ich Probleme mit Murdoch.«

Deena nickte.

»Und du erinnerst dich sicher auch noch, daß ich dir gesagt habe, daß deine Anwältin mir wegen einer Buchprüfung im Nacken sitzt?« Es klang vorwurfsvoll. »Nun, zuerst räumte sie mir Zeit bis Ende Oktober ein. Aber ich konnte sie dazu überreden, mir noch eine Woche zu geben. Der Buchprüfer sollte gestern vorbeikommen, aber das mußte ich natürlich wegen Jakes Tod und dem Ganzen absagen.« Er blickte Deena an, um zu sehen, ob sie dafür Verständnis hatte.

Sie nickte wieder.

»Jedenfalls kamen wir überein, daß der Buchprüfer am Dienstag kommen soll, aber, um dir die Wahrheit zu sagen, wird das nicht gehen.«

»Weshalb? Wo liegt das Problem?«

»Hör zu.« Er beugte sich vor. »Ich habe ein paar wichtige Leute an der Hand, die ernsthaft an Murdochs Anteilen interessiert sind. Verdammt, du glaubst gar nicht, was das für mich bedeutet: Murdoch endlich loszuwerden!«

»Das hast du mir schon letztes Mal erzählt, Ben. Ich verstehe nur immer noch nicht, warum dich die Sache so belastet.«

»Die Sache ist die: Murdochs Wirtschaftsprüfer drängt mich

ebenfalls, die Bücher einsehen zu dürfen. Er hatte sogar schon einen Termin mit Jake vereinbart, aber Jake hat damals abgesagt.«

»Ich verstehe immer noch nicht, worauf du hinauswillst.«

»Deena, ich brauche mehr Zeit. Ich möchte nicht, daß dieses Geschäft platzt, verstehst du. Wenn Murdoch dem Projekt den Rücken kehrt, ehe die anderen seine Anteile übernommen haben, ist die Firma in großen Schwierigkeiten. Und ich meine groß.«

»Aber es ist doch Murdochs Geld, um das es hier geht, oder, Ben? Wir vermitteln im Prinzip doch nur.«

»Nicht exakt.« Er wischte sich über die Stirn. »Sieh mal, Deena, das Immobiliengeschäft ist ziemlich kompliziert. Deshalb habe ich dir damals auch geraten, deinen Firmenanteil aufzugeben.«

»Um was geht's hier nun eigentlich, Ben? Sag's mir doch einfach.«

»Das ist nicht leicht für mich.«

Sie wartete.

»Ich habe diese Firma von ganz unten aufgebaut. Ich habe hart gearbeitet, verdammt hart, um Aufträge zu kriegen. Ich habe meinen Arsch durch die ganze verdammte Stadt bewegt, um Kunden zu werben. Und ich war gut.«

»Das weiß ich. Jake hat immer gesagt, du seist der beste Verkäufer.«

»Aber irgendwie, wieviel ich auch einnahm, es war nie genug. Ruthie liebt schöne Dinge. Versteh mich nicht falsch – ich auch. Und je mehr man kauft, desto mehr will man. Es ist die alte Geschichte. Manchmal bin ich knapp bei Kasse, dann zahle ich eben etwas mehr Zinsen auf die Kreditkarte. Keine große Sache. Wen kümmert's schon, richtig?

Doch dann beschloß Ruthie, wir brauchten ein Ferienhäuschen und ein schickes Auto und wir müßten das Haus hier und in Palm Springs umbauen. Ich sage dir, Deena, sie hat keine Ahnung, wieviel das alles kostet und wo ich das Geld hernehmen soll, um das alles zu bezahlen. Ich hätte nein sagen sollen; das weiß ich. Was soll ich dir sagen? Sie ist eben verschwenderisch, sie ist laut, und sie redet zu viel; aber, zum Teufel, ich liebe sie nun mal. Und ich weiß, daß sie mich auch liebt. Das weiß ich.«

»Ich glaube bestimmt, daß sie das tut, Ben«, versicherte Deena ihm und wünschte, er käme doch endlich zur Sache.

»Deshalb stehe ich jetzt also mit den ganzen Rechnungen da und habe kein Geld, sie zu bezahlen. Und da dachte ich mir, die schnellste Art, an Geld zu kommen, ist mit Aktien. Eine Menge Leute verdienen auf diesem Markt ein wahres Vermögen. Warum sollte ich nicht dasselbe können wie sie? Aber es hat nicht funktioniert. Jedes gottverdammte Unternehmen, in das ich investierte, ging den Bach runter. Ich bin ein richtiggehender Unglücksrabe.« Er lächelte finster. »Und was die Sache noch schlimmer macht – ich habe gegen Sicherheitsleistung gekauft. Weißt du, was das heißt?«

»Nein.«

»Beim Kauf der Aktien leistet man nur eine Anzahlung. Das ist okay, wenn die Aktien hochgehen. Aber wenn die Aktien fallen – und meine sackten tief, tief in den Keller –, muß man alles zahlen.«

»Ich verstehe immer noch nicht, was das alles mit mir zu tun hat.«

»Darauf komme ich jetzt. Das ist der Teil, der wirklich hart für mich ist, Deena, denn ich liebe dich wie eine Tochter, und ich möchte nicht, daß du schlecht von mir denkst. Also, die Sache ist folgende: Ich wurde aufgefordert, eine Einschußzahlung auf ein paar dieser Aktien zu zahlen, und das hieß eine Menge Geld – Geld, das ich nicht hatte. Und so tat ich etwas Schreckliches.« Er holte tief Luft. »Ich habe mir Gelder von den Firmenkonten, von den Syndikatsgeldern genommen.«

»Ich weiß.«

»Du weißt?« Er sah verblüfft aus.

»Vor zwei Jahren. Jake erzählte mir von einem Mal, wo du das getan hast. Aber er sagte mir auch, du hättest versprochen, es nie wieder zu tun.«

»Vor zwei Jahren? Ja, daran kann ich mich noch erinnern. Aber da war es nur für ein paar Tage gewesen, und es handelte sich nur um eine kleine Summe.«

»Das ist nicht der springende Punkt, Ben. Es war trotzdem illegal.«

»Das weiß ich! Glaubst du, das mußt du mir sagen? Entschuldige«, sagte er schnell. »Ich habe kein Recht, mich aufzuregen.«

»Erzähl weiter.«

»Ich habe mir von mehreren Konten etwas geliehen, darunter auch von Murdochs Konto.«

»Ben!«

»Ich weiß. Es war verrückt. Aber ich wußte mir nicht anders zu helfen. Deshalb muß ich diese Buchprüfung unbedingt hinausschieben. Verstehst du nun? Wenn sie die Bücher prüfen, lande ich im Gefängnis. Und das überstehe ich nicht.«

»Ben, du kannst die Buchprüfung nicht ewig aufschieben.«

»Es muß ja auch nicht ›ewig‹ sein. Ein paar Wochen würden schon reichen. Im Höchstfall ein Monat. Ich habe da etwas Sicheres in der Hinterhand, was sich bald auftun wird – nein, ich weiß, was du jetzt denkst, aber das ist absolut sicher. Sobald es soweit ist, kann ich das Geld wieder auf alle Konten einzahlen, und niemand wird je etwas davon erfahren müssen. Und das ist es dann.«

»Ich weiß nicht, was ich dazu sagen soll.«

»Sag einfach, was du denkst. Bist du wütend?«

»Natürlich bin ich wütend! Ich bin rasend wütend! Du hast Gelder veruntreut, und du hast uns alle in Gefahr gebracht. Das ist Wahnsinn, Ben!«

»Ich weiß. Aber was kann ich tun? Sagen, daß es mir leid tut? Es tut mir leid.«

»Das nützt jetzt auch nichts.«

»Haßt du mich jetzt?«

»Nein, ich hasse dich nicht. Aber du hast mich enttäuscht, Ben. Tief enttäuscht. Ich war auch nicht gerade begeistert gewesen, als Jake mir von jenem früheren Mal erzählte, aber diesmal … Wie konntest du das nur tun?«

»Ich war verzweifelt. Du weißt nicht, wie einem zumute ist, wenn man mit dem Rücken zur Wand steht.«

»Doch, das weiß ich.«

»Bei dir ist es aber etwas anderes. Bei dir bestand die Aussicht, irgendwann alles lösen zu können. Ich rede von Gefängnis, Deena, um Himmels willen, nicht von Scheidung.«

Sie antwortete nicht.

»Wirst du mir also helfen? Du müßtest deine Anwältin anrufen und ihr sagen, daß sie die Buchprüfung verschieben soll. Jetzt, da Jake tot ist, hat sich die Situation ja sowieso grundlegend verändert. Wir können alles so machen, wie du willst. Du kannst entweder als Teilhaberin in diesem gottverlassenen Saustall drinbleiben, oder ich kann dich auszahlen.«

»Und womit? Mit Monopoly-Geld?«

»Das sagte ich dir doch bereits. Ich habe da ein großes Geschäft laufen, das schon bald was abwerfen wird. Aber wir müssen auch nicht jetzt gleich darüber reden. Was sagst du zu dem Ganzen?«

»Ich weiß nicht. Du bittest mich schließlich darum, etwas Illegales zu tun.«

»Keiner wird das jemals erfahren. Es ist kein Risiko für dich dabei.«

»Da bin ich mir nicht so sicher, wie du dir zu sein scheinst. Auf jeden Fall verstößt das gegen jedes Recht, und ich kann mich nicht in der Rolle von jemandem sehen, der so etwas deckt.«

»Ich werde ins Gefängnis kommen, Deena. Und für was? Sicher, ich habe einen Fehler gemacht, aber am Ende wird keiner einen Schaden davontragen. Ich schwöre dir, daß ich jeden gottverdammten Cent wieder zurückgeben werde!«

»Und wenn dieses angeblich ›sichere Geschäft‹ nun nicht klappt?«

»Es klappt aber.«

»Ich muß mir die Sache erst durch den Kopf gehen lassen. Ich kann dir im Moment noch keine Antwort geben.«

»Das hat aber keine Zeit mehr, Deena. Warum, glaubst du, bin ich ausgerechnet heute abend hierhergekommen?«

»Was ist mit Murdochs Buchprüfer?« fragte sie unvermittelt. »Was willst du ihm sagen?«

»Ich sagte ihm, die Polizei müsse die Bücher einsehen. Das läßt mir etwas Zeit, um den Rest des Geldes auf das Konto einzuzahlen. Ich habe bereits in den vergangenen Tagen etwas Bargeld auf ein paar der anderen Konten überwiesen. Wenn es sein muß, bekomme ich sogar ein kurzfristiges privates Darlehen. Wenn Murdoch herausfindet, was ich getan habe ...« Seine Stimme zitterte. »Nein, daran will ich lieber gar nicht denken. Du mußt mir helfen, Deena!«

»Ich verstehe, was du meinst, Ben, aber du mußt mir mindestens ein oder zwei Tage Zeit lassen.«

»Ich kann nicht – okay.« Er stand auf. »Meldest du dich bei mir?«

Michael war fassungslos, als Deena ihm gegenüber wiederholte, was Ben zu ihr gesagt hatte. »Ich kann nicht glauben, was du mir da erzählst.« Er schüttelte den Kopf.

»Ich kann es ja selbst nicht glauben. Der arme Ben! Er hat solche Angst.«

»Der arme Ben? Und was ist mit dir? Hat er denn an dich gedacht, als er diese Glanzleistung vollbrachte?«

»Er rechnete nicht damit, daß es so kommen würde. Ihm wuchs alles über den Kopf.«

»Du willst also Stillschweigen darüber bewahren, Brenda anrufen und ihr sagen, sie soll die Buchprüfung absagen? Wenn irgend jemand etwas diesbezüglich herausfindet, könntest du genauso vor dem Gesetz zur Verantwortung gezogen werden wie er, oder nicht?«

»›Begünstigung‹ so nennt man das, glaube ich. Du hast vermutlich recht. Aber was soll ich machen? Zusehen, wie er ins Gefängnis wandert?«

»Das ist schließlich nicht dein Problem. Er hat sich selbst in diesen Schlamassel gebracht, und du wärst verrückt, wenn du dich da hineinziehen lassen würdest.«

»Du hast recht, aber ich kann ihn doch schlecht anzeigen?«

»Weißt du, was mich verblüfft? Jake war doch ein ziemlich gewiefter Geschäftsmann, oder nicht? Ich verstehe nicht, wie Ben das vor seiner Nase machen konnte, ohne daß er etwas davon gemerkt hat.«

»Ich weiß es auch nicht. Er hat ihm vermutlich einfach vertraut. Obwohl es einmal einen Zwischenfall gab, wo Jake tatsächlich wütend wurde.« Sie erzählte ihm davon.

»Was hat Jake damals unternommen, nachdem er es herausgefunden hatte?«

»Im Grunde nichts. Was konnte er schon groß tun? Er hat ihn natürlich angeschrien und Ben das Versprechen abgerungen, daß er das nicht noch mal machen würde.«

»Na ja, nichts Großes also. Es überrascht mich, daß er nicht aufgebrachter war.«

»O nein, da irrst du dich. Er tobte. Er hat Ben damit gedroht, daß er ihn melden würde, wenn er sich jemals wieder an Firmengeldern vergreifen würde.«

»Ihn wem melden?«

»Jemandem von Bedeutung.«

»Wie mir?« Er lächelte.

»Nein, niemand so Wichtigem.« Sie lachte. »Nein, jemandem aus der Branche, der über die Ethik im Immobiliengeschäft wacht.«

»Meinst du den Real Estate Commissioner?«

»Ich nehme es an. Ja, ich glaube, das war's. Aber das ist zwei Jahre her.«

»Gut, aber wenn Jake damals wirklich so wütend war, wie du sagst, hätte er anschließend doch ein aufmerksameres Auge auf Ben gehabt, wäre argwöhnischer gewesen. Siehst du das denn nicht?«

»Na und? Worauf willst du hinaus?«

»Ich bin mir nicht sicher. Noch nicht.«

18

Manche Dinge, die er zu Gesicht bekam, waren einfach sinnlos, dachte Ryker. So unheimlich sinnlos.

Freitag früh um halb vier hatte Ryker einen Anruf erhalten, er solle den verdächtig wirkenden Tod eines vier Jahre alten Jungen untersuchen. Er war zu der Wohnung gefahren, die im ersten Stock lag; hatte die teilnahmslos wirkende, zweiundzwanzigjährige Mutter gesehen, die dasaß und den Gürtel ihres schmutzigbraunen Wickelrockes verdrehte; hatte stumm zugehört, während sie ihm bestätigte, daß ihr Freund ihren Sohn »diesmal« wohl zu hart geschlagen habe.

»Es ist sein Weinen«, erklärte sie stumpf. »Larry erträgt das nicht, weil er immer so früh aufstehn muß, verstehen Sie. Er arbeitet auf dem Blumenmarkt in der Stadt. Und Matthew war die letzten drei Nächte so laut, wegen seiner Erkältung und so.« Sie rieb sich mit dem Handrücken die Nase. »Und darum hab' ich heute nacht, als er wieder anfing zu heulen, wirklich laut zu heulen, so daß Larry wütend wurde, gesagt, daß ich mich um ihn kümmern würde. Aber Larry sagte: ›Nein, ich gehe‹, und ich dachte, wenn ich mich mit ihm streite, bringt ihn das nur noch mehr auf.« Sie machte eine Pause.

»Ich dachte, er würde ihm nur einen Klaps geben, damit er

ruhig ist, wissen Sie? Das klappt normalerweise. Aber als ich später in der Nacht aufstand, um aufs Klo zu gehen, dachte ich, ich sehe doch mal nach Matthew. Vielleicht braucht er ja noch eine Decke oder so. Aber er war schrecklich still. Also rief ich 911 an, und sie kamen her und sagten, er sei tot. Aber ich weiß, daß Larry ihn nicht töten wollte. Er hat ihn letzte Woche mal zu 7-Eleven mitgenommen.«

»Und wo ist Larry jetzt?« fragte Ryker.

»Bei seiner Familie. Als er aus Matthews Zimmer zurückkam, sagte er, er würde wohl besser zu Hause schlafen, falls Matthew noch mal anfangen würde zu weinen. Sie sehen also, er wußte nich' mal, daß er tot ist.« Sie blickte Ryker um Bestätigung heischend an.

»Sie müssen mit aufs Revier kommen«, teilte er ihr mit.

»Aber ich hab' doch gar nichts getan! Es war ein Unfall. Das ist doch sonnenklar, oder nicht?«

Es ist im mindesten Kindesmißhandlung, du dummes Biest, hätte er am liebsten erwidert. *Wenn nicht gar Totschlag.* Doch er sagte nichts, wartete nur, bis sie sich angezogen hatte, dann führte er sie zu einem Streifenwagen. »Wo wohnt Larry?«

Mit monotoner Stimme gab sie ihm die Adresse; die Wohnung lag in der Nähe.

»Fahren Sie dorthin, und holen Sie ihren Freund ab«, wies Ryker den Officer an, der am Steuer saß. Dann ging er wieder in die Wohnung hinauf, um auf den Rechtsmediziner zu warten.

Der Körper, erbärmlich klein, war von blauen Flecken übersät. Ryker hatte schon andere wie ihn gesehen, aber er konnte sich einfach nicht an den Anblick gewöhnen. Er hoffte, daß er das nie tun würde.

Als er schließlich fertig war und bereit zum Gehen, war es sechs Uhr. Es hatte keinen Sinn mehr, noch nach Hause zu gehen. Er hielt an einer Imbißstube an, um zu frühstücken und zwei Tassen einigermaßen akzeptablen Kaffees zu trinken, dann wartete er, bis die verschlafene Kellnerin seine Apfeltasche eingewickelt und in eine Tüte gesteckt hatte.

Es kostete ihn eine Stunde, bis er seine Notizen ins reine geschrieben hatte. Als er damit fertig war, las er seinen Bericht noch einmal durch, machte ein paar Korrekturen und legte ihn dann beiseite. Er rief Linda an und sagte ihr, daß er sie am Abend sehen würde.

»Küß die Mädchen von mir«, sagte er zu ihr. *Und paß gut auf sie auf.*

»Du wirst sie aber noch sehen, wenn du nach Hause kommst.«

»Es kann aber spät werden.«

»Nicht zu spät, sonst lasse ich nach dir fahnden.« Sie gähnte.

Grinsend legte er auf. Er verschränkte die Hände und streckte dann seine Arme über den Kopf. Das war seine heutige Gymnastik.

Um acht Uhr rief Lewis an, um ihm mitzuteilen, daß er mit Grippe im Bett läge. Fünf Minuten später meldete sich Stollman von zu Hause aus, um ihm zu sagen, daß er direkt von sich aus in Laura Brackwoods Büro fahren würde. »Ich habe versucht, Novick zu erreichen, um ihn an die Fingerabdrücke zu erinnern, aber er war schon unterwegs zur Arbeit. Ich werde es später dort probieren. Bei seiner Tochter habe ich es noch nicht versucht, und mit Kasden wollte ich erst nach dem Gespräch mit dieser Brackwood sprechen.«

»Ich sehe Kasden später. Ich werde es ihm sagen. Da wäre aber noch etwas, was Sie tun könnten.« Er erzählte ihm von dem toten Jungen und dem entflohenen Freund. »Dieser Larry war nicht bei seinen Eltern. Versuchen Sie, ob Sie ihn nicht irgendwo aufspüren können. Ich lasse meine Aufzeichnungen hier liegen, falls Sie ins Büro kommen, wenn ich gerade zufällig nicht da bin.«

Der Zettel mit der Nachricht, daß ein gewisser oder eine gewisse Douglas angerufen habe, lag noch immer auf seinem-

Schreibtisch. Er hatte es schon einmal am Donnerstag probiert. Jetzt versuchte er es ein zweites Mal. Eine Frau hob ab.

»Detective Ryker, LAPD. Sie hatten bei mir angerufen.«

»Oh.« Sie klang unsicher.

»Wie kann ich Ihnen helfen, Miss Douglas?«

»Sehen Sie, Detective. Ich weiß nicht, ob ich da hineingezogen werden möchte.«

»Sie haben aber doch bei mir angerufen. Und in was wollen Sie nicht hineingezogen werden?«

»Ich bin eine Freundin von Jake Vogler.« Sie machte eine Pause. »Ich glaube, es gibt da etwas, was Sie wissen sollten.« Sie erklärte sich damit einverstanden, noch am selben Vormittag um zehn Uhr in Rykers Büro zu kommen.

Als Moran den Raum betrat, saß Ryker schlaff im Stuhl, wippte vor und zurück, seine Arme hinter dem Kopf verschränkt und seinen Blick auf die Decke gerichtet.

»Stehen da oben irgendwelche Antworten?« fragte Moran und setzte sich rittlings auf einen Stuhl.

»Nicht eine, leider. Manchmal nimmt mich dieser Job ganz schön mit.«

»Was? Vogler?« Er klang überrascht.

»Schlimmer. Ein Kind.« Er erzählte Moran von dem Fall.

»Haben Sie den Freund gefaßt?« fragte Moran ruhig.

»Nein. Er hat ein paar Sachen gepackt, seinen Alten um ein wenig Geld gebeten und ist dann auf und davon. Er hatte wohl keine Lust, in Untersuchungshaft genommen zu werden. Aber wir werden ihn schon finden. Wir haben ein Foto von ihm, seine Fingerabdrücke und seine Autonummer. Und er kann sich ja nicht in Luft auflösen. Vielleicht ist er noch so doof, das Auto irgendwo zu verschleudern.«

»Wollen Sie, daß ich den Fall weiterverfolge?«

»Nein, bleiben Sie an den Leuten dran, die auf der Besichtigungsliste stehen. Ich werde Hank darauf ansetzen.«

»Wie immer Sie wollen. Ich habe mit dem Pförtner gesprochen, Sam. Jerome Olivier alias Geraldo Olverano. Netter Junge, sehr ehrgeizig. Will nicht für immer Pförtner bleiben. Er erinnert sich, daß Vogler am späten Samstag abend noch Besuch hatte, aber er kannte ihn nicht.«

»Wie sah er denn aus?«

»Er war durchschnittlich groß, Ende Zwanzig und gutaussehend. Jerome gefiel seine Jacke – typische Studentenmode, mit Flecken auf den Ellbogen.«

»Würde er ihn wiedererkennen?«

»Das weiß er nicht genau, aber er sagt, er würde sich gern ein paar Fotos anschauen. Was halten Sie davon?«

»Das kann nicht schaden.«

»Vielleicht ist es ja Mrs. Voglers Freund.«

»Wir wissen bis jetzt noch nicht, ob sie überhaupt einen hat.«

»O doch, sie hat einen.« Moran grinste. »Darauf würde ich sogar wetten.«

Nachdem Moran gegangen war, nahm Ryker den angefallenen Papierkram in Angriff, entschlossen, einen großen Teil davon wegzuschaffen, bevor der Vormittag vorbei war. Mehr als eine Stunde später war er immer noch emsig dabei, seine Notizen sauber zu übertragen, weshalb er wohl mehr spürte als hörte, daß jemand vor ihm stand.

»Detective Ryker? Ich bin Ann Douglas.«

Eine Frau, die auffällt, sagte sich Ryker, als er sich erhob, um sie zu begrüßen. Groß; schlank, aber nicht mager; schöne Beine unter einem burgunderfarbenen Lederrock, der bis zu ihren Knien reichte; hohe Wangenknochen; große, mandelförmige braune Augen, die ihn direkt anschauten. Sie trug das Haar aus dem Gesicht, und es fiel über ihre Schultern. Es hatte blonde Strähnchen, so wie seine Frau Linda es immer gewollt hatte, bis sie erfahren hatte, wieviel es kostete, die Farbe ständig aufzufrischen. Er wußte, daß sie Make-up tragen mußte, aber sie hatte sich verdammt raffiniert geschminkt. Ihr Pullover, bemerkte er, hatte dieselbe Farbe wie ihr Rock.

Ihr Händedruck war fest und selbstsicher.

»Bitte nehmen Sie doch Platz.«

Sie setzte sich anmutig hin und schlug ihre langen Beine übereinander. »Danke, daß Sie mich empfangen.«

»Dafür sind wir doch schließlich da. Ich bin neugierig, was Sie mir zu erzählen haben, Miss Douglas. Wenn Sie nichts dagegen haben, werde ich unsere Unterhaltung auf Band aufnehmen. Das ist einfacher für mich, als mir Notizen machen zu müssen.«

Leichtes Schwanken auf ihrer Seite. »In Ordnung.«

Ryker holte einen kleinen Kassettenrecorder hervor, prüfte, ob eine leere Kassette eingelegt war, und schaltete ihn ein. »Was machen Sie beruflich, Miss Douglas?«

»Ich bin Substitutin, zweite Einkäuferin für eine teure Damenmodekollektion in einem großen Kaufhaus.«

Er fragte sich, ob sie auf den Pullover und den Lederrock Prozente bekommen hatte. »Sie klangen ängstlich am Telefon.«

»Das war ich auch. Aber jetzt bin ich es nicht mehr. Ehrlich gesagt, kann ich mir das auch gar nicht leisten. Die Sache, um die es geht, ist zu wichtig. Jake und ich hatten ein sehr enges Verhältnis.«

Er sah sie an.

»Wir haben nicht zusammengelebt, wenn Sie das wissen wollen.« Sie blickte ihn ruhig und fest an. »Das *haben* wir aber vor ein paar Jahren. Und zwar, bevor er Deena kennenlernte und heiratete.« Ihr Ton war kalt. »Während des vergangenen Jahres schliefen wir aber miteinander. Allerdings weniger oft, als ich das gern gewollt hätte. Schockiert Sie das, Detective?«

Er lächelte. »Ich weiß Ihre Offenheit zu schätzen.«

»Sie würden es ja doch auf irgendeine Weise herausfinden, wenn Sie das wollten; es wußten mehrere Leute über uns Bescheid. Ich schäme mich nicht für unsere Beziehung, und ich sehe auch keinen Grund, warum Sie darauf Ihre Zeit verschwenden sollten. Wissen Sie eigentlich, daß Jake Drohungen erhielt?« fragte sie unvermittelt.

»Von wem?«

»Von verschiedenen Leuten, aber vor allem von Deenas Vater.«

»Von welcher Art von Drohungen sprechen Sie?«

»Das meiste davon war nur Belästigung; aber einige klangen ernster.«

»Erzählen Sie mir zuerst von der Belästigung. Von wem ging sie aus?«

»Ein Rabbinerfreund von Deena organisierte sie. Jake hat mir seinen Namen genannt, aber ich habe ihn vergessen. Aber das müßten Sie herausbekommen.«

»Warum haben sie Mr. Vogler belästigt?«

»Das ist ein wenig kompliziert.« Sie wechselte ihre Beinstellung. »Okay. Deena und Jake wurden standesamtlich geschieden, aber sie wollte auch die religiöse Scheidung. Ohne sie hätte sie sich nicht wiederverheiraten können.«

»Und er wollte die Urkunde nicht unterschreiben?«

»Er war sehr wütend auf Deena, über die Art, wie sie ihn aus ihrem Leben stieß. Die kleine Miss Perfekt. Er hätte irgendwann schon unterschrieben.«

»Weshalb sind sie überhaupt geschieden worden?«

»Weil sie herausfand, daß er mit mir schlief.« Ihr schien unbehaglich zumute zu sein, aber sie wich seinem Blick nicht aus. »Sehen Sie, Detective, ich bin keine Heilige, aber Jake wäre schließlich auch nicht zu mir gekommen, wenn zu Hause alles gestimmt hätte. Und wenn ich ihn nicht mit offenen Armen empfangen hätte, hätte es eben jemand anders getan. Er war sehr attraktiv. Sexy. Und amüsant.« Ihre Augen wurden feucht; sie biß sich auf die Unterlippe.

»Sind Sie okay?« Er öffnete eine Schublade, zog ein Taschentuch aus einer Hülle und reichte es ihr.

Sie nickte. »Danke. Er hätte sie nie heiraten dürfen. Sie ist orthodox, wußten Sie das? Jake ist zwar Jude, aber orthodox? – allein der Gedanke ist schon lächerlich!«

»Sind Sie jüdisch?«

»Nein. Aber das hat ihn nie gestört. Seine Eltern wären wahrscheinlich nicht sehr erfreut über unsere Verbindung gewesen. Aber seine Mutter vergötterte ihn. Sie hätte sich bestimmt irgendwann damit abgefunden.«

»Als Mr. Vogler seine Frau kennenlernte, da war aber Ihr Verhältnis bereits vorbei?«

Sie nickte. »Aber wir standen uns noch sehr nahe. Selbst als er ausgezogen war, schliefen wir gelegentlich noch miteinander. Ich dachte, er brauchte einfach Zeit, um über alles nachzudenken. Doch dann wurde es ihm mit Deena ernst.«

Sie war ganz versunken in ihrer Erzählung, begierig, es loszuwerden; vielleicht hatte das bis jetzt keinen interessiert. Ryker war darauf bedacht, sie nicht zu unterbrechen.

»Sie faszinierte ihn, verstehen Sie. Sie spielte die sich zierende Jungfrau, die auf einen jüdischen Ritter wartet, und er ist darauf reingefallen. Sie sagte ihm, sie würde erst mit ihm schlafen, wenn sie verheiratet wären, und sie würde ihn erst heiraten, wenn er gläubig wäre. Sehr schlau. Also redete er sich selbst ein, daß er gern religiös werden würde. Ich sagte ihm, er wäre verrückt, aber er erwiderte, ich sei ja nur eifersüchtig.«

»Und, waren Sie eifersüchtig?«

»Natürlich war ich eifersüchtig! Ich habe ihn geliebt. Es war seine Idee auszuziehen; und ich konnte ihn ja wohl schlecht dazu zwingen, bei mir wohnen zu bleiben. Er sagte mir, er sei noch nicht reif für eine endgültige Bindung. Und dann heiratete er Deena.« In ihrem Ton schwang bittere Ironie mit. »Aber ich wußte, daß es nicht gutgehen würde. Und so war ich auch nicht wirklich überrascht, als er sich wenige Monate, nachdem er geheiratet hatte, wieder bei mir meldete. Es war nicht nur wegen des Sex. Wir waren ein richtiges Paar. Das waren wir immer gewesen.«

»Dennoch hat er ihr die religiöse Scheidung verweigert. Hat Sie das nicht irritiert?«

»Das habe ich Ihnen doch schon gesagt. Das war nur zeitweilig. Es war aus zwischen ihnen.«

»Bei dem Rabbiner, der bei der Beerdigung sprach, klang es aber so, als wollte Mr. Vogler sich wieder mit seiner Frau aussöhnen.«

»Das stimmt nicht! Sie meinen Brodin. Jake hat ihm das nur erzählt, damit Brodin Ruhe gab. Ich *kenne* Jake. Er spielte nur.«

»Was ist mit dem Freund?«

»Was für einem Freund?«

»Ich habe mit Mr. Voglers Anwalt gesprochen. Mr. Vogler hat ihm anscheinend erzählt, daß Mrs. Vogler einen Freund habe und daß er darüber verärgert sei.«

Sie schwieg einen Moment. »Jake sagte mir, Deena treffe sich mit jemandem. Es störte ihn ein wenig. Aber das war nur sein männliches Ego.«

»Und das hat Sie gar nicht beunruhigt? Die Tatsache, daß er wegen seiner Exfrau eifersüchtig war? Daß er ihr die Scheidung nicht gewährte?«

»Er war nicht eifersüchtig!«

Ryker blickte sie unverwandt an.

»Na schön. Vielleicht fiel es ihm nicht leicht, darüber hinwegzukommen. Aber nicht, weil er Deena liebte. Er konnte es nur nicht ertragen zu verlieren. Aber ich wußte, daß sich alles für uns zum Besten wenden würde.«

»Wie lange wollten Sie warten?«

»Ich weiß nicht, was Sie meinen.«

»Nichts. Ich für meinen Teil hasse es sogar, im Kino nach Eintrittskarten anzustehen, wenn ich mehr als fünf Leute vor mir habe.« Er lächelte. »Es überrascht mich eben, daß eine attraktive Frau wie Sie herumsitzt und unbegrenzt auf jemanden wartet.«

»Wenn ich etwas wirklich will, Detective, kann ich sehr lange warten. Und Jake war es wert, daß man auf ihn wartete. Aber ich bin nicht hergekommen, um meine Beziehung zu Jake mit Ihnen zu diskutieren.«

»Lassen Sie uns zu der Belästigung zurückkehren. Was hat denn dieser Rabbiner nun im einzelnen getan?«

»Zuerst belästigte er Jake mit Telefonanrufen, versuchte, Jake dazu zu überreden, Deena die religiöse Scheidung zu bewilligen. Dann organisierte er Vorposten vor Jakes Büro in Century City.«

»War Mr. Vogler darüber verärgert?«

»Er war nicht gerade begeistert darüber. Dann begann dieser Rabbiner, Mitteilungen mit Jakes Bild darauf über die ganze Stadt hinweg zu verschicken, wie ein ›Fahndungs‹-Poster. Jake schäumte vor Wut. Aber das machte ihn nur noch entschlossener, das Papier nicht zu unterzeichnen. Und dann gab es auch richtige Drohungen.«

»Von dem Rabbiner?« Ryker war erstaunt.

»Es waren anonyme Anrufe. Jake konnte die Stimme nicht erkennen.«

»Was für Drohungen?«

»Wirres Zeug. Die Kernaussage war, daß, wenn Jake wüßte, was gut für ihn sei, er Deena die Scheidung gewähren würde.«

»Und was ist mit dem Vater? Hat er Mr. Vogler persönlich belästigt?«

»Ja. Er rief seine Kunden an und erzählte ihnen, daß Jake sich weigere, seiner Frau die Scheidung zu bewilligen. Er sagte auch Ben – Jakes Geschäftspartner –, er solle Jake rausschmeißen. Der Mann hat sich wie toll gebärdet. Und dann hat er Jake bedroht.«

»Was meinen Sie damit?«

»Er sagte, er würde Jake töten. Ist das konkret genug?«

»Hat Mr. Vogler Ihnen das erzählt?«

»Nein, das habe ich mit meinen eigenen Ohren gehört. Ich war gerade zufällig in Jakes Apartment, als Mr. Novick dort auftauchte. Er wußte nicht, daß ich da war. Ich war im Schlafzimmer, aber die Tür stand offen, so konnte ich alles mit anhören.«

»Wann war das?«

»Letzten Donnerstag abend.«

»Was geschah genau, können Sie sich daran noch erinnern?«

»Der Pförtner rief über das Haustelefon an und sagte Jake, daß Mr. Novick raufkommen wolle. Jake weigerte sich erst, ihn zu empfangen, aber am Ende willigte er doch ein. Er bat mich, im Schlafzimmer zu warten, bis Novick wieder gegangen wäre. Noch in derselben Minute, in der Jake die Tür öffnete, konnte ich Novick brüllen hören: ›Du zerstörst meiner Tochter das Leben‹ – und so was in der Art.«

»Was hat Mr. Vogler darauf geantwortet?«

»Er sagte Novick, er solle sich aus dieser Sache heraushalten und verschwinden. Das Geschrei ging noch eine ganze Weile lang so weiter. Der Nachbar fing an, gegen die Wand zu klopfen.«

»Und wann hat er dann gedroht, Mr. Vogler zu töten?«

»Kurz bevor er ging. Er sagte so etwas wie: ›Wenn du meine Tochter noch einmal anfaßt, wenn du sie noch einmal anrufst, dann bringe ich dich um.‹ Und dann sagte er noch: ›Damit täte ich der Welt einen großen Gefallen.‹«

»Haben Sie irgendeine Idee, was Mr. Novick mit dem Anfassen seiner Tochter oder dem Anrufen gemeint haben könnte?«

»Nein. Ich habe Jake gefragt, aber er sagte, Novick habe nur dumm dahergeredet.«

»Ich verstehe.« Er lächelte sie an. »Das ist alles wirklich höchst interessant. Haben Sie eigentlich immer ein so gutes Gedächtnis, Miss Douglas?«

»Ich glaube, mir gefällt Ihr Ton nicht ganz, Detective.«

»Ich bin nur beeindruckt, das ist alles.«

»Wie hätte ich so etwas wohl vergessen können?«

»Wann haben Sie von Mr. Voglers Tod erfahren?«

»Ich habe am Mittwoch im Büro angerufen. Judy – die Sekretärin am Empfang – erzählte mir, was passiert war. Sie weinte die ganze Zeit dabei.«

»Aber Sie haben erst gestern versucht, mit mir in Kontakt zu treten. Wenn Sie wirklich denken, daß Mr. Novick für Mr. Voglers Tod verantwortlich ist, warum haben Sie sich dann nicht sofort gemeldet?«

»Zuerst habe ich da keinen Zusammenhang gesehen. Menschen lassen sich nun mal zu irgendwelchen leeren Drohungen hinreißen, wenn sie außer sich sind. Mir selbst ist das auch schon ein- oder zweimal passiert. Aber je länger ich darüber nachdachte, desto klarer wurde mir, daß Novick Jake zumindest getötet haben *könnte*. Und das konnte ich doch nicht einfach ignorieren, oder?«

»Wann haben Sie Mr. Vogler zum letzten Mal gesehen?«

»Samstag abend. Wir sind ins Kino gegangen und anschließend in eine Cocktailbar. Er hat mich um etwa halb eins bei mir abgesetzt.«

»Haben Sie am Sonntag noch mal mit ihm gesprochen?«

»Nein, ich war den Vormittag über größtenteils nicht zu Hause, und ich wußte, daß er ein offenes Haus veranstaltete und etwa bis um sechs beschäftigt sein würde.«

»Waren Sie denn die sonstige Zeit zu Hause?«

»Ja, war ich. Prüfen Sie jetzt etwa, ob ich ein Alibi habe? Das verstehe ich nicht, Detective. Ich bin schließlich aus freien Stücken hierhergekommen, und zwar, um Ihnen zu helfen, und nicht, um verhört zu werden.« Ihr Blick war zornig.

»Natürlich nicht. Aber wenn Sie zu Hause gewesen wären und Mr. Vogler Sie angerufen hätte, könnte uns das helfen, die Todeszeit zu bestimmen.«

»Verstehe. Nun, ich war den ganzen Nachmittag zu Hause und auch den Abend über. Aber er hat nicht angerufen.«

»Waren Sie nicht überrascht, als Sie nichts von ihm hörten?«

»Zunächst nicht. Er rief mich nicht jeden Tag an. Ich habe am

Montag im Büro angerufen, und da sagte mir Judy, er sei nicht in der Stadt.«

»Er hat Ihnen gegenüber nicht erwähnt, daß er weg müßte?«

»Nein, aber er war immer sehr spontan. Es hat mich nicht beunruhigt. Es sah Jake ähnlich.« Sie schien in Gedanken versunken.

»Gibt es noch etwas, was Sie mir gern sagen möchten?«

»Nein, das ist alles. Was werden Sie nun wegen Novick unternehmen?«

Ryker schaltete den Recorder aus. »Ich werde der Information nachgehen, die Sie mir gegeben haben. In der Zwischenzeit werde ich Ihre Aussage tippen lassen und Sie anrufen, wenn sie fertig ist, so daß Sie sie sich noch mal durchlesen und unterzeichnen können.«

»Gut.« Sie erhob sich, um zu gehen.

»Da wäre nur noch eins: Da Sie in Mr. Voglers Apartment waren, brauchen wir Ihre Fingerabdrücke, damit wir sie mit den Fingerabdrücken, die wir gefunden haben, vergleichen und Ihre ausschließen können. Sie verstehen.«

»Ja, ich glaube schon. Von mir wurden noch nie Fingerabdrücke genommen.«

»Das ist ein ganz unkomplizierter Vorgang. Ich werde jemanden bitten, es gleich zu machen, bevor Sie gehen.« Er stand auf und sprach eine weibliche Detective vom Einbruchsdezernat an, die an einem Schreibtisch in der Nähe saß. Sie verschwand mit Ann Douglas zum Fingerabdruck nehmen.

Ryker beobachtete Ann Douglas' graziösen Abgang, dann holte er sich seine bereits vierte Tasse Kaffee. Die Apfeltasche hatte er ganz vergessen; er wickelte sie aus und biß hinein. Der Teig war ein wenig hart und die Apfelfüllung ein wenig sauer. Vielleicht lag es ja an ihm. Er aß die Tasche trotzdem und spülte sie mit dem heißen Getränk hinunter.

Anderthalb Stunden später seufzte Ryker, ließ seinen Stift fallen und bewegte seine verkrampften Finger. Es war zehn nach zwölf. Wenn er jetzt ging, hätte er noch genügend Zeit, um mit Judy Battaglia zu reden, bevor Ben Kasden vom Mittagessen zurückkehrte.

19

Der junge, dunkelhaarige Mann, der am Empfangstisch im Vorzimmer von Kasden und Vogler, Immobilienmakler, saß, sprach ins Telefon und tippte gleichzeitig flink Zahlen in einen kleinen Taschenrechner, als Ryker hereinkam.

»Ich rufe Sie dann wieder an«, sagte er und legte auf. Er lächelte Ryker an. »Kann ich Ihnen helfen?«

»Ich würde gern mit Miss Battaglia sprechen. Ist sie beim Mittagessen?« Er versuchte, seine Enttäuschung zu verbergen.

»Ist sie, aber sie dürfte in etwa fünfzehn Minuten wieder hier sein. Ich vertrete sie nur so lange, wie sie weg ist. Wir waren in letzter Zeit etwas knapp besetzt. Vielleicht kann ich Ihnen ja helfen.«

Ryker zog seine Brieftasche heraus und zeigte dem Mann seinen Ausweis.

»Oh.« Die Stimme war plötzlich gedämpft. »Sie sind wegen Jake hier. Die ganze Geschichte ist ja so schrecklich.« Er erhob sich hastig und rückte seine Brille zurecht. »Ich bin Gerry Kowalski. Wollten Sie Ben sprechen? Denn er *ist* beim Mittagessen, und ich weiß nicht genau, wann er zurück sein wird.«

»Ich habe eine Verabredung mit Mr. Kasden um zwei, aber ich dachte, ich komme schon früher und unterhalte mich ein wenig mit Miss Battaglia. Während ich hier warte, könnte ich ja aber vielleicht auch einige Informationen von Ihnen bekommen.«

»Aber natürlich! Ich helfe Ihnen gern, wenn ich kann. Obwohl ich nicht glaube, daß ich Ihnen viel sagen kann.«

»In der Hauptsache nur Auskünfte übers Büro. Wo können wir miteinander reden?«

»Ich kann aber das Vorzimmer nicht verlassen; es könnte ja jemand in der Zwischenzeit hereinkommen. Ich hole Ihnen am besten einen Stuhl, und dann können wir uns hier unterhalten.« Er brachte einen Stuhl herein und stellte ihn neben den Empfangstisch.

»Wie lange arbeiten Sie schon hier?« fragte Ryker.

»Drei Jahre. Ich wurde in einer großen Firma ausgebildet, aber dort war ich nicht glücklich. Zu viele interne Kämpfe und Intrigen. Ein Freund erzählte mir dann von dieser Firma. Und hier gefällt es mir wirklich gut.«

»Sie sind nur zu dritt – also, abgesehen von Miss Battaglia?«

»Nein, zu fünft. Da ist noch Paul Kashanian – er verbringt gerade seine Flitterwochen – und Lynne Walters. Sie ist seit etwa einem Jahr dabei.«

»Es muß hier ja jetzt ganz schön hektisch zugehen.«

»Das kann man wohl sagen! Erst ging Paul in Urlaub, so daß ich eine Menge seiner Termine mit übernehmen mußte. Und jetzt ist Jake nicht mehr da. Gott, ich kann nicht glauben, daß er tot ist! Und Ben erzählte, es geschah in dem Sherbourne-Haus!« Er schauderte.

»Wer vertritt Miss Battaglia denn, wenn sie zum Mittagessen geht?«

»Ben. Er ist fast immer im Büro. Jake ist – *war* – für den Außendienst zuständig. Heute hatte Ben aber irgendwas Wichtiges zu tun, so daß er mich bat hierzubleiben; und Judy meinte, sie würde nur eine halbe Stunde wegbleiben.«

»Trifft wohl einen wichtigen Kunden, hm?« Ryker lächelte.

»Um ehrlich zu sein, hörte ich, wie er einen Termin mit seinem Börsenmakler vereinbarte. Aber es kann sein, daß er auch noch eine andere Verabredung hat. Dürfte ich Sie etwas fragen? Haben Sie schon eine Spur in Jakes Mordfall?«

»Wir gehen gerade mehreren Fährten nach. Wann haben Sie Mr. Vogler das letzte Mal gesehen?«

»Am Donnerstag, glaube ich. Ich kam am Freitag morgen

sehr früh für eine Stunde rein, aber ich war schon wieder weg, bevor Jake kam.«

»Was ist mit Samstag?«

»Ben und Jake wechseln sich samstags ab. An dem Samstag war Ben dran.«

»War Mr. Vogler guter Dinge, als Sie ihn sahen?«

»So lala. Ich meine, er hatte in der letzten Zeit viel Streß, mit seiner Scheidung und allem. Das hat mir wirklich leid getan. Ich mag Deena.« Er zuckte die Achseln. »Ich nehme an, es hat einfach nicht funktioniert.«

»Hat Mr. Vogler über seine Ehe geredet?«

»Nicht wirklich. Aber man konnte ihm ansehen, daß es ihn aufwühlte. Und daß die Geschichte mit Murdoch schieflief, trug auch nicht gerade zur Besserung seiner Laune bei.« Er blickte Ryker an. »Wissen Sie von der Sache?«

Ryker nickte. »Machte sich Mr. Kasden wegen Murdoch Sorgen?«

»Alle machten sich deshalb Sorgen. Ich habe immer darauf geachtet, nicht im Büro zu sein, wenn ich wußte, daß Murdoch hier antanzen würde.« Er lachte nervös. »Aber ja, Ben war beunruhigt. Und Sie müssen bedenken, er hatte eine sehr enge Bindung zu Jake. Wenn Jake etwas weh tat, dann auch Ben.«

»Sie kamen gut miteinander klar?«

»Wie Brüder. Ich meine, natürlich hatten sie mal Meinungsverschiedenheiten oder so, aber so wie bei Brüdern halt auch, verstehen Sie?«

»Sicher. Worüber haben sie gestritten?«

»Ich habe nicht gesagt, daß sie *stritten*.« Er klang, als sei ihm unbehaglich zumute. »Ich sagte, sie hatten manchmal unterschiedliche Meinungen. Jedenfalls war es nie was Großes.«

Die Vordertür öffnete sich, und gleichzeitig ertönte eine leise, sanfte Glocke.

»Da kommt Judy«, verkündete Kowalski. Er klang erleichtert.

Ryker erhob sich, als eine kleine Brünette den Raum betrat. Sie ist niedlich, dachte er, eine elfenhafte Erscheinung, hervorgehoben durch große braune Kulleraugen und eine winzige Nase. Sie sah sehr jung aus.

Sie warf Ryker einen fragenden Blick zu.

»Das ist Detective Ryker«, sagte Kowalski.

»Mr. Kasden erwartet Sie aber erst um zwei«, sagte sie.

»Ja, Miss Battaglia, aber, um ehrlich zu sein, würde ich gern ein paar Minuten mit Ihnen sprechen.« Er wandte sich an Kowalski. »Danke, daß Sie Zeit für mich hatten.«

»Kein Problem.« Er erhob sich eilig. »Ich habe eine Hausbesichtigung auf der Drexel um halb zwei. Ich möchte nicht gern zu spät kommen. Judy, es haben zwei Leute angerufen. Ich habe dir alles aufgeschrieben.« Er steuerte auf die Tür zu.

Ryker hielt ihn auf. »Mr. Kowalski. Noch eine Frage, bevor Sie gehen. Ich habe einige Unterlagen von Mr. Vogler durchgesehen, und er bezieht sich da dauernd auf ›REC‹. Könnten Sie mir sagen, was das heißt?« Ryker hatte bereits eine Theorie, aber er wollte sie bestätigt haben.

»REC? Das ist der Real Estate Commissioner. Wäre das dann alles?« Er klang wie ein Schulschwänzer, der es eilig hatte, aus dem Büro des Schulleiters hinauszukommen.

»Ja, das wäre dann alles.« Genau. »Danke. Nochmals vielen Dank für Ihre Hilfe.«

Judy Battaglia ließ sich hinter der Barrikade ihres Empfangstisches nieder und schob geschäftig Papier hin und her und ordnete die Akten.

»Viel los heute?« fragte Ryker mit einem warmen Lächeln.

»Ja, sehr viel. Ich muß immer noch einige von Jakes – Mr. Voglers – Terminen umdisponieren. Und einer unserer Männer ist in den Flitterwochen. Ich habe nur eine halbe Stunde Mittag gemacht.«

»Ich werde Ihnen nicht viel Zeit stehlen.«

Sie blickte ihn an. »Es geht mir eigentlich gar nicht um die

Zeit. Um Ihnen die Wahrheit zu sagen, bin ich ein wenig nervös. Ich habe noch nie mit einem Detective gesprochen. Und die Sache mit Jake nimmt mich sehr mit. Jedesmal, wenn ich an ihn denke, fange ich beinahe zu heulen an. Er war so ein wundervoller Mann.« Ihre Stimme war belegt.

»Davon bin ich überzeugt. Ich möchte Sie nicht aufwühlen, aber es gibt da ein paar Punkte, die Sie vielleicht klären könnten. Es könnte wichtig sein.«

»In Ordnung.« Sie faltete ihre Hände auf dem Tisch und richtete ihre volle Aufmerksamkeit auf den Detective.

»Wann haben Sie Mr. Vogler zum letzten Mal gesprochen?«

»Das muß Freitag gewesen sein. Er kam so gegen zehn ins Büro, aber er blieb nicht lange. Er hatte mehrere Termine.«

»Waren Sie nicht überrascht, als er am Montag nicht ins Büro kam?«

»Doch, ein bißchen schon. Aber Mr. Kasden schien sich keine Sorgen zu machen. Dann rief jemand für Jake an und sagte, er würde ein paar Tage nicht ins Büro kommen.«

»Und das war nicht ungewöhnlich?«

»Doch, schon. Aber Jake war immer gut für Überraschungen. Das war eine der aufregenden Seiten an ihm.«

»Hatte er denn am Montag keine Termine?«

»Nur einen, aber der wurde am Freitag gestrichen.« Sie nahm ein paar lose Briefklammern, öffnete eine Schublade und legte die Klammern in eine kleine Pappschachtel.

»Was ist mit dem offenen Haus, das Mr. Vogler vergangenen Sonntag veranstaltete? Wer wußte davon?«

»Wir hatten diesbezüglich eine Anzeige in die Zeitung gesetzt. Das tun wir immer.«

»Ich meine, wer wußte, daß Mr. Vogler dort sein würde?«

»Das ist schwer zu sagen. Natürlich alle aus dem Büro. Und dann haben mehrere Leute wegen des Anwesens angerufen.«

»Aber die Anrufer fragen doch nicht unbedingt danach, wer die Besichtigung leitet, oder doch?«

»Normalerweise eigentlich nicht. Komisch, daß Sie das gerade erwähnen, weil nämlich mehrere Leute wissen wollten, welcher Makler da sein würde. Aber ich verstehe nicht – o mein Gott! Sie meinen, daß einer der Anrufer der Mörder war? Ich dachte, es wäre ein Einbrecher gewesen!«

»Wir gehen gerade allen Möglichkeiten nach. Die Anrufer, waren das Frauen oder Männer?«

»Beides. Das kann ich aber einfach nicht glauben!«

»Haben Sie irgendeine der Stimmen erkannt?«

Sie schüttelte den Kopf. Ryker hatte den Eindruck, sie würde gleich anfangen zu weinen.

»Miss Battaglia, Sie erwähnten, daß Sie Mr. Vogler am Freitag vormittag sahen. Wirkte er irgendwie aufgeregt oder beunruhigt?«

»Nicht mehr als sonst auch. Er hatte in der letzten Zeit privat viele Probleme. Ich nehme an, Sie wissen davon.« Sie blickte ihn an.

Ryker nickte.

»Aber zu mir war er immer sehr nett. Ich erinnere mich noch daran, daß er mich, bevor er ging, fragte, wie es in meinen Kursen lief. Ich habe nämlich begonnen, mich in Sachen Immobilien schulen zu lassen. Jake hatte mich dazu ermutigt. Er sagte, ich hätte wirklich Begabung.«

»Ich entnehme dem Ganzen, daß Sie gern für ihn gearbeitet haben.«

»Und wie. Er war großartig – immer einen Scherz auf den Lippen, immer darauf bedacht, daß alle um ihn herum entspannt waren und sich wohl fühlten. Ich werde ihn sehr vermissen.«

»Haben Sie ihn je privat getroffen?«

»Nein.« Die Frage schien sie zu belustigen. »Er sprach zwar immer davon, mich mal übers Wochenende nach Las Vegas mitzunehmen, aber ich wußte, daß er das nicht ernst meinte.« Sie lächelte sehnsüchtig. »Das war so seine Art.«

»Was ist mit Miss Douglas?«

»Was soll mit ihr sein?«

»Wie stand sie zu Mr. Vogler?«

»Sie rief ziemlich oft hier an, und sie gingen ab und zu zusammen Mittagessen, aber ich habe keine Ahnung, was zwischen ihnen war. Soweit ich weiß, wollte er sich mit seiner Exfrau aussöhnen.«

»Hat er Ihnen das erzählt?«

»Nein. Er sprach nicht gern darüber, aber ich hörte, wie er ein- oder zweimal mit Mr. Kasden darüber sprach.«

»Sind Sie jemals Mr. Voglers Schwiegervater begegnet?«

»Er ist vor etwa einem Monat mal ins Büro gekommen. Ich erinnere mich nicht mehr genau, welcher Tag das war. Er hatte keinen Termin abgemacht, und Jake war nicht da. Aber er wartete beinahe eine Stunde, bis Jake kam.« Sie hielt inne.

»Und dann?«

»Jake sagte ihm, er habe keine Zeit, sich mit ihm zu unterhalten, aber Mr. Novick meinte, er würde nicht eher gehen, bevor Jake nicht mit ihm geredet habe. Zu guter Letzt gab Jake nach. Mr. Novick blieb nicht lange.«

»Es war keine freundliche Unterredung?«

»Das weiß ich nicht genau. Aber Mr. Novick sah wütend aus, als er ging.«

»War das das einzige Mal, daß Mr. Novick hier war?«

Sie nickte. »Aber er rief mehrmals an. Um Ihnen die Wahrheit zu sagen, wies mich Jake vor zwei Wochen an, Mr. Novick, wann immer er anrief, zu sagen, daß Jake nicht da sei.«

»Aber Sie haben keine Ahnung, warum Jake nicht mit ihm sprechen wollte?«

»Das ging mich schließlich nichts an.«

»Hätte Mr. Novick einer der Leute sein können, die wegen der Besichtigung letzten Sonntag anriefen?«

»Das kann ich wirklich nicht sagen. Ich meine, möglicherweise habe ich seine Stimme nicht erkannt, und wenn er auch noch erkältet war oder so was …« Ihre Stimme versagte.

»Okay. Machen Sie sich keine Gedanken darum. Lassen Sie uns auf den Freitag zurückkommen. Was hat Mr. Vogler in der Zeit, die er im Büro zubrachte, alles getan?«

»Nun, er hatte eine kurze Unterredung mit Mr. Kasden; dann verschwand er für eine Weile in seinem Büro und tätigte ein paar Anrufe. Das ist alles. Ach, und dann fragte er mich noch, ob bei mir jemand für ihn angerufen habe.«

»Hat er Sie bei dieser Gelegenheit auch darum gebeten, den Termin am Montag mit Murdochs Wirtschaftsprüfer abzusagen?«

»Ja.« Sie rückte einige Stifte gerade hin, so daß ihre Spitzen alle in dieselbe Richtung zeigten.

»Laut Murdoch war das nicht das erste Mal, daß Mr. Vogler einen Termin absagte. Es war bestimmt unangenehm für Sie, dort so oft anrufen zu müssen, um abzusagen.«

»Ja, ich habe es nicht gerade genossen.«

»Ich nehme nicht an, daß Sie den Grund für die Absage wissen? Ich meine, warum hat er nicht einfach den Wirtschaftsprüfer getroffen und die Sache hinter sich gebracht?«

»Nein, das weiß ich wirklich nicht. Da müßten Sie Mr. Kasden fragen.«

»Wer hat denn entschieden, den Termin abzusagen – Mr. Kasden oder Mr. Vogler?«

»Ich glaube, sie kamen gemeinsam darin überein.«

»Sie hörten sie also darüber sprechen?«

Sie wandte, sichtlich nervös, ihren Blick ab.

»Miss Battaglia, ich weiß, daß Sie eine starke Loyalität für Ihre Arbeitgeber fühlen. Das finde ich auch ganz wunderbar. Aber ich ermittle in einem Mordfall. Von Gesetz wegen kann ich Sie nicht dazu zwingen, meine Fragen zu beantworten, aber ich sage Ihnen ganz ehrlich, daß es keinen guten Eindruck macht, wenn Sie sich weigern, mit uns zusammenzuarbeiten.«

»Die Sache hat aber nichts mit Jakes Tod zu tun.«

»Da haben Sie wahrscheinlich recht, aber ich hätte trotzdem

gern, daß Sie meine Frage beantworten. Was genau war das Problem?«

Keine Antwort.

»Hatten Kasden und Vogler Streit wegen des Termins mit dem Wirtschaftsprüfer? Ging es darum?«

»Ja.« Ihre Stimme war fast unhörbar.

»Worüber haben Sie gestritten?«

»Jake wollte die Buchprüfung hinter sich bringen, und als Ben – Mr. Kasden – ihm sagte, daß die Bücher noch nicht fertig seien, wurde er wirklich wütend. Verstehen Sie, es war schließlich Jake, der Murdoch gegenübertreten mußte, und darüber war er nicht sehr erfreut.«

»Warum waren die Bücher denn noch nicht fertig?«

»Ich habe keine Ahnung. Wirklich nicht.« Sie begegnete seinem Blick.

»Also, am Freitag war Mr. Vogler, als Mr. Kasden ihm erzählte, daß der Termin mit dem Buchprüfer noch mal verschoben werden müsse, überrascht?«

»Ja, und –«

»Was wollten Sie sagen?«

Sie holte tief Luft. »Er sagte Mr. Kasden, es sei das letzte Mal gewesen, daß er ihn decke, und das nächste Mal, wenn Murdoch anriefe, könne Mr. Kasden es ihm selbst erklären.« In ihrem Blick lagen Gewissensbisse, Angst und eine Spur von Aufregung.

»Das haben Sie alles mit angehört?«

Sie wurde verlegen. »Sie brüllten beide ziemlich laut. Es wäre unmöglich gewesen, es *nicht* zu hören. Ich möchte aber nicht, daß Sie jetzt einen falschen Eindruck bekommen, Detective. Mr. Kasden und Jake hatten ein sehr enges und gutes Verhältnis. Seit Jakes Tod ist er nicht mehr er selbst. Werden Sie ihm sagen müssen, daß ich Ihnen das alles erzählt habe?«

»Das weiß ich noch nicht. Selbstverständlich versuche ich, Sie da rauszuhalten, aber ich kann es Ihnen leider nicht versprechen. Aber Sie haben richtig gehandelt, Miss Battaglia.«

»Wahrscheinlich. Sie haben mir ja auch keine große Wahl gelassen, nicht wahr?«

»Nein, keine große.« Ryker lächelte. »Das ist nun mal mein Job.« Er blickte auf seine Uhr. Es war ein Uhr vierzig. »Haben Sie was dagegen, wenn ich mich ein wenig in Mr. Voglers Büro umsehe, während ich auf Mr. Kasden warte?«

»Nein, ich nehme an, das geht in Ordnung.« Sie stand auf, wartete darauf, daß Ryker ihr folgte, ging zu Jakes Büro und öffnete die Tür.

Ryker war kaum um den großen Schreibtisch herumgelaufen, als die Türglocke ertönte und eine Stimme zu hören war, die er als Kasdens erkannte.

»Ich brauche einen Kaffee«, sagte die Stimme. »Aber einen starken.«

»Mr. Kasden –«

»Nicht jetzt, Judy. Bring mir erst den Kaffee.«

Als Ryker wieder im Vorzimmer angelangt war, hatte Mr. Kasden bereits den Raum durchquert und war in seinem Büro verschwunden. Ryker stellte sich in die Tür. Der kleine, rundliche Mann blickte zum rückwärtigen Fenster hinaus und wippte nervös auf den Fußballen.

»Mr. Kasden?«

Kasden wirbelte herum. »Was zum Teu-« Rasch sammelte er sich. »Was kann ich für Sie tun?« Er lächelte gezwungen. Sein Blick schoß an Ryker vorbei, auf der Suche nach der Empfangssekretärin und einer Erklärung.

»Detective Ryker. Wir haben bereits miteinander telefoniert.« Ryker trat mit ausgestreckter Hand in den Raum. »Wie geht es Ihnen, Sir?«

Sie schüttelten sich vor Kasdens Schreibtisch die Hände. Der Detective überragte den kleineren Mann. Ryker bemerkte, daß Kasdens Handfläche feucht war.

»Sie sind ein wenig früh dran, nicht, Detective? Welch schreckliche Vorstellung, daß Sie hier Ihre Zeit unnütz mit Warten vertan haben, während Sie doch unterwegs sein und uns Bürger schützen hätten können. Ich hoffe, Sie mußten nicht lange warten.«

»Nicht zu lange.«

Judy kam mit zwei Bechern aus Steingut herein. »Ich dachte, Sie mögen vielleicht auch einen Kaffee, Detective. Ich habe ihn Ihnen schwarz gebracht, aber ich kann Ihnen auch gern etwas Sahne und Zucker bringen, wenn Sie möchten.« Sie stellte die Becher auf die Schreibunterlage auf Kasdens Tisch.

»Nein, schwarz ist wunderbar«, sagte Ryker. »Vielen Dank.«

Sie lächelte nervös und verließ den Raum, wobei sie die Tür ins Schloß zog.

»Nettes Mädchen«, bemerkte Kasden zerstreut. »Haben Sie sich mit ihr unterhalten?«

»Ein wenig. Während ich gewartet habe. Ich habe auch Ihren Verkäufer kennengelernt.«

»Gerry? Ein großartiger Junge. Wirklich großartig.« Er setzte sich in seinem Stuhl auf, aber gegen den Schreibtisch sah er immer noch zwergenhaft aus. »Was kann ich also für Sie tun, Detective?« Er lächelte.

Humpty Dumpty, dachte Ryker unwillkürlich, als er den eiförmigen Mann anblickte. »Es gibt da ein paar Dinge, die ich Sie gern fragen würde, Mr. Kasden.«

»Was, noch mehr Fragen bezüglich unzufriedener Kunden? Ich habe Ihrem Kollegen bereits gesagt, daß Sie Ihre Zeit mit ihnen verschwenden.«

»Wir haben die meisten von ihnen auch bereits von der Liste gestrichen. Aber ich wollte Sie noch ein bißchen näher zu Murdoch befragen.«

»Murdoch? Sie denken, er könnte wirklich etwas mit Jakes Tod zu tun haben? Wissen Sie, Detective, damit könnten Sie sogar durchaus recht haben. Auch wenn er sich in importierte dreiteilige Anzüge kleidet und sein Haar stylen läßt – ja, nicht schneiden, sondern *stylen* –, ist dieser Mann absolut skrupellos. Je mehr ich darüber nachdenke, desto wahrscheinlicher erscheint es mir.« Er nickte weise.

»Mr. Murdoch hat aber ein hieb- und stichfestes Alibi für die in Frage kommende Zeit. Ich interessiere mich eigentlich mehr für die Geschäftsbeziehung zwischen Ihrer Firma und ihm. Ich habe mich zum Beispiel gefragt, warum Ihre Firma mehrere Termine mit seinem Wirtschaftsprüfer abgesagt hat.«

»Wer hat Ihnen denn das erzählt?« Sein Ton war scharf.

»Das äußerte Mr. Murdoch gegenüber Detective Lewis.«

»Ich sehe nicht ganz, was das mit Jakes Tod zu tun haben soll.«

»Vielleicht nichts; aber es wäre auch möglich, daß es von Bedeutung ist.« Er nippte an seinem Kaffee. Kasden, stellte Ryker fest, hatte seinen noch nicht angerührt.

»Nun, ich weiß nicht genau, ob Sie das verstehen, Detective: Es ist eine Frage der Prioritäten. Der Grund, warum wir die Buchprüfung von Murdoch verschoben haben, ist, daß wir in eine größere Buchprüfung mit dem Buchprüfer von Deena verwickelt waren; das ist Jakes Exfrau. Deena gehört ein Viertel der Firma, und ihre Anwältin wollte wissen, wieviel ihr Anteil wert ist. Das kann ich ihr nicht verdenken, richtig? Solange wir also noch mit Deenas Buchprüfer zugange waren, konnten wir ja nicht gut noch jemand zweiten hier herumstöbern lassen.«

»Haben Sie sich denn nun mit dem Buchprüfer von Mrs. Vogler getroffen? Ich habe nämlich keinen diesbezüglichen Eintrag in Mr. Voglers Terminkalender gefunden. Haben sie das persönlich in die Hand genommen?«

»Wir haben noch keinen genauen Termin abgemacht. Es war in der letzten Zeit alles etwas hektisch hier, und nun, da Jake tot ist, weiß ich nicht, wie ich mich in der nächsten Zeit auch noch um eine Buchprüfung kümmern soll.« Er schüttelte traurig den

Kopf. »Er war wie ein Bruder für mich, Detective. Sie haben keine Ahnung, wie hart sein Tod mich trifft.«

»Ich verstehe noch immer nicht ganz, warum Sie die Buchprüfung mit Murdochs Wirtschaftsprüfer so lange aufgeschoben haben.«

»Hören Sie, Detective, das hier ist eine Immobilienfirma. Wissen Sie, was man im Immobiliengeschäft sagt? ›Zeit ist das Wesentliche.‹ Glauben Sie, ich kann es mir leisten, tagelang mit einem Kerl herumzusitzen, der jedesmal seine Nase rümpft, wenn er über eine Zahl stolpert, die ihm nicht gefällt? Mein Job ist es, Häuser zu verkaufen, Detective, und nicht einem Buchprüfer Händchen zu halten.«

Ryker lächelte und machte sich schnell ein paar Notizen. »Grob geschätzt, Mr. Kasden: Was ist Mrs. Voglers Firmenanteil wert?«

»Ich fürchte, die Frage kann ich nicht beantworten. Erstens habe ich keine Ahnung. Und zweitens müßte ich erst Mrs. Voglers Erlaubnis einholen, bevor ich so etwas bekanntgeben könnte. Dafür haben Sie sicher Verständnis.«

»Was geschieht denn jetzt mit dem Anteil von Mr. Vogler?«

»Nun, das ist etwas komplizierter. Seine Anteile fallen an die Firma zurück, aber natürlich haben seine Erben Anspruch auf den vollen geschätzten Wert seines Anteils. Das sind wohl seine Eltern, nehme ich an.« Er blickte den Detective fragend an.

Ryker lächelte. »Wer ist denn für die Firmenbücher zuständig, Mr. Kasden?«

»Charles Gorman.«

»Ist er nicht auch Mr. Voglers persönlicher Buchhalter?«

Kasden nickte.

Ryker machte sich geistig einen Vermerk, den Mann zu kontaktieren; er hatte vergessen, ihn nach seinem Gespräch mit Cooper anzurufen. »Ich würde Sie jetzt noch gern ein paar Dinge zu Mr. Voglers Terminkalender fragen.«

»Den Kalender haben Sie. Ich habe ihn dem anderen Detective mitgegeben.«

»Richtig. Die Sache ist nur die: Es scheint eine Seite zu fehlen.«

»Na und, was ist schon dabei? Vermutlich hat Jake eine alte Seite herausgerissen, um sich etwas darauf zu notieren. Das tue ich auch ständig. Tja, ein elegantes Büro, und nie liegt irgendwo Schmierpapier herum.«

»Erfreulicherweise wissen wir, was auf der Seite draufstand. Ich mag nämlich keine fehlenden Seiten, und deshalb bat ich die SID – das ist die Scientific Investigation Division –, sich die umliegenden Seiten mal anzugucken, und sie waren tatsächlich imstande, die Buchstaben anhand dessen, was sich auf der folgenden Seite durchgedrückt hatte, herauszufinden. Es ist doch wirklich verblüffend, was heutzutage alles möglich ist!«

»Ich bin beeindruckt«, erwiderte Kasden trocken. »Aber warum erzählen Sie mir das?«

»Auf der fehlenden Seite stand anscheinend ›REC – Ben?‹. Wie deuten Sie das?«

»Wie *soll* ich das denn deuten? ›REC‹ könnte alles mögliche heißen. Vielleicht wollte mich Jake zu einigen finanziellen Aufstellungen befragen. Oder es könnte auch für ›Receipt‹, Quittung stehen – ja, wo ich so darüber nachdenke, fällt mir ein, daß Jake mich tatsächlich mal gefragt hat, ob ich eine Quittung über eine Anzahlung gesehen habe, die er verlegt hatte. Ja, das muß es gewesen sein.«

Ryker schüttelte den Kopf. »Das glaube ich nicht.«

»Warum nicht? Das würde doch absolut Sinn ergeben.«

»Das würde es, aber wir fanden dieselbe Notiz auch noch an einer anderen Stelle. Um genau zu sein, kritzelte er sie auf die Zeitung, die er letzten Sonntag las. Fast so, als hätte da sein Unterbewußtes aus ihm gesprochen, wenn Sie verstehen, was ich meine? Also muß es meiner Meinung nach etwas Wichtiges gewesen sein, etwas, was ihn beschäftigt hat.«

»Nun, da kann ich Ihnen leider nicht weiterhelfen, Detective. Ich habe keine Ahnung, was er damit gemeint haben könnte. Ich kann schließlich keine Gedanken lesen. Ich kann ja nicht einmal vorhersehen, wann die Zinsen hochklettern.« Er lachte.

»Ich dachte da an ›Real Estate Commissioner‹. Das würde für mich Sinn ergeben. Das würde passen. Die Sache ist nur die: weshalb würde er den Real Estate Commissioner mit Ihnen in Zusammenhang bringen? Das kann ich mir einfach nicht erklären.« Er lächelte Kasden an. »Etwas rätselhaft, nicht?«

»Ich verstehe nicht, worauf Sie hinauswollen, Detective.«

Ryker stellte seinen Becher auf die Schreibtischunterlage und lehnte sich entspannt zurück. »Doch, ich glaube, das tun Sie wohl, Mr. Kasden. Ich glaube, Sie wissen genau, wovon ich spreche. Und, um ehrlich zu sein, habe ich den Verdacht, daß Sie die fragliche Seite herausgerissen haben, als Sie zum Kopieren gingen, das heißt also, bevor Sie den Kalender Detective Lewis gaben. Ich weiß nur noch nicht, wieso.«

»Sie sind verrückt! Das können Sie nicht beweisen!«

»Nein, das kann ich tatsächlich nicht.«

»Das ist einfach lächerlich!« zischte Kasden. »Da fehlt eine Seite in einem Terminkalender, und Sie benehmen sich, als hätte ich ein Bundesverbrechen begangen! Welchen Vergehens beschuldigen Sie mich eigentlich, Ryker?«

»Haben Sie die Kalenderseite nun herausgerissen, Mr. Kasden, oder nicht? Denn wenn Sie sie *tatsächlich* herausgerissen haben, wäre jetzt die beste Zeit, mir alles zu erzählen und das Ganze aufzuklären. Es ist wahrscheinlich unwichtig, aber ich kann Unklarheiten einfach nicht leiden. So bin ich nun mal.«

Kasden schob seinen Stuhl zurück und erhob sich. »Detective, unser Gespräch ist hiermit beendet. Ich war Ihrer Abteilung gegenüber verdammt kooperativ, aber ich bekomme allmählich das Gefühl, daß man mich hier fälschlicherweise beschuldigen will, und das gefällt mir absolut nicht!«

»Ganz, wie Sie wünschen, Mr. Kasden. Aber ich sollte Ihnen

vorher noch sagen, daß ich wahrscheinlich noch mal mit Ihnen sprechen muß.« Ryker stand auf. »Ach, beinah hätte ich's ganz vergessen!« Er holte ein gefaltetes Papier aus der Innentasche seiner Jacke und reichte es Kasden. »Ich habe eine gerichtliche Verfügung auf Vorlage Ihrer Bücher. Ich werde jemanden in ein paar Stunden vorbeischicken, der sie sich holt, also halten Sie sie bitte bereit. Außerdem haben wir eine gerichtliche Verfügung, die Bankunterlagen Ihrer Firma einzusehen. Könnten Sie mir bitte Namen und Filiale der Bank nennen, bei der die Firmenkonten sind?«

»First Federal. Die Filiale auf dem Camden Drive und Wilshire Boulevard.« Seine Stimme war gepreßt vor Wut.

»Und machen Sie sich keine Sorgen, Mr. Kasden – wir finden bestimmt jemand, der kompetent genug ist, daß er Ihnen nicht zuviel Ihrer kostbaren Zeit stehlen muß.« Er lächelte. »Ich hoffe nur, er findet keine ausradierten Stellen oder irgendwelche merkwürdigen Eintragungen. Sie wissen ja – diese Buchprüfer sind sehr penibel, und sie regen sich schon über die kleinste Unregelmäßigkeit auf. Verdammte Perfektionisten.«

Kasden betrachtete die gerichtliche Verfügung, als wäre sie vergiftet, dann funkelte er den Detective wütend an.

An der Tür wandte sich Ryker noch einmal um. »Ach, und vergessen Sie bitte nicht, aufs Revier zu kommen, damit wir Ihre Fingerabdrücke nehmen können, Mr. Kasden. Irgendwann heute oder morgen wäre gut. Und danke für den Kaffee. Wenn Sie möchten, sage ich Miss Battaglia Bescheid, daß Sie Ihnen einen neuen bringt. Ihrer muß ja inzwischen total kalt sein.«

»Danke, Detective. Aber ich kann für mich selbst sorgen.«

»Das freut mich zu hören«, sagte Ryker. »Dann also bis bald.«

20

Erneut blickte Deena auf ihre Uhr. Es war halb eins. Reuben hatte gesagt, sie könne das *Shivah*-Sitzen eine Stunde vor der Abenddämmerung unterbrechen, um sich für Sabbat vorzubereiten, aber bis dahin waren es noch vier Stunden.

Der Tag schleppte sich mit erbarmungsloser Langeweile dahin. Sie hatte mehrere Stunden damit verbracht, über ihrem Text zum Effektenrecht zu grübeln. Als sie sich nicht mehr konzentrieren konnte, hatte sie die *Times* gelesen und ein Drittel des Kreuzworträtsels gelöst, bevor sie aufgab und die Zeitung zu Boden warf. Dann hatte sie in dem Bestseller gelesen, den Sandy ihr ausgeliehen hatte. Die Kritiken hatten ihn »fesselnd« genannt. Aber er konnte ihre Aufmerksamkeit kaum halten.

Ihr fiel der schnippische Kommentar ein, den sie Reuben gegenüber bezüglich des Puzzlespielens gemacht hatte. Vielleicht war das ja gar keine so schlechte Idee. Sie holte ein Zuschneidebrett, faltete es auseinander und legte es auf dem Boden im Wohnzimmer aus. Michael hatte ihr ein Springbok Puzzle mit tausend Teilen gekauft, das »Super Sundae« hieß. Sie fand es auf dem obersten Fach des Bücherschranks. Sie setzte sich im Schneidersitz auf den Boden und suchte die ungleichmäßig geformten Puzzlestücke nach Teilen mit einer geraden Seite ab, die den Rahmen bilden würden.

Ben ging ihr nicht aus dem Kopf. Sein Besuch hatte sie zermürbt, und sie verübelte ihm, daß er sie einem weiteren, neuen Problembereich ausgesetzt hatte. Michael war nicht von seinem Standpunkt abgewichen, daß sie sich nicht in kriminelle Handlungen verstricken sollte, und natürlich hatte er damit recht. Aber wie konnte sie zur Polizei gehen und ihnen sagen, daß der Partner ihres Exmannes Firmengelder unterschlagen hatte?

Sie fand ein Eckstück und fühlte, wie eine Woge kindlicher Freude in ihr aufstieg.

Doch Michaels Gedanke, Ben sei in die Sache tiefer verstrickt, als er angab, war natürlich albern. Wirklich. Der Mann hatte sich gierig und dumm verhalten, aber Michael hatte angedeutet, daß mit Bens Aktivitäten vielleicht noch etwas weit Unrechtmäßigeres verbunden war, daß irgendein Zusammenhang zu Jakes Tod bestand. Und das konnte sie nicht glauben; sie konnte einen bösen, machiavellistischen Ben nicht mit dem freundlichen, fröhlichen, ja fast väterlichen Menschen in Verbindung bringen, den sie seit zwei Jahren kannte.

Als sie bereits eine Weile das Puzzle zusammengesetzt hatte und eine Kugel Pistazieneis zutage trat, läutete es an der Tür.

Es war Faye.

»Ich dachte, du wärst freitags immer im Cedars bei deiner ehrenamtlichen Arbeit mit den Kindern«, sagte Deena zu ihr, nachdem sie sie hereingebeten hatte.

»Sie haben heute ein spezielles Programm, ein Puppentheater über behinderte Kinder. Wie geht's dir denn?«

»Ganz gut soweit. Ich langweile mich, wenn du's genau wissen willst.«

»Ein Puzzle?« fragte Faye, als sie ins kleine Wohnzimmer traten.

»Ist irgend etwas damit nicht in Ordnung?«

»Nein. Ich glaube nicht. Es hat mich nur überrascht, das ist alles.«

Faye setzte sich auf die Couch. Deena nahm wieder ihre Position auf dem Boden ein. Sie blickte zu Faye. »Ist bei dir alles in Ordnung? Du siehst müde aus.«

»Ich bin erschöpft. Ich habe Alex heute besucht.«

»Warum?« Deena war erstaunt.

»Ich weiß es nicht genau. Wegen der Geschichte mit Jake, nehme ich an. Wer weiß? Jedenfalls war ich schon seit Monaten nicht mehr bei ihm gewesen.«

»Und?«

»Er wollte nicht mal mit mir sprechen. Und als ich seine Hand berühren wollte – nur, um wenigstens einen gewissen Kontakt herzustellen, weißt du? –, da zuckte er zusammen, als hätte ich ihn geschlagen. Die Krankenschwestern kennen sein Krankheitsbild, aber es war trotzdem peinlich und erschütternd. Ich konnte es nicht erwarten, wieder zu gehen.«

»Du hättest gar nicht erst hingehen sollen. Was für einen Sinn hat es schon?«

»Keinen«, stimmte Faye ihr dumpf zu. »Aber wie dem auch sei, ich bin hergekommen, um dich zu *Shabbas* einzuladen. Was sagst du dazu?«

»Ich verbringe das Wochenende mit meinen Eltern. Aber vielleicht nächstes Mal?«

»Klar.« Sie nahm ein hellgrünes Puzzleteil und reichte es Deena. »Ich glaube, das paßt zu dem, was du schon hast.«

»Danke.« Sie drückte das Puzzleteil fest an. »Ben Kasden kam gestern noch mal zurück.« Sie erzählte Faye von seinem Besuch.

»Mein Gott! Was wirst du tun, Deena?«

»Erst mal nichts. Ich muß noch darüber nachdenken. Michael hat mir sozusagen nahegelegt, ihn anzuzeigen.«

»Na ja, aber er hat auch nicht dieselbe Beziehung zu Ben wie du, Deena. Und er denkt nur daran, was in deinem Interesse ist. Hat sich dieser Detective eigentlich mal wieder bei dir gemeldet?«

»Nein, diesmal war's ein anderer. Ich soll aufs Revier kommen, damit man meine Fingerabdrücke abnehmen kann. Angeblich, damit man sie von denen aussondern kann, die auf irgendwelchen Gegenständen von Jake zu finden sind.«

»Das beunruhigt dich aber doch nicht, oder?«

»Nein, die Fingerabdrücke nicht. Aber *was* mich dagegen beunruhigt, ist der Revolver.«

»Ich dachte, du gingst davon aus, daß er gestohlen wurde.«

»Der mysteriöse Einbrecher.« Sie lächelte. »Nein, ich glaube, ich habe einfach verzweifelt nach irgendeiner Lösung gesucht. Detective Ryker war nicht sehr überzeugt von der Sache.«

»Aber es ist doch *möglich,* daß es so passiert ist.«

»Ja, das ist es. Aber ich bin da nicht sehr optimistisch.«

»Und dann könnte er sich ja auch noch immer irgendwo im Haus befinden. Du weißt schließlich nicht sicher, daß er hier nirgends ist, oder?«

»Ich habe aber alles ziemlich gründlich abgesucht, aber natürlich ist alles möglich.«

»Na schön. Versuch dich nicht zu sehr deswegen zu beunruhigen.« Sie lächelte. »Ist natürlich leicht für mich, das zu sagen, stimmt's? Wann wirst du also aufs Revier fahren?«

»Ich habe dem Detective von der *Shivah* erzählt und daß ich das Haus bis Mittwoch nicht verlassen darf. Daraufhin sagte er, daß jemand heute bei mir vorbeikommen würde, um meine Fingerabdrücke zu nehmen. VIP-Behandlung. Ich sollte mich geschmeichelt fühlen.«

»Der Mittwoch ist da, ehe du dich versiehst. Dann kannst du dein Leben neu ordnen und alles, was geschehen ist, vergessen.«

»Ich wüßte nicht, wie. Ich kann einfach nicht vergessen, daß Jake ermordet wurde, Faye. Er ist schließlich nicht einfach an einem Herzinfarkt oder so was gestorben.«

»Ich schätze, du hast recht.« Sie seufzte. »Wie *ist* dir denn zumute?«

»Willst du die Wahrheit wissen? Ich weiß, es klingt furchtbar, aber im Grunde bin ich erleichtert, daß Jake aus meinem Leben verschwunden ist. Natürlich tun mir seine Eltern schrecklich leid, und manchmal bin ich auch um seinetwillen traurig, daß er sterben mußte; aber manchmal –« Sie zögerte.

»Manchmal was?«

»Manchmal denke ich auch, daß er es verdient hat, dafür, was er mir angetan hat. Nett, nicht? Ich frage mich, was Reuben wohl dazu sagen würde.«

»Mach dir jetzt bloß kein schlechtes Gewissen, Deena. Es war schließlich nicht deine Schuld. Du bist nicht dafür verantwortlich, was Jake zugestoßen ist.«

»Ich hoffe nicht.«

»Was meinst du damit, du hoffst nicht?«

»Nicht, wirklich.« Sie zögerte. »Also gut. Angenommen, Jake wurde nicht von einem Einbrecher ermordet und die Tatwaffe war mein Revolver.«

»Das sind aber ganz schön krasse Annahmen, Deena.«

»Möglich. Aber laß mich erst mal zu Ende kommen. Wenn mein Revolver nicht gestohlen wurde, dann hat ihn jemand genommen, den ich kenne. Und in diesem Fall ist es durchaus möglich, daß derjenige, der Jake umbrachte, es um meinetwillen tat.«

»Das meinst du doch nicht ernst, oder?«

»Das ergibt absolut Sinn, Faye, genausoviel Sinn, wie alle anderen Theorien. Denk mal darüber nach.«

»Und warum erzählst du mir das? Immerhin könnte ich diejenige sein.«

»Daran habe ich auch schon gedacht.« Sie grinste.

»Deena!«

»Aber du denkst zu nüchtern. Und ich kann mir einfach nicht vorstellen, daß du Jake erschießt, bloß, um mir aus der Situation herauszuhelfen. So weit geht Freundschaft nun doch nicht.«

»Ich weiß nicht, ob ich mich geschmeichelt oder gekränkt fühlen sollte. Ich nehme an, ich sollte froh sein, daß ich ein Alibi habe. Ich war nämlich den ganzen Sonntag bei Alex' Eltern – nachmittags und abends.«

»Nimmst du mich auf den Arm? Siehst du sie oft?«

»Zu oft.« Sie seufzte. »Ich habe ihnen schon vor langem versprochen, mal ein paar Finanzformulare durchzusehen, und Sonntag war der beste Termin für alle. Und kaum war ich da, bestanden sie darauf, daß ich zum Abendessen bleibe. Es war einfacher zu bleiben, als mit ihnen zu streiten.« Sie zuckte die

Achseln. »Gott sei Dank muß ich das so bald nicht noch mal mitmachen. Jedenfalls scheide ich damit aus. Wer könnte es deiner Meinung nach noch gewesen sein – Reuben?«

»Jetzt bist du sarkastisch, Faye, weil du nicht zugeben willst, daß das, was ich sage, im Bereich des Möglichen liegt. Ich habe Michael in Betracht gezogen. Das habe ich dir ja schon gesagt. Er will mir immer noch nicht sagen, wo er am Sonntag abend war. Bei irgendeinem Klienten, sicher. Das läßt sich natürlich sehr leicht behaupten.«

»Er darf dir den Namen des Klienten nicht sagen, Deena. Das fällt unter die Schweigepflicht.«

»Mag sein. Aber er hat Jake dafür gehaßt, was er mir angetan hat. Und in der letzten Zeit war Michael mir gegenüber ziemlich gereizt.«

»Vielleicht bist du diejenige, die gereizt ist. Kann das nicht sein?«

»Genau dasselbe würde Michael wahrscheinlich auch sagen. ›Projizieren‹ nennt er das.«

»Michael war's nicht, Deena. Und das weißt du auch.«

»Nun, aber irgendeiner muß es ja gewesen sein! Das weiß ich zumindest! Erinnerst du dich an den Agatha-Christie-Fall? Der, wo eine ganze Gruppe sich verschworen hat, diesen widerlichen Typen zu töten? Wie hieß der Krimi doch gleich wieder?« Sie runzelte die Stirn. »*Mord im Orientexpreß*. Genau, das war's. Vielleicht haben sich ja alle meine Freunde zusammengetan, um Jake aus der Welt zu schaffen.«

»Das ist doch Blödsinn, Deena. Hör auf damit.«

»Oder was ist mit Elaine? Vielleicht hat sie sich vorgestellt, sie würde Kenny erschießen. Ist dir nicht aufgefallen, wie angespannt und nervös sie gestern abend war? Sie wirkte, als fühlte sie sich absolut nicht wohl in ihrer Haut. Auch Sandy konnte Jake nie ausstehen. Und Alan war neidisch auf seinen Haaransatz und seinen Porsche. Das reicht doch schon als Motiv für einen Mord aus, oder nicht?«

Faye faßte sie am Arm. »Deena, mir gefällt nicht, wie du sprichst. Du klingst ... ich weiß nicht – beinahe hysterisch.«

»Ich bin aber nicht hysterisch. Hysterisch ist man, wenn man überreagiert. Ich aber habe guten Grund zur Sorge.«

»Was ist es wirklich, was dich beschäftigt, Deena? Wovor hast du solche Angst?«

»Mein Vater.« Sie schloß die Augen. »Gott, ich weiß nicht, ob es schlimmer ist, es nur zu denken oder es auszusprechen! Er hatte durchaus ein Motiv. Seiner Meinung nach ruinierte Jake mein Leben – zuerst, indem er mich heiratete, und dann, indem er sich weigerte, mir den *Get* zu geben.«

»Aber Deena –«

»Und er gab Jake die Schuld am gesundheitlichen Zustand meiner Mutter! Ich übrigens auch. Er wußte auch von den Anrufen und von der versuchten Vergewaltigung – ich könnte mich dafür ohrfeigen, daß ich ihm das alles erzählt habe! Und natürlich wußte er auch von dem Revolver. Es war schließlich seiner.«

»Du glaubst also allen Ernstes, er könnte Jake getötet haben?«

»Ich bete darum, daß er es nicht war. Und falls er es doch war«, sagte sie ruhig, »falls er es war, dann bete ich darum, daß man ihn nicht schnappt.«

»Sieh mal, alles, was du gesagt hast, ist reine Spekulation. Und selbst wenn die Polizei deinen Vater verdächtigt, was sie wahrscheinlich nicht tun wird, hat sie keinerlei Beweise.«

»Aber mein Revolver –«

»Ein fehlender Revolver beweist gar nichts. Was sie brauchen, sind stichfeste Beweise. Einen Zeugen, der deinen Vater am Tatort gesehen hat, oder so was Ähnliches. Glaub mir, du mußt dir wirklich keine Gedanken machen. Ich glaube, es war ein zufälliger, spontan ausgeführter Mord, irgendein Einbrecher, der wußte, daß das Haus leer stand. Und die Polizei wird vielleicht nie herausfinden, wer es war.«

»Das fände ich unerträglich, Faye. Es würde für immer über unseren Köpfen schweben.«

»Du würdest irgendwann schon lernen, damit zu leben. Dir bliebe gar nichts anderes übrig.« Sie blickte auf ihre Uhr. »Oh, ich habe gar nicht gesehen, wie spät es schon ist. Ich habe noch nicht für *Shabbas* eingekauft, und ich habe noch ein paar Besorgungen zu machen. Ich muß ein paar Sachen zurückbringen, falls ich den Kassenzettel dafür überhaupt je wiederfinde.« Sie seufzte. »Das Problem ist nur, mir ist nicht danach, überhaupt irgend etwas zu tun. Der Besuch bei Alex hat mich doch ganz schön mitgenommen.« Sie stand auf.

»Danke, daß du vorbeigekommen bist, Faye. Es hat mir sehr geholfen, über alles zu sprechen.«

»Du wirst schon sehen; es wird alles in Ordnung kommen.« Sie küßte Deena. »Ich melde mich morgen abend wieder. Nein, bleib sitzen; ich finde schon selbst hinaus.«

Nachdem Faye gegangen war, machte Deena das Puzzle weiter. Es hatte etwas Tröstliches, die Teile in die Hand zu nehmen und zu verteilen, es verschaffte ihr eine elementare Befriedigung, mit greifbaren und konkreten Gegenständen zu hantieren. Ein Puzzlestück paßte entweder, oder es paßte nicht. Es gab keine nebulöse Mittelebene, die sie verwirrte und quälte. Kein düsteres Hinterland mit seinen vielen Wenn und Aber.

Als das Telefon klingelte, sah sie verblüfft, daß es schon drei Uhr war. Sie erhob sich mit steifen Gliedern und ging zum Telefon.

»Du hast es ihnen erzählt!«

»Wer ist da?« fragte sie.

»Wie konntest du mir das nur antun, Deena? Ich habe dich um deine Hilfe gebeten! Und du sagtest, du müßtest darüber nachdenken. Aber du hast ganz offensichtlich keine Zeit verloren, zur Polizei zu rennen.«

Sie seufzte. »Ben, ich habe mit niemandem darüber gesprochen.«

»Und warum hat mir dann wohl dieser Detective vor zehn Minuten lauter Fragen bezüglich der Buchprüfung gestellt, hm? Kannst du mir das mal verraten?«

»Ben, ich schwöre dir, ich habe ihm nichts erzählt!«

»Und woher wußte er es dann?«

»Vielleicht hat er es vermutet.«

»Nein, er weiß es, Deena; er weiß es! Und er hat sogar eine gerichtliche Verfügung auf Vorlage der Bücher und meiner Bankunterlagen. Ich bin erledigt!«

»Ich weiß nicht, was ich sagen soll, Ben. Es tut mir leid; wirklich. Aber ich habe nichts gesagt.«

»Was macht das jetzt schon für einen Unterschied?« sagte er stumpf. »Es ist aus und vorbei. Ich werde für Gott weiß wie lange im Gefängnis sitzen. Was soll ich bloß tun?«

»Das weiß ich nicht, Ben. Aber ich denke, du solltest dir einen guten Anwalt nehmen.«

»Ja, klar. Das wird mir jetzt bestimmt noch viel helfen!«

»Und Sie hätten Kasdens Gesicht sehen sollen, als ich ihm die gerichtliche Verfügung reichte«, erzählte Ryker grinsend Stollman und Moran.

»Nicht gerade erfreut darüber, der Junge, hm?« sagte Moran. »Soll ich die Bücher abholen?«

»Ja, aber rufen Sie zuerst bei der Bank an und stellen Sie sicher, daß die Kontoauszüge fertig sind. Auf diese Weise haben Sie nur einen Weg. Es ist die First Federal auf dem Camden Drive und Wilshire Boulevard. Der Filialleiter erwartet Sie bereits.«

»Was glauben Sie, was diese Sache mit dem Kalender bedeutet?«

»Ich glaube, Vogler hat mit dem Gedanken gespielt, sich wegen der Sache mit Ben mit dem Real Estate Commissioner in Verbindung zu setzen.«

»Aber warum hätte er das tun sollen?« fragte Stollman. »Der Mann war immerhin sein Geschäftspartner.«

»Er hätte es getan, um seinen eigenen Arsch zu retten. Ich habe so ein Gefühl, daß unser Mr. Kasden mit Geldern herumgespielt hat, die die Firma verwaltet. Er ist mir ziemlich ausgewichen, als ich wegen der Buchprüfung nachbohrte. Und falls tatsächlich etwas Illegales vor sich ging und jemand die Firma dem Commissioner gemeldet hätte, hätte Vogler es schwer gehabt, zu beweisen, daß er nicht in die Sache verwickelt war.«

»Und Kasden wußte, daß Vogler wütend auf ihn war?« fragte Moran.

»Die Empfangssekretärin hat das bestätigt.« sagte Ryker.

»Das heißt, er hatte ein Motiv, Vogler zu töten, stimmt's, Sam?« fragte Moran. »Wenn Vogler ihn tatsächlich melden wollte, hätte Kasden seine Lizenz verlieren können. Wäre vielleicht sogar ins Gefängnis gekommen.«

»Hat Kasden nicht den Anruf am Montag entgegengenommen, daß Jake auswärts sei? Vielleicht hat er sich das ja nur ausgedacht«, sagte Stollman.

»Das ist gut möglich«, pflichtete Ryker ihm bei. »Aber wir überschlagen uns. Laßt uns erst mal die Bücher holen und sehen, was sie zeigen. Vielleicht irre ich mich ja auch. Was war mit den restlichen Leuten, die auf der Besichtigungsliste standen, Tom? Hatten Sie irgendwo Erfolg?«

»Ich habe beim ersten Ehepaar angefangen. Sie haben aber nichts gesehen. Und laut den Nachbarn sind die Futrells – das sind die letzten auf der Liste, die ich befragen muß – für ein paar Tage verreist.«

»Es scheint fast so, als sei gerade jeder im Urlaub außer uns«, sagte Stollman. »Ich habe noch mal mit Mrs. Pearsons Nachbarin gesprochen, Sam. Mrs. Pearson hat sie angerufen und ihr gesagt, daß sie morgen zurückkäme.«

»Gut.«

»Und ich habe mich noch mit Laura Brackwood getroffen. Sie sieht übrigens sehr gut aus. Sie gab zu, daß sie Vogler nicht mochte. Sie hat mir erzählt, er sei ihr gegenüber zudringlich geworden – ein Chauvinisten-Schwein nannte sie ihn. Aber sie hat ein Alibi. Sie hat auch ein offenes Haus in einem Anwesen auf der Hancock Park veranstaltet und ist direkt anschließend mit ein paar Freunden essen gegangen. Sie gab mir ihre Namen und Telefonnummern. Ich werde alles nachprüfen.«

»Was ist mit den Fingerabdrücken von Novick und seiner Tochter?« fragte Ryker. »Kasden sollte heute oder morgen vorbeikommen.«

»Ich habe diesbezüglich mit Mrs. Vogler gesprochen. Sie darf aus religiösen Gründen momentan nicht außer Haus.« Er klärte sie über die *Shivah* auf. »Ich dachte, ich nehme alles Nötige mit und fahre zu ihr.«

»Gute Idee«, sagte Ryker. »Was ist mit ihrem Vater?«

»Ich bin mir nicht sicher«, sagte Stollman. »Er machte nicht gerade einen Freudensprung bei dem Gedanken, behauptete, er sei sehr beschäftigt.«

»Dann morgen.«

»Morgen ist Sabbat – da darf er nicht Auto fahren. Er sagte, er würde trotzdem vorbeikommen, aber ich konnte ihn leider auf keine Uhrzeit festnageln. Warum interessieren Sie sich so für ihn?« fragte Stollman. »Glauben Sie ernstlich, daß er mit dem Mord zu tun hat?«

Ryker erzählte ihnen von seinem Gespräch mit Ann Douglas. »Anscheinend glaubt sie jetzt im nachhinein, daß er seine Drohung doch ernst gemeint hat.«

»Aber vielleicht hat er auch nur Dampf abgelassen«, sagte Moran. »In Rage sagt man schon mal was Verrücktes.«

»Ich weiß«, stimmte Ryker ihm zu. »Aber wir müssen der Sache zumindest nachgehen.«

»Was ist mit der Douglas selbst?« fragte Stollman. »Haben Sie schon in Erwägung gezogen, daß *sie* Vogler getötet haben könnte?«

»Wie meinen Sie das?« fragte Moran.

»Ja, das habe ich«, sagte Ryker. »Ich war gespannt, ob ihr das auch so sehen würdet. Sie behauptete, daß sie und Vogler wieder zusammenkamen. Laut ihr wollte Vogler seiner Exfrau die religiöse Scheidung bewilligen, nachdem er sie nur noch ein wenig hatte schwitzen lassen. Aber was ist, wenn das nicht stimmt? Was ist, wenn Vogler ihr erzählte, er wolle sich mit seiner Frau aussöhnen und daß, selbst wenn seine Frau ihn nicht mehr wolle, in seinem Leben kein Platz für die Douglas sei?«

»Und deshalb bringt sie ihn um?« Moran schaute skeptisch.

Stollman sagte: »Kommen Sie schon, Tom. ›Hell hath no fury …‹ und so weiter. Es mag vielleicht abgedroschen sein, aber so was kann vorkommen. Zum Teufel, es *kommt* alle Nase lang vor. Wir brauchen also auch ihre Fingerabdrücke.«

»Darum habe ich mich gleich gekümmert, als sie hier war«, sagte Ryker.

Moran sagte: »Aber warum wohl kommt sie dann vorbei und erzählt ihnen dieses ganze belastende Zeug?«

»Erstens war ihr wahrscheinlich nicht bewußt, wie es in den Ohren anderer klingt. Und zweitens denkt sie vielleicht, sie stellt es besonders schlau an. Sie weiß, daß ich ohnehin alles herausfinden werde, und denkt sich, sie sagt es mir lieber gleich selbst. Auf diese Weise nimmt sie mich für sich ein und macht einen unschuldigen Eindruck. *Und* sie lenkt mich in Novicks Richtung.«

»Und die Tatwaffe?« fragte Moran.

»Entweder hatte sie ihren eigenen Revolver, oder – das ist zwar etwas weit hergeholt, gebe ich zu – sie entwendete den Revolver der Vogler. Sie könnte der ›Einbrecher‹ gewesen sein, an den sich Mrs. Vogler so plötzlich erinnerte.«

»Aber woher hätte sie wissen sollen, daß Mrs. Vogler eine Schußwaffe besitzt?« sagte Moran.

»Das ist der Haken an der Geschichte. Es sei denn, Vogler wußte von dem Revolver und erwähnte es der Douglas gegenüber mal so ganz nebenbei.«

Moran sagte: »Aber woher sollte Vogler von ihm wissen?«

»Vielleicht hat Mrs. Vogler ihn gewarnt, daß sie einen Revolver besitzt, nachdem er mit seinen Anrufen begonnen hatte.«

»Was für Anrufe?« fragte Stollman.

Ryker legte die Stirn in Falten. »Ich dachte, das hätte ich Ihnen schon erzählt.« Er schilderte seine Unterhaltung mit Mrs. Perris von Pacific Bell. »Laut ihr klang Mrs. Vogler völlig aufgeregt.«

Moran sagte: »Aber das führt uns auf direktem Wege wieder zurück zu Mrs. Vogler und ihrem Vater. Und ihrem Freund, wer auch immer das sein mag.«

Ryker sagte: »Wahrscheinlich der Mann, der laut Lou Jeffrey den ganzen Abend bei Mrs. Vogler war. Tom, wir haben seine Autonummer; warum erfragen Sie nicht beim DMV seinen Namen und seine Adresse und sprechen mit ihm. Sie brennen doch bestimmt schon darauf.«

»Nur zu! Lachen Sie ruhig, Sam«, sagte Moran grinsend und stand auf.

»Ach, übrigens«, sagte Ryker, »würde es euch etwas ausmachen, am Wochenende ein paar Stunden herzukommen? Ich dachte, wir beginnen dann gleich mit den Büchern. Ich glaube, wir sind da auf einer heißen Spur.«

»Für mich ist das in Ordnung«, sagte Moran. »Ich habe nichts geplant.«

»Und ich könnte die Überstunden gut gebrauchen«, sagte Stollman.

»Großartig. Ich weiß es zu schätzen. Hank, ich hätte übrigens gern, daß Sie die Vogelanters anrufen. Sie möchten bitte aufs Revier kommen und die persönlichen Gegenstände ihres Sohnes durchsehen, ob irgend etwas fehlt. Wertsachen und dergleichen. Bieten sie ihnen an, Sie abzuholen.«

»Geht klar. Aber der heutige Tag ist schon fast um, und morgen ist Sabbat. Und außerdem dürfen sie wahrscheinlich während der Trauerzeit das Haus ohnehin nicht verlassen.«

»Okay. Es ist sowieso nur ein Versuch. Aber fragen Sie sie doch, ob sie Ihnen nicht zumindest Voglers fehlende Uhr beschreiben können. Wenn wir eine gute Beschreibung bekommen, können wir sie an die Hehler weitergeben.«

»Ich werde sie gleich anrufen.« Er ging zu seinem Schreibtisch.

Moran machte sich auf den Weg zur Bank. Ryker sah sich die Notizen durch, die er sich von der Unterredung mit Marvin Cooper gemacht hatte. Da stand es. Charles Gorman, CPA. Er wählte die Nummer, sagte der Sekretärin mit wohlklingender Stimme, wer er war, und wartete dann geduldig, bis sie ihn mit Gorman verbunden hatte. Ryker stellte sich ihm vor.

»Mr. Gorman, wir ermitteln im Todesfall einer Ihrer Klienten, Mr. Jake Vogler.«

»Davon habe ich gerade erfahren. Schreckliche Sache«, sagte er seufzend. »Wirklich schrecklich.«

»Wir würden gern einen Blick auf Mr. Voglers persönliche Unterlagen werfen und auch auf die Bücher von Kasden und Vogler, Immobilienmakler. Wir haben natürlich eine gerichtliche Verfügung auf Vorlage der Unterlagen.«

»Ich verstehe. Nun, wenn Sie eine gerichtliche Verfügung haben, sehe ich keinerlei Schwierigkeiten. Weiß Mr. Kasden Bescheid?«

Ryker grinste. »Ja, das tut er. Aber da wäre noch etwas, Mr. Gorman. Ich habe mit Mr. Voglers Anwalt gesprochen, und er sagte mir, ich sollte mich auch in bezug auf Mr. Voglers Vermögensstand an Sie wenden.«

»Das ist richtig. Ich war sein Anlageberater.«

»Ich würde gern einen Termin mit Ihnen vereinbaren, damit wir uns über sein Vermögen unterhalten können.«

»Für heute ist es aber schon etwas spät. Wäre Ihnen Montag recht?«

»Ich sage Ihnen die Wahrheit, Mr. Gorman: Normalerweise wäre Montag absolut in Ordnung, aber ich bin momentan etwas begierig, mir möglichst schnell ein Bild von Mr. Voglers finanziellem Status zu machen. Es mag für den Mord von Bedeutung sein.«

»Ich verstehe. Wie wäre es dann mit morgen vormittag? So um halb elf?«

»Wunderbar. Ich danke Ihnen. Könnten Sie mir vielleicht schon sagen, ob wir hier von ungewöhnlich hohen Geldbeträgen sprechen?«

»Offen gesagt, würde ich das nur sehr ungern am Telefon diskutieren.«

»Das verstehe ich. Aber es könnte wichtig sein.«

Er zögerte. »Ich kann Ihnen zumindest schon mal verraten, daß Mr. Vogler wohlhabend war und daß er mehrere größere Geldanlagen hatte.«

»Ich verstehe. Irgend etwas Konkreteres?«

»Da wäre zum einen die Lebensversicherung.«

»Wissen Sie, wer als Nutznießer eingetragen ist?«

»Wenn ich mich richtig erinnere, seine Frau. Das heißt, seine Exfrau. Aber das hat er wahrscheinlich nach seiner Scheidung ändern lassen.«

Wahrscheinlich nicht, dachte Ryker. »Ist das alles?«

»Er hatte noch eine weitere Versicherungspolice«, sagte Gorman.

Ryker hörte ihm zu und machte sich Stichpunkte. »Und wo finde ich die Policen? Sie waren nicht in seinem Apartment.«

»Sie liegen wahrscheinlich in einem Safe seiner Bank, Detective. So würde ich es wenigstens machen.«

Nachdem Ryker aufgelegt hatte, sah er abermals die Kiste durch, die Voglers Papiere enthielt. Die Policen waren nicht da, aber er fand ein Sparbuch. Gemäß dem letzten Eintrag besaß Jake Vogler 28.972,26 Dollar. Nicht schlecht. Ryker rief bei der Auskunft an, ließ sich die Nummer der Bank geben, wählte und bat darum, mit dem Filialleiter verbunden zu werden.

»Was kann ich für Sie tun, Detective?« fragte eine weibliche Stimme zurückhaltend.

Ryker erklärte ihr die Situation. »Ich würde gern wissen, ob Mr. Vogler einen Safe bei Ihnen hatte.«

»Ich fürchte, diese Informationen kann ich Ihnen leider ohne eine gerichtliche Verfügung nicht geben, Detective.«

»Das ist mir klar. Bis wann haben Sie geöffnet?«

»Bis sechs Uhr.«

»Dann wird es wohl erst morgen klappen.«

»Vergessen Sie den Schlüssel nicht.«

Ryker hatte keinen Schlüssel bemerkt, aber er hatte auch nicht danach gesucht. »Und was ist, wenn ich keinen habe?«

»Dann werden Sie einen Schlosser mitbringen müssen, der Ihnen das Schloß aufbricht.« In ihrer Stimme schwang Mißbilligung mit.

Ryker ging zur Kiste zurück und suchte nach dem Schlüssel. Nichts. Er lief zu Stollmans Tisch.

»Ich bin schon auf dem Sprung zu Mrs. Vogler«, sagte Stollman. »Ich habe gerade mit den Vogelanters gesprochen. Sie müssen mit dem Rabbiner Rücksprache halten, ob sie vielleicht doch vor Mittwoch herkommen können.«

»Hank, ich suche einen Schlüssel für einen Banksafe.« Er erzählte ihm von seinem Gespräch mit Gorman. »Er ist nicht in der Kiste. Könnten Sie noch mal in Voglers Apartment fahren und dort suchen? Ich würde nur sehr ungern morgen mit einem Schlosser bei der Bank aufkreuzen.«

»Kein Problem. Ich werde gleich im Anschluß, nachdem ich die Fingerabdrücke abgenommen habe, dort vorbeifahren.«

Ryker tätigte einen Anruf und veranlaßte die Ausstellung einer gerichtlichen Verfügung für den Safe und einer weiteren für die Unterlagen des Buchprüfers. Wenn er einen Nickel für jede gerichtliche Verfügung hätte …

Jetzt gab es nur noch eine Sache für ihn zu tun, und dann würde er, soweit er das überblicken konnte, nach Hause fahren und Linda überraschen. Er rief bei der Auskunft an und verlangte die Privatnummer von Rabbi Brodin, dann wählte er.

»Hallo?«

»Rabbi Brodin, mein Name ist Detective Ryker. Ich leite die Ermittlungen in Mr. Voglers Todesfall. Ich habe übrigens Ihre Rede auf seiner Beerdigung gehört. Eine sehr bewegende Eulogie, wenn ich Ihnen das sagen darf, Rabbi Brodin.«

»Danke, Detective.«

»Der Grund, warum ich anrufe, Rabbi, ist, daß ich einige Informationen bezüglich des *Get* brauche. Wir wissen bereits, was das ist und daß Mr. Vogler sich weigerte, ihn seiner Frau zu geben, so daß Sie sich keine Sorgen machen müssen, Sie könnten irgendwelche Vertraulichkeiten preisgeben.«

»Ich verstehe. Was genau wollen Sie von mir wissen?«

»Die Sache ist die, Rabbi Brodin: Wir wissen auch, daß ein paar Leute aus Ihrer Gemeinde versucht haben, auf Mr. Vogler Druck auszuüben, seiner Frau die Scheidung zu gewähren, und meine Hoffnung war jetzt, daß Sie mir vielleicht sagen können, wer dafür verantwortlich war.«

»Ehrlich gesagt, Detective, wurde die ganze Situation schändlich und falsch gehandhabt. Zu gegebener Zeit hätten Jake und Deena sich geeinigt – möglicherweise hätten sie sich sogar ausgesöhnt. Ich bin mir aber bewußt, daß ich mit der Meinung in der Minderheit bin. Aber wollen Sie damit etwa andeuten, daß das etwas mit Jakes Tod zu tun hat? Das kann ich nicht glauben!«

»Nicht unbedingt. Es ist aber immer sehr hilfreich, die ganze Vorgeschichte des Opfers zu kennen sowie seine Gemütsverfassung zu dem Zeitpunkt, als er starb. Sie verstehen.«

»Trotzdem ist mir dabei unbehaglich zumute, Ihnen den Namen des Verantwortlichen zu verraten. Sie können meine Lage sicher verstehen.«

»Ja, das tue ich, Rabbi. Glauben Sie mir, das tue ich. Und ich will Sie auch in keiner Weise kompromittieren. Mir liegt ein

Brief vor, der bezüglich Mr. Vogler und seiner Weigerung, den Scheidebrief zu gewähren, im Umlauf war. Er ist von mehreren Rabbinern unterschrieben. Ich *könnte* sie natürlich einen nach dem anderen anrufen, bis ich den Mann gefunden habe, den ich suche, aber dabei würde ich, ehrlich gesagt, eine Menge kostbarer Zeit vergeuden.«

»Natürlich. Nun, dann sollten Sie sich wohl am besten mal mit Rabbi Markowitz unterhalten. Reuben Markowitz.« Er sprach den Namen geringschätzig aus. »Er hat versucht, das Ganze übers Knie zu brechen, kann ich Ihnen sagen, er und seine Selbsthilfegruppe. Ich gebe Ihnen seine Nummer.«

Ryker bedankte sich bei dem Rabbiner, drückte die Gabel herunter und wählte sofort Markowitz' Nummer.

»Ja, ich würde mich gern mit Ihnen treffen, Detective«, sagte Reuben Markowitz, nachdem Ryker sich ihm vorgestellt hatte. »Aber heute ist es mir leider nicht mehr möglich, und das gleiche gilt auch für morgen. Wie wäre es morgen abend um halb neun bei mir zu Hause? Da hätte ich Zeit.«

Ich aber nicht, dachte Ryker. Linda würde bestimmt begeistert sein; sie hatten vorgehabt, ins Kino zu gehen. »Das paßt mir gut, Rabbi. Also um halb neun. Einen schönen Sabbat«, fügte er hinzu, bevor er auflegte.

Detective Stollman hatte Deenas Fingerabdrücke genommen und war wieder gegangen. Sie packte ein paar Sachen in eine kleine Tasche – etwas Unterwäsche, ein Deodorant, eine Bürste – und zog sich einen grünen Baumwollpullover und Rock an. Nach dem Sabbat würde sie wieder ihr Trauerkleid anziehen müssen. Sie verschloß die Fenster und wollte gerade durch die Seitentür das Haus verlassen, als es an der vorderen Tür klingelte.

»Post für Deena Vogler.« Der Kurier war ein schlaksiger, mit einer Jeans bekleideter junger Mann mit langem Haar und einem gelangweilten Ausdruck auf seinem pickeligen Gesicht.

»Eine Sekunde.« Sie holte einen Dollar aus ihrer Handtasche, kehrte in die Eingangshalle zurück und öffnete die Tür.

Der Mann reichte ihr eine blühende Topfpflanze zusammen mit einem Übertopf, der in Silberfolie gewickelt und mit einer großen roten Schleife verziert war.

»Von wem ist das?« Sie war überrascht. Niemand, den sie kannte, würde ihr heute Blumen schicken, nicht während der *Shivah*.

»Keine Ahnung.«

Sie fingerte ungeschickt nach dem kleinen Briefumschlag, der an einen Draht geheftet in den Blumenstock eingebettet war, und zog endlich die Karte heraus.

Einen schönen Hochzeitstag wünsche ich dir, Deena. Du hast hoffentlich ein Lächeln auf den Lippen, denn ich habe das so sicher wie die Hölle!

Jake

Sie starrte auf den Brief. Das war doch unmöglich! Jemand versuchte, sie zu quälen – aber wer? Oder verfolgte Jake sie sogar noch vom Grab aus? Sie schauderte.

»Richtig romantisch, der Typ. Wetten, Sie wiss'n nich', wie die Blume heißt, was?«

»Bitte?« Sie hatte ihn fast nicht gehört. »Nein, das weiß ich nicht.« Sie schaute erst auf das Büschel kleiner blauer Blümchen, dann auf den jungen Mann. »Vergißmeinnicht. Cool, was?« Er hielt seine Hand für das Trinkgeld auf, dann schlenderte er, ohne sich dafür bedankt zu haben, pfeifend den Weg zurück.

21

»Weshalb lächeln Sie denn so?« fragte Ryker Stollman am Samstag morgen, als der lockenköpfige Detective mit einem breiten Grinsen auf Rykers Schreibtisch zukam.

Stollman zog einen kleinen Manilaumschlag aus der Tasche und hielt ihn vor Rykers Nase. »Der Schlüssel.« Er warf ihn in Rykers ausgestreckte Hand.

»Und wo war er?«

»In einer hohen, schwarzen Truhe, unter einem Stapel Pullover. Tolle Pullis übrigens. Der Mann hatte einen guten Geschmack. Wann gehen Sie zur Bank?«

»Sobald ich die gerichtliche Verfügung habe.« Er blickte auf seine Uhr. Es war Viertel nach neun. »Sie müßte jetzt eigentlich fertig sein. Ich weiß bloß nicht mit Sicherheit, ob Vogler einen Safe bei dieser Bank hatte, aber ohne gerichtliche Verfügung rückt die Bank keinerlei Information heraus. Wenn sein Safe nicht dort ist, werde ich seine Eltern anrufen; vielleicht wissen sie ja, wo er einen Safe hatte.«

»Na, vielleicht werden Sie ja auf Anhieb fündig.«

»Gute Wünsche bringen mir nur leider gar nichts. Ich hätte die Papiere ganz gern, bevor ich mich mit Voglers Buchprüfer treffe. Ich hatte eigentlich halb elf mit ihm abgemacht, jetzt habe ich das Treffen bereits auf elf Uhr verschoben. Haben Sie die Fingerabdrücke von Mrs. Vogler?«

»Klar. Sie war zwar ein wenig nervös, aber sehr kooperativ. Ich habe die Abdrücke gestern gleich der SID vorbeigebracht. Wo ist Tom?«

»Befaßt sich gerade mit Mrs. Voglers Freund.« Ryker stand auf und zog seine Jacke an. »Ich bin vermutlich so gegen zwölf oder halb eins wieder zurück.« Er ging auf den Ausgang zu.

»Haben Sie denn eine Säge dabei?«

Ryker blieb stehen. »Was?«

»Sie haben den Schlüssel vergessen, Detective.« Stollman grinste und duckte sich schnell, als Ryker mit der Linken einen Scheinangriff auf seine Schulter startete.

Nachdem Ms. Billingham, die Filialleiterin der Bank, die gerichtliche Verfügung genau besehen hatte, verschwand sie, um in den Unterlagen nachzusehen. Wenige Minuten später kehrte sie zurück und bestätigte (beinahe unglücklich, so kam es Ryker vor), daß Jake Vogler tatsächlich einen Safe bei dieser Zweigstelle gehabt habe.

Mit nahezu begräbnishafter Feierlichkeit führte sie den Detective in einen schwer gesicherten Raum, steckte einen Schlüssel in ein Fach und wartete, bis Ryker den dazu passenden Schlüssel zutage gefördert hatte. Nachdem die Zeremonie beendet war, zog sie ein längliches Kästchen aus dem Fach, reichte es widerstrebend Ryker und deutete auf eine kleine Kabine, wo er den Inhalt ungestört sichten konnte.

Es fanden sich alle Papiere darin. Ryker hatte einen Manilaumschlag mitgebracht, in den er jetzt den Inhalt des Kästchens hineinsteckte. Als er aus der Kabine heraustrat, gab er Ms. Billingham ein Zeichen, daß er fertig sei, und sah dann zu, wie sie das Kästchen in das Fach zurückbeförderte.

»Danke für Ihre Hilfe.«

Sie nickte barsch.

Eine Säge, sagte er sich, wäre doch um ein Vielfaches zufriedenstellender gewesen.

Das Treffen mit Charles Gorman erbrachte keinerlei Überraschungen. Jake Vogler hatte im Wert von ungefähr 38 000 Dollar spekuliert, meist mit Warentermingeschäften und Optionsscheinen. Er hatte außerdem 15 000 Dollar in Pfandbriefen angelegt sowie in mehreren Immobilienprojekten, einschließlich des Projekts mit Murdoch.

»Ganz zu schweigen von dem Haus auf der Guthrie Avenue«, sagte Gorman. »Selbst bei der heutigen schwierigen

Marktsituation zahlt man für Häuser in Beverlywood Höchstpreise. Es ist vermutlich so um die 600 000 Dollar wert. Und dann wäre da natürlich noch die Versicherung. Aber ich nehme an, die Policen haben Sie?«

Ryker nickte. Er dankte Gorman für die Zeit, die er sich für ihn genommen hatte, und ging.

Stollman lehnte an seinem Tisch und unterhielt sich mit einem anderen Detective, als Ryker das Dezernatsbüro betrat. »Wie ist es gelaufen?«

»Wie am Schnürchen. War irgendwas bei euch?« Er zog seine Jacke aus.

»Ja. Gute Neuigkeiten. Die Polizei von Arizona hat diesen Larry geschnappt. Sie haben seinen Wagen erkannt; der Dummkopf wundert sich wahrscheinlich, wie sie ihn überhaupt gefaßt haben. Jedenfalls halten sie ihn so lange fest, bis wir jemanden hinschicken, der ihn abholt. Und was war jetzt im Safe?«

Ryker erzählte es ihm. Sie unterhielten sich noch immer angeregt über Voglers Vermögensstand, als sich ihnen mit zaghaften Schritten eine ältere Frau näherte; sie bemerkten sie erst, als sie vor ihnen stand. Die Frau trug ein graues Kleid, das in der Taille mit einem Gürtel zusammengefaßt war, ein winziges Rosenknospenmuster hatte und weiße Spitze am Kragen und den Ärmeln. Ihre schlanken Fußknöchel, die in dicke Strümpfe gehüllt waren, verschwanden in vernünftigen, schwarzen Schnürschuhen. Ihr Haar, das silbergrau war und einen bläulichen Schimmer hatte, umrahmte ihr Gesicht in einer sanften Wellenhaube; ihre papierene Haut war beinah durchscheinend und offenbarte ein feines Netz von Kapillargefäßen. Sie musterte die beiden Männer neugierig aus ihren blaßblauen Augen.

»Kann ich Ihnen helfen, Ma'am?« fragte Ryker. Sie roch nach Talkum und Flieder. Er fühlte sich unwillkürlich an seine Großmutter erinnert.

»Ist einer der Herren Detective Stollman?« Ihre Stimme war dünn und glitt von hohen Tönen zu tiefen und wieder zurück, wie eine Diva, die erfolglos versucht, ihre Stimmlage zu finden.

»Ich bin Detective Stollman.« Stollman sprang von seinem Stuhl auf und ging um den Tisch herum auf sie zu. »Was kann ich für Sie tun?«

»Ich bin Muriel Pearson. Ich glaube, Sie haben mir mehrere Nachrichten hinterlassen. Ich bin erst heute morgen zurückgekommen, wissen Sie, aber Betty – meine Nachbarin –, erzählte mir, was mit dem armen Mr. Vogler passiert ist, und da dachte ich mir, ich komme am besten gleich vorbei. Ich habe noch nicht einmal meine Koffer ausgepackt; allerdings habe ich schon mal gelüftet, weil so muffige Luft in meinem Haus war, wissen Sie.«

»Verstehe. Mrs. Pearson, mein Name ist Detective Ryker. Detective Stollman und ich untersuchen beide diesen Fall. Am besten gehen wir an meinen Schreibtisch, dort können wir uns gemütlicher unterhalten.«

Ryker geleitete sie zu seinem Tisch, half ihr, sich zu setzen, und nahm dann selbst Platz. Stollman zog sich einen Stuhl heran und ließ sich neben ihr nieder.

»Was ich sagen wollte, ist jedenfalls, wie schrecklich das mit Mr. Vogler ist. Er war immer so nett.«

»Sie kannten ihn?« fragte Stollman erstaunt.

»Aber natürlich! Er war an vielen Sonntagen im Pomerantz-Haus und veranstaltete offene Besichtigungen, und da habe ich ihm immer Kräutertee und ein Stück frischen Applepie vorbeigebracht oder ein paar Zimtschnecken, damit ihm nicht so langweilig wurde. Er hat sich immer sehr darüber gefreut, und er machte mir immer Komplimente, wie gut ich backe. Er wollte sogar die Rezepte von mir haben, damit er sie seiner Mutter geben könnte. Selbstverständlich habe ich ihn nicht gestört, wenn gerade Leute im Haus waren. Meine Küche liegt dem Haus der Pomerantz' gegenüber; vom Küchenfenster aus habe ich die Haustür im Blick.«

»Sind Sie letzten Sonntag zu ihm rübergegangen?« fragte Ryker.

»Nein, da nicht. Ich wollte eigentlich, aber ich hatte vor meinem Besuch bei Jane und den Kindern noch so viel zu erledigen, und ich habe auch Haferplätzchen und Ingwerkekse für sie gebacken. Jane ist meine Tochter. Mein einziges Kind. Donald und sie haben sich hier vor neun Jahren durch einen gemeinsamen Freund kennengelernt. Sie haben dann kirchlich geheiratet, und ich habe in meinem Hof den Büfettempfang ausgerichtet. Es war wirklich zauberhaft! Und sie fanden sogar nicht allzuweit von meinem Haus entfernt eine Dreizimmerwohnung. Aber dann bekam Donald vor fünf Jahren dieses phantastische Angebot, in der Universität von San José im Wirtschaftsinstitut als außerordentlicher Professor arbeiten zu können, und das konnten sie natürlich nicht ablehnen.

Das habe ich Jane damals auch gesagt. Ich wußte, daß sie mich nur ungern allein lassen wollte, vor allem, seit Henry tot ist. Er war ein Jahr davor gestorben – es war ein sehr plötzlicher Tod. Die Ärzte sagten, es war sein Herz. Aber ich sagte zu ihr: ›Jane‹, sagte ich, ›du brauchst auf mich keine Rücksicht nehmen. Du mußt vor allem an deine Familie und deinen Mann denken. Ich habe hier nette Nachbarn und Freunde, und wir werden uns trotzdem oft sehen.‹ Und das tun wir auch. Sie kommen immer zu Thanksgiving und Weihnachten und Ostern zu mir, und ich besuche sie, so oft ich kann. Und im vergangenen Sommer haben sie Joey und Ellie, die beiden Süßen, für eine Woche zu mir geschickt. Sie waren mir eine richtige Freude.« Sie lächelte in der Erinnerung daran.

»Mrs. Pearson«, sagte Ryker, »haben Sie zufällig gesehen, wann Mr. Vogler das Haus nach der offenen Besichtigung verlassen hat?«

»Nein, aber ich bin ziemlich sicher, daß er es gar nicht verlassen hat, zumindest nicht am frühen Abend. Sein Auto stand vom frühen Morgen bis zum Abend in der Einfahrt, und als ich am nächsten Morgen aufwachte, war es immer noch da. Um ehrlich zu sein, wunderte ich mich, warum er den Wagen dort stehengelassen hatte, wissen Sie. Das habe ich auch zu Genevieve gesagt.«

»Genevieve?« fragte Ryker.

»Meine liebe Gesellschafterin.« Sie lächelte. »Wir sind einander über die Jahre hinweg sehr ans Herz gewachsen. Ich weiß gar nicht, was ich ohne sie machen würde.«

»Aber Sie haben nicht gesehen, wie er das Haus verließ?«

»Nein. Ach, es ist ja so traurig, daß ich ihn nie wiedersehen werde.« Sie seufzte.

»Mrs. Pearson, bitte denken Sie über die nächste Frage genau nach, bevor Sie antworten: Haben Sie nach fünf Uhr noch jemand ins Haus gehen sehen?«

»Nun, ja, das habe ich.«

Ryker versuchte, seine Erregung zu verbergen. »Und um welche Uhrzeit war das?«

Sie drehte den Kopf zur Seite. »Nun, ich kann Ihnen leider nicht sagen, ob jemand von ungefähr halb fünf bis um etwa halb sechs kam, weil ich da immer in der Nähe meines Schlafzimmers war – es liegt auf der anderen Seite des Hauses – und Pullis, Röcke und ein oder zwei Kleider zusammenpackte. Ich wickle die Kleider gern in etwas Seidenpapier; dann knittern sie nicht so schnell. Das habe ich mal in einer Frauenzeitschrift gelesen. Es funktioniert tatsächlich.«

»Und wann haben Sie dann jemand ins Haus gehen sehen?«

»Um zwanzig vor sechs. Ich wollte gerade ein leichtes Abendessen mit Genevieve einnehmen, als ich sah, wie jemand den Weg entlang zur Haustür der Pomerantz' ging; ich dachte bei mir, daß es wohl etwas spät für einen Käufer sei. Wir essen immer pünktlich um Viertel vor sechs, denn wir finden beide, daß es für unsere Verdauung besser ist, wenn wir immer zur selben Zeit und früh am Abend essen.«

»Können Sie die Person beschreiben?«

»Es war ein Mann. Er trug einen grauen Anzug, der mich an einen Anzug erinnerte, den Henry immer trug. Ich habe ihn den ›Good Friends‹ gegeben, als er gestorben war; er war immer noch in tadellosem Zustand.«

»War er eher groß oder klein?«

Sie überlegte kurz. »Nein, er war nicht sehr groß, glaube ich. Aber ich kann so was nicht sehr gut schätzen, Detective.«

»Konnten Sie seine Haarfarbe erkennen?«

»Leider nicht. Er hatte einen Hut auf, was mich angesichts der Hitze doch etwas überraschte.«

»Konnten Sie sein Gesicht sehen?«

»Nur ganz kurz. Er schaute sich nämlich nach allen Seiten um; ich dachte noch, daß er sich anscheinend nicht sicher war, ob das auch die richtige Adresse war, aber dann machte er die Tür auf und ging zielstrebig hinein. Ich habe schon immer bei mir gedacht, daß diese offenen Besichtigungen doch ein wenig gefährlich sind, weil da die Türen offenstehen und jeder einfach reinkommen kann. Aber es wäre wohl nicht gerade praktisch, wenn der Makler immer hin- und herlaufen müßte, um auf das Läuten der Tür zu öffnen.«

»Mrs. Pearson, glauben Sie, Sie würden den Mann wiedererkennen, wenn wir Ihnen ein paar Bilder zeigten?« fragte Ryker.

»Ehrlich gesagt, bin ich mir da nicht so sicher, Detective. Ich würde Ihnen ja wirklich gern weiterhelfen, aber ich fürchte, ich würde ihn nicht erkennen. Es ging alles so schnell. Aber ich versuche es natürlich gern.«

»Wie lange blieb der Mann im Haus, wissen Sie das?«

»Nicht lange. Vielleicht so zehn Minuten. Ich muß zugeben, daß ich ein wenig neugierig war, und deshalb habe ich geschaut, wann er wieder ging«, bekannte sie sichtlich verlegen. »Genevieve hat es auch interessiert.«

»Haben Sie irgend etwas gehört oder gesehen, während er im Haus war?«

»Nichts Merkwürdiges jedenfalls, wenn Sie das meinen. Wenn ich mich recht erinnere, war es ein ungewöhnlich heißer Tag, und deshalb hatte ich die Klimaanlage an und die Fenster geschlossen, so daß ich nicht viel hören konnte. Ich mag Klimaanlagen ja nicht sehr; Genevieve auch nicht. Sie sind so künstlich, und ich finde, sie trocknen die Haut aus, finden Sie nicht? Aber wenn es so heiß ist, bleibt mir schließlich keine andere Wahl. Ich habe sie um etwa sieben Uhr abgestellt, weil es da kühler wurde. Aber Mr. Vogler hat sie die ganze Nacht im Pomerantz-Haus laufen lassen, und sie war auch am nächsten Morgen noch an. Da hatte ich die Fenster nämlich offen, wissen Sie, und in der Nacht konnte ich sie hören, als ich auf die Toilette ging.« Sie hüstelte. »Ich habe aber gesehen, wie in einem der rückwärtigen Schlafzimmer – es liegt meinem Nähzimmer gegenüber – das Licht anging, als dieser Mann im Haus war, aber schon kurz darauf ging es wieder aus.«

»Hat Mr. Vogler den Mann hinausbegleitet?«

»Nein. Detective, glauben Sie, das ist der Mann, der Mr. Vogler getötet hat?« Sie wirkte beunruhigt.

»Das ist gut möglich, Mrs. Pearson. Deshalb ist das, was Sie uns erzählen, auch so wichtig.«

»Ich wünschte, ich könnte Ihnen mehr sagen, wirklich.«

»Sie erwähnten Ihre Gesellschafterin, Genevieve. Sie wohnte aber nicht bei Ihnen, während Sie auf Besuch bei Ihrer Tochter waren?«

»Nein. Da wäre sie zu einsam. Sie war bei Freunden. Das ist unsere übliche Abmachung, wenn ich zu Jane fahre. Ich glaube, Genevieve hat nichts dagegen.«

»Wäre es möglich, daß sie etwas sah, was Ihnen vielleicht entging? Könnte sie den Mann vielleicht besser gesehen haben?«

»Nun, sie war mit mir zusammen in der Küche, als er das Haus betrat, leistete mir Gesellschaft, während ich unsere Abendbrotteller zurechtmachte, aber ich bezweifle stark, daß sie Ihnen weiterhelfen kann.«

»Könnten Sie sie bitten, daß sie uns anrufen soll? Nur für den Fall.«

»Nun ja, ich glaube, das ist nicht gut möglich.« Sie blickte sie unsicher an. »Genevieve ist eine Katze.«

Stollman bekam einen plötzlichen, krampfartigen Hustenanfall. Ryker, der darum kämpfte, seine zuckenden Gesichtsmuskeln zu beherrschen, schürzte seine Lippen. »Ich verstehe. Nun, Mrs. Pearson, Sie waren uns wirklich eine große Hilfe. Vielen Dank, daß Sie heute hergekommen sind.«

»Ich habe aber doch gar nichts tun können, wirklich. Und um dem armen, lieben Mr. Vogler zu helfen, ist es ja nun leider zu spät. Aber ich hoffe natürlich sehr, daß Sie seinen Mörder finden werden.«

»Das werden wir bestimmt. Machen Sie sich keine Sorgen. Und in der Zwischenzeit rufen Sie uns bitte sofort an, wenn Ihnen noch etwas einfallen sollte. Und wenn Sie nichts dagegen haben, kommen wir irgendwann in den nächsten Tagen mal bei Ihnen vorbei, um Ihnen ein paar Bilder zu zeigen, nur für den Fall, daß Sie den Mann doch wiedererkennen.«

Sie nickte. »Das ist mir recht.« Sie stand auf, schüttelte den Männern die Hand und ging langsam aus dem Raum.

Ryker und Stollman schauten sich an. »Eine Katze?« riefen sie wie aus einem Munde, und dann brachen sie in schallendes Gelächter aus.

Rückblickend betrachtet, sagte sich Deena, hätte sie lieber nicht zu ihren Eltern zum *Shabbas* gehen sollen. Es hatte eine starke Spannung geherrscht, vor allem zwischen Vater und Tochter. Pearl schien das Problem mehr oder weniger nicht zu registrieren; vielleicht wollte sie es auch nur nicht wahrhaben. Das ganze Wochenende hindurch warf Deena Max immer wieder verstohlene Blicke zu, und jedesmal begegnete sie dann seinem Blick, der sich in den ihren bohrte. *Macht er sich Sorgen über das, was ich denke?* fragte sie sich. Am Nachmittag ging Pearl hoch, um ein kleines Mittagsschläfchen zu halten, aber Deena hatte nicht den Mut, Max darauf hin anzusprechen, und als sie das Gefühl hatte, *er* wolle seinerseits ein ernsthaftes Gespräch mit ihr führen, schützte sie Kopfweh vor und betonte, sie wolle ein wenig allein spazierengehen, um einen klaren Kopf zu bekommen.

Die frische Luft machte sie munter. Sie hatte nicht gemerkt, wie sehr sie ihr gefehlt hatte, seit sie ans Haus gebunden war. Sie sollte tiefe Atemzüge machen, dachte sie; sie sollte sie innerlich aufspeichern, wie auch das Bild der in die Weite der Hügel Hollywoods laufenden hübschen, baumgesäumten Straße, damit sie davon die verbleibenden Tage der *Shivah* zehren konnte. Denn das Wochenende war nur eine Gnadenfrist. Trauern war an Sabbat verboten, aber nach der *Havdalah,* die den Sabbat vom Rest der Woche trennte, würde sie in ihr Haus und ihr Gefängnis, zu den verhängten Spiegeln und den polsterlosen Sitzen zurückkehren. Wie Cinderella beim Mitternachtsschlag, dachte sie. Aber Cinderella hatte eine Fee als Patin, die alles in Bewegung setzte, damit Cinderellas Probleme auf magische Weise verschwanden. Nicht daß irgendwelche Feen Deena jetzt hätten helfen können. Sie waren vielleicht erfahren, was den Umgang mit bösen Stiefmüttern und vergifteten Äpfeln und Hexen anging. Deena bezweifelte jedoch, daß sie viel Einfluß auf Detectives eines Morddezernats hatten.

Sie verabschiedete sich gleich nach der *Havdalah*. Ihre Eltern küßten und umarmten sie und versprachen ihr, am nächsten Tag bei ihr vorbeizukommen. Max' Umarmung kam Deena ein wenig heftig vor. Bildete sie sich das nur ein, oder schien er erleichtert, daß sie ging? Oder schwang nur ihre eigene Erleichterung wie ein mißtönender Akkord zwischen ihnen in der Luft? Sie konnte es nicht sagen.

Als sie durch die Seitentür ihr Haus betrat, klingelte gerade das Telefon in der Küche. Es war Michael. Ob er vorbeikommen könnte? Warum nicht, sagte sie ein wenig teilnahmslos ins Telefon. Warum zum Teufel nicht?

Nachdem sie wieder ihr Trauerkleid angezogen hatte, schaute Deena am Briefschlitz im Wohnzimmer nach, ob Post für sie gekommen war. Dabei kam sie an den Tonscherben des dekorativen Übertopfes vorbei, der die Vergißmeinnicht beherbergt hatte. Sie lagen überall in der ganzen Eingangshalle verstreut, wo sie den Blumenstock wütend auf den gefliesten Boden geschleudert hatte. Einige waren sogar ins Eßzimmer gesprungen.

Sie hatte am Freitag im Blumengeschäft angerufen und erfahren, daß niemand versucht hatte, sie zu verängstigen, außer vielleicht Jake. Er hatte die Blumen vor einer Woche bestellt. *Bastard,* dachte sie jetzt wieder; *du tyrannischer Bastard.* Sie trat verächtlich mit dem Fuß gegen eine Scherbe, so daß diese über den Boden hüpfte.

Deena saß bereits wieder über dem Puzzle, als es an der Vordertür klingelte. Vorsichtig über die Scherben steigend, lief sie zur Haustür und ließ Michael herein.

»Was ist denn das?« Er blickte auf die Scherben auf den Fliesen.

»Die Überbleibsel eines Geschenks zum Hochzeitstag – von Jake. Ich glaube, er verfolgt mich. ›The Twilight Zone‹.« Ihr Lachen tönte hohl.

Im kleinen Wohnzimmer erzählte sie ihm, während sie am Boden saß, von dem Blumenstock. »Ich habe ihn zerschmettert. Das zeugt nicht von Überlegenheit, das ist mir klar. Aber ich kann dir gar nicht sagen, wie gut das getan hat! Ich werde sie morgen früh zusammenkehren. Jetzt habe ich keine Lust, mich damit zu befassen.«

»Deena –«

»Michael, ich möchte kein einziges Wort hören, das auch nur im entferntesten analytisch klingt. Keine psychologischen Einsichten, okay?«

»Ich wollte dir doch nur sagen, daß es schrecklich für dich gewesen sein muß.«

»Oh.«

»Und«, bekannte er, dümmlich grinsend, »ich glaube, ich *hatte* ein oder zwei psychologische Einsichten.«

Sie knuffte ihn spielerisch. Er zog sie zu sich heran und wollte sie küssen. »Das ist wahrscheinlich nicht der richtige Zeitpunkt, hm?«

»Wahrscheinlich.« Sie seufzte. »Hast du Lust, mir beim Puzzle zu helfen?«

»Eigentlich weniger. Wie wäre es mit einer Runde Backgammon?«

»Einverstanden. Das Spiel ist im Schrank in der Eingangshalle.«

Er verschwand, um es zu holen; wenige Minuten später kehrte er zurück. Sie saß noch immer auf dem Boden und beschäftigte sich mit dem Puzzle.

»Warum hat das denn so lange gedauert?« fragte sie. Sie schaute auf und sah seine leeren Hände. »Wo hast du das Spiel?«

»Komm mit.«

Sie stand schnell auf und folgte ihm in die Eingangshalle zum offenen Schrank. Das Backgammon-Spiel lag auf dem Boden. Er deutete auf das Regalfach über der Kleiderstange.

Von dort starrte sie der stupsnasige Lauf ihres Revolvers an. Sie streckte die Hand nach ihm.

Er packte ihre Hand. »Nicht anfassen!«

»Aber wieso denn nicht? Es ist doch meiner. Ich werde Detective Ryker Bescheid sagen.«

»Wie ist er hierhergekommen?«

»Ich muß ihn wohl da hingelegt haben. Ich dachte zwar, ich hätte alles gründlich durchsucht, aber offensichtlich war es nicht gründlich genug. Michael, verstehst du denn nicht, wie wundervoll das ist?«

»Das muß ich erst mal durchdenken. Komm mit ins Wohnzimmer.«

»Aber Michael –«

»Komm mit. Und laß den Revolver hier. Wir müssen miteinander reden.«

Sie setzte sich auf den Boden und lehnte ihren Kopf an die Couch. Er setzte sich neben sie.

»Wann hast du im Schrank nachgesehen?« fragte Michael.

»Nachdem Detective Ryker gegangen war – nein, nachdem auch Alan gegangen war.«

»Aber du hast ihn nicht gesehen.«

»Nein, aber ich war, wie gesagt, durcheinander, Michael. Ich weiß nicht, ob ich damals klar denken konnte oder wirklich gut gesucht habe. Ich dachte, ich hätte, aber offensichtlich war es eben nicht gründlich genug.«

»Aber du warst dir doch sicher, daß du ihn gar nicht aus dem Nachtschrank genommen hast.«

»Na, dann habe ich mich eben geirrt.« Sie wandte sich ihm zu. »Und weißt du, es ergibt auch Sinn, daß ich ihn dort hingelegt habe. Wenn ich an die Tür gehe, habe ich ihn gleich parat, falls ich ihn brauche.«

»Aber du hast dich nie daran erinnert, daß du ihn da hingelegt hast. Nie. Und er lag hinter dem Backgammon-Spiel. Wie gut erreichbar ist das?«

»Ich verstehe nicht, warum du jetzt so ein Problem daraus machst! Der Revolver ist wieder aufgetaucht – da solltest du doch ebenso erleichtert sein wie ich!«

»Weshalb?«

»Weil«, sagte sie mit übertriebener Geduld, »das bedeutet, daß niemand meinen Revolver genommen hat. Warum begreifst du das denn nicht?«

»Das heißt es überhaupt nicht, Deena. Was es heißt, ist, daß jemand ihn wieder zurückgebracht hat.«

»Das siehst du falsch! Ich weiß, daß du unrecht hast!«

»Vielleicht. Aber du könntest auch unrecht haben. Was ist, wenn das die Tatwaffe ist?«

»Sie ist es aber nicht. Sie kann es nicht sein, weil sie niemals das Haus verlassen hat.«

»Ich hoffe, da hast du recht.« Er klang skeptisch. »Nur so zum Durchspielen – wer, glaubst du, hätte ihn zurückbringen können?«

»Nein, das möchte ich nicht! Das erste Mal seit Tagen habe ich keine Angst mehr, und du willst mir das wieder verderben! Das werde ich nicht zulassen, Michael!«

»Du suchst so verzweifelt nach einer Lösung, daß du dabei einige unangenehme Möglichkeiten übersiehst.«

Sie stand auf. »Ich werde jetzt Detective Ryker anrufen.« Sie wählte die Nummer, die sie sich vor mehreren Tagen auf einen Notizblock neben dem Telefon notiert hatte, sprach ein paar Minuten und legte dann auf.

»Er ist gerade nicht an seinem Platz. Aber der Detective, mit dem ich gesprochen habe, will versuchen, ihn zu finden, und ihm ausrichten, daß ich angerufen habe. Ich sagte ihm, es sei dringend.«

Michael zuckte die Achseln. Sie warteten schweigend, während Deenas Hand über dem Hörer schwebte. Als das Telefon tatsächlich klingelte, riß sie ihn schnell hoch.

»Mrs. Vogler? Hier ist Detective Ryker. Ich habe gerade erfahren, daß Sie angerufen haben. Der Officer sagte, es sei dringend.«

»Ist es auch. Ich habe meinen Revolver wiedergefunden, Detective. Er war im Schrank in der Eingangshalle. Ich dachte, das würden Sie bestimmt sofort wissen wollen.«

Interessant. »Fassen Sie ihn bitte nicht an, Mrs. Vogler. Ich werde heute abend bei Ihnen vorbeikommen und ihn holen.«

»Aber das ist doch nicht nötig, Detective Ryker. Verstehen Sie denn nicht? Er war die ganze Zeit hier. Mein Irrtum tut mir wirklich furchtbar leid. Ich komme mir so albern vor.«

»Ich würde mir den Revolver trotzdem gern holen, Mrs. Vogler. Nur, um auch ganz sicherzugehen. Auf diese Weise können wir ihn als Tatwaffe ausschließen, und Sie können wieder in Ruhe schlafen. Haben Sie ihn schon berührt?«

»Nein. Michael hat gesagt –« Sie hielt inne. »Ich hielt es für keine gute Idee.«

»Gut. Ich muß jetzt leider dringend zu einer Verabredung, aber ich müßte eigentlich in ein paar Stunden bei Ihnen sein. Spätestens bis elf. Wäre das in Ordnung?«

Sie zögerte.

»Mrs. Vogler, wenn Sie nichts mit dem Tod Ihres Exmannes zu tun haben, dann verstehe ich nicht, warum Sie nicht wollen, daß ich Ihren Revolver untersuche. Aber natürlich *müssen* Sie mir ihn nicht aus freien Stücken geben. Wenn Sie es nicht tun, werde ich mir eben einen Haussuchungsbefehl beschaffen müssen, und das bedeutet, daß ich irgendeinen mürrischen, alten Richter belästigen muß, der mir den Kopf abreißt, weil ich ihn am Wochenende störe. Aber letzten Endes, Mrs. Vogler, wird er den Befehl unterschreiben, und ich werde den Revolver bekommen.«

»Also gut.« Sie legte auf und wandte sich an Michael. »Er kommt noch heute abend her, um sich den Revolver zu holen.«

»Es tut mir leid. Ich weiß, daß du jetzt enttäuscht bist.«

»Na ja, vielleicht hat er ja recht; vielleicht ist es wirklich das beste. Wenn sie meinen Revolver untersuchen, werden sie feststellen, daß Jake nicht mit ihm getötet wurde. Du wirst sehen, Michael.«

»Vermutlich hast du recht.« Er wandte seinen Blick von dem ängstlichen Hoffnungsschimmer in ihren Augen ab.

22

»Entschuldigen Sie bitte, daß ich mich verspätet habe, Rabbi. Ich wurde aufgehalten.«

Sie saßen in einem buchgesäumten Arbeitszimmer, das an ein winziges Wohnzimmer angrenzte. Markowitz war sehr jung und ganz anders, als Ryker ihn sich vorgestellt hatte. Er trug eine legere schwarze Baumwollhose, ein graues Adidas-Sweatshirt und Joggingschuhe. Das einzig typisch Rabbinerhafte an ihm war die schwarze Wildlederjarmulke und sein Bart.

»Bei meiner Arbeit sitze ich vor allem, deshalb jogge ich, soviel wie ich kann.« Ihm war Rykers neugieriger Blick nicht entgangen. Er schob ein paar Bauklötzchen auf die Seite seines bereits überfüllten Schreibtisches und stieß dabei beinah ein gerahmtes Foto, das eine hübsche, lächelnde junge Frau mit Jeansrock zeigte, deren blondes Haar nahezu vollständig von einem farbig gemusterten Tuch bedeckt war, auf den Boden. Er fing es gerade noch rechtzeitig auf und stellte es wieder hin.

»Meine Frau Alisa«, sagte er, mehr das Foto anlächelnd als Ryker. »Also was kann ich für Sie tun, Detective?«

»Ich will keine Umschweife machen. Ich habe bereits mit mehreren Leuten gesprochen, und ich weiß über die *Get*-Problematik von Mrs. Vogler Bescheid.«

»Ich werde meinerseits auch keine Umschweife machen. Was wollen Sie von mir?«

»Information. Ich versuche, mir ein genaues Bild von Mr. Voglers Vorgeschichte zu machen. Warum genau ist die Ehe gescheitert?«

»Es war tatsächlich ein Fall von unüberbrückbaren Differenzen. Doch waren diese Differenzen in erster Linie religiöse. Ich weiß, das klingt heutzutage etwas seltsam. Aber Deena hat sich immer aktiv zum orthodoxen jüdischen Glauben bekannt; Jake hat sich eine Zeitlang bemüht, aber dann hat er ihn als zu streng abgelehnt.« Er setzte Ryker ihre Situation auseinander.

»Wenn ich richtig verstanden habe, organisierten Sie einen Gemeindeprotest gegen Mr. Vogler, um ihn so weit unter Druck zu setzen, daß er ihr diesen *Get* gibt.«

Er nickte. »Das war das einzig Richtige, sowohl von moralischer als auch von gesetzlicher Seite aus gesehen. Wäre Jake noch am Leben und würde sich immer noch weigern, Deena den *Get* zu geben, hätten wir weitergemacht.«

»Sie sagten, ›gesetzlich‹, Rabbi Markowitz. Was meinen Sie damit?«

Reuben erklärte ihm, was in der Thora über Scheidung geschrieben stand und welche Möglichkeiten jemandem wie Deena offenstanden. »Aber natürlich sind wir darauf bedacht, auch die Staatsgesetze zu achten.«

»Was wäre gewesen, wenn Vogler eine Belästigungsklage gegen Sie angestrengt hätte?«

Er lächelte. »Dann hätte ich die Konsequenzen in Kauf genommen.«

»Und wenn das Gefängnis bedeutet hätte?«

»Der Gedanke begeistert mich zwar nicht gerade, aber die Sache wäre es mir wert, wenn dadurch Jake, oder jemand anders wie Jake, seiner Frau den *Get* geben würde.«

»Weil sie ohne die Scheidungsurkunde nicht mehr heiraten kann, richtig?«

»Genau.«

»Wie wäre es, wenn sie mit jemandem zusammenleben würde, ohne zu heiraten?«

Reuben schüttelte den Kopf. »Nach orthodoxem Gesetz wird das ohne den *Get* als Ehebruch angesehen. Und das hat üble Folgen. Man wird für immer exkommuniziert. Und alle Kinder, die aus der Verbindung hervorgehen, gelten als Verstoßene.«

»Ganz schön schwerwiegend. Also haben sie Vorpostenreihen organisiert und dergleichen?«

»Genau. Wir haben auch die Rabbiner in der Gemeinde gebeten, das Problem in ihren Predigten anzusprechen.«

»Und Sie haben Briefe verschickt. Ich habe einen davon zu Gesicht bekommen. Nicht gerade sehr feinsinnig.«

Reuben lächelte. »Wir haben versucht, Jake klarzumachen, daß sein Leben weitaus angenehmer sein könnte, wenn er Deena den *Get* geben würde.«

»Und was ist mit den Anrufen?«

»Anrufen?«

»Wir haben aus einer verläßlichen Quelle erfahren, daß Mr. Vogler Drohanrufe erhielt. Haben Sie ihn angerufen, Rabbi, oder haben Sie andere anrufen lassen?«

»Von Anrufen weiß ich nichts, Detective Ryker. Ich habe Jake allerdings mehrmals persönlich in seinem Apartment aufgesucht.«

»Haben Sie gestritten?«

»Nicht daß ich mich erinnere. Er schien nur ein für allemal klarstellen zu wollen, daß nichts von alledem etwas bei ihm bewirken würde.«

»Waren Sie auch in der Woche vor seinem Tod bei ihm in seinem Apartment?«

»Ja, das war ich. Und zwar unter der Woche.«

Also war er einer der mysteriösen Besucher. »Und da waren Sie wieder bloß da, um Vogler dazu zu überreden, daß er seiner Frau den *Get* geben soll?«

»Mehr oder minder, ja.« Markowitz war sichtlich unbehaglich zumute.

»Wußten Sie, daß Mr. Vogler seine Exfrau mit nächtlichen Anrufen belästigte?«

»Davon wissen Sie? Nun, das war genau der Grund, warum ich an jenem Abend zu Jake ging. Ich habe ihn darum gebeten, die nächtlichen Anrufe zu unterlassen.«

»Was hat er dazu gesagt?«

»Er sagte mir, beide könnten sich an die Spielregeln halten.«

»Und wie weit wären *Sie* in diesem Spiel gegangen, Rabbi?«

»Mir ist nicht ganz klar, was Sie damit meinen.«

»Wie steht es mit körperlicher Gewalt? Hätten Sie das auch in Betracht gezogen?«

»Die Thora mißbilligt körperliche Gewalt, Detective, außer unter außergewöhnlichen Umständen«, sagte Markowitz bedachtsam. »Und wie ich Ihnen bereits sagte: Wir sind sehr darauf bedacht, nicht gegen die Gesetze dieses Landes zu verstoßen. Wie dem auch sei, ich bin jedenfalls sicher, daß Jake irgendwann schon nachgegeben hätte.«

»Ach, wirklich? Ulkig. Aus allem, was ich bis jetzt gehört habe, scheint mir nicht hervorzugehen, daß er den *Get* so bald unterzeichnet hätte.«

»Das können Sie doch gar nicht wissen, Detective.«

»Das ist wahr. Aber Sie haben mir immer noch nicht meine Frage beantwortet, Rabbi. Wie weit wären Sie gegangen, um Mrs. Vogler zu helfen?«

Markowitz schaute ihn mit in spöttischem Erstaunen erhobenen Augenbrauen an. »Wollen Sie mich damit etwa fragen, ob ich Jake getötet habe, Detective? Nein, ich habe ihn nicht getötet. Wann wurde er denn überhaupt getötet, wenn ich fragen darf?«

»Am Sonntag, zwischen vier und acht Uhr.«

»Ich leite jeden Sonntag zwischen drei und fünf eine Studiengruppe in meiner Synagoge. Nach der Gruppensitzung bleiben die Mitglieder noch zur *Mincha*, dem Nachmittagsgottesdienst, und zur *Maarib*, dem Abendgottesdienst. Sie sehen also, Detective, ich habe einen ganzen Raum voller Zeugen. Ich gebe Ihnen gern ihre Namen und Telefonnummern.«

»Dafür wäre ich Ihnen sehr verbunden. Nur eine reine Formalität natürlich, aber wir können hier niemanden bevorzugt behandeln. Was ist mit Mrs. Vogler?«

»Was soll mit ihr sein?«

»Sie muß ziemlich verzweifelt gewesen sein, nicht?«

»Deena war äußerst frustriert, Detective Ryker, aber sie hätte Jake trotzdem niemals töten können.«

»Nicht einmal, wenn man seine Anrufe bedenkt? Sie muß sich geängstigt haben. Vielleicht war sie durch die Anrufe so außer sich, daß sie durchdrehte.«

»Nein, nicht mal dann. Es entspricht einfach nicht ihrem Naturell.«

»Weshalb – weil sie Jüdin ist? Ich möchte ja nicht unhöflich erscheinen, Rabbi, aber das kaufe ich Ihnen einfach nicht ab. Unter extremen Umständen kann jeder – egal, welcher Rasse oder Religion er angehört – zum Mörder werden. Selbst der netteste, friedliebendste Bürger, Rabbi.«

»So habe ich das auch nicht gemeint, Detective. Das können wir gern ein andermal ausführlicher diskutieren, wenn Sie möchten. Nein, ich kenne Deena einfach; sie ist nicht dazu fähig, Gewalt auszuüben.«

»Wußten Sie, daß sie im Besitz eines Revolvers ist?«

»Ja.« Er machte eine Pause. »Ich hielt es unter den gegebenen Umständen auch für angebracht.«

»Weshalb? Bloß weil Vogler sich nicht von ihr scheiden ließ? Oder wegen der Anrufe? Oder hat er sie etwa noch auf eine andere Weise belästigt – ist das der Grund?«

»Das habe ich nicht gesagt, Detective. Das sind alles unbegründete Mutmaßungen, die Sie hier anstellen. Ich kann Ihnen diesbezüglich leider keine Auskunft geben.«

Können Sie nicht oder wollen Sie nicht? »Wußten Sie auch, daß sie sich für einen anderen Mann interessiert? Dadurch muß sie es doch noch eiliger gehabt haben, den *Get* zu bekommen?«

»Dazu müssen Sie sie selbst befragen, Detective.«

»Das habe ich auch vor. Was ist mit ihrem Vater? Wäre er zu einer Gewalttat fähig?«

»Ich kenne Mr. Novick nicht sehr gut. Ich habe nur ein- oder zweimal mit ihm gesprochen.«

»Aber Sie *wußten*, daß er Mr. Vogler persönlich belästigte?«

»Ich habe so etwas gehört.«

»Als Sie mit ihm sprachen, welchen Eindruck machte er da auf Sie?«

»Er wirkte beunruhigt. Machte sich, verständlicherweise, Sorgen wegen seiner Tochter.«

»War er angespannt?«

»Nicht mehr, als Sie oder ich es in derselben Situation wären.«

»Wütend?«

»Mir ist klar, worauf Sie mit Ihren Fragen hinauswollen, Detective. Ich bin kein Psychologe, aber ich bezweifle stark, daß er eines Mordes fähig ist.« In seiner Stimme schwang leichter Sarkasmus mit. »Weshalb gehen Sie eigentlich davon aus, daß es jemand war, den Jake kannte? Vielleicht war es ja ein Einbrecher. Und falls es *tatsächlich* jemand war, der Jake kannte, könnte es auch jemand gewesen sein, mit dem er geschäftlich zu tun hatte.«

»Das könnte sein, ja. Wir überprüfen alles.« Er machte eine Pause. »Ich habe gehört, daß Sie eine Selbsthilfegruppe initiiert haben, Rabbi Markowitz. Könnten Sie mir bitte etwas über sie erzählen?«

»Sie besteht aus *Agunot*, Frauen, die wie Deena religionsgesetzlich an ihre Männer gebunden sind. Sie tauschen ihre Erfahrungen und Gefühle untereinander aus. Den Frauen in der Gruppe scheint das gutzutun.«

»Ich hätte gern die Namen und Telefonnummern der Gruppenmitglieder. Wo trifft sich die Gruppe eigentlich immer?«

»Reihum bei einem Mitglied zu Hause. Aber wieso wollen Sie Kontakt mit ihnen aufnehmen? Es besteht keinerlei Verbindung zwischen ihnen und Jake.«

»Da haben Sie wahrscheinlich recht, aber ich würde trotzdem gern mit ihnen reden.«

»Ehrlich gesagt, Detective, würde ich Ihnen die Namen und

Telefonnummern nur ungern geben, da ich das für einen Eingriff in die Privatsphäre halte.«

»Ich kann mir die Namen auch auf anderem Wege beschaffen, aber ich würde Ihr Entgegenkommen sehr begrüßen. Es würde mir ein wenig Zeit sparen, Zeit, die ich gewinnbringender dafür einsetzen könnte, Mr. Voglers Mörder zu suchen.«

Er zögerte, dann holte er ein Notizbuch aus einer seiner Schreibtischschubladen, blätterte darin und diktierte Ryker die Namen und Telefonnummern.

»Gibt es eine Gruppenleiterin?« fragte Ryker.

Markowitz nickte. »Mrs. Rudman.«

»Wie lange ist sie schon eine – wie nannten Sie es?«

»*Agunah*. Über elf Jahre.« Er schilderte ihm ihren Fall.

Ryker pfiff. »Kein Scherz. Das ist ganz schön hart. Beinahe so wie lebenslänglich. Das soll kein Angriff sein, Rabbi, aber könnten Sie und Ihre Kollegen sich nicht zusammentun und das Gesetz oder dergleichen ändern?«

»Wir arbeiten bereits an einer Lösung des Problems, aber es geht nur schleichend voran. Unglücklicherweise spielt da nämlich auch die Politik mit hinein. Bis sich etwas ändert, müssen wir jede Situation individuell behandeln und versuchen, den Ehemann dazu zu bewegen, daß er kooperiert.«

»Was ist mit den übrigen Frauen aus der Gruppe? Wie lange befinden sie sich schon in dieser Situation?«

»Das ist ganz unterschiedlich. Von mehreren Monaten bis zu mehreren Jahren. Das wesentliche Ziel der Gruppe ist, daß sich die Frauen gegenseitig unterstützen und Hoffnung machen.«

»Wie hoch ist Ihre Erfolgsrate?«

»Nicht besonders hoch«, gab er zu. »Oh, die meisten Männer lenken schon irgendwann ein; meistens ist es eine Frage des Geldes. Das klingt widerlich, und das ist es leider auch. Diese Fälle kann ich daher nicht wirklich als Erfolg werten, nicht, wenn die Frau praktisch erpreßt wurde, als Gegenleistung für den *Get* zu zahlen. Manchmal ist die Vergabe des *Get* auch an einen Vormundschaftsstreit geknüpft. Diese Fälle können noch komplizierter liegen. Und dann gibt es noch die Männer, die den *Get* aus reinem Haß oder Trotz verweigern. Bei solchen Männern weiß man nie, wann sie vernünftig werden.«

»Falls überhaupt«, sagte Ryker ruhig.

»Falls überhaupt.« Er seufzte. »Aber wir denken gern positiv.« Er schien sich in Gedanken zu verlieren.

»Rabbi, war Mr. Vogler Ihrer Meinung nach ein solcher Mann?«

»Das habe ich nicht gesagt.« Er war sichtlich gereizt.

»Würden Sie Vogler eigentlich als Erfolg werten, Rabbi? Mrs. Vogler ist doch jetzt schließlich frei, oder nicht?«

»Das ist aber eine ziemlich krasse Betrachtungsweise, Detective! Nein, den Fall werte ich ganz sicher nicht als Erfolg. Schließlich ist ein Mann tot. Wie sollte das irgend jemand als Erfolg werten können?«

»Der Mörder«, erinnerte ihn Ryker.

»Mrs. Voglers Freund heißt Michael Benton«, sagte Moran am Sonntag morgen zu Ryker und Stollman. »Dr. Michael Benton. Er wohnt in einem Mietshaus auf der Holt Avenue in der Nähe des Olympic Boulevard.«

»Ist er Arzt?« fragte Ryker.

»Nein, Psychologe«, sagte Moran. »Ich habe mich gestern mit der Hausmeisterin und einigen Nachbarn unterhalten. Sie finden ihn alle ausnehmend nett. Er ist angeblich ruhig und lebt zurückgezogen, ist aber sehr freundlich. Bezahlt immer pünktlich seine Miete, und so weiter.«

»Irgendwelche weiblichen Besucher?« fragte Ryker.

»Die Hausmeisterin – Mrs. Lupisco – sagte mir, sie habe nie welche gesehen. Bis auf seine Mutter und seine Schwestern. Er hat sie ihr vorgestellt, als er einzog; sie haben ihm beim Umziehen geholfen. Aber sie kommen wohl nicht oft. Sie leben im Valley.«

»Haben Sie mit Benton persönlich sprechen können?«

»Nein, er war nicht da. Das war so gegen zehn Uhr vormittags. Laut der Hausmeisterin geht er jeden Samstag morgen in die Synagoge und bleibt manchmal den ganzen Nachmittag weg. Er hat ihr erzählt, daß er nach dem Gottesdienst zum Mittagessen eingeladen wird. Jedenfalls habe ich den ganzen Tag immer wieder bei ihm anklingeln lassen, aber er war nicht da. Ich dachte, ich fahre heute noch mal bei ihm vorbei und unterhalte mich mit ihm.«

»Es wäre aber auch möglich, daß er einfach nicht ans Telefon ging«, sagte Stollman. »Orthodoxe Juden gehen am Sabbat nicht ans Telefon und benutzen keinerlei Elektrizität. Mein Großvater war da sehr streng. Dieser Benton scheint mir auch orthodox zu sein.«

»Würde Sinn machen«, sagte Ryker. »Laut Aussage von Ann Douglas und dem Rabbiner war Vogler nicht gläubig, als er seine Frau kennenlernte, und sie hatten deswegen ziemliche Probleme. Mrs. Vogler wäre ziemlich dumm, wenn sie denselben Fehler ein zweites Mal machen würde.«

»Von welchem Rabbiner sprechen Sie?« fragte Stollman.

»Ich habe mich gestern abend mit Rabbi Markowitz getroffen.« Er gab ihnen ihre Unterhaltung wieder. »Er hat feste Ansichten, was die *Get*-Problematik anbelangt. Markowitz findet das, was Vogler getan hat, verbrecherisch, und er wollte dem Einhalt gebieten.«

Moran grinste. »Ein jüdischer Gerechtigkeitskämpfer, was?«

»So was in der Art.« Ryker lächelte. »Er sagte, er wäre bereit gewesen, alles zu tun, was immer nötig gewesen wäre, damit Mrs. Vogler ihre Scheidung bekäme.«

»Und was meint er mit ›Was immer nötig gewesen wäre‹?«

»Das habe ich ihn auch gefragt. Er beteuerte, er hätte nichts Illegales beabsichtigt. Er erzählte mir allerdings *auch*, daß nach jüdischem Gesetz jemand wie Vogler ausgepeitscht werden kann.«

»Dreißig Hiebe, hm?« sagte Moran.

»Nein, ich glaube, er sagte vierzig.« Ryker grinste. »Ich habe ihn auch zu den Frauen aus der Selbsthilfegruppe befragt, die er ins Leben gerufen hat.«

»Haben Sie ihre Namen?« fragte Stollman.

Ryker nickte. »Markowitz hat sie mir aber nur höchst ungern gegeben. Und seiner Ansicht nach vergeude ich mit ihnen nur meine Zeit. Er ist sich sicher, daß der Mörder ein Einbrecher oder irgendein Geschäftspartner ist.«

»Und nicht die schöne Exfrau?« fragte Moran. »Die herumsaß und darauf wartete, daß ihr Exmann sie freigibt?«

»Markowitz sagt, das sei absolut unmöglich.«

»Was ist mit ihrem Vater?« fragte Stollman. »Er ist doch auch orthodox, stimmt's? Er bekommt mit, daß sich seine Tochter mit einem anderen Mann einläßt, aber sie können nicht heiraten. Und er ist nicht dumm. Er weiß, daß sie früher oder später das Warten satt haben werden und zusammenziehen und dann bums! – die Exkommunikation.«

»Kommen Sie schon, Hank!« Moran lachte. »Das kann nur ein schlechter Scherz sein! Das soll heutzutage als Motiv ausreichen? Reden Sie mit ihm, Sam.«

»Ich weiß nicht, Tom. Sie sind sehr denggläubig. Dazu kommt, daß seine Tochter sehr unglücklich war und daß Vogler sie mit Anrufen belästigte und weiß Gott was sonst noch alles tat.«

»Ich dachte, Novick hätte ein Alibi«, sagte Moran. »Sie haben es doch mit seiner Assistentin abgeklärt, oder, Sam?«

»Ich habe mit ihr am Donnerstag gesprochen. Sie sagte, daß Novick am Sonntag nachmittag so gegen drei kam und beinahe zwei Stunden blieb. Aber wann genau er ging, konnte sie nicht sagen. Ich werde sie noch mal anrufen müssen und versuchen, sie auf irgendwas festzunageln. Es könnte wichtig sein.«

»Wo ist denn das Genesungsheim?« fragte Stollman.

»Auf der Melrose Avenue und Sweetzer.«

Stollman sagte: »Und Mrs. Pearson sagte aus, daß sie einen Mann gesehen hat, der um zwanzig vor sechs das Haus betrat. Selbst wenn Novick das Heim also erst um zehn nach fünf verließ, könnte er um zwanzig vor sechs beim Sherbourne-Haus gewesen sein.«

»Und sogar mit einer verbleibenden Restzeit«, stimmte Ryker ihm zu. »Ja, das könnte gehen.«

Moran sagte: »Und er wußte von dem Revolver. Es ist schließlich seiner!«

»Mist! Ich habe ja ganz vergessen, euch zu erzählen, daß Mrs. Vogler mich gestern abend anrief. Sie hat den Revolver in ihrem Flurschrank gefunden. Sie hat damals angeblich nicht alles gründlich genug abgesucht. Ich habe die Waffe abgeholt und in der Stadt abgegeben. Ich werde Zeke bitten, gleich als erstes morgen früh eine ballistische Untersuchung zu machen.«

»Glauben Sie denn, daß er es so schnell erledigen wird?« fragte Moran. »Sie haben ihn erst letzte Woche wegen des Geschosses, das Kanata herausholte, um einen Gefallen gebeten.«

»Ich werde es wenigstens mal probieren.«

»Der Revolver war also die ganze Zeit im Schrank, und sie hat ihn einfach nicht gesehen?« Stollman schüttelte den Kopf. »Ich weiß ja nicht.«

»Es ist immerhin möglich. Und das bedeutet, wenn Novick der Mörder ist, hatte er Zugang zu einer anderen Waffe. Denn wenn er den Revolver aus Mrs. Voglers Haus entwendet und Vogler damit erschossen hat, hätte er ihn nicht zurückgebracht. Er würde seine Tochter nicht mit einem rauchenden Revolver reinreißen, und er weiß, daß *wir* wissen, daß es seiner ist.« Er machte eine Pause. »Es sei denn, natürlich, er nahm an, wir würden die Geschichte seiner Tochter glauben, daß sie den Revolver nur verlegt habe, und wir würden ihn daher nicht untersuchen lassen. Oder vielleicht dachte er auch, wenn er den Revolver reinige, wären wir nicht in der Lage, bei den Tests zu beweiskräftigen Ergebnissen zu kommen. Dieselben Schlußfolgerungen würden allerdings auch für Mrs. Voglers Freund zutreffen.«

Moran sagte: »Das entlastet Mrs. Vogler also, stimmt's? Sie würde uns schließlich nicht ihren Revolver geben, wenn sie damit ihren Exmann erschossen hätte.«

Stollman sagte: »Vielleicht hat der Mörder den Revolver aber auch zurückgebracht, um von sich abzulenken. Ich denke da an Kasden.«

»Oder an Ann Douglas«, sagte Ryker. »Sie würde bestimmt keine schlaflosen Nächte verbringen, wenn Mrs. Vogler uns erklären müßte, wie die Tatwaffe in ihr Haus kommt. Aber es hat keinen Sinn, darüber nachzudenken, bis wir nicht das Resultat der ballistischen Tests in Händen halten. Mit etwas Glück dürfte das schon morgen sein.«

»Und was nun?« fragte Moran. »Sollen wir die Zeit jetzt etwa mit Herumsitzen und mit Warten vertun?«

»Nein. Zunächst habe ich ja die Namen der Frauen, die in der Selbsthilfegruppe sind. Tom, die könnten Sie übernehmen.« Er reichte ihm eine Liste. »Fünf Frauen kommen regelmäßig, wenn man Mrs. Vogler nicht mitrechnet. Prüfen Sie nach, ob sie etwas über Vogler oder Novick wissen.«

»Ist denn eine von ihnen hübsch?« fragte Moran grinsend. Er überflog die Liste. »Die meisten wohnen in der Nähe. Es dürfte eigentlich kein Problem sein, sie alle heute noch abzuklappern. Aber ich möchte es zuerst noch mal bei Mrs. Voglers Freund versuchen.«

»In Ordnung. Hank, wir haben Kasdens Bücher und die Bankauszüge. Lassen Sie sie uns doch gleich durchgehen und prüfen, ob wir auf irgendwelche Abweichungen oder etwas Verdächtiges stoßen. Wenn es sich als zu schwierig erweisen sollte, können wir sie immer noch ins Parker Center schicken; dort sitzen einige Experten, was Buchprüfung angeht. Aber ich dachte, wir könnten es ja zuerst mal selbst versuchen.«

»Gut. Ach, die Vogelanters haben angerufen. Ihr Rabbiner

hat ihnen gesagt, daß sie heute kommen könnten, um die persönlichen Gegenstände ihres Sohnes durchzusehen, wenn es denn wichtig sei. Sie wollten irgendwann nach Mittag vorbeikommen.«

Moran sagte: »Sam, wir haben leider noch nichts von den Futrells gehört – Sie erinnern sich: Sie waren als letzte auf der Besichtigungsliste eingetragen. Ich werde es heute noch mal probieren. Irgendwann müssen sie ja zurückkommen. Ach, und dann habe ich noch mit George gesprochen. Es geht ihm wieder besser, er will Montag wiederkommen.«

»Freut mich zu hören.« Ryker trommelte mit seinen Fingern auf dem Tisch herum.

Stollman fragte ihn: »Woran denken Sie gerade?«

»Daß wir immer noch nicht Kasdens und Novicks Fingerabdrücke haben.«

»Und die von Dr. Michael Benton«, fügte Moran schnell hinzu. »Vergessen Sie den Freund nicht.«

»Stimmt. Ich hätte das gern erledigt, so daß wir sie ausschließen können.«

»Oder positiv identifizieren«, sagte Stollman.

Nach zwei quälenden Stunden und vier Tassen schwarzen Kaffees schob sich Ryker vom Tisch weg.

»Ich weiß nicht, wie es mit Ihnen steht, Hank, aber ich brauche eine Pause.« Er ächzte und massierte seine Stirn.

Sie hatten bei den Firmenbüchern und Bankunterlagen von vor zwei Jahren angefangen und sich bis zum Juli des vergangenen Jahres durchgearbeitet. Außer einem offensichtlichen Schreibfehler in Höhe von 3 Dollar 26 hatten sie bis jetzt jedoch noch nichts gefunden. Nicht gerade weltbewegend.

»Mir geht es gut, Sam. Ich würde gerne noch ein wenig dranbleiben. Ich mache das letzte Jahr noch fertig, dann mache ich eine längere Pause.«

»Vielleicht wissen wir gar nicht, wonach wir suchen müssen.«

»Nein, ich glaube nicht, daß es daran liegt. Wir haben bis jetzt einfach nichts gefunden.«

»Vielleicht finden wir ja auch nichts mehr.« Ryker nahm seine Jacke und warf sie sich über die Schulter. »Falls jemand anrufen sollte, ich bin in etwa einer Stunde wieder da.«

Auf seiner Windschutzscheibe hatten anscheinend Vögel gepicknickt. Ryker steckte den Schlüssel in die Zündung und stellte die Scheibenwischanlage an, aber ein aufleuchtendes Zeichen auf seinem Armaturenbrett informierte ihn, daß zu wenig Flüssigkeit im Wasserbehälter war. Die trockenen Scheibenwischer verschmierten die Kleckse über die ganze Windschutzscheibe.

»Scheiße!« rief er, dann mußte er lachen, wie passend sein Ausdruck war.

Im Kofferraum fand er eine Sprühdose Windex und einen halbwegs sauberen Lappen, die er genau für solche Notfälle dabeihatte. Er putzte die Windschutzscheibe mit flinken Bewegungen.

In weniger als fünfzehn Minuten, nachdem er aus dem Parkplatz des Reviers herausgefahren war, fand er das Haus auf der Fuller Avenue. In der Einfahrt stand ein Wagen. Ryker stellte sein Auto ab, lief den Fußweg entlang zum Haus und klingelte. Er hörte, wie sich schwere Fußtritte der Tür näherten.

»Wer ist da?«

»Detective Ryker, Sir. Ich habe versucht, Sie telefonisch zu erreichen, aber es war besetzt.« Das war zwar eine Lüge, aber das konnte Novick nicht wissen. »Ich muß Sie ein paar Dinge fragen.«

Max öffnete die Tür, bat Ryker aber nicht herein. »Sie kommen aber zu einer äußerst ungünstigen Zeit, Detective. Ich ersticke gerade in Büroarbeit, und anschließend habe ich eine Verabredung mit den Kindern eines neuen Heimbewohners.

Wenn ich dazwischen auch nur fünf Minuten zum Durchschnaufen finde, kann ich mich wirklich glücklich schätzen.«

»Es dauert auch nicht lange, Mr. Novick.«

»Geht es nicht irgendwann anders? Im Moment ist es mir wirklich nicht möglich.«

»Wie wäre es mit morgen?« fragte Ryker freundlich.

»Morgen ist in Ordnung.« Er setzte dazu an, die Tür zu schließen.

»Ich lasse Ihnen am besten meine Visitenkarte da.« Ryker holte eine Brieftasche aus der Innentasche seiner Jacke, zog eine glänzende Karte heraus und reichte sie Max. »Rufen Sie mich einfach morgen an und geben Sie mir durch, welche Uhrzeit Ihnen am besten paßt.«

»Mache ich.« Er warf einen flüchtigen Blick auf die Karte und drehte sie dann um. »Sie haben mir die falsche Karte gegeben, Detective.« Er lächelte. »Diese hier ist von einer Videothek.« Er gab sie dem Detective zurück.

»Entschuldigen Sie.« Ryker wirkte verlegen. Er steckte die Karte in eine Außentasche und sah in seiner Brieftasche nach. »Ich dachte, ich hätte hier drin noch eine gehabt.«

»Ist schon in Ordnung, Detective. Ich kann die Auskunft anrufen. Das kostet mich nur fünfundzwanzig Cents.«

»Nicht nötig. Ich habe noch dreißig Karten in einer kleinen Schachtel, die ich immer dabei habe. Könnten Sie das bitte eine Minute für mich halten?« Er gab Max seine Brieftasche, suchte in einer Jackentasche, fand die kleine Kunststoffschachtel und zog eine Karte heraus. »So.« Er reichte Max die Karte und nahm die Brieftasche wieder entgegen. »Bitte rufen Sie mich morgen an. Es ist wichtig.«

»Versprochen.« Max schloß die Tür.

Ryker ging zu seinem Wagen zurück. Die Brieftasche befand sich bereits in einem Beutel für Beweismittel, den er sofort gezückt hatte, sobald Novick die Tür geschlossen hatte. Als Ryker in seinem Auto saß, holte er die Videothekkarte aus seiner Außentasche hervor, wobei er sie nur vorsichtig an einer Ecke anfaßte, sie in einen anderen Beutel gleiten ließ und dann beide Beutel in einen großen Umschlag steckte. Er grinste mit Genugtuung.

Es waren zwar keine drei Siebener auf einem einarmigen Banditen in Las Vegas, aber es war auch keine Vogelscheiße.

23

Als Ryker ins Büro zurückkehrte, brütete Stollman noch immer über den schwerverständlichen Zahlen in Kasdens Firmenbüchern und verglich sie mit den Bankauszügen.

»Irgendwas gefunden?« fragte Ryker.

»Ich bin erst bei Oktober. Es gab im August letzten Jahres eine kleine Unregelmäßigkeit, aber ich weiß nicht, ob sie etwas zu bedeuten hat.«

»›Unregelmäßigkeit‹. Ich bin beeindruckt. Sie klingen schon wie ein richtiger Buchhalter. Was war es?«

»Der Firma wurde am 18. August ein Scheck über 5 300 Dollar ausgestellt. Eine Anzahlung von einem Käufer namens Leader. Der Scheck ging nicht bei der Bank ein, aber zwei Wochen später reichte Kasden einen persönlichen Scheck bei der Bank über 5 300 Dollar ein. Damit wäre alles ausgeglichen. Ich kann mir nur nicht erklären, warum diese Zeitspanne dazwischenliegt.«

»Existiert eine Quittung über die Anzahlung?«

»Ja. Sie ist auch auf den 18. August datiert.«

»Rufen Sie eine Immobilienfirma an und gehen Sie dem nach. Vielleicht ist das ja in Ordnung so.«

»Mach ich. Sie haben übrigens ganz knapp die Vogelanters verpaßt.«

»Haben Sie ihnen die Sachen ihres Sohnes gezeigt?«

Stollman nickte. »Sie hatten recht mit der Uhr, Sam. Es ist

ihnen sofort aufgefallen, daß sie fehlt. Anscheinend hat Novick seinem Schwiegersohn eine Rolex geschenkt, als sich das junge Paar verlobt hat. Laut seinen Eltern liebte er sie sehr. Trug sie immer.«

»Noch etwas?«

»Mehr haben sie zumindest nicht bemerkt. Erfreulicherweise ist auf der Uhr auf der Rückseite eine Widmung eingraviert: ›Für Jake, von Max und Pearl.‹ Das macht das Ganze einfach, sie zu erkennen, wenn sie versetzt werden sollte. Ich habe bereits in Umlauf bringen lassen, daß wir sie suchen.«

»Gut gemacht. Vielleicht taucht sie ja irgendwo auf. Möglicherweise war es tatsächlich ein Raubüberfall.«

»Ja, möglich. Ich kenne durchaus ein paar Kerle, die für eine Rolex töten würden!«

»Reden Sie von mir?« fragte Moran, der sich zu ihnen gesellte. »Wer hat eine Rolex?«

Ryker erzählte ihm von Voglers Uhr. »Sie kommen früh. Haben Sie etwa schon die ganzen Frauen durch?«

»Es waren einige nicht zu Hause.« Er sah in sein Notizbuch. »Ich dachte, ich fange am besten mit Hollywood an und arbeite mich dann bis hierher zurück, aber das Beste hebe ich mir für den Schluß auf. Also: Susan Bergman. Sehr niedlich und auch gut gebaut. Sie hat wohl gerade ihr Scheinchen bekommen.«

»Was meinen Sie damit?« fragte Ryker.

»Ihr Mann bewilligt ihr die religiöse Scheidung. Sie war sehr offen und erzählte mir, daß es ihren Vater 100 000 Dollar gekostet hat. Anscheinend ist ihre Familie betucht, so daß das kein Problem war. Was sie von Vogler vom Hörensagen weiß, war er ein echter Widerling.«

»Irgendwas Konkretes?« fragte Ryker.

»Nein. Sie wußte von den Anrufen. Ich hatte aber den Eindruck, daß sie, so sehr sie Mrs. Vogler auch bedauert, momentan so sehr von der Tatsache ergriffen ist, selbst aus dem Schlamassel raus zu sein.«

»Das ist menschlich«, sagte Ryker.

»Als nächstes: Magda Feroukhim. Amerikanerin, dicklich, mit einem Iraner verheiratet. Hat nicht viel gesagt. Sie hat im Grunde nur wiederholt, was die anderen Frauen auch schon gesagt hatten. Ihnen allen tut Mrs. Vogler leid, und sie sind nicht allzu bestürzt, daß Vogler tot ist. Aber warum sollten sie auch?«

»Was ist mit der Rudman? Sie leitet die Gruppe.«

»Sie war nicht zu Hause. Wie übrigens auch die Presser. Ich versuche es später noch mal.«

»Gut. War's das dann?«

»Nein, eine noch. Miriam Kalinsky. Hübsch, auf eine sehr ernste Art. Sie war nicht gerade entzückt, sich mit mir unterhalten zu müssen, aber sie war trotzdem sehr freundlich. Sie ist die einzige, die der Vorfall mitzunehmen scheint – ›er war noch so jung‹, so in dem Tenor.«

»Vogler tut ihr leid?« fragte Stollman überrascht.

»Ja, ein wenig. Dachte, er sei einfach nur irregeleitet gewesen und wäre schon irgendwann vernünftig geworden. Aber dann hat sie mir etwas Interessantes erzählt. Vogler hat offenbar versucht, seine Exfrau zu vergewaltigen.« Moran strahlte über diese Verlautbarung.

»Wann war das?« fragte Ryker.

»Vor etwa einem Monat. Sie erinnert sich nicht mehr an den genauen Tag. Ihr war nicht bewußt, daß sie mir da was erzählte, was uns noch nicht bekannt war. Wir sprachen gerade über Voglers Anrufe – Mrs. Vogler hat der Gruppe davon erzählt –, und ich sagte, es sei doch wirklich schlimm, daß Mrs. Vogler solche Angst gehabt habe, daß sie sich deshalb einen Revolver angeschafft hätte. Darauf sagt die Kalinsky, ihr habe die Idee einer Schußwaffe ja nie behagt, aber sie könne Mrs. Vogler auch keinen Vorwurf machen, daß sie sich einen Revolver zugelegt hätte. ›Vor allem nach dem, was passiert ist‹, sagte ich und meinte damit die Anrufe. Sie sagte, das sei wahr; wenn Vogler schon einmal versucht habe, seine Exfrau zu vergewaltigen, hätte er es vielleicht wieder probiert. Der einzige Grund, warum es ihm nicht gelang, sie zu vergewaltigen, war offenbar, daß sich die Frauen an jenem Abend bei Mrs. Vogler trafen.«

»Und trotzdem tut ihr Mr. Vogler leid?« fragte Ryker.

»Das habe ich sie auch gefragt. Sie findet es schrecklich, was er getan hat, aber sie glaubt, daß er gestört war, nicht böswillig.«

Ryker sagte: »Ich frage mich, ob Novick von der versuchten Vergewaltigung wußte. Vielleicht hat er sich ja darauf bezogen, als er Vogler sagte, er solle die Hände von seiner Tochter lassen.«

»Klingt ganz danach«, sagte Stollman.

Moran lächelte. »Mrs. Voglers Freund wußte auch davon.«

»Es überrascht mich, daß er das preisgegeben hat«, sagte Ryker.

»Hat er ja auch gar nicht. Ich habe ihm zu verstehen gegeben, daß wir davon wußten, und dann habe ich ihn gefragt, warum Mrs. Vogler den Vorfall nicht gemeldet hat. Clever, was?«

»Und warum hat sie ihn nicht gemeldet?« fragte Stollman.

»Laut Benton dachte sie, es würde ihre Chance auf ihre religiöse Scheidung vermindern.«

»Und was hat Benton noch gesagt?« fragte Ryker.

»Er gab zu, mit Mrs. Vogler zusammenzusein. Ich tat so, als wüßten wir, daß er am späten Samstag abend in Voglers Apartment gewesen sei – ich sagte, der Pförtner hätte sich an seinen Namen erinnert.«

»Lügner.« Ryker lächelte wohlwollend.

Moran grinste. »Er war überrascht, aber er hat es nicht abgestritten. Daraufhin erzählte ich ihm, daß der Nachbar sich wegen des Krachs beschwert habe, und Benton gestand, daß Vogler und er wirklich heftig zugange gewesen wären.«

»Hat er denn ein Alibi?« fragte Ryker.

»Ja, aber kein hieb- und stichfestes. Mrs. Vogler und er waren miteinander verabredet, aber er mußte wegen eines Patienten absagen.«

»An einem Sonntag?« fragte Ryker.

»Er behauptet, es sei ein Notfall gewesen. War mit dem Patienten angeblich von halb sechs bis um acht zusammen. Kam nach halb neun nach Hause. Und davor, am Nachmittag, hat er im Keller des Mietshauses, in dem er wohnt, Wäsche gewaschen.«

»Hat ihn da jemand gesehen?« fragte Stollman.

»Daran kann er sich nicht erinnern.«

»Hat er Ihnen den Namen des Patienten genannt?« fragte Ryker.

»Nein, das hat er abgelehnt. Das falle unter die Schweigepflicht. Ich habe versucht, ihn zu bedrängen, aber er hat nicht nachgegeben. Ich sagte ihm, wir könnten eine gerichtliche Verfügung auf Vorlage bewirken, und da sagte er, prima, nur zu.«

»Klang er denn beunruhigt?« fragte Ryker.

»Das kann ich nicht sagen. Jedenfalls sagte ich ihm dann noch, er solle aufs Revier kommen, damit wir seine Fingerabdrücke abnehmen könnten. Da er ja in Voglers Apartment gewesen sei und so – Sie wissen schon, das übliche. Er sagte, er käme irgendwann im Laufe des heutigen Tages vorbei.«

»Sie klingen irgendwie enttäuscht«, sagte Ryker.

»Schätze, das bin ich auch.« Er grinste. »Mir wäre lieber gewesen, er hätte sich dagegen gesträubt.«

»Vielleicht weiß er ja, daß er keine Fingerabdrücke hinterlassen hat, weil er Handschuhe trug.« Ryker lächelte. »Wo wir gerade von Fingerabdrücken sprechen: Ich habe Novicks Abdrücke.« Er erzählte ihnen von seinem Trick. »An der Brieftasche oder der Karte sind bestimmt irgendwo ein paar gute Teilabdrücke seiner rechten Hand.«

»Dann bleibt uns also nur noch Kasden«, sagte Stollman. »Wir lassen ihn am besten reinkommen, wenn wir mit den

Büchern fertig sind. Bei der Gelegenheit können wir dann gleich seine Fingerabdrücke nehmen.«

»Genau. Dann laßt uns mal an die Arbeit gehen. Hank, rufen Sie bitte eine Immobilienfirma an und klären Sie ab, was Ihr Fund zu bedeuten hat. Dann machen Sie das letzte Jahr fertig. Tom, wir setzen uns an das erste Halbjahr dieses Jahres. Ich würde gern heute noch mit dem Ganzen fertig werden.«

»Was ist mit den restlichen Frauen aus der Gruppe?« fragte Moran.

»Die können warten. Ich habe so das dumpfe Gefühl, als würden wir bei den Büchern fündig werden. Und falls wir tatsächlich etwas finden sollten, können wir Kasden gleich morgen herbestellen. Ich würde ihm gern ein paar Fragen stellen.« Er lächelte.

Deena wußte, daß sie mehrere Tage lang nichts von dem Revolver hören würde. Ryker hatte ihr erklärt, daß die Scientific Investigation Division – SID hatte er sie genannt – an Wochenenden nicht arbeitete. Dennoch sprang sie jedesmal, wenn das Telefon klingelte, auf. Nicht daß sie sich Sorgen gemacht hätte. Sie war fest davon überzeugt, daß sie ihren Revolver einfach übersehen hatte.

Max und Pearl kamen am Sonntag vormittag zu ihr zu Besuch. Pearl bereitete ein spätes Frühstück zu und beobachtete Deena dann zufrieden, wie sie gehorsam eine große Portion Eier und zwei Toast aufaß.

»Es schmeckt köstlich, Mom.«

Pearl lächelte. Deena fand, daß ihre Mutter wieder eine etwas gesündere Hautfarbe hatte und daß sie weniger beschwerlich atmete.

Deena wartete, bis Pearl aus der Küche und ins Badezimmer gegangen war. Max saß am Frühstückstisch und las die Sonntagsausgabe der *Times*.

»Ich habe den Revolver wiedergefunden, Daddy. Er war im

Flurschrank. Ich habe wahrscheinlich einfach nur nicht gründlich genug gesucht.«

Max blickte sie an. »Gut. Hast du das dem Detective schon gemeldet?«

»Ja. Er war gestern abend hier, um ihn sich zu holen.«

»Weshalb? Ich dachte – ach, ist auch egal.«

»Es ist nur Routine, Daddy. Er muß ihn als die Tatwaffe ausschließen. Ich bin ja so froh – du nicht?«

Pearl trat in den Raum.

Max stand auf. »Laß uns gehen.« Er faltete den ›Opinion‹-Teil der Zeitung zusammen.

»Jetzt schon?« fragte Pearl.

»Du kannst ja noch dableiben, wenn du möchtest. Ich muß noch ins Heim.«

»Ich komme schon zurecht, Mom. Wirklich. Fahr ruhig mit Daddy mit. Ich muß sowieso noch Stoff aus den Seminaren nachholen und wollte heute ein paar Kapitel lesen.«

Pearl wirkte ein wenig zögerlich, aber sie ging mit Max mit.

Das Telefon klingelte im Laufe des Tages mehrmals.

Brenda DiSalvo rief an. »Ich hab's gerade von Marv Cooper erfahren. Es gibt doch manchmal Überraschungen im Leben! Kommen Sie doch, wenn Sie soweit sind, mal bei mir vorbei, und wir tüfteln aus, wie Ihr jetziger Stand ist.«

Und Magda rief an, um ihr mitzuteilen, daß sie eigentlich vorgehabt hatte, Deena zu besuchen, aber daß sie leider eine Grippe bekommen hätte. Sie hoffe, Deena habe dafür Verständnis.

Sandy und Alan kamen am frühen Nachmittag mit Jonathan vorbei. Sandy fand ein paar Meßbecher und Tupperwareschüsseln, mit denen Jonathan zufrieden im kleinen Wohnzimmer spielte.

Deena erzählte ihnen, daß sie den Revolver wiedergefunden hatte.

»Das ist ja großartig!« rief Sandy. »Nicht, Alan?«

»Ich dachte, du hättest überall nachgesehen«, sagte er zu Deena.

»Jetzt klingst du schon genauso wie Michael.«

»Tut mir leid. Ich bin von Natur aus mißtrauisch. Aber ich hoffe natürlich, daß du recht hast. Dann kannst du das Ganze endlich vergessen und hinter dir lassen.«

Sie blieben nicht lange – Jonathan mußte schlafen –, und gerade, als sie zur Tür hinausgingen, kam Michael. Sie blieben kurz auf der Veranda stehen und plauderten miteinander, bis Jonathan ungeduldig an Sandys Hand zog.

Im Haus gab Michael Deena einen zärtlichen Kuß. Er reichte ihr eine Schachtel. »Ich habe dir ein paar Donuts mitgebracht, damit du ein wenig Beschäftigung hast.«

Sie stöhnte auf. »Du weißt, daß ich dem nicht widerstehen kann! Aber dürfen Trauernde denn dem Essensgenuß frönen?«

»Jake hätte es bestimmt so gewollt«, sagte er mit feierlichem Ernst, dann grinste er.

Das Telefon klingelte. Deena nahm den Hörer ab. »Ja, hallo?«

»Deena? Hier ist Elaine.«

»Elaine?« Sie schaute Michael an und zuckte die Achseln.

»Du wunderst dich wahrscheinlich, warum ich anrufe. Zunächst wollte ich natürlich wissen, wie's dir geht. Faye hält mich zwar auf dem laufenden, aber ich dachte, ich rufe selbst mal an.«

»Das ist sehr lieb von dir.«

»Gut. Das ist gut. Hör mal, Deena, Susan hat mich eben angerufen. Anscheinend ist gerade überraschend ein Detective bei ihr aufgetaucht und wollte alles über die Gruppe erfahren und was wir von Jake wissen.«

»Wirklich?« Sie fragte sich, wie die Polizei von der Gruppe erfahren hatte und was sie sich wohl von den Gesprächen mit den Gruppenmitgliedern erhofften. Vermutlich nur Routine, dachte sie.

»Die Sache ist, daß sie wahrscheinlich auch zu mir kommen. Womit ich keine Probleme habe. Ich möchte ihnen nur nicht gern erzählen, daß ich mit Jake persönlich gesprochen habe.«

»Wann hast du denn – ach, du meinst, bei mir?«

»Nein. Ich meine das eine Mal, als ich ihn im Restaurant gesehen habe. Erinnerst du dich nicht mehr? Es war keine große Sache, aber ich würde es, ehrlich gesagt, den Cops lieber nicht erzählen. Okay?«

»Von mir wollten sie gar nichts über die Gruppe wissen.«

»Das kommt schon noch. Und wenn sie dich nach der Gruppe fragen, dann erwähn bitte nichts davon. Ich weiß, es klingt blöd, aber das letzte, was ich jetzt gebrauchen kann, ist, daß ein paar Cops um mich herumschwirren. Kenny wäre das natürlich gerade recht!«

»Aber was ist, wenn sie mich fragen, ob du dich mal mit ihm unterhalten hast?«

»Dann sag ihnen, daß du das nicht weißt. Ich habe das schon mit Susan abgeklärt. Sie war einverstanden. Okay?«

»Ja, ich glaube schon.«

»So, ich muß jetzt leider außer Haus. Ich freue mich, daß es dir gutgeht, Deena. Vielleicht können wir uns ja mal treffen, wenn das Ganze vorbei ist. Paß auf dich auf.«

»Was wollte sie denn?« fragte Michael, nachdem Deena aufgelegt hatte.

Sie gab ihm das Gespräch wieder. »Komisch, ich hatte ihren Zusammenstoß mit Jake schon ganz vergessen.« Sie schilderte ihm den Vorfall.

»Weshalb ist sie deshalb so nervös?«

»Sie ist sowieso ein recht nervöser Typ. Hast du nicht mitbekommen, wie sie sich an jenem Abend erregt hat, als sie mir zur *Shivah* einen Besuch abstattete?«

»Ach, das war Elaine? Ich bringe die Namen noch nicht immer mit den Gesichtern zusammen. Ja, sie war ziemlich nervös.«

»Ich glaube, es ist ganz einfach die Vorstellung, von der Polizei befragt zu werden. Ich bin ja auch nicht gerade begeistert davon, daß sie überall herumschnüffeln.«

»Ja, ich auch nicht.«

»Was meinst du damit?«

»Ein gewisser Detective Moran war heute bei mir. Und die Hausmeisterin sagte mir, er hätte auch ihr einige Fragen gestellt.«

»Was wollte er denn von dir wissen?«

»Er wußte, daß wir zusammen sind, Deena. Ich habe es nicht geleugnet. Und dann hat er mich gefragt, wo ich am Sonntag war. Ich habe ihm erzählt, daß wir eigentlich verabredet waren, daß ich aber absagen mußte. Sie wollen meine Fingerabdrücke.«

»Warum? Du warst doch nie in Jakes Wohnung?«

»Ich weiß es nicht.« Er zuckte mit den Schultern. »Routine, nehme ich an. Ich sagte, ich käme noch heute aufs Revier. Deena, sie wußten auch von den Anrufen. Und daß Jake versucht hat, dich zu vergewaltigen. Es erstaunt mich etwas, daß du ihnen das erzählt hast.«

»Habe ich ja gar nicht. Weshalb würde ich das tun?«

»Wer war es dann? Dein Vater sicher nicht. Er wäre verrückt, ihnen das zu erzählen. Wer wußte noch davon?«

»Sandy und Alan? Aber sie würden auch nichts sagen; außerdem hat die Polizei noch gar nicht mit ihnen gesprochen. Reuben hat mich gestern abend angerufen, nachdem du schon gegangen warst, und mir erzählt, daß Detective Ryker auch bei ihm war. Aber Reuben würde so etwas auch nicht preisgeben.«

»Na ja, es hat wohl keinen Sinn, sich den Kopf darüber zu zerbrechen. Wesentlich ist, daß sie es wissen.«

»Ich glaube, wir haben da etwas!« sagte Stollman. »Ich habe in einer Immobilienfirma angerufen, und der Makler, mit dem ich sprach, sagte, daß das, was Kasden getan hätte, in keiner Weise dem Berufsethos entsprechen würde. Gemäß dem Immobiliengesetz muß ein Anzahlungsscheck sofort bei der Bank eingereicht werden. Wenn es am Tag der Transaktion dafür zu spät ist, dann muß es am nächsten Werktag geschehen. Eine zweiwöchige Verzögerung ist jedenfalls eindeutig nicht koscher. Und dann sagte er noch, daß die Firmenbücher immer und zu jeder Zeit für eine Buchprüfung des Real Estate Boards einsehbar sein müssen.«

»Demnach hat er also mit dem Geld eines Käufers herumgemacht, was?«

Stollman nickte. »Der Makler nannte es ›Mißbräuchliche Nutzung des Fonds‹. Grund genug, daß der Real Estate Commissioner einem die Lizenz entzieht.«

»REC.« Ryker lehnte sich lächelnd in seinem Stuhl zurück.

»Ich freue mich, daß Sie es sich einrichten konnten, Mr. Kasden«, sagte Ryker am Montag vormittag um zehn Uhr. Er hielt Kasden seine Hand hin, aber dieser ignorierte sie. Ryker schaute zu dem Mann, der neben Kasden stand. Ende Vierzig, durchschnittlich groß, normaler Körperbau. Dreiteiliger Flanellanzug, Brille mit Schildpattgestell, Aktentasche. Offensichtlich Anwalt.

»Das ist mein Anwalt, Bryan Tischler.« Ben Kasden sprach in abgehackten Silben.

»Detective Ryker.« Ryker schüttelte Tischlers Hand.

Sie setzten sich um den Tisch des Detectives herum. Ryker schaltete seinen Kassettenrekorder ein.

»Ich habe Sie heute vormittag hierhergebeten, Mr. Kasden, weil wir ein paar Unregelmäßigkeiten in Ihren Firmenbüchern gefunden haben.« Ryker sprach mit freundlicher und ruhiger Stimme. Er zog eine dünne Manilamappe zu sich heran, öffnete sie und nahm ein Blatt Papier heraus.

»Bei mehreren Gelegenheiten haben Sie Geld von voraussichtlichen Käufern erhalten, das Sie aber nicht umgehend auf einem Konto bei der Bank deponiert haben. Sie sind übrigens auf den Belegabschnitten namentlich als Verkäufer aufgeführt, auch Ihre Unterschrift ist darauf. Zunächst im August vor zwei Jahren, da stießen wir auf zwölf Vorfälle dieser Art. Zudem ging ein Scheck in Höhe von 70 000 Dollar, den Sie im Juli dieses Jahres von Mr. Murdoch erhielten, *niemals* bei der Bank ein.« Er blickte Kasden an, der verbissen auf die Wand über Rykers Kopf starrte. Schweißperlen standen ihm auf der Oberlippe.

»Dann gibt es mehrere größere Abhebungen, die in Ihren Firmenbüchern nicht aufgeführt sind, Mr. Kasden. Diese Abhebungen begannen im Oktober letzten Jahres und ziehen sich bis in die Gegenwart hinein. Einige dieser Gelder wurden wieder auf das betreffende Konto eingezahlt, aber es besteht noch immer eine Differenz von einer recht beträchtlichen Höhe – 286 000 Dollar. Der größte Teil davon stammt von Murdochs Konto, wenngleich auch noch einige andere Konten davon betroffen sind.« Er legte das Blatt wieder in die Mappe zurück. »Mich würde jetzt interessieren, wie Sie all diese ... Unregelmäßigkeiten erklären, Mr. Kasden.«

Tischler sagte: »Detective, mein Klient gibt zu, daß er sich unrechtmäßig an Geldern vergriffen hat, die in seiner Verwahrung waren. Er befand sich in einer ziemlich verzweifelten Lage, die ihn zu dieser Dummheit veranlaßte. Er bedauert seine Tat jedoch zutiefst. Mein Klient hatte zu jeder Zeit die Absicht, das Geld, das er sich angeeignet hatte, wieder zurückzuzahlen. Er rechnet damit, das Geld in naher Zukunft in voller Höhe zurückerstatten zu können.«

Ryker lächelte die beiden Männer fragend an. »Und wie will er das tun, Mr. Tischler?«

»Mr. Kasden hat mir versichert, daß er innerhalb von wenigen Wochen eine beträchtliche Zahlung erwartet. Sobald alle Beteiligten ausgezahlt wurden, sind wir zuversichtlich, daß sie von einer Klage gegen Mr. Kasden absehen werden. Wenn man das im Hinterkopf behält, und angesichts der Tatsache, daß dies das erste Delikt meines Klienten ist, hoffe ich, daß der Staatsanwalt die Anklage gegen ihn fallenlassen wird.«

»Wir reden hier von schwerem Diebstahl, Mr. Tischler. Ihr Klient veruntreute fast 300 000 Dollar – oder sogar mehr, wenn Sie das Geld, das er sich ›lieh‹ und bereits wieder zurückgab, mitzählen. Die Entscheidung liegt natürlich bei der Staatsanwaltschaft, aber ich denke, daß Mr. Kasden mit einem Minimum von einem Jahr in einem Bezirksgefängnis plus Bewährungsfrist rechnen muß. Und das auch nur, wenn sich alle seine Kunden damit einverstanden erklären, keine Klage zu erheben. Und auf Murdoch würde ich da an Ihrer Stelle nicht zählen. Was ich über ihn gehört habe, ist er nicht gerade der ›Vergeben-und-Vergessen-Typ‹. Falls Murdoch oder jemand anders sich zu einer Strafverfolgung entschließen sollte, können Sie mit mindestens zwei Jahren Haftstrafe in einem staatlichen Gefängnis rechnen.«

»Ich bin äußerst zuversichtlich, daß wir alle beteiligten Parteien dazu bewegen können, von einer Klage abzusehen. Natürlich erst, wenn sie ihr Geld wiederhaben.«

»Wenn man mal vom heutigen Tag ausgeht, wäre Ihr Klient aber nicht in der Lage, irgend jemandem das Geld zurückzuzahlen. Ist das korrekt?«

»Er wird es aber in Kürze sein.«

»Spielen Sie da etwa auf das Geld aus der Lebensversicherung an, Mr. Tischler?«

»Ja.«

»Die Versicherung ist bei Fidelity Mutual abgeschlossen, Mr. Kasden, richtig?«

»Ja.« Seine Stimme klang erstickt. Er schwitzte jetzt im Übermaß, die Feuchtigkeit ließ seinen beinah kahlen Schädel glänzen.

»Ich wollte nur sichergehen, daß wir hier über dieselbe Versicherungspolice reden. Sehen Sie, das habe ich aus Mr. Voglers Safe. Sehr interessant.« Er entnahm dem Manilaordner einige gefaltete Dokumente und legte sie den beiden Männern vor. »Ich wußte gar nicht, daß es üblich ist, sich unter Geschäftspartnern Versicherungen auszustellen.«

Kasden sprach leise: »In unserer Branche gibt es keine Waren oder anderen Sachwerte. Wir haben einzig unseren Namen und –«, er hüstelte, »den guten Glauben. Also hielten wir es für eine gute Idee, einander im Falle, daß einer von uns beiden stirbt, abzusichern. Unglücklicherweise erwies sich das allerdings als frommer Wunsch.« Mit einem Taschentuch wischte er sich den Schweiß von Stirn und Nacken.

»Sie versicherten sich also in Höhe von 450 000 Dollar.«

»Das ist korrekt.«

»Und wieviel ergibt das dann mit der Doppelzahlung?«

»Das weiß ich nicht genau! Sie klingen ja geradeso, als hätte ich mich noch in derselben Minute, in der ich erfahren habe, daß Jake tot ist, ans Telefon gehängt!«

»Wollen Sie damit etwa behaupten, daß Sie die Versicherung noch nicht kontaktiert haben?«

»Doch, ich habe dort angerufen. Ich mußte ihnen ja schließlich mitteilen, daß Jake tot ist, oder?«

»Und da haben Sie sie nicht nach dem Geld gefragt?«

Kasden vermied Rykers Blick. »Doch, ich habe sie danach gefragt. Sind Sie jetzt glücklich? Sie wollen mich hier aus irgendeinem Grund als Schurken darstellen, aber ich weiß nicht, warum. Ich habe bereits gestanden, daß ich die Gelder widerrechtlich verwendet habe.«

»Veruntreut, Mr. Kasden. Schwerer Diebstahl.«

»Was auch immer. Aber was wollen Sie eigentlich sagen – daß ich mich freue, daß Jake tot ist? Denn wenn Sie das glauben sollten, dann sind Sie verrückt. Ich habe diesen Mann geliebt!«

»Was ist mit der Doppelzahlung? Wessen Idee war das?«

»Das ist üblich.«

»Nicht bei gewaltsamem Tod. Ich habe mit Sid Wyman gesprochen, Ihrem Versicherungsagenten. Laut ihm haben *Sie* darauf bestanden, die Klausel auf gewaltsamen Tod zu erweitern. Im allgemeinen gilt sie nur bei Unfall.«

»Daran kann ich mich nicht mehr erinnern.«

»Wyman erinnert sich aber noch sehr deutlich daran. Er sagte, es sei erst wenige Monate her. Er sagte auch, daß Sie bei derselben Gelegenheit die Versicherungssumme von 250 000 auf 450 000 anheben ließen. Zusammen mit der Doppelzahlung bekommen Sie also 900 000 Dollar. Nicht schlecht, Mr. Kasden.«

»Die Firma expandierte. Und mit dem schwankenden Dollarkurs dachte ich, wir bräuchten eine zusätzliche Absicherung. Jake war damit einverstanden.«

»Mr. Wyman sagte aus, Sie hätten ungefähr fünfmal täglich wegen des Versicherungsgeldes bei ihm angerufen. Sie hätten besorgt geklungen.«

»Natürlich bin ich besorgt! Ich brauche das Geld schließlich, um Murdoch und den anderen Kunden ihr Geld zurückzahlen zu können!«

»Ich habe meine Zweifel, daß die Versicherung zahlt, bevor Voglers Mord aufgeklärt ist. Wie hätten Sie das Geld denn ohne die fällige Versicherungssumme zurückgezahlt, Mr. Kasden?«

»Hören Sie –«

»Ich werde Mr. Kasden ersuchen müssen, keine weiteren Fragen mehr zu beantworten, Detective«, unterbrach Tischler ihn rasch. »Ich habe das Gefühl, daß wir von der Beschuldigung der Veruntreuung abkommen. Beabsichtigen Sie, noch eine andere Beschuldigung gegen meinen Klienten vorzubringen?«

Ryker lächelte. »Zum jetzigen Zeitpunkt nicht. Aber lassen Sie mich aufrichtig zu Ihnen sein: Wir ermitteln im Mordfall von Mr. Kasdens Geschäftspartner, und ich würde lügen, wenn ich sagte, daß Ihr Klient nicht unter Verdacht steht.«

»Sie glauben, ich habe Jake getötet? Sie Scheiß…«

»Halten Sie den Mund, Ben!« Tischler legte seine Hand auf Kasdens Schulter.

»Wir haben Grund zu der Annahme, daß Mr. Vogler von Mr. Kasdens Vergehen wußte, darüber beunruhigt war und erwog, Mr. Kasden dem Real Estate Commissioner zu melden. Angesichts der finanziellen Notlage Mr. Kasdens und der beträchtlichen Versicherungssumme, die er aufgrund von Mr. Voglers Tod zu erwarten hat – nun, ich denke, das liegt auf der Hand. Wir gehen dieser Fährte als einer von vielen nach.«

»Ich habe ihn aber nicht umgebracht, Detective! Das müssen Sie mir glauben.«

»Was haben Sie jetzt vor?« fragte Tischler Ryker.

»Wir werden Ihren Klienten wegen schweren Diebstahls festnehmen. Ich gehe davon aus, daß Sie versuchen werden, ihn auf Kaution freizubekommen?«

»Sofort.« Er wandte sich an Kasden. »Es dürfte nicht mehr als fünf- bis zehntausend kosten. Ich hoffe, daß ich, noch bevor der Tag zu Ende ist, die vorläufige Freilassung erwirkt habe. Ben, sagen Sie nichts zu niemandem.«

Kasden nickte. Er war aschfahl im Gesicht.

Humpty Dumpty had a great fall. »In der Zwischenzeit, Mr. Kasden, werde ich Sie inhaftieren. Und Ihre Fingerabdrücke abnehmen lassen.«

Als Ryker an seinen Schreibtisch zurückkehrte, nachdem er Kasden zum Gefangenenaufseher gebracht hatte, wartete Stollman dort auf ihn.

»Zeke hat angerufen«, sagte Stollman. »Ich weiß nicht, über welche Magie Sie verfügen, aber er hat tatsächlich die ballistischen Testergebnisse für Sie.«

»Was hat er gesagt?« fragte Ryker.

Stollman erzählte es ihm.

»Das gibt es nicht!«

Deena las gerade einen Text zum Steuerrecht, als es an der Haustür läutete. Sie eilte in die Eingangshalle.

»Hier ist Detective Ryker, Mrs. Vogler. Darf ich eintreten?«

Sie öffnete die Tür und bat ihn ins Wohnzimmer.

»Ich habe soeben das Ergebnis der ballistischen Untersuchung erhalten. Mit dem Revolver, den Sie mir gaben, wurde Ihr Exmann nicht erschossen.«

»Ich wußte, es war alles nur ein Irrtum.« Sie lächelte; ihr war beinahe schwindelig vor Erleichterung. »Sind Sie sicher?«

»Absolut. Der Lauf jeder Schußwaffe hat einzigartige Markierungen – Züge und Felder. Ein Geschoß besteht aus weichem Blei, und wenn es durch den Lauf schießt, prägen sich diese Markierungen in die Kugel ein.«

»Dann kann ich den Revolver also wiederhaben?« Sie würde ihn Max zurückgeben. Sie wollte ihn in ihrem ganzen Leben nie mehr wiedersehen, noch irgendeine andere Schußwaffe.

»Ich fürchte, nein, Mrs. Vogler. Der Revolver, den Sie mir gaben, ist zwar nicht die Tatwaffe. Aber es ist auch nicht Ihr Revolver.«

»Er gehört meinem Vater. Ich dachte, das wüßten Sie.«

»Es ist auch nicht seiner. Wir haben die Registrierung überprüft.«

»Das verstehe ich nicht. Wem gehört er denn dann?«

»Das ist eine gute Frage, Mrs. Vogler, aber ich kann sie leider nicht beantworten. Sehen Sie, der Revolver ist nicht registriert. Auf keinen Namen.«

24

Deena konnte in der Stille hören, wie ihr Herz schlug. »Das ist unmöglich.« Sie schüttelte den Kopf. »Das muß ein Versehen sein. Der Revolver, den ich Ihnen gab, war meiner, das weiß ich bestimmt. Ich habe ihn sofort erkannt.«

»Ich bin sicher, daß er genauso aussah wie Ihrer, aber es gibt Tausende von Handfeuerwaffen, die exakt dieselbe Farbe, Größe und Form haben. Wir haben die Seriennummer des Revolvers, den Sie uns gaben, per Computer gesucht. Aber dieser Revolver ist nicht registriert.«

»Auch Computer machen Fehler. Können Sie es nicht noch mal versuchen? Ich bin sicher, daß das der Revolver ist, den mir mein Vater gab.«

»Der Computer hat aber die Registrierung des Revolvers Ihres Vaters gefunden. Der Revolver hat eine andere Seriennummer.«

»Aber ich dachte, alle Schußwaffen müßten registriert werden.«

»Das sollten sie auch. Aber manchmal verkauft ein Waffenhändler eine, ohne sie registrieren zu lassen. Für den entsprechenden Preis. Jetzt haben wir jedenfalls ein großes Problem: Offensichtlich hat jemand Ihren Revolver genommen und ihn dann durch einen anderen ersetzt. So, wie sich mir das Ganze darstellt, bedeutet das, daß Ihr Revolver – das heißt, der Revolver Ihres Vaters – dazu benutzt wurde, Ihren Exmann zu töten. Das ist die einzig logische Erklärung. Aus welchem anderen Grund würde jemand sonst den Revolver austauschen?«

Deena war erpicht darauf, mit ihm zu disputieren, ihm zu widersprechen, ihm seine ruhige Feststellung zu widerlegen, aber was hätte sie sagen können? Er hatte absolut, erschreckend recht. Ihr war zumute, als hätte er sie geohrfeigt.

»Warum setzen wir uns nicht«, schlug Ryker vor. »Ich würde Ihnen gern ein paar Fragen stellen.«

»Natürlich. Entschuldigen Sie bitte.« Automatisch setzte sich Deena auf den polsterlosen Platz, auf dem sie die ganze Woche über gesessen hatte. Sie bemerkte Rykers verwirrten Blick und ärgerte sich sofort über sich selbst. Das letzte, was sie jetzt brauchen konnte, war, daß sie einem Polizisten erklären mußte, warum sie für Jake *Shivah* saß.

»Das ist Teil der orthodoxen Tradition während der Trauerzeit. Sie wundern sich aber wahrscheinlich, warum ich das überhaupt tue.«

»Nein, das verstehe ich. Rabbi Markowitz hat mir erklärt, daß Sie religionsgesetzlich nie geschieden wurden, so daß Sie damit jetzt Witwe sind, hab' ich recht? Unter den gegebenen Umständen muß Ihnen das doch komisch vorkommen.«

›Komisch‹ war untertrieben. »Es ist ja schon fast vorüber.«

»Mrs. Vogler, wir wissen, daß Ihr Exmann Ihnen die religiöse Scheidung verweigert hat und daß Sie und er nicht gerade auf bestem Fuße standen. Ich will aufrichtig mit Ihnen sein: Als Detective muß ich Sie als Tatverdächtige in Erwägung ziehen. Sie hatten ständigen Zugang zu Ihrer Waffe, und Sie hätten sie ohne weiteres jederzeit mit einer anderen austauschen und sie dann ›entdecken‹ können, wenn es gerade angebracht war.«

»Aber ich hätte mir doch gar keinen neuen Revolver kaufen können! Selbst wenn ich wüßte, wie man an eine unregistrierte Waffe rankommt, habe ich das Haus, mal abgesehen vom Begräbnis, nicht mehr verlassen, seit ich von Jakes Tod erfahren habe. Während der sieben Trauertage ist mir das nicht erlaubt. Zu blöd, daß Sie mich nicht beschatten ließen; der Detective könnte Ihnen jetzt bestätigen, daß ich die Wahrheit sage.« Sie bemerkte nicht das schnelle Lächeln, das über Rykers Gesicht huschte.

»Es hätte aber jemand anders einen Revolver für Sie kaufen können.«

»Aber warum hätte ich Sie dann angerufen und Ihnen den Revolver ausgehändigt? Das ergibt doch keinen Sinn!«

»Vielleicht nahmen Sie an, wir würden einen ballistischen Test machen, Ihren Revolver ausschließen und ihn Ihnen dann zurückgeben, ohne zu überprüfen, ob es wirklich Ihr ursprünglicher Revolver war. So hat sich das wahrscheinlich der Mörder gedacht.«

»Ich glaube, ich sollte jetzt wohl besser meinen Anwalt verständigen. Ich sollte vermutlich keine Fragen mehr beantworten.«

»Beruhigen Sie sich, Mrs. Vogler.« Er lächelte. »Eigentlich sollte ich Ihnen das nicht sagen, aber irgendwie kann ich mir nicht vorstellen, daß sie die Mörderin sind. Das ist jedoch meine persönliche Meinung – selbstverständlich müssen wir trotzdem all Ihre Handlungen gründlich überprüfen.«

»Detective Ryker, ich weiß, daß Sie herausgefunden haben, daß Jake mich belästigte, daß er versuchte, mich zu vergewaltigen. Es wäre also dumm, wenn ich behaupten würde, wir hätten eine ganz normale Scheidung gehabt. In Wirklichkeit haßte ich ihn.« Sie zögerte. »Ein- oder zweimal wünschte ich ihm sogar den Tod. Aber ich habe ihn nicht umgebracht. Ich bin nicht traurig, daß er tot ist, und das macht mich vielleicht zu einem schlechten Menschen, aber ich habe ihn nicht umgebracht.«

»Ich glaube Ihnen.« Ihr Gesicht glühte, ihre grünen Augen strahlten hell und intensiv; wieder fiel ihm auf, wie hübsch sie war. Vogler, kam Ryker zu dem Schluß, mußte ein echter Dummkopf gewesen sein, daß er sie betrogen hatte.

»Aber ob Ihr Exmann nun ein wunderbarer Mann war oder ein Bastard, es ist nun einmal mein Beruf, seinen Mörder zu finden. Und ich brauche Ihre Hilfe, um herauszufinden, wer Zugang zu Ihrer Waffe und zu Ihrem Haus hatte.«

Sie antwortete nicht.

»Ich weiß, daß Ihnen das nicht leichtfällt, und ich kann Sie auch nicht dazu zwingen zu antworten. Aber ich *werde* es auf dem ein oder anderen Wege herausbekommen.«

»Also gut.«

»Schön. Lassen Sie uns mit Ihren Eltern anfangen, damit wir sie ausschließen können. Wann waren sie das letzte Mal vor Mr. Voglers Tod bei Ihnen?«

»Sie kommen häufig bei mir vorbei. Ich kann mich an keine genauen Daten erinnern.«

»Versuchen Sie es bitte.«

Sie überlegte einen Moment. »Sie waren am Freitag, bevor es passierte, da. Sie kamen und brachten mir für Sabbat ein wenig Essen vorbei, das meine Mutter zubereitet hat. Sie kocht gern für mich.« Sie lächelte nervös.

»Und waren Ihre Eltern irgendwann nach dem Mord bei Ihnen gewesen?«

Sie nickte. »Am Abend vor der Beerdigung – also am Mittwoch – und dann noch mal am Donnerstag abend, zusammen mit ein paar anderen Leuten. Es ist üblich, dem Trauernden einen Besuch abzustatten. Sie waren auch gestern hier. Sie wissen, daß es eine schwierige Zeit für mich ist.« Sie wappnete sich schon für die nächste Frage. *Wie kamen Ihr Vater und Ihr Exmann miteinander zurecht?*

»Ich verstehe.« Er machte sich ein paar Notizen. »Okay. Lassen Sie uns weitermachen.«

Das war es schon? Sie war schwach vor Erleichterung, achtete jedoch darauf, es nicht zu zeigen.

»Übrigens, wie haben Sie den Revolver am Samstag abend gefunden? Das habe ich Sie ganz vergessen zu fragen.«

Sie zögerte: »Um genau zu sein, hat ein Freund von mir ihn gefunden. Michael Benton. Ich glaube, einer Ihrer Detectives hat mit ihm bereits gesprochen.«

»Sie sind aber ein wenig mehr als nur gute Freunde, soweit ich das verstanden habe.« Ryker lächelte. »Schon Heiratspläne?«

Das geht Sie überhaupt nichts an! »Darüber haben wir noch nicht gesprochen.«

»Dr. Benton wußte von Ihrem Revolver? Und wo Sie ihn aufbewahrten?«

Sie nickte. »Ihm behagte das aber gar nicht.«

»Und war er vor dem Mord bei Ihnen gewesen?«

»Er ist oft hier.«

»Und abgesehen von Samstag abend war er auch seit dem Mord mehrmals bei Ihnen?«

»Ja. Aber Detective Ryker, er ist doch derjenige, der den Revolver gefunden hat. Und er hat sofort darauf geschlossen, daß jemand ihn erst an sich genommen und dann zurückgelegt hat. Um genau zu sein, stritten wir sogar darüber, denn ich beharrte auf meinem Standpunkt, daß ich ihn einfach die ganze Zeit übersehen hatte.«

»Er könnte ihn aber, kurz bevor er ihn ›gefunden‹ hat, selbst dort hingelegt haben. Und er hätte mit Ihnen darüber streiten können, um Sie von seiner Spur abzulenken, Mrs. Vogler. Haben Sie daran schon mal gedacht?«

Nein, das hatte sie nicht. Und nun, da Ryker den Gedanken aufbrachte, wollte sie immer noch nicht darüber nachdenken. Aber sie wußte, daß sie es irgendwann tun würde.

»Wenn ich richtig verstanden habe, hatten Ihr Exmann und Dr. Benton eine ernsthafte Auseinandersetzung. Es kam sogar zu einer kleinen Prügelei, stimmt das?«

»Sie meinen die Sache im Restaurant? Jake hat sich schrecklich aufgeführt und vollkommen kindisch. Er hat Michael geschlagen.« Sie erinnerte sich noch immer an die Blicke der anderen Gäste. »Es war ja so peinlich. Aber woher wissen Sie davon?« Hatte der Geschäftsführer etwa die Polizei verständigt? Wahrscheinlich. Er hatte sicher von Jakes Tod erfahren.

Die Prügelei hatte Ryker nur geraten. »Uns kommt so manches zu Ohren. Viele Leute rufen die Polizei an.« Er hätte ihr die Wahrheit sagen können – daß er gar nichts von der Szene im Restaurant gewußt hatte –, aber dazu hatte er nicht das Herz. Sie sah so anziehend aus und so verwundbar. Er wurde wirklich zu sanftmütig, sagte er sich. »Und dann war da noch der Samstag abend vor dem Mord, in Voglers Apartment.«

Er beobachtete ihr Gesicht. Zuerst war es ausdruckslos und zeigte keine Reaktion, sie erholte sich jedoch schnell wieder. Ihm wurde klar, daß sie nichts von Bentons Besuch in Jakes Apartment wußte.

»Richtig. Das hat mir Michael erzählt.« Sie lächelte. »Er

wollte Jake bloß dazu bringen, daß er mich in Ruhe läßt. Michael ist sehr friedliebend. Er ist Psychologe. Er lehrt Menschen, mit ihren Gefühlen umzugehen.«

»Meine Mutter hatte immer so ein Sprichwort von Schustern, die selbst in ausgetretenen Sohlen herumlaufen. Vielleicht ist es ja einfacher, anderen Menschen zu zeigen, wie sie ihre Gefühle in den Griff bekommen können, als seine eigenen zu beherrschen.« Er machte eine Pause. »Sie beide wollten, soweit ich unterrichtet bin, am Sonntag zusammen ausgehen?«

»Ja, aber Michael kam ein Notfall dazwischen. Ein Patient hat ihn angerufen.«

»Aber er kam später noch vorbei?«

»Nein. Als er wieder zu Hause war, war er zu erschöpft.«

»Kommt das öfter vor – ich meine, Notsitzungen?«

»Hin und wieder.« Noch nie zuvor. Warum habe ich bloß das Gefühl, ihn mit Lügen schützen zu müssen? fragte sie sich unglücklich.

»Gut. Bis jetzt war es doch nicht allzu schlimm, oder?« Er lächelte. »Soweit ich verstehe, gehören Sie einer Selbsthilfegruppe von Frauen an, die sich in derselben Situation befinden wie Sie. Treffen sie sich gelegentlich bei Ihnen?«

»Bis jetzt einmal.«

»Wann war das?«

»Am Dienstag vor dem Mord. Das war auch der Tag, an dem ich den Eindruck hatte, daß jemand bei mir eingebrochen hatte, Detective.«

»Ich glaube aber nicht, daß irgendein anonymer Einbrecher in Ihr Haus zurückkehren und den Revolver austauschen würde – Sie etwa?«

»Nein, wohl nicht.« Sie kam sich dumm vor, es überhaupt erwähnt zu haben. Du klammerst dich an Strohhalme, hielt sie sich selbst vor.

»Und wußten sie alle von dem Revolver?«

»Ja. Und sie wußten auch, wo ich ihn aufbewahrte. Detective, das ist lächerlich! Sie können unmöglich glauben, daß es eine von ihnen war.«

»Es ist unwahrscheinlich, aber wir müssen jeden einzelnen überprüfen. Waren diese Frauen auch nach dem Mord noch mal hier?«

»Einige von ihnen, ja.«

»Könnten Sie mir sagen, welche?«

»Faye Rudman. Miriam Kalinsky. Susan Bergman.« Sie dachte einen Augenblick nach. »Und Elaine. Elaine Presser. Das sind alle.«

»Waren Sie nur einmal hier oder mehrmals?«

»Faye war mehrmals hier. Wir sind recht gut befreundet. Die anderen waren nur am Donnerstag abend da.«

»Bitte denken Sie über die nächste Frage gut nach, Mrs. Vogler: Hatten alle von diesen Frauen Gelegenheit, sowohl Ihren Revolver an sich zu nehmen, als auch den zweiten Revolver bei Ihnen zu deponieren? Lassen Sie sich ruhig Zeit mit Ihrer Antwort.«

»Mir ist aber sehr unwohl dabei, Detective.«

»Wenn sie nichts mit dem Mord zu tun haben, haben sie auch nichts zu befürchten. Außerdem werde ich ihnen in jedem Fall dieselben Fragen stellen. Haben die Frauen zum Beispiel mal Ihr Bad benutzt?«

»Ich habe nicht darauf geachtet, wer es benutzte und wie oft.«

»Aber jede von ihnen hätte unbemerkt in Ihr Schlafzimmer gehen und den Revolver an sich nehmen können?«

»Vermutlich, ja.«

»Dr. Benton fand den Revolver im Schrank in der Eingangshalle, stimmt's? Lassen Sie uns auch hier alle Personen nacheinander durchgehen, okay? Mrs. Rudman. Hatte sie Gelegenheit, die Waffe dort hinzulegen?«

»Vermutlich, Detective Ryker; *alle* hätten den Revolver dort hinlegen können. Das beweist noch überhaupt nichts.«

»Versuchen Sie bitte, meine Fragen zu beantworten. Wie steht es mit Mrs. Presser?«

Sie nickte.

»Mrs. Kalinsky? Mrs. Bergman?«

»Ich sagte Ihnen doch, Detective: alle.«

»Was ist mit Rabbi Markowitz?«

»Sie scherzen!«

»Ich muß es fragen.«

»Vor dem Mord war er nie hier. Wir haben uns immer bei ihm zu Hause oder in der Synagoge getroffen. Allerdings *war* er am Vorabend der Beerdigung und auch am Donnerstag abend bei mir. Mir ist jedoch nicht aufgefallen, daß er einen Revolver bei sich trug, aber vielleicht hatte er ihn ja unter der Mütze versteckt.«

»Gut.« Er lächelte. »Und wie steht es mit Ben Kasden? Wußte er, daß Sie einen Revolver hatten?«

»Ben? Ja, er wußte davon. Nachdem Murdochs Männer mich eingeschüchtert hatten, war er sehr besorgt um mich. Da erzählte ich ihm von dem Revolver.«

»War er vor dem Mord mal hier?«

»Er war ein paar Tage nach dem Vorfall mit Murdochs Männern hier. Bei der Gelegenheit erzählte ich ihm auch von dem Revolver. Er blieb aber nicht lange. Ich erinnere mich nicht, ob er noch zu einem anderen Zeitpunkt hier war.«

»Und nach dem Mord?«

»Nun, er war mit allen anderen am Donnerstag abend da. Ich denke, Sie sollten erfahren, daß Ben und Jake sehr enge Freunde waren, Detective.« Warum verteidigte sie ihn? Er hatte Firmengelder veruntreut und sie alle in Gefahr gebracht.

»War er am Donnerstag irgendwann allein in der Eingangshalle?«

»Das weiß ich nicht. Es ging an dem Tag ziemlich hektisch zu.« Sie zögerte. »Er kam allerdings noch mal zurück, nachdem alle anderen schon gegangen waren. Er wollte ein paar persönliche Dinge mit mir besprechen, und da war er vermutlich ein paar Minuten allein in der Halle.« Sie fragte sich unvermittelt, was Ben der Polizei gesagt hatte. Komisch, aber sie hatte ihn völlig vergessen.

»Wenn ich richtig verstanden habe, sind Sie Teilhaberin der Firma Ihres Exmannes. Wußten Sie von irgendwelchen Problemen in der Firma?«

Offensichtlich wußte er Bescheid. Sie wußte jedoch nicht, wie weit. »Ich weiß nicht genau, was Sie meinen, Detective.«

»Mr. Kasden hat mir gestanden, daß er Gelder von mehreren Kunden veruntreut hat. Wußten Sie davon?«

Sie errötete. »Genau das hat er mir am Donnerstag abend erzählt. Da habe ich das erste Mal davon erfahren. Ich war schockiert.«

»Dennoch haben Sie nicht die Polizei verständigt.«

»Er war ein Freund, Detective. Und er hat mir versprochen, das Geld innerhalb kürzester Zeit wieder zurückzuzahlen. Ich wußte nicht, wie ich mich verhalten sollte. Michael war übrigens der Ansicht, ich sollte Sie informieren.«

»Glauben Sie, daß Ihr Exmann etwas davon wußte?«

»Ich habe keine Ahnung.« Sie zögerte. »Er *hat* mir allerdings mal von einem früheren Zwischenfall dieser Art erzählt. Ben hatte sich damals Geld von einem Konto geliehen. Jake tobte vor Wut und sagte mir, wenn Ben so etwas jemals wieder machen würde, würde er ihn dem Real Estate Commissioner melden.«

»Das ist ja sehr interessant.«

»Aber das hat nichts mit Jakes Tod zu tun, Detective.«

»Mag sein. Wußten Sie, daß Mr. Kasden und Ihr Exmann eine Lebensversicherung auf gegenseitige Nutznießung abgeschlossen hatten?«

»Nein. Davon hatte ich keine Ahnung.«

»Übrigens über eine recht beträchtliche Summe. Die Police enthält eine Doppelzahlungsklausel. Da Mr. Vogler eines unnatürlichen Todes gestorben ist, erhält Mr. Kasden 900 000 Dollar. Interessant, nicht?« Er lächelte.

»Sehr.« Sie war völlig überwältigt. Hatte Ben etwa gedacht, sich auf diese Weise seiner Probleme entledigen zu können? War das die ›sichere Sache‹, von der er gesprochen hatte? Und ab wann hatte er es als sichere Sache gewertet – vor oder nach Jakes Tod?

»Mrs. Vogler?«

»Entschuldigung? Es tut mir leid; ich habe nicht gehört, was Sie gesagt haben.«

»Ich habe Sie gefragt, ob irgend jemand einen Schlüssel zu Ihrem Haus besitzt.«

»Ja, meine Eltern haben einen Ersatzschlüssel. Ich habe auch einen von ihnen. Und ich glaube, meine Schwiegereltern haben auch noch immer einen.«

»Sie haben das Schloß nie auswechseln lassen? Nicht einmal, nachdem Ihr Exmann Sie tätlich angegriffen hat?«

»Ich wollte immer, aber irgendwie kam ich nie dazu. Ich *hatte* eine Kette an der Vorder- und der Seitentür. Und Jake wußte, daß ich einen Revolver im Haus habe. Ich habe ihn immer wieder darauf hingewiesen, vor allem, als er mit seinen Anrufen anfing.«

»Wußten Ihre Schwiegereltern von dem Revolver?«

»Das weiß ich nicht. Vielleicht hat Jake ihnen davon erzählt. Aber ich kann nicht glauben, daß Sie mich nach ihnen fragen! Sie sind schließlich Jakes Eltern!«

»Ich muß absolut jeden in Betracht ziehen, Mrs. Vogler. Sie scheinen sehr nett zu sein, nebenbei bemerkt.«

»Das sind sie auch. Ich habe großes Mitleid mit ihnen. Vor allem mit Ida, Jakes Mutter. Sie hat ihn abgöttisch geliebt.«

»Seinem Vater stand er nicht so nah?«

»Sie kamen miteinander zurecht. Aber Joe, Jakes Vater, war wütend, daß Jake sich weigerte, mir die Scheidung zu bewilligen.«

»Heikle Situation. Sieht so aus, als hätte diese *Get*-Geschichte eine ganze Menge Menschen unglücklich gemacht, wie? Wer hatte noch einen Schlüssel?«

»Das sind alle, glaube ich. Ach, die Nachbarn von nebenan hatten auch noch einen. Wir hielten es für eine gute Idee, wenn jeder von uns einen Schlüssel zum Haus des jeweils anderen hat. Falls wir uns mal aussperren sollten.«

»Lassen Sie mich das eben Gesagte noch mal zusammenfassen: Es gibt also ein paar Personen, die einen Schlüssel zu diesem Haus besitzen, aber sie hätten nicht unbemerkt ins Haus kommen können, weil Sie, wie Sie sagten, das Haus die ganze Woche nicht verlassen haben. Stimmt das?«

»Ja, beinah. Am Donnerstag morgen war ich auf der Beerdigung. Und das Wochenende habe ich bei meinen Eltern verbracht. Trauern ist am Sabbat untersagt.«

»Wie lang waren Sie weg?«

»Ich bin am Freitag nachmittag gegen halb fünf losgefahren und am Samstag abend gegen halb acht wiedergekommen.«

»Was war übrigens mit Ihrem Exgatten? Glauben Sie, er hatte noch immer einen Schlüssel zu Ihrem Haus?«

»Ich nehme es an. Es sei denn, er hätte ihn weggeworfen. Aber Jake kann den Revolver ja wohl nicht gut zurückgebracht haben.« Dieses Kunststück hätte noch nicht einmal *er* vollbringen können, dachte sie.

»Nein.« Ryker grinste. Aber Ann Douglas hätte es tun können, dachte er bei sich, erfreut über die Information. Er stand auf. »Nun, Mrs. Vogler, ich danke Ihnen vielmals für Ihre Hilfe. Ich weiß, daß es nicht einfach für Sie war, aber ich hoffe, Sie verstehen die Notwendigkeit.«

Deena folgte Ryker zur Tür.

»Wenn Ihnen noch etwas einfällt, was ich wissen sollte, auch wenn es Ihnen zunächst unbedeutend erscheint, melden Sie sich doch bitte sofort bei mir.«

»Mache ich. Detective Ryker? Ich habe ganz vergessen, Sie

zu fragen: Waren eigentlich Fingerabdrücke auf dem Revolver?«

»Nicht einer. Aber das hat mich nicht sehr erstaunt. Sie?«

Nachdem Ryker gegangen war, ging Deena langsam ins kleine Wohnzimmer und setzte sich leger auf den Boden. Sie hatte drei Viertel ihres Puzzles bereits fertig, aber ihr war nicht danach zumute, nach irgendwelchen fehlenden Teilen zu suchen.

Sie wollte nicht nachdenken, die Möglichkeiten erwägen, als ginge es um die Besetzung in einem Theaterstück. Sie mußte mit jemandem sprechen, jemandem, der absolut zuverlässig war. Sie versuchte es bei Alan, aber seine Sekretärin sagte ihr, er sei im Gericht. Reuben war ebenfalls nicht zu Hause. Seine leise sprechende Frau erklärte ihr entschuldigend, montags nachmittags unterrichte er immer eine Thoraklasse für junge Geschäftsleute.

»Ist es denn dringend?«

»Ja. Sagen Sie ihm doch bitte, er soll sofort bei mir anrufen, sobald er nach Hause kommt.«

Als das Telefon klingelte, hob Deena jedoch nicht ab. Was wäre, wenn der Anrufer einer der Leute war, denen sie lieber noch nicht gegenübertreten wollte?

Was Ryker angedeutet hatte, war schließlich gut möglich. Sie konnte zwar nicht glauben, daß jemand, der in ihrem großen oder im gemütlichen kleineren Wohnzimmer gesessen hatte, jemand, der sie vielleicht sogar umarmt hatte, sie bemitleidet und ihr versichert hatte, alles werde wieder gut, ihren Revolver an sich genommen, Jake damit getötet und den Revolver dann durch eine andere Waffe ersetzt hatte.

Aber was sollte sie sonst glauben?

Es war jetzt alles noch schlimmer als zu der Zeit, als sie den Revolver vermißt hatte, weit schlimmer. Denn damals hatte sie die ganze Zeit die Hoffnung gehabt, der Revolver werde wunderbarerweise wieder auftauchen, oder – und das hatte ihr sogar noch besser gefallen, daran hatte sie sich verbissen festgehalten, wie an einen Rettungsring, der sich in einer tobenden See des Unheils hin und her bewegt – sie hatte sich an den Gedanken geklammert, ein Fremder sei in ihr Haus eingebrochen.

Doch Ryker hatte beide Möglichkeiten wirkungsvoll ad absurdum geführt.

Nun blieb ihr nur noch die Wahrheit.

»Kasden ist auf Kaution freigesetzt worden«, sagte Stollman, als Ryker an seinen Schreibtisch kam.

»Das ging aber schnell. Wie hoch war die Kaution?«

»Zehn Riesen. Ich habe übrigens ein Exemplar von Kasdens Fingerabdrücken in die Stadt gebracht und den Jungs vom Labor gegeben. Wie ist denn Ihr Gespräch mit Mrs. Vogler verlaufen? Sie muß ein wenig überrascht gewesen sein, wie?«

»Mehr als das. Sie war fassungslos. Falls sie nicht eine verdammt gute Schauspielerin ist, weiß sie nichts über den Revolver oder den Mord. Wo sind George und Tom?«

»Nehmen ein verspätetes Mittagessen ein. Sie müßten aber jede Minute wieder hier sein.«

»Okay. Sobald sie kommen, werde ich euch meine Unterhaltung mit Mrs. Vogler wiedergeben.«

»Irgendwas Interessantes?«

»Möglicherweise. Wir haben viele Alibis zu überprüfen.«

»Mist.«

Als Moran und Lewis zurückkehrten, berichtete Ryker ihnen, wobei er gelegentlich in sein Notizbuch schaute, von seiner Unterhaltung mit Deena.

»Und was bedeutet das jetzt für uns?« fragte Lewis. Er klang noch immer erkältet, aber er hatte nachdrücklich darauf bestanden, ihm gehe es schon wieder viel besser.

»Viel Beinarbeit«, sagte Ryker. »Wir müssen alle einzeln überprüfen. Mrs. Vogler gibt zu, kein Alibi zu haben, aber das an sich ist nicht verdächtig. Warum sollte sie?«

»Was ist mit Novick?« fragte Moran. »Haben Sie inzwischen noch mal mit seiner Assistentin gesprochen?«

»Ja, heute morgen. Sie ist sich nicht sicher, um welche Zeit Novick ging; sie weiß, daß es nicht vor halb fünf gewesen sein kann, weil er sich um Viertel vor vier mit ein paar Verwandten eines Patienten getroffen hat, und das habe eine Weile gedauert.«

»Damit kommt Novick noch immer in Frage«, sagte Stollman.

»Absolut«, sagte Ryker. »Auch Kasden war nach dem Mord bei ihr gewesen – zweimal sogar. Er hätte den Revolver also ebenfalls einschmuggeln können.«

»Aber aus dem, was Sie gesagt haben, geht hervor, daß er keine Gelegenheit hatte, die Waffe vor dem Mord an sich zu nehmen«, sagte Lewis.

»Ich weiß. Das ist ein Problem. Aber vielleicht ist er ja auf irgendeine andere Weise an den Revolver herangekommen. Zum Teufel, vielleicht war *er* ja Mrs. Voglers Einbrecher.«

»Ich dachte, Sie hätten Ann Douglas für diese Rolle vorgesehen«, sagte Lewis. Ryker hatte ihnen von ihrem Besuch am vorhergegangenen Tag erzählt. »Sie hätte sich Voglers Schlüssel ausleihen, den Revolver stehlen und den anderen zurücklegen können, als Mrs. Vogler am Wochenende weg war. Sie hätte vorher anrufen können, um sicherzugehen, daß niemand da war.«

»Möglich«, sagte Ryker.

»Auf jeden Fall«, sagte Lewis, »glaube ich nicht, daß Kasden Vogler getötet hat. Sie hätten ihn sehen sollen, als ich ihm erzählte, daß Vogler tot ist, Sam. Er ist zusammengebrochen.«

Stollman sagte: »Ach, kommen Sie schon, George. Wenn er ihn am Sonntag umgebracht hat, hatte er drei Tage Zeit, um seine Theatervorstellung für die Polizei einzuüben.«

»Ja, aber dasselbe gilt auch für Mrs. Vogler. Nicht daß ich denke, daß sie's war. Ich habe euch die ganze Zeit gesagt, daß ich nicht glaube, daß sie die Mörderin ist.«

»Hat Kasden ein Alibi?« fragte Stollman.

»Er behauptet, er wäre mit seiner Frau zu Hause gewesen«, sagte Ryker. »Ich habe noch nicht mit ihr geredet, aber selbst wenn er nicht zu Hause war, wie stehen schon die Chancen, daß sie uns das sagen wird? Aber wir müssen trotzdem alle befragen. Tom, ich fürchte leider, Sie müssen noch mal die Frauen aufsuchen, bei denen Sie gestern schon mal waren. Sie haben sie nicht nach einem Alibi gefragt. Die Feroukhim können wir vermutlich vergessen, da sie seit dem Mord nicht mehr bei Mrs. Vogler war, aber wir können genausogut auch gründlich sein.«

»Okay.«

»Überprüfen Sie bitte auch das Alibi von Mrs. Voglers Freund. Ich werde die Staatsanwaltschaft wegen einer gerichtlichen Verfügung auf Vorlage anrufen, wenn Benton uns noch immer nicht sagen will, mit welchem Patienten er zusammen war.«

»Gut.«

»Ich sag euch was: Ich werde mit der Presse und mit Mrs. Rudman sprechen. Hank, Sie überprüfen das Alibi des Rabbiners. Er sagt, er wäre den ganzen Nachmittag bei einer Studiengruppe gewesen. Rufen Sie ihn an und lassen Sie sich die Namen der Gruppenmitglieder geben. Aber seien Sie diplomatisch, okay? Wir können es nicht gebrauchen, daß er beim Polizeipräsidenten anruft. Und rufen Sie auch die Douglas an. Fragen Sie sie, ob sie sich nicht daran erinnern kann, am Nachmittag mit jemandem telefoniert zu haben, irgendwas in der Art. Versuchen Sie, sie festzunageln.«

»Kapiert.«

»Rufen Sie auch die Vogelanters an. Sagen Sie ihnen, Sie hätten vergessen, ob sie erwähnt hätten, daß sie am Sonntag zu Hause waren für den Fall, daß ihr Sohn sie zu erreichen versuchte – so was in der Richtung. Ich möchte nicht, daß sie auf die Idee kommen, wir überprüfen ihre Alibis. Und bringen Sie in Erfahrung, ob sie den ganzen Freitag und Samstag zu Hause waren.«

Stollman fragte: »Aber Sie glauben doch nicht im Ernst, daß es der Vater gewesen sein könnte, oder, Sam?«

»Nicht wirklich, nein. Aber er hat einen Schlüssel zum Haus; und er wußte vielleicht auch von dem Revolver. Wir müssen ihn auf jeden Fall überprüfen.«

»Aber wann hätte er den Revolver zurückbringen können?« fragte Stollman. »Ich sagte Ihnen doch schon, daß sie das Haus während der Trauerzeit nicht verlassen dürfen. Und sie sind streng orthodox. Sie fahren an Sabbat nicht Auto.«

»Aber sie kamen schließlich auch hierher, um die persönlichen Sachen ihres Sohnes zu sichten, oder nicht? Und wenn der alte Mann seinen Sohn getötet hätte, glaube ich ja wohl nicht, daß ihn irgendeine Glaubensregel davon abhalten würde, sich selbst zu decken, oder Sie etwa? Aber wenn es Sie beruhigt, sage ich Ihnen, daß ich auch nicht glaube, daß er es war. Auch wenn er sich schon ein wenig seltsam benommen hat.«

»Okay.«

»Behaupten Sie auch, der Pförtner habe erwähnt, daß er seinen Sohn in der Woche vor dem Mord besucht hat. Fragen Sie ihn, warum er uns das verschwiegen hat.«

»Glauben Sie, er war einer der Besucher?« fragte Stollman.

»Möglicherweise. Ich würde jedenfalls gern abklären, wer die Besucher alle waren. Ich mag keinen offenen Schluß.«

»Was soll ich machen?« fragte Lewis.

»Das war heute wieder Ihr erster Tag; gehen Sie ruhig ein wenig früher nach Hause. Sie sehen immer noch ein wenig mitgenommen aus. Aber keine Angst: Wir werden das Verbrechen nicht vor morgen aufklären.« Er grinste.

Das Telefon klingelte. Ryker hob ab. »Detective Ryker.«

»Detective, hier spricht Ann Douglas. Ich wollte nur wissen, wie die Ermittlungen laufen.«

»Wir verfolgen verschiedene Spuren, Miss Douglas.«

»Kommen Sie voran?«

»Absolut. Aber darüber kann ich Ihnen leider nichts verraten. Tut mir leid; es ist immer noch vertraulich.«

»Detective, da wäre noch etwas, was ich vergessen habe, Ihnen gestern zu erzählen. Mr. Novick hat Jake eine Barzahlung für die Scheidung angeboten – 75 000 Dollar.«

»Wirklich?«

»Ja. Aber Jake hat abgelehnt. Er sagte, Novick hätte deswegen vor Wut getobt.«

»Ich verstehe.«

»Ich dachte, das sollten Sie vielleicht wissen.«

Das kann ich mir lebhaft vorstellen. »Wir werden dem nachgehen.« Nachdem er aufgelegt hatte, wiederholte er den anderen Männern gegenüber, was sie gesagt hatte.

Moran sagte: »Novick war also so verzweifelt, daß er es mit allen Mitteln versucht hat. Und wenn Vogler nicht einmal Geld für die Scheidung annahm, hat Novick vielleicht gedacht, daß seine Tochter *nie* freikommen würde.«

»Sie tut mir echt leid«, sagte Lewis. »Ich meine, egal, ob es nun ihr Vater oder ihr Freund war: sie verliert so oder so.«

25

Irgendwie wußte Deena, daß es Michael war.

Sie war gerade in der Küche und bereitete einen Salat zu, als es an der Seitentür läutete. Sie öffnete und ließ ihn herein.

»Ich habe ein paarmal versucht, dich telefonisch zu erreichen. Aber es ist niemand rangegangen.«

»Und?« Sie ging in die Küche zurück.

Er kam ihr hinterher. »Und da habe ich mir Sorgen gemacht. Außerdem war ich neugierig. Ich dachte, Ryker wüßte vielleicht schon etwas über den Revolver.«

»Weiß er auch.« Sie wusch die Salatblätter und warf sie auf

ein paar Papiertücher, die sie bereitgelegt hatte. »Es ist nicht meiner.«

»Du meinst, dein Revolver ist nicht die Tatwaffe? Nun, dann hattest du wohl recht. Du mußt ihn verlegt haben.«

»Das habe ich nicht gesagt, Michael. Ryker hat die Seriennummer auf dem Revolver, den ich ihm gab, überprüft. Es ist nicht der Revolver meines Vaters. Und es ist auch nicht die Tatwaffe.« Sie zerkleinerte die Blätter und gab sie in eine hölzerne Salatschüssel, die auf der Ablage stand.

»Und was heißt das?«

»Zerbrich du dir noch den Kopf darüber. Du wußtest doch auch schon vorher alles so genau.«

»Was ist denn mit dir los? Ich komme her, weil ich mir Sorgen um dich mache, und du fährst mich noch in der Minute an, in der ich dein Haus betrete. Und warum kannst du mich nicht anschauen, statt mit dem verdammten Salat herumzuhantieren?«

Sie drehte sich rasch zu ihm. »Warum hast du mir nicht gesagt, daß du am Samstag abend bei Jake warst? Warum muß ich das erst heute von Ryker erfahren?«

»Darum geht es also? Es tut mir leid, daß du deshalb wütend und durcheinander bist. Aber es ist nichts gewesen. Ich bin zu ihm hochgegangen, wir haben gestritten, und dann bin ich wieder gegangen. Das war alles.«

»Und wieso hast du's mir dann nicht erzählt?«

»Weil es da nichts zu erzählen gibt. Und ich wußte, du würdest dich nur aufregen.«

»Nun, ich wünsche jedenfalls, du hättest etwas gesagt. Ich habe Ryker gegenüber so getan, als wüßte ich davon, aber ich weiß nicht, ob er's mir abgenommen hat.«

»Na und? Warum so viel Aufhebens darum?«

»Es ist nicht nur das, Michael. Er weiß auch von der Prügelei, die Jake und du in dem Restaurant hattet. Frag mich nicht, woher, aber er hat jedenfalls davon erfahren. Und er hat angedeutet, daß er weiß, wie ernst es uns miteinander ist. Er hat mich gefragt, ob wir Heiratspläne haben.«

»Und?«

»Du hast demnach ein gutes Motiv für den Mord an Jake. Und du hast mir noch immer nicht gesagt, wo du Sonntag abend warst.«

»Wie oft muß ich dir das denn noch sagen? Ich war bei einem Patienten.«

»Aber du sagst nicht, bei wem.«

»Das habe ich dir doch gesagt; das ist vertraulich. Das habe ich dem Detective auch gesagt.«

»Er war sicher zutiefst beeindruckt.«

»Wenn er eine gerichtliche Verfügung bekommt, werde ich ihm die Information geben; aber bis dahin sage ich kein Wort. Nicht der Polizei und nicht dir. Es tut mir sehr leid, aber das ist mir sehr wichtig.«

»Nun, mir ist es aber auch wichtig. Begreifst du das denn nicht?«

»Ehrlich gesagt, nein. Ich verstehe nicht, warum du das immer und immer wieder zur Sprache bringst. Was brauchst du – eine eidesstattliche Erklärung, wo ich war?«

»Vielleicht.«

»Willst du mir damit etwa zu verstehen geben, daß du mir nicht glaubst?«

Sie antwortete nicht.

»Weißt du, das glaube ich einfach nicht. Du behandelst mich, als hätte ich ein Verbrechen begangen, nur weil ich dir den Namen des Patienten nicht sage.«

»Das ist es nicht. Es ist ... alles. Der Revolver, alles.«

»Was willst du damit sagen? Daß du glaubst, ich hätte Jake getötet? Ich dachte, das hätten wir alles schon mal durchgekaut.«

»Ich weiß. Aber erst willst du mir nicht sagen, wo du Sonntag abend warst, dann erfahre ich, daß du am Samstag abend mit Jake gestritten hast. Und dann findet sich auch noch ein anderer Revolver in meinem Schrank.«

»Aber ich habe ihn doch schließlich gefunden. Warum würde ich dich wohl auf ihn aufmerksam machen?«

»Vielleicht, um von dir abzulenken. Du hättest dir überlegen können, daß die Polizei den Revolver untersuchen würde, zum Schluß kommt, daß das nicht die Tatwaffe ist, und damit die ganze Sache auf sich beruhen läßt.«

»Wer hat dir denn den Floh ins Ohr gesetzt? Etwa Ryker?« Er bemerkte ihren Gesichtsausdruck. »Es *war* also Ryker, ja?«

»Das tut hier nichts zur Sache.«

»Nun, ich war es jedenfalls nicht. Sieh mal, ich weiß, daß du eine schwere Zeit durchmachst, und ich verstehe auch, wie dir diese Geschichte mit dem Revolver zusetzt, aber du mußt dich entscheiden, ob du mir vertraust oder nicht.«

»Ich möchte dir ja glauben. Und es ist mir im Prinzip gar nicht so wichtig, ob du Jake getötet hast oder nicht. Das klingt sicher verrückt, aber so empfinde ich nun mal. Ich möchte bloß die Wahrheit wissen. Dann kann ich mir in Ruhe überlegen, was ich mache.«

Er legte ihr die Hände auf die Schultern. »Deena, Gott sei mein Zeuge: Ich habe Jake nicht umgebracht. Das schwöre ich. Ich hätte dir von Samstag abend erzählen sollen; es war ein Fehler, es dir zu verschweigen. Und was Sonntag abend betrifft, war ich von etwa halb sieben bis um halb neun bei einer Patientin. Sie drohte mit Selbstmord, und ich habe sie schließlich in einem Krankenhaus untergebracht. Aber ich kann dir ihren Namen nicht sagen.«

»Aber du teilst ihn der Polizei mit, wenn sie eine gerichtliche Verfügung bekommen?«

»Ja.«

»Gut.« Sie versuchte, sich zu entspannen. »Ryker wollte wissen, wer Zugang zur Waffe und zum Haus hatte.« Sie schilderte ihm ihre Unterhaltung. »Es muß also jemand sein, der sowohl vor als auch nach dem Mord hier war. Und das heißt wiederum, daß es jemand war, den ich kenne, nicht irgendein unbekannter Einbrecher.«

Michael schwieg eine Weile. »Hast du auch an die Frauen aus deiner Selbsthilfegruppe gedacht? Vielleicht ist ja eine von ihnen durchgedreht und hat Jake getötet, um sich symbolisch von ihrem eigenen Mann zu befreien.«

»Meinst du das im Ernst?«

»Ich weiß nicht. Es wäre immerhin möglich. Sag du mir, ob jemand von ihnen in Frage kommt.«

»Nun, Magda können wir vergessen. Sie war nach dem Mord nicht hier.«

»Okay. Und wer war nach dem Mord hier?«

»Michael, komm schon.«

»Nein. Laß uns jeden streichen, den wir können.«

»Also gut.« Sie seufzte. »Nun, dann können wir auch Susan vergessen. Sie bekommt ihren *Get*. Ihr Vater zahlt ihren Mann aus.«

»Obwohl sie sich bestimmt ärgert, Erpressergeld zahlen zu müssen. Und was ist mit der Frau, die gestern anrief?«

»Elaine?«

»Ja, Elaine. Warum machte sie das so nervös, daß die Polizei von ihrem Zusammentreffen mit Jake erfahren könnte?«

»Das habe ich dir doch schon gesagt: Sie ist immer nervös.«

»War sie denn mal allein in der Eingangshalle?«

Deena dachte einen Moment nach. »Ja. Erinnerst du dich noch, als sie aus dem Zimmer stürmte? Sie wollte unbedingt eine rauchen und sagte, sie würde nicht gern vor –« Sie runzelte die Stirn.

»Vor was? Warum redest du nicht weiter?«

»Elaine hat eigentlich vor einem Monat mit dem Rauchen aufgehört. Wir haben sie alle darin bestärkt.« Sie blickte Michael an. »Aber vielleicht hat sie ja wieder damit angefangen, als sie von Jakes Tod hörte.«

»Vielleicht. Okay. Was ist mit Faye? Sie sitzt bereits seit elf Jahren in diesem Boot, richtig? Vielleicht ist sie einfach durchgedreht.«

Deena schüttelte den Kopf.

»Ich weiß, daß ihr beide gut befreundet seid, aber du mußt objektiv bleiben.«

»Nein, das ist es gar nicht. Aber Faye kann es nicht gewesen sein. Sie war den ganzen Nachmittag und Abend bei ihren Schwiegereltern.«

»Und wohin hat uns das jetzt geführt?«

»Nirgendwohin«, sagte sie düster.

»Du glaubst, es war dein Vater, nicht wahr?«

Sie seufzte. »Ich weiß nicht mehr, was ich glauben soll.«

»Rede darüber. Es wird dir hinterher nicht schlechter gehen; es könnte dir helfen, deine Gefühle zu sortieren.«

»Es ist nicht sehr kompliziert, Michael. Mein Vater hat Jake gehaßt. Er wußte, daß Jake versucht hatte, mich zu vergewaltigen; und er wußte auch von den Telefonanrufen. Dann war er oft bei mir. Und natürlich wußte er von dem Revolver.«

»Du glaubst also wirklich, er hätte ihn töten können?«

»Vielleicht hatte er gar nicht die Absicht, ihn zu töten. Vielleicht wollte er Jake nur einen Schrecken einjagen, daß er mir den *Get* gibt.«

»Ich kenne deinen Vater nicht sehr gut, aber er kam mir nicht wie jemand vor, der jemanden mit einem Revolver bedroht.«

»Aber er war so zornig, Michael. Und so besorgt um mich. Und meine Mutter.«

»Okay. Aber die Polizei hat keinerlei Beweise gegen ihn in der Hand. Waren denn irgendwelche Fingerabdrücke auf dem Revolver?«

»Nein.«

»Das heißt, der Revolver selbst beweist gar nichts. Wer hatte noch Zugang? Haben wir schon alle durch?«

»Da wäre noch Ben Kasden. Übrigens sagte mir Ryker, Ben

hätte gestanden, Firmengelder unterschlagen zu haben. Ich bin froh, daß er es nicht über mich erfahren hat.«

»Er hat gestanden? Und was hat Ryker noch gesagt?«

»Daß Ben und Jake eine Lebensversicherung auf Gegenseitigkeit abgeschlossen hatten. Ben wird eine Menge Geld bekommen. Ich glaube, Ryker meinte etwas von 900 000 Dollar.«

Michael pfiff. »Es haben schon Leute für wesentlich weniger getötet, Deena. Auf diese Weise wollte er also das ganze Geld zurückzahlen, das er sich angeeignet hat! Und Ben war auch am Donnerstag abend bei dir. Zweimal sogar. Und ich habe ihn ein paar Minuten allein in der Eingangshalle stehen lassen. Er hätte genügend Zeit gehabt, den Revolver in den Schrank zu legen! Siehst du nicht, welch tatkräftiges Motiv er hatte, Jake zu töten! Solange Jake lebte, hätte ihm Gefängnis gedroht; wenn Jake starb, würde nie jemand etwas von dem Ganzen erfahren müssen. Warum hast du das denn nicht schon früher erwähnt?«

»Ich habe an ihn gedacht. Aber wann hätte er meinen Revolver an sich nehmen können?«

»Vielleicht war er ja der Einbrecher, von dem du mir erzählt hast.«

»Aber du warst doch der Meinung, das hätte ich mir nur eingebildet.«

»Na ja, vielleicht habe ich mich ja geirrt. Und du erinnerst dich an kein einziges Mal, daß er vor dem Mord hier war? Kein netter Höflichkeitsbesuch? Keine Firmenangelegenheiten zu erledigen? Irgendwelche Papiere, die du vielleicht unterzeichnen mußtest?«

»Nein, ich kann – warte!« Sie dachte konzentriert nach. »Doch, er *war* kürzlich hier. Und zwar sollte ich tatsächlich ein paar Papiere unterschreiben. Steuerformulare, die vierteljährlich auszufüllen sind. Ich weiß zwar nicht mehr genau, wann das war, aber es war ganz bestimmt vor dem Mord.«

»Bist du dir sicher?«

»Ich weiß gar nicht, wie ich das überhaupt vergessen konnte,

Michael, aber ich bin mir absolut sicher! Er war hier. Jetzt erinnere ich mich auch wieder an alles. Wir saßen im Eßzimmer. Ich sollte mir die Papiere anschauen, und dann fragte er mich, ob ich Aspirin hätte. Ich wollte sie ihm holen, aber er ließ es sich nicht nehmen, sie selbst zu holen. Ich sehe jetzt alles ganz deutlich vor mir!«

»Ist er denn lange weggeblieben?«

»Das weiß ich nicht genau. Ich war damit beschäftigt, die Formulare durchzulesen.«

»Du mußt Ryker Bescheid sagen.«

»Ich weiß nicht, Michael. Was ist, wenn es gar nichts mit dem Mord zu tun hat? Es könnte schließlich wirklich so gewesen sein, daß sich Ben bloß die Aspirin-Tabletten geholt hat, wie er gesagt hat.«

»Das muß Ryker entscheiden, Deena.«

»Du hast wahrscheinlich recht.«

»Was ist? Warum zögerst du noch?«

»Es ist nur, weil Ben mit der Veruntreuung der Gelder und der fälligen Lebensversicherung sehr verdächtig aussieht.«

»Das ist aber nicht dein Problem, Deena.«

»Ich weiß. Aber was ist, wenn er nichts mit dem Mord zu tun hat? Ryker wird allein schon wegen der anderen Anklagepunkte annehmen, daß Ben schuldig ist.«

»Hör mal, Deena: du mußt den Tatsachen ins Auge sehen. Du kennst Ben jetzt schon recht lange, und er hat sich immer wunderbar verhalten. Aber bis letzte Woche hättest du niemals geglaubt, daß er seine Kunden bestohlen hätte. Und wenn er aus Verzweiflung zum Dieb wurde, wer sagt dann, daß er nicht auch aus demselben Grund tötete?«

»Möglich.«

»Dein Problem ist, daß du nicht möchtest, daß es jemand ist, den du kennst. Das kann ich gut verstehen. Nun, ich habe es jedenfalls nicht getan. Wodurch leider nur noch Ben und dein Vater übrigbleiben.«

»Also gut, ich werde Ryker anrufen.«

»So, was haben wir denn nun alles, Jungs?« fragte Ryker. »Hank?«

»Der Rabbiner fällt schon mal weg. Ich habe mit drei Männern aus seiner Gruppe gesprochen. Sie verbürgen sich für ihn vom frühen Nachmittag bis einschließlich des Abendgottesdienstes in der Synagoge.«

»Haben sie zwischendurch nicht mal unterbrochen, damit jeder zu Abend essen konnte?« fragte Moran.

»Sie haben nach der Studiensitzung einen kleinen Imbiß eingenommen und sind dann mit dem Rabbiner bis um acht Uhr in der Synagoge geblieben.«

»Das wäre damit also erledigt«, sagte Ryker. »Ich hatte ihn sowieso nicht ernsthaft in Erwägung gezogen. Was ist mit den Vogelanters?«

»Was den Vater betrifft, lagen Sie richtig. Mrs. Vogelanter war ein paar Minuten nicht im Zimmer, und da ergab sich die Gelegenheit, mit ihm allein zu sprechen. Er war tatsächlich am Samstag abend vor dem Mord bei seinem Sohn. Er gab zu, wütend auf seinen Sohn gewesen zu sein, weil dieser seiner Schwiegertochter die Scheidung verweigerte. Er ist zu ihm gegangen, um mit ihm darüber zu sprechen.«

»Was ist mit Freitag und Samstag?«

Stollman sagte: »Ich habe mit ein paar Nachbarn gesprochen. Sie sagten mir, daß die Vogelanters das ganze Wochenende über Besuch hatten. Da wäre es etwas schwer für den alten Herrn gewesen, das Haus zu verlassen.«

»Aber nicht unmöglich. Unter Umständen müssen wir dem weiter nachgehen.«

»Dann habe ich auch Ann Douglas angerufen. Sie war echt sauer. Sagte, daß sie auf meine Fragen nicht antworten muß und daß sie schließlich mit ihren Informationen von sich aus zu Ihnen gekommen sei – all diese Scheiße. Wesentlich ist jedenfalls, daß sie behauptet, in der fraglichen Zeit durchgehend zu Hause gewesen zu sein, aber das kann sie nicht beweisen.«

»Also kommt sie noch immer in Frage. Tom, was haben Sie auskundschaften können?«

»Die Feroukhim hat den Tag bei Freunden in San Diego verbracht. Sie hat mir deren Namen und Telefonnummer gegeben. Ich habe sie angerufen, und sie bestätigen, daß sie von etwa elf Uhr vormittags bis um neun Uhr dort war. Sie sind in den Sea World gegangen, den Zoo.

Als nächstes: Susan Bergman. Von ihr habe ich Ihnen letztes Mal schon erzählt – sie bekommt den Scheidebrief, erinnern Sie sich? Sie war den ganzen Tag bei ihren Eltern. Ich habe das überprüft. Am Abend war sie dann mit einem Freund – übrigens männlich – essen und im Theater. Sie hat mir den Namen des Typen genannt; er war nicht da, als ich versucht habe, ihn anzurufen, aber ich bin sicher, daß er ihre Aussage bestätigen wird.«

»Bis jetzt also keine Überraschungen«, sagte Ryker.

»Nein. Bleibt noch Miriam Kalinsky. Sie unterrichtet sonntags eine Sunday Hebrew Class von zwei bis vier. Während der Zeit paßt ein Babysitter auf ihre Kinder auf. Nach dem Kurs ist sie mit den Kindern zu Freunden gefahren; dann sind sie alle zusammen Pizza essen gegangen. Gegen halb acht kamen sie zurück. Abends hat sie die Hausaufgaben ihrer Kinder beaufsichtigt und sie zu Bett gebracht. Ich habe die Frauen übrigens auch gefragt, ob sie mit Vogler mal in Berührung gekommen sind. Das hatte ich gestern nämlich ganz vergessen zu fragen.«

»Und?«

»Sie haben alle übereinstimmend ausgesagt, daß sie ihn nur an jenem Abend gesehen hätten, als er versuchte, seine Frau zu vergewaltigen. Aber das ist irgendwie ein bißchen merkwürdig.«

»Wieso?«

»Nun, weil Mrs. Kalinsky behauptete, Mrs. Presser und Mrs.

Bergman wären Vogler auch noch zu einer anderen Zeit begegnet.«

»Und warum hat sich dann die Bergman nicht daran erinnert?« fragte Stollman.

Moran sagte: »Vielleicht wollte sie einfach nicht in das Ganze mit reingezogen werden. Viele Leute reagieren so. Sie hat auf jeden Fall ein hieb- und stichfestes Alibi.«

Stollman sagte: »Sam, was ist mit Benton? Haben Sie schon mit der Staatsanwaltschaft wegen einer gerichtlichen Verfügung verhandelt?«

»Keine Chance. Wir müssen zuerst hinreichenden Verdacht aufzeigen können. Ich habe Benton übrigens einen Besuch abgestattet: wollte versuchen, ihn unter Druck zu setzen, damit er damit rausrückt, aber es war vollkommen aussichtslos.«

Moran sagte: »Welchen Eindruck machte er auf Sie?«

Ryker legte die Stirn in Falten. »Schwer zu sagen. Er klang rechtfertigend, aber wer zum Teufel weiß? Vielleicht ist er ja auch nur ein guter Schauspieler. Und dann habe ich mich noch mit Faye Rudman unterhalten. Ein wirklich trauriger Fall. Die Frau ist jetzt schon seit elf Jahren in dieser grauenhaften Gefängnissituation. Ihr Mann ist in einer privaten Anstalt: paranoide Schizophrenie.«

»O Gott!« murmelte Moran.

»Jedenfalls habe ich sie nach Vogler gefragt. Sie gab zu, nicht allzuviel von ihm gehalten zu haben, aber sie habe immer geglaubt, daß er irgendwann schon einlenken würde. Ich habe sie übrigens auch auf den Abend angesprochen, wo er versucht hat, Mrs. Vogler zu vergewaltigen. Sie sagte, es sei entsetzlich gewesen.«

»Wie ist die Rudman denn so?« fragte Stollman.

»Tolle Frau. Hübsch, aber etwas ausgelaugt. Sie war nervös, aber das ist bei Befragungen ja nicht weiter ungewöhnlich.«

»Und wo war sie zur Tatzeit – im Park mit ihren Kindern?« fragte Moran.

»Nein, sie hat gar keine Kinder. Sie war bei ihren Schwiegereltern. Sie leben in Beverly Hills. Sie sollte ihnen anscheinend bei irgendwelchem Papierkram helfen, und als sie dann erst mal dort war – sie traf dort nach ihrer Aussage gegen zwei Uhr ein –, haben sie sie dazu überredet, den ganzen Tag dazubleiben. Sie sei erst gegen neun Uhr nach Hause gekommen. Ich habe mich bei den Schwiegereltern rückversichert. Sie bestätigen das.«

»Und was ist mit dieser Mrs. Presser?« fragte Moran.

»Na, also *die* war wirklich nervös. Und sie schien es ziemlich eilig zu haben, mich wieder loszuwerden. Sie wollte mich gar nicht erst ins Haus kommen lassen. Aber ich konnte Kindergeschrei im Hintergrund hören; vielleicht wollte sie sie auch nur nicht verängstigen.«

Moran fragte: »Und wie ist ihre Geschichte? Ich meine, scheidungsmäßig.«

»Ihr Mann hat anscheinend wieder geheiratet, standesamtlich. Sie ist ziemlich verbittert darüber, das kann ich euch sagen. Sie hielt Vogler für einen echten Kotzbrocken, aber ich hatte den Eindruck, daß sie von den meisten Männern so denkt.«

»Bis auf Sie natürlich, Sam, oder?« Moran lächelte. »Ich bin sicher, Sie haben mal wieder Ihren ganzen Charme spielen lassen.«

»Hat aber leider nicht funktioniert. Sie hat mir nicht mal Wasser angeboten.«

Moran fragte: »Haben Sie sie auch gefragt, ob sie Vogler mehr als einmal gesehen hat? Das interessiert mich, nach dem, was Mrs. Kalinsky gesagt hat.«

»Nein, sie hat nur jenes eine Mal bei Mrs. Vogler erwähnt. Ich glaube, dem müssen wir noch mal gesondert nachgehen.«

»Hat die Presser denn ein Alibi?«

»Sie war angeblich zu Hause, hat ein wenig im Garten gearbeitet und Schränke ausgemistet. Der typische Sonntag eben.«

»Und wo waren ihre Kinder?« fragte Moran.

»Bei ihrem Exmann und dessen neuer Frau. An dem Sonntag war er dran.«

»Kein Alibi also«, sagte Moran. »Interessant. Und sie hatte Zugang zur Waffe von Mrs. Vogler, und sie hätte auch Gelegenheit gehabt, den anderen Revolver in ihren Schrank zu legen, richtig?«

»Ja, stimmt«, sagte Ryker. »Aber trotzdem scheint sie mir nicht sehr wahrscheinlich.«

Das Telefon klingelte. Ryker sprach eine Weile in den Hörer, dann legte er auf.

»Das war Mrs. Vogler. Ihr ist gerade eingefallen, daß Kasden auch vor dem Mord bei ihr war. Er hat ihr anscheinend irgendwelche die Firma betreffenden Formulare zur Unterschrift vorbeigebracht. Und angeblich hat er nach Aspirin gefragt und darauf bestanden, sie sich selbst zu holen.«

»Und das ist ihr also eben wieder eingefallen?« fragte Moran.

»Ich weiß, was Sie jetzt denken. Ich habe denselben Gedanken. Sie versucht uns von ihrem Vater und ihrem Freund abzulenken. Aber auf der anderen Seite könnte es auch stimmen, was sie sagt.«

»Und was sagt Ihnen Ihr Innerstes?« fragte Stollman.

»Daß ich Hunger habe.« Ryker lächelte. »Ich habe in der Aufregung ganz vergessen, zu Mittag zu essen.«

Ein Detective in Zivil vom Einbruchsdezernat kam zu ihnen. »Hat einer von euch Jungs Interesse daran, mit einem Paar namens Futrell zu quatschen? Der Anruf ist aus Versehen bei uns gelandet.«

Moran sprang auf. »Ja, ich werde mit ihnen sprechen.« Er wandte sich an Ryker: »Das ist das Paar von der Hausbesichtigung. Sie waren diejenigen, die bis jetzt im Urlaub waren, erinnern Sie sich? Als ich das letzte Mal bei ihnen vorbeigegangen bin, habe ich eine Nachricht in ihren Briefkasten geworfen.« Er verschwand zusammen mit dem anderen Detective.

Wenige Minuten später kehrte Moran grinsend zurück.

»Was ist denn?« fragte Ryker.

»Das könnte 'ne Spur sein. Die Futrells waren so gegen halb vier im Sherbourne-Haus. Der Mann erinnert sich deshalb noch so genau an die Zeit, weil er ständig die Uhr im Blick behielt. Er mußte nämlich seine Kinder um vier vom Fußballtraining abholen, und er wollte nicht zu spät kommen. Jedenfalls kam wohl jemand in der Zeit, in der sie da waren, für Vogler vorbei, und die beiden hatten einen erregten Wortwechsel.«

»Und wer war das?« fragte Ryker.

»Moment, es geht noch weiter.« Moran genoß die Situation sichtlich. »Den Futrells war die Sache peinlich, und deshalb gingen sie in ein anderes Zimmer, aber sie konnten trotzdem nicht anders, als zu hören, was der Mann sagte.«

»Nun kommen Sie schon, Tom. Machen Sie's doch nicht so spannend«, sagte Stollman.

»Na schön. Also, der Mann sagte zu Vogler, er müsse unbedingt mit ihm sprechen, und Vogler erwiderte, es ginge aber im Moment nicht. ›Gerade du solltest das nun eigentlich wissen‹, hat Vogler gesagt oder so was Ähnliches. Dann sagte er ihm noch, er solle später wiederkommen, nach fünf. Die Futrells sagen, der Mann sei relativ klein gewesen und mehr als nur ein wenig dick. Sehr rund, sagten sie. Und fast vollkommen glatzköpfig.«

»Kasden?« fragte Ryker.

»Klingt ganz danach. Wir könnten uns ja ein Foto von ihm besorgen, und dann sollen sie ihn an Hand dessen identifizieren. Was glauben Sie? Ist Kasden unser Mann?«

»Sieht nach einem entschiedenen Vielleicht aus«, sagte Ryker. »Aber woher bekommen wir ein Foto? Er wurde zwar festgenommen und registriert, aber ich möchte kein Polizeifoto verwenden; das würde die Futrells nur mit einem Vorurteil erfüllen, und der Richter würde den Fall innerhalb von zwei Minuten ablehnen.«

»Wir könnten Voglers Sachen durchsehen«, sagte Stollman. »Vielleicht hat er ja ein paar Bilder, auf denen Kasden zu sehen ist. Oder wir fragen Mrs. Vogler. Es müßte eigentlich ein Foto von ihm in ihrem Hochzeitsalbum zu finden sein. Er war immerhin sein Geschäftspartner und, soweit ich das verstanden habe, auch ein enger Freund.«

Ryker sagte: »Gute Idee, Hank. Rufen Sie sie am besten gleich an, ja?«

»In Ordnung.« Stollman stand auf und ging an seinen Tisch.

»Der einzige Haken ist nur«, sagte Ryker zu Moran, »daß, selbst wenn Kasden um halb vier im Haus war und Vogler ihm gesagt hat, er solle später noch mal kommen, nicht gesagt ist, daß er wirklich noch mal wiederkam. Er könnte sich auch dazu entschlossen haben, mit Vogler erst am nächsten Tag zu reden. Wir müssen das Foto, falls wir überhaupt eins auftreiben können, auf jeden Fall auch Mrs. Pearson zeigen.«

»Ja, vielleicht kann ihre Katze ihn ja identifizieren.« Er grinste.

Das Telefon klingelte von neuem. Ryker griff rasch nach dem Hörer. »Ryker.«

»Sam? Hier ist Marty. Das ist heute Ihr Glückstag. Von den Fingerabdrücken, die Ihre Jungs bei uns abgeliefert haben, stimmen welche mit denjenigen überein, die wir im Sherbourne-Haus gefunden haben.«

»Lassen Sie mich raten«, sagte Ryker lächelnd. »Ben Kasden?«

»Richtig. Das ist der eine.«

»Was meinen Sie mit ›der eine‹?«

»Es gibt noch eine Übereinstimmung: Max Novick.«

26

»Wo haben Sie die Abdrücke gefunden, Marty?« fragte Ryker.

»Die von Kasden waren am Wasserhahn im großen Badezimmer. Novicks Abdrücke befanden sich sowohl auf dem Lichtschalter selbst als auch auf der Schaltblende im Schlafzimmer, wo die Leiche gefunden wurde. Das ist aber Ihr Verdienst, Sam. Die Abdrücke auf der Brieftasche und der Karte waren verdammt gut. Sie sollten mal darüber nachdenken, ob Sie nicht vielleicht Geheimpolizist werden sollten.«

»Mach ich. Vielen Dank, Marty.« Er legte auf und wandte sich an Moran und an Stollman, der zu ihm herüberkam. »Die SID hat Fingerabdrücke vom Sherbourne-Haus als Kasdens und Novicks Abdrücke identifizieren können.«

»Kein Scheiß?« rief Moran. »Und jetzt?«

»Also, ich setze auf Kasden«, sagte Stollman. »Mit dem veruntreuten Geld und mit Murdoch im Nacken muß er völlig verzweifelt gewesen sein. Und die Beschreibung, die Tom von den Futrells bekommen hat, läßt eindeutig auf ihn schließen.«

»Ich weiß nicht«, sagte Ryker. »Bei der Beschreibung stimme ich Ihnen zu, aber Kasden hatte zumindest einen Grund, dort gewesen zu sein. Es war seine Firma; es wäre möglich, daß er vorbeigefahren ist, um mit seinem Partner etwas Geschäftliches zu besprechen. Aber ich finde keine Erklärung, warum Novick dort war. Und er hat uns auch verschwiegen, daß er dort war, als ich mit ihm geredet habe.«

»Würden *Sie* das denn jemandem freiwillig erzählen?« fragte Stollman. »Er hatte wahrscheinlich Angst, er würde in Verdacht geraten, wenn er zugegeben hätte, in der Nähe dieses Hauses gewesen zu sein.«

»Mag sein. Aber er hatte ein Motiv und die Gelegenheit; es wäre nicht schwer für ihn gewesen, den Revolver an sich zu nehmen.«

»Soll ich dann also Kasdens Bild gar nicht mehr besorgen?« fragte Stollman. »Ich habe mit Mrs. Vogler gesprochen; sie war einverstanden, daß ich bei ihr vorbeikomme.«

»Nein, wir müssen Kasden trotzdem überprüfen. Versuchen Sie, ein Bild zu finden, auf dem sowohl Kasden als auch Novick zu sehen sind. Und am besten sofort. Denn Mrs. Vogler wird nicht mehr so hilfsbereit sein, wenn wir erst mal ihren Vater verhört haben.«

»In Ordnung. Und was steht dann als nächstes an?«

»Ich denke, ich werde Novick aufs Revier holen müssen.«

»Werden Sie ihn festnehmen?« fragte Moran.

Ryker seufzte. »Ja, das werde ich. Andernfalls kann ich ihn nicht zwingen, die Fragen zu beantworten. Ich denke, es besteht hinreichender Verdacht.«

»Sie wirken aber irgendwie nicht sehr glücklich«, sagte Stollman.

»Ich mag ihn irgendwie. Er war zwar so unkooperativ bis zum Gehtnichtmehr, aber er hat was. Ich habe irgendwie gehofft, daß Kasden unser Mann ist.«

»Aber Sie glauben trotzdem, daß es Novick war?«

»Ja. Es deutet einfach alles auf ihn hin.«

»Das wird George aber gar nicht gefallen«, sagte Moran.

»Wieso?« fragte Ryker.

»Sie haben ihm doch versprochen, den Fall heute nicht mehr zu lösen.«

Als der Richter den Haussuchungs- und Haftbefehl unterschrieben hatte, war es zwanzig nach sechs, und es vergingen beinahe weitere zwanzig Minuten, ehe Ryker vor dem Haus in der Fuller Avenue anhielt. Moran und Stollman waren bei ihm.

Ryker läutete und wartete.

Max öffnete die Tür. »Detective, ich weiß, warum Sie da sind. Ich hab' versprochen, Sie anzurufen, und das habe ich nicht getan, stimmt's? Es tut mir leid; ich hatte so viel um die Ohren, daß ich nicht einmal genügend Zeit fand, um meine Frau anzurufen. Was kann ich für Sie tun?«

»Können wir eintreten, Mr. Novick?«

»Natürlich. Bitte.« Er trat zur Seite, um sie hereinzulassen, und schloß die Tür hinter ihnen. »Nun denn. Ich hoffe, es wird nicht lange dauern, denn meine Frau meinte, es gäbe in etwa zwanzig Minuten Abendessen, und sie mag es gar nicht, wenn das Essen kalt wird. Sie ist nur gerade für ein paar Minuten zu den Nachbarn rübergegangen.« Er lächelte.

Ryker holte ein gefaltetes Blatt Papier aus seiner Innentasche. »Mr. Novick, ich habe einen Haussuchungsbefehl. Wenn Sie möchten, können Sie meine Männer begleiten, während sie suchen.«

»Dann suchen Sie ruhig. Ich weiß zwar nicht, was Sie zu finden hoffen, aber nur zu.«

»Wir würden gern oben beginnen.«

Max führte die stumme Prozession in den ersten Stock. Die Detectives suchten alle Räume gründlich und methodisch ab. Fachkundig durchsuchten sie die Schränke und leerten alle Taschen, Beutel, Schubladen, Arzneischränkchen und Schuhschachteln. Nichts entging ihnen. Als sie damit fertig waren, räumten sie jeden Gegenstand fein säuberlich wieder an seinen Platz zurück.

Als Pearl heimkehrte, waren die Männer gerade dabei, die Porzellanvitrine im Eßzimmer zu öffnen. Pearl starrte sie fassungslos an. »Max?«

»Es ist alles in Ordnung«, versicherte er ihr. »Sie wollen nur was nachsehen. Geh schon mal in die Küche; ich komme gleich nach.«

Gehorsam verließ sie den Raum, warf aber den Fremden, die in ihr Heim eingedrungen waren und ihr Eigentum berührten, über die Schulter hinweg einen ängstlichen Blick zu.

»Nichts«, sagte Moran zu Ryker.

»Welche Räume gibt es hier unten noch?« fragte Ryker Max.

»Ein Frühstückszimmer und die Küche. Wenn Sie gern in den Töpfen nachsehen möchten, tun Sie sich keinen Zwang an. Ich glaube, meine Frau hat heute Eintopf gekocht.« Er versuchte ein Lächeln, aber es erstarrte.

»Was noch?«

»Eine Damentoilette und ein kleines Wohnzimmer.«

»Laßt uns zuerst das kleine Wohnzimmer durchsuchen«, sagte Ryker zu Moran und Stollman. Er wartete höflich, bis Max ihnen vorausging, ein Gastgeber, der von seinen ungebetenen Gästen wie eine Geisel in Gewahrsam gehalten wurde.

Im Wohnzimmer gab es Bücher, Fotografien und andere Erinnerungsgegenstände. Die Detectives sahen hinter die gesammelten, mit Ledereinband und Goldschnitt versehenen Bände der *Britannica* und hinter eine gleichwertig eindrucksvolle Sammlung mit Texten in einer fremden Schrift.

»Hebräisch«, sagte Stollman in gedämpftem Ton zu Ryker.

In einem Schränkchen unter den Regalfächern fand Moran einen dunkelblauen Samtbeutel, der mit einer mehrfarbigen Stickerei verziert war; sie zeigte eine Krone, die von zwei Löwen umgeben war. Er wollte den Reißverschluß öffnen.

»Das ist ein religiöser Gegenstand«, sagte Max. »Meine *Tefillin*. Ich weiß nicht, wie man das übersetzt, aber sie sind sehr, sehr heilig. Ich brauche sie jeden Wochentag zum Beten.«

»Phylakterien«, sagte Stollman zu Moran und Ryker.

»Wir sind sehr vorsichtig«, sagte Ryker.

Moran öffnete den Beutel. Innen befand sich ein mit Quasten besetztes Tuch, ein kleines Gebetbuch und ein weiterer, kleiner Samtbeutel mit demselben gestickten Motiv. Er machte den Reißverschluß des Säckchens auf, entnahm ihm behutsam Kapseln aus Kuhleder und legte sie auf den Wohnzimmertisch.

»Sam«, rief er leise.

Ryker ging mit raschen Schritten zu ihm und blickte in den kleinen Beutel hinein. Vorsichtig, um keine Fingerabdrücke zu verwischen, holte er eine goldene Armbanduhr und ein zusammengelegtes Bündel mit 20-Dollar-Noten heraus. Die Uhr war eine Rolex. Er schaute auf die Rückseite. »Für Jake, von Max und Pearl.«

»Mr. Novick, möchten Sie uns vielleicht erklären, wie diese Gegenstände in Ihren Besitz gelangten?« fragte Ryker.

Max stand sprachlos da. Sein Gesicht, aus dem alle Spannung und Farbe gewichen war, wurde kalkweiß.

Ryker zog ein weiteres Dokument aus seiner Tasche. »Mr. Novick, ich habe einen Haftbefehl gegen Sie wegen Mordes an Jake Vogler. Ich werde Sie zum Verhör mitnehmen.«

»Kann ich –« Er räusperte sich. »Kann ich meinen Anwalt verständigen?«

»Ja.«

Max ging mit gealterten, müden Schritten zum Telefon, nahm den Hörer ab und hielt ihn in der Hand, ohne zu wählen.

»Mr. Novick«, mahnte Ryker ihn, »tätigen Sie bitte Ihren Anruf.«

»Natürlich, sofort. Ich war gerade nicht ganz anwesend.« Mit zitternden Fingern blätterte er in den alphabetisch geordneten Tabs eines schwarzen Adreßbuches, das auf dem Tisch in der Nähe der Couch lag, bis er die gesuchte Nummer gefunden hatte.

»Alan Krantz, bitte.« Seine Stimme war rauh. »Hier ist Max Novick.« Er hörte zu. »Ja, ich bleibe am Apparat, aber sagen Sie ihm bitte, es ist ein Notfall.« Er wartete einen Moment. »Alan? Die Polizei ist bei mir. Sie haben mich soeben unter dem Verdacht des Mordes an Jake Vogler verhaftet.« Er wandte sich an Ryker. »Mein Anwalt möchte gern wissen, wo Sie mich hinbringen werden.«

»Zur Wilshire Division in Venice.«

Max wiederholte die Angabe in den Telefonhörer. »Gut. In Ordnung. Nein, ich werde nichts sagen.« Er legte auf und blickte Ryker an.

»Sie werden jetzt mit uns mitkommen müssen, Mr. Novick.«

»Kann ich ein paar Sachen einpacken?«

»Ich fürchte, nein.«

»Ich brauche aber meine *Tefillin*. Und meinen *Tallit* und mein Gebetbuch.« Er deutete auf die Gegenstände, die Moran auf den Tisch gelegt hatte.

»Ich glaube nicht, daß Ihnen die Gefangenenaufseher gestatten werden, sie mit hineinzunehmen. Es tut mir sehr leid, aber das wird sehr streng gehandhabt.«

»Könnten Sie sie nicht fragen? Bitte! Es ist sehr wichtig.«

»Ihr Anwalt kann versuchen, mit ihnen zu verhandeln. Vielleicht kann er auch Ihren Rabbiner dazu bewegen, daß er sie anruft und Druck macht. Aber, ehrlich gesagt, bezweifle ich, daß sie Ihnen entgegenkommen werden.«

Max nickte. »Gut, ich werde meinen Anwalt darum bitten. Noch etwas: Ich möchte nicht, daß meine Frau sich zu sehr aufregt. Müssen Sie mir unbedingt Handschellen anlegen? In den Fernsehsendungen tun sie das ja immer.«

»Das ist üblich.«

»Aber ich bin schließlich nicht Charles Bronson, oder, Detective?« Max lächelte grimmig. »Ich werde Ihnen nicht weglaufen. Und wenn es denn unbedingt sein muß, dann legen Sie sie mir doch bitte erst im Wagen an.«

Ryker zögerte. »Also gut. Ich glaube, das können wir vertreten. Sagen Sie jetzt besser Ihrer Frau Bescheid, daß Sie gehen.«

»Da wäre aber noch etwas, Detective Ryker. Ich möchte nicht, daß meine Frau allein bleibt. Ihr geht es nämlich nicht sehr gut. Könnte ich bitte jemanden anrufen, der herkommt?« Sein Blick war flehend.

»Gut, ein einziger Anruf noch«, sagte Ryker.

Max nahm den Hörer ab, zögerte kurz und wählte dann. »Deena? Ich bin's, Daddy.«

Sie trafen sich im Verhörraum wieder, einer kleinen Zelle, in der es keine Luft und kein Mitgefühl zu geben schien. Max und Alan saßen gegenüber von Ryker. Außerdem saß ein Protokollant auf einem Stuhl am Tisch. Stollman lehnte an der Wand.

Ryker leitete das Verhör offiziell ein, indem er sich mit Namen und Dienstrang vorstellte und das Datum und Max' vollen Namen bekanntgab.

»Mr. Novick, ich habe Sie bereits auf Ihre Rechte hingewiesen, ist das richtig?«

Max nickte.

»Antworten Sie bitte mit Ja.«

»Ja.«

»Mr. Novick, sind Sie zum jetzigen Zeitpunkt bereit, eine Aussage hinsichtlich der Anklage zu machen, die gegen Sie vorgebracht wird?«

»Mein Klient wird auf bestimmte Fragen bezüglich der Anklage antworten«, sagte Alan.

»Mr. Novick, wir haben Fingerabdrücke, die beweisen, daß Sie am Tatort waren. Können Sie das erklären?«

Max blickte zu Alan. Alan nickte. »Ja, ich war im Haus, aber ich habe Jake nicht getötet. Er war bereits tot, als ich hinkam.«

»Um welche Uhrzeit kamen Sie dort an?«

»Ich weiß es nicht ganz genau. Ich glaube, es war so gegen halb sechs.«

»Sind Sie sofort hineingegangen?«

»Nein, ich blieb noch eine Weile in meinem Wagen sitzen.«

»Wieso?«

»Wieso? Ich weiß nicht, wieso. Ich habe mir überlegt, was ich Jake überhaupt sagen soll. Ich wollte, daß er einsah, daß er auch sein eigenes Leben mit seinem Verhalten kaputtmachte, nicht nur Deenas. Ich wollte nicht streiten, sondern ihn überzeugen.«

»Wie lange sind Sie im Auto sitzen geblieben?«

»Das weiß ich nicht. Vielleicht so fünf oder zehn Minuten. Das kann ich nicht genau sagen.«

»Haben Sie jemanden aus dem Haus gehen sehen, als Sie hineingingen?«

»Ich habe niemand aus dem Haus gehen sehen, als ich hineinging, nein.«

»Wann haben Sie den Revolver aus dem Haus Ihrer Tochter geholt?«

»Ich habe ihn nie geholt. Ich habe ihn ihr vor einigen Wochen, vielleicht sogar Monaten, gegeben, und seitdem habe ich ihn nicht mehr gesehen.«

»Mr. Novick, bei der Durchsuchung Ihres Hauses haben wir einige Gegenstände gefunden, die unseres Wissens Mr. Vogler gehörten und die er an seinem Körper trug, als er getötet wurde. Können Sie erklären, wie diese Gegenstände in Ihren Besitz kamen?«

»Keine Stellungnahme«, sagte Alan.

»Die Uhr, die wir bei Ihnen gefunden haben, ist laut der Beschreibung der Vogelanters mit der Uhr identisch, die Sie Mr. Vogler schenkten. Die Widmung auf der Rückseite lautet: ›Für Jake, von Max und Pearl.‹«

»Keine Stellungnahme«, wiederholte Alan.

»Hatten Sie eine Auseinandersetzung – ist es das, was geschehen ist?«

»Ich sagte Ihnen doch bereits, Detective: Jake war bereits tot, als ich ins Haus kam.«

»Als ich Sie vor mehreren Tagen fragte, wann Sie Mr. Vogler das letzte Mal gesehen haben, da haben Sie mich aber angelogen, nicht wahr?«

»Nein, Detective, ich habe *nicht* gelogen.«

»Ich fürchte, doch, Mr. Novick. Sie sagten mir, Sie hätten Mr. Vogler seit einer Woche vor seinem Tod nicht mehr gesehen.«

»Nein, das ist nicht, was ich gesagt habe, Detective. Ich habe Ihnen gesagt, daß ich eine Woche vor seinem Tod das letzte Mal mit Jake *gesprochen* habe. Das ist keine Lüge. Denn wie konnte ich mit ihm sprechen, wenn er tot war?«

»Das ist keine lustige Angelegenheit, Mr. Novick.«

»Ich mache keinen Spaß. Ich habe sehr genau darauf geachtet, was ich gesagt habe, Detective. Ich lüge nicht.«

»Sie haben Ihren Schwiegersohn belästigt, Mr. Novick. Mit Telefonanrufen und Briefen. Sie haben auch seine Kunden belästigt.«

»Ja.« Er nickte.

»Haben Sie ihm jemals gedroht, ihn umzubringen?«

»Daran kann ich mich nicht erinnern.«

»Wir haben einen Zeugen, der aussagt, Sie hätten Mr. Vogler bedroht.«

»Wenn Sie einen Zeugen haben, dann haben Sie einen Zeugen. Vielleicht habe ich mal gesagt, daß ich ihn umbringen möchte; in der Wut sagen die Leute die verrücktesten Sachen. Sicher, ich habe ihn nicht gemocht. Das ist kein Geheimnis. Aber ihn umbringen?« Er schüttelte den Kopf. »Nein.«

»Wo haben Sie den anderen Revolver herbekommen, Mr. Novick?«

»Welchen anderen Revolver?«

»Den, den Sie in den Schrank in der Eingangshalle Ihrer Tochter legten.«

»Ich glaube, Sie wollen mich verwirren, Detective. Ich weiß von keinem anderen Revolver, und ich sage Ihnen nochmals, daß ich den Revolver nicht aus Deenas Haus entfernt habe.«

»Und was wäre, wenn wir Ihnen sagten, daß wir Ihre Fingerabdrücke auf dem Revolver gefunden haben, mit dem Ihr Schwiegersohn getötet wurde?«

»Dann müßte ich Ihnen, entschuldigen Sie bitte, Detective, antworten, daß Sie lügen. Weil das nicht sein kann.«

»Haben Sie sie abgewischt?«

»Ich habe den Revolver nie an mich genommen. Punkt.«

Ryker seufzte. »Na schön. Ich glaube, das reicht für heute.« Er stand auf, öffnete die Tür und bat den Gefangenenwärter,

Max zurück in seine Zelle zu bringen. »Sie können jetzt gehen«, sagte er zum Protokollanten.

»Wie steht es mit Kaution?« fragte Alan, als sie allein waren.

»Aussichtslos. Nicht in einem Mordfall. Er wird wahrscheinlich schon innerhalb der nächsten achtundvierzig Stunden gerichtlich vernommen.«

»Auf was wird der Staatsanwalt plädieren?«

»Ich würde sagen, Sie müssen mit vorsätzlichem Mord rechnen. Er hat es ja offensichtlich geplant.«

»Alles, was Sie in der Hand haben, sind aber bloß Indizienbeweise. Mein Klient sagt, er sei unschuldig.«

»Kommen Sie, Krantz; das sagen sie doch alle.«

»Ich glaube ihm aber.«

»Gut. Dann hoffe ich, daß Sie Ihr Bestes tun, um ihn da rauszuholen.« Er erhob sich, um zu zeigen, daß die Unterredung beendet war.

»Was ist mit seinen religiösen Gegenständen? Es ist zwingend erforderlich, daß er sie zum Beten hat.«

»Ich kann Ihnen gegenüber nur wiederholen, was ich bereits zu ihm gesagt habe: Lassen Sie ein oder zwei Rabbiner hier anrufen und Druck machen. Berufen Sie sich bitte nicht auf mich, aber Sie können damit drohen, sich notfalls an die Presse zu wenden und ein paar Schlagzeilen über die Religionsfreiheit zu erwirken. Das wirkt normalerweise immer.«

»Danke. Ich werde mich gleich darum kümmern.«

»Viel Glück.« Das meinte er ernst.

»Und – wie beurteilen Sie das Ganze?« fragte Stollman Ryker, als sie wieder im Gemeinschaftsbüro waren.

»Ich weiß nicht recht. Die Indizien sprechen ziemlich gegen ihn. Er war jedenfalls ohne Zweifel am Tatort. Ich wette, wir finden am Geldbündel Fingerabdrücke von Vogler.«

»Ich kann mir nicht erklären, warum er sich der Sachen nicht entledigt hat. Ich meine, er hat sie doch vermutlich an sich genommen, um es wie einen Raubüberfall aussehen zu lassen, oder?«

»Ja, genauso sehe ich das auch«, sagte Ryker.

»Aber ihm muß doch klar gewesen sein, daß wir bei einer Haussuchung auf die Sachen stoßen würden.«

»Genau das ist der springende Punkt, Hank. Er hat wahrscheinlich nicht damit gerechnet, daß wir sein Haus durchsuchen würden. Und daß wir seinen Fingerabdruck auf der Schaltblende gefunden haben, war großes Glück. Also, für uns, meine ich. Denn ohne den Abdruck hätte der Richter nie den Haussuchungsbefehl unterzeichnet.«

»Novick beteuert aber, daß Vogler bereits tot war, als er ins Haus kam.«

»Natürlich sagt er das. Irgendwas muß er ja schließlich sagen. Er kann ja schlecht leugnen, daß er da war, oder? Nicht, wo wir seine Fingerabdrücke haben.«

»Und warum klingen Sie dann trotzdem nicht so recht überzeugt?«

»Ich weiß nicht. Es ist nichts, wo ich meinen Daumen drauflegen könnte, Hank. Irgend etwas nagt in mir, aber ich weiß nicht, was es ist. Ich werde Ihnen sagen, was mir aufstößt. Er behauptet, Vogler sei bereits tot gewesen, als er dort hinkam. Das könnte die größte Lüge sein, aber andererseits versuche ich die ganze Zeit eine Erklärung dafür zu finden, was Vogler dort überhaupt noch so spät machte.«

»Wie meinen Sie das?«

»Nun, schauen wir uns doch mal den Zeitplan an: Das letzte Ehepaar trug sich bei der Besichtigung um sechzehn Uhr vierzig in die Liste ein. Nehmen wir mal an, sie blieben fünfzehn, zwanzig Minuten. Wenn's hochkommt, eine halbe Stunde. Also, falls sie überhaupt ernsthaft am Kauf interessiert waren. Das heißt also, daß Vogler um fünf, oder spätestens um zehn nach fünf, fertig war. Warum blieb er dann aber noch dort? Ich meine, wie lange dauert es schon, seine Sachen wieder zusammenzupacken und außer Haus zu gehen? Er war den ganzen Tag dort gewesen; ich würde denken, daß er anschließend gern ausspannen und etwas trinken wollte.«

»Ich verstehe, was Sie meinen.«

»Und Mrs. Pearson sagte aus, daß sie von kurz vor fünf bis zu der Zeit, in der sie jemanden – wir nehmen an, es war Novick – zur Haustür gehen sah, nicht in der Küche war. Das bedeutet, daß zwischen fünf und der Zeit, in der Novick dort eintraf, jemand unbemerkt das Haus betreten haben könnte.«

»Wollen Sie damit sagen, Sie glauben, daß er ihn *nicht* umgebracht hat?«

»Nein, das will ich nicht damit sagen. Mir gefällt nur die Zeitspanne dazwischen nicht. Ich würde gern herausfinden, was Vogler in der halben Stunde gemacht hat. Wenn Novicks Anwalt klug ist, kann er die Geschworenen davon überzeugen, daß die Möglichkeit besteht, daß jemand anders als Novick Vogler getötet hat.«

»Vielleicht stimmt ja Ihr Zeitplan nicht, Sam. Vielleicht kam später noch jemand ins Haus, der sich nicht in die Liste eingetragen hat.«

»Guter Gedanke. Daran hätten wir denken sollen. Lassen Sie uns gleich das letzte Ehepaar anrufen, ob sie sich daran erinnern, daß nach ihnen noch jemand gekommen ist.« Ryker sah in seinen Notizen nach. »Hier habe ich sie: Corcoran. Issac und Julia.« Er wählte und wartete, daß jemand am anderen Ende abhob. Nachdem er sich vorgestellt hatte, sprach er ein paar Minuten und legte dann auf.

»Und?« fragte Stollman.

»Soweit sich die Frau erinnern kann, waren sie die letzten. Sie sind bis fast fünf Uhr geblieben. Ist zwar nicht beweiskräftig, aber es ist zumindest schon mal was. Ich weiß bloß nicht, was. Ach, Hank, ich habe Sie ganz vergessen zu fragen, ob Sie von Mrs. Vogler die Bilder bekommen konnten?«

»Ja. Entschuldigen Sie, durch die ganze Aufregung habe ich

sie ganz vergessen. Ich war bei Mrs. Vogler, als Sie sich um den Haussuchungs- und den Haftbefehl gekümmert haben. Sie war sehr hilfsbereit. Warten Sie einen Moment, die Bilder liegen auf meinem Tisch, ich hole sie schnell.«

Er kehrte mit einem Manilaumschlag zurück, aus dem er zwei Bilder herausholte. »Es sind Probeabzüge, deshalb sind sie kleiner, aber man kann die Gesichter trotzdem gut erkennen. Hier ist eins mit Novick und Kasden und einigen anderen Gästen. Und hier ist eins mit Kasden, seiner Frau, Vogler und Mrs. Vogler.«

»Zeigen Sie sie doch bitte morgen früh Mrs. Pearson, ja? Bringen Sie in Erfahrung, ob sie nicht Novick oder Kasden wiedererkennt. Anschließend gehen Sie dann zu den Futrells.«

»Mach' ich. Was werden Sie jetzt tun?«

»Ich gehe nach Hause. Es war ein schlimmer Tag. Ich werde mich mit meiner Frau vor den Fernseher setzen, irgendeine blöde Sitcom anschauen und die ganze verdammte Arbeit einfach vergessen.«

»Tut mir leid, daß es so lange gedauert hat«, sagte Alan zu Deena, nachdem sie ihn hereingelassen hatte. »Ich weiß, wie unruhig du sein mußt.«

»Wo ist mein Vater?«

»Laß uns uns zuerst mal irgendwo hinsetzen.« Er lenkte sie zum Frühstücksraum.

»Sag mir bitte, was los ist, Alan.«

»Nichts Gutes. Die Polizei hat am Tatort die Fingerabdrücke deines Vaters gefunden.«

»O mein Gott!«

»Aber das ist noch nicht alles. Sie hatten einen Haussuchungsbefehl, und bei der Durchsuchung haben sie eine Uhr und Geld gefunden, was beides ihrer Vermutung nach Jake gehörte.«

»Woher wollen sie das denn wissen?«

»Das Geld müssen sie noch auf Jakes Fingerabdrücke überprüfen, aber auf der Uhr ist eine Widmung von deinen Eltern eingraviert. Es ist eine Rolex.«

»Die haben meine Eltern Jake zur Hochzeit geschenkt. Er hat sie nie abgelegt.« Ihre Stimme war vor Verzweiflung gedämpft. »Aber wie hat er sich zu all dem geäußert, Alan? Wie hat er das erklärt?«

»Das ist genau das Problem. Er hat sich geweigert, mir etwas zu erzählen. Er schwört, daß er Jake nicht getötet habe, aber er will mir nichts über die Uhr sagen. Ich habe ihm gesagt, daß er sein eigenes Todesurteil unterschreibt, wenn er mir nichts erzählt, aber es hat nichts genützt.«

»Du mußt unbedingt schaffen, daß er es dir erzählt, Alan.«

»Ich werde es versuchen, aber ich denke, du weißt, wie stur er ist. Ich werde mich morgen auf jeden Fall darum bemühen, daß du ihn besuchen kannst. Vielleicht kannst du ihn ja dazu überreden, daß er mit mir spricht.«

Es läutete an der vorderen Tür.

»Bleib sitzen«, sagte Alan zu ihr. »Ich gehe.«

Eine Minute später kehrte er mit Faye zurück, die auf Deena zueilte und sie umarmte.

»Wie hast du davon erfahren?« fragte Deena.

»Michael hat mich benachrichtigt. Er sagte, er sei bei dir gewesen, als dein Vater angerufen hat.«

»Ich habe ihn nicht einmal gehört. Ich schätze, ich bin wohl nicht mehr ganz da.«

»Ich weiß nicht, was ich sagen soll. Ich hätte nie gedacht, daß es dazu kommen würde! Gott, es ist so furchtbar! Wie geht es deiner Mutter?«

»Sie schläft bei mir im Schlafzimmer. Ihr Arzt war hier und hat ihr ein Beruhigungsmittel verabreicht. Michael hat sie abgeholt und hergebracht, nachdem mein Vater angerufen hatte. Er hielt es für das Beste.«

»Ich denke, er hat recht«, sagte Alan. »Ist Michael noch immer hier?«

»Nein, er ist vor einer Weile gegangen, aber er wollte in Kürze wiederkommen.«

»Ich möchte dich nicht gern allein lassen«, sagte Alan.

»Ich bleibe hier«, sagte Faye. »Das hatte ich ohnehin vor.«

»Gut. Ich muß nämlich noch einiges erledigen. Ich will ein paar Rabbiner anrufen und sie bitten, daß sie Druck bei der Polizei machen.«

»Warum?« fragte Deena.

Alan erklärte ihr das Problem mit den *Tefillin.* »Ryker gab mir den Tip, ich solle Rabbiner anrufen lassen.«

»Ich wette, er ist wirklich zutiefst betroffen«, sagte Deena.

»Er macht nur seinen Job, Deena. Du mußt doch zugeben, daß die Indizien sehr gegen deinen Vater sprechen.«

»Was meinen Sie damit?« fragte Faye.

Deena erzählte ihr von den Fingerabdrücken, der Uhr und dem Geld. »Und ich glaube, das mit dem Revolver weißt du auch noch nicht.«

»Was ist mit ihm?« fragte Faye.

»Erinnerst du dich noch, daß ich dir erzählte, daß Michael den Revolver am Samstag abend wiedergefunden hat? Nun, es war aber leider nicht der Revolver von meinem Vater.«

»Woher wollen sie denn das wissen?« fragte Faye.

»Sie haben die Seriennummer überprüft. Der Revolver, den ich Detective Ryker gab, ist nicht registriert. Begreifst du jetzt, was das heißt?«

»Ich glaube, ja. Aber es *sind* schließlich alles nur Indizien. Sie können jemand doch nicht auf Grund von Indizienbeweisen verurteilen, oder etwa doch, Alan?«

»Ich wünschte, ich könnte behaupten, das sei noch nie vorgekommen.«

»Es wird bestimmt noch etwas auftauchen, was seine Unschuld beweisen wird, Deena«, sagte Faye. »Du wirst sehen.«

»Hoffentlich hast du recht. Kann ich dich mal etwas fragen, Alan?«

»Klar.«

»Ich möchte die Wahrheit wissen. Glaubst du, daß mein Vater es war?«

»Nein, das glaube ich nicht. Aber er hilft sich nicht, indem er sich weigert, mir alles zu erzählen.«

»Warum redet er dann nicht? Das macht doch keinen Sinn!«

»Doch, von einem bestimmten Blickwinkel aus betrachtet, macht es schon Sinn.«

»Und der wäre?«

»Nun, ich glaube, daß er die Gegenstände nur nahm, damit es nach einem Raubüberfall aussieht. Das ist naheliegend. Doch das einzige, was sein Schweigen erklären könnte, ist, daß er es nicht etwa tat, um sich selbst zu schützen, sondern jemand anderen.«

»Und wen?«

Er blickte sie an. »Ich denke, das ist ziemlich offensichtlich, Deena: dich.«

27

Am Dienstag nachmittag um fünfzehn Uhr dreißig saß Ben Kasden erneut Ryker gegenüber. Und wie das letzte Mal hatte er auch diesmal seinen Anwalt dabei, der versuchte, seinen Klienten mit unsichtbaren Zügeln im Zaum zu halten.

»Ich weiß, daß der Termin sehr kurzfristig war, Mr. Kasden«, sagte Ryker. »Und deshalb bin Ihnen für Ihr Entgegenkommen sehr verbunden.«

Ryker hatte sich darauf eingestellt, daß Kasden vor Wut schnauben würde, aber der Mann hatte sich deutlich abgekühlt und trug eine Zerknirschung zur Schau, die wie ein schlecht sitzender Anzug seine Bewegungsfreiheit hemmte.

»Ich möchte Ihnen helfen, den Mord an Jake aufzuklären, das möchte ich wirklich.«

»Mr. Kasden, wir haben beweiskräftige Indizien und Augenzeugen, die belegen, daß Sie am Nachmittag des 29. Oktober, also an jenem Abend, an dem Jake Vogler umgebracht wurde, im Sherbourne-Haus waren. Wollen Sie sich dazu äußern?« Die Futrells hatten Kasden auf dem Foto, das ihnen Stollman an diesem Morgen gezeigt hatte, wiedererkannt.

»Hören Sie, Detective –«, setzte Kasden eifrig an.

Tischler legte seine Hand auf Kasdens Arm, um ihn zu bremsen. »Nehmen Sie meinen Klienten fest?«

»Nein, nicht zu diesem Zeitpunkt.« Ryker lächelte die beiden Männer freundlich an.

»Dann muß er Ihre Fragen auch nicht beantworten.«

»Bryan, ich möchte ihm aber antworten! Ich habe nichts zu verbergen!«

»Ben, ich denke, es ist in Ihrem Interesse, wenn Sie sich momentan nicht dazu äußern.«

»Ich weiß, was ich tue.« Er blickte zu Ryker. »Sie haben recht: Ich war da. Ich wollte mit Jake über Murdoch sprechen. Aber das war um halb vier, und als ich ging, war Jake so lebendig, wie Sie und ich es jetzt sind. Und falls Sie sich fragen, warum ich Ihnen das nicht schon viel früher erzählt habe – nun, das war ein dummer Fehler, denn dadurch fragen Sie sich bestimmt, ob ich Ihnen *jetzt* die Wahrheit sage. Und das kann ich Ihnen nicht einmal übelnehmen. Aber ich sage Ihnen die Wahrheit.

Die Wahrheit ist – und ich schäme mich, das zugeben zu müssen –, ich hatte so viele Probleme, daß ich nicht auch noch in diese Sache verwickelt werden wollte, und wenn man bedenkt, daß ich ja wußte, daß Jake noch lebte, als ich ging und – nun, da habe ich mir nichts Böses dabei gedacht, als ich verschwiegen habe, daß ich dort war.« Er fixierte Ryker mit einem derart eindringlichen und eifrigen Blick, daß der Detective sich abgestoßen fühlte.

»Die Zeugen hörten aber auch, daß Mr. Vogler Sie bat, nach fünf Uhr wiederzukommen. Und eine andere Zeugin sah einen Mann, dessen Beschreibung auf Sie passen würde, das Haus nach fünf Uhr betreten.«

Diese Äußerung war so allgemein gehalten, daß Ryker das Gefühl hatte, er könne damit durchkommen. Denn Mrs. Pearson hatte weder Kasden noch Novick auf den Bildern wiedererkennen können.

»Unmöglich! Es ist ganz und gar unmöglich, daß man mich zweimal an jenem Tag im Sherbourne-Haus gesehen haben will, denn ich war nicht zweimal da! Ich hatte beschlossen, die Sache bis Montag morgen aufzuschieben. Ruthie und ich waren zu Hause. Fragen Sie sie; sie wird es Ihnen bestätigen – und nicht etwa, weil sie meine Frau ist. Wollen Sie die Wahrheit wissen? Das ist mir zwar ein wenig peinlich, aber es ist okay.«

Er lächelte mit der spitzbübischen Offenheit eines Jungen, den man mit der molligen Hand in der Keksdose und mit Krümeln auf den Lippen erwischt hatte. »Wir hatten uns ein paar Pornofilme ausgeliehen. Wir dachten, was zum Teufel, wir sind allein zu Hause – unsere Tochter ist wieder im Osten in ihrem teuren College. Wenn wir jetzt nicht Erwachsene sind, wann dann, hab ich recht?

Ich habe noch den Beleg von der Videothek, und wir können Ihnen haarklein erzählen, was wir sahen, wenn Sie uns nicht glauben. Aber ganz unter uns: es war nicht ganz das, was ich erwartet hatte, wenn Sie verstehen, was ich meine?« Er grinste und schüttelte in verschwörerischer Enttäuschung den Kopf.

Und das war es. Ryker hatte keine Möglichkeit, zu überprüfen, ob Kasden die Wahrheit sagte – es war möglich, daß er das Video zu irgendeiner anderen Zeit gesehen hatte; der Kassenbeleg bewies nichts. Doch das war nicht von Belang, und das wußten beide. Wenn Ryker niemanden fand, der bezeugen konnte, daß Kasden nach fünf Uhr im Sherbourne-Haus gewesen war, war Kasdens Alibi so hieb- und stichfest wie Granit.

Mit Novick war es Ryker nicht besser ergangen. Er hatte ihn am Dienstag morgen ein zweites Mal verhört, aber trotz der Bemühungen des Detectives, ihn in widersprüchliche Aussagen zu verstricken, war Novick keinen Millimeter von seiner ursprünglichen Aussage abgewichen. Und er schwieg noch immer hartnäckig über die Uhr und die Geldscheine – die, laut der SID, tatsächlich von Vogler berührt worden waren.

»Ich weiß nicht, warum Sie noch immer nicht lockerlassen«, sagte Moran zu Ryker, nachdem Kasden zusammen mit seinem Anwalt gegangen war. »Wir haben Novick in U-Haft und eine klare Beweislage, die ausreichen wird, um ihn anzuklagen.«

»Ich habe Ihnen doch schon gesagt, warum. Ich möchte diese Lücke von dreißig Minuten füllen. Sie macht mich ganz fuchsig. Ich möchte nicht vor Gericht darüber stolpern.«

»Sehen Sie es doch mal von der Seite«, sagte Moran. »Das letzte Ehepaar ging um fünf. Aber Vogler kann nicht wissen, daß niemand mehr kommen wird, oder? Also sitzt er herum, schön feingemacht, falls noch ein Interessent aufkreuzen sollte. So gegen Viertel oder zwanzig nach fünf entscheidet er dann, Schluß zu machen. Wir wissen schließlich, daß er das Fähnchen entfernt hat, richtig? Und er macht sich daran, seine Sachen zusammenzusammeln und sie in seinen kleinen blauen Beutel zu stecken. Lassen Sie uns sagen, er war damit um halb sechs fertig. Dann holt er sich ein kaltes Getränk aus dem Kühlschrank und entspannt sich noch etwas in dem kühlen Haus, bevor er wieder in die drückende Hitze hinausgehen muß.«

Stollman grinste. »Super, Tom, mit dem letzten Satz könntest du glatt als zweiter Hemingway durchgehen.«

»Freut mich, daß dir meine Geschichte gefallen hat. Nein, aber mal im Ernst: es paßt doch alles zusammen, Sam, oder etwa nicht?«

»Möglicherweise. Ach, zum Teufel, wahrscheinlich haben Sie recht. Ich bin nur so enttäuscht wegen Kasden. Ich meine:

900 000 Dollar – das ist doch mal ein echtes Motiv! Er ist so ein Schlitzohr, und jetzt schlüpft er uns durch die Finger.«

»Vielleicht war es ja seine Frau«, sagte Moran. »Vielleicht hat Kasden ihr erzählt, daß Vogler ihn dem Commissioner melden wollte, und sie sah schon vor ihrem geistigen Auge, wie sich ihr ganzes Geld in Luft auflöste.«

»Möglich«, sagte Ryker, »aber ich bezweifle es. Mrs. Pearson hat ausgesagt, sie habe einen Mann gesehen. Aber das ist auch egal – sie werden sich ohnehin gegenseitig ein Alibi geben.«

»Was ist mit der Anklage auf Veruntreuung?« fragte Stollman.

»Soweit ich weiß, rennt Kasdens Anwalt momentan wie ein Irrer überall herum, damit die Kunden ihm unterschreiben, daß sie auf eine Klage verzichten. Als ich ihn heute morgen sah, sagte er, er sei ›verhalten optimistisch‹. Ich glaube aber nicht, daß er schon an Murdoch herangetreten ist.«

»Wird die Versicherung denn tatsächlich zahlen?« fragte Stollman.

»Noch nicht. Sie warten erst mal die Aufklärung des Mordfalles ab. Aber da jetzt Novick in Haft sitzt, hat Kasden Grund zur Zuversicht. Er macht mir jedenfalls momentan keinen sehr besorgten Eindruck.«

»Wenn er nicht der Mörder sein sollte, bekommt er also tatsächlich das ganze Geld.« Moran klang unglücklich. »Das ist aber irgendwie ungerecht. Selbst wenn er am Ende doch noch für ein Jahr ins Gefängnis muß, steht er am besten von uns allen da.«

»Das ist eben Amerika«, sagte Stollman. »Da solltest du dich allmählich dran gewöhnen.«

»Da wir gerade von Amerika sprechen«, sagte Moran, »es haben ein paar Rabbiner beim Polizeipräsidenten Druck gemacht, daß Novick seine Gebetsartikel gebrauchen darf.«

»Ach ja?« fragte Ryker. »Na ja, warum auch nicht. Tut ja keinem weh.«

»Aber natürlich beaufsichtigt ihn ein Wärter beim Beten«, sagte Moran, »damit er die Riemen nicht für irgendwas anderes benutzt. Und er bekommt auch koscheres Essen. Irgendeine Organisation schickt ihm verpacktes und versiegeltes Essen.«

»Ich weiß ja, daß orthodoxe Juden nur koscher essen dürfen«, sagte Ryker, »aber sogar im Gefängnis?«

»Mhm«, sagte Stollman. »Da sind sie sehr streng.«

Ryker sagte: »Es ist aber schon irgendwie merkwürdig, daß ein Mann mit solch einer religiösen Haltung jemanden tötet, findet ihr nicht? Er muß wohl wirklich sehr verzweifelt gewesen sein. Wißt ihr, was? Ich weiß nicht, was *ich* täte, wenn jemand versuchen würde, das Leben meines Kindes derart in Aufruhr zu bringen.«

»Sie würden aber deswegen nicht töten, Sam«, sagte Stollman.

Ryker zuckte die Achseln. »Das kann ich nur hoffen. Aber ich glaube, das war jetzt genug der Philosophie für ein Dezernatsbüro. Geht ihr nach Hause?«

»Ja, ich schon«, sagte Moran. »Ich sehe euch dann morgen. Und machen Sie 'n lustigeres Gesicht, Sam; vielleicht ist Novick morgen ja ein wenig gesprächiger.«

»Ach, übrigens«, sagte Moran. »Ich habe George berichtet, was sich inzwischen alles abgespielt hat. Er hat sich ja echt den idealen Zeitpunkt für einen Rückfall ausgesucht.«

»Er ist einfach zu früh wiedergekommen, aber das habe ich ihm auch gesagt«, sagte Ryker.

»Ich werde auch gehen«, sagte Stollman. »Bevor ich es vergesse, Sam: Die Vogelanters haben angerufen, während Sie Kasden verhört haben. Sie wollten wissen, ob sie die persönlichen Sachen ihres Sohnes haben dürften. Ich meinte zu ihnen, das sei wahrscheinlich möglich, da ja bereits alles auf Abdrücke überprüft wurde. Ich sagte ihnen, Sie würden sich bei ihnen melden. Ich habe es Ihnen aufgeschrieben und auf den Schreibtisch gelegt.«

»Ich kümmere mich darum. Bis morgen dann.«

Ryker wühlte in seinen Unterlagen, bis er den Zettel gefunden hatte, den Stollman ihm hingelegt hatte. Er rief die Vogelanters an und versprach ihnen, daß sie – außer, es käme etwas Unvorhergesehenes dazwischen – die Gegenstände ihres Sohnes innerhalb der nächsten Tage erhalten würden.

Es war nicht viel, was sie bekommen würden. Die Unterlagen, die die Finanzen betrafen, mochten für die Anwälte und Buchprüfer von Interesse sein. Die Uhr mußte als Beweismittel bei der Polizei verbleiben; das hatte er den Vogelanters bereits am Vormittag in ihrem Apartment mitgeteilt, als er sie mit der Nachricht schockiert hatte, daß sie Novick festgenommen hatten. Er hatte zugesehen, wie ihre Gesichter vor Ungläubigkeit in tausend winzige Bruchstücke von Schmerz und Verrat zerbröckelt waren.

Dic Brieftasche aus Aalhaut war schön. Ryker nahm sie in die Hand und strich mit seiner Hand über die babyweiche Haut. Vielleicht sollte er Linda gegenüber eine Andeutung fallenlassen, daß so etwas ein passendes Weihnachtsgeschenk wäre. Er öffnete die Brieftasche und betrachtete das gutaussehende, lebendige Gesicht von Jake Vogler, das von einer leicht zerkratzten, durchsichtigen Plastikhülle geschützt war. Man konnte nicht erahnen, was hinter den grauen, lächelnden Augen vorgegangen war.

Aus dem Fach, in dem die Geldscheine sich befunden hätten (wenn Nowick sie nicht mitgenommen hätte; was wirklich dumm von ihm gewesen war) ragte ein rosafarbener, gefalteter Zettel heraus, wie ein Unterrock, der unter dem Saum eines Rockes hervorschaut. Ryker blickte ihn an, dann zog er ihn heraus wie ein Kaninchen aus dem Zylinder.

Er konnte sich nicht erklären, was der Zettel dort sollte.

Mit schlagartiger Gewißheit wurde ihm bewußt, daß der Zettel nicht in der Brieftasche gewesen war, als sie noch neben der verdrehten Leiche gelegen und er sie vorsichtig mit seinem

Schlüssel geöffnet hatte, um nicht ein Beweisstück eines gewaltsamen Todes zu zerstören. Er faltete den Zettel auseinander und sah, daß es ein Computerbeleg war, der auf den 29. Oktober ausgestellt war. Ryker rief bei der Auskunft an, verlangte die Nummer des Ladens, dessen Name in Matrix-Buchstaben oben auf dem Zettel stand, und wählte dann die Nummer, die die computerisierte Stimme zweimal durch die Leitung leierte. Ryker sprach kurz mit einem Verkäufer und legte auf.

Er hob den Hörer ein zweites Mal ab und ließ sich mit der SID verbinden.

»Wer war mit der Tatorteinheit im Sherbourne-Haus?«

Es wurde nachgesehen. »Denise Brady und Raymond Kelly. Möchten Sie mit einem von ihnen sprechen?«

»Ja, bitte.« Er wartete mit gespannter Geduld, während er mit seinen Fingern auf dem Schreibtisch herumtrommelte.

»Hier ist Raymond Kelly.«

»Hier ist Sam Ryker, Wilshire Division. Ich leite die Ermittlungen im Mordfall Vogler. Wenn ich richtig verstanden habe, waren Sie mit der Tatorteinheit am Tatort.«

»Richtig.« Die Stimme wurde augenblicklich wachsam und nervös. »Stimmt irgendwas nicht?«

»Das weiß ich nicht genau. Ich habe hier eine Brieftasche vor mir liegen, die dem Toten gehörte. Erinnern Sie sich an sie? Schwarze Aalhaut.«

»Ja, ich erinnere mich an sie.«

»Ich habe einen pinkfarbenen Kassenzettel darin gefunden, der mir dort bei vorherigen Gelegenheiten nicht aufgefallen ist. Können Sie mir sagen, wie der Zettel dahin kommt?«

Es knisterte in der Leitung. »Ich glaube, den habe ich da reingelegt, Detective.«

»Dürfte ich fragen, warum?«

»Er lag neben der Leiche; da habe ich automatisch angenommen, daß er aus der Brieftasche gefallen war. Habe ich etwas falsch gemacht?«

Da gab es einiges, was Ryker am liebsten gesagt hätte; doch er verkniff es sich, legte statt dessen den Hörer sanft auf die Gabel und fluchte.

Am nächsten Morgen erzählte Ryker Moran und Stollman von der Brieftasche.

»Na und?« fragte Moran. »Der Junge hat den Beleg also in die Brieftasche gesteckt. Was ist daran denn so verkehrt?«

»Werfen Sie mal einen Blick aufs Datum.« Er reichte Moran den Zettel, der ihn wiederum Stollman zeigte. »Er ist auf den 29. Oktober datiert. Den Tag, an dem der Mord passierte.«

»Und?« fragte Moran.

»Der Laden öffnet am Sonntag erst um zwölf Uhr mittags. Das habe ich telefonisch erfragt. Falls Vogler also das offene Haus veranstaltete, das um Punkt zwölf begann, heißt das, daß er mindestens fünfzehn Minuten früher dort gewesen sein muß, um alles herzurichten. Wie zum Teufel kommt er also zu einem Beleg von einem Geschäft, das erst um zwölf aufmacht?«

Moran sagte: »Sie glauben also, daß der Beleg vom Mörder stammt?«

Ryker nickte. »Ich weiß, was Sie jetzt erwidern wollen – daß er Novick versehentlich aus der Tasche gerutscht ist. Sie haben wahrscheinlich recht. Aber es ist ein Beweisstück, das wir schon die ganze Zeit hätten haben sollen.«

»Sie glauben aber nicht, daß er ihm aus der Tasche gefallen ist, oder?« sagte Stollman.

»Ich bin mir nicht sicher. Sagen wir, ich habe meine Zweifel daran. Es handelt sich um ein Geschäft für Malereibedarf. Und schauen Sie sich an, wo es liegt – nicht mal in der weiteren Umgebung von Novicks Viertel. Wenn er sich Farbe besorgen wollte, wäre er doch eher zu einem Laden in der Nähe gefahren, oder? Es gibt ja schließlich etliche solcher Geschäfte.«

»Vielleicht hat er auf dem Weg zu Vogler dort angehalten«, sagte Moran.

»Ja, sicher. Er denkt sich, er wird sowieso in dem Viertel sein, wenn er Vogler umbringt, warum also nicht vorher dort noch schnell ein paar Töpfe seidenmatter Farbe holen?«

»Vielleicht war er ja zu früh auf jener Seite der Stadt und wollte dann nicht blöd herumhängen«, sagte Moran. »Also ging er in ein Geschäft. Es hätte jedes x-beliebige Geschäft sein können; er ist nur zufällig in dieses eine geraten.«

»Was ist mit Kasden? Wo wohnt er?« fragte Stollman.

»Ich habe nachgesehen«, sagte Ryker. »Auf der Camden. Nicht weit vom Geschäft. Das Labor konnte übrigens keine Fingerabdrücke finden.«

»Also, wenn Sie schon andere Möglichkeiten in Betracht ziehen, wie steht es denn dann mit Benton?« fragte Stollman. »Er wohnt in der Nähe. Und wir wissen immer noch nicht, ob sein Alibi standhält.«

»Stimmt.«

Moran sagte: »Was wollen Sie mit dem Ganzen sagen? Daß es Novick *nicht* war?«

»Das weiß ich nicht. Aber ich würde dem gern nachgehen.«

Ryker stellte seinen Wagen in einen der schrägen Parkplätze, die sich auf der Rückseite von Standard Brands befanden. Er kam hier gelegentlich her, um Wandfarbe, Eisen- und Haushaltswaren zu kaufen oder auch Werkmaterial, wenn eine seiner Töchter oder beide das für die Schule benötigten. Er ging in den Laden, zeigte einer Verkäuferin, die ihn argwöhnisch beäugte, seinen Ausweis und begutachtete dann die Preise für Latexaußenfarbe, während er auf den Geschäftsführer wartete.

»Hi. Kann ich Ihnen helfen?« fragte eine Frauenstimme.

Er schaute auf und blickte in ein lächelndes dunkelhäutiges und hübsches Gesicht, dessen Augen durch seinen Besuch unnatürlich ernst blickten.

»Ich bin Detective Ryker. Ich ermittle in einem Mordfall, der nicht weit von hier am Sonntag, den 29. Oktober, stattfand. Ich würde Ihnen gern ein paar Fragen zu einem Kunden stellen, wenn Sie nichts dagegen haben.«

»Der 29. Oktober – das ist zehn Tage her. Ich weiß nicht, ob ich mich da noch an viel erinnern kann. Wissen Sie denn den Namen des Kunden?«

»Nein, ich habe nur einen Kassenzettel.«

»Nun, das sagt mir nicht viel. Und ich weiß auch nicht genau, wie wir herausfinden sollen, welcher Verkäufer diese Person bedient hat.«

»Ich habe ein paar Bilder dabei. Ich dachte mir, Sie und Ihr Personal könnten vielleicht einen schnellen Blick auf sie werfen, ob sie vielleicht zufällig jemanden wiedererkennen.«

Sie schaute ihn zögernd an. »Also gut. Ich hole immer zwei Verkäufer nacheinander her.«

»Danke.«

Sie verschwand und kehrte mit einem hochgewachsenen, hageren, strohblonden jungen Mann und einer schmerzlich dünnen, karottenhaarigen jungen Frau wieder, deren Schulterblätter beinahe durch ihre gelbe Baumwollbluse stachen.

Ryker nahm das erste Bild zur Hand, das Novick, Vogler und Kasden zeigte. Die Geschäftsführerin schüttelte den Kopf und reichte es wie eine Friedenspfeife den beiden anderen weiter. Nichts.

Der Detective zog das Foto mit Kasden, Jake und Deena heraus. Gespannt beobachtete er ihre Mienen, während die drei nacheinander das Foto betrachteten. Doch sie erkannten niemanden wieder, zuckten nur entschuldigend mit den Schultern.

»Könnte ich die restlichen Verkäufer sehen?« fragte er die Geschäftsführerin.

Sie schickte zwei knochige junge Männer zu ihm, die genau die gleichen Stonewashed-Jeans trugen und die gleichen Oberteile aus Sweatshirt-Stoff mit abgeschnittenen Ärmeln, mit dem einzigen Unterschied, daß das Oberteil beim einen grau, beim anderen weiß war. Auch der ausdruckslose Blick in ihren Augen war identisch. Ryker zeigte ihnen die Bilder, doch es kam nicht die leiseste Reaktion.

»Erinnern Sie sich, daß an einem Sonntag vor ungefähr zehn Tagen irgendwas Ungewöhnliches war?« fragte Ryker.

»Ich arbeite sonntags nicht hier«, sagte der junge Mann mit dem weißen Oberteil. Er entfernte sich unauffällig.

»Wie was zum Beispiel?« fragte der junge Mann mit dem grauen Oberteil.

»Ich weiß nicht. Irgendwas.« Ryker blickte zur Geschäftsführerin.

»Die Frage soll ich den anderen auch stellen, ja?«

»Das wäre sehr nett von Ihnen.«

Sie verschwand für wenige Minuten, dann tauchte sie mit dem mageren Mädchen wieder auf.

»Ich weiß nicht, ob es das ist, was Sie wissen wollen, Mister«, sagte sie, »aber ich habe am vorletzten Sonntag hier gearbeitet, und da hat jemand einen ganzen Ständer mit Buntstiften umgeschmissen. Hat fast 'ne ganze Stunde gedauert, bis ich die wieder sortiert hatte.«

»Könnten Sie bitte noch mal einen Blick auf die Bilder werfen, Miss, ob einer von diesen Männern den Ständer umgeworfen hat?«

»Wer hat denn was von einem Mann gesagt? Nein, es war eine Frau. Sie war so nervös, daß es mich überraschte, daß sie nicht den halben Laden umschmiß. Sie hat sich dann entschuldigt und vier Dutzend Stifte gekauft, die sie vermutlich nie benutzen wird.« Sie blickte ihn an. »Ist das alles?«

»Ja, vielen Dank.« Er bedankte sich auch bei der Geschäftsführerin und verließ eilig den Laden, ehe er in Versuchung geriet, Silikonfuge für das Bad zu kaufen, damit der Ausflug wenigstens nicht ganz umsonst gewesen war.

Erst am folgenden Vormittag, als Ryker noch einmal die Mitschrift des Protokollanten von Novicks Verhör las, wurde ihm bewußt, was jetzt schon seit ein, zwei Tagen in ihm nagte, wie ein Kitzel, der gekratzt werden wollte.

»Hört euch das mal an«, sagte er zu Stollman und Moran. »›Ich lüge nicht‹. Das stammt aus dem Protokoll von meinem Gespräch mit Novick am Montag.«

»Ja, und?« fragte Moran. »Wollen Sie dem Mann etwa den Pfadfinderehrenpreis verleihen?«

»Das war seine Antwort auf meine Bemerkung, daß er mich angelogen hätte, als ich ihn das erste Mal zu Voglers Tod befragt hatte. Aber ich habe in meinen Notizen nachgesehen, und Novick hatte recht. Er hat mir nie gesagt, daß er Vogler das letzte Mal eine Woche, bevor er starb, gesehen habe. Er hat bewußt gesagt, daß es das letzte Mal gewesen sei, daß er mit Vogler *gesprochen* habe.«

»Worauf wollen Sie hinaus?« fragte Moran.

»Darauf komme ich gleich zu sprechen. Ich habe mir also noch mal meine Aufzeichnungen von dem Gespräch am Montag durchgelesen. Ich habe nach einer gleichartigen *Wahrheit* gesucht, versteht ihr, irgendwas, was Nowick gesagt hat, womit er um die Wahrheit herumkam, ohne jedoch wirklich lügen zu müssen.«

»Sollen wir also annehmen, daß Sie fündig geworden sind?« fragte Stollman.

Ryker nickte grinsend. »Ich habe Novick gefragt: ›Haben Sie jemanden aus dem Haus gehen sehen, als Sie hineingingen?‹, worauf er erwiderte: ›Ich habe niemand aus dem Haus gehen sehen, als ich hineinging, nein.‹ Kapiert ihr? Was er damit *nicht* gesagt hat, ist, daß er jemanden aus dem Haus hat kommen sehen, *bevor* er selbst ins Haus gegangen ist. Als er also noch im Wagen saß.«

»Kommen Sie, Sam«, sagte Moran. »Das ist jetzt aber wirklich an den Haaren herbeigezogen.«

»Nein, das ist es nicht, Tom«, sagte Stollman. »Ich begreife, worauf Sam hinauswill. Und jetzt stellt sich natürlich die

Frage«, sagte er mit wachsender Erregung, »wen er aus dem Haus hat gehen sehen, nicht?«

»Ja. Aber eine noch bessere Frage ist, warum Novick diese Person deckt, die das Haus, in dem eine Leiche lag, verließ?«

»Seine Tochter. Es ist natürlich seine Tochter«, sagte Moran.

»Vielleicht«, sagte Ryker. »Oder – und das halte ich für die weitaus interessantere Möglichkeit – vielleicht *denkt* er nur, es sei seine Tochter gewesen, aber er ist sich nicht hundertprozentig sicher. Er hat das Gesicht nicht gesehen, aber er weiß, es war eine Frau. Und ihm fällt nur eine Frau ein, die Vogler gern tot gesehen hätte.«

Stollman sagte: »Also nimmt er die Uhr und das Geld an sich, um uns auf eine falsche Fährte zu locken. Aber er kann uns nicht erklären, *warum* er uns auf eine falsche Fährte locken wollte, denn dann würde er auch verraten müssen, daß er versucht, jemanden zu decken. Aber warum hat er die Sachen dann behalten? Warum hat er sie nicht weggeworfen?«

Ryker sagte: »Weil er, wenn sich herausstellen sollte, daß es doch nicht seine Tochter gewesen ist, er die Sachen den Vogelanters zurückgeben wollte. Ich kann mir gut vorstellen, daß er so denkt. Und ihr müßt außerdem bedenken, daß er wahrscheinlich nicht damit gerechnet hat, daß wir sein Haus durchsuchen würden.«

»Aber wer war dann diese Frau?« fragte Moran.

»Wir müssen sorgfältig sein. Es könnte die Tochter gewesen sein, aber das glaube ich nicht. Dann könnte es Ann Douglas gewesen sein. Sie hat kein Alibi, und sie hatte sowohl ein Motiv als auch die Gelegenheit. Oder – das mag weit hergeholt klingen – es könnte auch die Presser sein. Sie ist diejenige, die so nervös war, als ich sie befragte, erinnert ihr euch? Sie hat ebenfalls kein richtiges Alibi. Und sie hat mir zudem den Eindruck vermittelt, daß sie Männern nicht gerade wohlgesonnen ist.«

»Ist sie auch diejenige, deren Mann sich wiederverheiratet

hat, ohne ihr die religiöse Scheidung zuzugestehen?« fragte Stollman.

»Das weiß ich nicht mehr«, sagte Ryker. »Das muß ich in meinen Aufzeichnungen nachsehen.«

»Denn, wenn dem so wäre, hätte sie meiner Meinung nach ein Motiv. Vielleicht hat sie sich gedacht, sie würde mit ihrem Mann abrechnen, indem sie Vogler tötet. Wir könnten einen Psychologen zu Rate ziehen, ob das vorstellbar ist.«

Moran sagte: »Sam, wir sind nie der Sache weiter nachgegangen, die die Kalinsky erwähnte – Sie wissen schon: daß die Presser und diese andere Frau Vogler schon mal getroffen haben. Wir haben es nicht weiterverfolgt, weil wir bereits Novick festgenommen hatten. Vielleicht sollten wir dem doch ein wenig mehr nachspüren.«

»Stimmt, aber laßt uns zuerst das Alibi von Mrs. Presser überprüfen. Wenn es hieb- und stichfest ist, brauchen wir der anderen Geschichte nicht mehr nachgehen. Und ich würde gern noch mal in den Laden gehen, aber diesmal mit Bildern von diesen Frauen.«

»Weshalb?« fragte Moran.

»Eine Verkäuferin dort erzählte mir von einer Frau, die einen ganzen Ständer umgeworfen hat. Vielleicht war sie das ja. Vielleicht war sie so nervös, weil sie vorhatte, Vogler gegenüberzutreten. Ich weiß nicht, warum ich nicht sofort daran gedacht habe, das weiterzuverfolgen. Irgendwie hatte ich mich ganz auf Kasden versteift. Und auf Novick. Ich habe überhaupt nicht an eine Frau gedacht. Zu dumm.«

»Das Problem ist nur, woher wir Bilder von diesen Frauen bekommen«, sagte Stollman.

»Von Mrs. Vogler haben wir ein Foto«, sagte Ryker. »Darum glaube ich auch nicht, daß sie es war. Sie ist nämlich auf einem der beiden Bilder zu sehen, die ich im Laden herumgezeigt habe, und da hat sie keiner erkannt. Mrs. Kasden ist übrigens auch auf dem Bild.«

»Aber Sie haben sie doch gebeten, auf die Männer zu achten, oder? Das macht einen Unterschied«, sagte Moran.

»Sie haben recht. Das wäre möglich; ich erinnere mich nicht mehr genau, wie ich mich ausgedrückt habe. Wir müssen ihnen also auch noch einmal diese Bilder zeigen, ehe wir Mrs. Vogler und Mrs. Kasden endgültig ausschließen können. Tom, warum tun Sie das nicht gleich? Ich bin mir nicht sicher, aber ich glaube, irgendwo muß auch ein Bild mit Vogler und Ann Douglas existieren. Laßt uns noch mal seine Sachen durchschauen.«

Stollman sagte: »Es gibt aber noch eine Person, die wir bis jetzt vernachlässigt haben: Mrs. Novick.«

Ryker wollte etwas erwidern, überlegte es sich aber anders. »In Ordnung.« Er nickte. »Ich höre.«

»Sie hatte genauso Zugang zur Waffe wie ihr Mann; und sie hatte dasselbe Motiv. Nach ihrer eigenen Aussage war sie den ganzen Tag allein zu Hause gewesen. Wie kommt es, daß wir nie an sie gedacht haben?«

»Ich weiß es nicht.« Weil sie so hilflos und so zerbrechlich schien?

»Und angenommen, Novick dachte, er hätte seine *Frau* den Tatort verlassen sehen? Er würde mit Sicherheit alles in seiner Macht Stehende tun, um sie zu decken.«

»Ja, das würde er. Aber ich weiß nicht recht ...«

Moran sagte: »Ich glaube, Hank hat da einen Punkt getroffen, Sam. Wir müssen sie ebenfalls überprüfen.«

»Einverstanden. Aber das heißt, daß wir auch ein Bild von ihr brauchen. Ich würde da nur ungern Mrs. Vogler fragen. Vielleicht finden wir ja eins bei Voglers Sachen.«

»Was ist mit der Presser?« fragte Moran. »Wie kommen wir an ein Foto von ihr heran?«

»Das habe ich mir noch gar nicht überlegt«, sagte Ryker. »Aber mir fällt schon noch was ein.«

28

Das erste, was Deena am Mittwoch morgen tat, war, das Haus von seiner Trauerkleidung zu entblößen.

Sie lief von Raum zu Raum, entfernte die totenweißen Laken, die die Spiegel verdeckt hatten, und faltete sie zusammen. Als sie damit fertig war, schlich sie auf Zehenspitzen ins Badezimmer, vorbei an der ruhigen, schlafenden Gestalt ihrer Mutter, die in dem Bett lag, das für Deena von jetzt an nie mehr Jakes Bett sein würde.

Es war merkwürdig, nach einer Woche wieder ihr eigenes Gesicht zu sehen. Sie sah bleicher aus, dachte sie, und ihre Wangen waren ein wenig eingefallen. Aber was hatte sie anderes erwartet? Sie war vom Tod unter Quarantäne gestellt worden.

Ihr Haar lag schlaff und stumpf auf ihren Schultern, und obwohl sie sich in der Woche immerhin noch mit einem Schwamm gewaschen hatte (so viel war erlaubt), fühlte sie sich, als wäre sie mit einer unsichtbaren Schmutz- und Trauerschicht überzogen, derer sie sich entledigen mußte.

Sie entkleidete sich rasch, drehte die Duschhähne auf und umarmte das fast heiße Wasser wie einen zurückkehrenden Liebhaber. Minutenlang stand sie unter dem weichen, durchsichtigen Strahl, der ihre Haare auf die Kopfhaut kleben ließ; dann drehte sie den Duschkopf und ließ die angenehm harten, prickelnden Wasserstrahlen mit ihrem Körper spielen, die ihre Haut röteten, wo immer sie sie liebkosten.

Sie fühlte sich großartig. Während sie sich dem Wasser hingab, vergaß sie für einen Moment alles. Als sie jedoch begann, sich den praktischen Tätigkeiten zu widmen, ihren Körper einzuseifen und ihr vernachlässigtes Haar zu schamponieren, fiel ihr abrupt wieder ein, daß ihre Mutter in ihrem Bett lag und ihr Vater hinter Gittern steckte. Was er jetzt wohl tat? fragte sie sich mit Schuldgefühlen. Schnell wusch sie ihre Haare aus und drehte das Wasser ab.

Pearl schlief noch, sie schnarchte leise. Sie hatte allzu leichtfertig eine zusätzliche Valiumtablette eingenommen, und Deena ging flüchtig die Frage durch den Kopf, ob ihre Mutter die kommenden Tage und Nächte ohne Max wohl ertragen könnte, ohne auf irgendeinen Tranquilizer zurückzugreifen, der die gezackten Ecken der Wirklichkeit zu glätten vermochte. Sie würde es müssen.

Leise, um Pearl nicht aufzuwecken, holte Deena einen Rock und ein Paar flache Sandalen aus ihrem Schrank; einen BH, eine Unterhose, Baumwollsocken und einen Pullover aus ihrer Kommode; dann kehrte sie ins Badezimmer zurück, um sich anzuziehen. Sie entschied, ihr Haar an der Luft trocknen zu lassen. Mit einem letzten Blick auf ihre Mutter schlich sie leise aus dem Schlafzimmer, ging rasch in die Küche und nahm den Hörer von der Gabel.

Alan hatte nichts zu berichten.

Er hatte Max am Dienstag nachmittag gesehen, aber dieser hatte sich immer noch standhaft geweigert, über die ihn verurteilenden Beweisstücke zu sprechen, die die Polizei in seinem *Tefillin*-Beutel gefunden hatte. Und als Alan ihm zu verstehen gegeben hatte, daß Max' selbstzerstörerisches Verhalten ein fehlgeleiteter Versuch war, Deena zu schützen, hatte Max ihn wütend angefahren, er solle gefälligst aufhören, den Psychologen zu spielen.

»Er will dich immer noch nicht sehen, Deena«, sagte Alan jetzt. »Es tut mir leid. Ich glaube nicht, daß der Grund ist, daß es ihm peinlich ist. Ich glaube eher, daß er wirklich überzeugt davon ist, daß du mit dem Mord zu tun hast.«

»Aber er braucht sich doch um mich keine Sorgen zu machen! Ryker hat mir praktisch zu verstehen gegeben, daß ich nicht unter Verdacht stehe. Hast du ihm das nicht gesagt?«

»Doch, das habe ich. Vielleicht denkt er, daß Ryker dir das

nur gesagt hat, damit du unvorsichtig wirst.« Er seufzte. »Wer weiß? Schau, ich werde deinen Vater irgendwann heute noch sehen; vielleicht sieht er dann ja alles anders.«

Deena schaltete das Radio ein, aß zum Frühstück einen Joghurt und hoffte, ihre Mutter würde bald aufwachen. Deena würde ihr dann etwas zum Frühstück machen und es ihr mit mütterlicher Geduld durch gutes Zureden einflößen. Danach würde Deena zur UCLA gehen. Sie hatte ein schlechtes Gewissen, ihre Mutter allein im Haus zu lassen, aber sie konnte es sich nicht leisten, noch mehr Stunden zu versäumen. Und außerdem hatte sie arrangiert, daß Sandy mit dem Baby vorbeikommen würde, um Pearl etwas Gesellschaft zu leisten.

Letzte Nacht hatte Deena, nachdem sie in ihr Nachthemd geschlüpft war, ihr Trauerkleid in die Nähe der Seitentür gelegt. Jetzt öffnete sie die Tür, nahm das abgelegte braune Kleid und warf es in eine der großen Mülltonnen draußen. Als sie zurück ins Haus kam, hörte sie die Klingel der Vordertür.

Wahrscheinlich Faye, dachte sie, und eilte zur Tür. Faye war ihr in dieser schweren Zeit eine aufmerksame Freundin gewesen, hatte ihr Trost gespendet und Verständnis entgegengebracht.

Es war Ryker.

»Darf ich eintreten?« fragte er. Sein Gesicht war unerklärlich ernst.

»Warum sind Sie hier?« fragte sie mit untypischer Direktheit.

»Es ist wichtig. Ich muß mit Ihnen reden.«

Sie trat zur Seite und gestattete ihm einzutreten, machte aber keine Anstalten, den Eingangsbereich zu verlassen.

»Können wir uns irgendwo setzen?«

»Ich verstehe nicht, warum Sie hier sind. Ihre Arbeit ist doch beendet, Detective.« Sie betonte seine Anrede mit unverhohlenem Hohn. »Sie haben die Stadt von einem bösen Verbrecher befreit.«

»Ich kann mir vorstellen, wie Ihnen zumute sein muß, Mrs. Vogler.«

»Nein, das können Sie nicht! Woher wollen Sie wissen, wie es sich anfühlt, wenn der eigene Vater hinter Gittern sitzt?«

»Gut, das kann ich nicht wissen. Aber ich kann mir vorstellen, daß es ganz schön schmerzt.«

»Was wollen Sie denn noch, Detective?« sagte sie müde. »Warum rücken Sie nicht einfach damit raus und lassen mich dann endlich in Ruhe?«

»Mrs. Vogler, ich brauche Ihre Hilfe.«

Sie blickte ihn an, als hätte er ihr einen Heiratsantrag gemacht. »Meine Hilfe? Ich glaube, ich habe Ihnen bereits genug geholfen, oder nicht?«

»Sehen Sie, ich nehme ein Risiko auf mich, Ihnen das zu erzählen, aber ich habe das Gefühl, daß Ihr Vater vielleicht unschuldig ist.«

»Wie meinen Sie das?«

»Mich stören da ein paar Dinge, Kleinigkeiten. Ich kann das hier nicht alles ausführlich erläutern, aber ich würde dem gern nachgehen und sehen, wo es hinführt.«

»Aber wenn Sie Zweifel an der Schuld meines Vaters haben, warum haben Sie ihn dann festgenommen? Oder gibt es etwa eine gewisse Quote, die man auch bei Inhaftierungen in Mordfällen einhalten muß, wie bei Strafzetteln?«

»Mrs. Vogler, Sie wissen doch von den Fingerabdrücken und den Beweisstücken, die wir in seinem Haus gefunden haben. Und überdies hatte er ein starkes Motiv und Zugang zur Waffe. Welche große Wahl hatten wir da schon? Und über die anderen Dinge bin ich erst gestolpert, nachdem ich Ihren Vater bereits verhört hatte.« Er war über sich selbst erstaunt und auch ein wenig verärgert. Warum verteidigte er sich jetzt?

»Und woher will ich wissen, daß Sie mich nicht nur dazu verleiten wollen, meinem Vater noch mehr zu schaden – der Ihrer Meinung nach also unschuldig ist, obwohl angeblich alles auf seine Schuld hindeutet?« Noch im selben Augenblick, als Max verhaftet worden war und er bestritten hatte, schuldig zu sein, hatte ihm Deena ohne Vorbehalt geglaubt.

»Sie werden mir einfach vertrauen müssen, Mrs. Vogler.«

»Ehrlich gesagt, verlangen Sie da ganz schön viel.«

»Das ist wahr. Aber ich vertraue Ihnen ja auch. Und wenn Sie mir helfen und ich recht habe, können wir vielleicht die Unschuld Ihres Vaters beweisen. Das kann ich Ihnen allerdings leider nicht versprechen. Ich habe da nur so ein bestimmtes Gefühl.«

»Na gut, einverstanden.« Sie führte ihn ins Wohnzimmer und setzte sich auf die Couch. »Nehmen Sie doch Platz.«

Ryker ließ sich auf einen Klappstuhl nieder. »Für mich steht außer Zweifel, daß Ihr Vater die Uhr und das Geld an sich nahm, damit es so aussah, als wäre Vogler von einem Einbrecher umgebracht worden. Dadurch wollte er Sie schützen.«

»Detective, auf diesen Gedanken ist mein Anwalt bereits vor zwei Tagen gekommen.«

»Okay. Aber ich habe Grund zu der Annahme, daß Ihr Vater glaubt, er hätte gesehen, wie Sie den Tatort verließen.«

»Aber das ist unmöglich! Wie sollte er darauf kommen? Ich war nicht einmal in der Nähe!«

»Aber das weiß er nicht. Ich glaube, daß er gesehen hat, wie eine Frau – ich weiß allerdings nicht, wer – aus dem Haus gekommen ist, und natürlich nahm er sofort an, das seien Sie gewesen. Darum wollte er Sie decken.«

»Aber wie kann ihm diese Theorie jetzt weiterhelfen? Die Frau könnte irgend jemand gewesen sein.«

»Nein, nicht wirklich. Das würde keinen Sinn ergeben. Es muß eine Frau sein, die Ihren Exmann kannte, keine Fremde. Ich habe da auch schon ein paar Ideen, und genau aus dem Grund brauche ich Ihre Hilfe, um zu sehen, ob sie etwas taugen.«

Er berichtete ihr von dem Kassenzettel in Jakes Brieftasche

und von der Frau in dem Geschäft. »Das ist aber streng vertraulich«, wies er sie hin. »Ich könnte meinen Dienstausweis verlieren, wenn herauskommt, daß ich Ihnen das erzählt habe.«

Deena nickte.

»Meine Theorie ist, daß die Frau den Beleg fallen ließ, als sie ihre Handtasche öffnete. Vielleicht zog sie ein Taschentuch heraus, um irgendwo ihre Fingerabdrücke wegzuwischen oder etwas dergleichen. Das weiß ich nicht so genau.«

Deena hatte ihm gebannt zugehört und sich selbst gestattet, den ersten Hoffnungsschimmer zu fühlen. »Sie sagten, Sie hätten bereits einige Ideen, wer diese Frau sein könnte? Woher wissen Sie, daß nicht ich es war?«

»Das haben wir überprüft. Einer meiner Männer war heute morgen in dem Geschäft und hat ein Bild von Ihnen herumgezeigt. Es hat Sie aber keiner wiedererkannt, und die Verkäuferin, die mir von der Frau erzählt hat, hat Sie sogar mit Bestimmtheit ausgeschlossen.« Es hatte auch niemand Ruth Kasden wiedererkannt.

»Ich schätze, darüber sollte ich mich jetzt freuen.«

»Ja, ich glaube auch.« Zum ersten Mal, seit er bei ihr eingetroffen war, lächelte er. »Ich habe zwei mögliche Verdächtige im Auge. Die eine ist Ann Douglas.«

»Ann Douglas! Weshalb würde sie Jake töten wollen?«

»Vielleicht hat sie herausgefunden, daß er nicht beabsichtigte, sie jemals zu heiraten.« Ryker erzählte Deena in Kurzform von seiner Unterredung mit ihr, von seiner Theorie, daß sie von dem Revolver wußte und in Deenas Haus mit Voglers Schlüssel eingedrungen sein konnte. »Sie hat ein recht schwaches Alibi. Ich war heute vormittag eine Stunde lang in Voglers Apartment, bis ich endlich ein Bild von ihr gefunden habe. Ich bin nämlich der einzige, der sie schon mal gesehen hat.«

Ann Douglas, mußte Deena sich eingestehen, klang wie eine plausible Idee. Eine wunderbare Idee. »Sie sagten, Sie hätten aber noch jemand im Auge.« Werde ich eine Wahl treffen müssen? fragte sie sich.

»Richtig.« Er blickte sie aufmerksam an, um ihre Reaktion zu beobachten. »Elaine Presser.«

»Das ist lächerlich! Warum sollte sie Jake töten?«

»Bevor ich Ihnen das Warum erkläre – und ich muß zugeben, daß es nur eine Theorie ist –, sollte ich Ihnen vielleicht noch sagen, daß sie kein Alibi hat.«

»Das habe ich auch nicht. Viele unschuldige Leute haben keins.«

»Richtig. Aber Sie haben uns zumindest kein falsches gegeben. Mrs. Presser hat das dagegen getan. Sie behauptete, sie wäre den ganzen Nachmittag zu Hause gewesen, aber ich habe heute vormittag mit ihrem Exmann gesprochen, und er sagte, das stimme nicht.«

»Woher will er denn das wissen?«

»Sehen Sie, ihre Kinder beschlossen an jenem Tag, bei ihm auch zu übernachten, deshalb fuhr er mit ihnen zu ihr, um ein paar Dinge für die Nacht zu holen. Sie trafen dort so gegen Viertel vor fünf ein, aber sie war nicht da. Sie haben fast eine Stunde auf sie gewartet und sind dann unverrichteter Dinge wieder abgefahren.«

»Woher will er denn so genau wissen, wie spät es war? Vielleicht bringt er ja alles durcheinander.« Verteidigte sie Elaine, oder versuchte sie sich selbst davon zu überzeugen, daß Ryker unrecht hatte?

Ryker schüttelte den Kopf. »Er sagte, er wisse die Uhrzeit deshalb so genau, weil da eine Lieblingssendung der Kinder im Fernsehen kommt, und die haben sie sich, während sie gewartet haben, angeschaut. Natürlich ist das kein endgültiger Beweis, aber Sie müssen doch zugeben, daß das recht interessant ist.«

»Aber ich sehe immer noch nicht, warum sie es getan haben sollte.«

Ryker zuckte die Achseln. »Ich bin kein Psychologe. Aber wäre es nicht möglich, daß sie ihren Exmann dafür haßte, was er ihr antat, und dann diesen Haß auf Ihren Exmann übertrug? Lassen Sie mich Ihnen eine Frage zu einem Punkt stellen, über den bei uns noch Unklarheit herrscht. Ist sie Ihrem Exmann mal begegnet?«

»Ja. In einem Restaurant. Sie haben ein paar Worte gewechselt.« Sollte sie ihm alles erzählen? Sollte sie wirklich das Vertrauen eines der Mitglieder des Frauenkreises mißbrauchen, dem sie sich angeschlossen hatte? Doch mit einem Mal fiel ihr wieder ein, weshalb Ryker hier war, erinnerte sie sich wieder an ihren Vater. »Elaine hat mich vor ein paar Tagen angerufen. Sie bat mich darum, nicht zu erwähnen, daß sie Jake einmal zufällig begegnet war; sie sagte, sie wolle nicht, daß die Polizei sie und ihre Kinder belästige. Ich habe ihr geglaubt.«

»Sie hatten ja auch keine Veranlassung, ihr nicht zu glauben. Ich brauche ein Bild von ihr. Wenn ich sie nicht mit dem Kassenzettel in Verbindung bringen kann, habe ich nichts in der Hand; zum Teufel, ich bin mir nicht mal sicher, ob sie diejenige ist! Ich dachte, Sie hätten vielleicht ein Bild von ihr oder wüßten zumindest, wie man an eins herankommen könnte.«

»Ja, das tue ich. Bei einem unserer Treffen hat Susan Bergman mal einen Fotoapparat mitgebracht. Sie scheidet aus der Gruppe aus, müssen Sie wissen. Ihr Mann gewährt ihr die Scheidung. Jedenfalls wollte sie ein Foto von der ganzen Gruppe machen, und wir dachten alle, warum nicht? Sie hat eine Kamera mit Selbstauslöser, so daß sie auch auf dem Bild zu sehen ist.«

»Könnten Sie sich einen Abzug besorgen, ohne daß sie argwöhnisch wird?«

»Das ist gar nicht nötig. Sie hat jedem einen Abzug geschenkt. Ich hole ihn schnell.«

Eine Minute später war sie zurück und drückte ihm ein Farbfoto von der Gruppe in die Hand. »Das ist Elaine.« Sie deutete auf sie. *»Ich zeige mit dem Finger auf sie«*, dachte sie bei sich.

»Ich weiß. Ich bin ihr bereits begegnet.« Er erhob sich.

Sie begleitete ihn zur Tür und öffnete sie.

»Vielen Dank«, sagte er.

Sie wußte nicht, was sie darauf erwidern sollte, also schwieg sie.

Ryker betrat den Laden. Diesmal stand ein großer, hagerer junger Mann hinter dem Ladentisch. Er ging die Geschäftsführerin holen.

»Einer Ihrer Männer war bereits heute vormittag hier«, informierte ihn die Geschäftsführerin mit einer Spur von Ungeduld.

»Ich weiß. Es tut mir sehr leid, daß wir Sie noch mal belästigen müssen, aber es ist sehr wichtig. Ich habe noch ein paar Bilder, und ich wollte wissen, ob ich sie dem dünnen Mädchen zeigen könnte, mit dem ich am Dienstag gesprochen habe.«

»Sie meinen Ginny? In Ordnung. Ich hole sie.«

Eine Minute später war sie mit dem Mädchen wieder da, die diesmal ein enganliegendes Strickoberteil trug und darin, falls das überhaupt möglich war, sogar noch magerer aussah. Ryker reichte ihr das erste Foto und wartete, während sie es betrachtete.

Sie schüttelte den Kopf.

»Und was ist mit diesen?« Er reichte ihr die anderen beiden Bilder.

Sie begutachtete erst das eine, dann musterte sie das andere. »Ja, das ist sie.«

Er hatte nicht gemerkt, daß er die Luft angehalten hatte, bis er sie jetzt wieder ausstieß.

»Sie lief hier herum, immer die Gänge rauf und runter. Hat dauernd auf die Uhr geguckt. Ich erinnere mich so genau daran, weil ich mir sicher war, daß sie noch was umschmeißen würde, so, wie sie alles anfaßte, ohne es wirklich wahrzunehmen.«

»Und Sie sind sich auch wirklich ganz sicher?«

»Das habe ich Ihnen doch gerade gesagt, oder?«

Er deutete auf Elaines lachendes Gesicht. »Sie könnten also vor Gericht aussagen, daß diese Frau am Sonntag, den 29. Oktober, hier war?«

Sie blickte ihn an. »Nein, nicht die. Wer hat denn was von der da gesagt? Die habe ich noch nie gesehen.« Sie stieß ihren Finger auf ein Gesicht auf dem Foto. »Das ist die Dame, die ich meine.«

Nachdem Pearl spät aufgewacht war, bestand sie darauf, nach Hause zu gehen, um ein paar Dinge zu erledigen. »Ich kann schließlich nicht für immer bei dir bleiben«, sagte sie zu Deena. »Ich komme schon zurecht.«

Deena hatte sie widerstrebend nach Hause gefahren, und als sie zurückkehrte, stellte sie sich in die Küche und wusch das wenige Frühstücksgeschirr ab, das sie in der Spüle hatte stehen lassen.

Sie war mit ihren Gedanken bei Ryker. Sie fragte sich, was er jetzt gerade tat und was er schon in Erfahrung hatte bringen können. Es war faszinierend, wie er nur auf Grund eines Stücks Papier, das der Mörder vielleicht versehentlich verloren hatte, eine komplette Theorie aufgestellt hatte (und sie betete zu Gott, daß er recht hatte).

Sie versuchte sich das Gesicht der Mörderin vorzustellen, wenn die Polizei sie mit dem Beweisstück konfrontieren würde, das belegte, daß sie neben Jakes Leiche gewesen sein mußte. Ann Douglas? Elaine? – sie mußte zugeben, daß es ihr nicht mehr wichtig war, welche von beiden es war, solange nur ihr Vater entlastet wurde.

Es war beinahe amüsant, wirklich, daß ein ganz ordinärer Kassenzettel auf einmal solch ein kolossales Ausmaß an Bedeutung einnahm, weil er verlorengegangen war. Jeder verlor Belege. Gerade erst vor zwei Wochen hatte sie eine Stunde lang verschiedene Handtaschen durchwühlt, weil sie einen Kassenzettel für einen Denimrock gesucht hatte.

Woher kam ihr das nur so bekannt vor? fragte sie sich plötzlich. Wann hatte sie ...?

»... *Ich muß ein paar Sachen zurückbringen, falls ich den Kassenzettel dafür überhaupt je wiederfinde. ...*«

Ihr Herz machte einen Satz. Ihre Welt und der Teller, den sie gerade in der Hand hielt, entglitten ihr und zerbrachen in viele Einzelteile.

Sie wählte eilig, aber es war besetzt. Sie ließ die Scherben auf dem Boden liegen, schnappte sich die Autoschlüssel vom Haken und rannte aus der Seitentür. Es war nur eine kurze Fahrt, aber ihre Gedanken rasten mit dem Honda um die Wette, bis sie um die Ecke bog und vor dem zweistöckigen Zweifamilienhaus zum Stehen kam.

Die Zufahrt war leer.

Sie rannte den Pfad hoch und hämmerte gegen die Vordertür, hämmerte und brüllte. Sie hämmerte noch immer, als Ryker hinter ihr auftauchte.

»Sie ist nicht da«, sagte sie dumpf. »Ihre Leitung war belegt; die Gabel liegt vermutlich nicht auf. Ich habe es gerade eben probiert«, ergänzte sie rasch.

»Ich habe Sie nicht beschwindelt. Ich habe wirklich geglaubt, es sei Mrs. Presser.«

»Was werden Sie jetzt tun?«

»Ich denke, wir öffnen am besten die Tür.« Er zog seine Brieftasche heraus, entnahm ihr eine Kreditkarte und öffnete mit ihrer Hilfe das Schloß.

»Vielleicht warten Sie besser draußen.«

Sie nickte.

Ryker kehrte wenige Minuten später wieder zurück. »Sie ist nicht drinnen. Sieht so aus, als hätte sie ein paar Sachen zusammengepackt.« Er ging zu seinem Auto, beugte sich hinein und nahm das Funkgerät heraus. »Hier spricht Ryker. Wilshire

Division. Lassen Sie einen Fahndungsaufruf an alle Polizeistationen ergehen. Ich suche eine weibliche Weiße –«, er wandte sich an Deena, die ihm wie in Trance zu seinem Wagen gefolgt war. »Was für einen Wagen fährt sie?«

»Einen Buick, glaube ich. Dunkelblau.«

Er wiederholte die Information ins Funkgerät. »Sie ist möglicherweise bewaffnet. Ihr Name ist Faye Rudman.« Er lauschte aufmerksam. »In Ordnung. Ich bleibe dran.« Er wartete. »Was? Ja, gut, ich warte noch.«

Ryker und Deena warteten, ohne einander anzusehen. Wenige Augenblicke später knisterte es im Funkgerät. Ryker hörte zu, dann nickte er. »Ja. Ja, ich habe verstanden.«

Er blickte zu Deena. »Sie haben vor einer halben Stunde telefonisch die Nachricht erhalten, daß sie auf dem San Bernardino Freeway in Richtung Osten in eine Leitplanke gerast ist.«

29

Deena saß mit Reuben und Ryker auf hellorangen Kunststoffstühlen in einem Gang, der nur wenige Schritte von der Schwesternstation entfernt war.

Seltsame Sitznachbarn, dachte sie.

Michael war losgegangen, um Tee für sie und Kaffee für sich selbst und für die anderen beiden Männer zu holen. Deena hatte als erstes Reuben verständigt, sobald sie im County General eingetroffen war; er war unverzüglich gekommen, seine Augen von Schmerz erfüllt. Michael hatte seine letzten drei Termine für den Tag abgesagt.

Das Warten fiel ihr nicht leicht.

Deena sah, wie zwei streng aussehende Krankenschwestern in raschelnden grauweißen Polyesterkitteln an ihnen vorbeieilten; ihre Gummisohlen quietschten auf dem Linoleumboden. Ein Pfleger putzte sorgfältig um ihre Füße herum den Boden, sein faseriger Mop wischte klatschend in weiten, seifigen Halbbögen über den Flur. Am anderen Ende des Ganges bewegte sich ein älterer Mann langsam vorwärts; mit der einen Hand schob er einen Chromständer, an dem ein Infusionsbeutel baumelte, mit der anderen hielt er die Rückenöffnung eines kurzen, ausgeblichenen Krankenhausnachthemdes zusammen, das ihm bis zu den knorrigen Kniescheiben reichte.

Deena hatte Rykers Angebot, mit seinem Dienstwagen zu fahren, angenommen und war mit gesetzlich gebilligter Rücksichtslosigkeit zum Krankenhaus gerast, damit sie dort schneller ankam und länger warten konnte, um zu erfahren, ob Faye durchkommen würde.

Ryker war während der Fahrt in Funkkontakt mit der Polizeizentrale geblieben, hatte aber nur wenig mehr erfahren. Sanitäter hatten die bewußtlose Faye aus ihrem Auto, das aussah wie eine Ziehharmonika, gezogen. Sie war gegen das Lenkrad geprallt und hatte schwere Verletzungen an Brust und Unterleib erlitten; es gab jedoch keine Möglichkeit, das Ausmaß ihrer inneren Verletzungen auszumachen.

»Sie haben ein Päckchen vorn auf dem Boden gefunden«, hatte Ryker Deena erzählt. »Es ist an mich adressiert. Wahrscheinlich ist es Ihr Revolver.«

Deena hatte verständig genickt.

Der junge, bärtige Arzt, der schon vorhin mit ihnen gesprochen hatte, kam auf sie zu; sein Stethoskop schlug gegen seinen weißen Kittel. Hastig standen sie auf.

»Wie geht es ihr?« fragte Reuben.

»Nicht gut. Sie ist ziemlich schwach. Sie hat sich mehrere Rippen gebrochen, einen Pneumothorax – das ist Luft im Brustfellraum –, aber ihn scheinen wir unter Kontrolle gebracht zu haben. Wir können leider nicht mit Sicherheit sagen, ob sie einen Milzriß hat; eine Unterleibsuntersuchung hat nichts erbracht, aber wir werden sie wahrscheinlich noch mal wiederholen müssen. Sie hat auch Schmerzen in der Brustgegend und einen unregelmäßigen Puls – wir befürchten eine Herzkontusion. Es sieht leider nicht gut aus. Tut mir leid.«

»Kann sie denn Fragen beantworten?« Ryker wich Deenas Blick und der Anklage, die in ihm liegen würde, aus.

»Sie ist bei Bewußtsein«, erklärte der Arzt Ryker, »und dafür, was sie durchgemacht hat, ist sie bei ziemlich klarem Verstand. Ich weiß allerdings nicht, für wie lange, denn ihr Blutdruck ist labil. Sie steht auch stark unter dem Einfluß von beruhigenden Medikamenten, wegen ihrer Schmerzen.«

»Darf ich sie sehen?« Deena war überrascht, wie klar ihre Stimme in ihren Ohren widerhallte. Sie hatte erwartet, sie wäre ebenso gedämpft wie ihre Gedanken.

»Gehören Sie zur Familie?«

»Ja.« Sie blickte Ryker trotzig an. *Blutsschwestern.*

»In Ordnung, aber nur für ein paar Minuten.«

»Ich fürchte, ich werde wohl mitkommen müssen«, sagte Ryker.

Die drei gingen den Gang entlang und betraten die Notaufnahme. Deena blickte resolut geradeaus, aus Angst, unbefugt in die privaten Dramen einzudringen, die sich hinter den beigen Vorhängen abspielten, die den länglichen Raum in lauter kleine Parzellen aufteilten.

Faye lag in einer mittleren Kabine, ihre Arme ordentlich an die Seiten gelegt. Ein dünner Plastikschlauch war an einem Nasenloch befestigt, ein anderer führte in die Vene über ihrem rechten Handgelenk; ein dritter, der unter dem Bettuch verborgen war, verschwand in ihrer Brust. Medizinische Geräte standen auf der einen Seite des Bettes bereit.

»Ich bin in ein paar Minuten zurück«, sagte der Arzt zu ihnen und zog den Vorhang hinter sich zu.

Deena trat ans Bett heran. Ryker hielt sich in diskretem Abstand.

»Du weißt es, nicht wahr?« fragte Faye. Ihre Augen sahen in ihrem unnatürlich blassen Gesicht wie Höhlen aus.

Deena nickte.

»Ich wußte nicht, ob du kommen würdest. Ich freue mich, daß du es getan hast.« Ihre Stimme, die schon immer heiser gewesen war, hatte jetzt einen krächzenden Ton, der gegenüber dem leisen Gluckern des Sauerstoffs, der durch die Schläuche sickerte, gespenstisch klang.

Deena drückte ihr sanft die Hand.

»Haben sie den Revolver gefunden?« fragte Faye besorgt. »Ich wollte ihn der Polizei per Post zuschicken, zusammen mit einer Kassette; um ihnen alles zu erklären. Damit sie wissen, daß ich es war.«

»Ja, sie haben ihn gefunden. Mach dir keine Sorgen.«

»Es tut mir leid wegen deinem Vater. So leid. Ich hatte gehofft, die Polizei würde annehmen, daß ein Einbrecher Jake getötet hat. Erst nachdem ich gegangen war, wurde mir klar, daß ich etwas hätte mitnehmen sollen, aber in der Situation selbst konnte ich nicht mehr klar denken. Als Michael mir sagte, daß sie deinen Vater festgenommen haben, wäre ich am liebsten gestorben.«

»Es ist alles in Ordnung. Sprich nicht mehr.«

»Nein, ich muß es dir erzählen. Ich möchte dir alles erklären. Ich weiß, daß mich alle für stark hielten. Reuben tat es jedenfalls. Und vielleicht sogar ich selbst; ich habe schließlich elf Jahre überstanden. In den ersten Jahren dachte ich jeden Morgen, wenn ich aufwachte, vielleicht klappt es ja heute. Vielleicht wird Alex so gesund, daß er mich freigeben kann. Ich habe ständig bei seinem Arzt angerufen; bis dieser schließlich ärgerlich wurde. ›Mrs. Rudman‹, sagte er, ›wir benachrichtigen Sie, sobald eine Veränderung eintritt.‹ Also rief ich nicht mehr an. Und nach einer Weile hörte ich auch auf zu hoffen. Manchmal brauchte ich Stunden, bis ich mich entschieden hatte, was ich anziehen würde, um durch den Tag zu kommen. Und an manchen Tagen bin ich keinen Schritt vors Haus gegangen.

Dann lernte ich Reuben kennen, und wir gründeten die

Gruppe. Und obgleich ich das Gefühl hatte, es gäbe keine Hoffnung für mich, half es mir doch, über alles zu reden, meine Gefühle mitzuteilen und zu wissen, daß ich vielleicht wenigstens anderen helfen konnte. Daß ich einfach etwas tat. Und jedesmal, wenn eine von uns ihren *Get* bekam – so wie Susan, das ist doch wirklich wunderbar, nicht? –, hatte ich das Gefühl, die Mühe hat sich gelohnt.« Sie lächelte und schloß für einen Moment die Augen.

»Ich habe Jake dafür gehaßt, was er dir angetan hat – die Anrufe, der tätliche Angriff, seine Bosheit. Mir schien, als würde er immer zorniger und würde allmählich die Kontrolle über sich verlieren, und das machte mir angst. Alex hat mich immer angerufen und aufgelegt, sobald ich abgenommen habe, habe ich dir das schon erzählt? Ich glaube, er wollte mich mit meinem Freund ertappen, den ich seiner Meinung nach angeblich hatte. Und alle sagten, daß es immer schlimmer mit Jake würde. Wie bei Alex. Verrückt, sagten alle. Jake benimmt sich wie ein Verrückter. Aber selbst wenn er nicht wirklich verrückt war, wußte ich, daß er dir den *Get* nie geben würde. Das sagte er, und das habe ich ihm geglaubt. Und ich wollte nicht, daß es bei dir so enden würde wie bei mir. Niemand sollte so leben müssen.

Ich weiß nicht, wann mir der Revolver das erste Mal in den Sinn kam. Ich glaube, es war, als die Anrufe anfingen. Und dann versuchte er auch noch, dich zu vergewaltigen, und es schien ihm völlig egal zu sein, was wir dachten. Er hörte auf niemanden. Nicht auf deinen Vater, und nicht auf Reuben. Also wußte ich, daß ich etwas unternehmen mußte; irgend jemand mußte ja schließlich etwas unternehmen – das siehst du doch ein, nicht?

Ich wollte ihn aber nicht töten.

Ich habe in seiner Firma angerufen, um herauszufinden, wo er am Sonntag sein würde. Ich hatte deinen Revolver, natürlich; ich hatte ihn an jenem Abend mitgenommen, als wir uns bei dir getroffen haben. Ich wollte ihm nur Angst einjagen, damit er aufhört, dir weh zu tun. Er war erstaunt, mich zu sehen, aber er wußte sofort, wer ich war. Ich sagte ihm, ich wolle mit ihm sprechen. Wir gingen in ein hinteres Zimmer, wo ich meinen Revolver aus der Handtasche zog und ihn mit beiden Händen hielt und auf ihn richtete. ›Das ist nur eine Warnung‹, sagte ich. ›Ich finde Sie jederzeit und überall. Geben Sie Deena ihren *Get* und lassen Sie sie dann endlich in Ruhe.‹

Er lachte. Er belegte mich mit Schimpfnamen. ›Du impertinente Hure‹, sagte er, und andere häßliche Bezeichnungen. ›Du wirst es nicht tun‹, sagte er. ›Du willst bestimmt nicht im Gefängnis verrotten.‹ Ich erzählte ihm von Alex. ›Ich habe nichts zu verlieren‹, sagte ich. ›Es wäre nur eine andere Art von Gefängnis.‹

Doch dann ging alles schief. Er sollte eigentlich Angst haben, verstehst du. Aber statt dessen kam er auf mich zu, und dabei grinste er sogar noch, und dann stand er direkt vor mir, legte seine Hände auf meine, und ich wußte, daß er versuchen wollte, mir den Revolver wegzunehmen, und das konnte ich doch nicht zulassen.

Ich hörte einen lauten Knall, und er hatte so einen komischen Ausdruck auf dem Gesicht – weißt du, so, als wäre er irgendwie erstaunt. Und dann glitt er zu Boden. Und war tot. Das weiß ich, denn ich habe es nachgeprüft. Ich habe meinen kleinen Spiegel aus der Handtasche geholt und ihn ihm unter die Nase gehalten, um sicher zu sein, aber er beschlug nicht. Ich hätte den Notarzt gerufen, wenn er noch geatmet hätte. Ja, ich glaube, das hätte ich getan.« Sie machte wieder eine Pause.

»Alles war voller Blut. Ich wußte nicht, was ich als nächstes machen sollte, aber die Polizei konnte ich ja schlecht anrufen. Sie würde mir nie glauben – und wie hätte ich ihr den Revolver erklären sollen? Also versuchte ich, mich an alle Plätze zu erinnern, wo ich meine Fingerabdrücke hinterlassen hatte, aber ich gab schnell wieder auf. Trotzdem war ich nicht allzusehr beunruhigt, denn ich war ja einfach ins Haus gegangen und ihm im Flur begegnet. Und ich hatte auch nicht gedacht, daß man mich mit ihm in Verbindung bringen würde. Am nächsten Tag habe ich dann in Jakes Büro angerufen, damit sie sich nicht wunderten, wo er bliebe, und nach ihm suchten. Ich habe meine Stimme mit einem Tuch gedämpft.«

»Ruh dich ein wenig aus«, sagte Deena. »Wir können auch später noch reden.«

Faye schüttelte den Kopf. »Nein, laß mich bitte noch zu Ende erzählen. Ich wußte nicht, was ich mit dem Revolver anstellen sollte. Ich konnte ihn nicht zurücklegen, weil die Polizei ihn sicher untersuchen würde. Also kaufte ich einen neuen. Ich war bei mehreren Waffenhändlern, bis ich endlich einen fand, der bereit war, mir für achthundert Dollar einen zu verkaufen, der nicht registriert war. Das mit den Seriennummern wußte ich nicht. Ich war schockiert, als du mir später erzähltest, daß die Polizei die Nummern überprüfen kann. Ich habe also an dem Freitag, an dem ich bei dir nach meinem Besuch bei Alex vorbeikam, den Revolver in den Schrank gelegt. Ich bin doch tatsächlich bei Alex gewesen. Ich weiß nicht genau, warum.

Mir war klar, daß die Polizei wegen dem Revolver mit uns allen sprechen würde; es war nur eine Frage der Zeit. Also erzählte ich meinen Schwiegereltern, ich hätte den Nachmittag mit einem Mann verbracht, und wenn sie nicht wollten, daß der Name des armen Alex in den Schmutz gezogen würde, indem das ans Licht käme, sollten sie der Polizei lieber sagen, ich sei den ganzen Tag bei ihnen gewesen. Sie waren natürlich einverstanden; ich wußte, daß sie das sein würden.

Ich wäre nie im Leben darauf gekommen, daß dein Vater in die Sache mit hineingezogen werden würde. Denn ich wußte ja, daß ich Jake getötet hatte, verstehst du. Ich hatte ja keine Ahnung, daß er nach mir dort gewesen war. Und dann wurde er verhaftet! Und er hatte die Uhr und das Geld, und Alan schien zu glauben, daß die Polizei gute Aussichten auf einen Prozeß hätte. Ich hätte mich stellen sollen, aber ich konnte nicht; ich habe es einfach nicht über mich gebracht.«

»Es war ein Unfall«, flüsterte Deena. »Du wolltest ihn nicht töten.«

»Glaubst du, das hätte mir die Polizei abgenommen? Und manchmal weiß ich selbst nicht mehr, wie alles wirklich war. Vielleicht wollte ich ihn in meinem tiefsten Inneren ja doch die ganze Zeit über töten. Es tut mir nicht leid, daß er tot ist; mir tut nur leid, welche Qualen ich dir damit bereitet habe. Das *Shiva*-Sitzen, die Beerdigung – ich weiß, wie schlimm das alles für dich war, und es war alles meine Schuld.«

»Du wolltest mir nur helfen, Faye. Das weiß ich.«

»Ich konnte deinen Vater nicht im Gefängnis sitzen lassen. Und immer wenn ich über das Gefängnis nachdachte, wußte ich, daß ich Jake angelogen habe, als ich ihm sagte, es würde mir nichts ausmachen. Elf Jahre waren genug. Und dann dachte ich, daß die Ärzte mich vielleicht für verrückt halten würden. Und daß sie mich einsperren würden, so wie sie Alex eingesperrt haben. Auch ein Gefängnis. Deshalb habe ich heute morgen ein paar Sachen zusammengepackt und mich entschlossen zu flüchten. Ich wußte nicht, wohin. Aber ich habe den Revolver zurückgelassen. Und eine Kassette. Ich habe mich jedoch auch bei der Flucht nicht gerade geschickt angestellt, oder?«

»Denk jetzt an nichts mehr«, drängte Deena sie. »Im Moment mußt du all deine Kräfte darauf verwenden, wieder gesund zu werden.«

»Wozu?« Sie lächelte ironisch. »Damit ich mein Leben hinter Gittern verbringe?«

»Das wird nicht geschehen, Faye. Du wirst einen guten Anwalt bekommen; du wirst sehen. Alles wird gut werden.« *Und sie lebten glücklich bis an ihr Lebensende.* Deena wandte ihren Blick ab.

Der Arzt steckte seinen Kopf zwischen den Vorhangschlitz. »Sie sollte sich jetzt ausruhen.«

»Ich gehe dann wohl besser«, sagte Deena. »Ich bleibe aber im Gang. Ich gehe nicht weg.«

»Ich möchte nicht, daß du dir an irgendwas die Schuld gibst, Deena. Ich habe es nicht nur für dich getan. Ich habe es auch für mich getan. Denn irgend jemand mußte diesem Wahnsinn ja einmal ein Ende setzen, verstehst du? Reuben bemüht sich ja sehr, aber ich weiß nicht recht … ich weiß nicht …«

»Ich bin draußen. Versuch jetzt zu schlafen.«

»Ich bin müde«, bekannte sie. Ihre Augenlider flatterten. »Woher wußtest du es eigentlich?« fragte sie plötzlich.

Deena erzählte ihr von dem Kassenzettel, den die Polizei gefunden hatte.

»Das ist lustig.« Faye seufzte. »Ich habe mir darüber gar keine Sorgen gemacht. Das ist doch wirklich lustig, nicht?« Sie lächelte schwach und schloß die Augen.

Deena zog sachte ihre Hand weg und schlich sich aus der Kabine. Sie wartete nicht, um zu sehen, ob Ryker ihr folgte.

30

Michael wartete nach dem Gottesdienst vor der Kapelle auf Deena. Als sie herauskam, ging sie leise weinend auf ihn zu. Er hielt sie fest.

»Was passiert jetzt?« fragte er, während er ihr über das Haar strich.

»Reuben hat heute vormittag mit Fayes Mutter gesprochen. Sie möchte, daß Faye ganz in ihrer Nähe begraben wird, in New York. Dort soll dann ein weiterer Gottesdienst stattfinden. Reuben wird den Leichnam auf einem Nachmittagsflug begleiten.«

Sie hatten am Vortag stundenlang im Krankenhaus ausgeharrt. Sie hatten mitbekommen, wie eine neue Schicht übernommen hatte, und gesehen, wie die lachenden Krankenschwestern noch in derselben Minute, in der sie aus dem Lift stiegen, ihre Gesichter automatisch in den Krankenbetternst verwandelten.

Als sie endlich wieder den bärtigen Arzt sahen, telegrafierte sein gedrückter Gang ihnen bereits, was geschehen war, noch bevor er sie erreichte.

»Es war wie ein Herzanfall«, sagte er ihnen. »Eine Folge der Herzkontusion. Das Herz war durch die Verletzung an ihrer Brust gequetscht.«

Ein gequetschtes Herz, wiederholte Deena innerlich für sich.

»Ich habe mit Ryker gesprochen«, sagte Michael jetzt zu ihr. »Er ist auch da. Es ist wirklich nett von ihm, daß er zur Beerdigung gekommen ist.« Er hatte den Detective hinten in der Kapelle erspäht.

»Ja, das stimmt wohl. Er hätte nicht kommen brauchen.«

»Er hat mir aufgetragen, dir zu sagen, daß dein Vater noch irgendwann heute auf freien Fuß gesetzt wird. Er glaubt, daß Alan es schaffen könnte, um die Anklage auf Behinderung der Justiz herumzukommen.«

»Gott, das hoffe ich!«

»Er nahm an, dich würde vielleicht Elaines Alibi interessieren. Sie war nämlich anscheinend mit einem Mann zusammen, wollte aber nicht, daß ihr Mann Wind davon bekam.«

»Das ist doch wirklich Ironie des Schicksals, oder? Ich meine, wenn man an Fayes Alibi denkt. Da war es genau umgekehrt.«

»Ich weiß.«

»Fayes Schwiegereltern sind auch da. Das hat mir Reuben erzählt. Sie haben mit ihm gesprochen; sie möchten, daß er über die Sache mit dem *Get* Stillschweigen bewahrt. Das wünscht sich übrigens auch Rabbi Brodin. Die Rudmans gaben Reuben sogar zu verstehen, sie würden es ihm lohnen, wenn er darauf einginge.«

»Und was hat er darauf erwidert?«

Sie lächelte. »Es war nicht sehr rabbihaft, fürchte ich.«

»Gut so!«

»Das habe ich auch gesagt.« Sie machte eine Pause. »Michael, ich bin irgendwie so durcheinander. Was meinen Vater angeht, bin ich natürlich erleichtert, und ich bin glücklich, daß dieser ganze Alptraum endlich ein Ende hat. Ich habe noch nie in meinem ganzen Leben so viele Ängste ausgestanden. Aber dann muß ich wieder an Faye denken und wie es ihr ergangen ist, und dann komme ich mir so selbstsüchtig vor.«

»Ich wünschte, ich könnte es dir verständlich machen. Aber es ist nicht einfach.«

Nichts war einfach. Jakes Tod hatte ihrer aller Leben betroffen.

Deena fragte sich, wie ihr Vater und sie wohl mit der Peinlichkeit umgehen würden, daß sie sich gegenseitig verdächtigt hatten. Würden sie darüber reden, oder so tun, als hätte es nie stattgefunden?

Und dann war da noch Michael. Deena hatte die zarten, feinen Fäden des Vertrauens, die sie bis dahin gewebt hatten, zerstört. Welchen Einfluß, fragte sie sich, würde das auf ihre Beziehung haben?

»Hör auf, dir Vorwürfe zu machen«, hatte er am Vorabend zu ihr gesagt. »Du warst durcheinander und verstört. Und nein, ich brauche keine Zeit, um über meine Gefühle für dich nachzudenken. Es hat sich nichts an ihnen geändert.«

Aber sie wußte, daß sich alles geändert hatte. Für jeden von ihnen.

Sie hoffte jedoch, daß er recht hatte.

»Glaubst du, es war wirklich ein Unfall?« fragte sie ihn jetzt. »Ich meine den Autounfall. Oder glaubst du ...«

»Wer kann das schon wissen? Sie war ganz offenkundig bestürzt und durcheinander. Außer sich. Auf der anderen Seite ist es möglich, daß sie es, vielleicht unterbewußt, für ihren einzigen Ausweg hielt. Ich weiß es nicht. Aber ich betrachte es lieber als einen Unfall.«

»Weißt du, es ist so merkwürdig: Erst gestern habe ich mich

vom *Shiva*-Sitzen für Jake erhoben, und ich habe jede Minute davon verabscheut. Und jetzt ist Faye tot, und ich wünschte mir, es gäbe irgendein Ritual, das ich für sie ausführen könnte. Sie war schließlich meine Freundin, und ich habe sie sehr gern gehabt, und das hat nichts damit zu tun, daß sie mir meine Freiheit wiedergegeben hat.«

»Ich weiß, das ist hart für dich, Deena. Ihr standet euch so nah.«

»Aber das ist ein Teil des Problems, Michael. Ich fühle mich für das Ganze verantwortlich, verstehst du? Wenn ich nicht so viel mit ihr über Jake geredet hätte, ihr nicht erzählt hätte, wie verzweifelt ich war, hätte sie es vielleicht nicht getan. Hier stehe ich als freier Mensch, und das habe ich nur ihr zu verdanken. Aber sie ist tot, Michael. Sie ist tot.«

»Aber nicht wegen dir, Deena. Du kannst dir nicht vorwerfen, daß du dich ihr anvertraut hast, so wie Reuben sich nicht vorwerfen kann, daß er euch überhaupt miteinander bekannt gemacht und die Gruppe gegründet hat. Ich glaube, die Last von elf Jahren war am Ende doch zu viel. Keiner von euch konnte ahnen, was sie tun würde.«

»Aber ich kann es trotzdem nicht vergessen, Michael.«

»Natürlich nicht. Denn du hast recht – es ist nicht gerecht. Alles wäre viel einfacher, wenn wir so tun könnten, als wäre nichts geschehen, und einfach so weiterleben wie zuvor. Aber das geht nun mal nicht. Und jeder von uns wird eine ganze Zeit brauchen, bis er das Ganze verarbeitet hat. Falls wir es überhaupt jemals tun.«

Er zog sie dichter zu sich heran und in seine Arme.

»Reuben hat eine wundervolle Ansprache gehalten, nicht wahr, Michael? Über Faye. Über die furchtbare Situation, in der sie sich befand.«

»Ja, das hat er wirklich. Man konnte hören, wie betroffen er war.«

»Weißt du, ich muß die ganze Zeit daran denken, was der

Arzt gestern zu uns gesagt hat. Es ist beinah dasselbe, was Reuben vorhin gesagt hat.«

»Was hat er denn gesagt – der Arzt, meine ich?«

»Er sagte, Faye hätte nie wirklich eine Chance gehabt. Ich glaube, das stimmt, oder?«

Ein gequetschtes Herz.

»Ja«, sagte er ernst, »das glaube ich auch. Jedenfalls so wie die Dinge immer noch liegen …«

Für ihre große Hilfsbereitschaft und Unterstützung danke ich Detective Dan Andrews von der Wilshire Division des Los Angeles Police Departments, Dr. Jacob Fleischmann, Andrew Friedman, Dr. Michael Held und Rabbi Abner Weiss. Besonderer Dank gebührt auch meiner Kritikerinnengruppe – Phyllis Z. Miller, Serita Stevens und Anita Zelman –, die mir half, den Anfang zu finden. Des weiteren bin ich meinem Mann Hershie und vielen, vielen Freunden zu Dank verpflichtet, die mich in meinem Vorhaben unentwegt bestärkten und unerschütterlich an meine Geschichte glaubten, als da wären Terry Baker, Mike Bandler, Mimi Berkowitz, Sylvia Goldberg, Wendy Hornsby, Frieda und Len Korobkin, Toby und Jack Krich, mein Vater, Abraham Majer, Sol und Miriam Majer, Bruce Powell, Debbie Rechnitz, Debbi Shrier, Liz und Peter Steinlauf und Sara Teichmann.

Als letztes möchte ich der heroisch ausdauernden Leidensfähigkeit und Zuversicht der vielen *Agunot* auf der ganzen Welt meine Hochachtung aussprechen, deren Zwangslage, wie bei den fiktiven Frauen in meiner Geschichte, leider nur allzu real ist.

RMK